W0349491

Das Buch

Zwei Millionen Dollar hat ein geschickt eingefädelter Kreditbetrug auf Bobby Swifts Konto auf den Cayman Islands gespült. Um das Geld genießen zu können, muß Bobby jetzt nur noch für immer verschwinden. Was ist da besser als ein Platz auf dem Friedhof, selbst wenn man dafür Eliot Wicker, den Bestattungsunternehmer, in den perfekten Plan einweihen muß. So schließt sich also nach einem gut gemimten Herztod und einer bewegenden Trauerfeier die Erde über Bobby. Noel, seine äußerst attraktive Frau, wird ihn ja wieder ausbuddeln, so jedenfalls sieht Bobbys Plan es vor. Doch in den Stunden nach seiner Beerdigung läuft einiges schief, nicht nur, daß sein bester Freund Sal Erickson seinen Tod nicht verwinden konnte und sich im Suff von Noel trösten lassen will. Bobby liegt also in seinem Sarg, die Luft in den Taucherflaschen geht allmählich dem Ende zu, und Bobby muß an den Tod denken ...

Der Autor

Michael Kimball lebt in der Hafenstadt York Harbor an der Küste von Maine, wo er auch aufgewachsen ist. 1985 veröffentlichte er seinen ersten Roman, der Hollywood auf ihn aufmerksam machte und ihm etliche Aufträge als Drehbuchschreiber eintrug. *Atemlose Stille* ist sein zweiter Roman, der in England zum Bestseller wurde.

Michael Kimball

Atemlose Stille

Roman

Aus dem Amerikanischen
von Christa und Heinz Zwack

DIANA VERLAG

Diana Taschenbuch Nr. 62/0062

Die Originalausgabe
»Undone«
erschien bei Avon Books, New York

Redaktion: Werner Heilmann

Taschenbucherstausgabe 10/99

Copyright © 1996 by Michael Kimball
Copyright © der deutschsprachigen Ausgabe 1998
by Diana Verlag AG, München und Zürich
Der Diana Taschenbuchverlag ist ein Unternehmen
der Wilhelm Heyne Verlag GmbH & Co. KG, München
Printed in Germany 1999

Umschlagillustration: Isolde Ohlbaum
Umschlaggestaltung: Hauptmann und Kampa
Werbeagentur, CH-Zug
Satz: Schaber Satz- und Datentechnik, Wels
Druck und Bindung: Elsnerdruck, Berlin
Gedruckt auf chlor- und säurefreiem Papier

ISBN: 3-453-15581-5

http://www.heyne.de

Für Glenna

Dieses Buch ist ein Roman.
Jede Ähnlichkeit mit lebenden Personen
oder tatsächlichen Ereignissen wäre rein zufällig.
An meine Familie, Freunde und Nachbarn:
bitte obiges noch einmal lesen.

MK

Prolog

Zuerst nahm er überhaupt nichts wahr. Dann piepste seine Armbanduhr hintereinander achtmal, und sein Herz begann zu schlagen, sehr schwach. Er hörte das Rauschen von Blut in den Ohren, und Licht fiel auf seine geschlossenen Augenlider. Noel rief seinen Namen. Es klang wie ein süßes, weit entferntes Lied.

»Bobby?«

Bobby Swift lag von weichem Samt umgeben im schönsten Mahagonisarg, den Wickers Bestattungsunternehmen zu bieten hatte. Er holte kaum wahrnehmbar Luft. Bestimmt stand Eliot Wicker ebenfalls neben dem Sarg – und da hörte er auch schon, wie der schlaksige Begräbnisunternehmer sagte: »Jetzt kommt er zu sich.« Er sagte es ohne jede Gefühlsregung.

Die Kälte in ihm fühlte sich an wie Frost in der harten Wintererde. Er wollte ihnen sagen, daß er am Erfrieren war, aber seine Zunge versagte ihm den Dienst; auch seine Lungen waren nicht imstande, auch nur einen einzigen Ton durch seine Stimmbänder zu drücken.

»Die Temperatur ist gesunken«, sagte Wicker und beugte sich so dicht über ihn, daß Bobby den Atem des Mannes heiß an seinem Hals spürte.

Ein zweiter Schatten schob sich von der linken Seite näher. Noel. »Soll ich eine Decke holen?«

»Er kommt zu sich«, sagte Wicker noch einmal.

Kalt! Bobby versuchte, das Wort auszusprechen.

»Bobby?« Noels Stimme klang ganz nah, und jetzt lagen ihre Hände um seinen Hals, sie waren heiß. Sein Herz dröhnte, und ein wilder Kälteschauer ließ ihn zusammenzucken.

»Er hat Zuckungen!«

»Er fröstelt«, erwiderte Wicker. »Gehen Sie hinauf und lassen Sie ihm ein lauwarmes Bad einlaufen.«

Bobby sah zu, wie Noels Schatten sich entfernte, und dann trat Wicker vor und legte seine heißen Hände auf Bobbys Ohren. »Sie sind zu kalt, Bob!« sagte er mit lauter Stimme. »Ich werde Sie jetzt nach oben tragen.«

Bobby versuchte, sich schwer zu machen. Der Gedanke, daß Eliot Wicker ihn irgendwohin trug, war ihm unangenehm, aber er konnte wenig tun, um es zu verhindern. Nicht einmal sein eigenes Zittern konnte er verhindern. Jetzt schoben sich die Hände des Bestattungsunternehmers in dem Sarg unter ihn. Er hörte Wicker stöhnen, seine Haltung veränderte sich, und dann wurde Bobby plötzlich hochgehoben und fand sich über Wickers knochiger Schulter wieder. Er sah zu, wie die Stiefelabsätze die Treppe hinaufstiegen und murmelte einen Einspruch.

»Festhalten«, sagte Wicker, der sich sichtlich anstrengen mußte. Als sie an einen Treppenabsatz kamen und um die Ecke bogen, hörte Bobby, wie Noel von oben etwas rief. Wickers schrille Antwort vibrierte durch Bobbys Brust. »Ich hab' ihn.« Bobby streckte die Hände nach der Wand aus, weil er nicht wollte, daß Noel ihn so hilflos zu sehen bekam.

»Lassen Sie mich runter«, lallte er.

»Nur noch einen Augenblick, Bob.«

»Jetzt«, verlangte Bobby, und dann war da plötzlich Helligkeit, schimmernde weiße Bodenfliesen. Er hörte das Rauschen von Wasser, und plötzlich hüllte ihn eine Wolke aus schmerzendem Dampf ein, es tat scheußlich weh. Er stieß einen Schrei aus und schoß hoch, klammerte sich mit beiden Händen am Handtuchständer fest.

»Ihr werdet mich noch richtig umbringen!« schrie er, mühte sich ab, Boden unter die Füße zu bekommen, zog sich an der Duschstange in die Höhe. Das Wasser donnerte aus dem Wasserhahn, spritzte auf sein Hemd. Er fröstelte am ganzen Körper. Und um die Demütigung voll zu machen, spürte er, wie er in seine mit Wasser vollgesogene Hose urinierte.

Und dann gab er mit einem Mal nach, kapitulierte, seine Zuckungen steigerten sich zu einem gewaltigen Schaudern, einem lauten, zitternden Stöhnen. Plötzlich lag er mit dem Gesicht auf den Fliesen der Dusche. Noch ein Zittern, wie ein Nachbeben, und dann nochmals ein Stöhnen.

»Das könnte Unterkühlung sein«, sagte Noel.

Bobby richtete sich auf, trat mit dem Fuß nach dem Abflußhebel und sah das Wasser zwischen seinen Beinen durch den Abfluß wirbeln. Er hörte Wicker krächzen: »Alles in Ordnung, holen Sie ihm ein Handtuch.«

Der Schmerz ließ jetzt nach, und Bobby griff zum Hahn und stellte das Wasser wärmer, hob sein Gesicht in den Wasserstrahl. Unter dem Sturzbach stehend, schlug er die Augen auf, drehte sich zu Noel herum und grinste. »Na, wie war ich?«

Sie wandte sich von ihm ab, öffnete die dritte einer Reihe von Schubladen in Wickers beigefarbener Badezimmerwand und holte ein flauschiges braunes Handtuch heraus. Durch das strömende Wasser der Dusche sah er ihre langen Beine, ihre Schenkelmuskeln von hinten. Sie war barfuß. Als sie sich wieder zu ihm umdrehte, wischte sie sich mit dem Handtuchrand das Wasser ab, das ihr über den Hals lief.

»Du warst tot«, erwiderte sie.

Noel Swift war ohne jeden Zweifel die schönste Frau, die Gravity oder jede andere Stadt in Maine je zu Gesicht bekommen hatte, ein seltenes kosmopolitisches Wesen hier draußen in der finstersten Provinz. Ihre Augen waren von auffälligem Grün wie Smaragde, und wenn sie erregt war, erweckten sie den Eindruck, als leuchteten sie; jetzt leuchteten sie. Sie trug dunklen Lippenstift, was ihre Unterlippe noch voller erscheinen ließ; ihr orangerotes Haar lag hingeklatscht neben ihrem rechten Auge, und eine feuchte Strähne hatte sich an ihre Wange geklebt. Heute, an einem ansonsten ganz gewöhnlichen Mittwoch im Mai, trug sie ein cremefarbenes Baumwollkleid, das ihre Schenkel höchstens zur Hälfte bedeckte. Bobby liebte sie aus tiefstem Herzen und sehnte sich ständig nach ihr, obwohl sie bereits ihm gehörte. Er hätte sie jetzt am liebsten zu sich in die Dusche gezogen – und das hätte er auch getan, wäre Eliot Wicker nicht dagewesen. Trotzdem verspürte er den Drang, es dennoch zu tun, bloß um den Bestattungsunternehmer zu ärgern.

Dann streckte Wicker die Hand aus und stellte die Dusche ab. »Nicht klinisch tot«, sagte er. »Aber für das bloße Auge reichte es.«

Bobby zog sein Hemd herunter, knüllte es zusammen und warf es ins Waschbecken. »Ich werde der reichste Tote sein, den es gibt«, sagte er und sah Noel an, während er den Gürtel aufschnallte, »klinisch tot oder nicht.« Er war dreiunddreißig Jahre alt und athletisch gebaut wie ein Schwimmer, gut aussehend und braungebrannt wie ein Filmstar, und dazu kam noch ein entwaffnendes Lachen, das sich mühelos bei ihm einzustellen schien – so oft sogar, daß es einfach ein Teil seiner ganz normalen Art zu reden geworden war. Als besondere Note hatte er sich auf den rechten Handrücken eine rote Rose tätowieren lassen. »Haben Sie etwas Trockenes?« fragte er den Bestattungsunternehmer. »Ich will mich zu meiner Beerdigung nicht erkälten.«

Er starrte Wicker an und lachte, dann drehte er sich immer noch grinsend zu Noel herum. Als sie ihn ansah, leuchteten ihre Augen. Er ließ seine Hose fallen.

Bobby kniete in Wickers Bademantel gehüllt im Ausstellungsraum neben seinem Sarg. Er griff mit beiden Händen unter die Samtauskleidung und befestigte eine der Sauerstoffflaschen mit Klettband. Insgesamt waren es zwei – schlanke, grüne Flaschen, die beiderseits im Kopfteil des Sarges versteckt waren – und dann noch, von dem geschlossenen unteren Sargdeckel verdeckt, zwei weitere mittels eines T-Stücks miteinander verbundene Achtzig-Pfund-Taucherflaschen. Bobbys Beine würden auf den Taucherflaschen liegen.

»Wenn man mich für die Aufbahrung kippen muß«, sagte er, während er eine der beiden Sauerstoffflaschen zurechtschob, »dann bohrt sich mir die hier in die Seite, und das behindert mich in der Konzentration.« Nach ein paar Augenblicken fügte er hinzu: »Nun ja, dann brauche ich wenigstens keine Angst zu haben, daß ich einschlafe. Stellen Sie sich das einmal vor – wenn ich plötzlich anfange, zu schnarchen.« Er sah Wicker an und lachte laut. In einem anderen Raum im

Tiefgeschoß summte der Wäschetrockner des Bestattungsunternehmers.

»Müssen Sie ihn wirklich begraben?« fragte Noel, die an ein paar ausgestellten Särgen entlangging. Die Sorge, die sie für ihn an den Tag legte, machte Bobby warm ums Herz, obwohl er wußte, was Wicker antworten würde.

»Ja, freilich. Die Sargträger würden es doch merken, wenn der Sarg leer ist.«

»Sie könnten ja Ziegelsteine begraben. Oder einen Sack mit Reis.«

Wicker schüttelte den Kopf. »Ausgeschlossen. Wenn die Orgelmusik einmal angefangen hat, ist dieser Sarg nicht mehr allein, bis er unter der Erde ist.« Er klopfte mit dem Fingerknöchel auf das Mahagoniholz. Es tönte voll. »Wir können das Ganze ja abblasen«, sagte er. Das war eine eindeutige Drohung, nicht ohne einen Unterton von Spott.

Bobby stand auf und legte den Arm um Noel; seine rechte Hand ruhte auf ihrer warmen Hüfte. »Heute habe ich fünfundvierzig Minuten geschafft ...«

»Dreiundvierzig«, fiel Wicker ihm ins Wort.

»Und morgen mache ich für den Arzt eine Stunde, kein Problem. Und wenn Sie dieses Heizkissen ein wenig hochdrehen, dann wette ich, daß ich zwei schaffe, bis es soweit ist.«

»Sie werden fünf unter der Erde sein.« Wieder eine Spitze von Wicker.

»Nun, wir haben für drei Stunden Luft in den Flaschen, bei normaler Atmung. In Trance kann ich das auf sechs oder acht Stunden ausdehnen, kein Problem.« Bobby wandte sich wieder Noel zu und erklärte in beruhigendem Tonfall: »Du hast genug Zeit, mich auszugraben, Baby. Aber dann mußt du dir etwas einfallen lassen, um mich wieder warm zu kriegen.« Er sah Wicker an und lachte, während er mit der Hand über ihre Hüfte strich. Wicker schaute weg. »Aber mal im Ernst« – Bobby redete immer noch mit Noel, sah dabei aber Wicker an –, »du wirst zwei Stunden Zeit haben, um mich auszubuddeln.«

Wicker meinte: »Sie liegen am westlichen Ende des Friedhofs – alles Kies. Da könnte man Sie mit einem Löffel ausgraben.«

Bobby nickte und kniff Noel in die Hüfte, wie um sie aufzumuntern. Trotzdem war da etwas, im Randbereich seines Bewußtseins, das ihn beunruhigte. »Komm schon«, sagte er. »Laß uns dem Mann seine Anzahlung geben, dann machen wir uns auf den Weg.«

Sie betraten das mit burgunderfarbenem Teppich ausgelegte Büro, wo Noels grüne Seidenhandtasche an der Armlehne einer Samtcouch hing. Es war ein behaglicher Raum, mit weicher Beleuchtung und fast unheimlich ruhig. An den Wänden hingen eingerahmte Drucke, die schneebedeckte Straßen in Städten zeigten, und dazwischen Wickers Urkunden, die ihn als staatlich geprüften Leichenbestatter auswiesen. Noel klappte ihre Handtasche auf, entnahm ihr einen dicken weißen Umschlag, klappte ihn auf und schob einen Stapel Zwanziger und Fünfziger über den Schreibtisch. Wicker warf einen Blick auf das Fenster hinter sich, um sich zu vergewissern, daß niemand hereinschaute.

»Machen Sie mich nur schön«, sagte Bobby, »dann gibt es eine Prämie.« Er grinste Wicker an.

Die halbgeschlossenen grauen Augen des Leichenbestatters begegneten Bobbys Blick mit einem leicht säuerlichen Ausdruck. Eliot Wicker verstand sein Geschäft; seine Kapelle war von süßem Duft erfüllt, und seine auf Tonband aufgezeichnete Orgelmusik klang stets dezent. Aber der Mann war kein Künstler, und wenn wirklich einmal ein Leidtragender eine Bemerkung darüber machte, wie gut ein Verstorbener aussehe, wußte jeder in der Ortschaft, daß das eine auffällige Lüge war. Natürlich hätte Bobby sich für einen geschlossenen Sarg entscheiden können, nur daß das eben für Bobby nicht das Richtige gewesen wäre. Er wollte auch im nächsten Leben ganz genau wissen, wo's langging.

An diesem Abend, als Noel durch die bereits still gewordene Ortschaft nach Hause fuhr, wollte Bobby etwas nicht aus dem Kopf gehen, etwas, das weit über das geplante Risiko hinausreichte, das er auf sich nehmen würde. Er konnte auch nicht genau sagen, was es war. Als sie etwa eine Meile zurückgelegt hatten, sagte er zu Noel: »Ruf Sal an. Ich meine, falls irgend etwas nicht klappt.«

Noel fuhr ein paar Sekunden stumm weiter. »Hast du ihn informiert?«

»Nein. Ich sage nur, du sollst Sal anrufen, falls etwas schiefgeht.«

»Es wird nichts schiefgehen.«

»Ich denke ja nur – du könntest auf der Fahrt zum Friedhof einen Platten haben, oder du verrenkst dir das Kreuz, während du mich ausgräbst, oder jemand findet die Schaufel im Wald. Wenn irgend etwas schiefgeht, kannst du Sal anrufen. Seinetwegen sind wir schließlich hierhergekommen.«

»Wir sind hergekommen, weil die Leute hier ihre Toten nicht in Betongewölben einschließen. Es wird nichts schiefgehen.«

Bobby ließ ein paar Augenblicke verstreichen.

»Ich sehe einfach keinen anderen Weg, um an das Geld zu kommen«, sagte er dann. Die Steuerbehörde hat mich auf dem Kieker, das Schatzamt hat mich auf dem Kieker, und die Leute vom Resolution Trust auch. Die Bank will ihr Geld zurück haben. Den Chef ihrer Kreditabteilung hat man ins Gefängnis gesteckt, und sobald er herauskommt, wird er einiges von mir haben wollen… oder mir jemanden auf den Hals schicken. Aber wenn sie hören, daß ich tot bin, werden sie sich alle einen Schluck genehmigen und eine lausige Nacht verbringen und dann einfach weiterleben, stimmt's?« Bobby lachte. Noel stimmte nicht ein.

Er kurbelte die Seitenscheibe herunter und ließ die kühle Nachtluft durch den Wagen wirbeln. Das Quaken von Baumfröschen schwoll an und verebbte, als sie an einem Sumpfgebiet vorbeifuhren.

»Ich fühle mich wichtig«, sagte er und legte die Hand an die Innenseite ihres Schenkels. Sie drückte die Schenkel zusammen. Die Häuser, an denen sie vorbeifuhren, waren alle dunkel. Er zog die Hand zurück, drehte sich halb herum und sah sie an. »Du bist nervös«, sagte er und grinste.

Sekunden verstrichen. Ihre Schenkel öffneten sich wieder, und sie sagte zu ihm: »Bobby, ehe dir etwas zustößt, würde ich lieber den Rest meines Lebens in diesem schrecklichen Kaff kleben bleiben.« Dann gab sie ihm den Vorwurf zurück: »*Du* bist nervös.«

Er zuckte die Schultern. »Es ist eben nicht so, als ob man aus einem Flugzeug springen würde. Dort oben ist alles weit offen, und man hat die Kontrolle über das, was man tut.« Er hielt inne und gab sich ganz der Vision hin, die ihn erfaßt hatte. »Aber das hier… man wird nervös, wenn der Deckel zuklappt.« Er lachte unsicher.

»Dann pfeif doch auf alles«, sagte sie. »Wir bezahlen unsere Rechnungen mit dem, was wir mit dem Laden verdienen.«

»Der Blaubeerblütentag wird mir *wirklich* fehlen«, meinte er und lachte so laut, daß es ihr in den Ohren gellte.

»Sal Erickson wird dir fehlen.« Ihr Blick blieb auf die Straße vor sich gerichtet, und ihr Rücken war stocksteif.

»Baby, ich habe ihm doch gar nichts gesagt. Ich will ja nur klarmachen, daß wir Sal Erickson vertrauen können, wenn irgend etwas sein sollte …«

»*Niemandem* können wir vertrauen.« Ihre Antwort kam so schnell, daß sie übertönte, was er gesagt hatte. Und das Schweigen, das darauf folgte, baute diese Worte zwischen ihnen in der Luft auf, als wären sie greifbar.

Niemandem.

Und sie hatte recht. Wer in aller Welt wäre imstande, ein Zwei-Millionen-Dollar-Geheimnis zu wahren?

Eins

»Niemand kann mir verzeihen,
nur mein Baby.«

TOM WAITS

Sal ...«
Das rauhe Flüstern und der Lichtkegel, der über sein Gesicht strich, weckten Salvatore Erickson.

»Sally ...«

Jemand mit einer Taschenlampe an seinem Fenster. Sal setzte sich schnell auf, sein Herz schlug heftig.

»Komm runter.«

Sal stockte der Atem. »Bobby – Herrgott ...«

Iris regte sich neben Sal.

»Das ist Bobby«, erklärte er und zog ihr die Bettdecke hoch unters Kinn.

»Bobby?«

Sie tastete auf dem Nachttisch nach ihrer Brille.

»Ich stehe auf der Leiter«, erklärte Bobby.

Sal küßte Iris' Daumen. »Er steht auf der Leiter. Schlaf weiter.«

»Komm eine Minute runter«, sagte Bobby.

»Es ist halb zwei, Ace. Wir müssen morgen arbeiten.«

»Schon gut, komm runter.« Bobby war vom Fenster verschwunden, ehe Sal noch irgendwelche Einwände vorbringen konnte.

Mit einem gequälten Seufzer schlug er die Decke zurück, stellte die Füße auf den Teppich und schnappte sich seine Unterhose und die Kordhose vom Bettpfosten.

»Sal?« murmelte Iris.

»Schon gut, es dauert nur einen Augenblick.«

Als Sal in seine Hose stieg, hörte er draußen vor dem Zimmer das Schlurfen von Daveys Füßen. Das Licht im Flur flammte auf, und dann stand die blonde Bohnenstange, die seine Tochter war, in der Tür: »Ich habe Stimmen gehört«, sagte sie atemlos und kniff die Augen zusammen, um sie vor dem Licht zu schützen.

Iris lächelte. »Oh, Liebes.«

»Warum zieht Daddy sich denn an?«

»Geh schnell wieder ins Bett, Kleines«, forderte Sal sie auf. »Mommy braucht ihren Schlaf. Sie hat morgen abend nach der Arbeit Schlußexamen.«

»Heute«, korrigierte ihn Iris. »Es ist schon heute. Und ich muß auch noch ein Baby zur Welt bringen, sobald Trudy sich darüber klar wird, daß sie soweit ist.«

Davey sah benommen zu ihrer Mutter hinüber. »Ich geh' wieder ins Bett, damit du lernen kannst.« Das sollte ein Witz sein.

»Wie wär's vorher mit einem Küßchen?« fragte Sal und zog sich ein Sweatshirt über den Kopf.

Davey flog förmlich durchs Zimmer und schlang die Arme um ihn, zarte Gliedmaßen, die allem Anschein nach jede Woche länger wurden. Sal stöhnte schläfrig und hob Davey hoch, um ihr einen Kuß zu geben. »Du wirst immer größer«, sagte er und setzte sie neben Iris aufs Bett. »Jetzt gib Mommy auch einen Kuß, und dann husch wieder ins Bett.« Er strich Davey übers Haar.

»Bis morgen früh dann«, sagte sie und reckte träge die Arme.

»Bis morgen früh«, erwiderte er und meinte dann, zu Iris gewandt: »Ich bin gleich wieder da.« Als er sich umdrehte, um wegzugehen, blieb sein Sweatshirt irgendwo hängen. Er griff nach hinten und fand dort Iris Hand. Vorsichtig löste er ihre Finger, hob ihre Hand zum Mund und drückte einen Kuß darauf. »Mach dir keine Sorgen, okay?« sagte er und beugte sich über sie, um sie auf den Mund zu küssen, bevor er das Zimmer verließ.

Iris hielt ihre Tochter an sich gedrückt und lauschte, wie ihr Mann dieselben abgetretenen Treppenstufen hinunterging, die sie in den ersten achtzehn Jahren ihres Lebens hinauf- und hinuntergestiegen war. Nach ein paar Sekunden hörte sie das Klicken der Küchenbeleuchtung und gleich darauf das vertraute Quietschen der Küchentür.

»Hey«, flüsterte Davey. »Läßt du mich jetzt los, damit ich wieder ins Bett kann?«

Iris lächelte, löste ihren Griff und gab Davey einen Kuß auf die Wange. Sie ließ sich vom Bett rollen und schlich lautlos aus dem Zimmer.

Jetzt wird's wieder Sommer, dachte Iris, als müsse sie sich dafür wappnen.

Draußen lag ein Hauch von Frühling in der Luft – die saubere kalte Luft, das Konzert der Frösche in der Ferne und der Duft der von Würmern durchwühlten Erde. Sal trat leise aus dem Haus und zog sich seine Kordjacke über das Hemd. »Ein bißchen spät, was, Ace?« flüsterte er Bobby zu.

Sal war vierunddreißig, ein Jahr älter als Bobby. Sie waren gemeinsam in einem Vorort von Providence aufgewachsen. Ebenso wie Bobby (dessen Großvater väterlicherseits Sordillo hieß und aus Italien eingewandert war), war Sal dunkeläugig und dunkelhaarig; das italienische Blut seiner Mutter hatte mühelos die Oberhand über das seines skandinavischen Vaters gewonnen. Tatsächlich war das einzige Merkmal, das Sal (mit Ausnahme des Familiennamens) von seinem schwedischen Vater geerbt hatte, sein ausgeprägtes nordisches Kinn.

»Komm mit«, sagte Bobby. Er trug eine Lederjacke und schwarze Jeans und schickte sich jetzt an, die Straße zu überqueren.

Sal blieb stehen. »Was gibt's denn?« flüsterte er.

»Nichts, ich muß mit dir reden.«

»Yeah, aber weck mir Einauge nicht auf«, flüsterte Sal. Die Promenadenmischung gehörte Iris' Vater und ihrem Bruder, Otis und Jerry Royal, die in dem kleinen blauen Haus auf der anderen Straßenseite wohnten. Der alte Hund hatte sein Leben angekettet an die baufällige Garage verbracht, die an das Haus angebaut war, mutmaßlich um Diebe von Jerrys Sammlung von Autoteilen und sonstigem technischem Kram fernzuhalten, mit dem sein ganzes Grundstück übersät war; oder von dem blauen Gospelbus, der auf der kleinen Anhöhe parkte; oder den Hühnern, die frei herumliefen (und von denen eines, das inzwischen schon lange das Zeitliche gesegnet hatte, schmerzhaft dem Hund zu seinem Namen verholfen hatte). War er einmal geweckt worden, konnte der alte Einauge stundenlang bellen.

»Komm, wir gehen zum Wasserfall hinunter«, sagte Bobby.

»Wir können auch hier reden«, erwiderte Sal, aber Bobby hatte die Straße bereits halb überquert und ließ damit Sal kaum eine andere Wahl, als ihm zu folgen.

Sie nahmen den ausgetretenen Fußweg an der linken Seite des Grundstücks der Royals und folgten ihm quer durch das mit niedrigem Gestrüpp bewachsene Feld, als sie das plötzliche Klirren der Kette von Einauge hörten. Sal hielt Bobby am Arm fest.

»Ruhig bleiben«, flüsterte er.

Der Hund, von einem 200-Watt-Scheinwerfer über seinem Kopf geblendet, spannte seine kurze Kette und schnüffelte.

Bobby bückte sich, tastete im Gras herum und hob einen Stein auf. »Mach keinen Blödsinn«, warnte ihn Sal. »Die beiden Typen da drinnen sind verrückt. Die haben Gewehre.«

Bobby lachte leise und holte aus.

»Nicht«, flüsterte Sal, aber es war schon zu spät.

Der Stein zog einen langen Bogen durch die Nacht und schoß wie ein Meteor durch den Lichtkegel des Scheinwerfers, ehe er wieder in die Dunkelheit eintauchte und klirrend die Scheiben des Busses traf.

Der Hund fuhr herum, riß an seiner Kette und bellte.

»Komm«, flüsterte Bobby, und die zwei Männer eilten weiter, wobei ihre Schritte nicht nur von dem Bellen des Hundes und dem Klirren der Kette, sondern auch von den heiseren Schreien aus dem Inneren des Hauses übertönt wurden.

»HALT'S MAUL! DAS MAUL SOLLST DU HALTEN, VERDAMMTER KÖTER!« An der Rückseite des Hauses flammte ein Licht auf. Bobby lachte im Laufen. Das Bellen wurde hektischer. Eine Tür knallte zu. »MAUL HALTEN! HEY! HEY! *HEY!*« Als Bobby und Sal den Fluß erreichten, krachte ein Gewehrschuß. Das Bellen verstummte plötzlich, als die Bäume das Echo des Schusses zurückwarfen. Und dann war die

Nacht vom Gebell anderer Hunde im Dorf erfüllt, während Otis und Jerry Royal einander im Haus anschrien. In all dem Lärm bogen Sal und Bobby nach rechts ab und rannten in den Wald hinein auf den Fischteich zu.

Sie durchquerten einen fünfzehn Meter breiten Streifen, der spärlich mit jungen Fichten bestanden war und wo zwei noch nicht ganz vom Buschwerk überwucherte alte Kombis rosteten. Bobby hatte den Strahl seiner winzigen Taschenlampe vor sich gerichtet und bahnte sich den Weg durch abgestorbene Äste zu dem im Mondlicht daliegenden Flußufer.

Aber je mehr sie sich dem Fluß näherten, desto dichter wurde der Nebel, und als sie das Ufer schließlich erreicht hatten, war es, als würden sie durch dichte Wolken gehen. Der Mond war zu einem gelben Schmierfleck am Himmel über ihnen zusammengeschrumpft, und rings um sie war der Chor der Frösche zu hören, während zu ihrer Linken der Fluß vor sich hinflüsterte. Bobby wurde langsamer, reichte Sal die Taschenlampe und sagte: »Da, du kennst den Weg ja.«

Sal leuchtete mit der Taschenlampe in den Nebel hinein, was nur wenig nützte, und ging zum Ufer voran.

»Ich glaube, er hat seinen Hund erschossen«, sagte Bobby und lachte.

»Psst.«

Sal blieb vor einem flachen Granitblock stehen, der aus sumpfigem Untergrund herausragte und auf dem er gewöhnlich zum Fischen Platz zu nehmen pflegte. Bobby legte ihm die Hand auf den Rücken. »Ebbe«, flüsterte Sal, »sei vorsichtig. Hier ist's zwar nicht tief, aber glitschig wie auf Treibsand.«

Sie standen an der Oberseite des Wendewasserfalls, jenes Phänomens, dem die Stadt Gravity* ihren Namen verdankte. Jedesmal wenn Flut war, wurde der Fluß allmählich langsamer und tiefer und wechselte schließlich die Richtung, floß also nach rückwärts, wobei das Wasser der Flußmündung landeinwärts strömte und dabei an den Felshängen unter ihnen kleine lärmende Wasserfälle erzeugte. Gleichzeitig trat der Fluß über seine Ufer und verwandelte den Morast, in dem sie gerade standen, in einen breiten, hüfttiefen Fischtümpel.

Jetzt war Ebbe, und das war günstig, weil bei Ebbe Felsbrocken und kleine Grashügel aus dem Wasser herausragten, so daß man den Sumpf trockenen Fußes durchqueren konnte.

Sal leuchtete mit der Taschenlampe in den Nebel hinein und suchte nach seiner ersten Stufe. »Fertig?« fragte er, verließ seinen Fischstein und landete auf einem breiten, festen Grashügel. Er fand sein Gleichgewicht, machte für Bobby Platz und richtete den Lichtkegel auf seine Füße. Bobby sprang, landete dicht hinter ihm und hielt sich an Sals Arm fest, um nicht zu fallen.

Zu ihrer Rechten hörten sie auf der Straße einen Wagen vorbeifahren, offensichtlich eine Reaktion auf den Schuß und das Geschrei. Fetzen von Männerstimmen drangen zu ihnen.

»Doch nett von uns, den Einheimischen hier ein wenig Abwechslung zu verschaffen«, krächzte Bobby und schmunzelte dann. »Total durchgeknallt, dieser Jerry, ich glaube, er hat seinen Hund erschossen.«

»Psst.«

---

* Gravity = Schwerkraft

Sal sah sich nach der nächsten Stufe um, einem hohen, flachen Stein. Als er ihn im Nebel entdeckt hatte und gerade zum Sprung ansetzen wollte, hielt Bobby ihn fest.

»Herrgott!«

Sal fuchtelte wie wild mit dem anderen Arm, um nicht zu stürzen.

»Herr Jesus!« sagte Bobby noch einmal. Wie als Antwort darauf hörten die Frösche zu quaken auf.

»Psst! Was machst du da?«

Bobby riß Sal die Taschenlampe aus der Hand und leuchtete damit nach hinten. Der Lichtstrahl reichte gerade einen halben Meter weit. Oben im Dorf bellten die Hunde immer noch.

»Da liegt eine Leiche.«

»Wo ist eine Leiche?«

Bobby ließ den Lichtstrahl durch den Nebel wandern und beleuchtete damit ein paar Plastikflaschen, die unter dem Ufer im Wasser trieben. »Nein, ich will dich nicht verscheißern, Sally«, flüsterte er. »Ich habe im Mondlicht die Arschbacke gesehen. Dort drüben.«

»Eine Arschbacke im Mondlicht ...?«

»Ja, aus dem Wasser ragend. Arsch und Schenkel.«

Bobby lehnte sich über den Grashügel hinaus und folgte mit den Augen dem zitternden Lichtstrahl, bis er an etwas hängenblieb. Sal packte Bobbys Lederjacke, um zu verhindern, daß er ins Wasser fiel.

»Das?« sagte Sal. »Das ist eine Milchflasche. Eine Plastikmilchflasche.«

»Das war es aber nicht, Sally.« Bobby ließ den Lichtstrahl zurückwandern über einen Plastikbeutel, ein hellblaues Stück Schaumstoff und eine Colaflasche. Der Tümpel pflegte allen möglichen Unrat festzuhalten, den der Fluß beim Zurückfluten nicht ins Meer getragen hatte. Das Zeug blieb dann liegen und sammelte sich in der kleinen Bucht, wenn der Wasserspiegel des Tümpels sich bei der nächsten Ebbe wieder gesenkt hatte.

»Das?« Sal griff nach Bobbys Hand und lenkte den Lichtstrahl nach rechts. »Das ist ein Ball, ein kaputter Ball von einem Kind.«

Bobby war noch immer nicht überzeugt und beugte sich nach links, stocherte mit dem Lichtstrahl weiter im Nebel herum. »Du weißt doch, was die Leute von diesem Sumpf sagen – daß die Indianer hier schon alles mögliche gesehen haben. Hier unten soll es Geister geben.«

Sal kicherte. Er hatte Bobby noch nie so aus der Fassung gebracht erlebt. Bobby Swift, der auf der High-School Motorradrennen gefahren war, den die Navy als Testpilot für F18-Düsenjäger eingesetzt hatte und der dann, nach seiner Militärzeit, als Leiter einer Fallschirmspringerschule agierte – Bobby Swift und Angst vor Gespenstern?

»Da draußen war was«, flüsterte Bobby. »Jetzt ist es weg.«

»Die Arschbacke eines Gespensts ...«

»Die Hinterbacke und der Schenkel. Verdammt noch mal, ich weiß, was ich gesehen habe.«

Bobby trat unvermittelt ins Wasser und watete ans Ufer.

»Warte, ich kann doch nichts sehen!« rief Sal ihm im Flüsterton nach, aber Bobby hatte offenbar nicht die geringste Lust, stehenzubleiben. Ohne Licht blieb Sal keine andere Wahl, als von dem Felsblock zu steigen und ihm zu folgen. Knöcheltief einsinkend in den an seinen Füßen saugenden und mit Methanblasen aufwartenden Sumpf, watete er ans Ufer, wo der Fluß sich zu ihrer Linken verengte und wieder kräftig rauschend strömte. Bobby wartete auf dem Fußweg, seine Taschenlampe ein schwacher gelber Punkt im Nebel.

Als Sal zu ihm hinaufkletterte, platschten seine Turnschuhe wie Schwämme. »Komm ruhig wieder mal zu mir und hol mich aus dem Bett, wenn du Lust hast, mit jemandem zu reden«, sagte er, nahm Bobby die Taschenlampe weg und ging den Weg flußaufwärts. Bobby blieb zwei Schritte hinter ihm, wobei die Strömung ihre Schritte übertönte. Jetzt setzte hinter ihnen das Lied der Frösche wieder ein, und die zwei Männer wurden von dem Quaken, den Geräuschen des Flusses, der Nacht und dem Nebel eingehüllt. Als dann allmählich vor ihnen die Brücke auftauchte, von einer einsamen Straßenlaterne im Dorf vage als Silhouette abgezeichnet, wichen die Bäume am Ufer nutzlos gewordenen Betonpfeilern, aus deren Seiten wie Fangarme Überreste von Eisenarmierungen ragten. Neben der Brücke führte ein ausgetretener Weg zu der Straße unterhalb von Bobbys Geschäft. Sal strebte auf den Weg zu. Auf der Brücke über ihnen polterte ein Auto vorbei.

»Warte«, forderte Bobby ihn auf, »wir wollen ein wenig verschnaufen und warten, bis sich alles beruhigt hat.« Er setzte sich auf einen Betonblock.

Sal blieb stehen, ging ein paar Schritte zurück und kauerte sich dann neben dem Betonblock auf den Boden. Er konnte Bobbys Stiefel riechen.

Bobby zog den Kopf ein und lachte in sich hinein. »Hörst du sie dort hinten?« fragte er. »Dieser Wichser von Jerry …, Mann, du hast mir vielleicht gefährliche

Verwandte.« Sein Blick suchte Sal in der Dunkelheit, und dann lachte er wieder, schrill und nervös.

»Was ist denn los, Ace?« fragte Sal. So hatten sie früher miteinander geredet, wenn sie getrunken hatten. Sal stemmte sich in die Höhe und setzte sich dann neben Bobby.

»Ich weiß nicht. Es ist einfach gut, wenn man jemanden hat, mit dem man jeden Scheiß machen kann. Es ist wichtig.«

Sal konnte sich nicht erinnern, wann er Bobby das letzte Mal so ernst erlebt hatte.

»Jeder braucht jemanden, dem er voll und ganz vertrauen kann«, erklärte ihm Bobby jetzt. »Du verstehst mich doch? Ich meine jemanden, dem man sein Leben anvertrauen kann. Seiner Frau, einem Freund, ganz egal. Einem einzigen Menschen eben.«

Seit Sal das Trinken aufgegeben hatte, gingen ihm solche vom Alkohol genährten Gespräche auf die Nerven. »Am besten, du vertraust dir selber«, erwiderte er, wußte aber, daß es nicht das war, was Bobby hören wollte.

»Komm schon, Sally, wem vertraust du denn?« Bobby starrte Sal in der Dunkelheit an. »Ich meine, voll und ganz. Ohne Vorbehalt.«

»Voll und ganz? Mir selbst.« Worauf Bobby Sal so fixierte, daß dem klar war, daß er sich mit dieser Antwort nicht zufriedengeben würde. Also fügte er hinzu: »Meiner Frau, okay? Ich vertraue Iris.«

»Du würdest ihr dein Leben anvertrauen?« fragte Bobby und starrte ihn immer noch unverwandt an.

»Yeah.«

»Dein Leben?«

»Yeah, warum nicht?«

»Na ja.« Bobby nickte langsam und resignierte. »Ich schätze, so soll's ja auch sein.« Er rieb sich die Handflächen an der Hose, gab damit zu erkennen, daß das Gespräch beendet war und rutschte dann von dem Betonblock herunter. »Was meinst du, Ace? Schließen wir uns dem Suchtrupp an?«

Als sie am Beginn der Brücke herauskamen, gingen sie ein paar Schritte bis hinunter zum Stoppschild. Auf der Straße zu ihrer Rechten, Sals Straße, kamen drei Männer mit einer Taschenlampe auf sie zu. Ein Stück hinter den Männern blinkte das blaue Licht eines Streifenwagens vor dem Haus der Royals, und vor den Scheinwerfern des Wagens bewegten sich die Silhouetten weiterer Männer. Bobby zupfte eine Camel aus seiner Hemdtasche, zündete sie sich mit einem Feuerzeug an und rief den näher kommenden Männern dann zu: »Irgend etwas auf eurer Seite gesehen? Wir haben einen Schuß gehört und uns unten umgeschaut.«

»Hey, Bobby!« antwortete einer von ihnen. Das war Jerry Royal. Er trug in einer Hand eine Taschenlampe und in der anderen eine Dose Bier der Marke Pabst. Der Lichtkegel seiner Taschenlampe fand Sals Augen und verweilte dort länger als notwendig. Obwohl die zwei Männer verschwägert waren, hatten Sal und Jerry nicht mehr miteinander geredet, seit Sal und Iris vor acht Jahren aus Providence hergezogen waren, um das Haus der Familie zu übernehmen, das die Stadt gerade wegen rückständiger Steuern hatte konfiszieren wollen.

»Wir haben auf unserer Seite nichts gesehen«, sagte Jerry zu Bobby. »Wie sieht's denn hier drüben aus?« (Für Jerry hatte das Wort *hier* zwei Silben: *hi-eah*). »Jedenfalls, wer es auch war, mich hat es einen Hund gekostet.«

»Er erschießt seinen eigenen Hund«, sagte einer von Jerrys Begleitern. »Ich kann's immer noch nicht glauben.«

»Na und?« erwiderte Jerry locker. »War ja nicht meine Schuld.«

Der Lichtkegel seiner Taschenlampe kehrte wieder zu Sal zurück und wanderte an seiner Kordhose nach unten zu seinen schlammbedeckten Turnschuhen. Dann ließ Jerry aus der anderen Hand seine leere Bierdose hinter sich ins Gras fallen. Als seine Hand wieder nach vorn kam, hielt sie einen kleinen kurzläufigen Revolver. Sal verspürte ein Zucken in seiner Brust, ein Anspannen seiner Muskeln. Mühsam gelang es ihm, sich nichts davon anmerken zu lassen.

»Meine Schrotflinte haben sie konfisziert«, sagte Jerry. »Stell sich einer vor, da hat die Stadtpolizei doch tatsächlich Angst vor ein wenig ehrlicher Selbstjustiz?« Der Lichtkegel seiner Taschenlampe wanderte über den Asphalt zu Bobbys schwarzen Stiefeln hinüber, die ebenfalls mit Schlamm bedeckt waren.

»Wir haben unten am Fluß nachgesehen, Jerry«, lenkte Bobby ab. »Keine Spur von irgend jemand zu sehen.« Er ließ seine Zigarette auf die Straße fallen, trat sie aus und sagte dann zu Sal gewandt: »Also, Ace, wir haben getan, was wir konnten. Ich werde jetzt reingehen und mich schlafen legen.« Er sah den Hügel hinauf zu seinem Geschäft, wo im Obergeschoß Licht brannte. »Aber anscheinend ist Noel aufgewacht. Vielleicht schlafe ich doch nicht.« Er sah Sal an und lachte.

»Ja, das klingt gut«, sagte Jerry und steckte den Revolver in den Hüftbund seiner Jeans zurück. Bobby nahm Sal am Arm und führte ihn weg. »Brav bleiben«, sagte er. Dann kniff er ihn in den Arm und machte sich auf den Weg nach Hause.

Von Bobbys Abschied und der ganzen Episode einigermaßen verwirrt, stand Sal noch eine Weile mit den anderen Männern da und sah Bobby nach, wie der über die Brücke ging. Dann drehte er sich um und trat seinen eigenen Nachhauseweg an.

»Treib's nicht zu wild, Bobby!« rief Jerry. Die anderen Männer hatten ähnliche Ratschläge – für Bobby. So war das mit Sal und Bobby von Kindheit an gewesen: Bobby gehörte dazu, Sal nicht.

Als Sal jetzt auf die Fahrzeuge und das ganze Durcheinander vor seinem Haus zuging, schob er die Hände in die Jackentaschen und spürte die Kälte im Nacken. Dabei mußte er unwillkürlich an seine alte Tweedjacke denken, die er im letzten Sommer verloren hatte. Als er schließlich vor seinem Haus stand, stritt sich Otis Royal auf der Straße immer noch mit den Polizisten, und die Männer standen im Halbkreis herum und sahen zu.

Sal hielt sich auf der linken Seite außerhalb des Lichtscheins und ging ruhig über die Rasenfläche vor seinem Haus zur Hintertür. In der Küche zog er im Dunkeln die Turnschuhe und die Socken aus, schlüpfte aus seinem Sportsakko, legte es über einen Stuhl und stieg dann die Treppe hinauf. Im Schlafzimmer zog er sich das Sweatshirt über den Kopf und drapierte es über den Bettpfosten. Er schnallte den Gürtel auf, stieg aus Hose und Unterhose und hängte beide über das Sweatshirt. Iris' Atemzüge verrieten ihm, daß sie wach war und auf ihn wartete. Er kuschelte sich unter der

Decke an sie, fand mit den Händen ihr Gesicht und küßte sie auf den Mund.

»Wir sollten wirklich mehr Zeit mit deiner Familie verbringen«, sagte er.

Sie gab einen kehligen Laut von sich. »Haben sie auf dich geschossen?«

»Ich hab' ja nicht gebellt.«

Sie seufzte.

»Mach dir keine Sorgen, ja?« Er küßte sie wieder.

Die Sekunden verstrichen stumm, bis sie schließlich sagte: »Bobby schafft's eines Tages noch, daß du umgebracht wirst.«

Seine Hand, die noch von draußen kalt war, glitt unter ihr T-Shirt und fand ihre warme Brust. Sie drehte sich weg, aber er ließ nicht locker.

»Sal, wir müssen in drei Stunden aufstehen.«

Er zog die Decke über ihre Schultern und massierte ihr dann mit den Daumen den Nacken, bis er spürte, wie ihre Muskeln sich entspannten und ihr Atem ihm verriet, daß sie anfing wegzudämmern.

Vor dem Haus endete die Episode in Etappen. Autotüren öffneten sich und klappten wieder zu. Motoren sprangen an, wurden hochgejubelt und starben dann ab. Überall an der Straße verloschen Lichter, bis der Gesang der Frösche und das Flüstern des Flusses wieder die einzigen Laute in der langen, hellen Nacht waren.

Sal lag da, seine Finger immer noch zärtlich den Nacken von Iris berührend. Er hörte das alles und hörte doch nichts. Immer noch dachte er über Bobby nach und daran, wie der sich von ihm verabschiedet hatte. Aber hauptsächlich dachte er an ihr Gespräch unter der Brücke.

»Wem vertraust du?« hatte Bobby ihn gefragt. Sal

wußte, auf welche Antwort Bobby aus gewesen war – hatte es sofort gewußt, als der ihm die Frage gestellt hatte. Es gab irgend etwas, was Bobby ihm hatte sagen wollen, irgendeinen Grund, weshalb Bobby sein Vertrauen suchte – aber Sal hatte es ihm vorenthalten.

Lautlos hob er die Decke und schlüpfte aus dem Bett, nahm seinen Bademantel vom Bettpfosten, tappte barfuß aus dem Zimmer und schlüpfte erst draußen hinein. Er tastete sich die dunkle Treppe hinunter um die Ecke ins Wohnzimmer, knipste das Licht über dem Küchentisch an und griff nach dem Telefon.

Er hatte schon angefangen, Bobbys Nummer zu wählen, als ihm bewußt wurde, wie spät es war. Unsicher legte er wieder auf und nahm sich vor, Bobby nach der Arbeit aufzusuchen. Später, wenn er an Bobby Swift dachte, erinnerte er sich jedesmal an diese Nacht. Er erinnerte sich dann an das Gespräch unter der Brücke und wie er ihn beinahe angerufen hätte – und daran, daß er Bobby im Stich gelassen hatte.

Zwei

Die Einwohnerzahl von Gravity im Staate Maine betrug mehr oder weniger tausend Seelen – mehr im Sommer, weniger im Winter. Zur Ortschaft gehörte eine Grundschule, ein Krankenhaus, eine freiwillige Feuerwehr und eine Farm. Die Straßen waren im Winter schmal und im Frühling von Frostaufbrüchen zerfressen. Blaubeerfelder nahmen den größten Teil des Landes ein, insbesondere des Farmlandes, aber mit Blaubeeren war kein Geld mehr zu verdienen, jedenfalls nicht für Familienbetriebe. Gravity war eine arme Ortschaft, wenn man sie mit dem nationalen Durchschnitt verglich, und war das auch immer gewesen. Die Häuser waren alt, die Scheunen sackten wehrlos ergeben in sich zusammen, und die Boote brauchten alle dringend einen neuen Anstrich. Nach dem durchschnittlichen Lebensstandard des Staates Maine freilich fehlte es den Leuten an nichts. Fast die Hälfte der Erwachsenen ging irgendeiner Angestelltentätigkeit nach, die andere Hälfte war arbeitslos oder selbständig (meist als Fischer, Hummerfischer und Muschelsammler), und das brachte genug ein, um damit zu Rande zu kommen, so wie das seit Jahrzehnten der Fall gewesen war.

Der Supermarkt von Gravity, dem seine Inhaber den klangvollen Namen »Superette« verpaßt hatten, war ein zweieinhalbstöckiges, mit weißen Schindeln gedecktes Gebäude. Es stand mitten im Dorf, unmittelbar am Fluß gegenüber dem Feuerwehrhaus. Bobby und

Noel Swift hatten den alten Laden mit dem Gewinn aus dem Verkauf ihrer Eigentumswohnung in Boston erworben, und Bobby hatte innerhalb von drei Jahren (und das war zwei Jahre mehr, als Noel eigentlich geplant hatte, dort zu bleiben) aus dem Tante-Emma-Laden ein beneidenswert gutgehendes Geschäft gemacht. Dabei hatte er die ganze Zeit gewartet. Hatte den *Plan* in sich genährt.

Das Superette war der Mittelpunkt des Gemeindelebens. Ob man nun Benzin, Petroleum, Lebensmittel, Bier, Wein oder harte Getränke brauchte, Fischerei- oder Jagdbedarf, Arbeitskleidung, Elektro- oder Installationsmaterial oder Leihvideos – alles war im Superette zu haben. Der Feuermelder der Ortschaft stand dort. Zur Essenszeit herrschte an der Theke mit den sechs Barhockern lebhafter Betrieb, und die Männer hatten Gelegenheit, über Lokalpolitik zu diskutieren. Obwohl als größter Umsatzträger Bobbys Fischsuppe hervorgehoben wurde, war es doch nach Herb True (dessen Frau Bonnie im Laden tätig war) keineswegs der Suppe zuzuschreiben, daß die Barhocker stets besetzt waren, sondern vielmehr der Tatsache, daß Noel Swift dort bediente. Herb pflegte zu sagen, daß Noel in der Ortschaft wahrscheinlich mehr Anlaß für ungeplante Geburten gab als der Papst.

Bobby und Noel bewohnten über dem Laden eine geräumige Wohnung, die Noel ganz im afrikanischen Stil eingerichtet hatte. An den Wänden hingen rituelle Stammesmasken, von Regalen und Ecken spähten Tierschnitzereien herab, und jedes Fenster war von üppigen grünen Dschungelpflanzen überwuchert – eine Oase des gepflegten Lebens in diesem armen Fischerdorf. Hinter dem Gebäude, an drei Seiten von Wald umgeben und an der vierten an die Garage grenzend, befand sich Noels Swimmingpool; es ging die Rede, daß sie im Sommer dort jeden Abend nach Ladenschluß nackt badete, obwohl niemand behaupten konnte, sie selbst gesehen zu haben – jedenfalls niemand, auf dessen Wort Verlaß war. Der Keller war Bobbys Reich – ebenso wie die Garage, wo er seine Corvette und seine Harley untergestellt hatte, die Werkstätte, wo er seine Werkzeuge aufbewahrte – und der kleine Fitneßraum, in dem er starb.

Am Freitag mittag, nach dem Essen, fuhr Noel nach Bangor, um dort Farbe für das Badezimmer zu kaufen. Sie gab Bobby beim Wegfahren keinen Kuß, weil sie das nie tat, obwohl Bobby sich das heute gewünscht hätte. Um 15 Uhr 30, nachdem in der High-School der Unterricht zu Ende war, kamen Erica und Chad zur Arbeit, wie sie das jeden Tag taten, und Bobby ging ins Untergeschoß und zog seinen Trainingsanzug an. Gewöhnlich schaltete er den Thermostat nicht ein, aber heute brauchte er kalten Schweiß, und deshalb drehte er ihn auf siebenundzwanzig Grad.

Um 16 Uhr erschien Eliot Wicker, um seinen Nachmittagskaffee zu trinken. Um 16 Uhr 30 rief Noel von einem Eisenwarenladen in Bangor an und verlangte Bobby. Er meldet sich in der Wohnung nicht, sagte sie zu Chad, vielleicht ist er unten im Fitneßraum.

Der babygesichtige, breitschultrige Junge – Chad war Captain des Footballteams der Schule und gläubiger Baptist – eilte hinunter, klopfte an die Tür des Fitneßraums und rief Bobbys Namen. Als er keine Antwort bekam, öffnete er die Tür und sah seinen Chef auf dem Teppich neben seinem Fahrradtrainer liegen, einen Fuß in der Pedalschlaufe hängend und das Gesicht von Schmerz verzerrt. Im ersten Augenblick war Chad total benommen. Dann rannte er zu dem Trainingsfahrrad, kniete sich hin, stieß dabei gegen Bobbys Arm und bemühte sich, Bobbys Fuß aus der Pedalschlaufe zu ziehen, wobei er hoffte, daß dies das ganze Problem wäre.

»Mr. Swift, ist Ihnen nicht gut?« fragte er.

Bobbys Arm fühlte sich feuchtkalt an, und seine Augen wirkten glasig und blicklos.

»Mr. Swift?«

Chad packte Bobby an den Schultern und schüttelte ihn. Bobbys Kopf sackte leblos zur Seite.

»Gleich...!« stieß Chad hervor und sah sich verstört im Raum um. »Gleich!« wiederholte er, dann rannte er zur Tür hinaus, wobei er sich heftig am Türrahmen anstieß.

Jetzt entspannte sich Bobby, ließ jedes Molekül seines Körpers in die Ruhe höchster Konzentration fallen. Chad war ein intelligenter Junge. Er würde die Notrufnummer anrufen, die neben dem Telefon des Ladens klebte. An einem Freitag nach 16 Uhr 30 war Walt Moody der einzige Arzt in der Klinik. Der junge Doktor hatte im letzten halben Jahr zweimal durch sein Stethoskop gelauscht, während Bobby sein Herz Salto schlagen ließ. Er hatte Bobby beide Male in allerhöchster Eile ins Downeast Memorial bringen lassen, wo man Herzrhythmusstörungen diagnostiziert hatte; das gleiche, was auch in der Klinik von Gravity registriert worden war. In Bobbys Familie gab es einen Großvater, der vor seinem vierzigsten Geburtstag an Herzversagen gestorben war – das war zwar eine glatte Erfindung, aber dennoch Teil seines offiziellen Patientenblattes. Mit einem solchen Hintergrund und einem gottesfürchtigen Footballcaptain als Zeugen würde es keinen Anlaß zu Argwohn geben und auch keinen Grund, der die Versicherungsgesellschaft etwa dazu bewegen könnte, eine Autopsie zu verlangen. Doc Moody, von dem bekannt war, daß er in Gegenwart des Todes ein wenig zitterte, würde sich mit Freuden von Eliot Wicker vertreten lassen, der bereits die Treppe herunter zu ihm unterwegs war. Wenn es keine Komplikationen gab, konnte Bobby innerhalb von dreißig Minuten zu dem Bestattungsinstitut unterwegs sein, das wußte er.

Bobby trennte sich von seinem Körper, ließ sein Bewußtsein los und tauchte tief in sich ein. Das war nicht Schlaf, das war *Fokussierung,* rein und total, so wie er es von dem Brahmanen gelernt hatte, so wie er es die letzten vier Jahre trainiert hatte. Er ließ zu, daß seine Blase sich in die Hose seines Trainingsanzugs entleerte. Er *wurde* sein Herz, *wurde* seine Lunge, versetzte sich selbst in absolute Ruhe, bezwang die Panik seines Körpers mit meisterhafter Kontrolle, so daß er, selbst als sein Herz anfing langsamer zu werden und als seine Lungen die Tätigkeit einstellten, die kehlige Stimme des Leichenbestatters über dessen die Treppe herunterkommenden Schritten hören konnte. »Draußenbleiben«, sagte Wicker, »draußenbleiben.« Bobby war sich gleichzeitig seiner Umgebung in vollem Maße bewußt und nahm doch von alldem nichts wahr.

Sal Ericksons Kopfschmerzen waren nichts Neues, aber heute hatten sie besondere Ausmaße angenommen. Das alljährliche Blaubeerblütenfest sollte am Sonntagabend stattfinden, und die dafür angesetzte, die ganze

Schule umfassende Probe war eine einzige Katastrophe gewesen. Die Kinder wußten nicht, wie sie sich auf der Bühne aufstellen sollten, sie kannten ihre Liedertexte nicht, und ihr Gesang hörte sich schlicht und einfach entsetzlich an. Es war jedes Jahr dasselbe: durchgedrehte Kinder und überreizte Lehrer, die um ihn herumwimmelten. *Mrs. Bonneville's Klasse hat auch dieses Jahr wieder die besten Lieder – Mrs. Perkins hat es nie so gemacht*, und das Tag für Tag, Woche für Woche. War das wirklich er, ein vierunddreißigjähriger Mann, der die besten Jahre seines Lebens damit verbrachte, kleine Kinder auf die baufällige Bühne einer wackligen Turnhalle zu bugsieren? Und war das derselbe Mann, der vor zehn Jahren mit Woody Hermans Thundering Herd als gefeierter Solist durch Europa gezogen war, der Mann, den *Downbeat* als »einen der besten jungen Posaunenspieler im Osten« bezeichnet hatte? Mr. Sal Erickson, Ladies and Gentlemen, wird jetzt eine kleine Nummer mit Weidenkätzchen und beschissenen fliegenden Einhörnern zum Vortrag bringen …

Als Sal nach der Schule nach Hause kam, saß die Katze auf der Frühstückstheke und leckte Milch auf, die Davey verschüttet hatte, und Davey lümmelte ausgestreckt im Wohnzimmer auf dem Boden und sah sich Zeichentrickfilme an. Sal zog seine Kordjacke aus und warf sie auf die Couch.

»Schweren Tag gehabt?« erkundigte sie sich.

Sie winkte ihm mit der Hand, auf die sie vorher ihr Kinn gestützt hatte, ohne auch nur ein einziges Mal den Blick vom Fernseher abzuwenden.

»Gehst du mit mir fischen?« fragte sie.

»Redest du mit Bugs Bunny oder mir?«

Sie wackelte mit ihrem schmalen Hintern.

»Ich muß jetzt Abendessen machen, Kleines. Mom hat heute abend ihre große Prüfung. Außerdem wette ich, daß du die Erbsen nicht ausgejätet hast, wie ich dich gebeten hatte.« Davey wackelte wieder mit dem Hintern. »Oder Klavier geübt hast.«

Er ging ins Bad, stieg aus seiner Hose, hängte sie über den Handtuchständer und holte dann seine schwarzen Sweatpants aus dem Wäschekorb und zog sie an. Sal war auf der Schule ein guter Sportler gewesen. Er hatte auch heute noch einen wohlproportionierten und gut durchtrainierten Sportlerkörper. Tatsächlich sah er mit seinem kräftigen Hals und dem gestutzten schwarzen Haar eher wie ein Footballspieler als wie ein Musiker aus – oder wie ein Musiklehrer, als den er sich betrachtete. Er knöpfte sein Hemd auf, zog es aus, und warf es in den Korb. Im T-Shirt ging er in die Küche, um dort seine Turnschuhe zu holen.

»Morgen früh gehe ich mit dir fischen!« rief er Davey zu, während er sich die Schuhe schnürte. Aber heute mußt du Klavier üben und die Erbsen jäten.« Als er zur Hintertür hinausging, sah er Jerry Royal auf der anderen Straßenseite an einer rauchenden Abfalltonne arbeiten. Jerry pflegte dort seine Öllappen, den Müll und gelegentlich auch Hühner einzuäschern, die auf der Straße überfahren wurden. So wie es aussah, schürte Jerry das Feuer mit einem angekohlten Stück Balken, das ebenfalls brannte. Dem Gestank nach zu schließen, vermutete Sal, daß Jerry gerade den Hund verbrannte, den er am Tag zuvor erschossen hatte.

Sal wußte, daß sein Schwager ihn durch die Rauchschwaden beobachtete, und deshalb bog er rechts ab in Richtung der Ortschaft, sah auf die Uhr und fing zu laufen an. Man konnte das, was Sal tat, korrekterweise eigentlich nicht als Jogging bezeichnen, vielmehr war es von Anfang an ein eindeutiger Sprint, bei dem seine Lungen nur so pfiffen. Die halbe Meile in zwei Minuten zehn Sekunden. »Als ob einer hinter ihm hergewesen wäre«, sagte Sals Nachbarin Martha Abraham später den Leuten auf dem Postamt.

Seine Lungen brannten bereits, als er an Mrs. Abrahams Haus vorbeiraste, vorbei an dem einsamen Apfelbaum auf ihrem Feld. Seine Beine schwangen wie Kolben auf und ab, seine Lungen wurden über ihre Belastungsgrenzen hinaus ausgedehnt, das Herz dröhnte in seiner Brust, und dann trieb er sich an, noch schneller zu werden, überzeugt, noch nie so schnell gerannt zu sein, und jagte hinter seinem eigenen in die Länge gezogenen Schatten her über den vom Frost aufgewölbten Asphalt. Er konnte Thelonius Monk im Pfeifen seines Atems hören. *Little Rootie Tootie.* Yeah, die sind jetzt hinter mir her, Mrs. Abraham …

Hinter sich das Geräusch eines schnell näher kommenden Wagens. In einem Anfall von Verblendung versuchte er, mit ihm Schritt zu halten und legte weiter zu, unglaublich, bis er das Gefühl hatte, sein Herz müsse explodieren – dann überholte ihn das Fahrzeug. Es war der schwarze Cherokee des Leichenbestatters; Eliot Wicker war zum Superette unterwegs, um dort seinen Nachmittagskaffee einzunehmen.

An der Kreuzung mit der Village Road verlangsamte Sal sein Tempo auf das eines Joggers, schließlich auf das eines Spaziergängers, keuchend beugte er sich beim Gehen vor. Er sah auf die Uhr. Zwei zehn, ein neuer Rekord. Er beschrieb einen weiten Bogen auf der Straße, die Hände auf die Hüften gestützt. Sein Gesicht brannte, und seine Lungen ersetzten die verbrauchte Luft wie eine Zweitaktmaschine. Ein Stück vor ihm thronte die Sonne wie ein warmer lächelnder Pfirsich tief über den Bäumen, während der sie umgebende Himmel jene Art vielversprechenden Blaus angenommen hatte, das man nur im Frühling findet. Sal hatte dabei ein gutes Gefühl, es tat ihm gut, daß er all dies wahrnahm. Ein einsamer Frosch begann unten am Fluß zu quaken und kündigte damit den Abend an. Auch das tat Sal gut. Sechs Monate waren es jetzt, seit er mit Trinken aufgehört hatte, auf den Tag genau. Er fühlte sich stark, jeden Tag stärker. Er und Iris kamen besser denn je miteinander aus. Davey war glücklich und gesund und ein As in der Schule. Und sein Sonntagskonzert würde auch gut laufen, das wußte er. Was er in der vergangenen Nacht mit Bobby hatte in der Luft hängenlassen – was immer es auch gewesen war –, war tatsächlich das einzig Ungeklärte in seinem Leben, so wie er das jetzt sah, und jetzt hatte er ein paar Minuten Zeit und würde auch das erledigen. Er ging den Hügel zu Bobbys Laden hinauf, begann wieder zu laufen und rannte schließlich mit allem, was ihm noch an Kraft zur Verfügung stand, über die Brücke.

»Draußenbleiben«, tönte Wicker und stand da, die spindeldürren Arme so ausgestreckt, daß sie die ganze Treppe versperrten. Sal packte den Leichenbestatter an der Schulter und versuchte, sich an ihm vorbeizuschieben. »Draußenbleiben!« rief Wicker noch einmal, aber Sal schob sich seitlich an ihm vorbei, als ob der Mann ein U-Bahn-Drehkreuz wäre.

»Sie dürfen da nicht hinein«, erklärte ihm Wicker, als Sal die restlichen Treppenstufen, zwei auf einmal nehmend, hinunterhetzte, dann um die halbhohe Brüstung herumfegte und durch die Tür schoß, die in Bobbys Fitneßraum führte.

»Es ist sein Herz!« rief Chad hinter Wicker.

Sal flog förmlich in den Raum und kauerte sich vor Bobby nieder. »Ein Arzt! Hat jemand einen Arzt gerufen?« schrie er.

»Du auch nicht!« schrie Wicker, rannte in den kleinen Raum und versuchte, vor Chad die Tür zu schließen.

Sal hob Bobbys Kopf mit beiden Händen an und redete auf sein Gesicht ein, als wolle er seinen Freund aus einem kleinen Nickerchen wecken. *»Bobby?«* Bobby klebte das Haar feucht am Hals. Seine Haut fühlte sich eiskalt an.

»Lassen Sie mich zu ihm und lassen Sie ihn in Frieden!« herrschte Wicker ihn an und packte Sal so fest an der Schulter, daß sich seine Nägel in Sals Haut bohrten.

Sal achtete nicht auf ihn. Er schob ein angewinkeltes Bein unter Bobbys Hals, um seinen Kopf zu stützen, griff mit der linken Hand unter Bobbys Schulter und hielt ihn im Arm. »Bobby, jetzt komm schon!« rief er. Mit der rechten Hand schlug er auf Bobbys Brust.

Bobby stöhnte. Seine Augen waren weit geöffnet, sein Körper wurde steif, zitterte eine Sekunde lang und wurde dann wieder schlaff, obwohl in seinen Augen immer noch dieselbe nackte Bestürzung stand.

»Schafft ihn hier weg!« brüllte Wicker, schlang die Arme um Sals Hals und versuchte ihn wegzuzerren.

Ein zweites Paar Arme packte Sal von hinten. »Mr. Erickson!« Das war Chad, und er war viel stärker als

Eliot Wicker. Zu zweit schleiften sie Sal über den Teppich nach hinten weg, und Bobby rutschte mit ihm.

»Lassen Sie ihn los!« bedrängte Wicker ihn erneut, packte Sal am Arm und zerrte daran. »Wahrscheinlich haben Sie ihn jetzt umgebracht!«

»Nein, er kommt wieder zu sich!« schrie Sal, der nicht aufgab. Er versuchte, wieder auf Bobbys Brust zu schlagen, aber da Chad an seinem Arm zerrte, streifte ihn seine Hand nur. Und dann mußte er Bobby ganz loslassen, als Chad sich auf ihn stürzte und ihn in Richtung Tür trieb. »Mr. Erickson, Sie müssen das bleibenlassen!« rief er.

»Jemand soll einen Arzt holen!«

»Ich habe die Ambulanz verständigt«, sagte Chad.

»Das hat keinen Sinn mehr!« schrie Wicker. *»Er ist tot!«*

Die Worte trafen Sal wie ein Schock. Einen Augenblick lang stand er reglos an die Tür gelehnt da und blickte über Chads Schulter, während Wicker neben dem ausgestreckten Körper Bobbys kniete, sein Handgelenk mit Daumen und Zeigefinger hielt, während seine andere Hand auf Bobbys Herz lag und er das Ohr an Bobbys offenen Mund preßte. Ein Bild der Konzentration. Nach ein paar Sekunden hob der Leichenbestatter den Kopf und atmete tief durch. Er sah zu Sal hinüber und zuckte die Schultern, die Zähne zusammengepreßt, ein Bild der Hoffnungslosigkeit.

»Es tut mir leid«, sagte er, jetzt ganz im Tonfall und mit der Miene des Beerdigungsunternehmers. »Er ist von uns gegangen.«

»Nein, er hat geatmet«, beharrte Sal, den Chad, sich mit den Turnschuhen in den Teppichboden stemmend, immer noch gegen die Tür preßte.

Wicker schüttelte mit einem herablassenden Lächeln den Kopf. »Reflexe«, erklärte er. »Sie haben einem Toten die Luft aus den Lungen gepreßt.«

Sal kam erst um zehn Uhr abends nach Hause. Als er das Wohnzimmer betrat, saß Davey in eine Decke gehüllt auf dem Schaukelstuhl und sah fern. Iris, die schon von der Schule zurück war, schlief auf der Couch, ihre Hefte, ihre Bücher und ihr Pager waren über den Couchtisch und den Boden verstreut. Sal hob Davey aus dem Lehnstuhl. Als er sie die Treppe hinauftrug, sagte sie schläfrig: »Wo warst du?«

»Es ist etwas dazwischengekommen«, erklärte ihr Sal, trug sie in ihr Schlafzimmer, legte sie ins Bett und deckte sie zu.

»Mommy mußte Melissa holen, damit sie auf mich aufpaßt und ist dann zu ihrer Prüfung gefahren«, sagte Davey und warf ihm einen besorgten Blick zu.

»Ich weiß«, erwiderte er, gab ihr einen Kuß und schaltete ihre Waschbärenlampe aus. Dann schickte er sich an, die Treppe hinunterzugehen.

»Bis morgen dann also«, seufzte sie.

»Ja, bis morgen.«

Unten küßte er Iris wach. Sie schlug friedlich die Augen auf, schob sich dann die Brille zurecht und hielt ihm den Mittelfinger hin. Er küßte ihren Finger. »Wie war die Prüfung?«

Sie ließ den Finger so, wie er war.

»Ich hab's kapiert.«

»Bloß um sicherzugehen«, sagte sie und sah ihn mit fragender Miene an. Dann wurde ihr Blick schärfer, und sie ließ den Finger sinken.

Seine Worte klangen hölzern. »Bobby ist tot.«
Der Atem stockte ihr. »Bobby Swift?«
»Er hatte einen Herzanfall auf seinem Hometrainer.«
Iris stützte sich auf den rechten Ellbogen und richtete sich halb auf, ihre Augen glänzten. Sie atmete tief durch, griff dann nach Sals Arm, packte ihn am Hemd und zog ihn zu sich herunter. Er stützte sich mit einem Knie auf den Boden.

»Bei dir alles in Ordnung?« fragte sie ihn.

»Yeah«, antwortete er, über sich selbst erstaunt. Und es stimmte auch tatsächlich; er war zwar wie benommen, aber nicht so verzweifelt, wie er das erwartet hätte. (Wie er das *hätte sein sollen*, dachte er.) Tatsächlich hatte er bereits aufgehört, sich den Kopf darüber zu zerbrechen, ob etwas mit Bobbys nächtlichem Besuch in der vorangegangenen Nacht oder damit, wie Bobby sich verabschiedet hatte, nicht in Ordnung gewesen wäre. Er fing an, Iris wieder zu küssen, und dann öffnete sich sein Mund, ohne daß er das so vorgehabt hatte, und er suchte mit seiner Zunge nach der ihren. Er griff nach ihrer kleinen Brust, nahm die Brustwarze zwischen Daumen und Zeigefinger, und ihr Körper hob sich ihm entgegen. Sie nahm seine Hand und flüsterte an seinen Lippen: »Aber doch nicht jetzt.«

Unwillkürlich atmete er tief durch und dachte, er müsse gleich anfangen zu weinen. Aber dazu kam es nicht. Seine Hand schob sich unter ihren Baumwollpullover, fand ihre hart gewordene Brustwarze und strich wieder darüber.

Sie nahm seine Hand. »Sal, das geht doch jetzt nicht.«

»Ich weiß ja auch nicht«, antwortete er.

Vielleicht hätte er sich dafür schämen sollen, daß er sie jetzt wollte, dachte er, aber im Augenblick war er dankbar dafür, sie zu haben. Sie gingen ins Bad, putzten sich beide die Zähne und stiegen dann im Mondlicht die Treppe hinauf. Als sie im Bett lagen, liebten sie sich stürmisch eine Stunde lang. Das erste Mal seit Wochen.

Drei

Bobby kam in Wickers schwarzem Cherokee wieder zu sich, in einem weißen, mit Reißverschluß verschlossenen Leichensack. So wie in der vorangegangenen Nacht fing er an, unkontrollierbar zu frösteln, und seine nasse Hose machte alles nur noch schlimmer. Er zitterte so heftig, daß der Plastiksack dabei raschelnde Geräusche von sich gab und die zusammenlegbare Tragbahre klapperte. Wicker schrie nach hinten, er solle sich gefälligst ruhig halten. Als sie das Bestattungsinstitut erreicht hatten, rollte Wicker ihn auf der Bahre in den Wäscheraum, wo er Bobby aus dem Sack befreite und ihn in eine Wärmedecke einhüllte. Trotz der niedrigen Heizstufe war die Akklimatisierung ebenso schmerzhaft wie am Vortag, als man ihn in die Badewanne gesteckt hatte.

Aber die Langeweile danach war noch viel schlimmer – die scheinbar endlosen sechsunddreißig Stunden, die er eingeschlossen in dem Wäscheraum auf einem Stapel Wolldecken liegend mit der Lektüre alter Ausgaben von *Money* und etwa zehn Jahrgängen der Fachzeitschrift für Leichenbestatter verbrachte, unterbrochen von gelegentlichen Abstechern in die Toilette, wo er sich das Bild Noels vor Augen rief und onanierte.

Das Eingesperrtsein war brutal. Aber Wicker hatte damit gedroht, den ganzen Schwindel auffliegen zu lassen, sollte Bobby auch nur die Tür zur Wäschekammer öffnen. Und Wickers Nerven waren so angespannt, daß er seine Drohung auch wahrgemacht hätte. Er hatte Bobby fast die ganze erste Nacht wach gehalten, indem er sich im Stockwerk darüber ständig räusperte, ein methodisch wirkender Prozeß der Schleimverlagerung. Je mehr Bobby sich Mühe gab, es zu ignorieren, desto mehr drängte es sich in sein Bewußtsein, so daß sein Schlaf bestenfalls unruhig war – und er mußte unbedingt ausgeruht sein.

Die einzige Abwechslung war eine Stunde am Samstag morgen, als Sal mit Noel kam, um den Sarg auszuwählen. Als Bobby die Stimme Sals durch die Wand hörte, erfüllte ihn tiefe Traurigkeit bei dem Gedanken, daß er im Begriff war, seinen besten Freund zu verlieren. Zugleich drängte sich ihm erneut der beunruhigende Verdacht auf, daß er irgend etwas übersehen hatte, und er wünschte sich mehr denn je, er hätte Sal in seinen Plan eingeweiht.

Als die Stimmen näher kamen, preßte Bobby das Ohr an die Wand und hörte, wie Sal etwas über die Lehrerpensionskasse sagte – und deren Angebot, sich an den Begräbniskosten zu beteiligen. Noel lehnte ab.

»Schicken Sie mir einfach die Rechnung«, sagte Sal zu Wicker.

»Falls das Mrs. Swift recht ist...« antwortete Wicker.

»Schicken Sie mir die Rechnung«, wiederholte Sal.

Noel irrte sich. Sal konnten sie vertrauen. Und es *konnte* ja schließlich tatsächlich etwas schiefgehen. Wenn Noel auf der Fahrt zum Friedhof in einen Unfall verwickelt wurde? Wenn irgendwelche Kinder auf dem Friedhof ihr Unwesen trieben? Mit Sal auf ihrer Seite gäbe es da kaum Probleme.

»Kann ich Ihnen sonst noch irgendwie behilflich sein...?« fragte Wicker, als er die beiden hinauskomplimentierte. Bobby ging auf Zehenspitzen zur Tür. Das war die letzte Möglichkeit. Er brauchte nur die Tür zu öffnen und …

»Wir sind bemüht, es den Leidtragenden so leicht wie möglich zu machen«, fuhr Wicker fort. Bobby konnte ihre Schritte hören. Der Gedanke, Sally zu sagen, was er ausgeheckt …

Seine Hand näherte sich dem Türknopf.

Jetzt oder nie. Du mußt Sal mit ins Boot ziehen. Dich von hinten an ihn heranschleichen, ihm eine Heidenangst einjagen, sich seinen Gesichtsausdruck für immer einprägen und dann in ein höllisches Gelächter ausbrechen.

Eine Tür schloß sich, und Wickers Stimme verklang. »In solchen Zeiten …«

Yeah, sag es Sal. Und dann soll er bei mir bleiben …

Eine weitere Tür schloß sich; die Stimmen waren jetzt durch die Holzvertäfelung nur noch schwach zu hören.

Andererseits – wenn Sally wußte, daß Bobby lebte, würde er den Rest seines Lebens nicht tatenlos bleiben. Irgendwann in zehn oder zwanzig Jahren, eben dann, wenn er glaubte, daß keine Gefahr mehr bestand, würde Sal mit Sicherheit irgendwo in eine Telefonzelle gehen und anrufen. Oder in aller Unschuld Urlaub auf den Cayman-Inseln machen. Und wenn je Verdacht aufkam, wenn die Behörden sich erst einmal daranmachten, jedes fehlende Steinchen in der ganzen Bergkette von in Zahlungsverzug geratenen Sparkassen aufzuspüren, würden sie sich bloß Sal vorzunehmen brauchen. Ihn am falschen Tag befragen oder ihm damit drohen, ihn von seiner Familie zu trennen.

Noel hatte recht. Der Plan war perfekt. Er erschrak,

als ihm klar wurde, wie nahe dran er gewesen war, alles auffliegen zu lassen. Sein ganzes Leben lang hatte Bobby sich mit Risiko und Angst herumgeschlagen. Aber noch nie war er so beunruhigt gewesen wie jetzt.

Vielleicht weil er sich bis zur Stunde noch nie auf einen anderen Menschen hatte verlassen müssen. Und jetzt hing sein Leben von Noel ab. Trotzdem ... der Plan war perfekt. Der Plan war in Bewegung, und außerdem war es zu spät zum Rückzug.

Den Rest des Tages – und während der ganzen langen zweiten Nacht – lag Bobby ausgestreckt auf dem Stapel Decken, kämpfte gegen den Geruch von Waschmitteln an und lauschte den Schritten, die über ihm auf und ab gingen (und dem beständigen Räuspern). Immer wieder ging er das Ganze aufs neue durch.

Die Schaufel und der Spaten warteten im Wald in der Nähe seiner Grabstelle. Der Mietwagen war am internationalen Flughafen von Bangor reserviert (auf den Namen Dale Newman, der auch ein Hotelzimmer im Logan Airport Hilton in Boston reserviert hatte). Sobald der Sargdeckel über ihm zugefallen war, würde Bobby die Flaschen nacheinander öffnen: zuerst die Taucherflaschen und dann die Sauerstoffflaschen. Jedesmal, wenn er eines der Ventile aufdrehte, würde er den Wecker seiner Armbanduhr stellen, um wach zu werden, wenn die Zeit gekommen war, eine neue Flasche zu öffnen. Irgendwann, bevor der dritte Alarm ertönte, würde Noel da sein und ihn ausgraben. Sie würde ihn mit einem Flüstern wecken. Sie würde einen Koffer mit neuen Kleidern dabeihaben (den Anzug, in dem man ihn begraben hatte, wollten sie im Grab lassen). In dem Koffer würden auch eine Schere, Haartönung, eine Hornbrille und seine neue Brieftasche liegen sowie Dale Newmans Flugticket, sein Paß und seine Geburtsurkunde – alle bei einem Fälscher in Brooklyn besorgt, den Noel aus ihrer Zeit als Fotomodell kannte. Die neue Brieftasche enthielt Dale Newmans Führerschein und eine Ausweiskarte, ausgestellt von der Atlantic National Bank, die auf einem Ausländerkonto zwei Millionen Dollar bereithielt, die Bobby Swift und Dale Newman gehörten. Jetzt, nach dem Hinscheiden von Bobby Swift, gehörte das Konto ausschließlich Mr. Newman. New Man – ein passender Name. Er würde am Montagmorgen die erste Abhebung tätigen, ein Fahrrad und eine Taucherausrüstung kaufen und sein neues Leben beginnen.

Wenn dann die Lebensversicherung ausbezahlt wurde – fünfundzwanzigtausend Dollar, nicht genug, um Argwohn zu erwecken –, wollte Noel Urlaub nehmen, den Laden Herb und Bonnie anvertrauen und in Tampa eine Kreuzfahrt antreten. Sie würde einen Brief nach Hause schreiben, daß sie auf dem Schiff einen wohlhabenden Mann kennengelernt und sich in ihn verliebt habe. Sie würde den Laden Bonnie True übergeben, mit allem Drum und Dran, inklusive aller Videobänder, und dann verschwinden.

Von diesem Augenblick an würden die Newmans Inselbewohner sein. Die Wohnung, die sie gemietet hatten, war nur einen Katzensprung vom Strand entfernt. Sobald sie sich auf Cayman hatten registrieren lassen, würden sie sich eine Wohnung oder ein Haus am Strand kaufen, ihr Geld in konservativen Papieren anlegen und den Rest ihres Lebens glücklich und zufrieden und in Freiheit verbringen. Sie würden mit ihren Rädern mit Strohkörben an der Lenkstange herumfahren und jeden Tag zwischen den Riffen tauchen. Was konnte man sonst schon auf Grand Cayman tun, außer tauchen, in der Sonne liegen, gut essen und sein Geld verstecken? Sie würden frisches Obst und Fische essen, Rumpunsch trinken und jede Nacht eng umschlungen einschlafen, während sie dem Rauschen der Brandung lauschten und wußten, daß sie, umgeben von den warmen Wellen des Atlantiks, in Sicherheit waren. Mit Ausnahme …

– das Husten –

… mit Ausnahme von Eliot Wicker.

Das war es.

Noels Worte trafen Bobby wie eine kalte Ohrfeige. *Du kannst niemandem vertrauen*. Eine Vision ließ ihm eisige Schauer über den Rücken laufen: glänzende schwarze Flügelspitzen, die den feinen Sand am Ufer aufwirbelten.

Um fünf Uhr früh, an dem Morgen, an dem er begraben werden sollte, öffnete Bobby Swift die Tür des Wäscheraums und trat mit seiner Taschenlampe in Wickers Büro. Er schlich sich durch den Balsamierraum, durch den Ausstellungsraum mit den Särgen und die Kapelle, wo sein eigener Mahagonisarg vor fünfzehn Reihen mit Stühlen stand. Nur die obere Deckelklappe war geöffnet, so wie sie auch während der Totenfeier offenstehen würde. Der Raum war fensterlos und stickig.

Er öffnete eine weitere Tür und schlich sich in das kleine Besprechungszimmer daneben, wo das elfenbeinfarbene Licht der Morgendämmerung die Jalousien säumte. Ans Fenster tretend, schob er leise zwei Jalousiestäbe auseinander.

Weiches Licht erfüllte den Himmel. Die weiße Leuchtschrift, die auf der vorderen Rasenfläche an einer Stange angebracht war, strahlte wesentlich heller – WICKERS BESTATTUNGSUNTERNEHMEN stand dort zu lesen –, und auch der Parkplatz war hell beleuchtet; Insekten umschwärmten die zwei Beleuchtungskörper auf der hohen Stange. Weshalb brauchte ein Bestattungsunternehmen Werbung, weshalb war es nötig, einen leeren Parkplatz zu beleuchten ...

Aber Eliot Wicker warb natürlich in Wirklichkeit gar nicht – er half auch seinen Kunden nicht beim Parken ihrer Autos. Er hatte schlicht und einfach Angst vor der Dunkelheit. Er hatte Angst, und er würde umfallen, dessen war Bobby jetzt sicher. Sobald Wicker seinen Anteil an dem Geld verbraucht hatte und ihm nur noch sein nagender Neid und diese sich ewig räuspernde Angst geblieben waren – würde er alles ausplaudern. Vielleicht irgendeinem auswärtigen Psychiater, vielleicht seiner Mutter, vielleicht würde er geradewegs zur Polizei gehen oder sich in seinem makellos sauberen Cherokee vergasen und einen Bekennerbrief hinterlassen. Wie auch immer ... Der Tag würde kommen, wo schwarze Schuhe vor Bobbys Decke am Strand auftauchen würden, bis zu den Socken voll Sand. Er malte sich aus, wie Noel in Handschellen vom Strand weggeführt wurde. Er malte sich aus, wie er Eliot Wicker tötete.

Eine Pistolenkugel in den Kopf, ein Messer durchs Herz – er ließ den Gedanken in sich wachsen. Dann ertappte er sich sogar dabei, wie er versuchte, die Tat zu rechtfertigen: Wicker war habgierig und herzlos, und die Welt würde nur gewinnen, wenn es ihn nicht mehr gab. Aber das war nicht der entscheidende Punkt, und

Bobby wußte das. Mord war Mord, doch Eliot Wicker stand zwischen diesem Toten und einem Leben voller Wonne. Es konnte schnell geschehen, noch heute nacht konnte es geschehen, nach der Auferstehung und bevor Bobby nach Boston flog. Noel würde es nie zu erfahren brauchen.

Mord.

Und wer eignete sich besser dazu, das Verbrechen zu begehen, als ein Toter? Bobby wartete, daß sich so etwas wie Reue einstellte. Aber nichts dergleichen geschah. Selbst dann nicht, als er seinen Platz am Fenster verließ, sich wieder dem Inneren des Gebäudes zuwandte (wobei er jeden Türknopf mit dem Hemdärmel abwischte) und sich in den Balsamierraum schlich, wo er sich ein paar Latexhandschuhe überstreifte und dann leise Schubladen öffnete, bis er die zwei Dinge fand, die er suchte: einen winzigen Schraubenzieher und die Waffe. Er kannte den eigentlichen Zweck des Gegenstandes nicht, aber er war eindeutig wie für die Tat geschaffen – ein dünnes, vierzig Zentimeter langes, vorn sich verjüngendes verchromtes Stahlrohr.

Er schlich sich in die Kapelle zurück und versteckte das Ding in seinem Sarg unter den Taucherflaschen, neben der Sechs-Volt-Taschenlampenbatterie, die sein Heizkissen mit Strom versorgen würde.

Dann ging er in den kleinen Besprechungsraum zurück, der in der Morgendämmerung inzwischen etwas heller war. An der Wand war ein Kasten mit vier Schaltern angebracht, unter denen MUSIK, TAFEL, PARKPLATZ, KAPELLE stand. Mit der Taschenlampe im Mund schraubte Bobby den Deckel ab, entdeckte den roten Draht, den er gesucht hatte, und zog ihn aus seiner Halterung, wobei Funken sprühten. Als er durch die Jalousien hinaussah, stellte er fest, daß die Parkplatzbeleuchtung erloschen war. Er schraubte den Deckel wieder fest, anschließend brachte er den Schraubenzieher in den Balsamierraum zurück und verwahrte ihn dort, wo er ihn weggenommen hatte. Dann ging er in den Wäscheraum, wo er seine Vorbereitungen fortsetzte. In der Toilette gab es oben an der Decke ein kleines Flügelfenster. Bobby kletterte auf den Toilettensitz und griff hinter die Jalousie, um das Fensterschloß zu öffnen, dann schlich er zurück und legte sich wieder auf sein aus Decken improvisiertes Bett. Mord, tatsächlich. Der Gedanke machte ihn jetzt doch nervöser als sein eigenes Begräbnis, und plötzlich stellte er fest, daß er ebenfalls angefangen hatte, sich zu räuspern. Er hörte Wickers Husten wie eine Antwort, antwortete seinerseits lautstark darauf und fragte sich dann mit einem stummen, anhaltenden Schmunzeln, ob der Leichenbestatter ebenfalls ausgestreckt auf seinem Bett lag, zur Decke starrte und dasselbe dachte: daß es praktisch nichts gab, wozu ein Toter nicht imstande war.

Die Begräbnisstätte an der Hügelflanke nannte sich *Ewiger Friede*. Das Gras wuchs hier dicht und üppig, und darüber schimmerten die Wipfel der Bäume in der Sonne. Sonntag morgen, Blaubeerblütentag, der Tag von Bobby Swifts Beerdigung und Sals Schulkonzert. Sal atmete tief durch.

Er beobachtete Iris und Davey, die vor ihm gingen. Davey strich beim Vorbeigehen mit der Hand über jeden vom Wind glattpolierten Grabstein. Es rührte ihn, wie ähnlich sich Mutter und Tochter waren: beide mit glänzendem aschblondem Haar im

Pagenschnitt; ihre schlanken, geschmeidigen Körper. Sogar denselben Gang hatten sie, aufrecht, mit kurzen Schritten wie Sprinter, die sich einen Teil ihrer Energie aufsparten. Wieder dachte er daran, daß er und Iris verhindern mußten, daß der Tod Bobbys in Daveys unbelasteter Vorstellungswelt schlimme Spuren hinterließ.

Was ihn selbst anging, war Sal immer noch außerstande, die einfache Tatsache völlig zu akzeptieren. Bobby war tot. Im Lauf der letzten beiden Tage hatte er sich ständig dabei ertappt, wie er es wiederholte – Bobby ist tot, Bobby ist tot. Aber es wollte sich einfach nicht festsetzen, selbst dann nicht, wenn er es noch einmal durchlebte: Bonnie Trues wässerige Augen, als Wicker die Leiche durch die Garagentür hinausgefahren hatte; die Stammgäste, wie sie mit dem Rücken zur Theke dagesessen und voll Bitterkeit über die Warnsignale geredet hatten, die ihnen entgangen waren – oder den abgeklärten, fatalistischen Blick, mit dem Noel ihn angesehen hatte, als sie eingetroffen war, und wie sie ihn in die Arme genommen hatte, so als würde sie Trost spenden, statt ihn entgegenzunehmen.

»Erinnerst du dich noch, wie Thelonius gestorben ist?« brach Iris' Stimme das Schweigen. »Und wie wir ihn dann dort draußen begraben haben, mit seinem kleinen Grabstein?«

Mit ihrem Pager, der aus ihrer Jackentasche hervorragte, (eine ihrer Hebammenmütter aus Oyster Cove war heute fällig), erinnerte sie Sal an die Leiterin einer Reisegruppe, die über den Rasen schreitend, diese Familienlektion in Sterblichkeit vortrug.

»Ist Thelonius im Himmel?« fragte Davey.

»Stell dir vor«, sagte Sal, »ein Himmel voller Katzen!«

Iris drehte sich um und warf ihm einen Blick zu, dann antwortete sie Davey: »Wenn du einmal darüber nachdenkst, dann sind Friedhöfe in Wirklichkeit für uns Lebende da, damit wir uns an die Menschen und Tiere erinnern können, die wir einmal geliebt haben.« Iris schien überhaupt nicht bewußt zu sein, daß die anderen Mitglieder ihrer Familie, Otis und Jerry Royal, oben auf dem Hügel damit beschäftigt waren, Bobbys Grab auszuheben. Sie redeten miteinander, schienen sich zu streiten, Fetzen ihres Wortwechsels wehten den Hügel herab.

»Wird Bobby dort begraben?« fragte Davey und sah nach oben. »Ganz dort oben und ganz allein?«

»Mhm.«

Sal fragte sich (wie er es schon oft getan hatte, und andere Dorfbewohner auch), wie es möglich war, daß Iris und Davey demselben Genmaterial entstammten wie Iris' Vater und ihr Bruder.

»Ich weiß, wo meine Großmutter liegt«, sagte Davey plötzlich und entzog Iris ihre Hand.

»Dafür haben wir jetzt wirklich keine Zeit, Liebes.«

»Daddy hat es mir einmal gezeigt«, erklärte sie und machte sich auf den Weg zwischen die Gräber.

Iris sah Sal an, worauf dieser rief: »Komm schon, Kleines, wir müssen weiter.« Aber Davey hatte die Grabplatte im Boden bereits gefunden.

»Ich hab' sie gefunden, Mommy. Leonna Royal.«

Sal stieg die paar Stufen hinauf, trat neben Davey und legte die Hand auf ihren Kopf.

»Sie ist bei dem Omnibusunglück ums Leben gekommen, stimmt's?«

»Ja.«

»Aber warum sind hier keine Blumen?« Sie sah wieder Iris an. »Du hast doch gesagt, daß Friedhöfe dazu da sind, daß wir uns an die Leute erinnern, die wir lieben.«

Iris sah sich um, sah ihren Vater oben auf dem Hügel, der sich auf seine Schaufel lehnte und zu ihr herunterblickte. »Manchmal haben die Menschen kein gutes Gedächtnis«, antwortete Iris.

Davey runzelte die Stirn. »War sie böse?«

»Nicht böse, nur irgendwie – hohl.«

»Hohl ...?«

»Leer«, versuchte Iris es noch einmal, »nachtragend ... Liebes, ich kann mich wirklich nicht erinnern.« Sie wandte sich wieder der Straße zu, spürte einen Luftzug im Gesicht und streckte die Hand aus. »Wir müssen jetzt gehen«, sagte sie. Davey griff nach der Hand, und sie setzten den Weg auf das Tor zu fort. Sal blieb ein paar Schritte zurück, um ihnen Zeit zu lassen.

Er dachte an den blauen Gospelbus, das zerbeulte Denkmal, das auf der kleinen Hügelkuppe neben dem Haus von Iris Vater stand. Sal hatte einen Teil der Geschichte von Iris gehört und den größeren Teil von Bobby. Die Royals waren von einer Gospelveranstaltung in New Brunswick zurückgekommen. Davon gab es ein Foto mit einem Autogramm in einem Album. Iris, die damals acht gewesen war, spielte Mandoline. Ihr Vater spielte die Fiedel, ihre Mutter Gitarre. Jerry war mit fünfzehn der grinsende Star der Gruppe und hielt seinen großen Kontrabaß im Arm. THE ROYAL FAMILY stand in weißer Schablonenschrift darauf. GOSPEL-TROUBADOURS.

Die Kinder schliefen, als der Bus von der Straße

abkam, weil Otis zu betrunken war, um die Kurve zu schaffen. Der Bus überschlug sich nur einmal; tatsächlich wurde das Fahrzeug kaum beschädigt. Aber die Royals und ihre Instrumente warf es drinnen wie Bingokugeln herum. Nur Iris, die im Bett lag, war nicht ernsthaft verletzt worden. Jerry brach sich das Bein; Otis erlitt einen Schädelbruch, brach sich beide Handgelenke und mehrere Rippen und war zwei Tage lang bewußtlos; Leonna, die Iris gerade zu Bett gebracht hatte, brach sich den Hals und starb auf der Stelle.

»Ich wäre traurig, wenn du bei dem Unfall gestorben wärst«, sagte Davey zu ihrer Mutter und fügte dann mit völlig ausdrucksloser Miene und einem Blick nach hinten zu Sal hinzu: »Aber dann wäre ich wahrscheinlich zum Traurigsein nicht hier.«

»Clown«, sagte Sal, holte mit zwei langen Schritten auf und schlang den Arm um ihren Hals. Sie schnappte nach seiner Hand und zog sie an sich.

»Jedenfalls verstehe ich immer noch nicht«, wandte sie sich an ihn, »warum ich nicht mit zu Bobbys Begräbnis darf. Wie alt warst du denn, als du zum Begräbnis deines Bruders gegangen bist?«

»Schon wieder das alte Lied?«

»Mhm.«

»Ich war nicht bei der Beerdigung meines Bruders«, erklärte er ihr.

»Warum nicht?«

Sal zuckte die Schultern. »Man hat mich nicht eingeladen.«

Davey blickte wieder zu ihm auf. Er zuckte erneut die Schultern. Sie seufzte, und ihr Blick wanderte über den Rasen.

»Was ist denn, Liebes?« fragte er und zog sie an sich.

Davey schüttelte den Kopf und blickte ihn finster an. »Bobby fehlt mir wirklich«, sagte sie sehr leise und plötzlich ernst geworden. Sal hob sie hoch, legte seine Wange an ihre und setzte sich wieder in Bewegung. Sie schlang die Arme um seinen Hals und die Beine um seine Hüfte. Er hörte sie schniefen. Bobby ist tot, sagte er sich. *Bobby ist tot.* Aber alles, was er spüren konnte, war die Wärme von Daveys Gesicht an seiner Wange, die warme Sonne auf seinem Rücken und die wunderbare Stille des Morgens.

»Wie kann sie nur einen solchen Affenanzug schikken?« beklagte sich Bobby. Er und Noel hatten schon die ganze Zeit über den Tweedanzug gestritten, schon seit sie ihn vor einem Jahr in Vorbereitung der Beerdigung nach Hause gebracht hatte.

»Schließen Sie die Augen«, forderte Wicker ihn auf.

Bobby lag mit der Tweedhose und einem ärmellosen T-Shirt bekleidet auf dem Balsamiertisch, das Gesicht zur Maske geschminkt. Wicker hatte sich fast zehn Minuten lang mit seinem Haar beschäftigt, beugte sich jetzt über ihn, seufzte und gab grunzende Laute von sich. Die Begräbnisfeierlichkeiten sollten in zwei Stunden beginnen.

»Schließen«, wiederholte Wicker. Bobby kam der Aufforderung nach, und der Leichenbestatter rieb mit beiden Daumen über Bobbys Augenlider. Als er fertig war, schlug Bobby die Augen auf und sah, wie Wicker den Deckel auf eine große weiße Dose schraubte. *Lidschatten* stand auf dem Etikett.

»Augenblick«, erklärte Bobby. »Geben Sie mir einen Spiegel.«

»Seien Sie still. Sie müssen Farbe im Gesicht haben.«

»Ich habe Farbe, ich lebe. Her mit dem Scheißspiegel.«

»Ich habe keinen Scheißspiegel.« Wicker drehte sich um und nahm ein kleines Fläschchen von seinem Tablett. »Das ist für Ihre Lippen«, sagte er.

»Kommt nicht in Frage, kein Lippenstift«, erklärte Bobby.

Aber als Wicker den Deckel mit dem daran befestigten Pinsel aufschraubte, war klar, daß er sich nicht davon abbringen lassen würde. »Es ist ohnehin kein Lippenstift, also seien Sie still.«

Bobby packte seine Hand. ZIPLIP stand auf dem Etikett.

»Das ist, damit Ihr Mund zubleibt«, erklärte Wicker. Man konnte die Befriedigung in seiner Stimme hören, als er die sich schnell verflüchtigende Flüssigkeit auf Bobbys Lippen strich. »Schließen«, sagte er. »Atmen Sie durch die Nase.«

Zum Glück war Bobbys Nase frei, und der Dunst, der von dem Klebstoff aufstieg, trug noch dazu bei, aber das konnte die leichte Panik, die er empfand, nicht vertreiben. Sein Mund klappte auf. »Werde ich dieses Zeug wieder runterbekommen?«

Eine Tür schloß sich im Nebenzimmer. Wickers Hand schoß vor und umspannte Bobbys Kinn. Es war ein fester Griff, obwohl die Hand zitterte. Laute Schritte näherten sich. Bobby schloß die Augen. Die Tür öffnete sich. Eine Stimme sagte: »Ich bin ein wenig früher gekommen, Eliot. Ich dachte, wir brauchen vielleicht ein paar zusätzliche Stühle.« Es war Jerry Royal, der gelegentlich bei Wicker aushalf.

Wickers Antwort klang zufrieden. »Ich glaube, heute gibt's nicht so viele Trauergäste.«

Dann herrschte längeres Schweigen, und Bobby wußte, daß Jerrys Augen ihn musterten. Unter Wickers parfümierter Hand gruben sich Bobbys Zähne in seine Unterlippe. »Furchtbar jung«, sagte die Stimme.

»Jerry«, antwortete Wicker, »anklopfen, okay?«

»Kein Problem.«

Die Tür schloß sich. Wickers Hand löste sich von Bobbys Mund, und Bobby versuchte, die Lippen auseinanderzubekommen. Der Kleber hatte abgebunden. Wicker fing an, vor sich hinzusummen, während er die nächste Dose aufschraubte. Als Bobby die Augen aufschlug, sah er, wie sich Wickers rotbeschmierte Fingerspitzen seinem Gesicht näherten.

»Sooo«, sagte der Leichenbestatter zufrieden und fing an, kleine Kreise auf Bobbys Wangen zu malen. ROUGE stand auf der Dose.

Bobby griff nach seiner Hand. Aber nicht, um ihn zu behindern, wie Wicker zunächst dachte, als er versuchte, die Hand wegzuziehen. Es war ein Händedruck, ein Pakt. Ein Ausdruck des Vertrauens in ein anderes menschliches Wesen. Bobbys Augen, die von den Klebstoffdämpfen brannten, bohrten sich in die Wickers. Seine Finger packten Wickers Hand.

Der Leichenbestatter entwand sie Bobby. *»Okay«*, flüsterte er.

Und in diesem Augenblick stand für Bobby fest, daß er heute nacht zurückkehren mußte, um diesen Mann zu töten. Er hoffte nur, daß es ihm keinen Spaß machen würde.

Sal vermied es, Bobbys Sarg anzusehen, als Trauergäste in die kühle Kapelle einzogen. Ebenso wich er Noel aus, die von Blumen und Trauergästen umgeben im vorderen Teil des Raums stand.

Sie war ohne Zweifel die beeindruckendste Witwe, die Gravity je zu Gesicht bekommen hatte. Ihr Kleid war altmodisch – nostalgisch, ein Tribut in schwarzer Spitze an die vierziger Jahre, mit Ärmeln wie eine zweite Haut, die bis an ihre schwarzen Spitzenhandschuhe reichten. Sie nahm die Beileidsbezeugungen aufrecht, beinahe trotzig entgegen und zeigte wieder einmal jene selbstbewußte Fassade, die bisher noch niemand in der ganzen Ortschaft hatte durchdringen können.

Sal nahm am äußersten Ende einer Reihe von Klappstühlen Platz und blickte auf seine im Schoß gefalteten Hände. Wie er stumm so dasaß, spürte er tief in seinem Inneren das Zittern, von dem er gewußt hatte, daß es sich einstellen würde. Er versuchte es zu ignorieren, indem er sich auf die vom Tonband ablaufende Orgelmusik und die leisen Stimmen der Trauernden konzentrierte.

Er hatte in seinem ganzen Leben nur einem einzigen Begräbnis beigewohnt, dem seiner Großmutter, und damals war er noch zu jung gewesen, um tief berührt zu sein. Obwohl er bereits zehn Jahre alt war, als sein jüngerer Bruder Anthony ertrank, gingen seine Eltern ohne ihn zur Begräbnisfeier. Und dann erwähnten sie in seiner Gegenwart Anthonys Namen nie mehr.

Die beiden Jungen waren in der Nähe ihres Hauses durch den Wald gestreift, und Anthony hatte sich auf dem zugefrorenen Fluß hinausgewagt. Sal hatte versucht, ihn davon abzuhalten, aber Anthony hatte ihn ausgelacht und war weitergegangen. So hatte Sal es jedenfalls in Erinnerung. Als Anthony dann bis zur Hüfte einbrach, lachte Sal ebenfalls – lachte darüber, wie Anthonys Mund und Augen sich von der Kälte röteten –, bis Anthony dann ganz untertauchte. Er trug ein rotes Sweatshirt mit Kapuze, und Sal sah zu, wie der rote Farbfleck unter dem Eis dahinzog, schlaff wie eine Fahne. Sal schrie Anthonys Namen und stand hilflos ein paar Sekunden lang da. Dann rannte er zwischen den Bäumen vielleicht zehn Meter weit zu einer Stelle flußabwärts, wo der Fluß breiter und das Eis in der Mitte offen war. Er war vor Anthony dort. Das Eis, das sich von den Felsen am Ufer nach innen ausbreitete, war vielleicht einen Zentimeter dick. Aber wo der Fluß tiefer wurde und die Strömung stärker, zeigte sich nur noch ein dünner Eisfilm und daneben das dahinfließende schwarze Wasser. Sal streckte sich vom äußersten Felsen nach vorn, und in dem Augenblick tauchte Anthony auf – das Gesicht nach unten. Sal schob sich vor, so weit er konnte, schlug mit der Hand auf den Eisfilm, bis er brach, aber sein kleiner Bruder trieb für ihn unerreichbar vorbei und glitt erneut unter die Eisdecke. Sal schrie ihm zu, er solle anhalten, drehte sich auf dem Eis herum, trampelte mit den Absätzen und wollte hinter Anthony her.

Aber der Fluß war dunkel und kalt, strömte eisig in Sals Stiefel und versuchte ihn ebenfalls hinunterzuziehen. Also saß er mit den Beinen im Wasser da, klammerte sich an dem Stein fest und sah zu, wie sein Bruder für immer verschwand.

Ein paar Sekunden lang, vielleicht waren es auch ein paar Minuten, verharrte er reglos und ließ zu, daß der Eisstrom an seinen Füßen zerrte. Er war wie benommen von der Kälte und der sauberen, hellen Stille des Winters. Tatsächlich verblüffte es ihn, wie friedlich der Wald und der Fluß ihm schienen, wo doch Anthony unter dem Eis davongetrieben wurde und seine eigenen Beine sinnlos im Wasser baumelten. Schließlich rutschte er von dem Felsen herunter, bis seine Füße den Grund erreichten und das Wasser ihm bis zur Hüfte ging. An den Felsblock geklammert, beugte er sich hinunter, ging auf die Knie und ließ das eisige Wasser über Hals und Kopf strömen. Dann kam er schreiend wieder hoch, weil es so weh tat und weil es alles war, was er tun konnte – schreien und nach Hause rennen, der halberfrorene Überlebende.

Eine Meile flußabwärts, hinter dem Pizzaladen der Ortschaft, wurde Anthony schließlich von einem halb zugeschneiten Einkaufswagen gestoppt.

Die italienische Mutter des Jungen sprach fast ein Jahr lang kein Wort, sondern saß Stunde um Stunde vor dem Fernseher im Wohnzimmer. Sals Vater, ein schwedischer Steinmetz, der ohnehin nie viel geredet hatte, begann seine Abende im Keller zu verbringen, wo er Köderenten schnitzte und sich lutheranische Radiosendungen aus Chicago anhörte. Sal – zehn Jahre, elf Jahre alt – blieb, solange es hell war, im Freien und spielte mit den anderen Jungen Ball. Wenn er dann abends hereinkam, schloß er sich in seinem Zimmer ein und übte Posaune. Saß die Familie beim Essen zusammen, herrschte Schweigen. Als dann der Morgen kam, an dem seine Mutter endlich wieder zu reden begann, galt das einem Glas Orangensaft, das Sal vom Tisch gestoßen hatte. »Kannst du nicht aufpassen«, sagte sie.

Jetzt griff Sal in die Tasche seines Sportsakkos und

tastete dort nach den Tabletten. Das Librium war im letzten Winter Teil seiner Therapie gewesen. Ehe er aus dem Haus gegangen war, hatte er sich drei oder vier Tabletten in die Tasche gesteckt. Nicht daß er sich nach einem Drink sehnte, aber seit Bobbys Tod hatte sich eine schreckliche Unruhe in ihm aufgebaut, gerade als hätte er zuviel Koffein abbekommen. Er versuchte sich klarzumachen, daß das der Streß war. Zuerst Bobbys Tod und jetzt die Beerdigung, ganz zu schweigen von seinem Auftritt in der Schule dann später am Abend. Es war nicht daran zu rütteln – ein eisiger Wodka Martini lungerte, trieb sich in den Randbezirken eines jeden seiner Gedanken herum. Er ließ die Tabletten durch seine Finger gleiten und zog die Hand aus der Tasche. Sechs Monate hatte er keine mehr gebraucht; er wollte auch jetzt nicht damit anfangen.

Ohne das eigentlich vorzuhaben, blickte er auf und sah in Bobbys Gesicht. In sein rosiges Schaufensterpuppengesicht. Da lag er mit Jackett und Krawatte. Herrgott, dabei haßte Bobby Krawatten. Stricke hatte er sie genannt.

Wenn ich sterbe, hatte Bobby einmal gesagt, *möchte ich, daß man meine Leiche aus zwanzigtausend Fuß Höhe auf den Rasen vor dem Weißen Haus abwirft. Ohne Fallschirm. Wumm! Während einer Pressekonferenz mit dem Präsidenten. Um meinen Hals einen Zettel, auf dem »Bockmist« steht.*

Sal spürte das Lachen in seiner Brust aufsteigen, als er an das Gelächter von Bobby dachte, als dieser das gesagt hatte. Er rutschte auf seinem Stuhl herum und sah Eliot Wicker in der Ecke steif neben dem Priester stehen, die Hände würdevoll gefaltet, während seine Augen im Saal herumhuschten. Augen, in denen nur kalte, gleichgültige Habgier lauerte – und das war die Art Mann, die einen aus der Welt geleitete.

Aber jetzt drängten die Trauernden schon zu beiden Türen herein, während Jerry Royal, in einen hellblauen Freizeitanzug gekleidet, mit weiteren Stühlen den Mittelgang heraufkeuchte.

Sal konnte Weinen hören und blickte nach rechts, wo ein breitschultriger Junge ein schluchzendes Mädchen mit verquollenem Gesicht an sich drückte. Es waren Chad und Erica aus dem Superette. Fast sah es so aus, als würde Chad das Mädchen stützen. Rührend.

Trotzdem, Sal selbst war den Tränen nicht nahe. Er fragte sich, warum, denn so ging es ihm nicht zum erstenmal. Vielleicht, weil er Alkoholiker war. Da hatte er jetzt gerade seinen besten Freund verloren – seinen einzigen Freund –, und alles, was er spürte, war der leise, stetige Trommelwirbel seines Wodkagottes. Als der Priester alle aufforderte, sich zum Gebet zu erheben, schob Sal verstohlen die Hand in die Tasche, holte ein Librium heraus, schob es zwischen seine ausgetrockneten Lippen und würgte es hinunter.

Sie begruben Bobby am späten Nachmittag. Sal und Iris standen zusammen vor dem Sarg, Noel und der Priester neben ihnen; sie warfen lange Schatten. Gelegentlich fuhr unten auf der Straße ein Wagen vorbei, aber das Geräusch war nur während des stummen Gebets zu hören, und auch dann nur, wenn der Wind sich einmal gelegt hatte.

Sal entdeckte den Vater von Iris, der mit einer Schaufel, einem Spaten und einer Schubkarre unter einer Eiche wartete. Otis war ein korpulenter, weißhaariger Mann mit rosigem Gesicht. Unter seinem weißen

T-Shirt wölbte sich ein dicker Bauch. Er hantierte lärmend mit seinen Werkzeugen herum, wahrscheinlich weil Iris da war.

Es war schnell vorüber. Der Priester segnete Bobby und segnete die Trauergäste, dann zogen die Leute aus dem Dorf vorbei, und einige von ihnen legten eine Blume auf den Sarg. Sal, den das Librium benommen gemacht hatte, blieb am Grab stehen, bis der letzte gegangen war.

Noel trat von hinten an ihn heran, nahm seinen Arm und dann den von Iris und zwängte sich zwischen die beiden. »Ihr kommt doch mit rüber, oder? Ihr müßt mir helfen, darüber hinwegzukommen.« Iris wollte gerade sagen, nein, sie müsse in Oyster Cove mithelfen, ein Baby zur Welt zu bringen, als Noel plötzlich Sals Arm losließ und Iris in Richtung der wartenden Autos herumdrehte. »Geht weiter«, sagte sie. Sal sah, was sie dazu veranlaßte. Otis kam auf sie zu. Sein Werkzeug klapperte im Schubkarren, und sein runder Bauch hüpfte wie ein Sack Pferdefutter. Sal beeindruckte es, wenn es ihn auch nicht gerade überraschte, wie geschickt Noel die Situation gemeistert hatte. Eliot Wicker stand neben einer schwarzen Limousine, hielt die Tür offen und beobachtete Frauen. Er räusperte sich vielsagend. Noel ließ Iris los und sagte zu Sal: »Ich soll in der Limousine fahren. Bis später dann.«

Als seine Armbanduhr zu piepsen begann, aktivierte Bobby sein Herz. Er atmete schwach durch die Nase, während er langsam wieder zu Bewußtsein kam. Vorsichtig öffnete er die Augen, aber da war nur Schwärze. Dicht über seinem Gesicht konnte er dumpf und in unregelmäßigem Rhythmus Kies auf den Sarg fallen hören. Ein anderes Geräusch – das unregelmäßige Zischeln seiner Taucherflaschen besagte, daß er eine halbe Stunde Luft auf eineinhalb Stunden ausgedehnt hatte, genau nach Plan. Er fing am ganzen Körper zu zittern an, aber es war nicht so schlimm wie während der letzten zwei Tage. Das Heizkissen half. Tatsächlich war ihm an der unteren Rückenpartie sogar richtig heiß, während die Beine von den Taucherflaschen kalt wurden. Er leistete sich einen tieferen Atemzug, und in dem Augenblick erinnerte er sich daran, daß seine Lippen verklebt waren. Mühsam unterdrückte er einen Anfall von Panik, konzentrierte sich ganz darauf, sich zu beruhigen, und konnte wieder leichter atmen.

Als er das Heizkissen bewegen wollte, stellte er aber fest, daß seine Arme von den Sauerstoffflaschen eingezwängt waren; in gleicher Weise preßten ihm die Taucherflaschen die Knie nach oben gegen den Sargdeckel. Wieder mußte er sich beruhigen, sich darauf konzentrieren, daß sein Herz gar nicht erst anfing, schneller zu schlagen.

Aus dem gedämpften Geräusch, mit dem die Erde auf seinen Sarg fiel, schloß er, daß die Schicht inzwischen dicker wurde. In dieser totalen Dunkelheit konnte er sich die Royals dort oben in der Sonne vorstellen. Vater und Sohn, wie wild schaufelnd, um dann später im Laden damit prahlen zu können, daß sie dreißig Mäuse die Stunde verdient hatten, Bares, ehrlich, kein Scheiß.

Er bewegte die rechte Schulter ein wenig, gab sich mit dieser kleinen Bewegung zufrieden und griff dann nach unten zwischen seine Beine nach dem T-Stück, das die beiden Taucherflaschen miteinander verband.

Vorsichtig öffnete er das linke Ventil um eine halbe Drehung, bis er es zischen hörte, und drehte es dann wieder ein Stück zurück. Beruhigt stellte er fest, daß sein Frösteln bereits nachgelassen hatte. Gut, dieses Heizkissen.

Die Hüfte ein wenig anhebend, schaffte er es, die Taschenlampe aus der Hosentasche zu ziehen. Er knipste sie an, und sein Herz machte einen Satz. Der Samt war nur Zentimeter von seinem Gesicht entfernt. Er fühlte sich schrecklich eingesperrt, fühlte, wie seine Nase sich zusammenzog und versuchte, mit den Fingern die Lippen auseinanderzuschieben, aber sie waren fest verklebt. Vergeblich versuchte er, sie mit der Zunge anzufeuchten – sein Mund war zu trocken. Er griff nach unten, drehte das Ventil ein Stück weiter auf und entspannte sich. Ja, er war unter der Erde, aber in Wirklichkeit nicht so tief wie die Keller der meisten Leute, und er hatte es einigermaßen bequem. In vier Stunden würde Noel da sein und ihn herausholen. Und dann wären sie wohlhabend und frei.

Als er wieder ruhiger war und unbeschwert atmen konnte, vergewisserte er sich durch einen Blick auf die Uhr, daß der Alarm wieder auf zwei Stunden gestellt war. Er berechnete seinen Puls. Dann griff er nach unten und drehte das Ventil zurück, bis der Luftstrom nur noch als leises Flüstern zu hören war. Er schaltete die Taschenlampe aus, steckte sie in seine Hemdtasche und konzentrierte sich darauf, jeden einzelnen Muskel zu entspannen. Gleichzeitig fokussierte er sein Bewußtsein auf sein Herz. Das Geräusch der prasselnden Erde verebbte jetzt, und in der zunehmenden Stille hörte er, wie sein Blut langsamer pulsierte, gleich ersterbendem Wind, gleich einer leichten Brandung im Inselsand. Er lag unter einer Kuppel aus blauem Himmel, das Brennen an seinem Rücken war Sonnenschein, und die Wellen wurden so leise, daß er sich schließlich anstrengen mußte, um überhaupt etwas zu hören, bis das, was er hörte, ein …

… *ein Schnarchen* war.

Er wachte ruckartig auf, und sein Herz schlug wie wild. Beinahe wäre er eingeschlafen. Er zwickte sich in den Bauch. Mit aller Kraft. *Eines durfte er unter keinen Umständen: einschlafen.* Wenn er schlief, würde er den Alarm nicht hören. Wenn er schlief, würde er die Sauerstoffflasche vergessen. Wenn er schlief, würde er vielleicht nie mehr aufwachen. Er dachte daran, wie Eliot Wickers Husten ihn zwei Nächte lang wach gehalten hatte. Seine Hände fingen zu prickeln an. Nach unten greifend öffnete er das Ventil wieder, ließ die komprimierte Luft frei in den Sarg strömen, sog zwei tiefe Atemzüge in seine Lungen, um einen klaren Kopf zu bekommen, und spielte den Mord noch einmal durch; ein Mittel, um seine Sinne zu schärfen … Er preßt Wicker den Daumen in die Kehle. Er sieht das Flackern in diesen ausdruckslosen Augen, hört das erschreckte, halberstickte Würgen, als er die Waffe in Wickers Herz stößt. *Ein Balsamierwerkzeug*. Das hatte er aus der Leichenhalle mitgenommen, und jetzt konnte er das stumpfe Ende am Gesäß spüren. Das Ding war hohl, um damit Balsamierflüssigkeit in Leichen hineinzupumpen oder um Körperflüssigkeit zu entleeren. Also würde er heute nacht den Balsamierer einbalsamieren.

Als sein Herz wieder normal pumpte und sein Gehirn wieder klar zu denken vermochte, tastete Bobby nach dem Ventil und drehte es fast zu. Er hatte sich jetzt wieder voll im Griff und konzentrierte sich auf seinen Atem und seinen Kreislauf, verlangsamte sie beide, schaltete völlig ab, brachte sein Bewußtsein zum Schweigen, nahm nichts mehr wahr.

Als das erste Tablett mit Sandwiches leer war, schickte Noel Chad nach unten, um aus dem Kühlraum Nachschub zu holen. Der Laden hatte wegen der Beerdigung um drei geschlossen und würde die nächsten zwei Tage für die Öffentlichkeit geschlossen bleiben. Aber jeder, der zu dem Empfang erschien, bekam Bier und Wein angeboten. Am Ende stellte sich heraus, daß so viele Leute aus dem Dorf gekommen waren, um Bobby die letzte Ehre zu erweisen, daß die meisten Männer dann am Schluß auf dem Parkplatz auf den Kotflügeln ihrer Autos saßen, Zigaretten rauchten und Gratisbier tranken. Jerry Royal, der bereits vom Friedhof zurückgekommen war, beschäftigte sich damit, die Muschelsucher zu ärgern. »Fünfundvierzig Dollar die Stunde, und das in bar«, erklärte er ihnen immer wieder. »Das verdient nicht einmal ein Installateur.«

Oben präsentierte sich Noels Küchentheke vollgestellt mit Wein- und Whiskyflaschen. Um sich nicht der Versuchung auszusetzen, blieb Sal in dem langen Korridor, der die Küche mit dem Wohnzimmer verband, trank Mineralwasser und sah zu, wie die Zahl der Gäste wuchs, die vom einen Ende der Wohnung zum anderen strömten und schließlich in beide Enden des Korridors fluteten, so daß er in der Mitte gefangen war. Wenn Noel ihn nicht zum Bleiben aufgefordert hätte, wäre er ganz sicher nach Hause gegangen. Aber wenn er allein zu Hause wäre, sinnierte er, würde er nur nervös die Stunden bis zu seinem Schulkonzert zählen.

Außerdem machte das Librium, das er bei der Beerdigung eingenommen hatte, den Empfang sogar erträglich. Er vertrieb sich die Zeit überwiegend damit, sich in dem langen Bücherschrank an der Wand umzusehen, in dem Noels Herzeigebücher untergebracht waren, die ihre Zeit auf dem Couchtisch überlebt hatten: Bücher über Wale und Hexen, erotische Massage, Zenbuddhismus, Regenwälder, Indianer, amerikanische Frauen, Engel. Neben dem Bücherschrank führte ein kurzer Flur nach links ins Schlafzimmer und ins Bad, das die Leute inzwischen mit wachsender Frequenz benutzten.

Einmal, als Sal gerade in einem Buch über den französischen Impressionismus blätterte, blieb ein Paar neben ihm stehen, und der Mann sagte, ihm wäre zu Ohren gekommen, daß Sal früher einmal mit Woody Herman zusammen gespielt habe. Ehe Sal darauf Antwort geben konnte, warf die Frau ein: »Du meinst *McHale's Navy*?« worauf der Mann erwiderte: »Nein, wir sprechen hier von Musik, Liebes«, worauf die Frau wiederum etwas spitz erklärte, sie habe keine Zeit für Musik. Die beiden entfernten sich dann in entgegengesetzter Richtung.

Sal zog ein dünnes Taschenbuch heraus, dessen grellroter Rücken in Blockbuchstaben die Aufschrift SABOTAGE! trug. Auf dem vorderen Umschlagdeckel stand HINWEISE FÜR RADIKALEN UMWELTAKTIVISMUS. Die Seiten des Buches waren in enger Schreibmaschinenschrift bedruckt und enthielten primitive Zeichnungen von Mechanismen, um irgendwelche Zähler damit außer Betrieb zu setzen, oder Anleitungen, wie man aus Kunstdünger und Sägemehl Explosivstoffe herstellte. Sal las gerade, wie man aus

Schwimmbadreiniger und Haargel Sprengstoff mixen konnte, als eine Hand in einem schwarzen Handschuh seinen Arm berührte. »Ein wahrhaft rücksichtsvoller Brauch«, sagte Noel leise. »Da stirbt mein Mann, und alle kommen rüber und trinken einem sämtliche Alkoholvorräte weg.« Der Handschuh aus feinster Spitze hielt ein Champagnerglas am Stiel, aber sie trank keinen Champagner. Sal konnte den Wodka Martini in ihrem Atem riechen.

»Das ist aber nicht Dom Perignon«, sagte er zu ihr.

»Ich brauche heute etwas Stärkeres. Stört es dich? Wahrscheinlich hätte ich das nicht in deine Nähe bringen sollen.«

»Ist schon in Ordnung«, entgegnete er, davon beeindruckt, wie das Librium allem Anschein nach dem Alkohol jeden Reiz nahm. »Wie fühlst du dich denn?«

Ihr Blick sagte ihm, daß sie jetzt überall lieber als hier gewesen wäre. »Du bleibst doch bis zum Ende, nicht wahr?« fragte sie.

Er sah auf seine Uhr. »Meine Show fängt in zwei Stunden an«, antwortete er und spürte einen leichten Anflug von Lampenfieber.

»Situative Ethik?« fuhr eine Stimme dazwischen. Eliot Wicker.

Sal wußte nicht gleich, wovon der Leichenbestatter redete, bis ihm Wicker das Buch wegnahm und vorlas: »Eine Anleitung, um die Zerstörer zu zerstören.«

»Das sind Anleitungen«, erklärte Noel, »wie man Bulldozer sabotiert und Plakattafeln verbrennt.«

Wicker warf ihr einen herablassenden Blick zu. Er trug ein weißes Hemd mit schwarzer Schleife und nippte aus einer bauchigen Schale Champagner. »Wohl eher Anleitungen, wie man die halbe Menschheit umbringt, damit genetisch minderwertige Individuen ihren bevorstehenden Untergang etwas hinausschieben können«, sagte er.

Noel ging darauf überhaupt nicht ein, sondern drehte sich um und ging den Korridor hinunter zum Wohnzimmer, ehe Wicker seinen Satz zu Ende gebracht hatte.

»Ich liebe Frauen, damit Sie mich ja nicht falsch verstehen«, meinte Wicker leise, zu Sal gewandt. »Aber irgend etwas in der Abteilung kognitiver Verstand ...« Er zog die Brauen hoch, um damit anzudeuten, wie sinnlos jedes weitere Bemühen wäre, nahm einen weiteren Schluck aus seinem Glas und setzte dann zu einer rassistischen Interpretation der Darwinschen Theorien an, die schon Hitler schlaflose Nächte verschafft hätte. Sal steckte sich ein weiteres Librium in den Mund, zog in Erwägung, Wicker eines in den Champagner fallen zu lassen, und fragte sich, ob der Leichenbestatter wohl nach einem Begräbnis immer so aufgedreht war oder ob Wicker die Konfrontation, die es in Bobbys Fitneßraum zwischen ihnen gegeben hatte, als eine Art verbindende Erfahrung ansah. Er kam von dem Gefühl nicht los, daß Wicker mehr hätte tun können, um Bobby das Leben zu retten. Jetzt berichtete der Mann von einigen besonders paradoxen Todesfällen unter seinen anderen Kunden – und davon gab es viele.

Während Wicker so dahindröhnte, verlor Sal jegliches Zeitgefühl. Als er auf die Uhr sah, war es 18 Uhr, und Wicker redete immer noch. Sal hatte den Eindruck, als habe das zweite Librium nicht gewirkt, deshalb schluckte er noch eines, während er vorgab, zu husten.

»... Traktor hat ihn dreimal überrollt und ihn buchstäblich gegen genau den Apfelbaum gedrückt, den sein Vater für ihn gepflanzt hatte, als er ein Baby war – auf den Tag genau zweiundsechzig Jahre davor, Gott ist mein Zeuge ...«

Sal lächelte freundlich und fühlte sich tatsächlich auf äußerst angenehme Weise benommen, wobei seine Aufmerksamkeit wellenartig zu- und abnahm, während Wicker über Steuern, den Wohlfahrtsstaat, das Verbrechen und die Todesstrafe schwadronierte.

Kurz vor 19 Uhr erschien Noel, trat zwischen die Männer und nahm Sal beiseite. Sie drückte ihm ein halbvolles Champagnerglas mit Wodka Martini in die Hand und stellte sich so dicht vor ihn, daß nur er hören konnte, was sie sagte: »Ich muß hier raus. Kannst du allen die Drinks wegnehmen und ihnen sagen, daß sie verschwinden sollen?«

Sal nickte und sah auf die Uhr. »Ich muß selbst gehen«, sagte er.

Sie fuhr ihm mit den Lippen über den Hals und flüsterte: »Macht's Spaß, mit dem Leichenbestatter zu reden?«

Anstatt darauf zu antworten, sah er sie geradewegs an, führte das Glas mit dem Martini zum Mund und kippte ihn in einem Zug hinunter.

Sie starrte ihn düster an und ließ dann die Andeutung eines Lächelns aufblitzen.

Die Hitze nahm ihm den Atem.

Vier

Wieder einmal war Blaubeerblütennacht in Gravity, Maine. Der Mond strahlte voll und hell am Himmel, und Frühlingspollen und der Duft von frischem Gras würzten die Nachtluft. Aus dem Schulparkplatz strömten Autos und Pickups auf die Straße. Im Osten, wo in der Baptistenkirche der Bingoabend begann, war gelegentlich das Krachen von Feuerwerkskörpern zu hören, und auf der Jolly Hollow Farm würde gleich ein Tanzfest beginnen. Dort und überall in der ganzen Ortschaft konsumierten die jungen Männer von Gravity gewaltige Mengen Bier, um sich damit für die jährliche Verbrennung von Toilettenhäuschen in Stimmung zu bringen. Es ging die Rede, daß das Hauptfeuer in diesem Jahr zum Gedächtnis an Bobby Swift vor dem Superette stattfinden sollte.

Alston Bouchard, der Dorfpolizist, fuhr mit seinem gelben Subaru Station Wagon so auffällig wie möglich in den Straßen umher, vorgeblich, um das Brandopfer zu verhindern. Aber die älteren Männer der Ortschaft (die schon vor langer Zeit ihren letzten Außenabort verbrannt hatten) wußten, was Bouchard in Wirklichkeit im Schild führte. Er würde sich in dieser Nacht von den Jungs austricksen lassen, so wie jedes Jahr. Verrückt hätte er sein müssen, das nicht zu tun. Und jedem war klar – jedenfalls den Klügeren –, daß Alston Bouchard alles andere als verrückt war. Ein wenig bequem vielleicht. Faul, sagten manche. Aber in den zwanzig Jahren, die er jetzt seinen Beruf ausübte, hatte er eine genügend große Zahl von ihnen überlistet, so daß sie wenigstens wußten, daß er über Verstand verfügte.

Kurz vor 20 Uhr, als ihre Wohnung sich endlich geleert hatte, stieg Noel über die Hintertreppe in die Garage hinunter. Sie knipste einen Schalter an der Wand an, worauf die Garagentür hinter ihr sich öffnete, ging schnell zu ihrem Volvo und öffnete die Tür. Als sie gerade einsteigen wollte, erschreckte sie eine Stimme.

»Schließ mich nicht ein.«

Es war Jerry Royal, der mit schwerfälligen Schritten aus der Tür von Bobbys Fitneßraum kam.

»Du lieber Gott, Jerry«, sagte Noel, die Hand auf der Brust. »Ich dachte, alle wären schon weg.«

»Noel, mir ist das furchtbar peinlich«, sagte Jerry und ging auf sie zu.

Sie stand hinter der Tür ihres Wagens. »Geht schon in Ordnung, Jerry.«

»Nein, das mein' ich ja nicht. Aber daß ich die Toilette dort drinnen benutzt habe. Wir waren draußen und haben miteinander geschwatzt, und ich mußte mal, und ich konnte es nicht in den Büschen machen, wenn du verstehst, was ich meine. Und ich wußte, daß Bobby hier unten eine Toilette hat, aber als ich dann hier war, du weißt schon, wo er doch …, und ich auf seiner Toilette, da hätte ich woanders … ich meine, irgendwo …«

»Jerry, ist ganz okay, wirklich.«

»Ich weiß schon. Du willst jetzt stark sein. Aber du sollst wissen, Bobby war für jeden ein Freund, ob reich, ob arm oder sonstwas. Und weißt du, heute abend haben wir darüber geredet, ob wir vielleicht eine Statue machen lassen und drüben vor dem Feuerwehrhaus aufstellen sollen.«

Noel lächelte. »Darüber würde er sich ganz bestimmt freuen, Jerry.« Sie ließ sich auf den Sitz im Wagen sinken und wartete darauf, daß er endlich wegging. Er beugte sich zu ihr hinunter.

»Nein«, sagte er, jetzt so nah bei ihr, daß sie das Bier und die Zigaretten in seinem Atem riechen konnte. »Ich will ja bloß sagen, wenn du *jemals* irgend etwas brauchst, *irgend etwas* – denn ich weiß natürlich, daß du 'nen anderen Mann finden wirst, das ist kein Problem …«

Er schob sich noch weiter vor und sie griff nach der Armstütze, um die Tür zu schließen, aber er wollte nicht loslassen.

»Du weißt schon, was ich sagen will«, meinte er. »Also, wo soll's hingehen?«

»Einfach – nirgendwohin.« Sie sah auf die Uhr. »Ich muß ein wenig rumfahren, damit ich einen klaren Kopf bekomme!«

»Gut, aber wenn du Gesellschaft brauchst …«

Noel lächelte ihn an. »Vielen Dank, Jerry. Aber ich möchte lieber allein sein.«

Ohne die geringste Vorwarnung beugte er sich in den Wagen und erdrückte sie fast, sie mit einem Arm umschlingend. Ihr Gesicht verschwand in seinen Achselhöhlen. Zuerst sah es nicht so aus, als wolle er jemals wieder loslassen, aber schließlich schaffte sie es doch, sich ihm zu entwinden.

»Also, okay«, sagte er, als sie die Tür schloß. Sie ließ den Motor an und schaltete schnell in den Rückwärtsgang. Während sie aus der Garage zurücksetzte, rannte er hinter dem Wagen herum und rückwärts auf den

Swimmingpool zu, um sie einzuweisen. »Stimmt schon, stimmt schon, stimmt schon ...«

Sie schaltete in den ersten Gang.

»Fahr nur los«, munterte er sie auf. »Ich mach' das Tor schon zu.« Aber sie hatte bereits den Knopf der Fernbedienung gedrückt, die an der Sonnenblende befestigt war. »Okay, du hast ja dieses Ding!« schrie er, als sie über ihre Ausfahrt rollte und Kurs auf den Friedhof nahm.

In der Turnhalle der Schule führte man die Kinder der Ortschaft Klasse für Klasse auf die Bühne. Die Lehrer wiesen sie dort auf drei übereinander angeordneten Rängen ein, wo sie sich dann gesittet lächelnd den vielen Amateurkameras stellten, während ihre Eltern im Zuhörersaal lebhaft gestikulierend, manchmal auf eine Distanz von zwei oder drei Reihen, miteinander lautstarke Gespräche führten. Wie gewöhnlich weigerten sich viele Väter, auf den Sitzen Platz zu nehmen, und zogen es vor, mit T-Shirt und Baseballmütze bekleidet an der Tür stehenzubleiben und, während ihre Kinder sangen, wichtige Diskussionen über ihre Arbeit und die Lokalpolitik zu führen. Für Sal war es ein erträglicher Abend, nein, sogar einer mit echtem Reiz.

Nur Mrs. Abraham, die die Darbietung am Piano begleiten sollte, machten der Lärm im Saal, das verstimmte Klavier und die erstaunliche Kakophonie, die der Gesang der Kinder erzeugte, nervös. Aber sie war neu im Ort und all das nicht gewöhnt. Als dann nach dem Finale der zweiten Klasse, einer besonders aufwühlenden Darbietung von *This Land is Your Land* der Applaus ertönte, kauerte Sal sich an den Rand der

Bühne und sagte zu ihr: »Keine Sorge, es hört ohnehin keiner zu.«

Dann schwang er sich in die Höhe – demonstrierte damit seine makellose Gelenkigkeit und sein Gleichgewichtsgefühl – und schritt über die Bühne, um auf die nächste Klasse zu warten. In einem Seitengang entdeckte er den Direktor der Schule, Avery Bingstream, schlank und in seinem braunen Straßenanzug und seiner Brille mit den großen rechteckigen Gläsern aufrecht und strahlend. Sal überlegte, ob er ans Mikrophon treten und um Sonderapplaus für den Direktor bitten sollte, entschied sich dann aber dagegen. Er duckte sich hinter dem Vorhang, griff um einen leeren Farbkübel herum, fand dort seinen Becher und trank einen Schluck. Der russische Wodka leuchtete durch den Libriumnebel wie die Mitternachtssonne auf einem arktischen Schneefeld: kalt, hell und blendend.

In der absoluten Dunkelheit und Stille flammte Bobbys Taschenlampe auf. Die Kälte ließ ihn frösteln. Er sah burgunderfarbenen Samt und starrte darauf. Vom Schweiß durchnäßt, keuchte er und hatte Mühe, Luft durch seine verstopfte Nase zu zwingen. Mit einiger Anstrengung bog er den Ellbogen ab und sah auf die Uhr. 20 Uhr 15. Sein Herz machte einen Satz. Vor über einer Stunde mußte er das Alarmzeichen überhört haben; er hatte verschlafen. Seine Nasenatmung beschleunigte sich, aber er war nicht fähig, den Atem anzuhalten. Ihm wurde bewußt, daß in dem Sarg kein Sauerstoff mehr vorhanden war. Hastig öffnete er beide Ventile der Taucherflaschen: nichts zu hören. Wie war er überhaupt aufgewacht?

Er griff mit dem rechten Arm über die Brust unter

den linken Arm, schob die Hand unter den Samt, um das Klettband zu lösen, und rollte eine der kleinen Sauerstoffflaschen zwischen Arm und Körper auf seine Brust. Dann drehte er am Ventil, bis er die Andeutung eines Zischens hörte, und holte durch die Nase Luft. Noch einmal.

Sofort konzentrierte er sich darauf, ruhig zu werden. Noel würde den Deckel in eineinhalb Stunden öffnen. Er hatte zwei Flaschen der Größe E zur Verfügung – reiner Sauerstoff. Jede der Flaschen enthielt bei normaler Atmung Luft für etwa zwanzig Minuten. Wenn er langsam atmete, konnte er die Zeit verdoppeln. In Trance konnte er den Luftvorrat auf drei bis vier Stunden strecken – falls er nicht wieder einschlief.

Seine Zehen fühlten sich eisig an, seine Beine waren taub. Er wollte einen Schuh ausziehen und seine Füße mit der Hand wärmen, aber seine Knie wurden von den Taucherflaschen (die jetzt wertlos waren – schlimmer als wertlos, weil sie Raum beanspruchten) gegen den Sargdeckel gepreßt. Seine kalten Füße hätten ebensogut eine Meile weit von ihm entfernt sein können.

Und was noch beunruhigender war, seine Nase war fast völlig geschlossen. Erneut machte er den Versuch, seinen Mund mit den Fingern zu öffnen, aber der Klebstoff hielt fest. Er packte seine Lippen mit beiden Händen, zog kräftig daran und riß sich dabei ein paar Fetzen Haut ab. Seine Augen tränten vor Schmerz, aber die Lippen blieben zugeschweißt. Ihm war klar, daß er die Lippen irgendwie auseinanderbringen mußte. Das Balsamierwerkzeug fiel ihm ein, das er sich für Wicker beschafft hatte. Er hob die rechte Hüfte an, griff mit der Hand unter den Samtstoff und zog das kalte Instrument heraus. Dann legte er die Taschenlampe auf seine Brust und dirigierte die Spitze von dem Ding so, daß es auf die Mitte seiner zusammengeklebten Lippen zielte. Die Spitze war eisig. Er nahm im Mund die Zähne auseinander, um sie nicht zu treffen, drückte mit einem schmerzerfüllten Grunzlaut zu und preßte gegen das Werkzeug, bis er spürte, daß wieder Haut abgerissen wurde. Vergeblich. Seine Augen brannten.

Plötzlich, als wolle er sich damit selbst überrumpeln, stieß er kurz und hart zu. Der Schrei kam durch seine Nase heraus, hallte gedämpft im Sarg. Die Spitze hatte sich wie ein Feuerstrahl durch seine Lippen gebohrt und die Unterseite seiner Zunge aufgeschlitzt. Er zog das Instrument zurück und schmeckte das Blut, das ihm in die Kehle rann. Zu seiner Erleichterung konnte er jetzt die Luft pfeifend durch den Mund einziehen. Es brannte höllisch.

Er zwängte die Flasche in seine Armbeuge und stellte im Schein seiner Taschenlampe den Alarm auf seiner Uhr auf eineinhalb Stunden, überzeugt, daß er ihn nicht brauchen würde, und von Zuversicht erfüllt, daß Noel dann da sein würde, um ihn aus seiner Trance zu wecken. Er malte sich ihren Gesichtsausdruck aus, wenn er die Augen aufschlug, malte sich aus, wie ihre Hände sich anfühlen würden, wenn sie half, ihn aus dem Sarg zu heben. Niemand auf der ganzen Welt, dachte er, hatte je eine Frau so geliebt, wie er Noel liebte.

Das Sauerstoffventil dicht an sein Gesicht bringend, musterte er sein Spiegelbild in der Verchromung. Angst durchzuckte ihn wie ein stechender Schmerz. Wicker hatte ihm eine weiße Totenmaske gemacht und dann rosigen Puder als Kontrast aufgelegt. Zwei Rougekreise zierten seine Wangen, und seine Lippen waren noch dunkler rot, vor allem dort, wo in dem Luftloch Blut bei jedem Atemzug Blasen bildete. Was noch schlimmer war – er hatte ihm die Augenbrauen nachgezogen, die Lachfältchen zugeschmiert und die Augenlider mit blauem Lidschatten betont. Bestimmt hatte ihn Noel so gesehen und Sal und jeder in der ganzen Ortschaft. So würde man sich also an Bobby Swift erinnern. Wie an einen Scheißtransvestiten ...! Er tastete mit dem Mittelfinger unten an seinem Brustkasten herum, fuhr dann mit dem Daumen an der Brust nach oben, bis er seinen Herzschlag spürte, schätzte den Abstand zwischen den beiden Punkten und berechnete den Winkel. So würde er Wicker töten, von unten herauf.

Er hätte es Sal sagen sollen, dachte er erneut. Auf Sal konnte er sich immer verlassen. Sie waren wie Brüder, die besten Freunde, seit sie Kinder gewesen waren. Natürlich konnte er sich auch auf Noel verlassen. Schließlich hatte er ihr sein Leben anvertraut. Und warum auch nicht? Eingeschlossen in diesem engen schwarzen Grab ließ er keinen Gedanken des Mißtrauens ihr gegenüber aufkommen.

In seiner Vorstellung baute sich ein Bild auf: Noel, die über ihm mit ihrer Schaufel arbeitete. Er fragte sich, ob er sie wirklich sehen konnte, ob sein Bewußtsein so fein auf das ihre abgestimmt war. Hoffnungsvoll versuchte er zu lauschen, hörte aber nur das Wispern des Sauerstoffs.

Er drehte das Ventil zu, bis der Luftstrom kaum noch wahrnehmbar war, und hielt die Flasche dann wie eine Babyflasche in der Hand, zielte mit ihrem Lufthauch auf seinen verkleinerten Mund. Die Taschenlampe abschaltend, erteilte er seinen Muskeln den Befehl, sich zu entspannen, und verlangsamte gleichzeitig seinen Herzschlag. Etappenweise reduzierte er seinen Atem ...

Noel, dachte er ... Noel würde für ihn sorgen.

Sie schaffte es immer, die besten Plätze bei irgendwelchen Veranstaltungen und den besten Tisch im Restaurant zu bekommen. Das mußte an ihrem Tonfall liegen, wenn sie mit Platzanweisern oder einem Oberkellner sprach. Irgendein Versprechen in dem Blick, mit dem sie jemanden ansah, ein Versprechen, das einzuhalten sie nicht die geringste Absicht hatte. Schließlich log sie auch, wenn es ihr in den Kram paßte.

Ohne es eigentlich zu wollen, stellte er sich vor, wie es wäre, aus dem Sarg in die dicke, erstickende Schwärze auszubrechen, die ihn umgab, wo das Gewicht der auf ihm lastenden Erde dem Druck der Schwerkraft von unten gleich war, so daß man sich mit nur wenigen Sekunden Luft in den Lungen und völlig desorientiert in die Schwärze hineinkrallen und sich am Ende noch tiefer eingraben würde ...

Bobbys Brust hob und senkte sich. Er verdrängte alle Gedanken aus seinem Bewußtsein. Völlige Stille. In dem relativen Komfort, den sein Sarg bot, orientierte er sich: von unten nach oben.

Ein Bild von Eliot Wicker drängte sich in seine Gedanken, wie der Leichenbestatter in seinem Bett lag und schlief, groß und zahnig, mit perfekt gekämmtem und gescheiteltem Haar. Er würde erschreckt aus dem Schlaf hochfahren, wenn Bobby den Lichtkegel seiner Taschenlampe auf sein Gesicht richtete, würde so etwas wie *Was zum Teufel machen Sie hier?* sagen.

Und Bobby mit seiner Hornbrille und dem braunen Haar könnte sagen: »Ich will mich verabschieden«, und ihm dann mit einer Hand den dürren, knochigen Hals zudrücken und mit der anderen ein STOSS – von unten herauf, von unten herauf …

Er merkte, daß sein Herz erneut zu rasen begonnen hatte, und verdrängte Wicker mit Gewalt völlig aus seinem Bewußtsein. Wieder lauschte er auf das Geräusch, das Noel beim Graben verursachen mußte und bildete sich tatsächlich ein, er könne es jetzt hören, könne sehen, wie sie über ihm stand. Er malte sich ihr Gesicht aus und spürte den wunderschönen Frieden, der über ihn kam. Wenn er das nächste Mal die Augen aufschlug, würde sie da sein, das wußte er – mit dem fahlen Mond über ihren Schultern und ihren warmen Händen auf seinem Gesicht. Fahler Mond über ihrer Schulter, warme Hände auf seinem Gesicht. Warme Hände auf seinem Gesicht …

Eliot Wicker hatte sich gerade im Lehnsessel zurückgelehnt, um den Red Socks zuzusehen, als ein plötzliches lautes Klopfen ihn hochschießen ließ. Während er durch die Küche ging, hatte er das Gefühl, daß irgend etwas schiefgegangen sein könnte. Er nahm an, daß es Noel war. Nichts Gutes ahnend, schob er vorsichtig die Tür einen Spalt auf. Aber es war Alston Bouchard, der im gelben Licht des Eingangsflurs stand.

»Hallo, Alston!« sagte er und gab sich überschwenglich erfreut, den Constable zu sehen. Er drehte sich um und ging wieder hinein. »Kommen Sie, wollen Sie einen Schluck Kaffee?«

»Nee«, antwortete Bouchard und folgte ihm.

Wicker ließ ihn in der Küche stehen, ging ins Wohnzimmer, schaltete den Fernseher ab und kehrte dann wieder zu Bouchard in die Küche zurück. »Ich mag die Red Socks nicht«, sagte er. »Sie?«

»Nicht besonders«, antwortete der Polizist. Alston Bouchard war ein finsterer Mann, von dem etwas Unbehagliches ausging und der manchmal den Eindruck vermittelte, als suche er das Dunkle, um sich dahinter zu verstecken. Eine schwarze John-Deere-Mütze bedeckte sein schwarzes Haar, das sich dicht und voll hinter seinen Ohren kräuselte, und sein mit grauen Sprenkeln durchsetzter Bart bedeckte den Rest seines Gesichts und seines Halses, so daß nur seine dunklen, humorlosen Augen freilagen, die ihrerseits von den dicken Gläsern einer schwarzgeränderten Brille beschützt wurden. Er redete selten und lächelte selten; die meiste Zeit pflegte er nur irgendwo im Raum zu stehen, beobachtend, lauschend und den Menschen das Gefühl vermittelnd, sie hätten möglicherweise irgend etwas Unrechtes getan; obwohl das eigentlich nie seine Absicht war.

»So«, sagte Wicker, »heute war viel zu tun.« Er verbarg seine Nervosität nicht sehr gut und wußte das auch. Genausogut hätte er Bouchard gerade ins Gesicht sehen und sagen können: *Schauen Sie, ich bin ganz natürlich.*

Bouchard schob die Hände in die Taschen. »Schlimm, das mit ...«

»... Bobby, wem sagen Sie das. Alle hier werden ihn vermissen.« Wicker schwang sein langes Bein über einen Barhocker und fing dann zu husten an. »Setzen Sie sich doch, Alston, wollen Sie sich nicht setzen?« Der Polizist blieb stehen. Wicker hustete wieder. »Scheißhusten.«

Bouchard trat ein paar Schritte auf Wickers Pinnwand zu, ein wahres Puzzle aus Rechnungen und Visitenkarten neben dem Wandtelefon. »Nee«, sagte er. »Ich setz' mich hin, wenn ich nach Hause komme.« Er hatte eine tiefe Stimme, noch tiefer als seine beträchtliche Leibesfülle erwarten ließ, aber er sprach leise, als ob er sich das angeeignet hätte, um den Leuten keine Angst zu machen.

Wicker fragte sich, ob auf seinem Pinnbrett irgend etwas Belastendes war. Gern hätte er gewußt, was Bouchard hier wollte und entschied, daß es eigentlich ganz natürlich war, ihn zu fragen. »Also, was gibt's, Alston? Meine Friedhofslizenz wieder einmal abgelaufen?«

»Nein, bloß ...« Bouchard deutete mit dem Daumen aufs Fenster. »Wissen Sie, daß Ihre Lichter aus sind?«

Lichter ...? Wicker starrte Bouchard an. Sein Verstand arbeitete unterdessen fieberhaft und versuchte herauszubekommen, ob Lichter ihn möglicherweise belasten könnten. »Was für Lichter?«

»Parkplatz«, erklärte Bouchard. »Und Ihre Werbeschrift auch.«

»Vielleicht eine Sicherung. Ich weiß nicht.« Wicker schwang sich von seinem Hocker und sah zum Fenster hinaus auf die Straße. Machte er einen schuldbewußten Eindruck? Bouchards Schweigen ließ ihn vermuten, daß das der Fall war. Na und? Solches Verhalten war für ihn ganz natürlich. Außerdem hätte er den Mann auch an jedem anderen Abend der Woche nicht im Haus haben wollen. Er ging auf die Tür zu, in der Hoffnung, daß Bouchard ihm folgen würde. »Ich werde mich darum kümmern, Alston. Ist sonst noch was? Ich wollte mir das Spiel ansehen.«

Bouchard schüttelte den Kopf. »Nein, ich dachte nur, es würde Sie vielleicht interessieren ...« Der Polizist hatte die Angewohnheit, Sätze mit einer Geste anstatt mit Worten zu beenden. Er deutete mit dem Daumen auf die Tür und meinte damit die Lichter. »Die Jungs sind heute nacht unterwegs. Die können manchmal ...«

»Ja, die drehen manchmal durch.« Wicker öffnete die Tür, trat in den überdachten Eingang und hielt Bouchard die Tür auf. »Haben sie die Toilettenhäuschen schon?« fragte er, um sich dem Polizisten gegenüber wenigstens etwas gesellig zu erweisen. Er sah jetzt, daß sein Parkplatz tatsächlich im Dunkeln lag.

»Nein, bis jetzt noch nicht«, entgegnete Bouchard und trat schließlich neben Wicker unter das Vordach.

»Oh, na ja, ist ja eigentlich ein harmloses Vergnügen.« Das war eine Abschlußbemerkung, aber Bouchard reagierte nicht darauf.

»Ich kann mir vorstellen, daß man sie eines Tages vermissen wird«, sagte Bouchard.

»Wen? Wen vermissen?«

»Die Aborthäuschen, meine ich. Wo jetzt praktisch jeder eine Toilette im Haus hat.« Small talk zu machen fiel dem Polizisten schwer. Er zögerte an der äußeren Tür, nahm die Mütze ab und fuhr sich mit den Fingern bedächtig durch die langen Haarsträhnen, die seinen Kopf bedeckten. Dann setzte er die Mütze wieder auf, zog sie sich tief ins Gesicht und fragte völlig unerwartet: »Haben Sie vor, heute nacht zu Hause zu bleiben?«

»Klar, darf ich das nicht?«

»Doch«, sagte Bouchard. »Das dürfen Sie.« Er ging ein paar Schritte bis zu dem gepflasterten Weg, der zum Haus führte, und bog dann um die Ecke auf den Parkplatz.

»Ich meine – Herrgott noch mal, Alston –, schließlich sollte man in der Blaubeerblütennacht auch zu Hause bleiben dürfen, ohne daß einem das gleich als großes Verbrechen angekreidet wird!« rief ihm Wicker nach.

In dem Augenblick, in dem die Sauerstoffzufuhr zu stottern begann, piepste Bobbys Armbanduhr. Er kam zu sich, fand seine Taschenlampe und knipste sie an. 21 Uhr 30. Er lauschte, ob er Noel über sich graben hören könne, aber das einzige Geräusch, das er wahrnahm, war das unregelmäßige Zischen. Schnell schloß er das Ventil, um die Flasche zum Schweigen zu bringen, hielt dann den Atem an und lauschte. Sie war da, er wußte, daß sie da war. Weil er dachte, er würde in der Dunkelheit besser hören können, schaltete er das Licht ab, aber rings um ihn lastete nur totale Stille. Er knipste das Licht wieder an und sah auf die Uhr. 21 Uhr 32.

Eineinhalb Stunden mit zwanzig Minuten Sauerstoff, genau planmäßig. Jetzt hatte er noch eine Flasche, und die würde ihm, selbst wenn er sich nicht in Trance versenkte, genügend Spielraum lassen für den Fall, daß das Graben ein wenig anstrengend war oder daß sie jemand aufgehalten hatte. Sie war offensichtlich aufgehalten worden. 21 Uhr 33.

Er schob die leere Flasche über die Brust nach unten neben sein Bein und es klingelte schrill, als er gegen die leere Taucherflasche stieß. Nachdem die andere Flasche auf seiner Brust lag, empfand er angenehme Erleichterung darüber, daß er jetzt an der Schulter mehr Platz hatte. Er öffnete das Ventil, hörte den Sauerstoff zischend austreten, drehte das Ventil wieder zurück und sog dann durch das kleine Loch in seinen Lippen einen tiefen, beruhigenden Atemzug in sich hinein. Wieder schloß er die Augen und lauschte auf Noel. Selbst wenn sie schon zu graben angefangen hatte, dachte er, würde er das nicht unbedingt hören können, weil Erde den Schall gut dämpfte. Vielleicht war sie nur noch sechs Zoll von ihm entfernt. Er knipste die Lampe an und sah auf die Uhr. 21 Uhr 35.

Er schaltete die Lampe ab, schloß die Augen, öffnete erneut das Ventil und ging jetzt daran, seinen Herzschlag zu verlangsamen. Konzentriert lenkte er seine Gedanken auf die Insel, den langen, breiten, von der Sonne bestrahlten Strand. Malte sich aus, wie er mit Noel dort auf einer Decke lag. Sie würde einen Finger heben, und schon käme der Kellner mit einer frischen Margarita.

Das Pferd in ihrem Wohnzimmer fiel ihm ein – die Bronzeskulptur, die sie von einem Importeur in Boston gekauft hatte. Vierhundert Dollar habe die Skulptur gekostet, hatte sie Bobby gesagt. Sie hatten einen Monat lang mit dem Ding gelebt, ehe er herausgefunden hatte, daß in Wirklichkeit sein Visa-Kreditkonto mit zweitausendachthundert Mäusen belastet worden war.

Sie log also gelegentlich, selbst ihn log sie an. Wenn es ihr in den Kram paßte. Aber er hatte diese Unverfrorenheit durchaus als liebenswerte Eigenschaft empfunden. Er mochte Frauen, die sich nichts vormachen ließen und auf eigenen Füßen standen, ganz besonders, wenn es eine Frau wie Noel war. Selbst jetzt, wie er spürte, wie ihm langsam die Sinne schwanden, mußte er kichern, wenn er daran dachte, wie dieses Bronzepferd, das aussah, als lächle es, in seinem Wohnzimmer stand, während er hier lag und sich das Ganze vorstellte.

Während die Menschen im Turnsaal ihre Unterhaltung fortsetzten, standen die Drittkläßler auf den Tribünen und warteten darauf, daß Sal ans Mikrophon zurückkehrte. Er hatte jetzt alles unter Kontrolle, voll und ganz und voller Zuversicht, trat vom Vorhang nach vorn, in perfektem Gleichgewicht und griff nach dem Mikrophon; seine Faust stieß gegen den Mikrophonständer, und es hallte wie eine Explosion durch die Turnhalle. Als das Mikrophon aus seiner Halterung sprang, fuhr seine Hand blitzartig vor, schnappte es aus der Luft und brachte es dann zu seinem Mund, als ob die Bewegung einstudiert gewesen wäre.

»Meine Damen und Herren …« begann er. An ein paar Stellen im Saal wurde gelacht und er nahm das mit einem warmen Lächeln dankbar zur Kenntnis. (Italienisch pflegte Iris sein etwas faltiges Lächeln zu nennen.) Er sah zu Davey hinüber. Sie wußte Bescheid. Nein, sie wußte nichts. Er blinzelte ihr zu. Sie zuckte nervös zusammen. Unter den Zuhörern wurde es nun lauter.

»Also, Leute«, sagte er, »jetzt sollten wir uns beruhigen.«

Die Gespräche verstummten. Mit dem Mikrophon in der Hand kam Sal sich wie Jerry Lewis vor – jetzt fehlten nur noch der Smoking und die Zigarette. Er sah sich im Saal um, entdeckte Iris und lächelte auch ihr zu. Plötzlich dachte er daran, die Veranstaltung Bobby zu widmen, entschied sich aber dagegen – dann dachte er daran, den Leuten zu sagen, welches Vergnügen es bereitete, zur Abwechslung einmal tatsächlich Musik zu *hören*, entschied sich aber auch dagegen. *»Erie Canal«*, sagte er schließlich, *»Erie Canal«* und befestigte das Mikrophon wieder in seiner Halterung. Er sah nach hinten zu den Drittkläßlern, wandte sich dann Mrs. Abraham zu und zählte das Lied an. Sie spielte die einleitenden Takte, und dann begannen die Kinder von dem Maultier namens Sal zu singen, und Sal lachte darüber. Aber am Ende der ersten Strophe war bereits der Krieg zwischen ihren Stimmen ausgebrochen. Wo es im Text hieß, »über die Brücke gehen«, da klang es jetzt, als würde das Maultier versuchen, ein Bündel Stacheldraht auszuspucken. Sal ging in die Knie und machte ziehende Bewegungen, als wolle er dem Tier dabei helfen, das Hindernis zu überwinden, aber seine Pantomime gab den Zuhörern Rätsel auf.

Er befürchtete, sie könnten glauben, er würde sich über die Kinder lustig machen, und deshalb sagte er ins Mikrophon »Sehr nett«, was die Zuhörer als Aufforderung zum Applaudieren auffaßten, was wiederum die nervöse Frau am Klavier auf die Idee brachte, er hätte vor, das Ganze aufzugeben, worauf sie zu spielen aufhörte. »Nein, weiter – weiter ...« Sal machte eine drehende Handbewegung, und Mrs. Abraham spielte pflichtschuldig weiter. Das Problem war nur, daß der Gesang inzwischen ebenfalls aufgehört hatte und daß sofort die Gespräche im Saal wieder auflebten. Mrs. Abrahams Augen, die Sal verängstigt fixierten, drohten aus ihren Höhlen zu treten.

In dem Augenblick kam Sal die Idee, die sein Leben verändern sollte. Er sagte zu ihr: »Spielen Sie weiter«, und dann zu den Zuhörern im Scherz: »Und Sie bitte ich um Ruhe.« Sie kamen der Aufforderung nach. Die ganze Zeit streckte er seine Hand in Richtung auf die Kinder und hielt sie damit vom Singen ab. Als die letzten Takte der Einleitung kamen, nickte er den Sängern zu und rief: »Summt es diesmal. Ihr wißt doch, wie man summt?« Sie grinsten und preßten die Lippen zusammen, dann hob er die Hand, und sie fingen an, und ihre Stimmen segelten wie ein Schwarm glücklicher Bienen durch die laute Turnhalle.

»Nicht aufhören!« forderte Sal sie auf. »Nicht aufhören«, sagte er zu Mrs. Abraham, und dann verschwand er in der Seitenkulisse.

Noel kletterte die Stufen bis zu den Bäumen hinauf, die sie vor dem Licht des Vollmondes schützten. Sie hatte ihren Volvo im Wald unter dem Friedhof an einer schmalen, kiesbedeckten Zufahrt zum Fluß abgestellt, wo man ihn nicht sehen konnte. Im Ostteil der Ortschaft waren das Tanzvergnügen und das Bingospiel in vollem Gange – sie konnte aus der Ferne die Geräusche fahrender Autos und das Krachen von Feuerwerkskörpern hören. In diesem Teil der Ortschaft aber herrschte Stille, weil die Kinder und ihre Eltern alle in der Turnhalle versammelt waren. Kein einziger Wagen kam vorbei.

Überall an der Hügelflanke spiegelten die polierten Grabsteine das Mondlicht wider und schienen Noel zuzuzwinkern; ihre Schatten zeichneten sich scharf und deutlich im kurzgeschnittenen Gras ab. Als sie die Baumgrenze verließ und auf Bobbys einsames Grab zulief, fuhr unten ein Auto vorbei, völlig geräuschlos, nur der Reflex der Rücklichter huschte über ihre Schulter. Sie ging um Bobbys Grabstelle herum auf einen hohen Ahornbaum zu und dann weiter in das Wäldchen rechts davon.

Dort knipste sie ihre Taschenlampe an und richtete den Lichtstrahl vor sich auf drei Birken. Alles andere lag in Dunkelheit. Sie stieg über ein paar abgebrochene

Äste und schob dann mit der Schulter ein paar Fichtenzweige weg. Jetzt fiel der Lichtkegel auf eine mit Moos bedeckte Felswand, die zu breit war, als daß man sie ganz hätte sehen können. Sie bückte sich am vorderen Ende der Steinfläche, schob Zweige beiseite und hob die Schaufel und den Spaten auf, die in eine dunkle Wolldecke gehüllt waren. Beweismaterial ihres Verbrechens. Fest das Bündel an sich drückend, um Geräusche zu vermeiden, drehte sie sich um, trat wieder ins Mondlicht hinaus und lief zu ihrem Wagen zurück.

In der Turnhalle sahen die Zuhörer in gebannter Stille zu, wie die Drittkläßler zum siebten Mal den Refrain von *Erie Canal* summten und dann zur achten Wiederholung ansetzten. Ein paar Väter gingen nervös an der Tür auf und ab. Einige hatten das Gebäude bereits verlassen und rauchten auf dem Parkplatz Zigaretten. Mrs. Abraham, die das Lied immer noch begleitete, lächelte unverändert, aber hätte jemand genau hingesehen, wäre ihm aufgefallen, daß die Linien in ihrem Gesicht härter wurden.

Plötzlich schmetterte eine Posaune in den Saal, eine bluesartige Fanfare. Sal trat von links auf die Bühne und fiel mit seinem Instrument in die Melodie der summenden Kinder ein. Es gab ein kurzes Aufflackern von Applaus und Gelächter, in das sich einige Rufe mischten. Das Summen wurde lauter. Sal hielt einen Augenblick lang inne, blickte in die Menge, schloß dann die Augen und spielte auf seinem Horn einen heißen Dixieland. Rhythmisch um die Melodie der Kinder herumtänzelnd, brachte er sie schließlich zum Kippen.

»Nicht aufgeben«, ermahnte er die Kinder, während er ans Mikrophon trat und das Piano mit einer Handbewegung aufforderte, einen weiteren Refrain zu spielen. Er atmete tief ein, warf den Kopf in den Rücken und blies eine dissonante Tonfolge, blies sie laut und lang, bis sein Gesicht rot wurde und die Adern an seinen Schläfen hervortraten. Sein Herz schlug heftig. Es war so lange her, daß er das zuletzt gespielt hatte – richtig gespielt hatte.

»Was machen Sie denn da?« tönte Mrs. Abraham, immer noch lächelnd und bemüht, das Lied in Gang zu halten. Sal ignorierte sie. Er blickte auf die Tribüne und sah Davey erstarren, sah das Glitzern in ihren Augen. Er selbst schloß die Augen, hob den Kopf und ließ ein langes, klagendes Jammern ertönen. Damit sagte er Davey: *das sind Tränen, Liebes.* Wieder blies er ein paar klagende Kadenzen, die, sich aufbäumend, durch den Saal flogen … für den Rest der Ortschaft. Zum Teufel, alle hatten Bobby gekannt. Sie würden schon wissen, was Sal empfand. Dann hätte er fast den Boden unter den Füßen verloren und taumelte einen Schritt zurück – stürzte aber nicht. *Balance, meine Damen und Herren. Sal Erickson hat sich völlig unter Kontrolle.* Jetzt wieder eine Tonfolge für Bobby, eine lange, schrille Kadenz, um ihn aus den Wolken zu holen. Sal ließ sein Instrument wiehern und ging in einen beinahe zotig wirkenden, anmaßenden Blues über. Bobbys Song. Er spielte ihn laut, satt und langsam.

Dann wurde ihm undeutlich bewußt, daß er jetzt allein war, das Piano hatte irgendwann zu spielen aufgehört. Und die Kinder hatten aufgehört zu summen. Er schlug die Augen auf und sah, wie Eltern und Schüler die Kinder auf beiden Seiten von der Bühne führten. Herrgott, sie gingen auf Zehenspitzen, manche wenigstens. Sal klagte weiter, aber in den höchsten Tönen, völlig hinüber, rein und voll. In einem kleinen Winkel seines Bewußtseins konnte er sehen, daß die Ausgänge verstopft waren. Philister, die vor dem Feuer flohen, und jeder einzelne drehte sich zu einem letzten Blick um. Einen Augenblick lang erkannte er den weißen Kittel von Iris und den Rücken Daveys. Und jetzt zog irgendein Schlaumeier vor ihm den Vorhang zu – als ob ihn das aufhalten könnte. Er blickte in die Schatten, sah Charlie Walker an den Seilen, den Kustos, und scheuchte Walker mit einer Handbewegung weg; der alte Mann zog sich zurück.

Sal, jetzt hinter dem Vorhang, ließ sich nicht stoppen. Jazz, Leute! Monk, Diz, Bird, Miles, Satch, *Jazz!* Als sein Instrument den Spalt im Samt fand, folgte er hinterher und wäre fast von der Bühne auf die Sitze gefallen. Er torkelte einen Augenblick lang, aber er stürzte nicht – nie und nimmer. *Balance, Baby.* Und plötzlich war die Turnhalle praktisch leer. Bloß noch die fetten Männer in T-Shirts, die draußen wie Hunde kreisten und darauf warteten, daß er herunterfiel. Niemals, Leute. Für sie blieb er am vordersten Rand der Bühne stehen und wippte vor und zurück. Für sie griff er tief in sein animalisches Hirn und gab ihnen etwas Rauhes, Kriegerisches, an dem sie kauen konnten.

Und dann, wie aufs Stichwort, kam er, Avery Bingstream, der Schuldirektor, kam in seinem braunen Anzug den Mittelgang herauf und sah auf seine Schuhe. Seine Schritte federten sorglos, und das bedeutete, daß er nicht wußte, was ihn erwartete. Sal entlockte seinem Instrument Töne im Takt seiner Schritte. Dann wurde die Bühne finster, und die Saalbeleuchtung erlosch,

Reihe um Reihe – wieder dieser Dreckskerl Walker. Sal setzte dazu an, sich umzudrehen, aber da kam Bingstream bereits die Bühnentreppe herauf. Das Timing stimmte nicht. Der Rhythmus staute sich. Sal wechselte die Tonart, warnte Bingstream mit einem Grollen, doch der Schuldirektor rückte näher.

Sal trat zurück, wieder hinter den Vorhang. Die Beine spreizend versuchte er, das Gleichgewicht nicht zu verlieren. Seine Musik war jetzt professionell, und er wünschte, jemand würde sie aufzeichnen. Ornette mit Igor, stimmt's? Auf der obersten Treppenstufe angelangt, blieb der Direktor stehen, schob sich die Brille zurecht, hob das Mikrophon auf und befestigte es am Ständer. Zeigte Sal sein friedlichstes Lächeln, aber Sal konnte die verräterischen Zeichen hinter den großen rechteckigen Gläsern lesen: Unsicherheit und Angst. Er schleuderte dem Mann ein wildes Glissando entgegen.

»Nun«, sagte Bingstream mit einem pikierten Schulterzucken, »ich schätze, jetzt wäre es an der Zeit, nach Hause zu gehen und die Beine hochzulegen, auszuruhen.« Der Schuldirektor streckte langsam die Hand aus, als wolle er Sal entwaffnen.

Sal hob warnend eine Augenbraue und pumpte den Posaunenzug vor und zurück, vor und zurück, aber dann bekam Bingstream den Zug zu fassen. Die Note explodierte, als der Zug aus dem Instrument fiel. Der Schuldirektor war so überrascht, daß er mit seiner Trophäe in der Hand taumelte, sich mit der anderen am Mikrophonständer festhielt und so das Bild eines Schnulzensängers abgab, als er rückwärts von der Bühne stürzte und mit einem vom Mikrophon verstärktem WUMM! unten auf den Boden knallte. Ein

Klappsessel drehte sich und krachte dann zusammen. Der Mikrophonständer rollte weg. Bingstream setzte sich schnell auf, blieb dann aber vorsichtshalber sitzen, preßte den Posaunenzug an sich und starrte auf sein geprelltes Schienbein.

Sal schloß die Augen und lehnte sich gegen den Vorhang, der ihm freilich keine Stütze bot. Trotzdem fiel er nicht. Nur nicht fallen. Er spürte, wie der warme Samt an seinem Rücken entlangglitt, seine Schultern massierte. *Balance*, Ladies and Gentleman, er hatte sie mit Zins und Zinseszinsen.

Da lacht jemand in der Dunkelheit – das Bronzepferd kichert wie verrückt. Die Taschenlampe wirft einen schwachen Lichtstrahl. Bobby erzeugt beim Lachen ein pfeifendes Geräusch. Er schwitzt, pfeift wie eine Lokomotive, von gehetzter Panik erfüllt, und das Pferd kann nicht atmen. Bobby kann sein Bewußtsein nicht finden. Das ist das Problem. Er hängt in diesem dämlichen Traum fest! Oder schläft er überhaupt? Der Samt ist feucht, burgunderrot, ein zartes Blumenmuster vor seinen Augen. Die ganze Welt ist kalt, eiskalt, und er ist in Schweiß gebadet. Seine Kehle ist trocken. Er pfeift, ein und aus, schneller und schneller, denn da ist keine Luft mehr. Denn seine Nase ist verstopft, und anstelle eines Mundes hat er nur ein winziges Blasloch. Denn er ist ein Fisch ohne Wasser! Er pfeift schneller, als er sich das Bild ausmalt, schnellt herum wie ein Fisch, *sieht* sich als Fisch. Er lacht darüber, pfeift wie ein Fisch. Die Sauerstoffflasche lacht auch, stottert wie verrückt. Leer oder voll, das weiß er nicht.

Vielleicht kommt das Zischen von der Dusche? Er steht voll bekleidet unter Eliot Wickers Dusche, und

Noel wendet sich von ihm ab, um ihm ein Handtuch zu holen.

Zuviel Sauerstoff – das ist das Problem. Er dreht das Ventil zu. Genau richtig, du mußt mit dem, was noch übrig ist, sparsam umgehen. Das Stottern verstummt. Aber er selbst pfeift immer noch wie ein Sturmwind, keucht wie ein Pferd. *Seepferd*. Seepferdstoffwechsel – seine kleinen Lungen stehen in Flammen. Mit den Knien drückt er gegen den Samt, und der gibt nach. Er denkt, er könne den Sargdeckel aufdrücken. Er denkt, er sei oben auf dem Hügel, frei. Aber was nachgibt, sind seine Muskeln, nicht der Sargdeckel; Muskeln, die ihm den Dienst versagen. Dann hört er sie graben.

Noel.

Ein kleines Seepferdchenquietschen entringt sich seiner Kehle, das ihm peinlich ist – und er hofft, daß sie es nicht gehört hat. Seine Knie pumpen wütend, so wie ein Seepferdchen schwimmt. Aber schwimmen sie so? Er kann es nicht sagen. Nein, er liegt völlig reglos da, *denkt* ans Schwimmen. Nicht in Panik geraten! Das ist seine innere Stimme. Bobby Swift fordert den Seepferdmann auf, zu denken. *Denken*. Er lauscht wieder auf die Sauerstoffflasche, hört aber nur sein eigenes schnelles Hin-und-zurück-Pfeifen, wie jemand, der Holz sägt, wie diese kleinen Sägefiguren, die vom Wind angetrieben werden; auch wenn Bobbys Lungen nur am Nichts sägen. Seine Brust schmerzt. Er denkt, die Flasche wäre leer – oder hat er das Ventil geschlossen? Die Taschenlampe flackert. Er schüttelt die Sauerstoffflasche wie eine Dose mit Deospray, das Ventil kracht gegen sein Kinn, seine Knöchel scharren an der niedrigen Sargdecke entlang, er lauscht erneut, hört sein eigenes rasselndes Pfeifen, und dann erinnert er sich …

Die andere Sauerstoffflasche, *die andere Flasche!* Sie war nicht völlig leer, als er gewechselt hat, da war noch etwas übrig. Er greift danach. Aber die Flasche ist nicht da.

»Es könnte Unterkühlung sein.«

Was er da hört, ist Noels Stimme, aber er ist nicht ganz sicher. Sein Kopf schwimmt in Stimmen, Flüstern. »Er ist okay«, sagt Wicker. »Geben Sie ihm ein Handtuch.« Bobby tastet nach der Flasche. Die Taschenlampe rollt von seiner Brust auf den Boden, leuchtet hell. Der Sarg ist voller Licht. Ein wellenförmiges Prickeln durchläuft ihn. Er schiebt seinen Körper nach unten, das Gesäß gegen die T-förmige Verbindung der Flaschen gepreßt, die Knie gegen den weichen Deckel, sein Körper schwimmt jetzt allein. Er tastet nach der Flasche, sein Körper ist abgeknickt, die Knie pressen sich gegen die Sargwand, und plötzlich hält er das Ventil in der Hand, die ganze Zeit war es da, er denkt zuerst, es sei eine Handvoll Kleingeld, das er in die Tasche stecken soll, aber sieh einer an, er weiß, daß er Halluzinationen hat. Ist er ein Bronzepferd, in eine Kiste eingezwängt? Er lacht bei der Vorstellung, kichert durch sein Blasloch, kann nicht schneller pfeifen, tut es aber doch. Er ist ein Vogel, ein Frosch. Das Ventil öffnend, flüstert er:

Noel.

Sie wendet sich von ihm ab, öffnet die dritte Schublade und zieht ein dickes braunes Handtuch heraus. Sie ist barfuß, und als sie sich umdreht, wischt sie sich das Wasser vom Hals, und ihre grünen Augen leuchten. »Du warst tot«, sagt sie zu ihm.

Er küßt das Ventil, preßt den kalten Stahl gegen seine brennenden Lippen und saugt den Sauerstoff tief in seine Lungen, bis sein Kopf von innen heraus glüht. *Noel*, denkt er, ein Gebet. Er zieht sie in sich hinein, füllt seine Lungen, füllt seinen Blutstrom, und dann verschwindet das Flüstern. Er öffnet das Ventil, bis jedes Geräusch verstummt, dreht es nach beiden Seiten. Aber jetzt ist nicht einmal ein Flüstern mehr übrig. Dafür sieht er Sterne. Überall Sterne. Und plötzlich ist ihm bewußt, daß alles vollkommen ist.

Alles ist schön. Weil Bobby Swift Herr seines Herzens ist. Und ein Atemzug Sauerstoff alles ist, was er braucht. Er rollt sich auf den Rücken, um sich zu entspannen. Herr seines Herzens. Sein Rücken ist gekrümmt, seine Lungen gefüllt. Nein, es ist sein Gesicht – sein Gesicht dehnt sich aus, wie ein Ballon. Sein Herz schlägt wie Dschungeltrommeln.

Und dann verspürt er einen Stoß, einen schrecklichen Schlag – ein Schwall aus purem weißem Licht. Und Bobby Swifts letzter Gedanke ist so klar wie die volle, strahlende Sonne, die in seinem Kopf explodiert.

Noel wußte, wo Eliot Wicker seine Badehandtücher aufbewahrte.

Fünf

Das ist mir egal«, sagte Eliot Wicker. »Ich muß dich sehen.«

Den Telefonhörer mit der linken Schulter ans Ohr gedrückt, kippte sie den Koffer um, so daß Bobbys Sommerkleidung aufs Bett fiel.

»Noel, wenn ich hier allein herumsitze, werde ich zum Nervenbündel.«

»Dann werd eben keines«, sagte sie.

»Nach dem, was wir getan haben?«

Hemden und Hosen, sie griff in jede Tasche, fuhr mit den Fingern über das Futter. Das Flugticket war verschwunden, und seine Brieftasche auch.

»Jetzt komm schon«, sagte Wicker. »Niemand wird mich sehen. Ich fahre am Morgen wieder weg, bevor es hell wird.«

Ob Bobby sie im Sarg versteckt und vergessen hatte, es ihr zu sagen? Oder mit Wicker in letzter Minute irgend etwas anderes vereinbart hatte? Unmöglich.

»Okay, dann komm du zu mir«, sagte der Leichenbestatter. »Komm meinetwegen mitten in der Nacht, das ist mir egal. Du hast einen Schlüssel. Was zum Teufel tust du eigentlich, Noel? Sag etwas!«

Ein paar Augenblicke verstrichen, dann sagte sie mit leiser Stimme: »Ruf mich nicht mehr an.« Und legte auf.

Sal marschierte schon zum zweitenmal an seinem Haus vorbei. Er konnte nicht hineingehen, jedenfalls noch nicht jetzt und ganz sicher nicht mit der Flasche in der Hand. Iris hatte geschworen, daß ihre Ehe beendet sein würde, wenn er je wieder zu trinken anfinge. Und das lag sechs Monate zurück. Aber so wie er sich jetzt fühlte, in einer Nacht, die so voll von Verlockung war, was hatte da schon, in diesem ganzen großartigen spiralförmigen Zyklus, eine weitere zerbrochene Ehe zu besagen? Er hob das Gesicht und roch den Fluß, die Roteiche, die Weißfichte, die Baumschwämme, die ganze erwachende Welt. In weiter Ferne hörte er eine Autohupe, bellende Hunde und die papierdünnen Laute von Musik. Die ganze Nacht war von pulsierendem Rhythmus erfüllt, ein mächtiger Herzschlag, der aus der Erde aufstieg, ein langes, verführerisches Atmen, das darüber hing. Der Frühling hatte voll von der Stadt Besitz genommen, und Sal war fest überzeugt, daß er sich in seinem ganzen Leben noch nie auch nur halb so wohl gefühlt hatte. Er schraubte den Deckel ab, trank den Wodka aus und stellte die leere Flasche dann bedächtig in den Briefkasten am unteren Ende seiner Einfahrt.

Reifen quietschten. Er blickte auf. Scheinwerfer blitzten, als ein Pickup Truck aus dem Dorf auf ihn zufuhr. Er starrte wie gebannt in die näher kommenden Scheinwerferbündel, bis der Truck mit ein paar betrunkenen Jugendlichen, die aus den Fenstern herauskrakeelten, an ihm vorbeigeschlittert war. Und das bedeutete, daß die Attacke auf die Aborthäuschen jetzt gleich losgehen würde. Er winkte und hob dann die Faust zum alten Gruß der Südstaatenrebellen.

Plötzlich blinkte vor ihm die Warnlampe auf Alston Bouchards Polizeiwagen. Der Truck war ganz offensichtlich ein Lockvogel gewesen, der den Constable in die Irre führen sollte. Und er kam hinterher, der mürrische Polizist, obwohl sein alter Subaru dafür nicht schnell genug war. Die jährliche Rebellion eben. In einer Nacht im Jahr wurde Krach geschlagen. Sonst waren sie immer wohlerzogen. Ja, dachte Sal, wirklich ein wunderbares Dorf.

Er war versucht, zum Laden hinunterzugehen und selbst ein wenig Radau zu machen. Und ehe er es richtig bemerkte, tat er genau das, rannte die Straße entlang, wobei seine Lungen mühelos die kalte Nachtluft in sich hineinsogen, fegte vorbei an den schlafenden Häusern wie ein nächtliches Phantom, bog in die Village Road, trabte über die eiserne Brücke, rannte den Hügel hinauf, bis er den Laden erreicht hatte, wo er einmal den Parkplatz umrundete, um zu verschnaufen.

»Hey da!« Das war Jerry Royal, er kam von der rechten Ecke des Gebäudes, wo die Zufahrt nach unten führte. »Wie ich höre, hat Mister Music sich heute abend richtig vollaufen lassen.« Jerry lachte – eine laute, dröhnende Lache, wie die einer Figur aus einem Zeichentrickfilm. Er zog sich gerade den Reißverschluß an der Hose zu.

»Ach, was soll's, schließlich ist Blaubeerblütennacht«, erwiderte Sal. »Wie geht's denn?«

»Oh, keine Ahnung, ich würde sagen, so glücklich und zufrieden wie ein Bastard am Vatertag.« In den acht Jahren, seit Sal und Iris hier wohnten, war dies hier das längste Gespräch, das die beiden Männer miteinander geführt hatten.

»Also, was treibst du denn hier, wo du doch schon lange im Bett sein solltest?« fuhr Jerry fort. »Läßt die Alte dich nicht ins Haus?« Wieder eine laute Lache, die aus den tiefsten Tiefen seines dicken Bauches zu kommen schien. »Wir sollten einen Club aufmachen. Mich läßt sie auch nicht ins Haus! Mich nicht und den Alten auch nicht. Und der ist seit zehn Jahren trocken.« Diesmal lachte er prustend, und dann leerte er seine Bierdose, zerdrückte sie in der Faust und warf sie auf die Straße.

Über ihnen wurde ein Fenster geöffnet. »Komm rauf!« rief Noel durchs Fenstergitter. »Eine Tasse Kaffee wird dir guttun.« Beide Männer wußten, daß sie damit Sal meinte, nicht Jerry.

»Das ist eine Einladung, die ich mir nicht zu lange überlegen würde«, bemerkte Jerry mit leiser Stimme und fügte dann mit einem Anflug von Reue hinzu: »Das hätte ich wohl nicht sagen sollen, so wie die Dinge liegen.«

Plötzlich kam mit quietschenden Reifen ein Truck von der River Road herauf und hupte laut, als er die Brücke überquerte. Dann wurde er langsamer, als er sich dem Laden näherte und hielt schließlich mit heulendem Motor ganz an. »Das ist mein Taxi«, sagte Jerry, sprang aufs Trittbrett und schlug mit der flachen Hand aufs Dach, worauf der Truck davonraste. Die Nacht wurde bemerkenswert ruhig, und nur das Singen des Flusses war zur Rechten zu hören, nichts als der Fluß und die Frösche.

»Ich könnte Gesellschaft gebrauchen«, sagte Noel. Hinter dem Fliegengitter zeichneten sich weich die Umrisse ihrer Silhouette ab. »Geh zur Garage. Ich laß dich rein.«

Noels Einfahrt führte entlang der rechten Gebäudeseite nach unten und bog dann hinten ums Haus, wo zwei Garagentüren und rechts davon eine Eingangstür mit einem Fenster im oberen Teil der Füllung zu erkennen waren.

Als Sal vor die Tür trat, war die Garage finster. Das einzige Licht kam von der Treppe, die an der rechten Wand hinter einem Vorbau verborgen war. Er sah zum Türfenster hinein, konnte aber nur sein eigenes Spiegelbild vor dem Himmel erkennen. Plötzlich öffnete sich die Tür, und da war sie, barfuß, in roten, enganliegenden Leggings und einem einfachen schwarzen T-Shirt. Sie drehte sich um, ohne etwas zu sagen, und ging auf die Treppe zu. Als Sal ihr nach oben folgte, konnte er den Blick nicht von ihren Pobacken wenden. Obwohl weibliche Hinterpartien keine besondere Anziehungskraft auf ihn ausübten, war die Noels doch umwerfend: rund und fest, Pobacken, die zwei Stockwerke lang herausfordernd vor seinem Gesicht auf und ab tanzten.

Als sie oben angelangt waren, griff Noel nach hinten und tätschelte sich. »Gut für meinen Derrière«, sagte sie.

»Das sieht man«, erwiderte Sal anzüglich. Sie tat so, als wolle sie ihm einen Klaps versetzen, aber das gehörte zu ihrem üblichen unschuldigen Flirten. Sal war Iris natürlich völlig treu und hätte Bobbys Frau nie angerührt, aber gelegentlich hatte er sich doch einiges in seiner Phantasie ausgemalt und sich gefragt, wie weit sie wohl gehen würde. Er war immer derjenige gewesen, der den Rückzug angetreten hatte.

Die Küche sah bereits aus wie die Küche einer alleinlebenden Frau – kein Werkzeug auf der Theke, keine Stiefel an der Tür. Die Flaschen und die Tabletts mit Essen von dem Empfang waren verschwunden. Mit Ausnahme der Blumen gab es keinerlei Hinweise darauf, daß Bobby je hier gelebt hatte – oder gestorben war. Aber Sal hätte auch nichts anderes erwartet; Noel war keine sentimentale Frau. Das gefiel ihm an ihr, weil er überzeugt war, daß die meisten Frauen in ihrer Situation sich genötigt gefühlt hätten, ihre Trauer wie einen Mantel herzuzeigen, damit die Leute sie nicht für herzlos hielten.

Sie öffnete einen Schrank und reckte sich, um an irgend etwas zu kommen; dabei brachte sie ihre grellroten, wohlgeformten Beine zur Geltung. Ihm fiel ein, daß sie einmal gesagt hatte, sie habe als Mädchen Spaß daran gehabt, mit Jungs zu ringen. Er hätte wetten wollen, daß sie dabei nicht oft verloren hatte.

Sie holte eine Büchse herunter, maß frische Kaffeebohnen in eine kleine elektrische Kaffeemühle und schob den Stecker dann in die Steckdose, wobei sie Sal die ganze Zeit mit eisiger Miene anstarrte. Die Kaffeemühle kreischte, als sei auf den Deckel drückte. Trotzdem wandte sie die ganze Zeit den Blick nicht von ihm, und ihm bereitete es zunehmendes Vergnügen, ihrem Blick nicht auszuweichen. Machte sie sich über ihn lustig? Stellte sie ihn auf die Probe? Plötzlich verstummte das Kreischen.

»Was soll der Blick?« fragte sie.

»Was für ein Blick?« erwiderte er.

Noel wandte sich zur Tür. Schritte kamen aus dem Nichts, und ehe sie oder er reagieren konnte, flog die Tür auf, und Eliot Wicker trat ein. Sal schaute Noel an; ihr Gesicht war ein Muster an Ausdruckslosigkeit. Wicker seinerseits betrachtete Sal ziemlich verwirrt. Dann wandte er sich wieder Noel zu und sagte: »Ich dachte, ich sollte mal nach Ihnen sehen und mich vergewissern, daß bei Ihnen alles in Ordnung ist. Das gehört mit zu meinem Beruf.« Sein Blick senkte sich auf ihre Beine.

»Mir geht es gut«, entgegnete sie ausdruckslos. Sal bemerkte, daß sie nicht den grellroten Lippenstift aufgelegt hatte, den sie gewöhnlich benutzte, sondern einen Braunton, etwa wie das Rot eines medium gebratenen Steaks.

Wicker wirkte außer Atem, und auf seiner Stirn standen Schweißtropfen. »Na ja – ich hörte, daß diese Rowdys hierher unterwegs sind mit dieser Aborthäuschengeschichte und wollte sichergehen, daß da keiner über die Stränge schlägt.«

Sal sah, daß Noels ausdruckslose Miene sich nicht veränderte. Dann begriff er, weshalb sie stumm blieb – und es war ihm peinlich, daß man ihn hier vorfand, so als würde er versuchen, sich an die Witwe seines besten Freundes ranzumachen. Er ging auf die Tür zu und sagte: »Noel, wenn dir irgendwann nach reden zumute ist, sind Iris und ich immer für dich da, das weißt du.«

Ihr Lächeln wirkte eigenartig gedankenverloren, als Wicker ihm die Tür öffnete und ihn auf eine Art und Weise musterte, daß Sal auf der Schwelle stehenblieb.

»Gibt es ein Problem?« fragte Sal.

Der Leichenbestatter verschränkte die Arme und erwiderte mit gleichgültiger Miene: »Nein, eigentlich nicht.«

Sal nickte. Er konnte erkennen, daß der Mann nicht sonderlich intelligent war, die Art von Mann eben, dem man als Junge übel mitgespielt hatte, weil er ein Außenseiter war, und der sich jetzt bemühte, das der Welt heimzuzahlen. Er hielt Wickers starrem Blick noch ein oder zwei Sekunden stand, bevor er sagte: »Dann habe ich mich wohl getäuscht.«

»Kann sein«, antwortete Wicker, hob lässig die Hand, eine Geste, die jugendlich wirken sollte, und schloß die Tür hinter ihm.

Wicker starrte auf die Tür. Er lauschte Sals Schritten, als der die Treppe hinunterging. Als er hörte, wie die Tür unten ins Schloß fiel, schob er den Riegel der Wohnungstür vor, drehte sich um, schob sich an Noel vorbei, ging durch den Flur ins Wohnzimmer und schaute hinaus. Gleich darauf sah er Sal im Schein der Straßenlaterne den Weg zur Brücke hinuntergehen.

»Wo will der denn hin? Hat er eine andere Frau, die dort unten auf ihn wartet?« fragte Wicker, als er Noel hinter sich ins Zimmer kommen hörte.

»Geh vom Fenster weg«, sagte sie.

Wicker trat zur Seite und ließ die Jalousie runter, ohne sich dabei sonderlich zu beeilen.

»Weißt du etwas über Bobbys Brieftasche?« fragte sie. »Oder sein Flugticket?«

»Was genau soll ich denn wissen?« erwiderte er.

»Also, wie ist's?« herrschte sie ihn an.

Er drehte sich um und starrte sie mit halbgeöffneten Augen an – so desinteressiert, wie er das immer tat. »Nein, ich weiß nichts«, sagte er. »Ist dir klar, daß ich mich fast umgebracht habe, als ich hierherkam?«

»Und?«

Er zeigte ihr seine blutig geschürfte rechte Hand. »Ich wäre fast über den Brückendamm gefallen. Dort draußen geht's zu wie in der Grand Central Station.«

Noel sah ihn ungläubig an. »Herrgott, verstehst du

denn nicht?« Sie hielt inne, drehte die Handflächen nach oben und sagte: »*Mord.*«

»Mach dir keine Sorgen, Noel, niemand hat mich gesehen. Aber ich denke, ich habe doch Anspruch darauf, zu erfahren, was dieser Kerl hier wollte.«

Sie deutete mit dem Finger aufs Fenster. »Dieser Kerl hat dich hier gesehen.«

»Und was wollte er?« Wicker starrte sie an, offensichtlich hielt er seine Hartnäckigkeit für verführerisch.

Sie schloß die Augen.

»Na schön, vielleicht ist das eine Überreaktion. Gut, dann ist's das eben. Aber am besten klärt man diese Dinge gleich am Anfang einer Beziehung. Wollen wir uns mit anderen Leuten treffen oder nicht? Ich bin für nein.«

Sie trat an die Stehlampe und knipste sie aus, so daß jetzt nur noch das gelbe Licht aus dem Flur ins Zimmer fiel. »Ich gehe fort«, erklärte sie.

»Jetzt komm schon. Wo willst du mitten in der Nacht hin?«

»Fort. Ich gehe fort.«

Er brauchte einen Augenblick, um das zu verarbeiten, und gelangte dann schnell zu dem Schluß, daß dies einfach Teil ihrer Auseinandersetzung war.

»Ich denke, ich muß mich daran gewöhnen«, sagte er. »Weiß der Himmel, wie viele Kerle sich jetzt an dich heranmachen werden, wo sie glauben, daß du allein bist.«

Noel ging um ihn herum und blieb neben dem Bronzepferd stehen. Sie atmete tief durch und drehte sich dann um, sah ihn an, die Finger vor der Brust verschränkt. »Eliot, dein Geld befindet sich auf der Prince First Federal in Nassau. Am ersten Oktober gebe ich dir die Kontonummer, genau wie wir es geplant haben.«

Er brauchte wieder einen Augenblick, um zu antworten. »Ich habe gesagt, daß es mir leid tut, okay. Sicher, ich habe mich danebenbenommen. Natürlich weiß ich, daß du nicht auf ein Techtelmechtel aus warst. Und jetzt beruhige dich endlich.«

Sie kniff die Augen zusammen. »Ich wollte ficken«, sagte sie, »und dann bist du aufgetaucht.«

Der Atem stockte ihm und kam als eine Art Lachen heraus. Aber er lächelte nicht, sondern starrte sie bloß mit seinen verschlafenen Augen an.

»Eliot, geh jetzt.«

Mit seinen langen Fingern kratzte er sich am Bauch. »Okay, du willst hier weg, dann gehen wir eben weg. Irgendwohin. Das ist ja das Schöne an meinem Geschäft.«

Sie stand starr und unbewegt da. »Hör mir zu«, sagte sie. »Wir sind Geschäftspartner, und das ist alles, was wir sind und was wir je gewesen sind. Und jetzt geh.«

Er lachte, ein selbstgefälliges Kichern. »Tut mir leid, aber nicht nach dieser Nacht neulich ... das nehme ich dir einfach nicht ab.«

»Diese Nacht neulich«, sagte sie, »war reines Geschäft.«

»Geschäft – daß ich nicht lache!« Er versuchte zu grinsen, streckte beide Hände aus und griff nach ihren Armen.

Ein Wagen bog in den Parkplatz ein, sie hörten eine Countrymelodie und lautes Gelächter. Sie entwand sich seinem Griff. »Hör zu«, sagte sie, »du stößt mich ab, verstehst du? Du bist seicht und verbittert, und du redest wie eine Figur in einem schlechten Fernsehstück. Abgesehen davon – wenn du so weitermachst, wird man uns noch schnappen.«

Benommen starrte er sie an. Das Lächeln auf seinen Lippen erstarb. Jetzt sah es so aus, als würde er jeden Augenblick beginnen zu weinen.

»Gib mir deine Hand«, sagte er mit bebender Stimme. Sie wollte widersprechen, aber er schnappte danach und preßte ihre Handfläche auf seine Brust. »Kannst du das spüren?«

Das konnte sie. Sein Herz schlug.

Er funkelte sie an, und seine wäßrigen Augen waren zum ersten Mal weit geöffnet. Einen Augenblick lang dachte sie, daß er sie schlagen würde. »Ich habe für dich *getötet*, verdammt«, flüsterte er. »Und ich würde für dich sterben. Aber eines werde ich nicht tun!« Jetzt wurde seine Stimme wieder lauter.

»Pst!« sagte sie, und diesmal begann ihre Stimme zu beben.

»Ich werde dich nicht gehen lassen!«

Er konnte ihr ansehen, daß sie allmählich Angst bekam, und das steigerte sein Selbstvertrauen.

»Noel, ich will es mit ganz schlichten Worten sagen. Das Leben ohne dich wäre nicht wert, gelebt zu werden – und unsere Geheimnisse wären es nicht wert, daß man sie bewahrt.«

Schweigen legte sich über den Raum. Noel senkte den Blick und löste sanft ihre Hand von seiner Brust. Dann flüsterte sie: »Du drückst dich nicht klar aus, Eliot. Was versuchst du mir zu sagen?« Wieder bog ein Truck in den Parkplatz ein, wieder hallten lachende laute Männerstimmen zu ihnen herauf.

»Ich sage, daß mir alles egal ist, wenn du mich verläßt. Ich lasse uns auffliegen, das ist mir dann gleichgültig. Noel, du mußt mir eine Chance geben.«

Sie atmete tief durch, aber als sie dann sprach, klang es fast locker. »Eliot, wenn du sagst, ›auffliegen lassen‹, was genau meinst du damit?«

»Auffliegen lassen«, sagte er, und draußen ging eine Salve Feuerwerkskörper los. »Reden.«

»Dann wirst du also reden.«

Er feixte sie an und gab ihr damit eine Kostprobe seiner neuentdeckten Macht.

Sie trat einen Schritt zurück. »Dann werden sie Bobbys Grab öffnen«, sagte sie. »Sie werden seine Leiche finden, sie werden Sauerstoffflaschen finden, Taucherflaschen, ein Heizkissen und eine Taschenlampe. Und dann wird völlig klar sein, daß Eliot Wicker wußte, daß er einen Lebenden begraben hat.«

Wicker nickte selbstsicher. »Du hast's erfaßt.«

Sie schloß langsam die Augen, und als sie sie wieder öffnete, blickten sie kalt und starr. Wicker nickte immer noch, aber jetzt begann er, nachdenklich zu werden.

»Überleg doch mal«, sagte sie. »War ich dabei, als Bobby starb? Habe ich ihn begraben? Fällt dir auch nur ein einziges Krümelchen Beweismaterial in diesem Sarg oder sonstwo ein, das mich belasten könnte?« Ihr Gesicht verwandelte sich in eine Maske der Unschuld.

Wicker musterte sie verblüfft.

»Bobby hat diese ganze Geschichte mit dir ausgeheckt, um von mir loszukommen«, sagte sie.

»Na schön, und warum habe ich ihn dann hereingelegt? Was hat das mir eingebracht?«

»Mich.«

Er versuchte zu lachen, aber seine Augen verrieten ihn.

»Du warst scharf auf mich. Ist das nicht offenkundig? Um Mitternacht hier aufzukreuzen! Und jetzt haben wir sogar einen Zeugen. Du läßt mich einfach nicht in Ruhe.«

Er stieß einen kurzen Lacher aus, mit dem er sich über sie lustig machen wollte. Aber es klang jämmerlich.

»Glaubst du tatsächlich, eine Jury könnte glauben, daß irgendeine Frau Bobby Swift für dich verlassen würde?«

Wicker blieb reglos stehen, obwohl sein Selbstbewußtsein zusammenbrach. Er spürte, daß er zu schwanken begann.

»Für mich«, fuhr sie fort, »wäre ein Leben mit dir nicht lebenswert. Also tu, was du nicht lassen kannst, Eliot. *Laß uns auffliegen.*«

Sie hielt ihn mit ihrem triumphierenden Blick fest, und er starrte wie benommen zurück. Jetzt waren von unten noch mehr Stimmen zu hören. Der Leichenbestatter drehte sich mechanisch um und griff nach dem Türknopf.

»Ich glaube nicht, daß du zur vorderen Tür hinausgehen solltest«, sagte sie.

Eine weitere Salve Feuerwerkskörper detonierte, anschließend erhob sich lautes Geschrei. Wicker blieb stehen, ging dann wie benommen an ihr vorbei und trottete den Flur hinunter auf die Küche zu. Sie hörte, wie die hintere Tür geöffnet und gleich darauf leise wieder geschlossen wurde. Draußen vor den vorderen Jalousien war jetzt ein weiches, flackerndes, orangerotes Leuchten zu erkennen. Hupen ertönten, und dann wieder das Geschrei junger Männer. Flammen knisterten. Noel schob die Lamellen auseinander und sah hinunter. In der Mitte der Kreuzung brannte ein Aborthäuschen lichterloh, jagten Flammen in den Himmel wie von einer riesigen Kerze, und dahinter stieg dicker Qualm auf. Plötzlich rannten die Jungs zu ihren Pickup Trucks und waren Sekunden später in zwei Richtungen verschwunden. Von links lenkte Alston Bouchard seinen Subaru Station Wagon mit der blauen Signalleuchte auf den Parkplatz. Er fuhr einmal um den Parkplatz herum und hielt dann gegenüber dem Laden auf der anderen Seite des brennenden Häuschens. Nachdem er seine Scheinwerfer und den Motor abgeschaltet hatte, blieb er einfach sitzen, um zu warten, bis das Feuer ausgebrannt war, während in der Ferne vergnügt die Hupen ertönten.

Noel trat vom Fenster zurück. Wieder war in Gravity eine Blaubeerblütennacht zu Ende gegangen. Für Noel Swift, dachte sie mit großer Erleichterung, würde es die letzte sein.

Eliot Wickers Arme schmerzten schon, als er noch nicht einmal einen halben Meter tief gekommen war. Aber ihn trieb eine weißglühende Wut, die weit über den Schmerz hinausging, den er in seinem Herzen empfand. Er wußte noch nicht genau, was er wegen Noel Swift unternehmen würde. Aber eines stand fest: Er konnte nicht zulassen, daß sie ihm einfach den Laufpaß gab. Vorher würde es einen Kampf geben, wie sie noch nie einen erlebt hatte. Also stand er im Mondlicht da und stach mit dem Spaten auf die Erde ein, immer wieder, und häufte Erde auf die Plane, die er aus dem Werkzeugschuppen herausgezerrt hatte.

Natürlich war es ein Bluff gewesen, als er gedroht hatte, ihr Verbrechen auffliegen zu lassen. Aber sie bluffte keineswegs, fürchtete er. Denn dort unten in diesem Sarg gab es mehr als genug Beweismaterial, um ihm daraus einen Strick zu drehen: Sauerstoffflaschen, die Taschenlampe, das Heizkissen. Es würde offenkundig sein, daß er mit Bobby Swift etwas ausgeheckt hatte. Deswegen mußte er vorsorgen. Dann konnte sie nach dem, was heute nacht geschehen war, ruhig reden. Sollte sie ruhig sehen, wo sie das hinbrachte. Sie würden den Sarg öffnen und – *voilà* – Bobby Swifts Leiche finden und sonst nichts. Sollte sie also ruhig reden.

Mit seiner dunkelblauen Windjacke und nagelneuen Jeans bekleidet – *die er nur für sie gekauft hatte!* – war er die zwei Meilen von seinem Haus bis zum Friedhof marschiert. Die Hälfte der Strecke war er sogar gerannt, war von einer Deckung zur nächsten gehuscht, um nicht ertappt zu werden, falls ein Wagen vorbeigekommen wäre. Aber jetzt war es nach eins, und die ganze Stadt schlief tief. Auf dem ganzen Weg hierher hatte er nur zwei Autos gesehen, zwei Unverbesserliche auf dem Weg nach Hause.

Ursprünglich hatte er in Erwägung gezogen, die Leiche in seine Leichenhalle zurückzubefördern, um sie dort richtig einzubalsamieren, aber dann war ihm das doch zu riskant vorgekommen. Außerdem bestand dafür keine Notwendigkeit. Falls man die Leiche je exhumierte, würde Noels Story auf den ersten Blick in sich zusammenbrechen. *Wo sind denn die Sauerstoffflaschen, Gnädigste? Und wo die Taucherflaschen?* Sie würde sofort jegliche Glaubwürdigkeit verlieren, und dann würden sie den Sarg wieder schließen, und alles wäre vorbei. Zugegeben, die Leiche würde dann schon ziemlich verwest sein. Aber schließlich erwartete niemand, daß Wicker perfekte Arbeit leistete.

Als er etwa einen Meter tief gegraben hatte, mußte er schon mit einem Knie auf dem Boden schaufeln und war kaum noch imstande, die Schaufel zu heben. So widerwärtig ihm das auch war, sah er sich doch gezwungen, ins Grab zu steigen, wo er weitergrub, bis er schließlich fünfundzwanzig Zentimeter tiefer mit der Schaufelspitze an den Sargdeckel stieß. »Der Teufel soll euch holen«, brummte er vor sich hin, als er die Erde von dem polierten, gewölbten Holz scharrte. »Euch beide soll der Teufel holen.« Sein hastig gefaßter Plan bestand darin, lediglich den Sichtdeckel freizulegen, um dann an das zu kommen, was er suchte, ohne das ganze Ding öffnen zu müssen. Und so stand er jetzt in der unteren Hälfte des Grabes und scharrte die Erde zu sich her, häufte sie unter seinen Füßen auf und legte auf die Weise ein immer größeres Stück des oberen Deckels frei. Als er weit genug gekommen war, kniete er nieder und griff nach den Verschlüssen. Ein schrecklicher Verdacht begann in ihm aufzusteigen. Er richtete sich auf, griff mit beiden Händen an den Deckelrand und nahm alle Kraft zusammen, zerrte daran, mühte sich ab, bis der Deckel schließlich nach oben schnappte. Hastig klappte er ihn ganz auf, wobei ihm Erde die Ärmel beschmutzte. Als er hinunterblickte, machte sein Herz einen wilden Satz. Die Leiche!

Bobby Swift war verschwunden …

»SCHEISSE!« schrie Wicker, noch ehe er richtig begriffen hatte, was das bedeutete. Er duckte sich in die Grube und hoffte, daß niemand seinen Schrei gehört hatte.

Verschwunden …

Der Gedanke jagte ihm einen eisigen Schauer über den Rücken. Verschwunden – wohin? Kein Mensch war imstande, sich aus einem geschlossenen Sarg sechs Fuß unter der Erde den Weg freizugraben. Nicht einmal Bobby Swift. Aber was war dann, wenn … Wicker malte sich schaudernd aus, was war, wenn Bobby den Sarg aufgebrochen und in die ihn umgebende Erde hineingekrochen war? Ein schrecklicher Gedanke, aber es mußte so gewesen sein. Wicker tastete an der Erdwand entlang und suchte ein Loch, erwartete doch … – ja, was eigentlich, Bobbys Fuß? – da hörte er ein Geräusch.

Er ließ sich nach hinten fallen und riß seine Waffe aus der Tasche seiner Windjacke, eine Halbautomatik, Kaliber 38. Leise zog er den Schlitten zurück, beförderte eine Patrone in den Lauf und richtete sich dann auf, die Hand mit der Waffe langsam im Halbkreis bewegend. Um ihn herrschte völlige Stille. Der Mond tauchte das Friedhofsgelände in klares weißes Licht. Der Wald dahinter blieb völlig still. Er konnte sogar den fast eine Meile entfernten Fluß hören.

Er steckte die Pistole ein, knipste die Taschenlampe wieder an, trat in den offenen Sarg und fuhr mit der Fußspitze in die untere Sarghälfte. Dort lagen die von einer dünnen Erdschicht bedeckten Taucherflaschen und die zwei Sauerstoffflaschen. Alles war da, nur die Leiche nicht …

Es traf ihn wie ein Blitz.

Sie hatte ihn also doch ausgegraben! Oder jemanden dafür bezahlt, es zu tun. Wickers Atem ging schneller. Er spürte, wie ihm das Blut in den Kopf stieg. Bobby Swift lebte! Wahrscheinlich war er inzwischen schon weit weg – Cancun, Belize … Wicker war überzeugt, daß er nicht nach Grand Cayman wollte. Nein, dazu waren sie zu schlau. Wo auch immer Bobby jetzt war,

Wicker wußte verdammt genau, daß sich Noel im Augenblick auf den Weg zu ihm machte.

Und Eliot Wicker – wieder einmal, Leute –, Eliot Wicker war der Dumme.

Oh, wie er sie jetzt begehrte. Diese eisiggrünen Augen, der hochmütige Mund, er wollte sie mehr denn je. Und wie sollte er sie kriegen? Er quetschte eine Handvoll Erde so heftig, daß sein Arm zu zittern begann. Das hatte sie schon jetzt erreicht – er saß arschtief in einem leeren Grab, umgeben von Beweismitteln, die ihn ein Leben lang hinter Gitter bringen konnten. Und wofür? Für das Verbrechen der Dummheit, für das Verbrechen verzweifelter, dummer Liebe.

Aber damit würde sie nicht durchkommen, unter keinen Umständen. Er wußte nicht genau, was er tun konnte, aber eines wußte er: Irgendwie würde er sie kriegen, ganz gleich, was es ihn selbst kostete. Er hob eine der Sauerstoffflaschen aus dem Sarg und warf sie auf den Rasen. Ein hohles Klirren war zu hören. Die andere Flasche schleuderte er über die Schulter so hoch hinaus, daß er es durch die Erde spüren konnte, als sie auf den Boden krachte.

Selbst wenn er seine Lizenz verlieren sollte, war ihm das jetzt gleichgültig. Auch wenn er Jahre hinter Gitter kam – sie würde dafür bezahlen. Oh, wie er doch den Tag herbeisehnte, an dem er auf der freien Seite einer kugelsicheren Glasscheibe stand, den Telefonhörer in der Hand. Was würde er dann sagen? Ganz einfach: *Fuck you*. Ja, ein großes FUCK YOU. Fünfundzwanzig Jahre in irgendeiner Irrenanstalt, die die Hölle war, und er würde sie jeden Tag besuchen, bloß um zu sagen: *Fuck you, Baby.*

Er mühte sich mit den zwei Taucherflaschen ab, hob

sie schließlich heraus, hielt sie hoch über den Kopf und schleuderte sie mit aller Kraft von sich. Als sie auftrafen, war wieder ein Klirren zu hören, ein entferntes, befriedigendes Geräusch. Er beugte sich hinunter, tastete unter dem geschlossenen Deckel herum und fand – zum Glück – die ausgebrannte Taschenlampe. So weit er konnte, warf er sie weg und hörte, wie sie mit einem wispernden Geräusch zwischen den Ästen der Bäume herunterfiel. Dieses verlogene Miststück. Als nächstes zerrte er das Heizkissen heraus, verfolgte die zwei Drähte bis zur Batterie, wickelte das Ganze zusammen und warf es so hoch, daß er es überhaupt nicht herunterkommen hörte. Er malte sich aus, daß es wie ein Fallschirm über dem Friedhof zu Boden schwebte. Er malte sich Bobby Swift aus, die Gefängnishose um die Knöchel, wie ihn irgendein widerwärtiger, hundertfünfzig Kilogramm schwerer kolumbianischer Drogenlord in den Arsch fickte. Du kommst dran, Bobby. Der Sarg würde sauber sein.

So sauber wie sein eigenes Alibi: Der Mann war nie begraben worden – wenn es dazu kam. Ganz einfach. Bobby Swift hatte alle ausgetrickst. Otis und Jerry Royal hatten einen leeren Sarg in die Erde gesenkt; sie waren zu betrunken gewesen, um es zu bemerken, das würde er sagen. Und warum er Bobby nicht einbalsamiert hatte …

Darüber würde er nachdenken müssen.

Er ging mit der Taschenlampe auf die Knie und tastete mit der Hand in der lockeren Erde herum, tastete, ob da sonst noch etwas wäre, als etwas in seine Handfläche stach.

»*Miststück!*« schimpfte er und gab Noel auch dafür die Schuld; dann zog er das Ding aus der Erde. Ein Trokar – sein Balsamierwerkzeug.

Gerade richtete er den Lichtkegel auf die mit Erde verkrustete Spitze und versuchte zu begreifen, was das Ding hier verloren hatte, als eine der beiden Sauerstoffflaschen in das Grab zurückrollte und gegen seinen Kopf prallte, so daß er das Gleichgewicht verlor und sich auf beide Hände stützen mußte. Er preßte den Unterarm an seinen Kopf, rasender Schmerz erfüllte seinen ganzen Schädel. Und das war jetzt endgültig mehr, als Eliot Wicker ertragen konnte. Er hob den Kopf und blickte auf ...

Jemand stand über ihm, am Rand des Grabes, und hielt die andere Sauerstoffflasche in der Hand.

Wickers erster Gedanke war, sich zu erklären: »Ich will mich nur vergewissern ...« begann er.

Sein zweiter Gedanke war die Pistole. Blitzschnell griff er in seine Tasche, riß die Waffe heraus und schoß, aber in dem Augenblick pfiff schon die Sauerstoffflasche auf ihn herunter – zu spät zum Ausweichen. Als sie auf Wickers Schädel krachte, gab es ein bösartiges PING! Das war das letzte Geräusch, das der Leichenbestatter je hören sollte – falls er es überhaupt hörte.

Sechs

Sal schlug die Augen auf. Etwas Schweres rollte über ihn hinweg, wie ferner Donner, das Dröhnen eines Motors: der davonfahrende Schulbus. Jetzt wurde ihm bewußt, daß er vor der Couch im Wohnzimmer lag. Ein Kissen neben ihm …

»Iris?«

Er hörte, wie die Kühlschranktür geschlossen wurde, und setzte sich auf, das lastende Gefühl in seinem Kopf verstärkte sich. Dann schloß sich die hintere Tür. Benommen stieß er das Kissen weg, stand auf, ging in die Küche und öffnete die Tür nach draußen. Iris war gerade im Begriff, in ihr Auto zu steigen.

»Warum hast du mich nicht geweckt?« fragte er. »Ich bin spät dran.«

Der Blick, mit dem sie ihn ansah, war kurz, jedoch lang genug, um nüchterne Entschlossenheit erkennen zu lassen. Sie ließ den Motor an und fuhr rückwärts aus der Einfahrt. Als er ihr nachsah, stieg übelkeiterregende Angst in ihm hoch.

Verzweifelt versuchte Sal, sich an den vergangenen Abend zu erinnern, und als ihm das nicht gelang, an die Stunden davor: Bobbys Begräbnis, Noels Einladung … sein Gespräch mit Eliot Wicker. Alles im Libriumnebel erblaßt. Sein Auftritt? Er wußte, daß jeder Versuch, Gedächtnislücken zu füllen, sinnlos war.

»Hat genau so ausgesehen, als wir es gefunden haben«, sagte Jerry Royal.

Alston Bouchard stand neben ihm und blickte auf die Grabstätte hinab. Otis, Jerrys Vater, saß seitlich auf dem Motorrasenmäher neben den beiden, der Bauch hing ihm auf die Schenkel. Der gemähte Rasen endete abrupt an Bobby Swifts Grabstelle, wo quadratische Rasenstücke sauber aneinandergefügt waren – mit Ausnahme eines Quadrats, das an der Ecke hochgekippt war. Aber das war es nicht, was die Männer beschäftigte. Es war der schwarz schimmernde Lauf einer Pistole, der dahinter aufragte und in den Himmel zielte. Otis beugte sich vor und zog den Graswasen ganz zurück, jetzt konnten sie sehen, daß die Pistole aus der Erde ragte. Ein grünlichroter Zeigefinger mit manikürtem Nagel steckte im Abzugsbügel.

»Wahrscheinlich Gummi«, sagte Jerry und stocherte an dem Finger herum.

»Jerry«, warnte ihn Bouchard, »Sie sollten besser nicht …«

»Hat mir einen Scheißschrecken eingejagt, dieses Ding«, erklärte Otis. Den zahlreichen Schweißflecken auf seinem ärmellosen T-Shirt nach zu urteilen, war es ein übermäßig warmer Tag gewesen.

»Da hat sich wohl jemand einen schlechten Witz erlaubt«, sagte Jerry. »Ganz bestimmt.« Jerry war größer als sein Vater, und noch nicht so schwer, konnte aber die Verwandtschaft nicht verleugnen. »Am besten treten wir das Ding in den Boden und tun so, als hätten wir nichts gesehen.« Er setzte den Absatz auf die Pistole und versuchte, sie in die Erde zu treten.

»Ich glaube, das sollten Sie nicht tun«, hinderte Bouchard ihn daran. Er kauerte sich nieder, um sich die Pistole näher anzusehen, klaubte eine Patronenhülse aus der Erde, zog dann den Graswasen zurück und fand fünf weitere dicht beieinander.

»Achtunddreißiger«, stellte Jerry fest.

»Anscheinend wollte er jemanden auf sich aufmerksam machen«, meinte Otis.

»Das, oder Entenjagd«, fügte Jerry hinzu und wartete darauf, daß jemand lachte.

»Habt ihr Jungs irgend etwas verändert?« fragte der Polizist.

»Hat genau so ausgesehen, als wir das hier gefunden haben«, sagte Jerry noch einmal.

Bouchard schnüffelte an der Patronenhülse. Es war etwa halb sieben abends, und über den Hügeln im Westen fing die riesige Sonne gerade zu schmelzen an. Die Royals hatten sich mit dem Mähen bis zum späten Nachmittag Zeit gelassen, weil sie auf eine kühlende Brise hofften, aber die wollte nicht aufkommen. Die Schwüle lastete schwer über der Ortschaft.

»Wollen Sie, daß wir es ausgraben, Alston?« fragte Otis. »Solange wir noch im Dienst sind.«

»Für den Scheiß ist es zu warm«, gab Jerry zu bedenken.

»Ich glaube, jetzt noch nicht«, sagte Bouchard. »Hat einer von euch heute schon mit Eliot Wicker gesprochen?«

»Ich nicht«, erwiderte Jerry. Otis gab einen zustimmenden Grunzlaut von sich, kratzte sich dabei unter dem Arm und wischte sich die Hand dann am Bauch ab. »Scheußlich warm, Alston, Sie brauchen uns doch jetzt nicht mehr?«

»Nein.«

»Sollen wir den Rasenmäher hierlassen, als Beweisstück?«

»Ja, lassen Sie ihn da.«

»Okay dann.«

Als Vater und Sohn vom Grab zu ihrem neuen Chevy Pickup trotteten, in dessen Rückfenster Jerrys schwarze Schrotflinte hing, rief Bouchard ihnen nach: »Haben Sie eine Schaufel hier …?«

»Unten im Schuppen«, erklärte Jerry.

Bouchard stand auf und sagte: »Ich wäre dankbar, wenn ihr beiden das für euch behalten könntet. Es wird Unannehmlichkeiten geben.«

»Ganz bestimmt«, sagte Jerry und setzte sich in den Truck. Als sie den Hügel hinunterfuhren und schließlich den Friedhof verließen, trat der Mann, der die beiden im Laufe der Jahre zahllose Male verhaftet hatte, von Bobby Swifts Grab zurück und blickte zum Ast eines alten Ahornbaumes auf, an dem etwas Seltsames hing.

»Sie werden dir glauben«, sagte Sal erneut, kam damit aber nicht weiter.

Iris, die ihm den Rücken zuwandte, ließ in der Küche Wasser aus dem Wasserhahn in ein Glas laufen und trank davon, wie um damit zu unterstreichen, daß sie resigniert hatte. Es war beinahe sieben Uhr abends, und draußen herrschten immer noch über dreißig Grad; drinnen war es noch heißer. Iris trug ihre Uniform, sie war gerade von der Arbeit nach Hause gekommen.

»Ich muß für Davey sorgen«, sagte sie, »und ich muß für mich selbst sorgen. Du mußt für dich sorgen.« Das klang so aufreizend gleichgültig, als spräche sie mit einem Fremden – oder als würde sie einen Angestellten feuern. Sie hielt das Glas unter den Wasserhahn, um sich nachzuschenken.

Er setzte zu einer Antwort an, hielt dann aber inne. Er wollte ihr sagen, daß er nicht wußte, wie es dazu gekommen war, aber er wußte auch, daß alles, was er sich jetzt vielleicht einfallen ließ, vergebens sein würde. Und was ihn ganz besonders rasend machte: Er wußte tatsächlich nicht, was er getan hatte. Daß er sich betrunken hatte, war offensichtlich – er erinnerte sich an den ersten winzigen Schluck bei Noels Empfang. Er erinnerte sich auch, daß er sich in ihrer Küche, als alle gegangen waren, einen weiteren Drink gemixt hatte. Aber anschließend, zwischen dem Librium und dem Wodka, stieß er auf eine undurchdringliche Mauer.

»Iris, bist du auch ganz sicher, daß du das wirklich so willst?«

Er sagte das ganz ruhig und sachlich und zeigte damit, daß auch er zu Resignation fähig war – in der heimlichen Hoffnung natürlich, daß sie ihre Entscheidung zurücknehmen würde. Aber sie wandte ihm nach wie vor den Rücken zu und blieb unnachgiebig.

»Es war eine schlimme Nacht«, sagte er. »Dieses Librium ..., Bobbys Begräbnis, es war ein Fehler.«

Sie seufzte. »Es war nicht einfach ein Fehler, Sal. Du wußtest, was du tatest, als du den ersten Drink genommen hast. Du kanntest die Folgen.« Sie drehte sich um und sah ihn direkt an, ihre meergrauen Augen hinter den Gläsern ihrer Brille sahen ihn direkt an. »Ich möchte, daß du gehst«, sagte sie.

Er atmete tief durch; die stickige Luft schien auf einmal keinen Sauerstoff mehr zu enthalten.

»Das wär's dann also«, sagte er.

Ihr Gesichtsausdruck änderte sich nicht.

»Was sollen wir Davey sagen?«

»Das weiß ich noch nicht.«

Er trat an die Theke und nahm seine Autoschlüssel.

Iris rührte sich nicht von der Stelle.

»Ich weiß, daß wir uns so abgesprochen hatten – ich habe zugestimmt«, sagte er. »Aber trotzdem sollten wir einen Augenblick lang realistisch sein. Wenn du nicht mit mir zu dieser Sitzung des Schulausschusses gehst, verliere ich meinen Job, und dann wirst du und Davey im Laden mit Lebensmittelgutscheinen bezahlen, wie der Rest deiner Familie.«

Sie wandte sich wieder von ihm ab und blickte starr zum Fenster hinaus – zumindest eine Reaktion, obwohl er sich verfluchte, weil er so etwas gesagt hatte. Er trat vor, um sie zu berühren, um ihr die Hand auf die Schulter zu legen, und dann sah er, was sie beobachtete: Davey kniete im Garten, sie jätete die Erbsen aus.

Als Sal und Iris in der Schule eintrafen, hatte sich das mit der grünen Hand und der Pistole bereits in der Ortschaft herumgesprochen. Es hieß, Teenager hätten aus der Shopping Mall in Bangor den Arm einer Schaufensterpuppe gestohlen und ihn zusammen mit einer gestohlenen 38er in Bobby Swifts Grab eingebuddelt. In der Schulbibliothek war George Web gerade dabei, den anderen Ausschußmitgliedern die Geschichte zu erzählen, hielt aber inne, als Sal und Iris den Raum betraten.

Das Ehepaar wurde aufgefordert, auf zwei kleinen Holzstühlen auf der einen Seite eines langen Bibliothekstisches Platz zu nehmen. Sal trug trotz der herrschenden Hitze sein übliches Kordsakko über einem grauen Jerseypullover, Iris ihre Uniform. Die fünf Mitglieder des Schulausschusses saßen mit dem Schuldirektor Avery Bingstream, der den linken Arm in einem weißen Gipsverband in einer Schlinge trug, hinter dem Tisch. Sal vermutete, daß er die Ursache für den Gips war. Ein Vertreter des Lehrerverbandes von Maine, ein junger Mann in einem Anzug mit Weste, der heftig schwitzte, saß am Kopfende des Tisches und damit symbolisch zwischen den beiden Parteien. Im Verlauf der Besprechung zog er zuerst sein Jackett, dann seine Weste und schließlich seine Krawatte aus, wobei er sich jedesmal entschuldigte.

»Sie sagen also, Mrs. Erickson, daß Salvatore faktisch unter dem Einfluß von angstmindernden Medikamenten stand?« Das war Helen Swan, eine pensionierte Psychiatrieärztin aus New Haven und Vorsitzende des Schulausschusses von Gravity. Weißhaarig und pedantisch schmucklos, war Helen ein ehemaliger Feriengast von Gravity. Vor vier Jahren hatte sie sich fest in der Ortschaft niedergelassen, um mit ihrem Sohn und ihrer Enkeltochter zusammensein zu können.

»Librium«, bestätigte Iris, die Hände im Schoß gefaltet. »Sal stand infolge von Bobbys Tod unter erheblichem Streß. Wir hatten das Fläschchen in unserem Medizinschrank – ich brauche es manchmal, um einschlafen zu können.« Iris tarnte ihre Lüge mit einem angemessenen Lächeln.

»Verstehe«, erwiderte Helen Swan, ohne sich festzulegen.

»Durchaus verständlich«, schaltete George Web sich ein. »Ein harter Schlag, wenn man einen Freund verliert.« George war der einzige Mann im Ausschuß, er war Tischler, konnte sich mit seiner Arbeit gerade seinen Lebensunterhalt verdienen, baute Blaubeeren an und gehörte dem Ausschuß von allen am längsten an.

Sal wußte, daß er sich darauf verlassen konnte, daß George dieser Helen Swan in allen Dingen Widerstand leisten würde.

»Ich habe ihm gesagt, daß er zwei oder drei Tabletten nehmen soll«, fügte Iris hinzu, um ihre Geschichte auszuschmücken. »Natürlich war mir nicht klar, daß das solche Folgen haben würde.«

Sal blickte die im Schoß ineinander verkrampften Finger seiner Frau an und verspürte ein plötzliches Sehnen, so wie es vor Jahren gewesen war, als sie vereint gegen die ganze Welt gestanden hatten. Er wollte einfach nicht glauben, daß er sie verlieren könnte, und griff nach ihrer Hand, die in der seinen schlaff wurde.

»Tatsache ist«, sagte er, »daß mich Iris gewarnt hat, vor dem Konzert etwas einzunehmen. Aber ich dachte, das würde kein Problem sein.«

Er blickte auf und sah, daß Helen Swan eine in Zellophan gehüllte Kaffeetasse in der Hand hielt – »MEIN LIEBLINGSLEHRER« war ringsherum aufgemalt, ein Geschenk, das Davey ihm zum Vatertag gemacht hatte. Mrs. Swan schälte die Folie von der Tasse ab. Weder Avery Bingstream noch irgendein anderes Ausschußmitglied konnten sehen, was in der Tasse war. Alle Augen waren sowieso auf Iris gerichtet, die jetzt Sal ihre Hand entzog. Der Vermittler rutschte unruhig auf seinem Stuhl herum.

»Die stand hinter der Bühne«, sagte Helen.

Sals Magen zog sich zusammen. Er wußte, was die Tasse zu bedeuten hatte. Helen kippte sie nach vorn und hielt sie zuerst ihm, dann dem Vermittler hin. »Leute im Zuschauerraum haben gesehen, wie er aus der Tasse getrunken hat.«

Der junge Mann tauchte den Finger in die Flüssigkeit und tippte sich damit an die Zunge. Dann roch er daran und räusperte sich. »Wodka?« fragte er. Niemand antwortete ihm. »Mr. Erickson, möchten Sie sich dazu äußern?«

Sal schüttelte den Kopf. »Nein.«

»Mrs. Erickson, möchten Sie bezüglich Ihrer Aussage irgend etwas hinzufügen oder verändern?«

Die Leute auf der anderen Seite des Tisches warteten geduldig. Avery Bingstream fuhr mit seinem Gipsverband über den Holztisch und erzeugte damit ein trockenes, scharrendes Geräusch. Der Ventilator im Eingangsbereich wurde lauter. Sal spürte, wie ein Hitzeschwall über ihn hinwegging. Iris blickte starr nach vorn, sie befand sich fast in einer Art Trance und fühlte sich wohl in einem Maße gedemütigt, daß es dafür kaum Worte gab.

»Bitte, wir wollen das nicht unnötig in die Länge ziehen«, sagte Mrs. Swan. »Wenn nicht noch jemand etwas hinzufügen möchte, glaube ich, daß dieser Ausschuß bereit ist, sich für Entlassung auszusprechen.« Die anderen Ausschußmitglieder nickten unbehaglich.

Sal stand auf. »Die Umstände erspare ich Ihnen«, sagte er und schob seinen Stuhl ordentlich unter den Tisch. »Ich werde morgen früh meine Kündigung einreichen.«

Helen Swan warf einen kurzen Blick auf die anderen Ausschußmitglieder und antwortete dann: »Ich fürchte, die Wahl haben Sie nicht, Mr. Erickson.«

Alston Bouchard arbeitete allein. Die Vorschrift verlangte zwar, daß er die Staatspolizei verständigte, aber bevor er anrief, wollte er wissen, was es eigentlich zu melden gab – er hatte nicht die geringste Lust, Opfer eines albernen Blaubeerblütennachtstreichs zu werden. Bis er dann herausfand, daß die Hand tatsächlich an einem Arm hing.

Schließlich hatte er auch den Kopf, das Haar und das Gesicht von Eliot Wicker freigelegt – und den Ledergürtel bemerkt, der um den Hals des Toten geschlungen war, sowie die Oberteile zweier glänzender Flaschen hinter seinen Schultern … Er fuhr fort zu graben.

Es war mühsam. Neben ihm stand eine große Flasche Wasser, aus der er alle paar Minuten seinen Durst stillte. Mit jeder Schaufel Erde strömte der Schweiß von seiner Nase, rann an seiner Brille herunter und behinderte seine Sicht. Jetzt war es beinahe acht, es begann dunkel zu werden, und er war inzwischen bis zu Wickers Jeans vorgestoßen, weit genug, um erkennen zu können, daß das Wickers eigener Gürtel war, der die Taucherflaschen an seinen Hals und Rücken preßte – und daß derjenige, der ihn begraben hatte, sich die Zeit genommen hatte, eine Taschenlampe in seinen Hosenlatz zu stecken.

Der Leichenbestatter des Ortes tot und mit Taucherflaschen, einer leuchtenden Erektion und einer Pistole begraben … Außerdem eine verschwundene Leiche. Schöner Streich.

Der Polizist hörte zu graben auf. Er nahm die Brille ab, spritzte sich Wasser ins Gesicht und blickte dann zum Horizont. Vor einer Stunde hatten sich am Westhimmel orangerot gesäumte Kumuluswolken aufgetürmt. Als die Sonne dann hinter dem Horizont verschwunden war, regte sich kein Lüftchen mehr, die Vögel hatten zu singen aufgehört, und jetzt lastete eine unheilverheißende Stille über dem Hügel. Es waren

Gewitter vorhergesagt, aber Alston Bouchard brauchte dazu keinen Wetterfrosch. Solche Hitze – im Mai? – konnte nur eines bedeuten. Als der erste Donner über den Westhimmel polterte, beschloß er, den Anruf zu tätigen.

Sal fuhr an ihrem Haus vorbei, an der Ortschaft vorbei und bog dann in die Townhouse Road ein. Er fuhr an den abgeernteten Blaubeerfeldern vorbei, bis sie in Sichtweite des Friedhofs waren, bog dort auf den Seitenstreifen ab und schaltete den Motor ab. Am Himmel, der im Westen immer dunkler wurde, zuckten Blitze. Er wartete darauf, daß Iris anfing, und wußte, daß es sinnlos war, sich zu entschuldigen.

Sie fing nicht gleich zu reden an, sondern schien abzuwarten, bis der Donner über den Horizont gerollt war; doch auch dann blieb sie stumm.

Sal blickte abwesend zu dem einsamen Mann hinüber, der am höchsten Punkt des Friedhofes arbeitete, er kam überhaupt nicht auf die Idee, daß er an Bobbys Grab tätig sein könnte. Vielmehr begann er endlich zu begreifen, daß sein Leben vorbei war, so schwer es ihm auch fiel zu ergründen, wie alles so schnell hatte enden können: seine Ehe, seine Familie, seine Karriere.

Er hatte Iris vor zehn Jahren im Frühling kennengelernt, in der Nacht, in der die Thundering Herd im Ellsworth Auditorium spielte. Nach dem Konzert gingen Sal und der Schlagzeuger in eine Kneipe in Bar Harbor, wo eine heiße einheimische Band spielte. Iris, die seit zwei Jahren die Schwesternschule besuchte, war mit zwei Freundinnen und gefälschten Ausweisen dort. Später sagte sie Sal, daß sie sich nicht etwa deshalb zu ihm hingezogen gefühlt hatte, weil er mit seiner Posaune auf die Bühne geklettert war und ein unglaubliches, fünf Chorusse langes Solo hinausgebrüllt hatte, das die Menge – und die Band – in Verzückung versetzte, sondern vielmehr wegen der Art und Weise, wie er sich dann, als es vorbei war, wieder auf seinem Barhocker plaziert hatte; wegen seines dunklen Teints und seines schwarzen Haares; wegen der Schüchternheit, mit der er den Anschein erweckte, als verstecke er sich unter seiner Tweedmütze und in seiner viel zu großen Kordjacke. Sein ganzes Wesen paßte nicht zur Wildheit seiner Musik, und sie hatte ihm gesagt, sie brauche Zeit, um sich einen Reim auf ihn zu machen.

Nachdem sie sich besser kennengelernt hatten, war Iris immer der Meinung gewesen, sie fühlten sich deshalb zueinander hingezogen, weil sie beide eine tragische Kindheit zu verarbeiten hatten. Aber der wirkliche Grund, weshalb sie sich zu ihm hingezogen fühlte – und das hatten sie beide, jeder für sich, erkannt –, war wegen des Drinks gewesen. Man hatte ihm zwei Wodka Martini an seinen Tisch geschickt, und er hatte beide hinuntergekippt und dabei jeweils dankend das Glas zu den Spendern hin erhoben. Das zweite war von Iris, und er hatte sie zweimal angesehen.

Wie sie jetzt dasaßen und dem Donner lauschten, erschien ihm ihre Gleichgültigkeit verblüffend. Er hatte sich mit einer einzigen Handlung auf die gleiche Stufe wie die anderen Männer in ihrem Leben gestellt, wie ihr Vater und ihr Bruder: Er war erledigt.

»Wenn wir nach Hause kommen«, sagte sie, »wirst du ein paar Sachen einpacken müssen. Ich weiß nicht, wo du hingehen willst ...«

»Ich werde mir irgendwo in der Ortschaft ein Zimmer suchen«, sagte er.

»Du kannst am Wochenende kommen und dir alles andere holen, was du sonst noch brauchst, und dann sollten wir gleich besprechen, wie wir alles regeln. Wenn wir uns nicht einigen können, müssen wir uns Anwälte nehmen.«

Sie sah durch die Windschutzscheibe hinaus. Ja, sie war fertig. Einfach so. Als würden sie einen Termin für das Auswechseln der Bremsklötze an einem ihrer Autos verabreden. Eine Serie von Blitzen beleuchtete ihr Gesicht, und im nächsten Augenblick schien es, als würde die Nacht dunkler werden. Fünf oder sechs dicke Regentropfen klatschten gegen die Windschutzscheibe, während das Donnerrollen in der Ferne nicht aufhören wollte. Sie weigerte sich, auch nur zu ihm hinüberzusehen.

Nachdem er nach Maine gekommen war, hatte er es fünf Jahre lang geschafft, trocken zu bleiben – bis Bobby und Noel in die Ortschaft zogen. Das war in jenem Sommer vor drei Jahren gewesen, als er während der Schulferien einen Teilzeitjob im Laden angenommen hatte. Damals war er rückfällig geworden. Wenn sie den Laden geschlossen hatten, setzten sie sich immer noch auf ein oder zwei Drinks zusammen, er und Bobby und Noel, und je länger der Sommer sich hinzog, desto länger war er abends geblieben. Im Juli hatte er sich eines Morgens im Bezirksgefängnis wiedergefunden, nachdem er und Bobby eine Kneipe in Ellsworth kurz und klein geschlagen hatten (so stand es jedenfalls im Polizeibericht). Irgendwie hatte Bobby – der die Prügelei angezettelt hatte – es geschafft, die Sache aus den Zeitungen herauszuhalten. Aber das trug auch nicht dazu bei, den Ärger zwischen Sal und Iris zu verhindern. Im August waren die beiden Männer, um Sal beim Nüchternwerden zu helfen, mit dem Kanu die hundert Meilen lange Allagash-Wasserstraße im nördlichen Maine hinuntergefahren, trocken. Es war ein Acht-Tage-Trip gewesen, und Sal hatte ständig die Sehnsucht nach Wodka geplagt – doch Bobby, der nicht süchtig war, blieb jede Nacht mit ihm wach, redete mit ihm und kümmerte sich um das Lagerfeuer. Als Sal nach Hause zurückkehrte, hatte er Iris versprochen, nie wieder zu trinken, und sein Versprechen auch gehalten – bis zum nächsten Sommer, als er im Laden wieder Arbeit angenommen hatte (gegen Iris' Einspruch) und schnell wieder dem Alkohol verfallen war. In manchen Nächten kam er überhaupt nicht nach Hause und erinnerte sich dann auch nicht, wo er gewesen war oder was er getan hatte. Iris machte ihm deprimiert und wütend klar, daß sie jetzt genug hatte. Also fuhren er und Bobby Ende August wieder den Allagash hinunter – aber diesmal konnte Sal nicht mit Trinken aufhören und trank auch weiter, als das Schuljahr begann. Im November suchte er aus freien Stücken eine Entziehungsklinik in Bangor auf, in der er sechs Wochen verbrachte. Bei seiner Rückkehr kündigte sie ihm an, sie würde sich von ihm scheiden lassen, falls er je wieder trinken solle. Er erklärte sich mit ihren Bedingungen einverstanden. Und jetzt hielt sie ihr Versprechen.

Er ließ den Motor an, legte den ersten Gang ein und schickte sich an, in die Straße einzubiegen, als er in seinem Rückspiegel plötzlich Scheinwerfer aufflammen sah. Er trat auf die Bremse, als ein Polizeiwagen um ihn herumschleuderte und dann rote Bremslichter durch die vom Regen überströmte Windschutzscheibe funkelten. Der Streifenwagen bog in den Friedhof ein, und die Bremslichter markierten seinen Weg den Hang hinauf.

Iris griff auf seine Seite herüber und schaltete die Scheibenwischer ein. »Davey ist allein zu Hause«, sagte sie.

»Sie hat Angst bei Gewitter.«

Zu Hause saß Sal dann am Küchentisch, während Davey von Iris ins Bett gebracht wurde. Als er Iris' Schritte auf dem Treppenabsatz hörte, ging er hinauf. Er wollte so tun, als wäre nichts geschehen – aber Davey ahnte etwas. Als sie sich den Gutenachtkuß gaben, schlang sie die Arme um seinen Hals und wollte ihn nicht loslassen. »Komm schon, Liebes«, sagte er und löste ihre Finger, »schlaf jetzt.« Er schaltete ihre Waschbärlampe ab und schickte sich an, die Tür zu schließen.

»Ich mag dich sehr«, sagte sie.

»Ich dich auch.«

Er ging über den Flur in sein Schlafzimmer und schloß die Tür hinter sich. Sein Koffer lag aufgeklappt auf dem Bett neben einem ordentlichen Stapel Kleider. Iris war damit beschäftigt, seine Taschentücher zusammenzufalten und hineinzulegen.

»Ich mach' das schon«, sagte er. Dann ging die Tür hinter ihm auf.

»Daddy, das hätte ich jetzt beinahe vergessen«, sagte Davey und sah herein.

»Liebes, was ist?« fragte Sal.

»Es ist nur – Noel Swift hat angerufen, während ihr beiden weg wart. Ich habe es nicht aufgeschrieben, weil es zuviel war, aber sie hat gesagt, ich soll dir sagen, du sollst rüberkommen, weil sie etwas für dich hat, und diesmal wird es keine Störung geben.«

Stille legte sich über den Raum.

»Liebes, geh jetzt wieder ins Bett«, forderte Sal sie auf und fügte dann die Lüge hinzu: »Bis morgen früh.«

Sie schmollte.

»Geh schon.«

»Bis morgen«, murmelte sie und verließ das Zimmer.

Sal holte ein paar Hemden aus dem Schrank, faltete sie zusammen und stopfte sie in den Koffer. Iris machte sich im Wandschrank zu schaffen und klapperte dort mit den Kleiderbügeln. Draußen vor dem Haus rollte der Donner. Drinnen eskalierte die Stille. Sal nahm eine Kordhose, faltete sie zusammen und legte sie neben die Hemden, schnappte sich dann einige Unterhosen aus seiner Kommodenschublade und stopfte sie darüber hinein.

»Habt ihr wenigstens bis zum Begräbnis gewartet?« fragte Iris schließlich.

»Fang jetzt nicht damit an«, wehrte sich Sal. »Du weißt, daß zwischen mir und Noel nichts ist. Natürlich magst du sie nicht, weil sie *von auswärts* ist ...«

»Offensichtlich gefällt es dir, wie sie sich an dich ranmacht ...«

»... so wie es mir vielleicht nicht paßt, in diesem blöden Hinterwäldlerkaff zu leben!«

»Deine Wahl, Sal, deine Entscheidung!«

»Nein, deine Wahl. Dein Ultimatum! Ich habe eine Karriere für dich aufgegeben ...«

»... jede Band hat dich gefeuert.«

»*Downbeat* hat mich den besten ...«

»*Downbeat* brauchte auch dein ewiges Trinken nicht zu ertragen.«

»Yeah – na ja, ich war nie betrunken, bis ich dich geheiratet habe.«

Er knallte den Koffer zu, ließ die Verschlüsse einschnappen, zog ihn vom Bett und wollte sie mit dieser Feststellung verlassen. Aber sie folgte ihm zum Zimmer hinaus und rief ihm nach, als er die Treppe hinunterging:

»Mein ganzes Leben mußte ich mit Trinkern auskommen!

»Das stimmt«, erwiderte er und blieb unten stehen, um ihr einen letzten Blick zuzuwerfen. *»Deswegen hast du mich gesucht!«*

Als Sal am Superette vorbeifuhr, war dort geschlossen, und Noels Wohnung lag im Dunkeln. Er hatte nicht die Absicht gehabt, anzuhalten, konnte aber an dem schwachen Leuchten im vorderen Ladenfenster erkennen, daß im Lager Licht brannte, was bedeutete, daß Noel dort hinten arbeitete. Und da sie schließlich gerade ihren Mann verloren hatte – und er jetzt selbst ein mitfühlendes Herz brauchen konnte –, bog er in ihre Einfahrt ein.

Der Himmel war rabenschwarz, als er aus dem Wagen stieg, und die Nacht lastete schwer auf der Erde, während hoch darüber monströse Wolken funkelnde Blitze hin und her schleuderten, als spielten sie. Obwohl der Platzregen für den Moment ausgesetzt hatte, wogte das Wasser in Noels Schwimmbecken klagend, als bestünde zwischen ihm und dem Sturm irgendeine geheime Beziehung.

Sal nahm zwar an, daß die Tür versperrt sein würde,

probierte es aber dennoch, und sie ging auf. Die Garage war segensreich kühl und pechschwarz. Er schloß die Tür, streckte die Hände aus und tastete sich um Noels Volvo herum. Von oben konnte er leise Musik hören, ein Saxophon und eine Trompete. Coltrane und Miles, aus *Kind of Blue,* Bobbys Lieblingsstück. Sal hatte es noch nie bei Noel gehört. Sie zog exotische Musik vor, panglobal, oder wie auch immer sie es nannte. Trommeln auf Ziegenfellen, Stammesgesänge, Stampfen im Staub.

Aus der Dunkelheit rief er »Hallo!«, aber nur das Saxophon gab ihm Antwort. Er ging um die Trennwand herum, begann die Treppe hinaufzusteigen und machte Lärm beim Gehen, weil er sie nicht mit seinem plötzlichen Erscheinen erschrecken wollte. Nach ein paar Schritten erreichte er einen Treppenabsatz und mußte nach rechts biegen; mit den Spitzen seiner Turnschuhe und mit Hilfe des Geländers tastete er sich weiter die Treppe hinauf. Bei jedem Schritt wurde die Luft wärmer, und dann kam er im ersten Stock an, wo die Musik lauter war und unter der Tür des Lagerraums ein schwacher, schmaler Lichtstreifen hervorlugte. Sal griff nach dem Türknopf und drückte die Tür auf; stickige Hitze schlug ihm entgegen.

Er stand im Lager, einem weiten, düsteren, nach Karton riechenden fensterlosen Raum, der mit Ware gefüllt war, die noch auf die Regale verteilt werden mußte. Vor ihm eine gerade Gasse, die von zwei Reihen Kartons auf hölzernen Paletten gebildet wurde. Zu seiner Linken und Rechten führten ähnliche Gänge zum Laden. Irgendwo rechts von der Mitte des Raums war an der Holzdecke ein weicher Lichtfleck zu sehen. Aus der Richtung kam auch das Saxophon, übertönte das dumpfe, geplagte Brummen des Ventilators, den Bobby dort einmal installiert hatte.

»Hallo?« rief er.

Die Musik wurde plötzlich leiser, und dann hörte er ihre Stimme. »Wie bist du hereingekommen?« fragte sie.

»Durch die Garage. Die Tür war nicht abgesperrt.«

Er war schon in dem breiten Mittelgang, als sie etwa auf halbem Weg zwischen ihm und dem Laden neben zwei Paletten mit Kartons ins Licht trat. Als er auf sie zuging, schien sie ihn zu studieren, beinahe als würde sie ihm nicht glauben. Sie war barfuß und mit einem kurzen Jeansrock und einem Top bekleidet. Ihre zerzauste orangerote Haarmähne, auf die von oben Licht fiel, glänzte wie Feuer. In der Hand hielt sie ein mit Eiswürfeln gefülltes Glas.

Als er sie fast erreicht hatte, blickte sie etwas verlegen auf ihren Drink hinab und zuckte dann die Schultern, als wolle sie sich entschuldigen. »Hier oben ist es Mord«, sagte sie. »Kein bißchen Luft.« Ihre Arme glänzten vom Schweiß.

»Ja, es ist heiß«, pflichtete er ihr bei. Als sie voreinander standen, hielt er inne. Obwohl er schon im Begriff gewesen war, sie zu umarmen, fühlte er sich angesichts der Tatsache, daß sie allein hier oben waren, und so wie sie angezogen war, unbehaglich und traute sich nicht, sie zu berühren. Allem Anschein nach spürte Noel sein Unbehagen, wandte sich von ihm ab und ging um einen hohen Stapel Kartons herum zu ihrem Schreibtisch, einem breiten Kirschbaummöbel, auf dem Rechnungen, Quittungen und ein Kontobuch lagen. Auf einer Ecke des Schreibtischs stand ein Zinnkübel mit Eis, in dem eine Literflasche Stoli-Wodka schwamm.

»Ich hoffe, es macht dir nichts aus«, sagte sie. »Sollte ich sie vor dir verstecken?«

Sal schüttelte den Kopf und spürte, wie ihm dabei ein Schweißtropfen über die Wange rann. Er wischte ihn mit dem Handrücken weg. »Nein, das macht mir nichts aus«, sagte er.

Sie ließ eine Art Lächeln aufblitzen. »Du siehst großartig aus«, erwiderte sie. Wenn Sarkasmus verführerisch sein konnte, dann beherrschte sie das perfekt.

»Das kommt von der Hitze«, erwiderte er. »Oder ich stehe unter Schock – ich weiß nicht, alles ist aus den Fugen.«

Sie drehte den Schreibtischstuhl so herum, daß er sich setzen konnte, und nahm selbst auf einem Karton mit Pflanzenöl Platz. Mit der gleichen Bewegung griff sie nach hinten, um den Ventilator abzuschalten, wobei ganz kurz ihre Brust zu sehen war, glatt, weiß und weich. »Ich ertrage lieber die Hitze als den Lärm«, erklärte sie.

Er setzte sich ihr gegenüber, so daß er dem Schreibtisch den Rücken zuwandte. »Iris und ich …« fing er an, aber dann hatte er das Gefühl, alles auf einmal würde aus ihm herausplatzen.

Ihre grünen Augen musterten ihn scharf.

»Wir hatten eine Vereinbarung …« Er hob hilflos beide Hände. »Und ich habe Mist gebaut. Also bin ich draußen.«

Sie warf ihm einen eigenartigen Blick zu, und obwohl ihre Augen sich besorgt verengten, verzogen sich ihre roten Lippen zu einem leichten Lächeln. Wenn man Noel kannte, dann wußte man, daß ihr Mund oft nicht die gleichen Signale aussandte wie ihre Augen. Sie nahm wieder einen Schluck, die Eiswürfel klingelten am Glas. Auf der Vorderseite ihres Tops prangte ein grüner Kreis, in den in orangefarbenen Lettern das Wort BOTSWANA gedruckt war.

»Laß ihr Zeit«, empfahl sie.

»Du kennst Iris nicht. Wenn sie hinter jemandem die Tür zuschlägt« – er schüttelte den Kopf –, »dann wird sie nie wieder geöffnet.«

Sie hob ihr Glas und warf ihm einen leicht ironischen Blick zu, als wolle sie einen Toast ausbringen. »Also, du bist heimatlos, und ich bin eine Witwe.« Sie führte das Glas zum Mund und leerte es, wobei etwas Wodka über ihr Kinn rann. Sie zog ihr Top herauf, um sich das Kinn abzuwischen, wobei sich der dünne Stoff über ihrer Brust spannte. »Wenn man die Umstände bedenkt«, sagte sie, »muß ich sagen, daß du gar nicht so niedergeschmettert aussiehst.«

»So, tatsächlich?« Er überlegte, ob er dasselbe zu ihr sagen könnte.

Sie rutschte von dem Ölkarton, beugte sich über seinen Schoß, um an den Eiskübel zu kommen, und stützte sich dabei mit einer Hand auf seinem Schenkel ab. »Ich meine, sechs Monate ohne einen Drink, Sally, da ist doch eigentlich alles klar.« Ihr Top bauschte sich, als sie ein paar zusätzliche Eiswürfel in ihr Glas fallen ließ. Ein warmer Duft stieg von ihrem Körper auf.

»Soll ich das machen?« fragte er und wandte sich ab. Sie holte die Flasche aus dem Eis, schraubte sie auf und begann einzuschenken. Er konnte die Flüssigkeit hinter seinem Ohr in das Glas fließen, konnte das Knacken des Eises hören. Er konnte den Wodka riechen. Und als Noel sich erneut über ihn lehnte, um die Flasche wieder ins Eis zu legen, verwirrte ihn die Mischung aus

Deo und Körpergeruch, die ihre Achselhöhlen verströmten.

»Ich sollte wahrscheinlich verduften«, sagte er.

»Zuvor werde ich es dir beweisen«, entgegnete sie und richtete sich auf. Ihr Bein preßte sich an das seine.

»Was beweisen?«

Das Glas vor ihm hebend, so dicht an seinem Gesicht, daß er es nur unscharf sehen konnte, ließ sie die Flüssigkeit im Glas kreisen.

»Daß das ganze nur eine Frage der Perspektive ist.« Damit führte sie das Glas an die Lippen. Während sie ihm starr in die Augen sah, kippte sie es langsam. Das Eis verlagerte sich. Ihre dunkelroten Lippen wurden voller und öffneten sich, als sie den Wodka in ihren Mund hineinsog.

Er hob die Hände. »Huh, das reicht mir als Perspektive«, sagte er, lachte nervös und bewegte sein Bein. Er wollte aufstehen, wollte hier weg.

Aber ihre Augen verengten sich, ihr Blick wurde herausfordernd. Und jetzt beugte sie sich über ihn, saß praktisch schon auf seinem Knie und schob das Glas langsam zu ihm hin. »Hm?«

Er spürte, wie sein Herz schneller schlug. Aber er leistete Widerstand, griff nach dem Glas und legte die andere Hand auf ihre Hüfte, als wollte er sie wegschieben.

»Wirklich, Noel, das ist nicht gut. Ich muß gehen.«

Sie entwand ihm das Glas und rückte ihm noch näher. »Na, na!« tadelte sie wie eine Mutter, die ihrem Kind eine Medizin verabreichen will.

»Jetzt komm schon«, lachte er und spürte, wie sein Widerstand nachließ. »Du weißt, daß ich das nicht darf.« Er drehte das Gesicht zur Seite, aber sie fand mit dem Glasrand seinen Mund. »Noel, hör auf, wirklich …«

Sie reagierte darauf nur mit einem Lächeln und einem Flüstern. »Sag mir, warum.« Und dabei starrte sie ihn die ganze Zeit an.

Er starrte zurück, und sein Herz dröhnte. Sie kippte das Glas leicht zur Seite, und der Wodka berührte seine Lippen. Eisigkalt. Tödlich. Er hielt die Lippen zusammengepreßt, versuchte eine Ablehnung zu murmeln. Ihrem Blick nach, mit dem sie ihn ansah, schien sie selbst erregt zu sein, beinahe hypnotisiert.

Und dann hielt sie plötzlich inne. Eine Art Leichtigkeit kam über sie. »Siehst du?« sagte sie. »Könnte ein Alkoholiker dem widerstehen?« Sie lächelte Sal an, als sie langsam das Glas wieder gerade hielt; eine mächtige Erleichterung für ihn. Aber er konnte nicht widerstehen, ein paar winzige Tropfen in sich hineinzusaugen.

»Nein, nein!« schalt sie, hielt dabei aber das Glas weiter an seine Lippen – kippte es wieder.

Es war ein Gefühl, daß ihm das Herz stockte – der Geschmack, die Hitze, das eisige Glas; ihr Geruch, die Wärme an seinem Bein, die von ihr ausging. Als er noch ein wenig mehr am Glasrand saugte, blickte er zu ihr auf, und jetzt kippte sie das Glas weiter, beobachtete ihn und summte dabei leise vor sich hin, ein besänftigendes, mütterliches Summen. Bei Gott, es war, als ob sie ihn säugen wolle, und jetzt wurde ihm bewußt, daß sie ihren Unterleib an seinem Knie rieb. Er hatte keine Chance, dem zu widerstehen. Sein Mund öffnete sich, und er trank …

Sich hochstemmend, schob er das Glas weg, rutschte unter ihr heraus. Sie taumelte gegen einen Stapel Kartons. Ihm war das gleichgültig. Er mußte hier verschwinden.

»Ich kann das nicht tun«, erklärte er und zog sich zurück.

Sie stand etwas reserviert da, wirkte verletzt.

»Ich kann nicht«, wiederholte er. »Außerdem muß ich mir eine Bleibe suchen.« Er ging rückwärts auf den Gang zwischen den Paletten zu. »Besser so, nicht wahr?«

Sie gab keine Antwort, fuhr nur fort, ihn anzustarren.

»Noel, ich muß wirklich gehen«, sagte er. »Ich rufe dich morgen früh an.« Er wandte sich um …

Wie aufs Stichwort klingelte das Telefon. Sal blieb stehen. War das vielleicht Iris? Ein Anruf, um ihn zurückzuholen? Oder Davey …

Das Telefon klingelte erneut, aber Noel achtete nicht darauf, sie starrte ihn nur an.

»Vielleicht ist das jemand, der wissen möchte, ob der Laden morgen wieder geöffnet hat«, sagte er.

Es klingelte weiter.

Noel sah auf das Telefon. Der zweite rote Knopf leuchtete. »Nein, das ist oben«, meinte sie, lehnte sich über den Schreibtisch und drückte den Knopf.

»Ich muß ohnehin gehen.«

Sie hob den Finger, wie um ihn aufzuhalten, und nahm dann den Hörer ab. Als sie sich meldete, wurde ihre Stimme sofort geschäftsmäßig. Dann verfinsterte sich ihr Gesicht. »Wen wollen Sie denn sprechen?« fragte sie, lauschte dann erneut und schien sichtlich noch mehr verärgert. Sie legte auf, nahm das Glas mit Wodka, ging an ihm vorbei und bog um einen Kartonstapel.

Er blieb, wo er war, und wartete ein paar Sekunden, aber sie kam nicht zurück. Als er ihren Namen rief, war das einzige, was er zu hören bekam, Miles' weiche Trompete und im Hintergrund ferner Donner.

Er ging ihr nach, um eine Palette mit aufgestapelten Kartons herum zu dem Mittelgang, der in den Laden führte. An der Schwingtür blickte er durch die Glasscheibe. »Noel?«

Schließlich stieß er die Tür auf und kam hinter der Fleischtheke heraus. Der Laden war etwas dunkler als der Lagerraum und genauso warm. Vor den beiden vorderen Fenstern zuckten weiterhin Blitze, erzeugten hektische Schatten um ihn herum. Auf der Eßtheke zu seiner Rechten stand das Glas Wodka; von Noel keine Spur.

»Wer hat angerufen?« fragte er.

Als sie antwortete, kam ihre Stimme aus einem der Gänge zwischen den Regalen mit Lebensmitteln links von ihm. »Du wußtest nicht, daß ich süchtig bin«, sagte sie.

»Was?«

Sie kam zwischen den Gängen im vorderen Teil des Ladens heraus, der einen Augenblick lang von einem Blitz erhellt war. »Schokolade«, sagte sie.

»Ach, hör schon auf – Schokolade!«

»Dieses importierte Zeug«, fuhr sie fort. »Das hat schon angefangen, ehe wir uns kennenlernten. Ich habe so viel davon gegessen, daß ich nichts anderes zu mir nehmen durfte, um nicht fett zu werden.«

»Noel, ich kann mir nicht vorstellen, daß du je fett wirst.«

Sie kam auf ihn zu und wickelte langsam ein kleines, etwa fünfzehn Zentimeter langes Päckchen aus. »Ich konnte nicht genug davon bekommen«, sagte sie. »Die schwärzeste, schwerste, berauschendste Schokolade, die es überhaupt gab. Man hat mich schließlich in ein Krankenhaus gesteckt und ein Zwölf-Stufen-Programm mit mir durchgezogen.«

»Damit bin ich vertraut«, sagte er. Er rutschte auf einen Barhocker, drei Sitze von der Stelle entfernt, wo sie den Wodka abgestellt hatte, und wandte der Theke den Rücken zu.

Als sie näher kam, konnte er erkennen, daß das, was sie in der Hand hielt, tatsächlich ein schwarzer, dicker Schokoladenriegel war, der etwa ein halbes Pfund wiegen mochte. »Die haben mir gesagt, ich dürfte nie wieder welche essen. Keine Schokolade, keine Plätzchen, keine Eiscreme. Nichts. Das liegt jetzt fünf Jahre zurück, und ich habe nie wieder welche gekostet.«

»Ich würde sagen, du warst süchtig«, nickte er.

»Aber ich bin nicht wie du. Schau, ich isoliere mich nicht. Ich verstecke mich nicht davor. Ich *umgebe* mich damit, mit der teuersten, besten Schokolade, die ich finden kann.« Vor ihm stehend, schwenkte sie den Schokoladenriegel unter seiner Nase; der kräftige Duft regte seinen Speichelfluß an. »Das ist Caracasschokolade aus Venezuela – die bekomme ich von einem Importeur in Boston. Es gibt ein paar Leute in Bar Harbor, die sie von mir kaufen und jeden Preis dafür bezahlen. Ich rieche gern daran.« Jetzt fing sie an, an der Schokolade zu schnüffeln und dabei zu stöhnen. Selbst im Dunkeln konnte Sal erkennen, daß ihre Augen anfingen glasig zu werden. Sie schien förmlich zu schweben, ihre Hüfte strich an seinem Bein entlang.

Er drehte sich auf seinem Barhocker von ihr weg.

»Warum bringst du dich dann selbst in Versuchung?« fragte er.

Sie hauchte ein Lachen. »Versuchung?« Sie griff um ihn herum nach dem Glas mit Wodka und schob es über die Theke, bis es seinen Ellbogen berührte. Dann hob sie ein Knie auf den Hocker neben ihm. »Das ist es, was uns am Leben erhält, Sally. Rein, unverschnitten …« Sie zog sich auf die Theke und legte sich zur Seite, bis sie halb an der Dessertvitrine vor seinem Gesicht lehnte und ihre linke Hüfte sein Wodkaglas berührte. Mit der Hüfte schubste sie das Glas an.

»Versuchung.«

Wie um zu demonstrieren, was sie meinte, hielt sie sich den Schokoladenriegel unter die Nase und atmete tief ein. »Du großer Gott«, hauchte sie, »ich kann tatsächlich spüren, wie meine Endorphine fließen.«

Und er konnte bereits den Wodka fühlen, den er vorher genippt hatte, konnte in in seinem ganzen Mund schmecken, konnte spüren, wie er durch sein Blut strömte und Gehirn und Körper durchfloß. »An diesem Punkt meines Lebens«, sagte er, »ist Versuchung das einzige, was ich nicht brauche.«

Er blickte zu ihr auf und sah einen dunklen Schmierfleck neben ihrer Lippe, wo die Schokolade geschmolzen war. Aus den Tiefen ihrer Kehle kam ein leichtes Geräusch, und ihr rechtes Bein schob sich reflexartig vor ihm in die Höhe, so daß er die seidige Haut an der Innenseite ihres Schenkels sah. Er atmete schnell durch. Eine Gänsehaut überlief ihn.

»Sally, ich meine das ernst«, sagte sie. »Du solltest ausprobieren, wieviel du ertragen kannst.«

Ihre Stimme war so leise, so schwach, daß er sich fragte, ob er sie überhaupt gehört hatte. Plötzlich erfüllte grelles Licht den Laden, jagte Schatten über die Wände und war dann wieder verschwunden – ein vorbeifahrender Truck, der brummend die Brücke überquerte und dann links in die River Road einbog. Noel bemerkte es kaum. Sie zitterte, zog den Schokoladenriegel an ihrem Hals entlang, malte damit Kreise auf ihre Haut. Ein lautes Stöhnen kam über ihre Lippen, und dann lachte sie, fuhr mit der Schokolade über ihre Wange, bis sie wieder an ihrem Mund war, berührte ihre offenen Lippen. »Nur zu«, sagte sie, und ihr Atem ging schneller. »Was hast du schon zu verlieren?«

Die Eiswürfel klirrten im Glas. Er merkte plötzlich, daß er es in der Hand hielt. Eine Erektion spannte seine Hose. Was hatte er schon zu verlieren? Ja, tatsächlich …

»Sal?« Sie stieß plötzlich seinen Namen hervor, als wäre sie erschrocken. »O Gott, Sal, ich kann doch nicht …«, und dann schlossen sich jene dunklen Lippen plötzlich um das Ende des Schokoladenriegels, zogen die Schokolade weich hinein.

»Noel, warte …«

Ihr Knie schoß in die Höhe, stieß gegen sein Handgelenk, eisiger Wodka spritzte über seine Hand, und dann wandte sie sich von ihm ab, legte sich auf die Seite, so daß er ihre weißen Pobacken sehen konnte, das dunkle Höschen im Spalt dazwischen. Er konnte hören, wie ihre Lippen an der Schokolade lutschten, konnte sie schlucken und dabei halblaut murmeln hören. Entschlossen legte er die Hand auf ihre Hüfte, wollte dem ein Ende machen, aber sie stöhnte nur lauter, und ihre Schenkel öffneten sich ihm. Und jetzt, ohne es zu wollen, trank er den eisigen Wodka, schluckte – das war alles, wozu er fähig war –, und als das Glas leer war, senkte er seinen kalten Mund auf ihren feuchten Schenkel und zog Noel unsanft auf den Rücken.

Sie gab einen Laut von sich – protestierte sie? –, es war nicht zu verstehen, was sie sagte. Er schob seine Hand zwischen ihre Schenkel und entdeckte ihre eigene Hand dort, drei Finger, die sie fieberhaft bewegte. Den mit Schokolade verklebten seidenen Slip im Schritt packend, zog er ihn zur Seite, fühlte Wärme, Feuchtigkeit an seinen Knöcheln, schob Noel mit der linken Hand auf der Theke entlang, preßte den Mund auf ihre Scham und, o Gott, wie sie schmeckte, und, Herr Jesus, er blickte auf und sah sie, wie sie gegen den Schaukasten gepreßt mit geschlossenen Augen verzückt dalag und ihr Mund an der dunklen Schokoladenmasse arbeitete, und dann hörte er, wie sie die ganze Zeit ihre laute, mörderische Ekstase hinausbrüllte.

Und jetzt greift Sals linke Hand unter ihr Top, an ihrem muskulösen, feuchten Bauch entlang, bis er die feste Rundung einer Brust spürt mit einer harten, steilen Brustwarze, nimmt sie mit Daumen und Zeigefinger und quetscht sie, und das veranlaßt sie, ihre Hüften umzuheben, mit ihrer Schokoladenhand seinen Kopf zu packen, ihr Schambein gegen sein Kinn zu pressen, und da zieht er seinen Arm zurück, kriecht auf die Theke, legt sich auf sie und versucht, im Wettbewerb mit dem Schokoladenriegel ihren dunklen, bittersüßen Mund zu küssen, bis sie beide stöhnen, die Zungen in Schokolade und Speichel getaucht, und es ist, als würden sie versuchen, einander zu verschlingen, und er greift unter sie, reißt ihren Slip tiefer – als wieder Scheinwerfer durch den Laden zucken –, und dann fallen sie von der Theke …

Er versucht sie aufzufangen, versucht, die Füße auf den Boden zu bekommen, und es gelingt ihm gerade noch, daß sie beim Aufprall auf die Gummimatte nicht voneinander getrennt werden. Ihr neues Bett ist eine kalte Wiege aus harten Gumminoppen, aber er spürt nur einen ekstatischen Stich in der Seite, als er sie unter sich zieht und sie sich windet wie eine Katze, funkensprühend. Sie ringt mit ihm, zwingt ihn unter sich, öffnet seine Hose und schiebt sie bis zu den Knien hinunter. Er versucht, sich mit den Zehen ganz davon zu befreien, aber das läßt sie nicht zu, so schnell ist sie auf ihm, holt sein Glied aus seiner Unterhose, und ihre Schokoladenlippen legen sich saugend darüber, und ihre Finger klettern an seiner Brust empor, ihre Nägel versengen seine Haut, und jetzt packt er sie unter den Armen, hebt sie hoch, und ihre feuchten Schenkel gleiten über seine Hüften, suchen, bis sie finden, was sie wollen, präzise, perfekt – und dann hält sie inne …

schwebt …

Er stöhnt.

Blitz flattert über die Decke …

Mit einer Langsamkeit, die einer exquisiten Folter gleicht, läßt sie sich auf ihn herunter – einen Zoll –, gerade genug, daß er nur ein wenig hineinrutscht. Und hält wieder inne. Blickt hungrig auf ihn hinab, das dunkle Haar auf der Stirn klebend, die dunklen Lippen in einem schiefen, halben Lächeln mit Schokolade verschmiert, aufgequollen, schlaff geöffnet … und jetzt fängt sie an, ihn in sich hineinzupressen, mit einer zielbewußten Langsamkeit gleich einem Reptil. Ihre Augen starren, starren, glänzen, glänzen …

Es gibt keine Warnung. Die Aufwallung kommt plötzlich, prickelnd, überwältigend. Er explodiert, greift nach ihr, packt ihre Pobacken, reißt sie auseinander und zwingt sich noch tiefer hinein, dringt völlig in sie ein, stößt immer noch tiefer, ejakuliert in kolossalen, das Herz sprengenden Zuckungen – dreimal, viermal, fünfmal, sechsmal – strengt jede Faser seines Körpers an, bringt jede Vene und Arterie fast zum Platzen, bis sie aufschreit – siebenmal, achtmal – die Decke über ihnen wird rot … röter …

Ein Automotor!

»Jemand ist hier …«

Das Klopfen war zaghaft, aber hartnäckig. Noel richtete sich auf, kniete sich hin, zog ihren Jeansrock herunter und wischte sich dann mit einem Handtuch, das an der Spüle hing, die Schokolade von Gesicht und Hals. Sal lag auf dem Rücken, mit angehobenen Hüften, und versuchte, den Reißverschluß an seiner Hose zuzuziehen.

»Bleib unten«, flüsterte sie, und dann war sie weg, entschwand geduckt an der Theke entlang in die Finsternis.

Aus dem Lageraum hörte er, wie die Musik wieder einsetzte – dasselbe Stück wie vorher, Coltrane und Evans, rauchiges Saxophon über meditierendem Piano, und dann klatschten ihre nackten Füße in den Laden zurück, an der Theke entlang. Er hörte das Klicken im Schloß, als sie die Tür aufsperrte.

»Alston«, sagte sie.

Alston Bouchard? Sal fragte sich, ob der Constable

seinen Wagen hinter dem Haus gesehen hatte. Nach all den Demütigungen war es wirklich nicht notwendig, daß man ihn hier entdeckte.

»Tut mir leid, ich habe Sie nicht gehört«, sagte Noel. »Dort hinten ist es so heiß. Ich hatte den Ventilator an und die Musik.«

Sal sah ihren Slip auf dem Boden neben sich. Er hob ihn auf, knüllte ihn mit der Hand zusammen und hörte, wie Bouchard sagte: »Es gibt da etwas, das ich ...« Dann trat Schweigen ein, und schließlich fügte der Polizist hinzu: »Darf ich reinkommen, oder wollen Sie ...« Jemand, der so groß war wie Bouchard, hatte einfach kein Recht, so fahrig zu sein.

»Nein«, sagte sie, »kommen Sie rein, Alston, falls Sie die Dunkelheit nicht stört. Ich würde schon Licht machen, aber dann denken die Leute, daß wir offen haben, und ich konnte noch nie gut nein sagen.« Die Tür schloß sich leise. »Sind Ellis' Kühe weggelaufen?« fragte sie. »Gewöhnlich sind Sie ja nicht so spät unterwegs.«

Bouchard, der offenbar seine Stimme wiedergefunden hatte, sagte: »Ich hatte vorher angerufen. Da waren also Sie dran?«

»Oh«, entgegnete sie, »ich hab' mir noch überlegt, ob Sie das sind.«

»Und ich fragte mich, ob das Ihre Stimme ist.«

»Das ist spaßig. Ich dachte nämlich auch, daß Sie es wären, konnte mir aber nicht vorstellen, weshalb Sie so spät anrufen sollten – ohne Ihren Namen zu nennen. Hätten Sie gern eine Cola, Alston?«

»Nein, dann müßte ich bezahlen« – Sal hörte, wie Bouchard mit der Hand auf den Glaskasten mit den Bonbons schlug, auf dem die Registrierkasse stand –,

»und wo Sie doch geschlossen haben und die Kasse nicht offen ist …« Wieder Schweigen. Und dann: »Sie haben ja wahrscheinlich zwei Leitungen«, sagte er. »Eine separate Telefonleitung für Ihre Wohnung oben.«

»Die Wohnung …? Ja. Wollen Sie sich setzen, Alston? Ich habe das Gefühl, irgend etwas bedrückt Sie.«

»Nein, ich setze mich, wenn ich nach Hause komme.«

»Hm – können Sie sich erinnern, welche Nummer ich angerufen habe? Den Laden oder …«

Sal erinnerte sich. Es war die Nummer von oben. Aber Noel hatte das anscheinend vergessen. »Ich weiß es nicht genau, um ehrlich zu sein. Ich habe einfach abgehoben, als es klingelte.«

»Wo?«

»Da hinten.«

Bouchard räusperte sich. »Ich glaube nicht, daß es zulässig wäre, wenn …« Sal konnte sich die um Entschuldigung bittende Handbewegung Bouchards deutlich ausmalen. »Der Knopf würde wahrscheinlich noch gedrückt sein. Ich will ja nicht …«

»Alston, wollen Sie mein Telefon sehen?«

»Also, nicht wenn …«

»Schon etwas seltsam, daß Sie das wollen. Aber kommen Sie nur.«

Ihre Schritte bewegten sich durch den Laden, die Schwingtür, und dann wurden ihre Stimmen im Lager leiser. Gleich darauf hörte Sal sie zurückkommen, und Bouchard sagte: »Sie haben niemanden angerufen, nachdem ich Sie angerufen hatte?«

Die Tür schwang wieder auf, und sie kamen in den Laden zurück, blieben auf der anderen Seite der Theke stehen. »Alston, Sie beunruhigen mich jetzt richtig. Sie sind doch nicht hier, weil es Probleme mit den Telefonleitungen gibt.« Ihr Tonfall war ausgesprochen herablassend.

Bouchard sagte: »Sie sollten sich vielleicht besser setzen, Mrs. Swift.«

»Alston, sagen Sie mir einfach, was Sie zu sagen haben.«

»Mir wäre trotzdem wohler«, erwiderte er unbehaglich, »wenn Sie sich hinsetzen würden.«

Sal hörte das leichte Ächzen eines Barhockers, als Noel der Aufforderung nachkam. Er konnte den Polizisten durch die Nase schnaufen hören. »Alston, was ist los?«

»Sie kennen doch Eliot Wicker ...«

»Selbstverständlich.«

»Nun, seine Leiche wurde heute gefunden.« Bouchard gab einen Laut von sich, der sowohl ein leises Grunzen als auch ein Hüsteln hätte sein können, und fügte dann hinzu: »Er ist also tot.«

Einen Moment lang herrschte Stille. Dann hörte Sal, wie Noel ohne erkennbare Empfindung sagte: »Alston, das ist ja schrecklich. Eliot ist tot? Warum denn?«

»Das werden wir erst nach der Autopsie genau wissen. Ich habe den Gerichtsmediziner kommen lassen. Er wurde umgebracht, muß man wohl sagen, so wie es aussieht.«

Wieder Stille. Sal hörte, wie Noel vom Hocker glitt.

»Mrs. Swift, ich würde an Ihrer Stelle jetzt noch nicht aufstehen.«

»Mit mir ist alles in Ordnung, Alston.« Sie ging auf die Eingangstür zu. »Umgebracht – also ermordet?«

»Ich vermute, daß Sie die letzte waren, mit der er telefoniert hat.«

»Hat er mich angerufen?«

Bouchard räusperte sich erneut. »Ich bin zu ihm hinübergefahren, zu seinem Haus. Als ich den Wahlwiederholknopf auf seinem Telefon drückte, hat es hier drüben geklingelt. Deshalb haben Sie sich gemeldet, als ich ...«

»Und Sie haben meine Stimme erkannt«, sagte Noel. »Das ist sehr schlau, Alston. Darauf wäre ich nie gekommen.«

»Ich versuche ja nur ...«

»Aber wie ist er – wie hat man ihn ...«

»Schwer zu sagen. Sie erinnern sich also nicht, daß er hier angerufen hat?«

Wieder Stille. Sal hörte ein paar Schritte. »Ob Eliot Wicker mich angerufen hat?« sagte Noel. »Nun, sicher, wegen der Begräbnisvorbereitungen.«

»Nein, das wäre letzte Nacht gewesen, nach der Beerdigung, nach Ihrem Empfang. Otis Royal sagte mir, daß Eliot ihn gegen neun angerufen und aufgefordert hat, heute den Friedhof zu mähen. Das Gras. Und das bedeutet, daß Wicker Sie nachher angerufen haben muß. Irgendwann nach neun.«

»Herrgott, lassen Sie mich nachdenken, mit wem ich gesprochen habe... nach dem Empfang. Ich denke, Alston, wenn er versucht hat, mich anzurufen, und meine Leitung besetzt war, dann wäre meine Nummer immer noch die letzte, die in seinem Apparat gespeichert ist, oder nicht?«

»Ja, ich glaube schon.«

»Ich bin nämlich ganz sicher, daß ich letzte Nacht nicht mit ihm gesprochen habe. Ich meine, ich kann mir gar nicht vorstellen, weshalb er mich anrufen sollte – es sei denn, um nach der Beerdigung nachzufragen, ob alles in Ordnung war. Vielleicht hat er aber auch versehentlich meine Nummer gewählt und dann aufgelegt, ehe das Telefon bei mir klingelte.«

»Vielleicht.«

»Die Telefongesellschaft führt doch Aufzeichnungen, oder?«

»Nicht für Ortsgespräche«, sagte Bouchard. Dann räusperte er sich erneut. »Ich weiß, Sie haben geschlossen, Mrs. Swift, aber meine Taschenlampe hat heute nacht den Geist aufgegeben – die Batterien, ich zahle sie natürlich gleich morgen früh, wenn es nicht ...«

»Nein, es macht überhaupt keine Mühe.«

Er hörte, wie Bouchard in den vorderen Teil des Ladens ging, stehenblieb und dann zurückkam. »Vier siebenundneunzig, steht da, glaube ich.«

»Zahlen Sie morgen, und machen Sie sich deswegen keine Gedanken«, entgegnete sie.

Sal hörte, wie der Constable tief durchatmete. »Mrs. Swift«, sagte er, und man konnte das Unbehagen, das er empfand, förmlich greifen, »da gibt's noch etwas – zwei Dinge ...«

»Oh, Alston, hat das nicht Zeit?«

»Ich werde es Ihnen einfach sagen, bevor ich gehe – sobald Sie sich gesetzt haben.«

Sal hörte, wie Noel sich mit einem Seufzen wieder hinsetzte. Es war ein nervöses Geräusch, und zugleich war eine gewisse Gereiztheit herauszuhören. »Nun, Alston, was ist?«

»Eliot Wickers Leiche«, sagte Bouchard bedächtig, »befand sich im Grab Ihres Mannes. Und die Leiche Ihres Mannes ist verschwunden.«

Ein paar Augenblicke sagte keiner von beiden etwas. Sal erinnerte sich an das plötzlich abgebrochene Gespräch unter den Mitgliedern des Schulausschusses, als er und Iris eingetreten waren; und später an den Polizeiwagen, der in den Friedhof gerast war.

»So«, begann Noel und hielt dann inne. »Alston, ich verstehe nicht. Bobbys Leiche – wohin verschwunden?«

»Das sind die Dinge, die ich herauszubekommen versuche. Zum Beispiel, was er von Ihnen gewollt hat.«

»Wer?«

»Eliot Wicker, meine ich.«

»Aber ich habe Ihnen doch gesagt, daß ich nicht mit ihm gesprochen habe.«

Sal gefiel die Gefühllosigkeit des Polizisten und die Art und Weise, wie er Noel unter Druck setzte, ganz und gar nicht.

»Aber weshalb hat er versucht, Sie anzurufen?« fragte er, und dann öffnete sich die vordere Tür, und er ging hinaus, seine Stimme entfernte sich. »Ich versuche ja bloß, mir einen Reim auf diese Dinge zu machen ...«

Noel hielt ihn auf. »Alston, Sie müssen doch wenigstens eine Ahnung haben, wo Bobby ist? Seine Leiche ...?«

»Hätte er vielleicht wegen irgend etwas hierherkommen wollen?«

»Eliot? Nein, das habe ich Ihnen doch gesagt. Aber was war denn – ich meine, außer Eliot – im Grab? Bloß ... Eliot?«

Bouchard zögerte, und Sal hörte ihn durch die Nase atmen. »Komische Geschichte. Nicht *komisch*, bloß ...«

»Alston – was ist?«

Einen Moment Schweigen. Dann: »Nun, die Umstände.«

»Großer Gott.«

»Jetzt sind Ermittler dort, der Gerichtsarzt, alle möglichen Leute. Sie sehen sich den Schauplatz des Verbrechens an. Wahrscheinlich kommt morgen ein Beamter zu Ihnen.«

»Danke, Alston.« Sal hörte, wie die Tür sich schloß. Und dann öffnete sie sich wieder.

»Mrs. Swift, ich sollte Ihnen auch sagen …« Der Polizist seufzte unbehaglich. »Die Polizei verständigt in solchen Fällen, ich meine, wenn die äußeren Umstände so ungewöhnlich sind, die Versicherungsgesellschaften. Wenn irgend etwas Ungewöhnliches vorliegt, wollen sie nicht zahlen, nicht, bis alles geklärt ist.«

Eine Pause trat ein. Dann antwortete Noel: »Das kann ich verstehen.«

»Aber Sie sagen mir Bescheid, wenn Ihnen irgend etwas einfällt …«

»Ja, das werde ich, Alston. Vielen Dank.«

Sal hörte, wie die Tür sich wieder schloß, gleich darauf fiel eine Autotür zu, und der Motor sprang an. Noel kam ins Lager zurück. »Bleib unten«, sagte sie. Die roten Lichter von Bouchards Heckleuchten tauchten auf, dann das hellere Rot seiner Bremslichter, und dann war er weg. Nur noch das Geräusch seines sich entfernenden Wagens war zu hören.

Sal zog den Reißverschluß seiner Hose zu und ging ins Lager und dort den Mittelgang hinunter, wo er Noel in Gedanken versunken an ihrem Schreibtisch stehend vorfand. Miles' Trompete, kaum hörbar, griff eine schwüle Melodie auf. Der Ventilator summte. Sal war nicht klar, ob er sie berühren sollte oder nicht. Plötzlich wurde ihm bewußt, daß er immer noch ihren schwarzen Slip in der Hand hielt. Was sollte er damit machen? Was hatte es mit Eliot Wickers Tod und Bobbys verschwundener Leiche auf sich? Und die halbe Flasche Wodka auf ihrem Schreibtisch? Wie sehr er sich nach einem weiteren Drink sehnte.

»Du mußt gehen«, sagte sie und drehte sich zu ihm herum. Als sie sah, daß er ihren Slip in der Hand hielt, nahm sie ihn ihm weg und legte ihn auf den Schreibtisch. Wieder drehte sie sich um – jetzt wirkte sie so verwirrt, wie er sie noch nie gesehen hatte.

»Wirst du klarkommen?« fragte er sie. Sie schüttelte den Kopf und sah dabei aus, als würde sie gleich zu weinen anfangen. »Oh, Sal, ich weiß nicht, was du jetzt von mir denkst«, sagte sie, »vielleicht, daß ich im Schleier herumlaufen sollte, daß ich selbstsüchtig bin, nur an mich denke, eitel bin… Ich weiß nicht, was du von mir denkst.« Sie hauchte einen Seufzer, der von Abscheu vor der eigenen Person erfüllt schien. »Du warst sein bester Freund«, sagte sie. »Ich weiß, daß er es dir gesagt hat.«

»Mir was gesagt hat?«

»Er hat dir alles gesagt. Er hat dir vertraut.« Noels Augen ließen Sal nicht los, wanderten an ihm auf und ab. »Neulich nachts, als ihr beiden zusammen weg wart?«

Sal schüttelte verständnislos den Kopf.

Sie sah zur Seite. »Sal, ich war drauf und dran, ihn zu verlassen.«

Er starrte sie an, suchte nach Worten, aber es kamen keine.

Jetzt sah sie ihm wieder in die Augen und nickte, bestätigte ihre Worte. »Wir wollten uns scheiden lassen.«

Sal schüttelte ungläubig den Kopf und lehnte sich an den Stützpfeiler. »Das hat er mir nicht gesagt.«

Das war es also gewesen. Er hätte Bobby helfen können. Das erkannte er jetzt. In jener Nacht unter der Brücke… *Sally, wem vertraust du?* Deshalb war Bobby zu ihm gekommen, um ihm das zu sagen, ihm zu sagen, daß sie ihn verlassen wollte.

»Alles in Ordnung bei dir?« fragte sie.

»Mhm«, antwortete er, obwohl das eine glatte Lüge war.

»Komm mit«, sagte sie und führte ihn um die Wand aus Kartons herum. Als sie dann im Hauptgang angekommen waren, gingen sie durch das Halbdunkel in den hinteren Teil des Lagers, wo Sal hereingekommen war. Noel öffnete die Tür und schaltete die Treppenhausbeleuchtung ein, und dann gingen sie schweigend die Treppe hinunter. Am Treppenabsatz bogen sie ab und stiegen ein paar weitere Stufen hinunter, bis sie hinten in der Garage herauskamen. Dort war es kühler; die Blitze, die draußen am Himmel zuckten, warfen flackerndes Licht herein.

Noel verzichtete darauf, die Neonröhren an der Decke einzuschalten. Aus dem Treppenhaus kam genug Licht, so daß sie, als sie um die kleine Trennwand herumgegangen waren, die Autos sehen konnten: Noels schwarzen Volvo; Bobbys schwarze Corvette auf der anderen Seite. Und seine alte schwarze Harley, die hinter den Autos auf ihrem Kickständer thronte. Der Anblick des Motorrads versetzte Sal einen dumpfen Schock; es war beinahe so, als würde die Maschine darauf warten, daß Bobby zurückkehrte.

Noel schien es zu spüren. »Er hat dieses Ding geliebt«, sagte sie, ging darauf zu und strich mit der Hand über den Sattel. Sal folgte ihr. Ein Blitz erhellte den Raum – flackerte und zuckte immer weiter, als wolle er nie aufhören. Sie drehte sich zu ihm herum. »Er würde wollen, daß du sie bekommst«, sagte sie und drückte Sal einen Schlüssel in die Hand. Er sah den Schlüssel an und atmete krampfhaft durch. Dann trat er einen Schritt zurück, ging zur Eingangstür und sagte: »Ich hole mir die Maschine morgen.«

»Sal?«

Als er die Tür öffnete, griff sie danach und hielt sie fest.

»Sal, warte.«

Er stand in der Tür und schüttelte den Kopf. »Ich hätte heute nacht nicht hierherkommen sollen.«

»Nimm das«, sagte sie. Er drehte sich um und sah, wie sie eine lederne Motorradjacke von einem Haken nahm. Bobbys Motorradjacke. Sie legte sie ihm über den Arm. Das Leder war schwer. Bobbys Geruch hing an der Jacke, und Sal verspürte erneut eine Anwandlung von Traurigkeit, von Scham. »Nimm sie«, sagte sie. »Heute nacht wird es stürmisch, und du wirst vielleicht in deinem Auto schlafen.«

Er nahm die Jacke, dann sah er die Wodkaflasche, die sie in der anderen Hand hielt. »Das da brauchst du vielleicht auch«, sagte sie. »Es könnte eine lange Nacht werden.«

Er schüttelte den Kopf. »Das brauche ich nicht«, entgegnete er, während langanhaltender Donner am Himmel grollte.

Sie sahen zur Tür hinaus in die Finsternis, hörten die schweren Regentropfen träge ins Schwimmbecken klatschen. Hastig packte sie sein T-Shirt, hob das Gesicht und küßte ihn auf den Mund. Er erwiderte ihren Kuß nicht, von Zweifeln geplagt, doch sie ließ ihn nicht los.

»Sal?« sagte sie leise.

Es sah ihr länger in die Augen, als er eigentlich wollte.

»Bobby ist nicht mehr«, sagte sie, und dann trat er hinaus in die Nacht.

Sieben

Die Nordwestecke des Friedhofs war strahlend hell beleuchtet: Autoscheinwerfer, tragbare Flutlichtscheinwerfer, die Blitzlichter von Kameras – so viel Licht, daß die immer zahlreicher werdenden Blitze am Himmel gar nicht aufgefallen wären, hätte nicht ständig der Donner gegrollt.

Fernsehreporter, Kameraleute und Journalisten säumten das gelbe Plastikband der Polizeiabsperrung, die das leere Grab umgab, und interviewten einen großen, korpulenten Mann mit stahlgrauem Haar in einem billigen karierten Blazer. Innerhalb der abgesperrten Zone arbeiteten zwei Techniker des Kriminallabors in hellblauen Laborjacken unter zwei auf Stativen befestigten Flutlichtscheinwerfern, die ihren Strom aus dem hohen silberfarbenen Van bezogen, der in der Nähe parkte, dem mobilen Kriminallabor. Ein Mann arbeitete im Grab, der andere außerhalb, siebte Erde durch ein Sieb mit einem Holzrahmen. Etwas abseits stand der Mahagonisarg mit den Taucherflaschen und daneben diverse Einkaufstüten, Schachteln und Dosen.

Der Wagen des Leichenbeschauers mit der Aufschrift STATE OF MAINE auf den Türen war rückwärts dicht an das Grab herangefahren, die hintere Tür so weit geöffnet, daß die Kameras den weißen Plastiksack mit der Leiche des Leichenbestatters erfassen konnten. Auf der Kieszufahrt links vom Grab und hinter dem Laborwagen standen zwei Streifenwagen der

Staatspolizei und ein neuer, auf Hochglanz polierter schwarzer Cherokee. Ein Dutzend weiterer Fahrzeuge säumten den Weg dahinter und den Hügel hinunter.

Alston Bouchard registrierte das alles, als er in seinem gelben Subaru Station Wagon die gewundene Zufahrt hinauffuhr. Nachdem er in der Wagenreihe eine Lücke entdeckt hatte, die zum Einparken für seinen Wagen zu klein war, fuhr er dazwischen durch und stellte den Subaru auf dem Rasen ab. Ein paar Köpfe drehten sich zu ihm herum. Er schaltete Scheinwerfer und Motor ab.

Murdoch, der Sergeant von der Mordkommission aus Orono, wurde gerade interviewt. Bouchard kannte Murdoch gut genug, um zu wissen, daß er wegen der Kameras hergekommen war. Die Ermittlungen würde sicher jemand anderer leiten. Bouchard sah sich um und entdeckte einen weiteren Detective, der gerade auf die Grabstelle zuging, ein Mann um die Dreißig mit dunklem Haar und gepflegtem Schnurrbart. Er war etwas über einen Meter achtzig groß und trug einen gutgeschnittenen beigen Anzug. Über seiner Schulter hing an einem Riemen irgendein Gerät, eine Plastikbox von derselben Farbe wie sein Anzug. Ein Computer, vermutete Bouchard, oder ein Tonbandrecorder.

Der Regenguß setzte plötzlich ein, geradewegs so, als ob die dichten Wolken über ihnen alle gleichzeitig aufgeplatzt wären. Die Sicht verschlechterte sich. Ein Flutlichtscheinwerfer flammte auf, der Sergeant machte abrupt kehrt und ging zu seinem Wagen, und die Reporter rannten zu ihren Fahrzeugen. Auch am Grab kam plötzlich Hektik auf. Die beiden Labortechniker zogen schnell eine blaue Plane über das Loch, ein anderer Beamter warf eine weitere Plane über den

Sarg, und dann schleppten sie eilig ihre Tüten und Schachteln mit Beweisstücken in den silbernen Van.

Der gutgekleidete Detective, der allem Anschein nach den Einsatz leitete, hatte es nicht so eilig. Er zog einen blauen Poncho über seinen Anzug und schützte die Plastikbox, die er am Riemen trug, mit seinem Körper. Den Regen ignorierend, schwang er ein Bein über die Absperrung und ging auf den Sarg zu, hob die Plane an der Ecke an, kauerte sich nieder und fuhr mit der Hand über den Sargdeckel.

Ein State Trooper trat neben den Detective und deutete auf Bouchards Wagen. Es war der diensthabende Beamte, der Bouchards Anruf entgegengenommen hatte, eine junge, glattrasierte Bulldogge namens Lemieux. Der gutgekleidete Detective sah zu Bouchard hinüber, stand auf und kam dann ohne Eile durch den Regen auf ihn zu. Bouchard glaubte ein Lächeln unter dem Schnurrbart des Mannes zu erkennen, als der die Beifahrertür öffnete und sich vorbeugte, um hineinzuspähen. Ein Blitz, dicht gefolgt von einem Donnerknall, zuckte über den Himmel. Der Detective zuckte mit keiner Wimper. Der Regen prasselte jetzt sogar noch heftiger nieder.

»Detective Shepherd, Staatspolizei«, sagte er. »Und Sie sind …?«

»Ich habe angerufen.«

Shepherds Lächeln wurde breiter. »Der Dorfpolizist.« Er nahm einen kleinen Notizblock vom Beifahrersitz, warf ihn auf das Armaturenbrett und setzte sich dann in Bouchards Wagen. Als er die Tür schloß, schob er seinen Poncho auseinander, so daß man die Plastikbox sehen konnte, die er umgehängt hatte. Er löste den Trageriemen, stellte das Ding auf seine Knie und klappte den Deckel mit dem Bildschirm auf. Ein Piepsen ertönte. Ein Computer.

»Alston Bouchard«, las der Detective. »Mr. Bouchard, ist Ihnen klar, daß Sie es ganz allein geschafft haben, diesen Tatort zu kontaminieren?«

Bouchard blickte auf die im Wind flatternde Plane hinaus. Der Trooper namens Lemieux hatte ihm bereits eine Standpauke gehalten, weil er die Leiche ausgegraben hatte. Aber das war ein scharfer Tadel eines ehemaligen Marineinfanteristen für einen anderen gewesen, sozusagen unter Kollegen. Er hatte den Tadel verdient, und Bouchard hatte ihn eingesteckt – trotz der Jugend des Trooper (und trotz des Umstandes, daß hier ein Teilnehmer des Unternehmens *Wüstensturm* einen Vietnamveteranen beschimpfte). Shepherds Kritik dagegen wurde in höflichem Tonfall vorgetragen und war deshalb nicht so leicht einzustecken.

»Merken Sie sich das für die Zukunft«, fuhr der Detective fort, »und vergessen Sie es nicht: Jedesmal, wenn Sie sich irgendwo aufhalten, hinterlassen Sie winzige Partikel von sich.« Shepherd hob die Augenbrauen und studierte Bouchard einen Augenblick lang, um zu sehen, ob der andere verstanden hatte; dann machte er sich daran, die Aussage des Constable aufzunehmen und in den Computer einzugeben: die verschwundene Leiche, die gefundene Leiche, das Heizkissen, das in dem Ast hing, die verbrauchten Batterien in dem Heizkissen (Marke Hi-Crown – mit demselben Verfallsdatum wie die Hi-Crown-Batterien, die im Superette angeboten wurden). Bouchard gab dem Detective das neue Päckchen und sagte ihm, daß er Eliot Wicker das letzte Mal an dem Abend von Bobby Swifts Beerdigung gesehen habe und daß das letzte Telefongespräch aus Wickers Haus mit Noel Swifts Wohnung geführt worden sei. Als Bouchard erklärte, daß er das mit Hilfe der Wahlwiederholfunktion an Wickers Telefon festgestellt habe, hörte Shepherd zu tippen auf.

»Mr. Bouchard, wer hat Ihnen das Recht gegeben, das Anwesen des Toten zu betreten?«

»Er war tot, und ich bin der Constable.«

Shepherd blieb einen Augenblick stumm. Dann drehte er sich zu Bouchard herum und sah ihn an, worauf dieser deutlicher wurde: »Ich habe ein nicht versperrtes Kellerfenster entdeckt und dachte, jemand könnte in das Haus eingedrungen sein. Also bin ich hineingegangen.«

Shepherd schüttelte den Kopf. »Ich verstehe. Und haben Sie außer dem Telefon dort noch etwas kontaminiert?«

Bouchard, immer noch die Hand am Steuer, hob beide Zeigefinger. »Ich habe ein Taschentuch benutzt.«

»Zählen Sie bitte auf ... Was haben Sie berührt?«

»Das Telefon, mit einem Taschentuch.«

»Telefon«, gab Shepherd in seinen Computer ein.

»Die Türknöpfe im Schlafzimmer und im Bad. Toilettensitz und Spülhebel im Badezimmer. Unten in der Leichenhalle Türknöpfe, Lichtschalter, Schraubenzieher ...«

Shepherd schnaufte verweisend. »Weshalb der Toilettensitz und der Spülhebel?«

»Na ja ...« Bouchards Daumen zuckte vor.

»Was haben Sie gesucht? Blut? Haar? Samenflüssigkeit?«

»Ich mußte mal ...«

Shepherd hörte wieder zu tippen auf. »Sie haben weiterhin ein Taschentuch benutzt?«

»Nicht an mir selbst.«

Shepherd blickte auf und war nicht sicher, ob dieser kurzsichtige Bär neben ihm Witze machte. »Mr. Bouchard, gibt es irgend etwas Wichtiges, das Sie in Mr. Wickers Haus gefunden haben und das ich wissen sollte?«

»Seine Parkplatzbeleuchtung funktionierte nicht«, antwortete Bouchard. »Ich habe im Wandschalter einen losgelösten Draht entdeckt.«

»Was verstehen Sie unter ›losgelöst‹?«

Bouchard sah den Detective an. »Er hatte sich gelöst.«

»Ich meine, hatte der Draht sich wegen eines elektrischen Defekts gelöst? Oder sind Sie der Meinung, daß sich jemand daran zu schaffen gemacht hat?«

Bouchards Hand ließ das Steuerrad los. »Rausgerissen, würde ich sagen. Die Verbindungsschraube war nämlich ziemlich fest angezogen, und es hingen noch ein paar abgerissene Drahtfasern daran, und deshalb würde ich sagen, daß jemand ...« Er sprach den Satz nicht zu Ende, sondern machte nur eine vielsagende Handbewegung.

»Motiv?«

»Damit es auf dem Parkplatz dunkel ist.«

Shepherd hielt inne, wie um nachzudenken. Der Regen, der gegen die Windschutzscheibe prasselte, ging kurz in Hagel über und dann wieder in Regen, der die Eisklümpchen wegwusch. Durch die Scheibe konnte Bouchard sehen, wie Officer Lemieux mit etwas in der Hand auf Shepherds Tür zuging. Der Beamte klopfte ans Fenster; der Regen prasselte auf seine breiten Schultern. Shepherd kurbelte die Scheibe herunter. »Sonst noch etwas?« Das galt noch Bouchard.

»Vor etwa einer halben Stunde habe ich Noel Swift aufgesucht – die Witwe des Toten, dessen Leiche verschwunden ist –, um herauszufinden, weshalb Eliot Wicker sie angerufen haben könnte. Sie hat behauptet, daß er sie nicht angerufen hat.«

Shepherd wandte sich Lemieux zu, allem Anschein nach ohne zur Kenntnis zu nehmen, daß der grimmig blickende ehemalige Marineinfanterist jetzt von Hagelkörnern gepeitscht wurde.

»Sir, das haben wir im Wald gefunden.« Er hielt die Taschenlampe mit einem Taschentuch. »Die Batterien sind leer.«

»Tiefe?« fragte Shepherd.

»Sir?«

»Im Wald. Wie tief?«

»Auf der Oberfläche. Auf dem Boden.«

»Wir mißverstehen einander, Trooper. Wie weit im Wald, wie weit vom Rand der Rasenfläche entfernt?«

Es hagelte jetzt stärker. Der Trooper schrie, als könne er damit dem Frösteln Einhalt gebieten. »Höchstens fünf Meter! Nicht weniger als vier!«

Shepherd klappte den Deckel seines Computers zu und öffnete dann die Wagentür. »Constable, Sie waren mir eine große Hilfe.« Er zog sich den Poncho über den Kopf, achtete darauf, daß sein Computer geschützt war, und zwängte sich geduckt zur Tür hinaus. Draußen drehte er sich um und fügte hinzu: »Aber tun Sie mir bitte einen Gefallen – überlassen Sie die Ermittlungsarbeit meinen Beamten. Ich verspreche Ihnen auch, daß wir dann so schnell aus Ihrem Dorf verschwinden, daß Sie es gar nicht mitbekommen.« Er warf die Tür zu und stapfte mit dem Trooper auf den silbernen Van zu.

Bouchard beugte sich nach rechts, kurbelte das Beifahrerfenster herunter und rief: »Die Batterien in der Taschenlampe ...!«

Der Trooper drehte sich um.

»Hi-Crown?« schrie der Constable.

Eine Folge ineinander verästelter Blitze überzog den Himmel, gefolgt von langanhaltendem Donner. Der Trooper wandte sich Shepherd zu und sagte etwas, das allem Anschein nach die Frage bejahte. Shepherd hob die Hand und winkte.

»Wir lassen Sie an der Polizeiakademie eintragen, Constable!«

Noel wartete, bis Sal weggefahren war, und sperrte dann die Tür ab. Eine beunruhigende Stille hatte sich über das Gebäude gesenkt. Sal hatte ihr gesagt, die Tür sei bei seiner Ankunft nicht versperrt gewesen. Dabei achtete sie doch darauf, daß sie immer versperrt war. Hatte sie beim Hinausgehen vielleicht aufgeschlossen? Angst überkam sie, die Angst davor, unvorsichtig gewesen zu sein, die Angst, etwas könne schiefgegangen sein. Und mit dieser Angst kam sie sich in diesem dunklen Winkel der Garage schrecklich allein vor.

Bobby ...

War er entkommen? Hatte er den Sarg von innen aufgebrochen und sich dann den Weg nach oben freigegraben? Sie lauschte in den Raum hinein, der sie umgab ... Hier unten war es viel zu still, selbst jetzt bei Regen, Sturm und Gewitter. War er irgendwie herausgekommen und hatte sich an Wicker gerächt? Sie sah sich in der finsteren Garage um, ließ den Blick wandern von seiner Corvette hinüber zur Tür seiner Werkstatt und der des Fitneßraums und dann zu der Trennwand, hinter der die Treppe nach oben führte. Und dabei hatte sie die ganze Zeit die Hand am Türknopf, bereit, in die Nacht hinauszurennen, falls sie plötzlich irgendein Schatten anspringen sollte. Dann riß sie sich zusammen, verdrängte die Angst aus ihrem Bewußtsein und baute sich ein einziges, beruhigendes Bild auf: Bobby unter der Erde, in den Sarg eingeschlossen, mit beinahe fünf Fuß Erde darüber. Tonnen massiver Schwärze. Er konnte nicht entkommen sein.

Aber wo war denn seine Leiche? Und wer hatte Eliot Wicker getötet?

Es sei denn, *jemand anderer* hatte Bobby ausgegraben. Wicker? Nein, mit Menschen wie Wicker hätte Bobby niemals irgendwelche krummen Dinge …

Sal …

Nein, falls Bobby sich Sal anvertraut und Sal gewußt hätte, daß Bobby noch lebte, wäre er niemals bereit gewesen, mit ihr zu schlafen, es sei denn …

Ein Bild drängte sich in ihre Gedanken: Bobby, wie er sich, den Mund voll Kies, mit irrem Lachen einen Weg an die Oberfläche grub.

Nein! Sie mußte sich entspannen, mußte sich beruhigen.

Trotz der Hitze dachte sie daran, sich ein heißes Bad einlaufen zu lassen, in der Wanne zu relaxen. Und genau das beschloß sie zu tun. Alles andere mußte sie aus ihren Gedanken verdrängen. Sie drehte sich um, ging um die Trennwand herum, stieg die Treppe in den ersten Stock hinauf und betrat erneut den stickigen Lagerraum.

Nachdem sie die Treppenbeleuchtung ausgeschaltet hatte, verriegelte sie die schwere Tür hinter sich und ging zwischen den hochaufgetürmten Kartons auf den grünen Lichtfleck an der Decke und nach rechts auf ihren Schreibtisch zu. Unmittelbar hinter dem Schreibtisch gab es eine breite Eichentür, den Zugang zu ihrer Privattreppe, und darauf konzentrierte sie sich jetzt voll und ganz. Ihre Treppe, ihre Wohnung, ihr Bad.

Sie sperrte die Tür auf und knipste den Wandschalter an. Licht fiel von oben auf die luxuriöse Treppe – zweifellos das teuerste Stück Zimmermannskunst in der ganzen Ortschaft: achtzehn Stufen aus dickem afrikanischem Zebranoholz, einen Meter zwanzig breit und auf Hochglanz poliert. Das Geländer aus Ebenholz schimmerte wie schwarzes Glas und schwang sich elegant mit der Treppe nach links oben. Die Tapete an den Wänden zeigte üppige Dschungelmotive, ein Muster aus satten grünen Farnen und Palmen über rauchigem Gelb.

Nach eineinhalb Jahren in Maine, als Bobby immer noch gezögert hatte, den Plan einzuleiten, hatte er Zimmerleute aus Bangor engagiert, um die Treppe für sie zu bauen – die Kosten dafür machten fast ein Viertel des ganzen Besitzes aus. Es war die schiere Verschwendung. Schließlich verfügten sie bereits über zwei Treppen im Gebäude: eine hintere Wendeltreppe, die über zwei Stockwerke von der Garage in die Küche ihrer Wohnung führte, und eine weitere vorn (von dem Platz hinter der Theke ins Wohnzimmer). Noels Privattreppe war ihr Preis für Bobbys Zögern gewesen. Nach einem vierzehnstündigen Arbeitstag im Laden – in dem sie sich von der einen Kundin Klagen über ihre Arthritis, von der nächsten die letzten Neuigkeiten über ihr Scheidungsverfahren und von einer anderen die Geschichte ihrer straffällig gewordenen Zwillinge angehört hatte, konnte Noel in ihr Treppenhaus gehen, die Tür hinter sich schließen und eine Welt betreten, in der alles üppig, bequem und still war.

Jetzt war es zu still. Oder nicht still genug. Sie hielt den Atem an und versuchte etwas zu *hören* – was? Atem, der nicht der ihre war, das Knarren einer Diele, das Rascheln eines Ärmels. Aber die einzigen Geräusche waren das Summen der Kühlaggregate hinten im Laden und draußen der prasselnde Regen auf dem Dach. Nur die ständigen Donnerschläge hätten Schritte sein können, hallende, tappende Schritte – eines Untoten.

»Nein!«

Das befahl sie sich laut, und der brüchige Klang ihrer Stimme ließ sie frösteln. *Bobby war tot*. Sie war auf dem Friedhof gewesen und hatte die Spuren und Beweise genau zu der Zeit beseitigt, wo man ihn hätte befreien müssen. Nachdem sie weggegangen war, hätte kein anderer es schaffen können, ihn noch lebendig auszugraben. Und auch bevor sie dort eingetroffen war, hätte niemand Zeit genug dafür gehabt – jedenfalls nicht im Schutze der Dunkelheit.

Bobby war tot.

Sie zog die Treppentür hinter sich zu und drückte den Schließknopf im Türknauf. Dann atmete sie tief durch, ein beruhigender Atemzug, drehte sich um und blickte ihre Luxustreppe an, nahm ihre wilde Üppigkeit genüßlich in sich auf. Langsam stieg sie, die Hand am Geländer, nach oben und war erleichtert, als sie sah, daß die massive Wohnungstür verschlossen war. Ja, sie war allein. *Bobby war tot*. Außer ihr war niemand im Haus. Sie holte den Schlüssel aus der Rocktasche, schloß auf und stieß den Türflügel zurück.

Der Flur war dunkel, so wie er das auch sein sollte.

Sie konnte die Blumen riechen, aber das half nicht, also griff sie um den Türstock herum und knipste den Schalter an, beleuchtete damit den langen Korridor, der das Wohnzimmer rechts von ihr mit dem Arbeitszimmer und der Küche auf der linken Seite verband; und außerdem kroch das Licht auch ein wenig in den kurzen Flur, der vor ihr zum Bad und zum Schlafzimmer führte.

Hier oben klang der Regen auf dem Dach wie das leise Summen von Bienen. Sie schloß die Tür hinter sich, sperrte sie ab und ging dann nach links am Arbeitszimmer vorbei in die Küche. Noch ehe sie die Deckenbeleuchtung anknipste, konnte sie erkennen, daß der Raum noch genauso aussah, wie sie ihn am Morgen verlassen hatte – ihr Saftglas auf dem Abtropfgitter, mit der Öffnung nach unten. Sie vergewisserte sich, daß auch die hintere Tür abgesperrt war. So wie immer.

Im Wohnzimmer, das sie gleich danach aufsuchte, trat sie an das vordere Fenster, ließ die Jalousien herunter und schaltete die Stehlampe ein. Noch einmal vergewisserte sie sich dann, daß die vordere Tür abgesperrt war.

Anschließend ging sie den Flur hinunter in Richtung Schlafzimmer und blieb nur kurz stehen, um das Licht im Badezimmer anzuknipsen und einen Blick hineinzuwerfen. Doch jetzt gewannen Logik und Vernunft wieder die Oberhand in ihr. Sie trat an die Badewanne und drehte den Hahn auf, wählte am Regelknopf heiß. Als Wasser in die Wanne dröhnte, ging sie ins Schlafzimmer und schaltete die Nachttischlampe ein, bevor sie am Fenster die Jalousien herunterzog und dann ihr grünseidenes Nachthemd vom Hocker vor dem Spiegel nahm. Im Spiegel warf sie einen prüfenden Blick auf das Zimmer hinter ihr, auf den Eingang – als hätte sie Angst, daß dort jemand stehen könne.

Ihr war bewußt, daß es die Müdigkeit war, die ihre Phantasie so aufputschte. Sie war erschöpft – und wünschte sich nichts sehnlicher, als in die Badewanne zu steigen und ihre überreizte Phantasie zur Ruhe kommen zu lassen. Entspannung war alles, was sie brauchte.

Sie riß ihr Top herunter und warf es in den Wäschekorb, zupfte die Smaragdstecker von den Ohren, legte sie auf ihren Frisiertisch und zog dann den Reißverschluß ihres Jeansrocks auf und ließ ihn über die Knöchel rutschen.

Dann erinnerte sie sich an ihren Slip – sie hatte ihn auf dem Schreibtisch im Lager liegenlassen. Bonnie True würde ihn am Morgen dort finden, dachte sie. Sie mußte noch einmal hinuntergehen und den Slip holen.

Hastig zog sie die Schublade von Bobbys Kommode auf und fand seine 22er, den Revolver, den er bei der Eröffnung des Superette gekauft hatte. Dann ging sie mit der Waffe in der Hand über den Korridor zurück und öffnete die Tür zum Treppenhaus.

Ihre Nacktheit erzeugte in ihr ein Gefühl der Verletzbarkeit, aber die Pistole in ihrer Hand half. Nicht daß sie in Gefahr wäre, sagte sie sich; es war eher, als würde sie eine Bühnenrolle spielen. Also schaltete sie den Kronleuchter an der Decke ein und zielte mit dem Revolver auf die Treppe vor ihr, den verwirrenden Wirbel aus schwarz-weiß-schwarz und grün-auf-grün. Jetzt ganz in ihrer Rolle aufgehend, sagte sie sich, daß sie auf die erste Bewegung schießen würde. Das Dröhnen des Badewassers hinter ihr verebbte, wurde zu einem

Flüstern, als sie die kühlen Treppenstufen zur Tür hinunterstieg. Sie drehte den Schlüssel im Schloß, stieß die Tür auf.

Ihr Schatten fiel auf eine Wand aus Kartons vor ihr. Ein paar Augenblicke lang stand sie reglos in der Tür, die Waffe vor sich ausgestreckt, den Finger am Abzug – und lauschte. Der Schreibtisch stand hinter den Kartons, und dahinter lauerte der Rest des Lagers in Stille und Finsternis. Zum Teufel mit der Angst, sie hatte eine Waffe. Entschlossen verließ sie das Treppenhaus und ging um die Kartons herum. Als sie vor dem Schreibtisch stand, tastete sie in der Dunkelheit nach der Lampe, fuhr mit der Hand über den Sockel, bis sie den Messingschalter fand, und knipste sie an. Ihr Herz machte einen Satz. Grünes Licht, das ihr ins Gesicht sprang, Schwärze ringsum ...

... ihr Slip war verschwunden.

Eine Gänsehaut kroch ihr über die Arme. Sie hob die Lampe auf, streckte die Waffe vor und drehte sich im Kreis, ließ den Lichtkegel wandern. Sie hoffte, die schwarze Seide auf dem Boden zu sehen – aber ringsum war zuviel Dunkelheit, zuviel Stille. Sie spürte ein beengendes Gefühl, als würde die Welt plötzlich von allen Seiten auf sie eindrängen, war wie versteinert von dem Gedanken, ganz allein hier zu sein, eingezwängt zwischen zwei dunklen Stockwerken, zu denen jeder Zugang hatte. Schnell setzte sie die Lampe auf dem Schreibtisch ab, knipste sie aus und wandte sich, die Waffe krampfhaft umklammernd, wieder der Treppe zu. Als sie dann den Fuß auf die unterste Stufe setzte, preßte sie sich den Lauf des Revolvers an die Stirn, hoffend, der kalte Stahl würde ihr logisches Denkvermögen wieder aktivieren.

Dann fiel ihr die Badewanne ein, und sie rannte die Treppe hinauf in den Korridor; die Treppentür sperrte sie hinter sich ab.

Im Badezimmer ließ die Deckenbeleuchtung den dicken, von der Wanne aufsteigender Dampf wie gelblichen Nebel erscheinen. Mit dem Revolver in der Hand versuchte sie den Dampf beiseite zu wirbeln, während sie sich zur Wanne vorarbeitete und das Wasser abdrehte. Nackt in der Dampfwolke stehend, durchforschte sie dann ihr Gedächtnis und versuchte, sich für jeden Augenblick Rechenschaft abzulegen. Vielleicht hatte sie ihren Slip gar nicht auf dem Schreibtisch liegenlassen. Vielleicht hatte sie ihn auf dem Weg durchs Lager verloren und das einfach in der ganzen Aufregung nicht gemerkt... Andererseits – nach dem, was sie von Bouchard gehört hatte, war alles möglich. Ein dröhnendes Krachen ließ das Haus erzittern – sie fuhr mit der Waffe herum, sah zur Tür... Dann atmete sie auf. Nur der Donner.

Sie gab es auf, ein Bad zu nehmen, ließ die wallenden Dampfschwaden hinter sich, schloß die Tür und ging ins Schlafzimmer. Schlaf, sagte sie sich und zog die Überdecke herunter. Jetzt brauchte sie Schlaf. Den Revolver immer noch fest in der Hand, schloß sie die Tür, zog den Stuhl von ihrem Frisiertisch herüber und stemmte ihn unter die Türklinke. Anschließend balancierte sie eine zierliche, tropfenförmige Parfümflasche so auf der Stuhllehne aus, daß sie herunterfallen mußte, wenn jemand sich an der Tür zu schaffen machte. Zitternd stieg sie ins Bett, schaltete das Licht aus, und legte sich auf die Seite, den Revolver auf die Tür gerichtet.

Detective Shepherd fuhr im prasselnden Regen, der auf dem Dach seines Cherokee wie eine Stampede klang, nach Hause in seine leere Eigentumswohnung in Bangor. Blitze zuckten unaufhörlich durch die Nacht und tauchten die Umrisse der einsamen Häuser und die steinigen Felder entlang der Route 1a in grelles Leuchten. Er griff rechts neben sich und tastete nach dem Heizkissen auf dem Sitz. Es war warm.

Trooper Lemieux hatte er Anweisung gegeben, die Grabstelle nachts zu bewachen, und einen weiteren Trooper hatte er beauftragt, Wickers Bestattungsunternehmen im Auge zu behalten. Die Jungs aus dem Gerichtslabor in Augusta – Percy und Esterbrook – waren in Ellsworth in einem Motelzimmer verschwunden. Murdoch, der Sergeant, hatte den Medien Interviews gegeben und war dann nach Hause gefahren. Bis zu Murdochs Pensionierung waren es noch zwei Jahre hin, und er hatte erklärt, er wolle in diesem Fall eine aktive Rolle übernehmen – was bedeutete, daß er eine gute Presse roch, vielleicht eine Beförderung und eine fettere Pension. Murdoch, na ja …

Shepherd ließ die einzelnen Fakten vor sich Revue passieren. Eine verschwundene Leiche. Ein ermordeter Leichenbestatter, den man in das Grab des verschwundenen Mannes gelegt hatte, mit einer Waffe in der Hand und mit Taucherflaschen. Ein Balsamierwerkzeug, das im Sarg lag …

Die Gedanken des Kriminalbeamten zogen immer größer werdende Kreise: ausgebrannte Taschenlampe im Wald, ein Heizkissen mit leeren Batterien, das an einem Ahornbaum hing – beide mit den gleichen leeren Batterien, Hi-Crown, aus dem Laden des verschwundenen Toten, gleiches Ablaufdatum. Mit neuen

Batterien versehen, strahlte die Taschenlampe hell, und das Heizkissen war recht warm. Er fragte sich nicht, weshalb jemand diese Gegenstände weggeworfen hatte. So früh am Beginn der Ermittlungen konnten voreilige Überlegungen in die Irre führen.

Shepherd, der in seiner Abteilung die größte Zahl gelöster Fälle aufweisen konnte, befaßte sich mit Fakten. Fakt eins: Eine gute Taschenlampe, im Wald gefunden, sechs bis acht Meter vom Grab, Batterien leer. Fakt zwei: ein Heizkissen für Jäger in drei Meter Höhe an einem Ahornzweig hängend entdeckt, drei Meter vom Grab entfernt, Batterien leer.

Wenn man Fakten hatte, brauchte man keine Gründe. Fakten schufen ihre eigenen Gründe. Mit genug Fakten würde der Bezirk, auf dem die Wahrheit zu finden war, sich einengen lassen wie mit den Linien auf der Karte eines Statistikers. Sammelte man genügend Fakten, käme die Wahrheit von selbst zutage.

King's Boarding House war ein weitläufiger dreistöckiger Bau – ursprünglich als Farm gebaut, später als Pflegeheim genutzt und jetzt so etwas wie eine letzte Zuflucht – und lag an einer Straße, die aus dem städtischen Teil von Ellsworth herausführte, aber nicht weit genug von der Ortschaft entfernt war, um vor gelegentlichen Verkehrsstaus sicher zu sein. In den hundert Jahren, die das Gebäude jetzt stand, hatten sich in der unmittelbaren Umgebung einige weitere armselige Gebäude dazugesellt.

Jetzt, im fortgeschrittenen Alter, mit einem Blechdach, das den Regen durchließ, sah das große Haus aus, als würde es in der Nacht weinen. Ein hölzerner Zaun auf der linken Seite grenzte es von der Mietskaserne daneben ab. Auf der Rechten umgab ein Drahtzaun eine aus Formbausteinen errichtete Karosseriewerkstätte, deren Hinterhof mit verrostenden Autowracks vollgepackt war. Ein greller, aus Sicherheitsgründen angebrachter Scheinwerfer auf einer freistehenden Holzstange warf bläuliches Licht auf die knochenweiße Fassade der Pension, erzeugte dort einen seltsamen Kontrast zwischen schroffen Schatten und unangenehmer Helligkeit.

Sal bog in den Parkplatz der Pension ein und lenkte den Wagen nach rechts, so daß er mit der Vorderseite auf den Drahtzaun wies, wo außer ihm nur noch ein Fahrzeug stand. Er trat in den Wolkenbruch hinaus, schnappte sich die Lederjacke vom Beifahrersitz – und spürte plötzlich die Flasche in der Tasche. Noel hatte sie ihm dort hineingesteckt. Er klemmte sich die Jacke unter den Arm, öffnete die hintere Tür, wuchtete seinen Koffer heraus und ging dann auf die Veranda am vorderen Ende des Baus zu.

Die Frau, die schließlich auf sein hartnäckiges Klingeln an die Tür kam, sah aus, als wäre sie um die Achtzig. Sie trug einen Morgenrock und eine gestrickte Schlafmütze, musterte Sal durch die Gittertür, schob die Tür auf und reichte ihm einen Schlüssel. »Einundzwanzig E«, sagte sie. »Rechts hinten. Kommen Sie morgen früh zu mir.«

Er fand die Tür auf der rechten Seite des Gebäudes an der hinteren Ecke, wo der Scheinwerfer der Karosseriewerkstätte nicht hinreichte. Als er die Außentür aufgeschlossen hatte, kam er in ein überheiztes, von einer 100-Watt-Birne in einer antiken Wandfassung beleuchtetes tapeziertes Treppenhaus. Links und rechts von der Treppe gab es zwei weiße Türen, eine mit einem aufgeschraubten eisernen Schild mit der Zahl 11, die andere mit einer 12. Sal stieg die Treppe hinauf und fand oben einen identischen Treppenabsatz mit weißen Türen, die die Nummern 21 und 22 trugen. Er ging die auf die rechte zu, Nummer 21, suchte nach einem Schloß, fand aber keines. Als er den glänzenden schwarzen Türknopf drehte, öffnete sich die Tür.

Es war ein Kitchenette-Apartment mit einer Bettcouch an der rechten Wand, daneben ein niedriges Tischchen mit einer Lampe. Sal trat ein, fand den Schalter, knipste ihn an und erfüllte den Raum mit Licht. Jetzt entdeckte er auf dem Tischchen neben der Lampe auch noch ein schwarzes Telefon und eine Bibel. In der Zimmerecke stand ein heller Holztisch mit einem Stuhl. Zu beiden Seiten der Couch gab es je ein Fenster, beide zwei Handbreit weit geöffnet und mit verstellbaren Fliegengittern versehen, die aber offensichtlich nicht genug Luft hereinließen. In der stickigen Hitze roch es, als ob der Verputz ein ganzes Jahrhundert lang Pisse, Schweiß und medizinische Dämpfe in sich aufgesogen hätte.

An der linken Wand befand sich eine einfache offene Garderobe aus billigem Birkenholz, die offensichtlich als Kleiderschrank diente, mit einer Stange und einem Brett darüber, daneben eine weiße Kommode mit drei Schubladen. Einen Fernseher gab es in dem Raum nicht, auch kein Radio. An der Wand über der Couch hing ein gerahmtes Bild – ein Segelschiff in sturmgepeitschter See. Auf der Wandseite gegenüber der Couch gab es zwei Türen: die rechte führte in die winzige Küche, die linke in ein kleines Badezimmer.

Sal schloß die Tür hinter sich und tastete nach einem Schloß, fand aber keines. Er trug Koffer und Jacke zu der Kommode, ging dann ins Bad und urinierte, bevor er seine nassen Kleider abstreifte und sie über zwei Haken an der Tür hängte. Wie er so nackt dastand, mit Schokolade und Schweiß verklebt, konnte er Noel riechen, und das ließ sein Herz schneller schlagen. Gleichzeitig wuchs in ihm ein schreckliches Sehnen nach Iris und nach Davey. Bilder bauten sich auf: Der Tisch mit den Zigarettenbrandspuren; Davey, wie sie am Piano übte; Iris, wie sie auf der Couch in Kissen eingekuschelt studierte ...

Er trat in die Dusche und drehte das heiße Wasser auf, so als versuchte er, Noels Geruch abzuwaschen. Als er sich abgetrocknet hatte, ging er in den Wohnraum zurück und ertappte sich plötzlich vor der Kommode, wie er Bobbys Jacke aufhob und in die Tasche griff.

Sally, wem vertraust du?

Er zog die Flasche heraus und sah auf das Etikett mit dem orangeroten Rand. Sie hatte sie ihm also doch in die Tasche gesteckt. Er dachte an Eliot Wicker – ermordet. Bobbys Leiche – gestohlen. Noch nervöser geworden, wünschte er sich einen Fernseher oder ein Buch, um sich abzulenken.

Er ging zur Couch hinüber und setzte sich, stand aber gleich wieder auf und hob die Couch vorn an, bis sich der von einer dünnen leinenbezogenen Matratze bedeckte Metallrahmen auseinanderklappen ließ. Auch eine dünne Wolldecke war bereits über das Bett gespannt. Als ob er schlafen könnte. Für ihn gab es jetzt nichts Wichtigeres, als mit Iris zu reden. Alles war so schnell passiert. Er setzte sich auf das Bett, nahm den Hörer vom Telefon, legte dann wieder auf und ging zur Kommode zurück. Dort schraubte er die Flasche auf und malte sich aus, wie ihm der Wodka durch den durchsichtigen Flaschenhals in den Mund floß. Aber statt zu trinken, trug er die Flasche ans Fenster und schob die untere Fensterhälfte nach oben. Der Rahmen mit dem Gitter fiel heraus und blieb auf dem Boden liegen. Er hielt die Flasche zum Fenster hinaus und warf sie in weitem Bogen von sich; kurz darauf hörte er sie auf dem Schrottplatz der Karosseriewerkstätte zerschellen.

Dann griff er hinter sich nach der Bibel auf dem Nachttisch. GESPENDET VON DEN GIDEONS stand darauf. Er wandte sich wieder dem Fenster zu und warf das Buch der Flasche hinterher, hörte die frommen Seiten flattern. Dem gleichen Impuls folgend, griff er sich das Telefon, drehte sich um und warf es in die Nacht hinaus, aber die Schnur klatschte gegen den Fenstersims, und dann hörte er das Telefon unten gegen die Hauswand prallen.

Er zog das Fenster über der Telefonschnur zu. Dann stand er da, erhitzt und angespannt, fuhr sich mit den Händen durch das vom Duschen noch feuchte Haar, atmete tief ein und langsam wieder aus. Es galt jetzt, dem Sturm zu trotzen. Morgen früh würde er sich eine Zeitung kaufen und sich nach einem Job und einer Wohnung umsehen. Er ging zur Kommode zurück, ließ die Kofferschlüssel aufschnappen und wollte seine Kleider in den Schubladen verstauen. Aber etwas …

Zuerst verwirrte es ihn, weich und schwarz und schlangenhaft, wie es über seinen Unterhosen drapiert dalag. Er nahm das Ding an einem Ende und hob es an: ein zartes, langes Spitzengewebe – ein schwarzer Seidenhandschuh. Sich darüber beugend, roch er daran. Noel.

Er erinnerte sich an die Begräbnisfeier, das schwarze Spitzengewebe an ihrem Arm. Aber wie war der Handschuh in seinen Koffer gekommen …? Er hob ihn hoch, bis er leichten Widerstand spürte; und dann sah er, daß die Finger im Hosenlatz einer Unterhose steckten. Zuerst dachte er, Noel hätte den Handschuh dort hineingetan, so, wie sie ihm die Flasche zugesteckt hatte – aber dann wurde ihm bewußt, daß das gar nicht möglich war. Er hatte den Koffer zu Hause gepackt und ihn im Wagen gelassen, als er bei ihr oben gewesen war. Vorsichtig zog er den Handschuh aus der Unterhose, zu benommen, um klar denken zu können. Als ihm erneut der Geruch ihres Parfüms in die Nase stieg, gab er es ganz auf, sich darüber den Kopf zu zerbrechen. Er nahm den Handschuh, knipste die Lampe aus und legte sich dann hin, ohne sich zuzudecken. Im Dunkeln preßte er den Handschuh auf seine Brust und lauschte dem Trommeln des Regens auf dem Dach, dem fernen, langsam schwächer werdenden Donner. Unfähig, jene brutale, nagende Leere abzuschütteln, schwelgte er doch die ganze Zeit in ihrem Duft.

Eliot Wicker war das erste Mordopfer in Gravity seit vierzig Jahren, und das trug ihm nicht nur einen Platz auf der Titelseite des *Ellsworth American* und jeder anderen Zeitung im ganzen Staat Maine ein, sondern machte ihn auch zum Hauptthema der Morgennachrichten.

Kaum daß das Superette seine Türen geöffnet hatte, füllte sich der Laden mit dem Zigarettenrauch und den lauten Stimmen der Männer, deren Zahl anstieg und abnahm wie die Gezeiten und die alle über Wickers

Tod, Bobbys Verschwinden und die Polizeirecherchen in der Stadt konferierten.

Sal saß an der Theke ziemlich weit unten und beschäftigte sich mit seiner dritten Tasse schwarzem Kaffee. Er trug sein übliches braunes Kordjackett über einem schwarzen Sweatshirt und hob sich damit etwas von den Stammgästen ab, aber das war schon immer so gewesen. Ansonsten saß er an seinem üblichen Platz und studierte die Leute, die kamen und gingen. Dabei hielt er nach einem verräterischen Blick Ausschau, der ihm vielleicht einen Hinweis geben würde, wer sich Zugang zu seinem Wagen verschafft und den Handschuh in seinen Koffer geschmuggelt hatte.

Zeitungsjournalisten und Nachrichtenteams von zwei Fernsehstationen aus Bangor waren dagewesen und wieder gegangen, seit der Laden offen war, hatten mit Bonnie True gesprochen, nach Noel gefragt und jeden interviewt, der mit ihnen reden wollte. In regelmäßigen Abständen kamen Fotografen vorbei, um vor dem Superette Aufnahmen zu machen und Fragen zu stellen oder sich den Weg zum Friedhof oder zu Eliot Wickers Bestattungsunternehmen erklären zu lassen.

Kriminalbeamte hatten bereits von einer Anzahl Leuten Aussagen aufgenommen – von Wickers Nachbarn und Geschäftspartnern und allen, die am Nachmittag, wenn Wicker seinen Tee zu trinken pflegte, regelmäßig die Eßtheke im Superette frequentierten. Schon um neun Uhr vormittags kursierten in Gravity die wildesten Gerüchte, wenn auch nicht alle darüber glücklich waren.

»Allmächtiger Herrgott«, beklagte sich Arthur Button, der den Spitznamen Belly trug und unter dessen hundertvierzig Kilogramm Lebendgewicht der Barhocker zusammenzubrechen drohte. »Bloß weil man der Nachbar von jemand ist, heißt das doch nicht, daß man ihn umbringen will.«

»Mach dir nichts draus«, sagte Jerry Royal, der gerade stolpernd den Laden betreten hatte, »ich bin sogar meinen Job los.«

Einige Augenpaare richteten sich auf Jerry, der an diesem Vormittag mit einer grünen Jerseyhose und einem blaugestreiften Hemd mit breitem weißem Kragen, beides übriggebliebene Teile von Freizeitanzügen, besonders schick wirkte. Zu allem Überfluß war sein Haar, das normalerweise an einen Tierpelz erinnerte, bis zu den Augenbrauen heruntergekämmt. Er bedeutete Bonnie mit einem leichten Kopfnicken, daß sie ihm seinen Kaffee bringen solle.

»Anscheinend will Mr. Royal heute tanzen gehen«, sagte Belly zu ihm. Die beiden Männer konnten sich seit der dritten Klasse nicht ausstehen und ließen sich keine Gelegenheit entgehen, den anderen auf die Schippe zu nehmen.

»Mir hat man gerade den dritten Grad verpaßt, sonst gar nichts, und ich habe mit fliegenden Fahnen bestanden«, erwiderte Jerry. »Jetzt haben sie sich den Alten vorgenommen.« Während er auf seinen Kaffee wartete, rieb Jerry mit dem Ärmel die Theke sauber. Dann entdeckte er Sal und zwinkerte ihm zu. »Da ist er ja«, sagte er, sichtlich aus einem Gefühl der Verbundenheit heraus mit jedem, der Probleme hatte.

Sal schob seine leere Kaffeetasse weg und erhaschte dabei Bonnies Blick. Vielleicht würde das Koffein ihn gegen die Versuchung stärken, sich eine Flasche zu schnappen und auf sein Zimmer zurückzukehren, dachte er. Aber eigentlich hatte er eine Menge zu tun.

Zuallererst wollte er sich Bobbys Motorrad holen, nach Augusta zu fahren und dort sein Konto bei der Lehrerpensionskasse auflösen; nach letzten Informationen hatten sich dort etwa achtzehntausend Dollar angesammelt. Falls es eine Karenzzeit gab, würde er sich mit seiner Visakarte einen Vorschuß holen. Einen Teil davon würde er als Taschengeld und als Reserve für die Zeit der Jobsuche behalten – und den Löwenanteil Iris geben.

»Motiv, Mittel und Gelegenheit«, sagte der Mann neben ihm. Sal hatte ihn bisher noch nie gesehen; ein Handelsvertreter, nach Hemd, Krawatte und Figur zu schließen. Der Typ war korpulent und wirkte irgendwie schmuddelig. Während er aß, schrieb er in eine Kladde, wobei er sich mit beiden Ellbogen auf die Theke lümmelte. »Ein tüchtiger Detective würde diesen Fall in einem Tag lösen«, fügte er mit vollem Mund hinzu. Dann drehte er sich zu Sal herum und fügte etwas leiser hinzu: »Haben Sie die *Frau* schon gesehen?«

»Sie sitzt mit dem Mann von der Versicherung hinten«, antwortete Belly.

»Das ist aber eine Überraschung«, murmelte der Handelsvertreter, an Sal gewandt.

Sal sah den Mann an und merkte dann, daß Alston Bouchard an der Tür stand. Der Constable schaute schnell weg, so als ob er Sal beobachtet hätte. Sal erinnerte sich an Bouchards Besuch in der vergangenen Nacht und fragte sich, ob vielleicht Bouchard den Handschuh Noels in seinen Koffer geschmuggelt hatte.

»Yeah, also ich habe da eine andere Theorie«, begann Belly Button, aber niemand achtete auf ihn, bis er die Stimme senkte und verstohlen zur Tür des Lagerraums hinüberschielte. »Ihr habt Bobby ja alle gekannt«, sagte er. »Was wäre denn, wenn... das ist natürlich eine reine Vermutung – aber was wäre denn, wenn Bobby überhaupt nicht tot gewesen ist? Wenn das Ganze nur ein raffinierter Trick war?«

Die Männer an der Theke starrten Belly an.

»Oh, ich mal' mir gerade aus«, sagte Jerry Royal, der sich keine Gelegenheit entgehen ließ, Button zu ärgern, »wie zum Teufel du es eigentlich schaffst, deinen dicken, fetten Kopf so weit in deinen Arsch reinzukriegen.« Die anderen lachten.

»Lacht nur«, sagte Belly. »Wir sprechen hier von Bobby Swift. Zutrauen würd' ich's dem.«

Hinter der Fleischtheke öffnete sich die Tür zum Lagerraum, und Noel kam herein. Ein weißhaariger Mann, schmächtig und gut gekleidet, folgte ihr in den Laden. Sie ging ihm mit schnellen Schritten voraus, als versuchte sie, ihm zu entkommen. »Wir wollen Ihnen in Ihrem Leid ganz bestimmt nicht auch noch Schwierigkeiten bereiten, das wollen wir ganz bestimmt nicht«, sagte der Mann.

Als sie an der Eßtheke vorbei zur Tür voranging, öffnete Detective Shepherd die Eingangstür von der anderen Seite. »Rufen Sie also einfach an, sobald Sie etwas hören«, sagte der Mann von der Versicherung. »In Ordnung so?«

Noel gab keine Antwort, sondern wandte sich Shepherd zu, worauf der weißhaarige Mann sich etwas verlegen zum Gehen wandte. Shepherd ließ ihn vorbei.

»Sie müssen Mrs. Swift sein«, sagte er. Das mitfühlende Lächeln des Detective gefror bei dem Blick, mit dem sie ihn ansah. Was er nicht erkannte – was die meisten Männer nicht erkannten –, war die Tatsache, daß Noel Swift viele Männer so ansah. Gleichgültig ob sie fett, glatzköpfig, arrogant, schüchtern, zu jung, zu alt, zu intelligent, zu dumm, reich oder nicht so reich waren – sie badete sie förmlich in ihrem Blick, vom Kopf bis zu den Zehen und wieder zurück. Für die meisten Männer war das ein so aufwühlendes Gefühl, wie sie es seit ihrem fünfundzwanzigsten Lebensjahr nicht mehr empfunden hatten.

»Fragen Sie nur«, empfahl Jerry dem Detective. »Jetzt haben Sie die halbe Stadt hier versammelt. Vielleicht haben Sie Glück.«

Shepherd ignorierte ihn.

»Irgendwelche Hinweise, Detective?« fragte Belly Button.

»Im Augenblick sind wir noch mit dem Sammeln von Fakten beschäftigt.« Shepherd ließ den Blick abschätzend durch den ganzen Raum wandern und sah dabei auch Sal kurz an. »Können wir irgendwo ungestört reden?« fragte er Noel.

Sie führte ihn wortlos zwischen der Theke und der Schokoladenvitrine durch und öffnete die Tür zur vorderen Treppe. Dort ließ sie ihm den Vortritt, sah sich dann um und folgte ihm. Es war ein flüchtiger Blick, den niemand außer Sal bemerkt hatte – aber er traf ins Ziel. Er rutschte von seinem Hocker und zog zwei Dollar aus der Tasche.

»Wenn Sie hier sind, um das Motorrad zu holen«, sagte Bonnie zu ihm und deutete dann mit einem Kopfnicken auf die Lagertür, »dann gehen Sie nur nach hinten, Sie wissen ja, wo die Maschine steht.«

Sal warf die Geldscheine auf die Theke. Als er sich umwandte, stellte er fest, daß Alston Bouchard ihn wieder beobachtete.

Ehe Noel die Tür zu ihrer Wohnung aufgeschlossen hatte, fing der Detective schon bewußt locker mit seiner Befragung an. »Da unten riecht's nach gutem Kaffee. Wie ich gehört habe, war Eliot Wicker bei Ihnen Stammgast?«

»Davon habe ich fünf oder sechs«, antwortete sie, stieß die Tür auf und ließ ihn eintreten. Shepherd kniff die Augen zusammen, von der grellen Morgensonne geblendet, die durch die vorderen Fenster auf den üppigen grünen Dschungel im Raum fiel.

Noel stand mit vor der Brust verschränkten Armen hinter Shepherd. Soviel sie auch zu verbergen hatte, so erleichterte es sie doch irgendwie, den Detective hier oben bei sich zu haben.

»Das dauert nur eine Minute«, sagte er. »Ich muß nur ein paar Fakten prüfen.« Er deutete auf die Couch und sagte: »Darf ich?« Sie nickte, und er ging hinüber, setzte sich und stellte seinen Computer neben eine Glasvase mit roten Tulpen auf den Couchtisch.

Umständlich holte er ein kleines Foto in einer Plastikhülle aus der Tasche und hielt es ihr hin. »Haben Sie diesen Mann je in Ihrem Geschäft gesehen?« fragte er. Sie ging zu ihm hinüber und nahm das Bild, das einen völlig nichtssagenden Mann zeigte.

»Wer ist das?« fragte sie.

Shepherd lächelte freundlich. »Ich hatte eigentlich gehofft, Sie würden mir das sagen können.«

Sie gab ihm das Foto zurück. »Detective Shepherd, verdächtigen Sie mich, Eliot Wicker ermordet zu haben?«

Er runzelte die Stirn. »Warum fragen Sie das?« erkundigte er sich, nahm die Plastikhülle an der Kante und steckte sie wieder ein.

»Sie haben gerade meine Fingerabdrücke genommen.« Ihre Augen musterten ihn, ohne seinem Blick auszuweichen.

Shepherd zuckte zusammen. Er hatte ein ausdrucksvolles Gesicht und wußte es einzusetzen. Jetzt holte er Luft, wie um etwas zu sagen, hielt dann aber inne, als Noel sich von ihm abwandte, ans Fenster ging und sich an den Vorhängen zu schaffen machte.

Sich auf der Couch halb herumdrehend, sah er sie an. »Ich möchte keine Unklarheiten aufkommen lassen«, begann er. »Wir verdächtigen nie jemanden, bis wir genügend belastende Fakten gesammelt und analysiert haben. Andererseits dürfen wir natürlich keine Möglichkeit ausschließen: Sie, Ihre Kunden, sogar Ihren eigenen Dorfpolizisten ...«

»Er verdächtigt mich.«

Shepherd lächelte. »Für den Anfänger kann es schwierig sein, erste Hinweise zu vergessen.«

»Ist das ein Computer?« fragte sie.

Shepherd klappte den Deckel auf, und der Bildschirm wurde hell. Er schlug ein paar Tasten an. »Das ist ein einfaches Programm, ich habe es selbst geschrieben. Ich gebe Informationen ein, und das Programm stellt Querverbindungen her. Wenn ich einen Namen überprüfen möchte oder ein Wort – wie zum Beispiel ›Batterien‹« – er gab das Wort ein – »bereits zwei Querverweise.« Schnell blickte er zu ihr auf.

Sie sah ihm direkt in die Augen. »Es ist also ein Computer«, wiederholte sie.

Wieder lächelte er.

Er war ledig, das erkannte sie an seinem sorgfältig gestutzten dunklen Schnurrbart – ein wenig zu sehr auf sein Aussehen bedacht. In jüngeren Jahren hatte er wahrscheinlich jedes mannstolle Mädchen ins Bett bekommen und auch einige, die gar nicht so mannstoll waren. Aber etwas an seinem Gesicht verriet ihr, daß sein Selbstvertrauen angeknackst war. Sie wandte sich wieder von ihm ab und sah zum Fenster hinaus auf den Parkplatz vor ihrem Laden.

»Mrs. Swift, erinnern Sie sich, ob Eliot Wicker Sie in der Nacht, in der er ermordet wurde, angerufen hat? Ich meine, wenn wir schon von ersten Hinweisen sprechen.«

Noel seufzte und antwortete, ohne sich ihm zuzuwenden. »Mr. Wicker hat mich nicht angerufen, ganz im Gegensatz zur Meinung unseres Ortspolizisten.«

»Ich gebe hier ›nein‹ ein, und, ich wiederhole das, Mr. Bouchard hat mit diesen Ermittlungen überhaupt nichts zu tun. Waren Sie, soweit Sie sich erinnern können, in jener Nacht zu Hause?«

»Ja.«

»War jemand bei Ihnen, der das bestätigen könnte?«

Sie fuhr zu ihm herum, seitlich von der Sonne gestreift. Shepherd nickte zerknirscht. »Entschuldigung«, sagte er. »Meine Zunge ist manchmal schneller als mein Verstand.«

Er war in jüngster Zeit verletzt worden, vermutete Noel, wahrscheinlich von einer Frau, die über ihn hinausgewachsen war.

»Gibt es jemanden, der etwas gegen Ihren Mann hatte, jemanden, der ihn vielleicht demütigen wollte?«

Noel schüttelte den Kopf. Auf einem Tischchen vor dem Fenster stand neben einer Vase mit Gladiolen ein zehn mal fünfzehn Zentimeter großes Foto in einem schlichten Silberrahmen. Sie nahm das Bild und reichte es Shepherd.

»Alle hatten Bobby gern«, sagte sie. »Das ist er, der rechte von den beiden.«

Shepherd musterte das Foto, ein Bild von Bobby und Sal neben einem umgekippten hölzernen Kanu. Die beiden Männer standen Arm in Arm da.

»Brüder?« fragte Shephard.

»Hm? Nein, das ist Bobbys bester Freund, Sal Erickson. Sal wohnt hier im Dorf.«

»Er saß an der Theke unten, als ich hereinkam?«

»Mhm.«

Shepherd warf erneut einen Blick auf das Bild und schüttelte dann betrübt den Kopf. »So jung. Wie alt war Bobby?«

»Dreiunddreißig.«

»Wenn es Ihnen nichts ausmacht, würde ich mir das Foto gern ausleihen. Es könnte uns helfen, Ihren Mann zu identifizieren ... falls die Leiche auftaucht.«

Noel sagte nichts.

Shepherd legte den Rahmen neben den Computer, zögerte einen Augenblick und fuhr dann fort: »Ich muß die Frage stellen, entschuldigen Sie bitte: Gab's da irgendwelche Seitensprünge – Sie oder er? Ich stelle diese Frage, weil es ja jemanden geben könnte, der ihn in Verlegenheit bringen will.«

Noel schüttelte den Kopf.

»Und wie ist es mit Eliot Wicker – hatte er Ihres Wissens Feinde?«

Sie zuckte die Schultern. »Einen mindestens.« Sich wieder dem Fenster zuwendend, blickte sie auf den Parkplatz hinunter, wo Alston Bouchard noch immer mit dem Mann von der Versicherung redete.

»Ihr Versicherungsagent?«

Noel drehte sich um. Shepherds Schnurrbart sträubte sich. »Wir begegnen uns gelegentlich. Er ist vermutlich hergekommen, um Ihnen zu sagen, daß seine Gesellschaft die Zahlung zurückhält, bis der Fall gelöst ist.«

»Das ist richtig.«

Wieder lächelte Shepherd ihr mitfühlend zu. »Versicherungsgesellschaften sind etwas Großartiges – in der Theorie.«

Sie beobachtete ihn sorgfältig. Die Arbeit war für ihn sein ein und alles, schloß sie. Der Mann war gefährlich.

»Weil wir schon bei dem Thema sind: Wissen Sie aus dem Stegreif, wieviel Bobbys Police wert ist? Ich bedaure, diese Frage stellen zu müssen, aber in solchen Fällen ist das notwendig.«

Noel wandte sich wieder dem Fenster zu. »In solchen Fällen?«

»Ich frage ungern.«

Unten auf dem Parkplatz fuhr der Mann von der Versicherung jetzt weg, und Bouchard sah zum Fenster hinauf. »Fünfundzwanzigtausend Dollar«, sagte sie und wandte sich Shepherd wieder zu.

Eine Minute verstrich, was die Überraschung des Detective verriet. Er tippte die Zahl in seinen Computer ein und sagte: »Das ist nicht sehr viel.«

»Nicht genug für einen Mord«, antwortete sie und sah ihm direkt in die Augen.

Sie hielten alles auf Videoband fest. Während Shepherd sich die Küche vornahm und ein Faktum nach dem anderen in seinen Computer eingab, nahmen die Detectives und Labortechniker aus Augusta jeden Millimeter von Eliot Wickers Haus und Geschäft unter die Lupe. Mit Puder und Spezialpapier bestäubten sie Türknöpfe, Schubladengriffe und Werkzeuge. Mit Laserlicht und Luminol nahmen sie sich die oberen Stockwerke und seine Utensilien vor und suchten nach frischem Blut von Wickers Blutgruppe. Dabei gingen sie von der Überlegung aus, daß Wicker möglicherweise zu Hause von jemandem ermordet worden war, den er gekannt und der ihn dann später auf den Friedhof gebracht hatte.

Aber das sprach keiner aus, wenigstens nicht Shepherd gegenüber. Sie waren hier, um Fakten zu sammeln, nicht um Mutmaßungen anzustellen. Fakten: der herausgerissene Draht im Schalter, die Taucherflaschen, die auf Wickers Rücken geschnallt waren, die Taschenlampe und das Heizkissen, die leeren Batterien. Jedes einzelne Beweisstück wurde etikettiert und in einer Schachtel in dem fahrbaren Labor verwahrt, auch die Plastikhülle, die Noel in der Hand gehalten hatte, und ähnliche Hüllen mit den Fingerabdrücken aller anderen Leute, die von Shepherd bisher befragt worden waren.

Der Detective sah sich im Kühlschrank, in den Schränken und in der Spülmaschine um – und dort fand er etwas Verblüffendes: zwei Champagnergläser nebeneinander. Er holte sie mit seinem Taschentuch heraus, wobei er sich daran erinnerte, im Kühlschrank eine angebrochene Flasche Champagner gesehen zu haben; er nahm sie vorsichtig heraus, entfernte den Schnappverschluß, um den Kohlensäuregehalt zu prüfen, und schnüffelte am Flaschenhals.

In dem Augenblick kam Sergeant Murdoch mit einer Zigarette in der Hand aus dem Eßzimmer herein. »Damit würde ich an Ihrer Stelle bis nach Dienstschluß warten«, sagte er.

»Wicker hat allein gelebt«, antwortete Shepherd. »Zwei Champagnergläser, das deutet darauf hin, daß er Besuch hatte.«

Murdoch prustete geringschätzig. »Sie sind der Boß.« Er fuhr mit dem Handrücken über vier schwarze Kleidungsstücke, die an der Wand hingen. »Schick, diese Leichenbestatter«, sagte er und stupste eine dunkle Mütze an.

Das einzige, was noch schlimmer war, als den Sergeant dabeizuhaben, wenn man Ermittlungen anzustellen hatte, war, jeden zweiten Tag die Woche als sein Untergebener zu arbeiten. Nach zwanzig Jahren Dienst in der Polizeitruppe von Chicago war Murdoch 1975, nachdem man ihn zum zweitenmal wegen Gewaltanwendung im Amt suspendiert hatte, in Frühpension gegangen und nach Maine gezogen, wo man ihn wegen seiner reichen Erfahrung als Sergeant engagiert hatte. Seit diesem Tag gab es in der ganzen Mordkommission keinen einzigen Detective, der sich nicht den Tag herbeisehnte, an dem Sergeant Murdoch sich seine zweite Pensionierung verdient hatte.

»Ich möchte an diesem Fall aktiv mitarbeiten«, hatte er zu Shepherd gesagt. »Aber ich werde mich nicht einmischen. Sie haben die Leitung. Sie erteilen die Anweisungen, und ich tue, was man mir sagt.«

Seitdem sie hier waren, hatte Murdoch ständig an Shepherd herumgemeckert, hatte die Labortechniker kritisiert und ganz allgemein die Ermittlungen behindert.

»Wenn Sie mich fragen, vergeuden wir hier nur unsere Zeit«, sagte er jetzt zu dem Detective und warf seine Zigarette in den Ausguß. »Wir sollten die Dorfbewohner befragen und jenes wenig bekannte Wahrheitsserum einsetzen, das man Adrenalin nennt.«

Während Shepherd ein Etikett beschriftete und die Champagnergläser in einer Schachtel verwahrte, ging die Kellertür auf, und Alston Bouchard kam in Begleitung Percys, des Fingerabdruckspezialisten, von unten herauf. Der Constable hielt eine Einkaufstüte in der Hand.

»Grizzly Adams«, murmelte Murdoch laut genug, daß Bouchard es hören konnte.

Der Polizist ging vor den Augen der beiden Detectives an die Frühstückstheke und kippte den Inhalt seiner Einkaufstüte darauf; eine Dose Sprucewood Brewery Ale kam auf dem Kopf stehend zum Vorschein.

»Guten Morgen, Constable«, sagte Shepherd. »Ich sehe, Sie haben hier eine Dose Bier.«

»Die kommt von ganz hinten aus dem Kühlschrank im Superette«, erklärte Bouchard. »Mich würde interessieren, ob die Fingerabdrücke darauf die gleichen sind wie die auf den Batterien oder den Taucherflaschen.«

Murdoch verschränkte die Arme vor der Brust und blickte ins Leere. »Wieder mal der Ortsgendarm, der uns schon am Tatort so nützlich war.«

Bouchard sagte: »Bobby Swift hat den Getränkekühlschrank gefüllt, und Sprucewood verkauft sich nicht so schnell. Die Dosen ganz hinten sollten daher noch seine Abdrücke tragen.«

Shepherd nahm seinen Kugelschreiber und zog die Bierdose zu sich heran. »Bobby Swifts Fingerabdrücke? Was vermuten Sie denn, Constable?«

Ehe Bouchard darauf antworten konnte – falls er das überhaupt vorhatte –, kam ein weiterer Labortechniker,

Esterbrook, aus dem Flur herein. Er war groß und gebeugt und mit einer Laborjacke bekleidet. In beiden Händen, die in Latexhandschuhen steckten, hielt er eine schlanke grüne Stahlflasche. »Das lag unter dem Bett«, sagte er und hielt die Flasche dabei so vorsichtig, als wäre sie ein Säugling.

»Grün ist Sauerstoff«, sagte Percy. »Wahrscheinlich hat er irgendwelche Schweißarbeiten gemacht.«

»Yeah, genau, und zwar unter dem Bett«, antwortete Murdoch.

»Die Flasche ist voll. Nagelneu«, sagte Esterbrook unsicher.

»Irgendwelche Markierungen?« wollte Shepherd wissen. »Firmenname?« Percy schüttelte den Kopf.

»Sehen Sie nach, ob er unten Schweißgeräte hat.«

»Er war doch kein ...« begann Bouchard und wedelte mit seiner dicken Hand hin und her, »... kein Schweißer.«

»Ich habe auch keine Schweißbrenner oder dergleichen gesehen«, erklärte Esterbrook. »Wir haben uns überall umgeschaut.«

»Die Flasche lag unter seinem Bett?« fragte Murdoch verblüfft. »Wer schweißt denn in seinem Schlafzimmer? Herrgott noch mal, ihr Jungs vom Lande – er ist darauf abgefahren! Denkt doch nach.«

An jenem ersten Tag legte Sal beinahe fünfhundert Kilometer auf Bobbys Harley zurück. Er fuhr auf der Staatsstraße 3 nach Augusta, dann auf der 95 hinauf nach Bangor, hinüber nach Ellsworth und schließlich zurück nach Gravity. Es war eine herrliche Maschine, eine 1984 FXRT, ein Motorrad, das das Herz eines jeden echten Mannes höherschlagen ließ. In Anbetracht seiner Unerfahrenheit und der vielen Schlaglöcher auf den Landstraßen fuhr Sal das erste Stück nach Augusta ziemlich langsam. Als er dann aber wieder auf der Fernstraße war, erzielte er einen Schnitt von hundertfünfzig Stundenkilometer und überholte jeden Wagen, den er vor sich sah. Bei dieser Geschwindigkeit wurde sein Gesicht vom Luftzug taub, aber Bobbys dicke Lederjacke sorgte dafür, daß sein Körper warm blieb. Er trug eine Sonnenbrille, aber eher wegen der Insekten als wegen der grellen Sonne. Wie er so über die mit Tannen und Birken spärlich bewachsene Ebene raste, den ersten Mücken der Saison und der herrlichen Frühlingsluft ausgesetzt, fühlte er sich zum erstenmal seit Tagen wieder energiegeladen und für den Augenblick sogar von seiner Wodkasehnsucht befreit.

Am späten Nachmittag kehrte er zurück und fuhr langsam durch das Dorf, am Laden und am Feuerwehrhaus vorbei weiter zur Klinik in einer ehemaligen Baptistenkirche.

Iris, die mit einem dunkelblauen Pullover über der Uniform hinter der verglasten Empfangstheke stand, blickte erst auf, als Sal den Wartesaal bereits halb durchquert hatte, und dann sah sie länger hin, als sie das vorgehabt hatte. Auch andere Leute im Warteraum schienen interessiert. Sal trug nicht sein übliches Kordsakko, sondern eine Lederjacke, und statt seiner Kordhose war er mit schwarzen Jeans und schwarzen, festen Stiefeln bekleidet. Sein Haar war von der Fahrt zerzaust, sein Gesicht dunkel und vom Wind gerötet. Er nahm die Sonnenbrille erst ab, als er vor dem Schalterfenster stand.

»Ich hatte gedacht, es würde dir nicht recht sein,

wenn ich ins Haus komme«, sagte er, bemüht, leise zu sprechen. »Ich habe dir etwas mitgebracht.«

»Sal, müssen wir das hier erledigen?« erwiderte sie. Ihre Stimme klang so neutral und beiläufig wie nur möglich.

»Es war das Librium«, erklärte er ihr ebenso beiläufig. »Ich hätte neulich nachts nie auch nur einen Schluck getrunken, wenn das nicht gewesen wäre.«

Iris blickte an ihm vorbei. »Eleanor?« sagte sie lächelnd, worauf sich eine ältere Frau im Wartesaal erhob. »Durch diese Tür dort, bitte. Dr. Moody kann Sie jetzt empfangen.«

Nachdem die Frau hinausgegangen war, sah sie Sal wieder an. Ihr Lächeln war jetzt verschwunden.

»Du willst mir also keine Chance mehr geben?« sagte er.

»Sal, ich habe dir gesagt, was ich will«, erwiderte sie halblaut.

»Du möchtest, daß ich gehe?«

Sie gab keine Antwort.

»Okay«, sagte er, zog einen zusammengefalteten Bankscheck aus der Tasche und schob ihn durch die Öffnung. »Das sind sechzehntausend Dollar, meine Pension minus zweitausend für mich, bis ich einen Job gefunden habe.«

Der Scheck blieb unberührt zwischen ihnen beiden liegen.

»Nimm ihn. Ich habe mich bei der Lehrervermittlung gemeldet. Die schicken mir eine Liste mit freien Stellen.«

Sie seufzte, bemühte sich, leise zu sprechen. »Wir können am Sonntag darüber reden, wenn du kommst, um deine Sachen abzuholen.« Das Telefon klingelte, verstummte aber gleich wieder, und kurz darauf öffnete eine junge Frau in einer weißen Bluse und einem blauen Karorock hinter Iris eine Tür. »Mrs. Potter möchte wissen, wie es mit ihrer Mammographie aussieht«, sagte sie.

»Das Labor hat noch nicht angerufen«, entgegnete Iris. »Ich frage in ein paar Minuten nach und sage ihr dann Bescheid.« Sie wandte sich wieder Sal zu, ihr Gesichtsausdruck blieb dabei unverändert.

Er sah sie durch das Glas an. »Iris, ich trinke nicht mehr«, sagte er. »Ich bin drüber weg.«

Wie sie ihn ansah, wie sie seufzte. Zuerst schaute sie sich um, dann wandte sie sich ihm wieder zu. »Sal, ich war heute morgen auf dem Gericht in Ellsworth und habe mir die entsprechenden Formulare für den Vorgang besorgt.«

Das Wort »Scheidung« vermied sie, aber es versetzte ihm trotzdem einen Stich. Er stand da und nickte und wußte, daß er jetzt eigentlich gehen sollte, als er hörte, wie sich die Tür hinter ihm öffnete. Iris Augen leuchteten plötzlich auf. Er drehte sich verwirrt um und sah Davey hereinkommen. Sie trug ihr Gravity-Bears-T-Shirt, hatte eine Baseballmütze auf, die ihr zwei Nummern zu groß war, und trug ihren Baseballhandschuh unter dem Arm geklemmt. Als sie Sal entdeckte, weiteten sich ihre Augen. Ihre Jeans waren am Knie verschmutzt, und sie hatte auch Schmutzspritzer im Gesicht.

Sal zwang sich zu einem Lächeln und fand dann seine Stimme wieder. »Hast du heute einen Punkt gemacht?« Er drückte die Fäuste aneinander.

Sie hob die Schultern.

»Du kannst dich hinsetzen, Liebes. Ich brauche nur

noch ein paar Minuten«, sagte Iris zu ihr. »Wir gehen einkaufen«, fügte sie dann zu Sal gewandt hinzu.

Herrgott, wie er sich danach sehnte, sie zu begleiten.

Davey marschierte zur Kinderecke im Saal, wo es ein Regal mit Kinderbüchern, Comics und dergleichen gab und wo Spielsachen auf dem Teppich herumlagen.

»Habt ihr gewonnen?« wollte Sal wissen.

Sie nickte, sah ihn dabei aber nicht an.

»So ist's brav.« Er kam sich vor wie ein Fremder.

Dann wandte er sich wieder Iris zu und schob den Scheck durch den Spalt im Fenster. »Nimm ihn.«

Iris zog die Hände weg. »Sal …«

Er beugte sich vor und flüsterte: »Weißt du, was ich alles verloren habe? Nimm das Geld. Mir bedeutet es nichts.«

Damit drehte er sich um und wandte sich wieder Davey zu, die in einem kleinen Plastikstuhl saß und in ein Buch starrte. Sal war klar, daß sie nicht las. Über ihre Schulter hinweg sah er draußen einen Mann am Fenster vorbeigehen. Sal erkannte ihn, es war der Detective, der die Ermittlungen in dem Mordfall Eliot Wicker leitete. Schnell ging er zu Davey hinüber und kniete vor ihr nieder, aber sie starrte weiter auf ihr Buch. Er legte die Hände auf ihre Knie und rieb den Schmutz von ihren Jeans.

»Ich hab' mich so hingeworfen, wie du es mir gezeigt hast«, sagte sie und sah ihn immer noch nicht an. Ihre Stimme war unglaublich leise, und ihm brach fast das Herz.

»Oh«, flüsterte er bedrückt, »ich bin stolz auf dich, Liebes.«

Sie ließ das Buch sinken und sah ihn direkt an: »Daddy, ich möchte, daß du nach Hause kommst«, sagte sie im Brustton der Überzeugung, als könne es nichts auf dieser Welt geben, das in der Lage wäre, sie zu trennen. Irgendwie mußte er es ihr begreiflich machen, das wußte Sal. Aber jetzt war es ihm wirklich nicht möglich.

»Schätzchen...« Der Detective kam zur Tür herein und sah zu ihm herüber. Als Sal sich Davey wieder zuwandte, standen Tränen in ihren Augen. Er hörte, wie der Detective an der Empfangstheke mit Iris sprach, nahm Daveys Hand in die seine und wischte den Schmutz von ihrer Handfläche. »Nimm mich in die Arme«, sagte er, aber sie reagierte nicht. Er bemerkte, daß draußen auf dem Parkplatz neben seiner Harley jetzt ein gelber Subaru Station Wagon stand; Alston Bouchard saß am Steuer und beobachtete sie.

»Geh mit mir fischen«, sagte Davey.

»Du willst fischen gehen?«

Sie nickte.

Sal blickte sich um und sah, wie der Detective durch eine Tür in einen der Untersuchungsräume ging. Was er dort wohl wollte? Er griff Davey unter die Arme und hob sie hoch; sie kam ihm schwerer vor, als er das in Erinnerung hatte.

»Okay, ich geh' mit dir fischen«, sagte er. Er sah wieder hinaus. Bouchard war immer noch da. »Heute kann ich aber nicht, weil Mommy mit dir einkaufen will. Aber am Wochenende, am Sonntag, fahre ich mit dir zum Teich. Mal sehen, vielleicht fangen wir einen großen Atlantiklachs.«

Sie seufzte tief.

»Kriege ich jetzt einen Kuß?« fragte er.

Sie sah ihn mit ihren grauen, feuchten Augen an, die eine Wange bereits von Tränen überströmt, und er spürte, wie ihm das Herz stockte. Als er ihr die Mütze abnahm, vergrub sie das Gesicht an seiner Schulter, und er hörte das Buch auf den Boden plumpsen. Seine Hand auf ihrem Rücken ertastete die Muskeln, starke Muskeln, die ihm bisher nie aufgefallen waren. Muskeln, die sie einmal brauchen würde. Konnte es sein, daß sie ohne ihn aufwuchs?

In dem kleinen Untersuchungsraum gab Detective Shepherd drei neue Fakten in seinen Computer ein. »Sie haben als diensttuender Arzt die Sterbeurkunde für Bobby Swift unterzeichnet?« fragte er Dr. Moody.

»Das ist richtig«, sagte der junge Arzt. Er war Anfang Dreißig, wie alle anderen in der unterbesetzten Klinik überarbeitet und mindestens eine Stunde hinter seinem Terminplan zurück. In einer halben Stunde würde er endlich nach Hause gehen können. Er wusch sich beim Reden die Hände.

»Und Ihre Empfehlung lautete, auf eine Autopsie zu verzichten?«

»Eine Autopsie war nach meiner Ansicht nicht erforderlich. Es war ein offenkundiger Herzinfarkt. Mr. Swift hatte ein schwaches Herz. Er hat es gewußt. Wir haben es gewußt. Die ganze Ortschaft hat es gewußt. Und er hat weiterhin eineinhalb Päckchen Zigaretten am Tag geraucht.«

»Sie haben also die Leiche untersucht, und für Sie stand außer Zweifel, daß er tot war?«

Dr. Moody blickte zum erstenmal auf und sah den Detective an. »Selbstverständlich«, sagte er.

Shepherd nickte. »Eine Routineuntersuchung also. Nichts Außergewöhnliches?«

Moody zog einen Pappbecher aus einem Spender

und füllte ihn mit Wasser. »Detective, ich hoffe, Sie werden das verstehen. Unsere Verwaltungsleiterin und Oberschwester hat vor kurzem beschlossen, alleinerziehende Mutter zu werden; sie möchte uns heute nachmittag um fünf Uhr verlassen, und sie meint es ernst.« Er lächelte Shepherd an, ein Lächeln, wie es sich nur ein Arzt leisten kann, und fügte hinzu: »Die Untersuchung war vorschriftsmäßig.« Er leerte den Pappbecher, zerdrückte ihn dann und ließ ihn in den Abfallbehälter fallen. »Sonst noch etwas?«

Shepherd warf einen Blick auf den Bildschirm seines Computers. »Heute nicht«, sagte er. Dann schaltete er den Computer ab, klappte den Deckel zu und erwiderte das Lächeln des Arztes. »Sehen Sie, ich habe ja versprochen, es wird ganz schmerzlos sein.«

Acht

Auf dem Parkplatz war es finster. Vom Fluß war vom Mondlicht durchfluteter Nebel aufgestiegen und über die Brücke gezogen, und die letzten zwei Stunden war die Nacht vom schrillen Lärm der Frösche unten am Fluß erfüllt gewesen. Um neun Uhr hatte Noel die Parkplatzbeleuchtung abgeschaltet und die Lampen im Haus gedimmt. Inzwischen war eine Viertelstunde vergangen. Sal saß auf seinem Motorrad, sah durch das vordere Fenster in den Laden und wartete darauf, daß Bonnie ging – aber die Frau schien es überhaupt nicht eilig zu haben. Sie stand in ihrer Ladenmontur da und schrubbte den Grill.

Und draußen saß Sal rittlings wie ein dunkler Fürst der Nacht auf seiner Harley, den Kragen der Lederjacke bis zu den Ohren hochgeschlagen. Er hatte sich am Morgen nicht rasiert, und sein Bartschatten ließ ihn noch dunkler erscheinen. Er stützte die Monstermaschine zwischen seinen Beinen ab und beobachtete Noel, wie sie gerade in einem ärmellosen melonengrünen Top und einem kurzen Khakirock aus einem der Lebensmittelgänge kam. Sie wandte sich Bonnie zu …

»Können Sie fahren?«

Die Stimme hallte tief in Sals Ohr, und er fuhr herum. In der Dunkelheit konnte er nur das Blitzen einer Brille sehen: Alston Bouchard – dessen Hand sich auf Sals Brust zubewegte, als wolle er ihn von einer übereilten Antwort abhalten. Die Frage blieb stehen. Konnte er fahren?

»Warum? Soll ich Sie irgendwohin mitnehmen?«

»Nein, mein Wagen steht drüben bei der Feuerwehr. Ich möchte bloß, daß Sie sicher nach Hause kommen.« Das Licht aus dem Laden spiegelte sich in Bouchards Brillengläsern.

»Nett, daß Sie so um mich besorgt sind«, sagte Sal, stieg vom Motorrad, wuchtete es auf den Kickständer und lehnte sich dann an den Sattel. »Aber ich wollte eigentlich noch nicht nach Hause gehen.«

Bochard musterte Sal durch seine Brillengläser. Er machte mit der Zunge ein saugendes Geräusch, als wolle er etwas zwischen den Zähnen herausholen. »Wenn ich Sie wäre«, sagte er, »würde ich versuchen, die Dinge, die ich aufs Spiel setze, ganz realistisch zu sehen.«

Sal studierte den Constable, so gut das in der Dunkelheit möglich war, und dann öffnete sich die Tür, und Bonnie kam heraus. Unter der Tür sagte sie Noel gute Nacht, drehte sich dann und sah Sal. Erschrocken griff sie sich an die Brust.

»O mein Gott!«

»Bonnie, was ist denn?« Noel kam mit einer Pyrex-Kaffeekanne in der Hand an die Tür. Als sie Sal entdeckte, verengten sich ihre Augen – kaum wahrnehmbar –, eher so wie die einer Katze, wenn sich im Gras etwas bewegt.

Bonnie verließ den Eingangsbereich, ging über den Parkplatz und warf dabei Sal noch einmal einen Blick zu. »Hier im Dunkeln herumzulungern, und auch noch mit seiner Lederjacke ... Der Schlag könnte einen treffen«, murmelte sie. Dann hatte sie die asphaltierte Fläche erreicht, bog nach rechts und verschwand in der Dunkelheit. Bonnie und Herb True wohnten auf der anderen Seite des Feuerwehrhauses.

Bouchard wandte sich Noel zu. »Ich hatte nicht die Absicht, Sie zu erschrecken«, sagte er. »Ich wollte bloß etwas fragen, wenn Sie ...« Seine Hände bewegten sich in seinen Jackentaschen.

Noel blieb unter der Tür stehen, ihre nackten Beine unter dem kurzen Rock waren nicht zu übersehen. »Leute, ich bin wirklich müde«, sagte sie. »Hat das nicht bis morgen Zeit?«

»Doch, das hat es«, erwiderte Bouchard. »Aber Sie erinnern sich doch, neulich abends, nach dem Begräbnis ...?« Er verlagerte sein Gewicht von einem Fuß auf den anderen, als wolle er kehrtmachen und weggehen – und schlenderte dann auf sie zu. »Anschließend hatten Sie diese kleine Zusammenkunft oben ...«

»Ja, ich erinnere mich.«

»Nachdem alle gegangen waren, sind Sie da hiergeblieben oder ...« Seine Hände in den Taschen bewegten sich wieder.

Sie seufzte. »Alston, es ist wirklich nett, daß Sie helfen wollen, aber würde es nicht viel mehr bringen, wenn Sie mit den Ermittlungsbeamten zusammenarbeiten?«

Bouchard zog einen kleinen Notizblock aus der Tasche. »Na ja, die gehen jeden Tag um halb vier nach Hause, und ich wollte bloß ...«

»Also wirklich, ich habe das alles heute morgen mit dem Detective besprochen ...«

»... wissen, ob Sie den Rest der Nacht zu Hause geblieben sind oder vielleicht noch weggefahren ...«

Sie schloß die Augen. »Ich habe Ihnen doch gesagt, ich habe dem Detective alles ...«

»... wo das doch die Nacht war, in der Eliot Wicker getötet wurde ...«

»Was wollen Sie mir da eigentlich anhängen?« Sie holte mit dem Kaffeetopf aus und stieß damit an den Türstock, der Topf zerbrach, und sie warf dem Constable den Griff vor die Füße. Sal stieß sich von seinem Motorrad ab. Bouchard trat einen Schritt zurück. »Ich will Ihnen gar nichts anhängen, wirklich. Ich versuche auch nicht …«

Sal ging zu Noel hinüber. »Ich glaube nicht, daß er dir was anhängen will …«

»Alle hier wollen mir die Schuld anhängen!« rief sie und fuhr zu ihm herum. *»Merkst du das denn nicht?«*

Bouchard entfernte sich rückwärts gehend zur Straße hin. »Sie sind jetzt sehr erregt, und ich will Sie in Frieden lassen. Aber an Ihrer Stelle würde ich daran denken« – er machte eine drehende Handbewegung – »alle Türen abzusperren, wenigstens bis eine Klärung …« Damit verschwand er in der Dunkelheit, genau wie Bonnie, und dann konnte man nur noch seine Schritte auf der Straße hören.

»Was will man dir anhängen?« wollte Sal wissen.

Sie wich seinem Blick aus. Er versuchte, nach ihrem Arm zu greifen, und sie atmete tief ein. Sal erkannte, daß sie auf Bouchards Schritte lauschte, und dann tat er das auch, erleichtert wie sie, daß der Constable weg war. Auf dem Parkplatz vor dem Feuerwehrhaus klappte eine Wagentür. Der Motor sprang an, dann flammten Scheinwerfer auf, und gleich darauf konnte man den kleinen Station Wagon einen Halbkreis beschreibend über den Parkplatz auf sie zukommen sehen. Er rollte langsam am Superette vorbei und brummte über die Brücke. Am Ende der Straße bog er nach rechts. Sal wartete, bis das Motorengeräusch ganz verstummt war.

»Was will man dir anhängen?« wiederholte er seine Frage.

»Komm aus dem Licht«, sagte Noel und führte Sal an den Fenstern vorbei in den Schatten, wo sein Motorrad abgestellt war. Dort glitten ihre Hände in seine Jackettaschen.

»Was werfen die Leute dir vor?« fragte er und spähte über ihre Schulter. Seine Augen verengten sich. Unten an der Brücke ...

»Sal, was ist?«

Er löste sich von ihr, trat einen Schritt zurück.

Da unten im Nebel war jemand – eine Gestalt – sie saß auf dem Brückengeländer.

»Warte«, sagte er und lief zur Straße, versuchte, den Nebel mit Blicken zu durchdringen.

»Wo gehst du hin?«

Es sah so aus, als würde die Gestalt aufstehen, und dann ...

»Hey!«

Sal fing zu rennen an, aber jetzt war er sich in dem Nebel und der Finsternis und mit den Büschen und Sträuchern rings um die Brücke gar nicht mehr sicher, was er da sah. Je näher er der Brücke kam, um so deutlicher konnte er das Brückengeländer erkennen, und zwar nur das Brückengeländer. Wer auch immer dort gewesen war – jetzt war er verschwunden.

Er blieb stehen und lauschte nach Schritten auf dem Asphalt, konnte aber nur das laute Rauschen des Flusses in der Tiefe hören. Sich auf das Eisengeländer stützend, sah er auf die andere Seite hinüber, auf die Straßenlaterne an der Ecke und die Lichter dort im Fenster des Hauses. Nichts bewegte sich. Kein Hund bellte. Sal hatte sogar das Gefühl, daß die Nacht trotz des unter seinen Füßen dahinrauschenden Flusses auffällig still geworden war.

Die Frösche. Unten am Fluß waren die Frösche verstummt. Jemand war dort unten.

Er eilte ans Ende der Brücke, rannte um den niedrigen Pfeiler herum, ließ sich an dem steilen Betonfundament hinunter und hielt sich an einem Grasbüschel fest, um nicht zu stürzen, aber als sein Fuß dann die Kiesfläche ertastete, ließ er das Grasbüschel los und rutschte den Abhang auf Händen und Stiefelsohlen tiefer.

Unten blieb er reglos stehen, drehte sich dann um und sah flußabwärts. Er lauschte nach Schritten, spähte in die Finsternis, nach irgend etwas, das sich bewegte, aber nur das Gurgeln des Flusses neben ihm war zu hören, wie leises Gelächter. Alles was er sehen konnte, waren die harten quadratischen Umrisse des alten Brückenpfeilers, der vor ihm aus dem Bodennebel ragte. Er machte zwei, drei Schritte, bis er den Betonblock erreichte, auf dem er und Bobby in der Nacht vor Bobbys Tod gesessen hatten. Dort blieb er stehen. Irgend etwas Ungewohntes war da. Ein fauliger Geruch drang ihm in die Nase, ein düsterer Geruch wie von Zerfall und Verwesung, der nebelhaft aus dem dahinfließenden Wasser aufstieg… Nein, mehr als bloß ein Geruch.

Irgend etwas war hier im Gange.

Er konnte es spüren, einen Druck, der sich in seinen Ohren aufbaute, als würde sich jemand von hinten an ihn heranschleichen. Schnell drehte er sich um, konnte aber in der Finsternis nichts entdecken. Und jetzt fragte er sich, ob die Gestalt, die er auf der Brücke gesehen hatte, vielleicht das Ding war, das Bobby geglaubt hatte, im Moor zu sehen – oder ob es vielleicht sogar das Ding, von dem die Passamaquoddies erzählten. Menschen, die von ihren Verfehlungen heimgesucht wurden, ließen sich von solchen Erscheinungen zu den Wasserfällen locken.

Ich vertraue Iris, hatte er zu Bobby in jener Nacht gesagt. *Ich vertraue mir selbst.*

Reglos und kaum atmend starrte er in die Finsternis. Und dann erhaschte sein Auge eine Bewegung, einen geisterhaften Schatten, der sich das Ufer entlangtastete und stetig auf ihn zukam …

Er sah sich um, sah die Brücke schwarz und massiv über sich aufragen und blickte dann wieder flußabwärts, wo der Nebel sich langsam auflöste.

Sally, wem vertraust du?

Hastig drehte er sich um und kroch das Ufer hinauf, klammerte sich an den Brückenpfeiler und zog sich halb hoch, kniete jetzt, schickte sich an, aufzustehen …

Jemand stand über ihm im Nebel, eine unbewegte, starre Schattengestalt.

»Sal?«

Noel sprach mit leiser Stimme, aber die Spannung, unter der sie stand, war nicht zu überhören. »Sal, du machst mir angst. Was ist denn?«

»Nichts«, sagte er, legte den Arm um sie und führte sie schnell zurück. »Nichts, ich habe mir nur etwas eingebildet«, sagte er, als sie dann gemeinsam den Hügel hinaufstiegen. Er erwog kurz, ihr von dem Handschuh in seinem Koffer zu erzählen, entschied sich dann aber dagegen.

Wieder auf dem Parkplatz, hielten sie sich im Schatten an den Händen. »Sal, hast du etwas gesehen?«

»Ich glaube nicht«, antwortete er. »Aber ich möchte nicht, daß du heute nacht allein bleibst.«

»Ich lasse morgen eine Alarmanlage einbauen und sämtliche Schlösser auswechseln.«

»Gut«, sagte er, »aber heute nacht, denke ich, solltest du mit zu mir kommen.«

Sie blieb stehen. »Sally«, sagte sie mit brüchiger Stimme, es war fast ein Flüstern. »Ich habe solche Angst.«

Er drehte sich zu ihr um, und dann küßten sie sich, und ihre Arme schlangen sich um ihn. Sein Herzschlag beschleunigte sich, sein Atem ging schneller. Es war unvernünftig, fast unwirklich, dachte er, daß er das tun oder so empfinden konnte, während der Rest seines Lebens dabei war, in Stücke zu gehen. Aber ihre Lippen auf den seinen, die Hitze, die von ihrem Körper ausging und durch seine Lederjacke drang, der Wärmeschwall, den ihre Beine durch seine Jeans jagten – das alles überwältigte ihn.

»Ich nehme meinen Wagen«, sagte sie und löste ihre Lippen von den seinen. »Besser, du mußt mich nicht am Morgen hierher zurückbringen.«

Gleich darauf gingen sie zusammen durch den Laden, durch das Lager, schalteten die Beleuchtung ab, versperrten die Türen hinter sich und eilten dann die Treppe zur Garage hinunter. Noel schaltete die Deckenbeleuchtung ein und die im Treppenhaus aus. Sie öffnete das Garagentor und setzte sich dann in ihren Volvo. Sal stieg auf der Beifahrerseite ein. Sie ließ den Wagen an und fuhr rückwärts hinaus, schaltete dann die Scheinwerfer ein und drückte auf die Fernbedienung, um das Garagentor herunterzulassen. Er sah zu, wie ihre Beine sich bewegten, als sie die Kupplung trat und in den ersten Gang schaltete, während der Volvo die Steigung neben dem Gebäude hinaufkroch, bis sie sich wieder auf dem Parkplatz befanden, wo sie neben seiner Harley anhielt.

»Ich fahre hinter dir her«, sagte sie.

»Es ist mitten in der Ortschaft«, erklärte er und öffnete seine Tür. »Bieg am Fluß bei der Ampel rechts ab ...«

Ihr Atem stockte abrupt, was ihn zum Schweigen brachte.

»Noel, was ist?« Als er sah, daß sie wie gebannt in den Rückspiegel starrte, drehte er sich um.

ЯƎW

Die Buchstaben waren in Spiegelschrift zu lesen, jemand hatte sie mit dem Finger auf die staubige Heckscheibe gemalt, und jetzt fiel das Mondlicht darauf.

»Du lieber Gott!« hauchte Noel.

»Warte!« forderte Sal sie auf und stieg aus dem Wagen. »Das ist nichts weiter.« Er ging nach hinten, um das Fenster abzuwischen. »Wahrscheinlich Kinder irgendwo auf einem Parkplatz ...«

Auf dem Kofferraumdeckel setzte sich das Geschmier fort:

MÖCHTE EINEN SCHOKOLADENKUSS

»Was ist?« fragte sie.

Sal starrte die Schrift an und spürte, wie seine Knie weich wurden. »Nichts«, wiederholte er und wischte Kofferraumdeckel und Fenster mit dem Arm sauber. Er ging zur Tür zurück. »Wir stehen beide ein wenig unter Schock«, sagte er, drückte den Sperrknopf und schlug die Tür zu.

Hastig schwang er das rechte Bein über sein Motorrad, drehte den Zündschlüssel und gab mehr Gas, als notwendig war. Er spürte das Vibrieren in beiden Händen und versuchte aus seinem Bewußtsein zu verdrängen, daß es auf der anderen Seite dieser Ladenfassade genug Alkohol gab, um seinem Zittern für alle Zeit ein Ende zu machen, der ihn wärmen, der ihm das Gefühl vermitteln würde, daß er ein menschliches Wesen war.

Noel fuhr die Strecke bis Ellsworth dicht hinter ihm her, so daß Sal die ganze Zeit ihre Scheinwerfer in seinen Rückspiegeln sah. Als sie die Pension fast erreicht hatten, winkte er sie in den Parkplatz der Karosseriewerkstätte, damit die Pensionswirtin oder sonst jemand ihren Wagen nicht sehen konnte, und dann gingen sie schnell zum hinteren Teil des Gebäudes. Während er sich in der Dunkelheit abmühte, das Schlüsselloch zu finden, wandte Noel ihm den Rücken und sah auf die Straße vorn und auf den grellbeleuchteten Schrottplatz links davon hinaus, lauschte nach irgendwelchen auffälligen Geräuschen.

Sal stieß die Tür auf; beide traten in das hellerleuchtete Treppenhaus und schlossen die Tür hinter sich wieder. Noel musterte die Tapete, die Lampenfassung und die weißen Türen und meinte ruhig: »Du wohnst in einem Museum.«

»Nicht nötig zu flüstern, wir sind in diesem Flügel allein«, sagte er.

»Ich fühle mich wohler, wenn ich flüstere.«

»Hier hinauf«, deutete er, und sie stiegen so leise wie möglich die ächzenden Treppenstufen hoch. Als sie oben an seiner Tür angelangt waren, drehte er den schwarzen Knopf.

»Kein Schloß?« fragte sie, als er die Tür aufstieß.

»Die Tür unten läßt sich absperren«, antwortete er und ging hinein. »Warte hier.«

Durch das nur von der durch das Fenster hereinfallenden Schrottplatzbeleuchtung erhellte Zimmer ging er zum Bad, knipste das Licht an, sah hinein, sah auch hinter die Badewanne. »Falls du aufs Klo mußt«, sagte er, als er wieder herauskam und sich mit einem Blick überzeugte, daß die Küche leer war.

»Jemand könnte sich in einem der anderen Apartments aufhalten«, sagte sie.

Er lächelte, nahm einen der beiden Stühle, trug ihn zum Eingang und klemmte ihn mit der Lehne unter den Türknauf. »Jetzt sind wir sicher«, erklärte er vergnügt, obwohl sein Humor nicht einmal ihn selbst überzeugen konnte.

Hinter sich hörte er es klappern, als sie die Jalousien herunterließ. Er ging ums Bett herum zu dem anderen Fenster, schloß die Jalousien auch dort und zog dann die Jacke aus. »Sag mal«, fragte er leise, »wer, meinst du wohl, hat es Eliot Wicker besorgt?«

»Oh, Sal, darüber möchte ich jetzt lieber nicht reden«, wehrte sie ab.

Er wollte die Jacke aufs Bett werfen, doch da stand sie plötzlich vor ihm. Ihre Arme schlangen sich um seine Taille, ihre Hände zwängten sich hinten in seine Jeans. Sie küßte ihn mit offenem Mund, und ihre Fingerspitzen krallten sich in seine Pobacken. Sal, dessen Herz bereits zu trommeln angefangen hatte, ließ die Jacke fallen. Das war ihr Duft, ihre Anziehungskraft, ihr Körper, die Art, wie sie sich bewegte, die Art, wie sie dastand, die Art, wie sie ihn ansah, der Druck, wie sie ihn so festhielt, der Geruch ihres Atems, ihrer Haut, die flinken Bewegungen ihrer Zunge, die Art, wie sie ihren Körper gegen den seinen preßte. Und jetzt würden sie gleich miteinander schlafen. Sie beide, warm und allein, die ganze lange dunkle Nacht. Nackt.

Gleichzeitig jagten sich die Skrupel in Sals Kopf: daß er, indem er seine Beziehung zu Noel vertiefte, zugleich seinen Abstand zu Iris und Davey vergrößerte; daß derjenige, der Noels Handschuh in seinen Koffer praktiziert und die Schrift auf ihrem Wagenfenster hinterlassen hatte, möglicherweise der Mörder Eliot Wickers war. Und in gleicher Weise beunruhigte ihn das Gefühl, daß er etwas über Eliot Wicker wußte, das sein Bewußtsein vor ihm versteckt hielt wie eine verlorene Erinnerung oder ein vergessener Traum. Es war beinahe, als ob er das Geheimnis lösen könnte, wenn er es nur fertigbrächte, sein Bewußtsein dazu zu bringen, ihm zu helfen. Und all diese Unsicherheiten waren von seiner Sehnsucht nach Alkohol durchdrungen, die jetzt fast körperliche Dimensionen angenommen hatte und die er kaum mehr zum Verstummen bringen konnte. Noels Finger machten sich jetzt an seinem Gürtel zu schaffen.

»Hör auf zu denken«, sagte sie und blickte zu ihm auf. Er lächelte. »Ich glaube nicht, daß ich das kann.«

Sie zog den Gürtel mit einem leisen Klatschen durch die Schnalle. Während sie ihn ansah, schlüpfte das Leder schlangengleich aus seiner Jeans, eine Schlaufe nach der anderen. »Dann muß ich dich eben dazu bringen«, meinte sie und schob ihn sacht aufs Bett.

Ein stummes Lachen ließ Sals Brust zucken, als sie über ihn kroch und ihn nach hinten drückte.

»Warte, Noel«, sagte er. »Nur einen Augenblick ...«

»Ich habe gesagt, du sollst aufhören zu denken.«

»Das ist es nicht«, widersprach er und hauchte dann

einen Seufzer. »Ich weiß nur nicht, ob ich das nüchtern schaffe.«

Seinen Gürtel mit beiden Händen haltend, schob sie das Sweatshirt an seiner Brust in die Höhe und beugte sich dann vor, um ihn auf den Bauch zu küssen, ließ die Lippen zu seiner Brust emporwandern, saugte vorsichtig an seinen Brustwarzen. Dann setzte sie sich auf und zog ihr seidenes Top hoch, über ihre Brüste hinweg, über den Kopf. Mit unbedeckter Brust blickte sie auf ihn hinab. Ihre Augen leuchteten. Ihre Brustwarzen waren dunkel und angeschwollen. »Und du glaubst nicht, daß du dich an mir betrinken kannst?« fragte sie.

Ihre Hände packten blitzschnell zu, spannten den Gürtel zwischen ihnen.

Er fing zu lachen an. »Noel, warte ...«

Sie legte das Leder über seinen Hals und preßte seinen Kopf auf die Matratze. Er griff nach ihren Handgelenken.

»Ich glaube, ich habe dich nicht verstanden«, sagte sie.

Er legte den Kopf etwas zur Seite, um seine Kehle zu befreien. Sie veränderte ihre Haltung und starrte auf ihn mit der Andeutung eines Lächelns hinunter, als wäre er etwas, das sie gerade eingefangen hatte.

Dann senkte sich ihr Gesicht auf das seine. »Du glaubst wohl nicht, daß ich dich auf Touren bringen kann?« hauchte sie, und der Gürtel schnitt ihm dabei in den Hals. Sie beugte sich weiter vor und berührte mit der Zungenspitze seine Oberlippe.

Er spürte, wie sein Gesicht anschwoll und sein Herzschlag sich beschleunigte.

»Laß los«, hauchte sie in seinen Mund, »laß meine Handgelenke los.« Er fühlte, wie ihre Wärme sich langsam seinen Bauch hinunterbewegte. Sein Glied fing zu pulsieren an, reichte über den Bund seiner Unterhose hinaus.

Mit einem lasziven Lächeln ließ sie ihre Schenkel an seinem Körper entlanggleiten, glatt und feucht, bis sein hartes Glied ganz in ihrer Hitze eingeschlossen war. Dann hielt sie inne. Als sie wieder zu sprechen anfing, war ihre Stimme nicht viel mehr als ein leiser Hauch. »Du sollst dich gehen lassen, Sally, habe ich gesagt. Du mußt mir vertrauen.«

Er sah ihr in die Augen, zwang seine Finger, sich zu öffnen. Der Gürtel spannte sich noch enger um seinen Hals.

»Laß die Hände unten.«

Die leuchtenden irisierenden Augen. Der Ausdruck in ihrem Gesicht, wie einstudiert. Er ließ die Ellbogen aufs Bett sinken.

»Ganz.«

Mit einem Gefühl, als würde sein Kopf gleich bersten, schoben sich seine Hände auf ihre Schenkel zu.

Im gleichen Augenblick ließ sie den Gürtel los und stürzte sich auf ihn, ihre Zunge drang in seinen Mund ein, und seine Zunge fand die ihre. Er riß sie unsanft über sich, zog sie an sich, bis sie aufstöhnte, und wälzte sich dann über sie, fetzte die ganze Zeit an ihrem Slip, riß ihren Rock in die Höhe, bis sie völlig und ganz offen war, um sich dann in ihre tiefsten Tiefen hineinzubohren und sie gleichzeitig in sich hineinzutrinken.

Der Geschlechtsakt vollzog sich in halsbrecherischer Geschwindigkeit, wie eine Explosion, und war binnen weniger Minuten vorbei. Als sie dann ineinander verschlungen atemlos in der düsteren Stille des Raums dalagen, befreite sich Noel und rutschte über seinen Körper hinweg, bis ihre Augen und ihre Lippen dicht beieinander waren und ihr Haar sich wie ein Vorhang über sein Gesicht legte.

»So«, sagte sie zu ihm, »und jetzt sag mir, daß du nicht entspannt bist.«

Detective Shepherd wurde von seinem Telefon geweckt. Er tastete in der Dunkelheit herum, um es zum Verstummen zu bringen, bis er wach genug war, um sich zu erinnern, daß da gar niemand anderer war, den er wecken könnte. Es überraschte ihn nicht, Murdoch am anderen Ende zu hören.

»Vögeln Sie jemanden im Labor?« fragte der Sergeant.

»Was?« Halb fünf. Shepherd dachte, jemand sei ermordet worden. Aber er hatte diese Woche keinen Bereitschaftsdienst.

»Wir haben die Abdrücke.«

Shepherd schaltete die Lampe an. »Die Abdrücke ... Was denn, der Fall Wicker?«

»Sie müssen gute Freunde in Augusta haben. Jemand hat Überstunden gemacht und gestern abend gegen zehn noch gefaxt. Ich hab's gerade telefonisch erfahren.«

»Was für Abdrücke? Wo sind Sie?« Shepherd schnappte sich den Notizblock, den er immer neben dem Bett liegen hatte, und seinen Kugelschreiber. Zeit, Datum ...

»Die Fingerabdrücke auf der Bierdose sind dieselben wie die auf den Taucherflaschen«, antwortete Murdoch. »Außerdem entsprechen sie auch denen auf der kleinen Sauerstoffflasche, die wir unter dem Bett gefunden haben, und dem Balsamierwerkzeug und sämtlichen Batterien.«

»Augenblick.« Shepherd hörte zu schreiben auf, während er das Gehörte verarbeitete. »Bobby Swift, die verschwundene Leiche – seine Abdrücke waren auf der Bierdose – und auf den Taucherflaschen auch?«

»Yeah, und nicht nur seine. Die Abdrücke des Leichenbestatters sind ebenfalls auf fast allen diesen Gegenständen – Sauerstoffflaschen, Taschenlampe, Balsamierwerkzeug. Allerdings nicht auf der Bierdose und auch nicht auf den Batterien.«

»Aber überall sonst.« Shepherd erhob sich von dem breiten Bett und ging ins Wohnzimmer hinüber. »Bobby Swift und Eliot Wicker«, sagte er. Er holte seinen Computer aus der Ledertasche und spürte, wie sein Herzschlag sich beschleunigte.

»Und außerdem«, fuhr Murdoch fort, »haben die Laborleute auf einem der Champagnergläser Wickers Fingerabdrücke festgestellt.«

»So, wirklich?« Shepherd kehrte ins Schlafzimmer zurück, setzte sich auf die Bettkante und klappte den Deckel seines Computers auf. »Und die von Bobby Swift auf dem anderen Glas ...?«

»Nee.«

Shepherd hielt inne. »Sagen Sie das noch mal.«

»Negativ. Bobby Swifts Abdrücke sind nicht auf dem anderen Glas – und auch nicht auf der Champagnerflasche.«

»Wessen Abdrücke sind es dann?«

Murdoch gab keine Antwort.

»Sarge, wessen Fingerabdrücke sind nun auf dem anderen Glas?«

»Was sagt denn Ihr Computer?«

Shepherd seufzte.

»Unidentifiziert«, sagte Murdoch. »Keinerlei Übereinstimmung.«

»Wo sind Sie?« wollte Shepherd wissen.

»In meinem Wagen. Ich werde auf Sie warten. Allem Anschein nach sollten wir heute einen hübschen altmodischen menschlichen Kontakt herstellen.«

In den langen, finsteren, toten Morgenstunden schlug Sal die Augen auf. Er lag flach auf dem Rücken, war noch nicht völlig wach und fühlte sich satt und benommen, in einem Zustand wohliger Befriedigung … Aber da war etwas an der Stille oder dem Luftdruck rings um seinen Kopf oder dem Fehlen von Luftdruck … irgend etwas, das ihn aufgeweckt hatte. Er lag reglos da und lauschte in die vollkommene Dunkelheit, die vollkommene Stille. Lag da nicht jemand dicht neben ihm, ebenso reglos wie er? Sals Herz fing an schneller zu schlagen. Am liebsten wäre er aufgesprungen, in die Nacht gerannt, aber da war zugleich eine schreckliche Angst, die ihn davon abhielt, auch nur die Augen zu bewegen. Er bemühte sich, gleichmäßig weiterzuatmen. Jetzt wußte er ganz genau, wo er war: in seiner Pension. Noel lag im Bett neben ihm. Er befand sich auf der linken Bettseite, mit dem Kopf zur Wand, und die Tischlampe, die vielleicht als Waffe dienen konnte, stand auf der Seite Noels. Er lauschte auf ihren Atem. Er lauschte, konnte sie aber nicht hören, konnte überhaupt nichts hören, nur das lautlose Summen, das auf ihm lastete. Selbst draußen vor den Fenstern lag die Ortschaft in völligem Schweigen. Vorsichtig holte er Luft und hielt dann den Atem an. Und da hörte er es – das Rascheln von Stoff. Er kroch unter der Decke hervor, warf sich über das Bett nach der Lampe, knipste sie an, hob sie am Sockel hoch …

Noel.

Sie stand nackt da, seine schwarzen Jeans unter den Arm geklemmt, seine Brieftasche in der Hand. Vor dem plötzlichen grellen Licht kniff sie die Augen zusammen, das orangerote Haar hing ihr wirr ins Gesicht. Sie hielt die Jeans vor sich, um sich damit zu bedecken.

»Was machst du?« flüsterte er.

»Was machst *du*? Du siehst aus, als wolltest du mich umbringen.«

Er atmete aus. »Ich muß einen bösen Traum gehabt haben«, erklärte er.

Sie schob die Brieftasche wieder in seine Jeanstasche. »Ich bin auf deine Gürtelschnalle getreten, als ich aus dem Bad zurückkam«, sagte sie. »Als ich dann deine Hose aufhob, ist die Brieftasche rausgefallen.«

Er starrte sie an; der Gürtel befand sich nicht am Hosenbund.

»Oder es war dein Reißverschluß«, sagte sie. »Eben irgend etwas Scharfes. Meinst du vielleicht, ich wollte dir dein Geld stehlen?«

»Natürlich nicht. Etwas hat mich geweckt …«

»Hm?« Ihre Augen verengten sich. Sie ließ die Jeans auf den Boden fallen, stand völlig nackt da. Er starrte sie nur an. Sie hob ein Knie aufs Bett und streckte das andere Bein über seinen Bauch. Dann setzte sie sich rittlings auf ihn, nahm ihm die Lampe weg und rutschte dann auf seiner Brust nach oben, um die Lampe wieder auf den Tisch zu stellen. »Wenn du mir nicht glaubst …«

»Ich glaube dir …«

»... solltest du mich am besten durchsuchen«, sagte sie, und dann wurde der Raum dunkel.

Ein Schlosser von einer Firma, die sich Blue Fin Security Systems nannte, arbeitete bereits an der Eingangstür zum Superette, als die Beamten dort eintrafen. Es war 6 Uhr 50 morgens. Außer Bonnie True, die gerade die Geschirrspülmaschine ausräumte, und ihrem Mann Herb, der die Morgenzeitung las, während er auf den Kaffee wartete, war nur der Schlosser im Raum.

»Ich wußte gar nicht, daß ihr schon vor acht Uhr anfangt«, sagte Herb zu den Detectives, »da kommen nämlich erst die Donuts.«

»Wir wollten Mrs. Swift erwischen, bevor sie zuviel zu tun hat«, erwiderte Shepherd.

»Hier werden Sie sie nicht erwischen«, erklärte ihnen Bonnie. »Sie hat die Nacht nicht hier verbracht. Sie läßt eine Alarmanlage einbauen und überall neue Schlösser anbringen. Ich bezweifle, daß sie auch nur eine Nacht hier verbringen wird, bis ihr Klarheit geschaffen habt. Ich kann es ihr nicht verübeln. Mich ...«

»Wo ist sie?« fiel Murdoch ihr ins Wort. Er zog sich mit dem Mund eine Filterzigarette aus einem Päckchen Winston, zerknüllte das leere Päckchen und ließ es auf die Theke fallen.

Bonnie musterte den Sergeant. »Wie ich gerade sagen wollte – mich geht das nichts an. Ich arbeite nur für die Lady.« Sie nahm das zerknüllte Päckchen und ließ es in einen Korb hinter der Theke fallen.

Shepherd sah auf die Uhr. »Ich ruf' mal an«, sagte er zu Murdoch gewandt.

»Wir haben hier ein Telefon, das Sie gern benutzen

können«, sagte Bonnie zu Shepherd. Das weiße. Rot ist das Feuertelefon, das sollte besser frei bleiben, falls ...«

»Wir haben selbst ein Telefon«, sagte Murdoch und stieß die Tür auf. Shepherd lächelte Bonnie zu, als er den Laden verließ, aber sie erwiderte das Lächeln nicht.

Dieses Orange. Sie reckt sich in die Höhe, und die Bettdecke gleitet über ihren Rücken. Die kühle Morgenluft, die durch das Gitter in den Raum dringt, jagt ihm einen Schauer über die Brust, während sie ihn reitet, atemberaubend – *orange* – und ihr Bauch und der seine in ihrem sich mischenden Schweiß aneinander entlanggleiten. Er sieht sie zum erstenmal nackt bei Tageslicht, immer wieder sieht er sie an, obwohl sie das jetzt schon seit Stunden getrieben haben. Ihre Brüste sind weiß und fest, vollkommen glatt. Ihre Brustwarzen stechen rosa und zart aus einem kastanienfarbenen Hof, recken sich dem Licht der Morgendämmerung wie Blütenknospen entgegen ... aber ihr Haar, *dieses Orange,* von dieser plötzlichen Scheibe Sonnenlicht entflammt. Und sie bewegt sich stetig immer weiter im Rhythmus, dieser langsamen Verbindung, während er versucht, auch in den Tiefen seines sexuellen Rauschs die Gewalt über seine Sinne zu behalten: die köstliche Wärme in ihr; ihr sauer-süßer, geheimnisvoller Duft; das Klatschen, wenn ihre Haut sich voneinander löst; der Geschmack ihres feuchten Fleisches immer noch auf seiner Zunge, die tiefe, berauschende Fülle dieser Frau ...

Ohne Unterlaß bewegt sie sich, ihre unergründlichen grünen Augen halten ihn fest, ihr Mund, ein lockendes schlaffes Lächeln – als würde seine völlige Hingabe sie noch mehr erregen. Als sie dann kommt, sieht er ihr mit zutiefst gezügelter Faszination zu. Zuerst verlöscht ihr Lächeln – dann wird ihr Blick gierig und heißhungrig. Langsam richtet sie sich auf, ihr Rücken wird gerade, krümmt sich ... ihr Nabel liegt tief eingezogen in einem blassen Schatten. Und dann blitzt die Sonne aus einem ihrer Augen, es verblüfft ihn – ein eisgrünes Juwel, blitzend, orangerotes Haar, in Flammen –, als sie ihn ganz in sich einhüllt – GRÜN-ORANGE-GRÜN-ORANGE-GRÜN-ORANGE-GRÜN.

Shepherd rief von seinem Cherokee aus seinen Freund Phil Harwood in Augusta an. Die zwei Männer hatten zusammen die Polizeiakademie besucht und waren dort gute Freunde geworden, hatten miteinander in der Jagd auf Röcke gewetteifert, bis Harwood geheiratet und dann zwei Jahre an der Universität an seinem Chemiediplom gearbeitet hatte. Obwohl die beiden privat praktisch nicht mehr miteinander verkehrten, war Harwood immer noch ein geschätzter Kollege im Kriminallabor, wo die Beweisstücke sonst manchmal zwei und drei Wochen lang herumlagen. Shepherd konnte gewöhnlich erreichen, daß seine Sachen vorgezogen wurden, wenn er darum bat. So wie er das gestern getan hatte.

»Habe ich dich geweckt?« fragte er, als Harwood sich meldete. Das Autotelefon war auf Lautsprecher geschaltet, während er seinen Computer in Gang setzte.

»Wie geht's dir?« erwiderte Harwood, und seine Stimme ließ eine gewisse Besorgnis erkennen. Murdoch grinste affektiert und sah zum Seitenfenster hinaus.

»Hier sind gerade ein paar Veränderungen im Gange«, sagte Shepherd. »Hey, vielen Dank, daß du meine Sachen so schnell erledigt hast.«

»Ich habe noch mehr. Bis jetzt nicht offiziell, aber es wird dir gefallen. Du weißt doch, diese Leiche, die ihr ausgegraben habt?«

»Wicker, stimmt's? Der Leichenbestatter?«

»Man wird dich aus der Leichenhalle darüber informieren, daß Mr. Wicker den Tod durch Ersticken gefunden hat – sie haben in seinem Mund, in der Luftröhre und in der Lunge Erde gefunden, sogar in seinem Magen –, er sah so aus, als hätte er versucht, sich den Weg frei zu essen.«

»Ein angenehmer Gedanke«, sagte Shepherd.

»Außerdem hat es den Anschein, daß er bewußtlos geschlagen wurde, ehe man ihn begraben hat.«

»Okay, das hatten wir auch angenommen«, sagte Shepherd und suchte nach seiner WICKER-Datei. Harwood legte eine Kunstpause ein, die Shepherd nutzte. »Was sonst noch, Phil, hast du noch etwas?«

»Die Sauerstoffflasche.«

»Yeah, was ist damit?«

»Damit hat man ihm den Schädel eingeschlagen.«

»Ehrlich?«

»Das ist jedenfalls mein Schluß. Dieselbe Art Flasche, wie du sie hierhergeschickt hast.«

»Phil, aber nicht die, die ich geschickt habe?«

»Nein, ich glaube nicht. Die grüne Farbe, die wir an seinem Haar gefunden haben, entspricht in ihrer chemischen Zusammensetzung genau dem Lack an der Flasche. Aber wir hätten dann eine entsprechende Markierung an der Flasche finden müssen, einen Haarabdruck sozusagen – und das war nicht der Fall. Diese

Flasche ist noch wie neu. Noch nie für irgend etwas benutzt worden. Und das bedeutet, daß irgendwo, vielleicht am Tatort, noch eine Sauerstoffflasche sein muß. Weißt du davon etwas?«

Shepherd tippte die Information in seinen Computer ein.

»Augenblick mal«, schaltete sich jetzt der Sergeant ein. »Was ist mit den Taucherflaschen? Hier spricht Murdoch.«

»Taucherflaschen? Warum? Die haben eine ganz andere Farbe. Ein völlig anderer Lack.«

»Schön, dann kommen die also nicht in Frage.«

»Es muß noch eine Sauerstoffflasche da sein«, sagte Harwood. »Größe E, derselbe Typ, wie ich ihn hier habe. Damit ist er niedergeschlagen worden.«

»Okay«, sagte Shepherd. »Dann suche ich eben, ob ich noch eine Sauerstoffflasche finde. Phil, kann man irgendwie feststellen, wo sie gekauft wurde?«

»Sieh in den Gelben Seiten nach. Du mußt einfach rumtelefonieren. Wenn man Sauerstoff kauft, muß man dafür unterschreiben, selbst Schweißer müssen das. Hast du irgendwelche Namen?«

»Yeah, könnte sein«, sagte Shepherd. Dann dankte er seinem Freund und legte auf. ROBERT SWIFT war der Name, den er in seinen Computer eingab. Warum mußte er in diesem Augenblick an Alston Bouchard denken? Er verspürte eine leichte Aufwallung von Ärger oder etwas, was Ärger sehr nahe kam.

Walt Moody öffnete die Tür seines Untersuchungsraums mit dem Ellbogen und warf dabei einen Blick auf das Krankenbett seiner ersten Patientin.

Mrs. Daoust, wollte er gerade sagen, sah dann aber Detective Shepherd mit dem Computer auf dem Schoß an seinem Untersuchungstisch sitzen.

Der Arzt schaute noch einmal auf sein Krankenblatt.

»Ich habe Mrs. Daoust gesagt, Sie würden sich einen Augenblick verspäten«, erklärte ihm Shepherd.

Und jetzt wurde dem Arzt klar, weshalb der Detective ihn besuchte. Er hob fragend die Brauen und schaffte es nicht ganz, den Eindruck von Ungezwungenheit zu vermitteln, den er jetzt eigentlich für angebracht hielt.

Shepherd sah ihn mit einem leichten Lächeln an. »Bobby Swift«, sagte er. »Ich beziehe mich auf Ihre Unterschrift auf seinem Totenschein. Meinen Notizen nach haben Sie mir gegenüber erklärt, die Untersuchung wäre ganz nach Vorschrift erfolgt.«

Der junge Arzt zwinkerte dreimal hintereinander. Shepherd schloß die Tür.

Murdoch beugte sich so tief herunter, daß sein Gesicht das ganze Schiebefenster ausfüllte. »Sind Sie zufällig Mrs. Erickson?« fragte er durch die Öffnung im Glas.

Iris musterte ihn fragend. Sie vermutete, daß er auch ein Detective war, weil sie ihn mit Shepherd hatte hereinkommen sehen.

»Es geht um Ihren Ehemann«, sagte Murdoch. »Salvator-ee? Jemand hat gesagt, er sei gut mit Robert und Noel Swift befreundet.«

Iris musterte den Mann. Er hatte ein breites, unfreundliches Gesicht und eine aufdringliche Art, die sich wie eine Wolke über den ganzen Raum legte. Sie stellte fest, daß ein kleiner Junge und seine Mutter neben der Tür saßen, ihr Acht-Uhr-Termin, und darauf warteten, daß sie vom Arzt empfangen wurden. Der Junge hustete.

»Kann ich Ihnen irgendwie behilflich sein?« fragte sie und nahm unwillkürlich eine abweisende Haltung an.

»Das wäre prima«, antwortete Murdoch. »Ich dachte, Sie wären vielleicht bereit, uns zu sagen, wo wir heute morgen Ihren Mann finden können.«

»Entschuldigen Sie«, entgegnete Iris und trat zur Seite, um zu der Mutter des Jungen hinübersehen zu können. »Bringen Sie ihn einfach hinten rein!« rief sie ihr zu. »Ich werde ihn gleich wiegen.«

Nachdem die Frau und der Junge durch die Tür verschwunden waren, wandte sich Iris mit leiser Stimme an den Beamten: »Mein Mann und ich haben uns vor kurzem getrennt.«

»Tja«, machte Murdoch. »Sehen Sie, das wäre eine Antwort, wenn ich mich nach Ihrem Familienstand erkundigt hätte. Aber meine Frage war, wo wir ihn heute morgen wohl finden könnten. Eigentlich haben wir vor, mit Noel Swift zu reden, und dachten dann, daß ihr Mann – wo er doch ein persönlicher Freund von ihr ist – vielleicht wissen könnte, wo sie die Nacht verbracht hat.« Sein Mund öffnete sich wieder, als ob er noch etwas sagen wollte, aber dann erkannte Iris, daß er lächelte.

Ein Orgasmus nach dem anderen durchzuckt ihn. So wie die Flammen, die unter ihrer Haut tanzen, brennt er von innen heraus. Aber er kann nicht an sie heran, weil seine Arme festgebunden sind, und sie denkt nicht daran, aufzuhören. Sie reitet ihn resolut, bäumt sich auf, bäumt sich auf, schüttelt ihn, die Knöchel hart auf seinem Schlüsselbein …

»Hey!«

»Mr. Erickson …«

»Was …«

Der Mann drückte ihn hinunter, und ein zweiter Mann hielt seine Arme fest.

»Beruhigen Sie sich! *Beruhigen Sie sich!«*

Beide über ihm – der eine schwer und massiv, grauhaarig, billiger karierter Blazer, Zigarettenatem. »Ganz ruhig, Blacky, wir haben ein paar Fragen, *ganz ruhig, habe ich gesagt!«*

»Mr. Erickson?«

Der andere – jünger, besser gekleidet, dunkler Schnurrbart … –, Sal erkannte Shepherd aus dem Superette, aus der Klinik.

»Ja nicht frech werden!« warnte die Bulldogge und verminderte den Druck.

Sal setzte sich schnell auf. »Was soll der Scheiß?« krächzte er. »Bin ich vielleicht in Mexiko aufgewacht, oder was ist?« Er sah sich im Zimmer um, blickte auf das leere Badezimmer, die leere Küche, seinen Stuhl, der wieder am Tisch stand. Noel war weg, soweit er das feststellen konnte.

Der Grauhaarige drehte sich zum Fenster um und ließ die Jalousien in die Höhe schießen; Sonnenschein durchflutete das Zimmer. »Ihre Zimmerwirtin hat uns unten reingelassen«, sagte er. »Sie haben nicht aufgemacht, als wir klopften, und da dachten wir, daß Sie vielleicht Hilfe brauchen würden.«

»Mr. Erickson …?«

»Was, um Himmels willen …?«

Shepherd zeigte Sal seine Plakette. »Ich bin Detective Shepherd. Das ist Sergeant Murdoch. Ein paar Fragen, wenn es Ihnen nichts ausmacht.«

»Und auch wenn es Ihnen etwas ausmacht«, warf Murdoch ein. Er hob Sals Jeans und sein T-Shirt vom Boden auf und warf sie Sal auf die Brust. »Jemand hat uns gesagt, Sie seien ein Freund von Bobby Swift. Vielleicht können Sie uns einen Tip geben, wo wir ihn finden.«

Sal starrte den Sergeant an. »Was?« sagte er.

»*Was?*« äffte der Sergeant ihn nach. »Sie haben mich doch gehört.«

Sal stieg aus dem Bett und in die Hose. »Sie denken, ich habe ihn ausgegraben?« Er griff sich sein T-Shirt vom Bett und zog es sich über den Kopf.

Murdoch trat dicht vor ihn, baute sich mit durchgedrückten Schultern vor Sal auf. »Jemand hat uns erzählt, daß Sie beide sich in der Nacht herumgetrieben haben, bevor er vermutlich in den großen Gemischtwarenladen im Himmel aufgefahren ist.«

»Ich weiß nicht, wovon Sie reden«, erklärte Sal. »Bobby ist tot. Lassen Sie mich in Ruhe.«

Shepherd bückte sich neben dem Bett, hob Sals Brieftasche auf und reichte sie ihm. »Eigentlich suchen wir Mrs. Swift«, sagte er. »Noel. Wir dachten, Sie könnten uns möglicherweise behilflich sein.«

Sal entgegnete nichts, während er die Brieftasche in seine Hüfttasche stopfte. Er fragte sich, weshalb Noel gegangen war, ohne sich zu verabschieden.

»Wie ist's, brauchen Sie einen Drink?« fragte Murdoch. »Wir haben gehört, Sie hätten da ein kleines Problem.«

Sal musterte ihn wortlos. Dann setzte er sich wieder auf die Bettkante und schüttelte den Kopf. »Sie beide sind mir vielleicht ein Ermittlerteam, ich muß schon sagen. Meines Wissens sind Sie hinter demjenigen her, der Eliot Wicker getötet und Bobbys Leiche gestohlen hat, stimmt's? Jetzt haben Sie keine anderen Verdächtigen, also fangen Sie an, die Frau unter Druck zu setzen, die Witwe.«

»Mr. Erickson …?« Shepherd zog sich einen Stuhl heran, setzte sich auf die Vorderkante und hielt Sal ein kleines Foto in einer Plastikhülle hin. Ehe Sal es nehmen konnte, trat Murdoch zwischen die beiden Männer und beugte sich zu Sal hinunter. »Vielleicht haben wir das Gefühl, daß sie nicht so richtig in die Rolle der typischen leiderfüllten Witwe paßt, Sie Schlaumeier …«

Shepherd stand auf und schob den Sergeant beiseite. »Tut mir leid, Sie belästigen zu müssen, Mr. Erickson. Sarge?«

Doch Murdoch schien weder das Bedürfnis zu verspüren, sich zu entschuldigen, noch zog er sich zurück. »Vielleicht sind wir der Ansicht, wenn ein Mann um die Dreißig angeblich tot umfällt und ohne Autopsie begraben wird, dann könnte daran etwas faul sein.«

»Yeah, yeah.«

»Sarge?« Shepherd packte jetzt den Sergeant am Arm und sagte mit ruhiger Stimme: »Jetzt reicht es.«

Das wußte Murdoch offenbar auch, weil er plötzlich verstummte und einfach nur mit dem Kopf nickte.

Shepherd steckte das Foto wieder ein. »Sie wissen also nicht, wo Noel sich aufhält?« fragte er Sal.

»Keine Ahnung«, antwortete Sal und sah Murdoch immer noch finster an.

»Kommen Sie, Sarge …«

»Augenblick mal!« Sal hob die Hand und sah dann Shepherd an. »Was zum Teufel sagt er da von Bobby?«

Murdoch griff in die Tasche seines Blazers, trat dann dicht vor Sal hin und steckte ihm eine Karte in die Tasche seines T-Shirts. »Murdoch heiße ich, Sie Spaghettifresser, und ich will Ihnen sagen, was ich gesagt habe. Ich werde Ihnen nämlich in Zukunft dicht auf den Fersen sein, wo immer Sie Ihren Arsch hinbewegen.« Er nickte noch ein paarmal so heftig, daß sich die Falten an seinem dicken Nacken spannten, richtete sich dann auf und ging mit Shepherd hinaus.

Aus einer Telefonzelle vor einem McDonald's in Bangor führte Noel ein Ferngespräch mit Worcester. Zur Tarnung trug sie eine dunkle Sonnenbrille und ein grünes Sweatshirt mit Kapuze, die sie sich über ihr Kopftuch gezogen hatte. Als der Mann am anderen Ende der Leitung sich meldete, sagte sie ihm, sie wäre Brenda und gab ihm eine Nummer, die er anrufen sollte. Dann legte sie schnell auf, ging zu ihrem Wagen und fuhr auf die Straße hinaus, wobei sie einen prüfenden Blick auf den Parkplatz hinter ihr warf. Sie vergewisserte sich, daß ihr niemand gefolgt war, und bog dann in westlicher Richtung in die Hauptstraße ein. Nach einer Weile fuhr sie in den kleinen Parkplatz eines Trustworthy-Eisenwarengeschäfts, parkte in der Nähe des öffentlichen Telefons an der Ecke des Ladens und wartete dann im Wagen, von dem aus sie geduldig ihre Umgebung beobachtete. Auf dem Parkplatz standen lediglich zwei Fahrzeuge, ein alter Pickup Truck und ein dunkelbrauner Toyota Station Wagon, Baujahr Mitte der Achtziger. Jetzt klingelte das Telefon. Sie stieg aus und nahm den Hörer ab. »Hier ist Brenda«, meldete sie sich.

»Ja, sprechen Sie, Brenda.«

Sie stellte sich so hin, daß sie den Parkplatz im Auge behalten konnte. »Klingt dreißigster September vertraut?« sagte sie.

Der Mann am anderen Ende wartete volle fünf Sekunden lang und sagte dann: »Entschuldigen Sie, aber wenn jemand in dem Tonfall spricht, weiß ich, was los ist. Wollten Sie in bezug auf dieses Datum etwas ändern, oder wollen Sie jetzt ganz stornieren?« Sie entfernte sich so weit vom Telefon, wie die Telefonschnur es zuließ, um den Platz vor sich besser überblicken zu können. »Wollen Sie damit sagen, daß sich noch niemand bei Ihnen gemeldet hat?«

»Das stimmt, Brenda.«

»Und da sind Sie ganz sicher?«

»Hey, natürlich!«

Noel hörte, wie eine Tür geschlossen wurde, und dann kam ein älterer Mann mit einer über zwei Meter langen Plastikregenrinne unter dem Arm um die Ecke. Er ging an ihr vorbei zu dem Pickup Truck und legte die Regenrinne auf die Ladebrücke.

Noel lächelte. »Dann muß ich stornieren.«

Wieder eine Pause. »Kommt vor«, sagte die Telefonstimme.

Der alte Mann stieg in seinen Truck und ließ den Motor an.

»Zwischen uns ist alles glatt?«

»Richtig. Ihre Anzahlung reicht für solche Eventualitäten. Vielleicht ein andermal.«

»Ein andermal«, setzte sie an und sah zu, wie der Pickup wegfuhr. »Wäre es möglich, daß jemand am gleichen Tag kommt?«

»Am gleichen Tag?« entgegnete der Mann. »Sie begreifen natürlich, daß damit das Risiko für uns steigt, und das hat zur Folge, daß die Gebühr sich ein wenig erhöht, aber nicht viel.«

Rechts von Noel fuhr ein Mann um die Vierzig mit einer Wollmütze lautlos auf einem Mountainbike auf die Ladenfassade zu und bremste dann am Straßenrand beim Telefon. Wieder lächelte sie. »Ich sage Ihnen Bescheid, wenn ich Sie brauche«, erklärte sie und hängte den Hörer auf.

Als die Beamten ins Revier zurückkehrten, sah sich Murdoch das Tagesregister an, meldete sich bei der Einsatzleitung und ging dann nach Hause. Shepherd holte sich ein Eiersalatsandwich und schwarzen Kaffee aus dem Automaten und verbrachte den Rest des Nachmittags über einem Stapel Telefonbücher; er rief jeden Sauerstofflieferanten im ganzen Staat an und forderte seine Gesprächspartner auf, ihre Bücher über einen Zeitraum von zwei Jahren nach den Namen Robert Swift oder Eliot Wicker zu durchsuchen. Die meisten seiner Gesprächspartner versprachen, das bis zum Abend des darauffolgenden Tages zu tun; die anderen sagten, sie würden die Namen durch ihre Computer laufen lassen und, falls sie etwas fänden, innerhalb einer Stunde zurückrufen. Niemand rief zurück. Während Shepherd wartete, versuchte er Alston Bouchard zu erreichen, aber der Constable meldete sich nicht. Er probierte es mehrere Male auch bei Noel Swift, und erhielt jedesmal von Bonnie die Auskunft, daß Noel immer noch nicht zurückgekehrt sei. Um 18 Uhr klappte Shepherd seinen Computer zu und fuhr nach Hause.

Der Detective war nicht der einzige, der Noel gern gesprochen hätte. Sal hatte sie seit dem Morgen ebenfalls fast jede Stunde angerufen und war dreimal beim Superette gewesen. Ihr Verschwinden beunruhigte ihn und auch das, was die Beamten gesagt hatten. Aber es war mehr als nur das. Seit Iris und Davey und Bobby plötzlich aus seinem Leben verschwunden waren, hatte sich seine Sorge um Noel in eine beständige Angst verwandelt, er könnte auch sie verlieren.

Um 20 Uhr 20 abends – sie war immer noch nicht zurück, und es war so dunkel geworden, daß er die Straße ohne das Licht seines Scheinwerfers kaum mehr erkennen konnte – fuhr Sal langsam an Wickers Bestattungsunternehmen vorbei, sah in die Rückspiegel, drückte die Harley dann hart in die Kurve und hielt an. Er schaltete den Motor ab, stieg aus dem Sattel und schob die Maschine so weit in die Büsche, daß man sie von der Straße aus nicht sehen konnte, holte eine Taschenlampe aus der Satteltasche, stopfte sie sich in die Jackentasche und ging dann den Hügel durch den Wald hinauf.

An der hinteren Ecke von Wickers Grundstück, das an drei Seiten von Wald umgeben war, kam Sal bei einer Gruppe von Fichten heraus. Das große weiße Haus stand, mit einer Geschenkschleife aus gelbem Polizeiplastikband versehen, auf einer kleinen Anhöhe und blickte auf die Straße hinunter. Hinten war L-förmig eine Garage für vier Autos angebaut, davor die Parkplatzeinfahrt.

Sal ging zum hinteren Teil des überdeckten Gangs, der das L mit dem Haus verband. Die Farben waren mit dem Tageslicht verblaßt, alles lag jetzt still in der Dämmerung da. Sal hatte nicht vor, seinen Einbruch irgendwie zu tarnen. Er zog das Polizeiband über seine Schulter, duckte sich darunter hinweg und stieß dann mit dem Ellbogen eine Scheibe ein. Das Leder schützte seinen Arm.

Er wußte nicht, was er eigentlich suchte, ihm war nur klar, daß Eliot Wicker ermordet worden war und daß die Polizei Noel zu ihrer Hauptverdächtigen gemacht hatte. Und Wickers Haus war ein guter Anfang.

Was Sal über Wicker wußte, war das, was jedermann wußte – daß der Mann ein Vermögen gemacht hatte, indem er sich Immobilienbesitz aus dem Nachlaß jüngst verstorbener Klienten unter den Nagel gerissen hatte. Und dem galt Sals Suche: Wickers Immobilienakten. Er ließ die Beleuchtung ausgeschaltet und bediente sich seiner Taschenlampe, um sich im Haus zurechtzufinden; zuerst ging er ins Untergeschoß, wo er mehrere Türen öffnete, bis er das mit dunkelrotem Teppich ausgelegte Büro fand.

Mit der Taschenlampe zwischen den Zähnen durchblätterte er die Rolodexkartei auf dem Schreibtisch, fand dort aber hauptsächlich Lieferanten: Chemiefirmen, Sarg- und Grabsteinhersteller, einige Geistliche, Landvermesser und Anwälte. Anschließend wandte er sich dem Aktenschrank zu, wo die Aktendeckel alphabetisch abgelegt waren – die Konten der Verstorbenen in den beiden unteren Schubladen, Immobilienakten in den beiden oberen. Er durchblätterte jede einzelne Akte in allen vier Schubladen, eine nach der anderen, während es hinter den beiden Flügelfenstern immer dunkler wurde und sein zweiter Satz Batterien den Geist aufgab.

Als er fertig war, verließ er das Gebäude durch eine Tür im Untergeschoß, die zum Parkplatz hinausführte. Er war jetzt noch verwirrter als bei seinem Eintreffen. Wicker hatte in den Jahren, die er in der Ortschaft verbracht hatte, mehr als vierhundert Menschen begraben und fast ebenso viele Grundstücke gekauft oder verkauft. Fast jeder Einwohner von Gravity hätte ihn mit einer gewissen Berechtigung ermorden können.

Um 21 Uhr 20, nachdem Noel in ihr Geschäft zurückgekehrt und Bonnie endlich nach Hause gefahren war, klingelte das Telefon. Noel schaltete die Außenbeleuchtung ab, vergewisserte sich, daß das rote Alarmlicht brannte und ging dann hinter die Theke, um den Hörer abzuheben. Es war Sal.

»Ich rufe von einer Tankstelle aus an«, sagte er. »Die haben mein Telefon immer noch nicht repariert.«

»Ich wollte gerade zu Bett gehen«, entgegnete sie.

Eine kurze Pause trat ein. »Was war heute morgen mit dir los?«

»Ich mußte weg«, sagte sie.

»Ich bin aufgewacht, und du warst verschwunden. Das hat mich ein wenig beunruhigt.«

Einen Augenblick lang blieben beide stumm.

»Und«, sagte Sal, »sind wir immer noch Freunde?«

»Wenn du es so nennen willst«, antwortete sie.

»Ich hatte mir überlegt...« Wieder eine Pause. »Weißt du, ob Bobby sich je mit Eliot Wicker in Immobiliengeschäfte eingelassen hat?«

Noel blieb eine Sekunde lang stumm. »Warum?«

»Ich weiß nicht, ich – ich habe nur nachgedacht. Hör zu, mir wäre es wirklich lieber, wenn ich heute nacht nicht allein sein müßte.«

»O Gott, ich weiß, wie dir zumute sein muß, Sal. Aber ich muß wirklich schlafen. Ich hab' letzte Nacht nicht viel abbekommen – Schlaf, meine ich«, fügte sie trocken hinzu.

Er lachte. »Und du kommst auch ganz bestimmt zurecht?«

»Die waren den ganzen Tag hier«, sagte sie. »Sie haben sämtliche Fenster und Türen verdrahtet. Ich werde mit einer Pistole unter dem Kopfkissen schlafen.«

»Yeah. Ich auch.«

»Mmm«, schnurrte sie und legte auf. Dann machte sie im vorderen Treppenhaus das Licht an und schaltete die Neonröhren im Lager aus, öffnete die Tür und ging die vordere Treppe hinauf. Das war nicht ihr üblicher Weg, aber heute nacht war ihr nicht danach, durch das Lager zu gehen, diesem Labyrinth aus düsteren Gängen und Kartons und mit den vielen Winkeln. Sie schloß mit ihrem neuen Schlüssel die Tür am oberen Treppenabsatz auf, trat in ihr Wohnzimmer, zog die Tür hinter sich zu, sperrte die neuen Doppelschlösser ab – Schnappschloß und Riegel –, drehte sich dann nach der Stehlampe um und …

… sah Jerry Royal. Er saß zurückgelehnt auf ihrer kleinen Rattancouch und grinste dreist. Sein Auftauchen verblüffte Noel, aber sein Selbstbewußtsein jagte ihr Angst ein – so kannte sie Jerry nicht. Er war betrunken, schloß sie, und wahrscheinlich hier, um sie zu vergewaltigen. Aber sie hatte das Gefühl, daß da noch etwas war, daß es um mehr ging. Ruhig schaltete sie die Leselampe neben sich ein.

»Wollt' dir keine Angst machen, Noel«, sagte er. Sein Haar war naß und bis auf die Augenbrauen heruntergekämmt; es wirkte wie Plastiksträhnen. Er trug einen sauberen weißen Overall und kein Hemd, so daß seine rosaroten runden Schultern freilagen. Mit dem roten Halstuch, das er sich umgebunden hatte, wirkte er so adrett, wie sie ihn noch nie gesehen hatte. Aber viel mehr beunruhigte sie das Stück Papier, das er in der Hand hielt. Vermutlich war das der Grund für sein Selbstvertrauen.

»Puh, du siehst ja aus, als ob du ein Gespenst gesehen hättest«, sagte er.

»Jerry, du kannst nicht einfach hier raufkommen«, erwiderte sie. Sie wollte wütend, nicht etwa verängstigt wirken.

»Du hast recht. Jetzt kann ich das nicht mehr.« Er machte die Hand auf und ließ einen Schlüsselbund baumeln – Bobbys Schlüssel. »Ich war ja schon den ganzen Tag hier oben und hab' gewartet. Hat dir eigentlich nie jemand beigebracht, daß man auch unter dem Bett staubsaugen muß?« Er ließ die Schlüssel auf den Couchtisch vor ihm fallen.

Sie musterte ihn gelassen. »Wo hast du die her?«

Sein verwittertes, zerfurchtes Gesicht verzog sich zu einem Lächeln, das sie noch mehr beunruhigte. »Ich hab' dich neulich nachts dort unten beobachtet«, sagte er.

»Wie auch immer, ich rufe jetzt die Polizei«, erklärte sie und ging an einem Podest mit ein paar Eingeborenenschnitzereien vorbei in den Flur.

»›Bestätigung‹«, begann er zu lesen, »›ich, Gerard Christian Royal‹, das klingt richtig förmlich und macht es amtlich – ›sage hiermit aus, daß ich am fünfundzwanzigsten Mai in Wickers Bestattungsunternehmen in Gravity, Maine, gearbeitet habe und gehört habe‹, das sollte eigentlich *mitgehört* heißen, aber scheiß drauf –, ›und gehört habe, wie Mr. Eliot Wicker ein Gespräch mit Mr. Robert Swift führte, als Robert Swift angeblich bereits tot war‹ – du siehst ja, ich komme gleich zur Sache, was?«

Jerry hielt inne; Noels Schritte im Flur stockten abrupt. »Ich nehme an, jetzt wirst du neugierig? Also weiter: Ich hörte Robert Swift fragen: ›Wie kann sie nur einen solchen Affenanzug schicken?‹ Und Eliot Wicker sagte, er solle den Mund halten, weil er jetzt den Lippenkleber auftragen wolle, womit man Toten die Lippen zuklebt. Nur daß Bobby Swift nicht tot war.«

Jerry blickte auf und sah ihr nach. »Rufst du jetzt die Bullen?« fragte er. Selbstzufrieden lächelnd fand er die Stelle, wo er zu lesen aufgehört hatte, und fuhr fort: »›Also haben ich und Otis Royal, mein Vater, der selbst gar nichts weiß, nur daß Robert Swift tot war, wie das jeder annahm, das Grab im *Ewiger Friede*-Friedhof gegraben, nach der Beerdigungsfeier den Sarg hineingestellt und das Loch mit Erde gefüllt, wie wir das immer tun. Aber ich hatte einen Verdacht. Ich dachte mir, es kann nur einen Grund geben, daß jemand sich lebend von einem anderen begraben läßt – nämlich um die Lebensversicherung zu kassieren, die dann in drei Teile geht – Mann, Frau und Leichenbestatter. Und da hab' ich mir gedacht, wir könnten sie durch vier teilen.

Dann hatte Noel Swift nach der Beerdigung eine Party, und als sie vorbei war, sah ich, wie sie in ihren Volvo stieg. Sie hat gesagt, sie wollte ein wenig herumfahren. Also hab' ich mir, nachdem sie weggefahren war, mit einem Ersatzschlüsselbund aufgesperrt, den ich mir aus Robert Swifts Werkstatt ausgeborgt hatte.

Oben im Schlafzimmerschrank fand ich einen Koffer mit den Kleidern von Robert Swift und einem Flugticket und ein paar anderen Sachen, die ich herausnahm, um mit den beiden zu verhandeln, sobald sie wieder zu Hause waren. Aber dann, eine halbe Stunde später, kam Noel Swift schon wieder allein zurück, und das war nicht genug Zeit, um einen Sarg wieder auszugraben. Und dann wurde mir klar, daß es noch einen Grund geben kann, seinen Mann zu beerdigen: ihn ganz loszuwerden und selbst die Versicherung einzukassieren.‹«

Jerry lehnte sich auf der Couch zurück, blickte auf und sah, daß Noel ihn von der Tür aus beobachtete. Er nickte großspurig: »Ich wette, du wärst in einer Million Jahre nicht auf die Idee gekommen, einer wie ich könnte dich erwischen.« Seine Lippen verzogen sich zu einem Clownsgrinsen.

Sie holte die 22er hinter ihrer Hüfte hervor und zielte auf seinen Mund.

»Hoho, Kopie, Kopie!« Jerry hielt den linken Arm vors Gesicht und streckte ihr das Papier hin. »Bloß eine Fotokopie, ich dachte, das hätte ich schon gesagt.« Er kicherte nervös. »Herr Jeesus, Gnädigste, Sie sind wirklich ein gefährliches kleines Biest. Ganz ruhig bleiben jetzt.«

Aber Noels Revolver zielte nach wie vor auf die feuchten wabbelnden Lippen. Sie war fest überzeugt, daß der Schuß für die Nachbarn nur wie ein herunterfallendes Buch klingen würde – falls überhaupt noch jemand wach war und ihn hörte.

»Das Original habe ich versteckt, und wo sage ich dir nicht, nur daß es in einem Umschlag steckt, auf dem steht ›*Bitte öffnen, falls Gerald C. Royal tot aufgefunden werden oder verschwinden sollte.*‹« Er machte eine ruckartige Kopfbewegung, die unbekümmertes Selbstbewußtsein erkennen ließ. »Glaub ja nicht, daß ich dich unterschätze, Mädchen. Ich hab' dich gut beobachtet.«

Noel musterte ihn wütend und hätte am liebsten abgedrückt, um diese alberne Komplikation aus der Welt zu schaffen. Aber sie wußte, daß sie ruhig Blut bewahren mußte.

»Wo ist er?« fragte sie. »Wo ist Bobby?«

»Wer, wen meinst du? Etwa Dale Newman?« Jerry riß die Augen weit auf und demonstrierte damit sein Wissen und seine Macht. »Jetzt hast du mich erwischt.«

»Du hast Eliot Wicker getötet«, sagte sie.

»Ich?« schnaubte er geringschätzig. »Ich war hier in jener Nacht, in diesem Haus, bei dir. Ich habe Wicker herkommen und auch wieder weggehen sehen, recht klein und häßlich übrigens. Und darüber, was ihm dort auf dem Friedhof zugestoßen ist, weiß ich genausowenig wie du.«

Sie entfernte sich keinen Millimeter von ihrem Platz an der Tür und ließ auch die Waffe nicht sinken. »Was willst du von mir?« fragte sie.

»Also«, er schob ruckartig das Kinn vor, als ob die Antwort eigentlich eine Selbstverständlichkeit wäre, »zunächst einmal ein wenig Respekt.«

Noels Ausdruck veränderte sich nicht.

»Und das soll heißen, daß du mit deiner Kanone vielleicht auf etwas anderes als auf meinen Kopf zielen könntest, wo ich doch, wenn du es dir einmal überlegst, selbst eine Knarre auf dich gerichtet habe, die dir den Bauch bis zu den Knien aufreißt, ob ich nun tot bin oder lebe.«

Aber die Waffe bewegte sich nicht und blieb auf sein Gesicht gerichtet. »Sag mir, was du haben willst«, wiederholte sie.

Er schüttelte langsam den Kopf, wie um damit zu

zeigen, daß er dieses Gespräch erst dann fortsetzen würde, wenn sie seine erste Forderung erfüllt hatte.

Das tat sie auch schließlich und ließ die Waffe sinken. Aber ihr Blick blieb eisig. »Ich habe kein Geld«, erklärte sie.

»Yeah, das habe ich schon gehört. Diese beschissenen Versicherungsgesellschaften, die lassen sich Zeit. Und ich hab' mir schon gedacht, ich werd' ein reicher Mann und fahre im Dorf rum. ›Schönen guten Morgen, wie geht's denn?‹ Hast dir's nicht auch so gedacht?«

Sie sank zu Boden, glitt an dem Podest mit den Schnitzereien entlang. »Jerry, sag mir einfach, was du haben willst«, sagte sie.

Sein langes Schweigen genügte ihr, außerdem las sie die Antwort deutlich in seinem Gesicht, in jenem Blick, der unverhohlene Gier ausdrückte, wie bei Männern eben, die sich einbilden, eine Frau sei hilflos. Und dann legte er los. Er ließ den Brief auf den Beistelltisch gleiten, und seine Stimme wurde weich wie die eines Schnulzensängers. »Neulich nachts habe ich schon einen kleinen Vorgeschmack bekommen, wie ich euch beiden dort unten bei dieser Schokoladennummer zugeschaut habe.« Er steckte die Hand tief in eine Tasche seines Overalls, suchte darin herum und zog dann langsam ihren schwarzen Slip heraus.

Eine Welle von Ekel überflutete Noel. Sie hob die Waffe wieder und sah ihn aus zusammengekniffenen Augen an, wie eine Katze. »Eher sterbe ich«, sagte sie.

»Ach nee«, entgegnete er – und das kam einem entschiedenen *Nein* gleich – ließ sich von der Couch gleiten und sank auf Hände und Knie, den Slip in der Faust. »Ich bin jetzt Prinz Sowieso, wie in Aschenputtel, und bin gekommen, um dir das hier wieder anzuziehen. Mal sehen, ob es paßt.« Er begann auf sie zuzukriechen, sein Rücken war mächtig und rund und seine rosa Schultern bewegten sich wie die eines Löwen. »Ich hab' mir das alles gut überlegt.«

Sie lehnte sich gegen das Podest und zog die Knie an; den Revolver hielt sie mit beiden Händen und zielte damit auf seinen Kopf. Als er näher kam, wurde seine Stimme leiser, war nur noch ein Flüstern.

»Ich sag's doch, schau sich einer diese Träger an, nicht viel mehr als *Fäden*, Fäden, die deine kleinen Titten festhalten.« Wieder dieses ausgefranste Grinsen. »Los doch, Noel, du willst mich doch gar nicht umbringen.«

In ihrem Kopf summte es.

»Nicht, wo ich dich doch in der Hand habe.«

Jerrys rechte Hand fuhr nach oben, entriß ihr den Revolver und legte ihn langsam auf den Boden. »So ist's brav«, stöhnte er, und dann glitten seine rauhen Finger über ihren Arm hinauf bis zur Schulter und dann wieder hinunter bis zu ihrem Top. »So, und jetzt wollen wir sehen, was du da wirklich eingepackt hast«, keuchte er, und seine trockenen Knöchel schabten an ihrer Brust entlang.

Wie von Sinnen sprang Noel auf, riß dabei den Revolver an sich und trieb Jerry den Lauf dicht unter dem Auge in die Wange.

Ehe er die Hand aus ihrem Top ziehen konnte, drückte sie ab, sie konnte einfach nicht anders. Sein Kopf ruckte nach hinten, und jetzt kniete sie vor ihm, preßte ihm den Lauf gegen das Gesicht, drückte erneut ab, und dann wieder – aber jedesmal war nur ein lebloses Klicken zu hören … ein totes Klicken, ein Spielzeuggeräusch …

Er packte sie am Handgelenk und riß ihr den Arm ruckartig herum, so daß ihr Handrücken gegen ein Regal krachte. Mit der anderen Hand betastete Jerry die kleine Wunde, die sie ihm an der Wange zugefügt hatte.

»Herr Jeesus, Noel, mir das Auge auskratzen, wie? Tu's doch!«

Etwas in seiner Stimme ließ sie erkennen, daß er nicht nur körperlichen Schmerz empfand. Seine Gefühle waren verletzt worden.

»Ist ja nicht so, daß ich gesagt hätte, ich will dich heiraten.« Er ließ ihr Handgelenk los und betastete die Stelle unter seinem Auge. »Herrgott noch mal, denk doch nach, Mädchen … Erstens, ich war den ganzen Tag hier oben. Da mußt du doch *wissen*, daß ich gleich zuallererst die Patronen aus dieser Knarre rausnehme. Ich bin doch nicht blöd. Zweitens, wenn du mich umbringst, ist alles vorbei. Der Alte findet meinen Brief, und du verbringst dein restliches Leben im Knast. Drittens« – er tastete wieder über seinen Backenknochen, um zu sehen, ob die Wunde blutete –, »das hier will ich dir durchgehen lassen. Aber in Zukunft, wenn du mir irgend etwas tust, dann kriegst du es doppelt zurück. *Doppelt*. Ist das klar?« *Klaah* klang das bei ihm. Er tippte mit dem Finger auf den Boden. »So, und jetzt weiß ich über etwas Bescheid, und die Sache mit der Versicherung ist beschissen, und ich hab' Anspruch darauf, daß ich auch was kriege.«

Noel funkelte ihn immer noch an und zitterte innerlich vor Wut. Aber ihre Stimme klang erstaunlich ruhig. »Deshalb willst du mich jetzt vergewaltigen. Das ist dein großer Ehrgeiz. Mich vergewaltigen.«

»Na ja, einmal vielleicht, bis du mitgekriegt hast,

wieviel Spaß das macht.« Er sah sie tölpelhaft erwartungsvoll an, wartete auf ein Lächeln, aber es kam keines.

»Alles okay bei dir?«

Sie schloß die Augen.

»Du willst mich also nicht ansehen, willst nicht reden? Soll mir recht sein.«

Sie schlug die Augen auf und sah ihn an.

Langsam breitete sich ein schiefes Grinsen über seinem Gesicht aus. »Das gefällt mir schon besser«, sagte er.

Plötzlich sprang sie auf und riß die Waffe hoch. Er drehte den Kopf zur Seite, aber es war zu spät. Die Trommel traf ihn über dem Ohr, ein bösartiges Knacken war zu hören.

»Hey!« schrie er und warf den Kopf zurück. Als die Waffe von der anderen Seite auf ihn herunterzuckte und der Lauf ihm die Nase aufriß, packte er Noel am Hals und drückte so heftig zu, daß sie mit den Schultern auf den Boden krachte. Mit der anderen Hand entriß er ihr die Waffe, hielt sie in der Faust wie ein primitives Werkzeug und holte weit aus, als wollte er ihr das Gesicht mit dem Kolben zu Brei zerschlagen.

Sie starrte zu ihm hinauf, die Augen bösartig zusammengekniffen.

»Nur zu, du Arschloch«, flüsterte sie. »Schlag doch zu – mach mir einen einzigen Scheißkratzer!«

Jerrys Augen öffneten sich weit, und seine Lippen verzogen sich. Er sah sich um, blickte in den Flur. Dann schaute er wieder auf sie hinunter, und zwei Tropfen Blut fielen von seiner Nase auf ihren Hals. Er wischte sich mit dem Handrücken über den Mund. Noel starrte ihn mit stählernem Blick unverwandt und angewidert an. Er begann mit dem Kopf zu wackeln.

»Keine Sorge«, sagte er, immer noch eine Hand um ihren Hals gepreßt. Er legte die Waffe auf den Boden und schob sie zur Wand. »Keine Sorge«, wiederholte er dann, »du wirst dir noch wünschen, du hättest das nicht getan.« Er ließ ihren Hals los und stemmte sich in die Höhe. »Weil wir morgen nämlich einen Zahn zulegen werden, du und ich.« Der Blick, mit dem er sie ansah, war gleichsam ein Ausrufezeichen. Und dann entfernte er sich rückwärts in den Flur, drehte sich um und taumelte zur Küche, während er seine Wunde befingerte. An der Küchentür drehte er sich noch einmal um und deutete mit dem Finger auf sie. »Scheißemanze!« sagte er. »Du wirst noch dein blaues Wunder erleben.«

Neun

Sal stand im hinteren Bereich des Ladens, sah sich die Auswahl an Videos an und wartete darauf, daß die Menge sich auflöste. Um zehn vor acht, als zwei Männer ihren Kaffee bezahlten und hinausgingen, um zur Arbeit zu fahren, hatte es den Anschein, als würden die anderen sich auch bald auf den Weg machen.

In diesem Augenblick kam Jerry Royal herein; er trug eine braune Papiertüte, die sorgfältig verschlossen war. Als er Sal entdeckte, musterten sich die beiden Männer – Sal in schwarzem Leder und Stiefeln, Jerry in einer magentaroten Jeans und einem grünen Rayonhemd mit breitem weißem Kragen. Obwohl Jerry sein meist wie ein Waschbärschwanz aussehendes Haar wieder sorgfältig gekämmt hatte, schmückte an diesem Morgen ein purpurfarbener Halbmond sein angeschwollenes linkes Auge.

Er wandte sich von Sal ab und setzte sich zwischen Herb True und Belly Button an die Theke.

»Mit wem hast du denn eine Meinungsverschiedenheit gehabt?« fragte Herb.

»Mit meinem Getriebe«, antwortete Jerry.

Sein Vater Otis, der am anderen Ende der Theke saß, meinte in mißbilligendem Tonfall: »Wenn man sich diese Tanzbudenkleidung ansieht, glaube ich eher, daß da eine Frau im Getriebe war.«

»Richtig scharf, diese rosa Hosen«, fügte Belly Button schmunzelnd hinzu.

Ehe Jerry darauf antworten konnte, kam Noel mit einem Karton aus dem Lager. »Ich fange heute mit Kaffee an«, sagte Jerry zu ihr. »Kannst's mir auf die Rechnung setzen.«

Noel ignorierte ihn.

Sal trat an die Vorderseite der Gemüseabteilung und hoffte, Noel würde ihn bemerken, aber sie ging an der Theke entlang, ohne ihn anzusehen. Jerry schien besonderes Interesse an Noels ausgebleichten, an den Hüften enganliegenden Jeans zu nehmen, die wie eine zweite Haut ihre Schenkel umschlossen, an den Knien durchgewetzt und an den Knöcheln ausgestellt und fransig waren.

»Was ist denn in der Tüte?« fragte ihn Belly Button.

»Nichts, was dich interessieren könnte.«

»Rosa Hosen«, warf Belly ein.

»Du verstehst doch nichts von Scheißfarben«, antwortete Jerry, ohne Noel aus den Augen zu lassen.

Die Klingel an der Tür ertönte; Sal drehte sich um und sah Alston Bouchard hereinkommen. Im Superette wurde es ganz still, nur das Ächzen der Dielen unter den Füßen des Constable war zu hören.

»Kaffee, Alston?« fragte Noel.

»Ich brauch' bloß einen Fünfer für Benzin.«

»Wo bleibt mein Kaffee«, sagte Jerry zu Noel, »falls du es vergessen hast.«

Bouchard sah zu ihm hinüber, wobei sein Blick kurz über Sal und die anderen Männer hinweghuschte, und wandte sich dann wieder Noel zu, während er seine Brieftasche aufklappte. Er fingerte einen Zehner heraus und legte ihn auf die Theke. Als sie die Kasse öffnete, sagte er: »War ein Mann namens Dale Newman hier?«

Noel holte einen Fünf-Dollar-Schein aus der Schublade der Registrierkasse und hielt ihn Bouchard hin. »Nicht, daß ich wüßte.« Und zu den anderen gewandt: »Dale Newman?«

Die Männer an der Theke sahen sich an. Jerry stieß Herb in die Rippen. »Frag, wie er aussieht.«

Bouchard sah zuerst Jerry und dann wieder Noel an. »Leider kein Foto«, sagte er und zog eine Karte aus der Hemdtasche, hellgrün, in der Mitte zusammengefaltet. Er faltete sie vor Noel auseinander. »Bloß dieses Flugticket. Anscheinend hat Mr. Newman am Montagmorgen seinen Flug verpaßt. Grand Cayman Island war sein Ziel.«

Bouchard sah zu Sal hinüber – wenigstens hatte Sal diesen Eindruck –, obwohl es schwierig war, Bouchards Augen durch die Reflexe in seinen Brillengläsern zu erkennen.

»Ich denke, wir können Ihnen da nicht helfen«, meinte Noel und bückte sich hinter der Registrierkasse, um in dem Glaskasten mit der Schokolade irgend etwas zurechtzurücken. Bouchard trat einen Schritt zurück und betrachtete sie durchs Glas.

»Am Montag, das wäre der Tag nach Bobbys Begräbnis, sollte er vom Logan Airport in Boston abfliegen – Dale Newman, meine ich. Vielleicht war jemand hier, den Sie nicht erkannt haben ...?« Bouchard klopfte verlegen zweimal auf das Glas.

»Was ist mit diesen Detectives?« fragte Jerry. »Die würden dieses Ticket vielleicht gern sehen.« Er beugte sich über die Theke und versuchte, Noel einen Blick zuzuwerfen. Sal fragte sich, ob er das vielleicht tat, weil sie ihm seinen Kaffee noch nicht gebracht hatte.

Sie richtete sich hinter dem Schokoladenkasten auf und sah Jerry an, als ob ihr gerade dasselbe durch den

Kopf gegangen wäre. »Alston, ich weiß, daß Sie helfen wollen«, sagte sie, »aber wäre es nicht besser, Sie würden mit den anderen zusammenarbeiten?« Der Blick, den sie Bouchard zuwarf, ließ mehr Zuneigung erkennen, als sie gewöhnlich an den Tag legte.

Er faltete das Ticket zusammen und verwahrte es in seiner Brieftasche. »Ich habe bloß gedacht, ich sollte mal nachfragen«, entgegnete er und wandte sich zur Tür. »Wer auch immer dieser Newman ist, er hat jedenfalls sein Flugzeug verpaßt.«

»Wo hat er das Ticket gefunden, hat er das gesagt?« fragte Jerry, an Sal gewandt.

Bouchard drehte sich zu Jerry um, antwortete aber nicht und öffnete dann die Tür.

Sal stieß sich von seinem Hocker ab und trat einen Schritt von der Theke weg. »Mr. Bouchard«, sagte er. Die anderen Männer an der Theke wandten sich Sal zu. Der Constable blieb stehen, hielt die Tür mit einer Hand offen.

»Mr. Bouchard, Sie haben nicht gesagt, wie dieses Flugticket in Ihre Hände gekommen ist.«

Bouchard nickte. »Ja, das weiß ich«, antwortete er und ging hinaus.

Sobald die Tür sich geschlossen hatte, schob Noel die Glastür vor den Schokoladenkasten, warf den leeren Karton in den Abfallkorb und ging an der Theke entlang aufs Lager zu. »Jerry«, sagte sie, als sie die Schwingtür aufdrückte, »hast du einen Augenblick Zeit? Ich möchte, daß du dir mein Auto ansiehst. Es hat Fehlzündungen.«

Jerry wackelte mit dem Kopf, als ob er nachdenken müsse. Dann stieg er vom Hocker und strich sich das Haar zurecht. Er klemmte sich die Papiertüte unter den

Arm, sah zu Sal hinüber und erwiderte: »Ich denke, ich habe Zeit.«

»Wir haben im ganzen Staat keinen Dale Newman registriert«, erklärte die Frau am Telefon.

»Ist es möglich, daß der Name nicht in den Listen steht?« fragte Sal. Mit dem Kugelschreiber in der Hand sah er sich Daveys Sozialkundearbeit an, die auf dem Küchentisch lag und an deren rechter oberer Ecke in roter Schrift AUSGEZEICHNET stand.

»Selbst wenn der Name nicht eingetragen würde, würde er doch auf dem Bildschirm erscheinen«, erklärte ihm die Angestellte.

Sal bedankte sich bei der Frau und legte den Hörer auf. Er ging an die Theke, blätterte in einem Stapel Rechnungen, bis er die von der Elektrizitätsgesellschaft gefunden hatte, und wählte die auf der Rechnung angegebene Nummer. Während er wartete, fiel ihm Daveys Bademantel auf, der am Türknopf des Badezimmers hing – gesteppt, mit rosa Rosen auf blauem Untergrund. Er wandte sich ab, ehe der Schmerz sich noch tiefer in ihn bohrte. Als sich eine Frau meldete, erklärte er, in seinem Umschlag habe die falsche Stromrechnung gesteckt. »Ich habe die von Dale Newman«, sagte er. »Wenn Sie mir seine Adresse geben, schicke ich sie ihm.«

»Seine Adresse sollte auf der Rechnung stehen«, erwiderte sie. »Unmittelbar unter dem Namen.«

»Dort ist alles verschmiert«, sagte Sal.

Die Frau forderte ihn auf, einen Augenblick zu warten. Ein paar Sekunden später war sie wieder am Apparat. »Wir haben im ganzen Staat keinen Dale Newman verzeichnet. Sind Sie sicher, daß Sie das richtig gelesen haben? D wie in Delphin?«

Sal legte auf und sah dann in den Gelben Seiten unter FLUGGESELLSCHAFTEN nach.

»Sag gar nichts«, sagte Noel. »Hör mir nur zu.«

Jerry zuckte die Schultern. »Kein Problem.« Er stand an der untersten Treppenstufe in der Garage und hielt seine verschlossene Papiertüte in den verschränkten Armen. »Steig ein«, sagte sie.

»Ja, Ma'am.«

Er ging um den Wagen herum und nahm auf der Beifahrerseite des Volvo Platz, fand den Hebel unter seinem Sitz, schob diesen ganz nach hinten und streckte die Beine aus. Noel stieg auf der Fahrerseite ein, startete den Motor und ließ ihn hochtourig im Leerlauf dröhnen.

Sie sah ihn an. »Bist du total verblödet?«

»Das weiß ich nicht«, sagte er. »Bin ich das?«

»Hast du Bouchard dieses Flugticket gegeben?«

»Ich hab' es wo liegen lassen, wo ich dachte, daß er es vielleicht finden könnte. Hab' ich's dir nicht versprochen, Noel? Wenn du einen Zahn zulegst, leg ich zwei zu. Wenn du weiterhin Dummheiten machst, dann solltest du wissen, daß ich genug in der Hand habe, um dich auf Lebenszeit hinter Gitter zu bringen.« Er fuhr mit dem Finger in die Tüte, zog eine schmale weiße, in Zellophan verpackte Schachtel heraus und schob sie ihr hinüber. »Fanny Farmer«, sagte er.

Sie würdigte die Pralinen keines Blickes. »Jerry«, sagte sie, »du riskierst dein Leben – und das meine –, bloß weil du mit mir schlafen willst.«

Er hob die Schultern. «*Mein* Leben riskier' ich nicht.«

»O doch, das tust du«, antwortete sie mit ernster Stimme und verlieh dabei jedem einzelnen Wort seine ganze unheilverheißende Tragweite. »Glaub mir, du riskierst dein Leben.«

Jerry überlegte einen Augenblick. »Also, weißt du, Noel, du riskierst dein Leben, um *nicht* mit mir schlafen zu müssen. Ich würde sagen, da bist du die Dumme.« Er stellte die Pralinenschachtel vor sie auf das Armaturenbrett. »Gemischte Sorten«, erklärte er. Man konnte die zunehmende Erregung in seinem Blick lesen, auch wenn das Wissen, daß die Garage sich mit Kohlenmonoxid füllte, seine Gefühle ein wenig dämpfte.

»Jerry, denk darüber nach.«

»Keine Sorge, das tue ich.«

»Jerry, dein *Leben*! Sex ist es nicht wert, dein Leben dafür zu verlieren.«

Er kicherte. »Yeah. Vielleicht würdest du dein Leben nicht dafür riskieren. Vielleicht auch Königin Elisabeth nicht, oder wie sie heißt, oder die Frau des Präsidenten, auch die vielleicht nicht. Aber hey, Lady, schauen Sie doch *mein* Leben an. Was habe ich denn zu verlieren? Ein paar Hühner und einen neuen Chevy Truck, und den kann ich dorthin, wo ich mal hingehen muß, sowieso nicht mitnehmen. Und du willst mir sagen, daß es bei einem solchen Leben keinen Sinn hat, dir deine Hippiehosen runterzuziehen?« Fast hätte er die tiefgeschnittene Hüftpartie ihrer Jeans berührt, aber dann ließ er es bleiben.

Sie wandte sich ab.

»Das ist sowieso nicht alles, was ich haben will«, fuhr er fort. »Ich erwarte Frühstück, Mittagessen, Abendessen, das auch immer, gratis, jedesmal, wenn ich reinkomme. Benzin für meinen Truck, Gratisvideos … ich denke, das ist fair.«

Noel schloß die Augen. »Ich kann das einfach nicht glauben«, flüsterte sie.

»Ich wette, daß du das nicht kannst«, sagte er. »Denn wahrscheinlich hast du dir immer eingebildet, du seist so ziemlich das Schlaueste, was je in diesem Dorf rumgelaufen ist. Und ich – ich bin so dämlich. Na schön, und jetzt schau mal, wo ich dich hingebracht habe, Schlauköpfchen.«

Noel wandte sich von ihm ab und starrte durch ihr Fenster hinaus in die Garage. Eine Weile blieb sie stumm. Dann hob sich schließlich ihre Brust mit einem langen, resignierenden Seufzer.

»Na?«

Sie wandte ihm ihr Gesicht zu, und in ihren Augen stand die Niederlage. Jerrys Herz hätte beinahe ausgesetzt. Er musterte sie unverschämt und gierig.

»Nicht hier«, sagte sie. »Und nicht jetzt.«

»Sag mir wann und wo, Lady, dann bin ich da.«

Sie nickte langsam. »Zuerst mußt du mir genau berichten, was in jener Nacht auf dem Friedhof passiert ist.«

»Das habe ich dir doch schon gesagt«, erklärte er. »Ich hatte nichts damit zu tun, das schwör' ich bei Gott. Ich weiß nicht mehr, als daß du und Bobby geplant habt, Wicker die Daumenschrauben anzulegen.«

Noel starrte ihn an.

»Gib mir ruhig den *bösen Blick,* solange du willst. Ich sag' dir nur das: Wenn Bobby irgendwo ist und sein Spiel treibt, dann solltest du dafür sorgen, daß er mich in Ruhe läßt. Weil ihn dieser Brief, den ich da geschrieben habe, in Null Komma nichts fertigmacht, genau wie dich, und da ist's mir ganz egal, auf welche Insel ihr abhaut. Und das gilt auch für diesen anderen, den du scharf gemacht hast, meinen Schwager, und außerdem, woher weiß ich denn, daß ihr beiden euch nicht diese ganze Sache von Anfang an ausgedacht habt, um alle anderen reinzulegen?«

Noels Ausdruck blieb völlig unverändert. Ohne den Blick von Jerry zu wenden, sagte sie: »Ich möchte, daß du Sal Erickson in Ruhe läßt.«

Jerry musterte sie prüfend. »Das klingt so, als ob du selbst Pläne für ihn hättest.«

Noels Augen verengten sich so plötzlich und blickten so wild, daß seine Hand reflexartig an den Türgriff fuhr.

»Ich habe gesagt, du sollst ihn in Ruhe lassen.«

Der schwarze Labrador saß am Straßenrand und winselte, als Shepherd die Fingerabdrücke vom Briefkasten abnahm. »Und Sie sind ganz sicher, daß das Ticket hier drinnen war«, sagte der Detective. »So zusammengefaltet?«

»Um halb acht habe ich es gefunden«, antwortete Bouchard, »als ich meine Post holte.« Er tätschelte den Hund und beruhigte ihn. Sein langer Trailer, einer jener barackenähnlichen Wohnwagen, wie man sie häufig in den provisorischen Ansiedlungen von Bauarbeitern in der Nähe größerer Baustellen findet, stand auf der anderen Straßenseite, sechs Meter vom Asphalt entfernt. Hinter dem Trailer konnte man einen langen, steinigen Hügel erkennen, der in der Mitte von einem Paar ausgefahrener Reifenspuren markiert war. Rechts von der Straße war der Hügel weiß von Blaubeerblüten, Garanten der diesjährigen Ernte. Links legten die verkohlten Überreste von Sträuchern Zeugnis für den alle zwei Jahre vorgenommenen Rodungsbrand ab.

»Und dann hat Sie irgend etwas dazu veranlaßt, das Flugticket rauszuholen, es in die Hand zu nehmen, in den Laden zu bringen und Ihren Freunden zu zeigen«, sagte Murdoch, der etwas abseits stand und aus seiner Thermosflasche Kaffee trank.

»Der Flug war für den Morgen nach Bobby Swifts Begräbnis gebucht«, antwortete Bouchard. »Ich dachte, daß es da vielleicht eine Verbindung gäbe.«

Shepherd sah auf die Uhr. »Am Tag nach Bobby Swifts Begräbnis ist eine ganze Menge passiert«, sagte er.

»Jeden Tag passiert eine ganze Menge«, fügte Murdoch hinzu. »Das heißt noch lange nicht, daß da eine Verbindung besteht.«

»Nur ein Hinflug«, sagte Bouchard.

Shepherd sah ihn fragend an.

»Das Ticket«, erklärte Bouchard. »Das heißt, daß er nicht vorhatte, zurückzukommen.«

Murdoch schüttete unbeeindruckt den Rest Kaffee auf den Asphalt und spritzte dabei den Hund an. »Ich bin dann im Wagen«, sagte er. Als er über die Straße ging, bellte der Labrador.

»Katahdin, still.«

Shepherd klebte ein Etikett an den Briefkastendeckel, den er abmontiert hatte, steckte ihn in eine Plastikhülle und setzte dazu an, die Straße zu überqueren. Bouchard und der Hund folgten ihm.

»Sie haben Bobby Swifts Fingerabdrücke auf den Taucherflaschen entdeckt«, sagte Bouchard. Falls das eine Frage war, klang es nicht wie eine. »Und die von

Eliot Wicker auch«, fügte er hinzu, »wenn ich mich nicht sehr täusche.«

Shepherd blieb stehen, drehte sich um und sah den Constable an, starrte ihn so lange an, bis es beiden Männern unbehaglich wurde.

»Mr. Bouchard, ich weiß nicht, wie dieses Flugticket in Ihren Briefkasten geraten ist«, sagte Shepherd, »oder ob es überhaupt etwas zu bedeuten hat. Aber es wäre mir wirklich lieb, wenn ich Sie in Verbindung mit dieser Ermittlung nicht mehr zu sehen bekäme.«

Damit wandte sich der Detective ab und ging zu seinem Cherokee, wo er sich hinters Steuer setzte und den Motor anließ. Bouchard trat ein paar Schritte näher. »Dieser Sarg«, sagte er, »ich meine innen – ich vermute, der Bezug war ein wenig aufgefetzt ...?«

Shepherd legte den Rückwärtsgang ein und setzte zurück. »Möglicherweise muß ich Sie verhaften«, sagte er. »Es könnte wirklich sein, daß ich Sie einsperren muß.« Er wollte losfahren, als ein Motorrad um die Kurve kam, ihm den Weg abschnitt und anhielt. Shepherd konnte gerade noch rechtzeitig auf die Bremse treten, um einen Zusammenstoß zu vermeiden.

Murdoch, der Sal auf der Harley erkannte, rutschte schwerfällig auf seinem Sitz herum und murmelte etwas.

Sal lenkte das Motorrad zu Shepherds Seitenfenster und schaltete den Motor ab. »Dale Newman hat seinen Flug Samstag abend um 20 Uhr 15 storniert«, sagte er zu den Detectives. »Ich habe bei Delta Airlines angerufen.«

»Das war an dem Abend des Begräbnisses«, fügte Bouchard von der anderen Seite des Fahrzeugs hinzu.

»Die reinsten Scheißdetektive«, sagte Murdoch.

Sal holte einen Zettel aus der Jackentasche. »Eine Adresse von ihm wußten sie nicht«, fuhr er fort. »Der Flugpreis wurde nicht zurückbezahlt, weil er sich zu spät gemeldet hat. Aber ich habe festgestellt, daß er das Ticket über ein Reisebüro kaufte« – er zeigte Shepherd das Papier –, »Beliveau in Portland. Er hat es bar bezahlt, im vergangenen Juni, am vierundzwanzigsten.« Sal faltete das Blatt zusammen und reichte es Shepherd.

Ein oder zwei Sekunden lang starrten die beiden Detectives aus ihrem Cherokee Sal an. Dann streckte Shepherd die Hand aus und nahm das Papier entgegen.

»Ich versuche bloß herauszubekommen, was hier vorgefallen ist«, sagte Sal. »Vielleicht lassen Sie die Frau dann in Frieden.«

Murdoch öffnete seine Tür und zwängte sich halb aus dem Cherokee, so daß er mit einem Fuß auf dem Boden stand. Er sah über die Motorhaube zu Sal hinüber. »Das einzige, was Sie rausfinden werden, ist, wie verdammt schnell wir Sie einlochen, wenn Sie sich noch einmal in diese Ermittlung einmischen und uns stören.« Er redete weiter, aber was er sonst noch sagte, wurde übertönt, als Sal die Harley startete, den Motor aufjaulen ließ und wegfuhr.

Sal fuhr in östlicher Richtung, bog nach rechts auf eine ungeteerte Straße, die an abgebrannten Blaubeerfeldern vorbeiführte, und drehte dann richtig auf. Von einer Staubwolke gefolgt, ließ er sich den Wind ins Gesicht peitschen und versuchte dabei die einzelnen Fragmente zusammenzufügen: Jemand hatte Eliot Wicker in der Nacht nach Bobbys Begräbnis ermordet.

Und jemand hatte Bobbys Leiche gestohlen. Und jetzt tauchte in der Ortschaft ein Flugticket auf, das einem Dale Newman gehörte, der am Tag nach Bobbys Beerdigung nach Grand Cayman Island hätte fliegen sollen. *Jeder Zusammenhang ist auch ein Hinweis.* Sal versuchte sich an Gesichter bei der Begräbnisfeier, bei der eigentlichen Beerdigung und bei dem Empfang in Noels Wohnung zu erinnern – fremde Gesichter, aber es gab auch eine Menge Leute, die in Gravity lebten und die er nicht kannte. Fast jeder der dort Anwesenden hätte Dale Newman sein können, ohne daß ihm das aufgefallen wäre. Und selbst wenn dieser Dale Newman in das schreckliche Geschehen verwickelt war, selbst wenn er Eliot Wicker ermordet und in Bobbys Grab verscharrt hatte, weshalb hätte er dann Bobbys Leiche wegschaffen sollen?

Für Sal waren da keinerlei Zusammenhänge zu erkennen – und eigentlich konnte er auch an gar nichts denken, ohne daß sich immer wieder Noel in seine Gedanken drängte. Und deshalb machte er, als der Feldweg in eine Asphaltstraße mündete, kehrt und fuhr zurück zur Ortschaft, direkt zum Superette, ohne dabei daran zu denken, daß es dort im Augenblick von Mittagsgästen wimmelte. Er ging hinein und entdeckte Noel, die gerade an der Kasse Geld wechselte. Seien Augen ließen sie nicht los, während er auf die Registrierkasse zuging.

»Hast du einen Augenblick Zeit?« fragte er sie. Er wußte, daß ihn die Männer um ihn herum beobachteten; ob sie wohl die Blicke deuten konnten, die er und Noel wechselten?

»Ich habe viel zu tun«, sagte sie und gab sich desinteressiert.

»Man hat mich gerade angehalten«, log er. »Die Polizei möchte die Zulassung des Motorrads sehen. Ich hab' ihnen gesagt, daß ich sie bei dir hole und aufs Revier bringe.«

Noel warf ihm einen kurzen Blick zu. »Ich sehe hinten im Schreibtisch nach. Bonnie, können Sie hier einen Augenblick übernehmen?« Sie ging an Bonnie vorbei, die am Grill tätig war, und ließ durch nichts erkennen, daß Bonnies Antwort von Belang war. »Hier durch«, sagte sie zu Sal und stieß die Tür zum Lager auf.

Er ging hinter die Fleischtheke, fing die Tür auf und folgte Noel in den düsteren Gang zwischen den Kartonwänden. Am ersten Quergang bog sie links um eine Palette, auf der sich Kartons mit Papiertaschentüchern türmten. Er folgte ihr, griff nach ihrem Arm, und im gleichen Augenblick trafen sich ihre Lippen. Eine Hand legte er um ihren Nacken, die andere an ihren Hinterkopf; sie griff unter sein offenes Jackett, glitt hinunter an seine Jeans; seine Hände fuhren entlang ihres Rückens bis zu ihren nackten Hüften; sie küßte ihn auf den Hals; er schloß die Augen. Und dann waren da nur noch diese zwei Körper, dieser nicht enden wollende Kuß, und ihr keuchender Atem. Sie bewegten sich im Kreis, als würden sie tanzen, bis Noel rückwärts an den Schreibtisch stieß und das Telefon von der Gabel warf. Plötzlich lösten sich ihre Lippen voneinander, aber sie hielten sich immer noch fest umschlungen.

»Was machen wir da?« hauchte sie.

»Komm mit – auf eine kleine Spritztour«, antwortete er.

Sie schüttelte den Kopf und schob seine Hände weg. »Ich kann nicht«, sagte sie und entwand sich ihm. Dann bückte sie sich, um den Hörer aufzuheben. »Ich muß wieder ins Geschäft, und du mußt hier verschwinden.«

Er packte sie an den Hüften, seine Hände glitten an ihr empor und drehten sie herum, so daß sie ihn ansehen mußte. »Stell mich ein«, sagte er. »Dann wohne ich in der Garage.«

Sie lachte, sah auf seinen Hemdzipfel, der ihm aus der Hose gerutscht war, und drückte sich an ihn. »So kannst du nicht hinausgehen«, sagte sie und schob ihm das Hemd wieder in die Jeans, schob es hinunter, unter den Bund seiner Unterhose. Ihr Daumen wischte dabei über seine Erektion.

Er stöhnte auf. Sie zog langsam die Hand heraus. »Jemand wird uns sehen«, sagte sie und schaute sich zum Laden um. Man konnte das kleine helle Fenster der Schwingtür erkennen.

»Hier drinnen ist's dunkel«, entgegnete er und hielt ihre Arme fest.

»Oh«, schauderte sie, »aber wir haben keine Zeit.«

»So scharf, wie ich bin, wird's nicht lange dauern.« Grinsend griff er nach unten und fand den Knopf ihrer Jeans. Sie ließ die Hüften kreisen und lachte.

»Herrgott, warst du immer so schlimm?«

Er zog sie heftig an sich. »Komm schon, wir fahren ein Stück die Küste hinauf und mieten uns ein kleines Haus am Wasser.«

»Sal, das können wir nicht tun. Die Leute hier im Dorf würden mich ohnehin am liebsten lynchen.«

»Nimm deinen Wagen. Ich warte irgendwo auf dich. Ich muß mit dir reden.«

Sie entwand sich ihm, bewegte sich rückwärts auf den Laden zu und musterte ihn mit einem verführerischen Lächeln. »Mit mir reden?«

»Ich habe Dale Newman gefunden«, sagte er.

Sie blieb stehen, den Kopf etwas zur Seite gelegt, ihr Lächeln erstarrt.

»Den Typen, der das Flugticket verloren hat«, erklärte er.

Ohne den Blick von ihm zu wenden, schwieg sie einen Augenblick lang, während ihr Lächeln verblaßte. Jetzt wirkte sie verletzt – oder zornig, genau konnte er das nicht sagen.

»Ich weiß, wo er das Ticket gekauft hat«, sagte Sal.

Sie ging einen Schritt auf ihn zu und blieb dann stehen, weit genug entfernt, daß die Entfernung etwas zum Ausdruck brachte. »Sal, verstehst du denn nicht?« sagte sie. »Kannst du nicht sehen, daß ich hier ersticke? Wo ich auch hingehe, höre ich immer nur: Eliot Wicker, Bobby Swift, und dann fragt mich jemand, wo *ich* war, was *ich* getan habe, mit wem *ich* zusammen war. Sal, ich habe das Gefühl, daß es irgendwo jemand gibt, der alles so hindrehen möchte, als ob ich in die Sache verwickelt wäre ...«

»Deshalb habe ich mich doch erkundigt«, entgegnete er. »Ich möchte, daß das aufhört. Ich möchte herausbekommen, was mit Bobby passiert ist.«

Sie kniff die Augen zusammen und kam näher. »Nein«, sagte sie beinahe so, als wollte sie ihn warnen. »Sal, du mußt dich da raushalten.« Sie streckte beide Hände aus, schob sie in die Taschen seiner Jacke und zog ihn zu sich heran, zog die Jacke um sich herum. »Sally, du bist meine Zuflucht, mein Ausweg aus diesem Wahnsinn hier.« Sie hob das Gesicht, berührte seinen Körper ganz leicht mit dem ihren, ließ ihre Lippen über seinen Hals wandern. »Und ich möchte dich nie verlieren.«

Dann sagte sie nichts mehr und er ebenfalls nicht, weil auch für ihn der Gedanke, sie zu verlieren, unerträglich war. Er hielt sie an sich gedrückt, hörte das leise Murmeln der Gespräche aus dem Laden, das dumpfe Dröhnen von Countrymusik, die zu weit entfernt spielte, als daß man die Melodie hätte erkennen können, hielt die Lippen an ihr Haar gedrückt, ... und flüsterte ein Gelöbnis: »Ich werde dich nie verlieren.«

Als die Detectives zurückgekehrt waren, schloß Shepherd sich mit seinem Computer in einem Verhörraum ein, rief sämtliche Sauerstofflieferanten an, mit denen er am Vortag telefoniert hatte, und bat sie, einen weiteren Namen zu überprüfen: Dale Newman. Nach einer Stunde mit Telefonaten und ohne Ergebnisse hörte er, wie die Tür sich öffnete. Ein Schatten fiel über seinen Schreibtisch.

»Ein einfaches Ticket zu einer Insel irgendwo, und dort wechselt man die Pferde.« Es war Murdoch, der in der Tür lehnte. »Glauben Sie nicht auch, daß es ein wenig verdächtig ist, daß uns jemand dieses Ticket gegeben hat?«

Shepherd hielt mit Wählen inne. »Ich glaube, da gibt es einen Zusammenhang.«

»Und der Mörder hat mit seinem richtigen Namen für die Sauerstoffflaschen unterschrieben?«

»Er hat irgendeinen Namen hingeschrieben. Sarge, wären Sie bereit, ein paar Recherchen für mich anzustellen?«

Murdoch drehte den Kopf zur Seite und reagierte nicht. Shepherd klappte einen Aktendeckel auf, zog das Foto von Bobby Swift und Sal Erickson heraus und schob es an den Rand seines Schreibtischs. Murdoch trat heran und drehte das Foto zu sich herum. »Scheißspaghettis«, sagte er. »Und ich dachte immer, diese Kerle gäb's nur in Chicago.«

»Ich will Fakten über Bobby Swift«, erklärte ihm Shepherd. »Wo er geboren ist, wo er zur Schule ging, für wen er gearbeitet hat, was für Hobbys ihm Spaß machten – alles, was er getan hat, seit er auf eigenen Füßen stehen konnte.«

Der Sergeant zog den Kopf ein und kratzte sich mit dem kleinen Finger eine Stelle am Nacken, wo er sich immer kratzte, wenn er seine Skepsis zeigen wollte.

»Und die Jungs vom Labor brauche ich auch wieder«, fuhr Shepherd fort. »Ich möchte einen Durchsuchungsbefehl für den Laden, die Wohnung darüber, den Keller, die Garage, die Fahrzeuge – und den Müllbehälter draußen. Am besten, ich stelle eine Liste auf. Wir suchen Schuhe – seine oder ihre –, damit wir irgendwelche Erdspuren mit der Probe aus dem Friedhof vergleichen können. Wir suchen Sauerstoff- oder Taucherflaschen oder andere Atemgeräte, und ich möchte, daß man den Müll nach weggeworfener Kleidung durchsucht.«

Murdoch lachte prustend und schüttelte den Kopf. »Kein Wunder, daß ihr Typen so lange braucht«, sagte er. »Dieses analysieren, jenes analysieren, Herrgott noch mal, jedes Staubkörnchen wird auf eine Million verschiedene Arten analysiert. Und jetzt wollen Sie eine gottverdammte Biographie von diesem Kerl. Wissen Sie was – Sie gehen mit diesem Kleinkram einfach zu weit.«

Shepherd ließ den Telefonhörer sinken. »Bin ich der Leiter der Ermittlungen in diesem Fall oder nicht?«

»Ihr Job besteht nicht darin, auf Zehenspitzen herumzulaufen. Sie müssen in diesem Dorf auf die Pauke hauen und möglichst vielen Leuten eine Scheißangst einjagen, bis irgendeiner von diesen Drecksäcken das Maul aufmacht!«

Shepherd legte den Hörer auf die Gabel, drehte sich in seinem Sessel herum und sah den Sergeant an. »Leite ich die Ermittlungen?«

»Ja – ich glaube schon.«

»Leite ich die Ermittlungen?«

Das Telefon summte. Shepherd nahm den Hörer auf und rief: »Was gibt's?«

Es war jemand von einer Firma Mid-Maine Supply in Belfast, fast eine Stunde die Küste abwärts. Die Frau hatte gerade ihre Datei mit dem Computer durchforstet und glaubte gefunden zu haben, was Shepherd suchte. Er tippte die Information in seinen Notebook-Computer ein, während er mit ihr redete, bedankte sich dann und legte auf.

»Was war das?«

Shepherd tippte immer noch. »Zwei Sauerstoffflaschen Größe E im letzten Frühjahr am dreizehnten Mai verkauft. Die Taucherflaschen auch. Derselbe Ort, dasselbe Datum und derselbe Name.«

»Tatsächlich?«

Shepherd sagte kühl: »Dale Newman.«

»Na herrlich. Jetzt suchen wir uns das Arschloch, finden ihn, verhören ihn so lange, bis ihm die Scheiße im Hintern kocht, und holen uns sein Geständnis.«

Shepherd hob das Foto auf und hielt es Murdoch hin.

»Damit das klar ist – solange ich hier das Sagen habe, suchen Sie Bobby Swift.«

Das gelbe Plastikband der Polizeiabsperrung war immer noch um das Haus gespannt; die Fensterscheibe in der hinteren Tür war immer noch zerbrochen. Sal griff durch das Loch und machte die Tür auf. Wenn es irgendwelche Nachbarn gegeben hätte, dann wäre ihnen heute sicher der Lichtkegel seiner Taschenlampe aufgefallen. Das Haus war dunkel, und es gab keine Jalousien an den Fenstern. Er wußte, daß man ihn verhaften würde, falls man ihn hier erwischte – abgesehen davon, daß Noel wütend wäre – aber die Detectives schienen darauf versessen, wie Bluthunde ihrer Spur zu folgen, bis ihnen etwas Besseres in die Quere kam. Dale Newman zum Beispiel.

Er ging zuerst zum Wandtelefon und richtete den Lichtkegel seiner Taschenlampe auf ein Klemmbrett, das daneben hing, eine mit dem Computer ausgedruckte Liste von Telefonnummern in alphabetischer Reihenfolge. Kein Dale Newman darunter, aber das überraschte Sal nicht. Falls es überhaupt eine Verbindung zwischen Eliot Wicker und Dale Newman gab, so vermutete er wenigstens, würde er etwas im Untergeschoß in den Geschäftsakten finden. Er richtete seine Taschenlampe auf die Kellertür …

… da veranlaßte ihn etwas, innezuhalten.

Der Lichtkegel seiner Lampe strich nach links zu einem einfachen, an der Wand befestigten Holzbrett mit hölzernen Zapfen. Eine schwarze Nylonjacke hing an dem Brett. Sal ließ den Lichtkegel weiter nach links wandern: schwarzes Sportsakko; schwarzes Sweatshirt mit Kapuze. Ein leerer Zapfen. Noch einer … und dann …

… eine Reisemütze. Er beugte sich mit der Taschenlampe vor; ein Dielenbrett knackte und erschreckte ihn.

Sein Herz schlug schneller. Brauner Tweed. Er streckte die Hand aus, nahm die Mütze von der Wand … und wußte bereits, bevor er sie umgedreht und mit der Lampe hineingeleuchtet hatte, was darin stand:

PALMARY

HERRENHÜTE, PROVIDENCE.

Seine Mütze.

Er setzte sie auf, und sie paßte perfekt. Vor zehn Jahren hatte er sie gekauft, in der Zeit mit Woody, hatte sie auf der Bühne getragen und auch sonst – bis letzten Sommer, irgendwann verlor er sie dann …

… bei Eliot Wicker?

Er hörte ein Geräusch.

Bobby …?

Er fuhr herum, und die weiße Tür reflektierte den Lichtkegel aus seiner Taschenlampe. Schnell knipste er sie aus, rief sich das Geräusch noch einmal ins Gedächtnis, ein Geräusch, für das es keinerlei Anlaß gab. Es war von unten gekommen – ein einzelnes gedämpftes Klappen, wie eine sich schließende Tür.

Während er so in der Dunkelheit dastand, setzte er sich zum erstenmal mit der realen Möglichkeit auseinander, daß Bobby noch am Leben sein könnte. Wenn das zutraf, würde das den Mord an Wicker erklären. Und es würde auch ganz sicherlich erklären, wie es kam, daß Bobbys Leiche verschwunden war. Es würde den Handschuh in Sals Koffer erklären, die Schrift auf dem Heckfenster von Noels Wagen … Ein seltsames Gefühl stieg in Sal auf, dunkel und abartig, wie er es noch nie gekannt hatte.

Da war das Geräusch wieder, ein weiches Trommeln jetzt, beinahe so, als ob es nach ihm rufen, ihn herausfordern wollte. Er streckte die Hand aus, fand den Türknopf und drehte ihn langsam. Tief in seinem Inneren gab ihm eine Stimme den Rat, das Haus des toten Mannes zu verlassen, zurückzukehren, auf sein Motorrad zu steigen und irgendwohin zu fahren, weit weg von hier, bis er all das begreifen konnte …

… aber dann öffnete sich die Tür unter dem Druck seiner Hand.

Er verspürte über sich einen leichten Lufthauch, lauschte erneut, überlegte, ob das Geräusch vielleicht von einer Maus oder sonst einem Nager kam – oder einfach nur ein Produkt seiner gestörten Phantasie war. Aber dann hörte er es wieder: ein hartes, stumpfes Klopfen, zu laut für ein kleines Nagetier. Er gelangte zu dem Schluß, daß es nicht unmittelbar von unten kam, sondern aus einem der hinteren Räume Wickers im Untergeschoß. Mit ausgeschalteter Taschenlampe, die Hand am Geländer, stieg er langsam und lautlos die Treppe hinunter. Als er den harten Boden unter den Sohlen spürte, blieb er wieder stehen. Das Klopfen schien von links zu kommen, so gedämpft, daß er annahm, daß es wenigstens eine Wand zwischen ihm und dem Klopfen gab. Er schaltete die Taschenlampe ein und ließ den Lichtkegel schnell durch den kleinen Raum kreisen, um sich zu vergewissern, daß er allein war. Das war er. Außer ihm befanden sich nur die Heizung und der Wasserboiler in dem Raum. Vorsichtig schob er sich auf Wickers Bürotür zu.

Dann, vor der Tür, lauschte er erneut auf das Geräusch – jetzt war es eher ein Rascheln – und vermutete, daß es nicht aus dem Raum unmittelbar vor ihm, sondern aus einem weiter hinten liegenden kam. Trotzdem schaltete er die Taschenlampe ab und drehte den Türknopf, zog die Tür auf. Wieder Dunkelheit.

Aber jetzt klang das Rascheln näher – und noch lauter –, fast als ob sich jemand mit irgend etwas abmühte.

Sal schaltete die Taschenlampe ein und ließ den Lichtkegel nach links und rechts wandern, über den dicken dunkelroten Teppich zu seinen Füßen, hob die Lampe dann und richtete sie nach links, bis er in etwa sechs Meter Entfernung eine weitere Tür erkennen konnte. Er tappte am Schreibtisch und den Aktenschränken vorbei, wobei der Teppich seine Schritte verschluckte. Je näher er der Tür kam, um so deutlicher wurde das Rascheln. Er griff nach dem Türknopf. Schaltete die Taschenlampe ab. Stand in der Finsternis und lauschte auf die Geräusche. Der Punkt ohne Wiederkehr, sagte er zu sich, als würde er, wenn er durch die Tür trat, sich ins eigene, unabwendbare Verderben stürzen …

… als ob er jene Tür nicht bereits vor einiger Zeit geöffnet hätte. Aber jetzt war er im Begriff, endgültig und unausweichbar durch die Tür zu treten.

Die Tür öffnete sich leise, und die Geräusche verstummten. Er spannte seine Muskeln an, zog die Schultern etwas hoch. In dem Raum schwebte, ein seltsamer Geruch – Teppiche, Möbel …

Ein plötzliches lautes Klopfen erschreckte ihn – und dann fing das Rascheln wieder an, es klang, als ob jemand oder etwas hinter einer Wand gefangen wäre. Schon verstummte das Geräusch wieder. Sal stand inmitten der dichten Schwärze, ohne sich zu bewegen. Der Raum um ihn herum schien den Atem anzuhalten, zu lauschen. Sal selbst hörte zu atmen auf. Er hatte Angst, auch nur den Kopf zu drehen, aus Furcht, sein Hemdkragen könne seinen Hals berühren. Dann fing das Klopfen wieder an. Und jetzt konnte er zwischen den Klopfgeräuschen noch ein stumpfes, metallisches Klingeln hören.

Er legte den Daumen über den Schalter seiner Taschenlampe, atmete tief ein und schaltete das Licht ein. Der Lichtkegel wurde vom Ende eines Kirschbaumsarges, der etwa drei Meter vor ihm stand, reflektiert. Sal schwang die Lampe herum, sah drei weitere Särge, jeder mit aufgeklapptem Sichtdeckel in Kniehöhe. Sie standen in der Mitte des Raumes auf einem Podest, das mit burgunderrotem Stoff bedeckt war. Das Rascheln zur Linken setzte sich fort, wer oder was es auch verursachte, schien nicht auf seine Anwesenheit zu reagieren. Er hielt seine Lampe in die Richtung, aus der es kam; dort waren an der Wand entlang weitere Särge aufgestellt, übereinander im Huckepack, eine Reihe auf dem Boden, eine weitere auf einem mit Teppich belegten Sims. In dem schwachen Lichtstrahl konnte Sal nur jeweils einen Sarg deutlich erkennen, und deshalb bewegte er sich langsam nach links, die Taschenlampe vor sich haltend: poliertes Aluminium, rotes Kirschbaumholz, Mahagoni und lackierte Fichte. Bei jedem einzelnen Sarg war der Sichtdeckel aufgeklappt, so daß man die üppige Auskleidung mit Samt und Satin sehen konnte: weiß, tiefblau, pfirsichfarben …

Sein Lichtstrahl blieb an einem Sarg hängen, als gerade das Klopfen wieder anfing. Dunkles, auf Hochglanz poliertes Mahagoni. Er starrte den Sarg an. Der geschlossen war. Irgend jemand lag da drinnen.

Er nahm sich nicht die Zeit zu überlegen, wer das war oder ob er sich in Gefahr befand; geradewegs ging er auf den Sarg zu, griff nach dem Sichtdeckel, klappte ihn schnell auf …

Ein Lichtkegel blendete ihn, eine Hand griff aus dem

Sarg heraus, packte sein Handgelenk und zog ihn kräftig nach unten. Sal hielt dagegen, ließ die Taschenlampe los, konnte sich aber dem Griff entwinden und mit beiden Händen den Sichtdeckel nach unten schmettern. Mit seinem ganzen Gewicht, seiner ganzen Muskelkraft preßte er ihn nach unten und versuchte dabei, während sein Herzschlag raste, in der Dunkelheit seine Orientierung wiederzufinden, versuchte, vor Schreck nicht die Besinnung zu verlieren.

Dann hörte er aus der Kiste heraus eine Stimme: »Scheint, daß ich hier Ihre Taschenlampe habe ...«

Bouchard ...?

Sal löste sein Gewicht von dem Sarg, und der Deckel hob sich langsam, ein Lichtfleck entstand an der Decke. Das Licht verschob sich, als der Constable die Seitenwände des Sarges packte und die Schultern nach oben stemmte, denen gleich darauf als sich scharf abzeichnende Silhouette sein Oberkörper folgte. Ein metallisches Klingeln war zu hören, als er die Hüften aus dem Sarg schob. Sal konnte erkennen, daß eine grüne zylindrische Flasche gegen eine zweite ähnliche Flasche gestoßen war. Tiefer unten im Sarg, wo Bouchards Beine gelegen hatten, konnte Sal zwei Taucherflaschen ausmachen. Wieder wanderte der Lichtstrahl, und dann schaffte es Alston Bouchard mit einer einzigen fließenden Bewegung, den Rest seines Körpers herauszustemmen und die Füße auf den Boden zu setzen.

»Wenn ich mich nicht irre«, sagte der Constable, »waren Sie gestern auch hier.« Er ging an Sal vorbei, schloß die Tür, und plötzlich erfüllte grelles Licht den Raum. Während Sals Augen sich noch der Beleuchtung anpaßten, drehte Bouchards Hand bereits den Dimmerschalter. Keine Fenster, erkannte Sal, das Licht stellte keine Gefahr dar. Aber war auch *er* außer Gefahr?

Bouchard schob sich seine John-Deere-Mütze nach hinten und wischte sich mit dem Ärmel über die Stirn. Seine Wangen waren rosa und feucht, seine Brille beschlagen. »Jemand könnte auf die Idee kommen, daß Sie hier irgend etwas vertuschen wollen«, sagte er zu Sal, noch ganz außer Atem.

Sal hätte gelacht, wenn da nicht die Mütze auf seinem Kopf gewesen wäre und wenn der Constable ihm nicht die Tür versperrt hätte. »Möglicherweise könnten die sich auch ein kleines bißchen über *Sie* wundern«, sagte er.

Bouchard nahm die Brille ab, wischte sie am Hemd trocken und starrte blind auf den Boden, bis er sie wieder aufgesetzt hatte. Er ging an Sal vorbei zu dem Sarg und beugte sich vor, um die Taschenlampe herauszuholen. Sal beobachtete ihn aufmerksam.

»Andererseits würde es keinen Sinn geben, daß Sie etwas vertuschen. Nicht, wo Sie doch hier überall ihre Fingerabdrücke hinterlassen haben.« Er warf Sal die Taschenlampe zu, der sie mit einer Hand auffing. »Ich vermute, Sie sind hier und suchen nach Informationen über Dale Newman, damit Noel Swift aus dem ganzen Schlamassel herausgehalten wird.« Seine stark vergrößerten Augen musterten Sal aufmerksam.

»Ganz wie Sie meinen.«

»Dann würde ich sagen, daß Sie selbst auf dem besten Weg in den Schlamassel sind, und zwar ein ganzes Stück tiefer, als Sie ahnen.«

Sals Brust zuckte vor Lachen. Er versuchte dem Constable seine Geringschätzung zu zeigen, wußte aber, daß ihm das nicht überzeugend gelang.

Den Blick immer noch starr auf ihn gerichtet, warf Bouchard den Deckel zu. »Sie sollten gut aufpassen«, sagte er. »Ein Mord ist begangen worden. Beweise tauchen auf. Hier, hier, hier ...« Bouchard machte eine Faust und schlug damit dreimal hintereinander auf das polierte Holz. »Beweise, die eine ganz bestimmte Person belasten.«

Sal verschränkte die Arme und hörte dem Constable geduldig zu.

»Wissen Sie, wovor ich Angst habe? Was wäre, wenn diese ganz bestimmte Person – die verdächtige Person – bei einem Unfall ums Leben kommen würde ... oder vielleicht Selbstmord begehen und einen Brief hinterlassen würde?«

Sal nickte. »Ich werde Noel ganz bestimmt sagen, daß Sie sehr besorgt um sie sind.«

Bouchard musterte ihn eindringlich aus seinen schwarzen Augen. Seine Faust öffnete sich, er spreizte die kurzen Finger. »Ich meine, wenn diese verdächtige Person so viele Beweise hinterläßt und dann plötzlich tot wäre ...«

»Dann wäre der Fall abgeschlossen«, sagte Sal. »Die Cops und die Steuerzahler hätten Glück gehabt, und alles ginge wieder vergnügt und in Freuden seinen gewohnten Weg.«

»Fall abgeschlossen«, pflichtete der Constable ihm bei. »Nur, was ist, wenn die verdächtige Person gar nicht schuldig ist? Was, wenn es sich bei allem bloß um eine raffinierte, abgekartete Sache handelt?«

Irgend etwas an Bouchards starrem Blick beunruhigte Sal plötzlich. Er starrte zurück, und seine Angst bekam neue Nahrung. »Wollen Sie mir sagen, daß Noels Leben in Gefahr ist ...?«

Bouchard schüttelte langsam den Kopf. Dann erklärte er mit gleichmäßiger Stimme: »Ich spreche von Ihnen.«

Sal blickte auf.

»Haben Sie irgendwo ein Plätzchen, wo Sie hingehen könnten?« fragte Bouchard.

»Wovon reden Sie?«

»Irgendwo, ein gutes Stück von ihr entfernt. Diese Frau ist für Sie eine Gefahr.«

Sal hielt dem starren Blick des Constable noch eine Sekunde stand.

Dann flog ein Grinsen über sein Gesicht, und er knipste die Taschenlampe an. »Wenn Sie mich brauchen«, sagte er, und wandte sich zur Tür, »ich bleibe in der Gegend.«

»Mr. Erickson ...«

Sal drehte den Türknopf. Er hatte nicht vor, sich noch mehr anzuhören.

»Am Ende wird jemand wissen wollen, was Sie und Eliot Wicker zusammen in Noels Wohnung gemacht haben – in der Nacht, in der Mr. Wicker umgebracht wurde.«

Sal erstarrte, versuchte aber, sich nichts anmerken zu lassen. Die Nacht nach dem Begräbnis, die Nacht seiner Show ... das war der Punkt, an dem sein Gedächtnis aussetzte.

»Ich wüßte zu gern, was Sie als Erklärung zu bieten haben.«

Sal drehte sich nicht um; es war ihm egal, ob Bouchard bluffte. Er zog sich die Mütze tief in die Stirn, als er den Raum verließ.

»Ich werde den Leuten sagen, daß sie total schief gewickelt sind«, sagte er. »Genau wie Sie.«

Um halb zehn brachte Iris ihre Tochter ins Ehebett – auf Sals Seite –, und legte sich dann mit tränennassem Gesicht neben sie.

Vorher hatte Iris ihr zu erklären versucht: »Daddy hat dich lieb, Daddy hat ein Problem, und manchmal tut er den Leuten weh, ohne das zu wollen.«

»Daddy hat mir nicht weh getan«, hatte Davey darauf erwidert. »Du hast mir weh getan. Du hast gesagt, daß er weggehen muß.«

Und dabei beließen sie es. Als Iris aufwachte, war es zehn, und Davey schlief auf ihrem Arm. Sie schlug die Decke zurück, schob die Hand unter Daveys Beine, hob sie hoch und trug sie aus dem Zimmer, quer über den Flur in ihr eigenes Schlafzimmer. Als sie Davey gerade ins Bett legte, donnerte ein Motorrad am Haus vorbei. Davey schlug die Augen auf, und ihr Kopf fuhr in die Höhe. Sie starrte ihre Mutter angsterfüllt an.

»Ist schon gut, Liebes«, flüsterte Iris, küßte sie auf die Stirn und zog ihr die Decke ans Kinn. »Alles in Ordnung.«

Sal fuhr nach Osten in Richtung Küste. Er wußte nicht, wohin er fuhr. Nicht nach Hause, nicht zu seiner Pension, nicht zu Noel – jetzt noch nicht. Vielleicht hinunter nach Oyster Cove, vielleicht würde er dort am Fischersteg anhalten und sie aus einer Telefonzelle anrufen. Und was würde er ihr sagen? Daß er wieder in Wickers Haus gewesen war? Daß er seine Mütze dort gefunden hatte? Daß Bouchard ihm gesagt hatte, er solle ihr aus dem Weg gehen und daß sein Leben in Gefahr sei? Oder sollte er sie geradeheraus fragen, ob er und Wicker in jener Nacht in ihrer Wohnung gewesen waren?

Er bog nach rechts auf die Oyster Cove Road, wo er

nach einer Meile im Rückspiegel ein Scheinwerferpaar entdeckte, das ihm in einiger Entfernung folgte. Als er eine längere Steigung hinter sich gebracht hatte, gab er Gas, beschleunigte noch mehr, als es wieder bergab ging, und drehte dann richtig auf, als die nächste Steigung kam. Die Harley fühlte sich federleicht an, und die Geschwindigkeit preßte ihn in den Sattel. Die Mütze, die er sich in die Jackentasche gestopft hatte, drückte gegen seine Rippen. Also, wie war das in Wickers Haus zu Ende gegangen …?

Es mußte in dem Sommer gewesen sein, in dem er soviel getrunken hatte – Juni, Juli, August –, die Monate waren aus seiner Erinnerung verschwunden, von jener undurchdringlichen Dunkelheit verschlungen (wie die Nacht, in der Wicker ermordet worden war). Trotzdem, wenn er sich in jener Zeit mit Wicker angefreundet hatte, oder einfach nur eines Nachts mit Bobby zu ihm ins Haus gegangen war, dann war durchaus vorstellbar, daß er seine Mütze dortgelassen hatte.

Als er den nächsten Hügel hinaufbrauste, entdeckte er die Scheinwerfer wieder in seinem Rückspiegel; sie holten auf. Er gab Gas, schoß eine lange, gewundene Gefällestrecke hinunter und legte sich hart in die Kurve, bis ganz unten ein Vorfahrtsschild warnte. In Anbetracht der späten Stunde rechnete Sal nicht mit Verkehr und erwog also, ohne abzubremsen in die Hauptstraße einzubiegen. Aber dann sah er nach links und entdeckte Scheinwerfer, die von dort näher kamen, Sekunden vom Schnittpunkt der beiden Straßen entfernt. Er nahm das Gas zurück und drückte leicht auf die Bremse, aber der Bremshebel ließ sich plötzlich bis zum Griff durchziehen, und die Harley segelte dem Aufprall entgegen. Er trat die Fußbremse, sein Hinterrad blockierte, quietschte, brach nach links aus …

… und dann stürzte er, unglaublich, stürzte Scheinwerfern entgegen, klammerte sich am Lenker fest, legte die Harley mit hundert Stundenkilometern in die Kurve, als ob er und die Maschine ein perfektes akrobatisches Manöver ausführen wollten; Funken sprühten über seine Hüften und seine Brust, Chrom kreischte über den Asphalt, aber nicht lang genug, um das Quietschen von LKW-Reifen zu übertönen, als die Scheinwerfer immer näher rückten, rücksichtsvoll abgeblendet, mit den stolzen Lettern GMC auf dem Kühlergrill des Pickup. Sal überlegte während dieser langen, endlosen Sequenz, daß er im Begriff war, zerquetscht zu werden, und fragte sich mit derselben Klarheit, *wer tut mir das an?*

Als alle Bewegung schließlich endete, lag Sal auf der Gegenfahrspur auf der Seite, immer noch den Lenkergriff in der Hand, und seine Maschine war verstummt. Die vordere Hälfte des Motorrads ragte unter der Mitte des Pickup hervor, der mit dem rechten Vorderrad auf der Seitenböschung ebenfalls zum Stillstand gekommen war, während das Hinterrad Sals Vorderreifen berührte.

Ein Mann blickte aus dem Seitenfenster des Pickup zu ihm herab. »Alles in Ordnung, Kumpel?«

»Ist er verletzt?« fragte eine Frau vom Beifahrersitz.

In dem Augenblick erfaßte ein Scheinwerferpaar den Pickup und den Mann – dichter weißer Bart, Ledermütze. Sal drehte den Kopf zur Seite, erleichtert, daß er dazu imstande war, und sah den Wagen, der ihm gefolgt war und jetzt auf der anderen Straßenseite angehalten hatte. Ein hagerer junger Mann mit langem, strähnigem Haar stand zwischen den Scheinwerfern, die Notblinker blitzten. »Ist er verletzt?« fragte der junge Mann.

Der Fahrer des Pickup öffnete seine Tür und stieg aus. »Wir sollten sehen, daß wir Sie von der Straße bekommen«, sagte er. »Können Sie sich bewegen?«

»Jemand muß neunhundertelf anrufen!« schrie die Beifahrerin.

»Schalte die Warnblinker ein«, forderte der Mann sie auf.

Sal stützte sich auf den linken Ellbogen. Er spürte ein Brennen am Schenkel, erkannte aber – voll Dankbarkeit –, daß sein Motorrad nicht auf ihn gefallen war. Vorsichtig winkelte er das Bein an, zog es heran und stemmte sich auf die Knie hoch. Das Bein zitterte.

»Mann, Sie sind vielleicht ein Glückspilz«, meinte der Fahrer.

»Nett, so etwas zu sagen, nachdem du den Mann fast umgebracht hast«, sagte seine Frau.

»Ich hatte Vorfahrt«, erwiderte der Fahrer.

»Es war meine Schuld«, sagte Sal. »Meine Handbremse hat versagt.« Er stützte sich auf das Motorrad, um sich hochzustemmen, und dann stand er da, konnte seinem Zittern nicht Einhalt gebieten und blickte im Schein der orangeroten blitzenden Lichter an sich hinab, erstaunt, daß der einzige Schaden allem Anschein nach an der Schulterpartie seiner Jacke entstanden war. Das Leder zeigte stumpfe Schrammen – er kratzte winzige Steinchen heraus. Seine Jeans waren außen am Schenkel ebenfalls zerrissen, und er konnte darunter aufgeschürfte rote Haut sehen.

»Ein richtiger Glückspilz sind Sie«, wiederholte der Fahrer.

Ja, tatsächlich. Sal beugte sich vor, griff nach dem Lenker und zerrte die Maschine unter dem Truck heraus; mühsam versuchte er, sie hochzuwuchten. Der Fahrer half ihm, zog am Sattel. »Sieht gar nicht so schlimm aus«, sagte er. »Eine Fußraste abgebrochen, die Satteltasche zerkratzt. Sonst ...«

»Flüssigkeit«, sagt der junge Mann. Sal sah zu ihm hinüber. Der Junge richtete sich gerade hinter seinem Wagen auf. »Dort drüben ist eine Pfütze.« Er zeigte seine Hand, die im Widerschein der Rücklichter rot glänzte, und schnüffelte daran. »Bremsflüssigkeit.«

»Hier unten«, sagte der Fahrer des Truck und tastete am Vorderrad der Harley entlang. »Da, sehen Sie, das Ablaßventil hat sich gelockert. Ich kann es mit den Fingern drehen.«

Sal sah hinunter.

»Sie haben nicht gemerkt, daß Ihre Handbremse nicht mehr gegriffen hat?«

Sal schüttelte den Kopf.

»Scheiße, das Ventil war weit offen.« Jetzt blickte der Fahrer zu Sal auf. »Ablaßventile öffnen sich gewöhnlich nicht von selbst«, sagte er. »Nicht so.«

Der unheilverheißende Tonfall des Mannes jagte einen Schauder über Sals Rücken. »Ich weiß nicht, Mann«, sagte der Fahrer. »Haben Sie irgendwo im falschen Bett geschlafen?«

»Reklamation«, sagte Jerry Royal und gab der Kellnerin träge mit dem Finger ein Zeichen. Sein Kopf brachte ihn fast um. Und was noch schlimmer war, in seinem Aufzug kam er sich wie ein Dorftrottel vor.

Diese beschissenen blauen Schuhe ... Er drückte seine Zigarette aus und zündete sich die nächste an.

Vor dem Fenster bewegte sich nichts, alles war finster. Kein einziges Auto auf der Straße. Die letzten Lichter in den Fenstern der Mietskasernen auf der anderen Straßenseite waren schon vor Stunden ausgegangen. Und es waren schon lange keine Autos mehr vorbeigekommen, während er hier saß und auf sie wartete. Jetzt war er der letzte Gast im Lokal.

Noel hatte versprochen, sich um halb zwölf mit ihm zu treffen – nicht in der Ortschaft, nicht einmal in Ellsworth, weil sie Angst hatte, man würde sie dort erkennen, sondern fünfzig Meilen entfernt in Bangor, in diesem gottverlassenen Hotel, dem Blue BelAir, irgendwo in einem abgelegenen Viertel der Stadt am Fluß.

Das Scheißzimmer hatte ihn fünfundvierzig Dollar gekostet. Ganz zu schweigen von den neuen Klamotten, die er sich bei L. L. Bean in Ellsworth gekauft hatte. Hundert Mäuse, und jetzt sah er aus wie eine Schaufensterpuppe: ein Rollkragenpullover aus Jersey mit breiten purpurfarbenen und weißen Streifen. Bei L. L. Bean nannten sie es nicht purpur und weiß; da hieß es »Aubergine« und »Muschel«. Ebensogut hätten sie auch »Traubenkonfitüre« und »Hühnchen« dazu sagen können; er kam sich in dem Aufzug jedenfalls verdammt albern vor. Das Weiß seiner Hose bezeichneten sie als »Kitt«, außerdem hatte sie einen elastischen Hüftbund. Und an den Füßen *Reef Runners* – weiches Nylonzeug mit dünnen Gummisohlen, leuchtend blau und schwarz –, wie beschissene Ballettschuhe sahen sie aus! Und dafür zweiunddreißig Mäuse. Hey, und was die wohl erst für Leder verlangten?

Die beschissenen Hähnchenschlegel hatten weitere

sieben Mäuse gekostet. *Hähnchenschlegel.* Und dazu dreißig für Rum und Cola, so daß ihm jetzt nur noch ein Fünfer blieb, kein Benzin im Tank und eine Stunde nach Hause! Vier- oder fünfmal war er die Treppe zu seinem Zimmer hinaufgestiegen, um nachzusehen, ob Noel da war; und noch öfter hatte er in der Lobby nachgefragt, ob sie eine Nachricht für ihn hinterlassen hatte. Aber kein Wort. Und sie hatte ihm eingeschärft, sie ja nicht anzurufen. Am Ende tat er es trotzdem – er rief sie an – und versuchte es über eine Stunde lang, bekam aber immer nur das Besetztzeichen.

»Die Hähnchenschlegel waren mies«, erklärte er der Kellnerin, als sie schließlich an seinen Tisch kam, »und zu wenig obendrein. Jetzt habe ich davon Kopfschmerzen.«

Das Mädchen hatte das Gesicht einer Zehnjährigen, trug keinerlei Make-up, hatte glattes Haar und einen vollen Busen. Ein Collegemädchen von der Universität. Er warf ihr einen bedauernden Blick zu und stellte sich vor, daß sie ein eigenes Zimmer im Hotel hätte und ihn dorthin mitnehmen und sich seiner annehmen würde. Herrgott, die obersten zwei Knöpfe ihrer Bluse waren bereits offen. Der Typ, der es nötig hatte. Und spitz, wie ihn das Warten auf Noel gemacht hatte, war er genau der richtige Mann, um es ihr zu besorgen. Er streckte seine Reef Runners unter dem Tisch hervor, damit sie Mister L. L. Bean sehen konnte.

»Tut mir leid, daß sie Ihnen nicht geschmeckt haben«, sagte sie. »Hätten Sie gern etwas anderes?«

Er berührte mit der Fußspitze ihren Knöchel, und sie zog den Fuß weg. »Jetzt, wo Sie mich fragen«, entgegnete er mit affektiert kehliger Stimme, »denke ich daran, daß mir irgend etwas guttun könnte.« Wenn sie ihn abblitzen ließ, wäre es ja vielleicht möglich, sie später abzupassen, dachte er.

»Wollen Sie mit dem Manager sprechen, Sir?«

»Wozu denn? Ich bin doch nicht schwul. Dich habe ich gemeint.«

Sie drehte sich um, ging zur Bar und sagte dort etwas zu dem Barkeeper, worauf dieser herübersah. Jerry griff mit beiden Händen an die Tischkante, um den Tisch wegzuschieben, und hätte ihn dabei beinahe umgekippt. Den Tisch konnte er retten, aber sein Glas purzelte auf den weichen Teppich, zwei, drei Eiswürfel fielen heraus.

»Schon gut, ich geh' ja schon«, sagte er. »Solange ich nicht für das Zeug zahlen muß, das mich wahrscheinlich vergiftet hat.«

Sal schaltete die Zündung aus, als er in die Village Road einbog. Er ließ sich vom Schwung, den seine Maschine noch hatte, bis zur Brücke tragen, wo er leicht auf die Fußbremse trat und anhielt; dann stellte er beide Füße auf den Asphalt und hielt das Motorrad zwischen den Beinen im Gleichgewicht. Der Fluß flüsterte unter ihm, und zu seiner Linken war der Chor der Frösche zu hören. Er sah zu ihrem Haus hinauf, in dem alle Fenster mit Ausnahme der beiden vorderen ganz oben in ihrem Apartment dunkel waren, und überlegte, ob er hinaufgehen und sie wegen dem, was Bouchard gesagt hatte, fragen sollte – daß er und Wicker in jener Nacht beide bei ihr oben gewesen waren und daß Bouchard ihm jetzt klarzumachen versuchte, daß jemand *ihm* den Mord an Wicker anhängen wollte. Er fragte sich auch, und nicht zum erstenmal, ob Bouchard vielleicht selbst die Mütze in

Wickers Haus geschmuggelt und das Ventil gelockert hatte.

Oder *Bobby*.

Er beschloß, eine Weile auf der Brücke zu bleiben, bis das Licht ausgemacht wurde – und falls er sie am Fenster vorbeigehen sah, wollte er hinaufgehen. Er würde nicht nach Wicker fragen und ihr auch nichts davon erzählen, daß er seine Mütze gefunden oder daß seine Bremsen versagt hatten. Jedenfalls nicht in dieser Nacht. Er saß da und beobachtete ihre Fenster. Kein Wagen kam vorüber. Fünf Minuten verstrichen, vielleicht zehn, ohne ein Anzeichen von ihr.

Vom Wasser zog es kühl herauf. Flußabwärts klang der Gesang der Frösche irgendwie ängstlich. Er klappte sich den Kragen hoch, zog die Mütze aus der Tasche und setzte sie auf. *Beweise tauchen auf*, hatte Bouchard gesagt.

Er blickte hinter sich in die Dunkelheit, weil er dachte, er hätte zwischen den Bäumen eine Bewegung gehört. Aber der Fluß war zu laut, um irgendwelche verstohlenen Geräusche wahrzunehmen. Der Fluß. Irgend etwas an dem Fluß beunruhigte ihn – seine Beharrlichkeit vielleicht – oder seine Gleichgültigkeit …

Beweise tauchen auf.

Sünden kehren zurück.

So hatten die Passamaquoddies es ausgedrückt. *Sünden kehren zurück.* Die Legende war in der Ortschaft wohlbekannt. Im Frühling, wenn der Fluß noch eisig kalt war, würde ein junger Mann zu den Wasserfällen gehen. Er würde allein die ganze Nacht auf der Sandbank zwischen dem Fluß und dem Teich sitzen und warten. In der Viertelstunde, in der die hereinkommende Gezeitenflut wie ein Hohn auf die Gesetze der

Schwerkraft über die Felsen donnerte, würde der junge Mann seine Kleidung ablegen, ins Wasser gehen und sich mitten in der Strömung auf den Rücken legen. Die Passamaquoddies glaubten, daß die Sünden seiner Vergangenheit mit der Flutwelle hereinkämen und über ihn hinwegspülten. Wenn seine Verfehlungen nicht zu zahlreich waren und er wahrhaft Reue empfand, würden die Geister seiner Ahnen ihn schützen: Er würde die Prüfung bestehen und geläutert aus dem Fluß steigen. Aber wenn er zu viele Sünden begangen hatte oder sehr schwere, würde man am Morgen seine Leiche mit dem Gesicht nach unten im Tümpel finden.

Jetzt brauste der Fluß unter Sals Füßen dahin, hinein in den dunklen Wald, und ein beißender Nebel stieg auf und hüllte ihn ein. Stromabwärts schrien die Frösche. Über ihm attackierte eine Phalanx von Wolken den Mond und machte die Nacht noch dunkler. Und dann kreisten seine widerspenstigen Gedanken eine Idee ein, die noch düsterer war. Was, wenn …

Plötzlich verstummten die Frösche wie auf Kommando.

Jemand war dort unten, unten am Teich. Sals Finger krampften sich um die Griffe des Lenkers. Das Geräusch des Flusses, der über die Felsen spülte, veränderte sich, klang jetzt wie leises, geheimnisvolles Gelächter.

Sünden kehren zurück.

Die Furcht kroch in Sals Brust hoch; er trat auf den Kickstarter, legte den Gang ein und fuhr weg, ohne sich umzusehen.

Alles war finster, als Jerry das Hotel verließ, finster und still, als ob die ganze Welt schliefe. Ihm war jetzt danach, geradewegs nach Gravity zurückzufahren, dieses raffinierte Miststück aufzuwecken und ihr auf die harte Tour beizubringen, daß man hielt, was man versprochen hatte. Aber jetzt, da sie neue Schlösser an den Türen hatte und das ganze Haus mit Alarmanlagen vollgepflastert war – und Alston Bouchard und die Detectives und weiß Gott wer sonst noch sie nicht aus den Augen ließen ... Nein, keine Chance.

Was also dann? Scharf wie ein Bulle mit drei Eiern in einem Hühnerstall ging er an dem Ziegelbau entlang, den Blick auf die dunklen Mietskasernen auf der anderen Straßenseite gerichtet, und fragte sich, hinter welchem der Fenster im Erdgeschoß wohl ein Mädchen allein schlafen mochte.

Er kehrte um und ging hinten um das Gebäude herum, wo es auf dem Parkplatz sogar noch dunkler war. Die Straßenlaternen waren auch ausgefallen. Dämliches Scheißhotel mit einem stockdunklen Parkplatz. Er war nach vorn zum Empfang gegangen, um sich sein Geld für das Zimmer zurückzuholen, aber da war auch geschlossen. Was also jetzt? Er hatte vergessen, wo er seinen Truck auf dem Parkplatz abgestellt hatte und mußte sich deshalb um die anderen Fahrzeuge herumarbeiten und versuchen, ihre Umrisse im Widerschein der Straßenlaternen von der anderen Flußseite zu erkennen.

Weit und breit niemand. Keine Beleuchtung für die Kunden. Hier konnte man leicht einen Unfall haben, dachte Jerry. Sich damit ein wenig Geld verschaffen. Aber die würden dann wahrscheinlich sagen, daß er betrunken war – was er ja auch war. Der Barkeeper und die Bedienung würden das bestätigen. Aber scheiß drauf, die mußte er dann eben auch verklagen. Das mollige kleine Ding, und so angezogen. So herumzustolzieren und mit ihrem Collegehintern zu wackeln wie eine weißschwänzige Hirschkuh und sich über die Tische zu beugen und jedem ihre Titten zu zeigen.

Wollen Sie mit dem Manager sprechen, Sir?

Ja, hier konnte man wirklich leicht einen Unfall haben. Die Nacht schien geradezu darauf zu warten, wenn man hörte, wie seine weichen neuen Schuhe wie Indianermokassins über den Asphalt glitten. Wirklich ein idealer Ort.

Er fand seinen Truck, wo er ihn vor vier Stunden hatte stehenlassen – als das Licht noch brannte und er in wesentlich besserer Stimmung gewesen war, frisch geduscht und rasiert und in seinem Dorftrottel-Outfit, in dem ihn in einer Million Jahre niemand erkennen würde. Er öffnete seine Wagentür, setzte sich hinter das Steuer und sah zum Hotel hinüber. Im Erdgeschoß waren die Fenster der Bar noch beleuchtet, wenn auch nur schwach. Wahrscheinlich war Bambi gerade dabei, ihre fünf Dollar Trinkgeld abzuzählen. Sonst war alles finster.

Es würde nicht lange dauern, dachte er. Sie würde rauskommen und sich im Dunkeln ihren Weg ertasten. Mal sehen, was sie von Mister L. L. Bean hält, wenn er ihr das Collegehöschen runterreißt, es ihr in den vorlauten kleinen Mund stopft und ihr beibringt, was Kundendienst bedeutet.

Er steckte den Schlüssel ins Zündschloß und drehte ihn halb herum. *Ring of Fire* von Johnny Cash tönte aus dem Radio. Country Gold. Jerry stellte die Musik ein wenig lauter, damit sie es hören konnte, wenn sie herauskam. Vielleicht machte es sie neugierig, und sie kam herüber, um nachzusehen. Noch ein wenig lauter vielleicht, falls sie sich wehrte. Er kurbelte sein Fenster herunter, lümmelte sich in den Sitz, verschränkte die Arme, sah zuerst nach hinten, dann zum Hotel hinüber, beobachtet, wartete ...

Da wurde es ihm bewußt: seine Flinte – seine Schrotflinte war weg!

Plötzlich schwankte der Truck, und ehe Jerry sich fragen konnte, weshalb, krachte ein Knüppel hinter ihm durch das Glas des Rückfensters und traf ihn seitlich am Kopf. Jerry fiel nach vorn auf das Steuerrad, prallte zurück und wollte sich umdrehen, als derselbe Knüppel wieder durch das Fenster krachte und gleich darauf zwei behandschuhte Hände hereingriffen. Jerry versuchte sich wegzuducken, spürte aber im gleichen Augenblick, daß sich etwas um seinen Hals gelegt hatte und zugezogen wurde. Sein Kopf ruckte nach hinten in das zerbrochene Fenster. Die Glassplitter stachen in seinen Schädel. Aber sein Hals! Er würgte, tastete nach dem, was ihm die Luft abschnürte, fühlte aber absolut nichts, nur den Jerseystoff seines Rollkragenpullovers.

Verzweifelt griff er nach hinten und ertastete die behandschuhten Hände, die eisern festhielten. Und jetzt spürte er den Draht, angespannt und dick, die Art Draht, wie man ihn für Zäune verwendet. Ihm wurde bewußt, daß man ihn gerade umbringen wollte. Er hieb mit dem Ellbogen nach hinten, traf aber nur die Rückwand. Er wollte den Kopf durch das zerbrochene Fenster schieben, um den Druck zu lindern, aber der Angreifer zog so heftig an dem Draht, daß er den Kopf nicht bewegen konnte.

Dann merkte er, daß sich etwas Hartes, Kaltes gegen seinen Wangenknochen preßte – jemand stand an seiner Wagentür und sagte mit leiser Stimme, in fast beruhigendem Ton: »Okay, mein Freund. Du hast jetzt zehn Sekunden, dein Leben zu retten, und ich will dir sagen, wie.«

Freund? Jerry gab tief in seine Kehle einen würgenden Laut von sich, um anzuzeigen, daß er verstanden hatte. Der Mann griff zum Fenster herein, seine Hand schob sich an Jerrys Brust vorbei und drehte das Radio lauter; Johnny Cash dröhnte *How it burns, burns, burns. Arschloch.*

»Ich kann dir jetzt entweder eine Kugel durchs Ohr verpassen, oder mein Kollege hinter dir zieht noch ein wenig an. Uns wäre letzteres lieber. Das macht weniger Lärm und keine Schweinerei. Dir andererseits wäre wahrscheinlich die Kugel lieber. Das tut nicht so weh.«

Der Mann hinten in Jerrys Truck gab einen Grunzlaut von sich, und der Draht spannte sich fester um Jerrys Hals, Fingerknöchel bohrten sich in seinen Nacken. Jerry bäumte sich in seinem Sitz auf, seine Beine streckten sich, und seine Füße preßten die Bremse bis zum Boden durch. Er versuchte die Schlinge um seinen Hals zu lockern, schaffte es aber nicht.

»Wir könnten dich natürlich auch laufen lassen. Dir wäre das sicher am liebsten, stimmt's?«

Jerry gab einen würgenden Laut von sich. Er hatte das Gefühl, als würden seine Augen gleich platzen.

»Das habe ich mir gedacht. Schön, dann werde ich dir jetzt eine Frage stellen. Logischerweise hast du eine Chance, darauf zu antworten.«

»*Und nur eine*«, sagte der Mann hinten im Truck, sein Mund berührte Jerry dabei am Ohr.

»Bereit für die Frage?«

Jerry stampfte zweimal auf die Bremse.

»Also, wir wissen, daß du vor kurzem einen Brief geschrieben hast, und außerdem, daß du mit diesem Brief jetzt jemanden erpreßt. Siehst du, das wissen wir alles ganz genau. Aber was nur du weißt, und was *wir wissen müssen*, ist, wo genau du diesen Brief versteckt hast. Und das wirst du uns jetzt sagen.«

»Und dann lassen wir dich laufen«, sagte die Stimme an seinem Ohr.

Wieder stampfte Jerry zweimal.

»Ich denke, er wird es uns sagen«, sagte der Mann mit der Kanone.

»Hände aufs Steuer«, sagte der Mann mit dem Draht.

»Leg die Hände aufs Steuer«, wiederholte der Mann mit der Kanone.

Jerry streckte die Hände aus und ergriff das Steuerrad, ohne daß der Druck an seinem Hals nachließ. Er hatte das Gefühl, sein ganzer Kopf müsse platzen.

»Jetzt wird mein Kollege den Druck an deinem Hals ein wenig lockern, damit du uns antworten kannst«, sagte Kanonenmann.

»Aber«, setzte Drahtmann hinzu, »wenn du uns anlügst, oder die Hände vom Steuer nimmst oder uns sonst irgendwie ärgerst, schneide ich dir deinen Scheißhals durch wie ein Stück Käse. Und dann wird er dir die Augen ausschießen.«

»Bereit, uns zu antworten?«

Jerry stampfte dreimal auf die Bremse.

»Ich glaube, er ist bereit.«

»Okay, dann«, sagte Drahtmann, stieß seine Fauste an Jerrys Hals entlang nach vorn und löste damit die Würgeschlinge von seinem Hals. Jerry schnappte nach Luft, brachte aber nur würgende Laute heraus.

»Das kommt vor«, sagte Kanonenmann. »Laß dir ruhig Zeit.«

Jerry hatte das Gefühl, sich übergeben zu müssen. Der Lauf der Pistole drückte gegen sein Ohr.

»Okay, Freundchen, und jetzt sag uns, wo du diesen Brief versteckt hast.«

Jerry keuchte, schloß die Augen.

»Sag es uns.«

Jerry atmete mühsam, füllte seine Lungen. »Verlogene Scheißkerle«, flüsterte er. »Ihr bringt mich nicht um, solange ich es euch nicht gesagt habe!«

Sofort knallten die Fäuste wieder an seinen Hinterkopf, und der Draht spannte sich um seine Kehle, nur daß er diesmal seine Haut über dem Rollkragen erwischte, über seinem Adamsapfel. Jerry fuhr in die Höhe, griff sich mit beiden Händen an den Hals und versuchte, die Schlinge zu erwischen.

»Hände aufs Steuer!«

Die Schlinge wurde enger, schnitt ihm ins Fleisch. Jerrys Knie krachten von unten gegen das Armaturenbrett.

»Aufs Steuer, hab' ich gesagt!«

Gehorsam packte Jerry das Steuerrad und zog und zerrte so heftig daran, daß es sich verbog. Einige Sekunden lang, während er sich so abmühte und dagegen ankämpfte zu ersticken, bleiben die beiden stumm, nur Johnny Cash war zu hören – *burning, burning, burning* –, bis das Radio dann plötzlich verstummte.

Dann, jetzt etwas weicher, einlenkend, die Stimme

des Kanonenmanns: »Okay, mein Freund. Ich muß jetzt unsere erste Regel ergänzen, und zwar in der Weise, daß du, wenn du diesmal unsere Frage nicht richtig beantwortest, so lange gefoltert wirst, bis du es tust.«

»Sag ihm das mit den Augen«, sagte Drahtmann.

»Also, du hast uns als Lügner bezeichnet, und ich muß dir sagen, daß ich an dieser Bemerkung persönlich Anstoß nehme. Ich habe dir meine Wort als Gentleman gegeben und gebe es dir jetzt erneut: Du sagst uns, wo du diesen Brief versteckt hast, und wir lassen dich laufen.«

»Sag ihm das mit den Augen«, wiederholte Drahtmann.

Jerry gab ein halb ersticktes Geräusch von sich, das tief aus seinem Bauch kam.

Drahtmann schob sein Gesicht durch das zerbrochene Hinterfenster, dicht an Jerrys Ohr. »Merkst du, wie deine Augen jetzt schon rausquellen«, sagte er, »wie zwei reife Oliven? Wenn ich wollte, müßte ich bloß mit dem Daumennagel drunterzufahren, dann könnte ich das eine da ganz leicht rausdrücken.«

Jerry konnte nicht einmal blinzeln. Kanonenmann lehnte sich noch weiter zum Seitenfenster herein. Der Lauf seiner Pistole preßte hart gegen Jerrys Backenknochen.

»Okay, Jerry, sag uns, wo du den Brief versteckt hast.«

»Die Augen kommen als erstes«, sagte Drahtmann. »Dann die Ohren und die Zunge – wir schnippeln sie mit einer Gartenschere ab –, und dann die Daumen. Und das tut beschissen weh.«

»Jerry, sag uns, wo du diesen Brief hingetan hast. Dann lassen wir dich laufen. Also, wir wissen, daß er nicht im Truck ist, denn den haben wir gründlich durchsucht. Daraus schließen wir, daß du den Brief in deinem Haus versteckt hast. Ist das richtig? Ist der Brief dort?«

Jerry zwang sich zu einem Grunzen und stampfte auf die Bremse.

»Sollte das ›ja‹ heißen? In deinem Haus?« fragte Kanonenmann.

»Laß locker«, sagte er zu Drahtmann, und der Draht entspannte sich plötzlich, schälte sich aus Jerrys Fleisch. Die Fäuste des Mannes lösten sich hinter Jerrys Hals voneinander, schoben sich neben seinen Ohren nach oben, und die Drahtschlinge öffnete sich.

Jerry schnappte mit einem gurgelnden Geräusch nach Luft.

»Brauchst bloß zu nicken, Arschloch«, sagte Drahtmann. »Heißt das ›ja, der Brief ist im Haus‹?«

Jerry holte erneut Luft, ließ sie dann rasselnd wieder heraus und senkte den Kopf.

»Augenblick, er will was sagen«, sagte Kanonenmann zu seinem Partner.

Jerry holte noch einmal Luft, hob dann den Kopf und setzte sich auf.

»Motherfucker!« krächzte er, packte den Draht an seinem Rollkragen über seinem Schlüsselbein, warf sich mit ganzer Kraft gegen das Steuer, riß seine mächtigen Schultern mit einem gewaltigen Ruck nach vorn und zerrte die Arme von Drahtmann bis zu den Schultern durchs Heckfenster. Gleichzeitig packte Jerry das Handgelenk mit der Pistole und zog den Arm des Mannes zu sich herein. Dann fuhr seine rechte Hand blitzschnell wieder nach hinten und packte den jetzt gelockerten Draht. Ehe Drahtmann loslassen konnte, zog Jerry ihn mit der ganzen ihm noch zur Verfügung stehenden Kraft nach vorn und riß damit Kopf und Schultern von Drahtmann durch das zerbrochene Fenster, bis die Pistole von Kanonenmann und das Gesicht von Drahtmann sich fast berührten.

»*Aufpassen!*« schrie Drahtmann. Jerry hielt das Handgelenk von Kanonenmann fest umklammert und schmetterte Drahtmann den Pistolenlauf gegen die Schläfe, so hart, daß sich Drahtmann ein Grunzlaut entrang, aber nicht hart genug, um ihn bewußtlos zu schlagen.

Die linke Faust von Kanonenmann kam suchend durch das offene Fenster und zielte auf Jerrys Gesicht, aber der blockte den Schlag mit der linken Schulter ab, während Drahtmann verzweifelt versuchte, seine Hände von dem Draht zu befreien. Jerry preßte jetzt seinem anderen Peiniger die Hand mit der Waffe gegen die Windschutzscheibe, so daß der praktisch entwaffnet war. Dann riß Jerry das rechte Knie in die Höhe und traf Drahtmann mit einem lauten *Klack* am Kinn. Drahtmann fluchte, schien aber wieder stärker zu werden. Sein Handgelenk zuckte, war plötzlich von dem Draht befreit, aber Jerry ließ den Draht ebenso schnell los, packte Drahtmann am Hals und preßte ihm den Daumen hart in die Kehle. Drahtmann riß den linken Ellbogen zurück und schmetterte ihn Jerry in die Brust. Der revanchierte sich, indem er Drahtmanns Gesicht nach unten stieß, während sein Knie in die Höhe schoß. Drahtmanns Kopf schnappte wie aus den Scharnieren gesprungen nach hinten, und Jerry trat noch einmal zu, unnötigerweise – der Mann war bereits erledigt –, aber sein Knie traf sein Ziel trotzdem. Sein Fuß stieß dabei so unglücklich gegen das Armaturenbrett, daß der Zündschlüssel ihm durch die dünnen Schuhe die Zehen prellte. Und plötzlich wußte er, was er tun mußte, sah den Ausweg ...

Er warf sich nach links, immer noch mit der einen Hand den Hals von Drahtmann und mit der anderen Kanonenmanns Hand mit der Waffe haltend, und schob dann den Fuß nach oben, so daß der Schlüssel sich in seine Zehen bohrte. Während Kanonenmann immer noch kraftlose Schläge austeilte, preßte Jerry seine vorderen zwei Zehen zusammen, erwischte den Schlüssel und drehte seinen Fuß, beugte sich nach rechts und zog dabei Kanonenmanns Arm und Drahtmanns Kopf mit.

Der Anlasser drehte durch, der Motor sprang an. Jerry suchte mit dem linken Fuß das Gaspedal und trat zu. Der Motor brüllte auf. Er hieb mit Drahtmanns Gesicht den Gang hinein, und der Truck machte einen Satz. Kanonenmann schrie auf, wurde mitgerissen. Jerry ließ plötzlich die Hand mit der Waffe los, schnappte sich das Steuer und riß es nach links. Der Truck machte einen Satz. Jerry bremste. Ein gurgelnder Schrei kam von hinten. Mit dem Knie hieb Jerry den Rückwärtsgang hinein und trat erneut aufs Gas. Der Truck schoß nach hinten und traf sofort auf ein Hindernis. Jerry bremste wieder. Der Schrei ging unter dem Truck in ein würgendes Gurgeln über. Geschickt trat Jerry mit der Zehenspitze gleichzeitig auf Gaspedal und Bremse, worauf der Truck sich hinten aufbäumte.

Immer noch Drahtmann am Hals festhaltend, hieb Jerry den Ganghebel in Parkposition und stieß seine Tür auf. Drahtmann gab ein jämmerliches Quieken von sich und setzte zu einer Armbewegung an. Jerry rammte seinen Kopf gegen den Türrahmen; Drahtmanns Körper wurde wieder schlaff. Jerry taumelte nach draußen und zerrte den Bewußtlosen mit sich. Kanonenmann, der mit dem Gesicht nach unten unter dem Hinterrad eingeklemmt war, stöhnte jämmerlich. Jerry entdeckte die Pistole, die neben ihm auf dem Asphalt lag, und versetzte ihr einen Tritt, so daß sie unter einen Van rutschte. Dann ließ er Drahtmann wie einen Sack fallen.

Kanonenmann stöhnte: »O Mann, lassen Sie mich raus. Ich kann meine Beine nicht mehr spüren.«

Jerry beugte sich über ihn. »Das ist ein nagelneuer Chevy Halbtonner«, krächzte er.

Kanonenmann keuchte.

»Jetzt möchte ich wissen, was ihr mit meiner Schrotflinte gemacht habt, sonst fahr' ich dir über den Schädel.«

»O Mann, glaub mir doch«, flüsterte Kanonenmann, »wir wollten dir bloß ein wenig Angst machen.«

Zu Jerrys Füßen regte sich Drahtmann, es klang wie ein Hund, der im Schlaf wimmert; er zog die Knie an und schien zu überlegen, ob er unter den Truck kriechen sollte. Jerry setzte seinen Reef Runner auf Drahtmanns Hüfte und drehte ihn auf die Seite.

»Und du«, sagte er, »hast versucht, mir den Kopf abzuschneiden ...«

Er beugte sich hinunter, packte den kleinen Mann unter den Kniekehlen und zog.

»Oh«, sagte Drahtmann und hielt sich beide Arme schützend an den Kopf.

Es war ein Catchergriff. Jerry hatte ihn schon hundertmal gesehen, aber nie Gelegenheit gehabt, ihn selbst einzusetzen. Er packte Drahtmanns Knie mit den

Armen, hob die Hüften des Mannes in die Höhe und warf sich ruckartig nach hinten; dabei drehte er sich nach links, so daß Kopf und Schultern des Mannes durch die Luft schwangen.

»Oh!« schrie Drahtmann.

Jerry lehnte sich noch weiter zurück, schwang Drahtmann an den Beinen, beschrieb eine Dreihundertsechzig-Grad-Drehung und machte einen Schritt auf den Truck zu. Der Kleine krachte mit dem Schädel gegen das Heck, rutschte leblos zu Boden und blieb wie ein Sack liegen.

»Ich schwör's«, sagte Kanonenmann, »wir wollten dich laufen lassen.«

Jerry griff über die Seitenwand der Ladebrücke und tastete dort zwischen den Baumstämmen, der Kettensäge, dem Benzinkanister, dem Werkzeugkasten und den leeren Bierdosen herum, bis er seine Schrotflinte fand. Er holte sie heraus.

»Ehrlich, ich schwör's bei Gott, wir haben im ganzen Leben noch nie jemanden getötet ...«

Jerry schmetterte dem Mann den Kolben der Schrotflinte zwischen die Schulterblätter.

»Ha!« machte Kanonenmann.

Jerry lehnte sich in seinen Truck und befestigte die Schrotflinte an ihrer Aufhängung, wo sie hingehörte.

»Sag ihr, daß sie den Schaden an meinem Truck bezahlen wird«, krächzte er, während er sich hinter das Steuer warf. »Und noch was«, fügte er hinzu, während er seine Tür schloß. »Sag ihr, ich habe den beschissenen Hinweis verstanden.« Er legte den Gang ein, trat aufs Gas, hörte ein bösartiges Quietschen hinter sich und hinterließ eine schwarze Gummischmierspur auf dem Asphalt, als er davonbrauste.

Um Mitternacht war Iris damit fertig, ihre Wäsche zusammenzulegen; sie schaltete den Fernseher aus. Die Tage ohne Sal waren voll und hektisch und lang – endlos, angefüllt mit Arbeit in der Klinik, ihrem Studium, der Hausarbeit und damit, für Davey zu sorgen. Am schlimmsten waren die Abende, wenn Davey zu Bett gegangen war und sie dann in dem ihr leer erscheinenden, unbarmherzigen Haus eingeschlossen war und keinen anderen Erwachsenen hatte, mit dem sie reden konnte. Also erledigte sie bis nach Mitternacht Hausarbeiten; war sie schließlich müde genug, würde sie auch schlafen können. Sie stellte den Wecker – und dann war ihr, als hätte sie vor dem Haus ein dumpfes Poltern gehört. Die Küchentür quietschte, sie schlüpfte in ihren Bademantel und eilte hinaus auf den Flur. Vom Treppenabsatz aus sah sie unten Sal stehen. Er blickte zu ihr herauf. Iris' Finger flogen an ihre Lippen und bedeuteten ihm zu schweigen. Sie lief auf Zehenspitzen über den Flur, zog Daveys Tür zu und schlich dann die Treppe hinunter. Um Sal herum ging sie in die Küche und dort direkt zur Tür, die nach draußen führte, in der Absicht, ihn hinauszudrängen. Sie wollte jetzt kein Gespräch.

»Ich weiß, es ist spät«, sagte Sal.

»Wir müssen uns da irgendeine Lösung einfallen lassen«, erklärte sie ihm und öffnete die Tür. »Du kannst nicht einfach so reinkommen, nur weil du einen Schlüssel hast.«

»Iris, ich muß dich etwas fragen ...«

»Hat das nicht Zeit bis Sonntag?«

»Ich muß dich etwas fragen.«

»Psst«, sagte sie. Diese Schärfe in seiner Stimme, sein Blick ... Iris erstarrte.

Er verschränkte die Arme vor der Brust und wirkte plötzlich irgendwie verlegen; so als wüßte er jetzt, wo sie ihm zuhörte, nicht mehr, was er hatte sagen wollen. »Ich habe meine Mütze gefunden«, begann er schließlich. »Du erinnerst dich doch, daß ich lange danach gesucht habe.«

Das Ticken der Wanduhr war das einzige Geräusch im Raum. Sie sah ihn an. *Frag doch.*

»Was ich sagen wollte – ich versuche, mich zu erinnern … Eliot Wicker, war ich mit ihm befreundet – vielleicht damals im Sommer? Ich habe da eine Art Blockade.«

»Ich weiß nicht, was du im letzten Sommer getan hast.«

Er nickte zerknirscht. »Neulich nachts – nach meiner Show –, weißt du, wann ich nach Hause gekommen bin?«

Sie seufzte. »Sal, am Ende dieses Gesprächs wirst du mir wieder versprechen, nie wieder zu trinken. Und dann wirst du mich bitten, wieder zurückkommen zu dürfen – und ich werde nein sagen müssen.« Ihre Augen, so weich und grau hinter ihrer Brille und doch so unnachgiebig, gaben ihm wieder einmal zu verstehen, daß jede Diskussion beendet war.

Er schüttelte standhaft den Kopf. »Iris, ich habe nichts getrunken«, erklärte er. »Ich sage dir, das habe ich hinter mir.«

»Hast du *sie* auch hinter dir?« Iris funkelte ihn an, schloß dann die Augen und wünschte sich, sie könnte das ungesagt machen. Aber es war schon heraus, und so atmete sie nur tief durch ehe sie fortfuhr: »Du mußt gehen.«

»Iris, ich muß es wissen«, sagte er. »Ich muß das wissen.«

Ihre Augen schienen plötzlich durch ihn hindurchzugehen, erfaßten etwas hinter ihm. Er wußte, daß Davey da war, drehte sich um und sah sie wie erstarrt an der untersten Treppenstufe stehen.

Iris reagierte schnell: »Liebes, bitte geh wieder hinauf ins Bett. Daddy kommt dich am Sonntag besuchen.«

Aber Davey bewegte sich nicht. Iris schaltete die Treppenbeleuchtung ein, ging zu ihr, strich mit den Lippen über Daveys Kopf und sagte: »Daddy will gerade gehen.«

»Du mußt schlafen, Schätzchen«, sagte Sal. »Bis übermorgen.« Er zwang sich zu einem Lächeln und machte eine Bewegung wie beim Auswerfen der Angel.

Davey rührte sich nicht, starrte ihn nur an.

Er ging an Iris vorbei zu Davey hinüber, ließ ihr Haar durch seine Finger gleiten, er beugte sich über sie und küßte sie auf die Wange. Dann kniete er neben ihr nieder, legte die Arme um ihren warmen Körper und drückte sie an sich. Gern hätte er ihr gesagt, daß er nüchtern sei und daß er das auch bleiben würde. Aber der Blick, mit dem Davey ihn ansah, brach ihm das Herz. »Bis übermorgen«, sagte er noch einmal …

Plötzlich fiel ein heller Lichtschein auf ihr Gesicht, und ein mächtiger Knall ließ das Haus erzittern.

Iris schrie auf. Davey fiel hart auf die Treppenstufe. »O mein Gott!« stöhnte Sal, zog seine Tochter an sich und hielt sie schützend in den Armen.

»Es brennt!« schrie Iris.

Sal schaute sich um. Durch die Spitzenvorhänge unten an der Treppe konnte er sehen, daß die Garage hinter dem Haus von Iris' Vater auf der anderen Straßenseite in Flammen stand.

»Ich rufe die Feuerwehr!« Sal ließ Davey los, schob sich an Iris vorbei und rannte in die Küche.

Iris riß die Vorhänge auf und starrte hinüber. Jetzt brannte bereits die ganze rechte Seite des Hauses, und die Flammen züngelten an den blauen Schindeln empor.

In der Küche drückte Sal den Knopf auf dem Telefon, auf dem FEUER stand. Das Telefon klingelte dreimal, ehe jemand abhob.

»Feuerwehr«, meldete sich eine schläfrige Stimme am anderen Ende. Noel.

»Ich bin's, Sal.«

»Hi. Du hast die Feuerwehrnummer gewählt, weißt du …«

»Hier brennt es«, sagte er. »Das Haus meines Schwiegervaters, auf der anderen Straßenseite. Die Royals.«

Einen Augenblick herrschte Stille, dann fragte Noel trocken: »Wo bist du?«

Er versuchte ihren Tonfall zu ergründen. Besorgt? Neugierig? Nein, es klang beinahe gleichgültig. Er sah sich um, sah Iris in der Tür stehen und ihn anstarren. Der Vorhang am Fenster flackerte wild.

»Es breitet sich schnell aus!« rief er ins Telefon. »Ich geh' jetzt hinüber und versuche, sie herauszuholen.«

»Sei vorsichtig«, warnte Noel, und er legte den Hörer auf. Noch ehe er zur Tür hinaus war, begann im Dorf die Sirene zu heulen.

Im Wohnzimmer zog Davey sich auf die dritte Stufe zurück. Iris stellte sich vor sie ans Fenster und sah, wie

Sal draußen über die Straße auf die Brandstelle zurannte. Die Hühner, die verstört in der Einfahrt herumflatterten, stoben auseinander, als er zwischen ihnen hindurchhetzte, die Hände gegen die Hitze schützend vor dem Gesicht. Zehn Meter vom Haus entfernt konnte er nicht weiter.

Das Feuer hatte sich bereits bis zur Haustür ausgebreitet. Hinter dem Fenster rechts davon tobten die Flammen, schwarzer Rauch quoll heraus.

Iris konnte die Hitze durch das Fensterglas spüren. Und jetzt hörte sie durch das Heulen der Sirene und das Prasseln der Flammen ein stumpfes, gleichmäßiges Pochen, als würde jemand ohne einen bestimmten Rhythmus auf eine Trommel schlagen. Binnen Sekunden loderten die Flammen aus allen Fenstern, schwarzer Rauch pumpte sich in den Himmel, und das Haus ihres Vaters brüllte wie ein Wasserfall. Über dem Brüllen konnte sie schrille Schreie und das Krachen von berstendem Glas hören. Auf der rechten Seite des Hauses schlüpfte Sal aus seiner Lederjacke, hielt sie sich vors Gesicht und stürzte nach vorne. Es sah so aus, als wolle er mitten in ein Meer aus Flammen waten.

»Mommy?« schrie Davey.

Iris spähte in das Feuer, versuchte zu erkennen, wohin Sal verschwunden war, versuchte auch zu sehen, ob ihr Vater oder ihr Bruder entkommen waren. Aber sie konnte nur die weiße Gefriertruhe auf dem Erdbuckel neben dem Haus ausmachen, strahlend beleuchtet, dahinter den blauen Gospelbus und die Autowracks und Snowmobiles, die im Flammenschein zu tanzen schienen. Abgesehen von den verstört herumrennenden Hühnern war keine Spur von Leben zu erkennen, nicht einmal von Sal; bloß die Flammen, die

die Schindeln auffraßen, wie eine massive Wand zum Dachgesims hochstürmten und das Haus aushöhlten. Schon jetzt konnte man erkennen, wie schwächlich sein Skelett war. Im Dorf heulte unablässig die Sirene. Iris stellte fest, daß das Trommeln aufgehört hatte.

»Mommy, ich habe Angst«, sagte Davey.

Iris versuchte mit Vernunft gegen die Angst anzukämpfen: waren sie herausgekommen, waren sie gerettet; wenn nicht, waren sie bereits tot. Es gab nichts, was sie hätte tun können.

»Da, fühl mal«, sagte sie. Davey streckte die Hand aus, berührte das Fensterglas, zog sie dann aber gleich wieder weg und warf ihrer Mutter einen erschreckten Blick zu. In dem Augenblick stürzte vor ihren Augen die Garage auf der anderen Straßenseite so langsam in sich zusammen, als wolle sie sich über sie lustig machen, und nahm die daran angebaute rechte Wand des Zunderhauses mit. Das Dach sackte an dieser Ecke einen Meter ein. Wellen von Funken stiegen brüllend in den Himmel.

»Ich will, daß Daddy zurückkommt«, sagte Davey mit zitternder Stimme.

Plötzlich konnte man die Sirene eines Feuerwehrfahrzeugs hören, sie klang schriller als die oben vom Feuerwehrhaus. Scheinwerferbalken stachen durch den Rauch.

»Da kommen sie«, sagte Iris, als der Feuerwehrwagen mit blinkenden roten Lichtern vor der Brandstelle anhielt.

»Ich sehe Daddy nicht.«

Von hinten kam ein kleineres Löschfahrzeug nach. Iris sah einen Mann herausspringen und sich eine schwarze Jacke aus einem Behälter an der Seite schnappen. Jetzt trafen aus beiden Richtungen Autos und Pickup Trucks ein; Männer in schwarzen Schutzjacken zerrten den Schlauch von dem größeren Wagen.

Ein Rettungswagen mit blitzenden gelben Lichtern raste heran, Männer rannten schreiend herum, zogen und zerrten an ihrem Gerät, schleppten Äxte, Schaufeln, Schläuche. Martha Abraham kam im Morgenrock die Straße heruntergerannt und machte mit einer kleinen Kamera Blitzlichtaufnahmen. Ein Mann und eine Frau aus dem Rettungswagen hetzten mit einer Tragbahre an ihr vorbei. An der Hausecke winkte ein Mann die Träger mit der Bahre zu sich.

»Ich kann Daddy nicht sehen«, sagte Davey erneut.

Plötzlich wurde das Geschrei lauter, ein Dieselmotor heulte auf. Die Männer, die den Feuerwehrschlauch hielten, stemmten die Füße ein, und ein schenkeldicker Wasserstrahl explodierte förmlich aus der Mündung des Schlauches. In dem Augenblick, in dem das Wasser das Haus traf, stürzte die ganze vordere Fassade ein, und das Dach sackte in einer Mauer aus Rauch und Funken in sich zusammen. Aus der sich träge dahinwälzenden schwarzen Wolke tauchte plötzlich Sal auf, der irgend etwas Schweres auf den Armen schleppte.

Davey preßte das Gesicht ans Fenster. »Das ist er! Das ist Daddy!«

Während Sal sich mit seiner Last vorwärtskämpfte, versuchten ihn Männer in Schutzkleidung und Atemmasken einzuholen. Vier von ihnen trugen die leere Bahre.

Was Sal da in den Armen hielt, war ihr Vater, soviel konnte Iris jetzt erkennen, sie fragte sich, wie Sal es geschafft hatte, ihn herauszubekommen. Eine Frau in

Uniform rannte neben Sal her und drückte Otis eine Maske aufs Gesicht.

Davey blickte angsterfüllt zu Iris auf. »Ist er tot?«

»Ich weiß nicht«, antwortete Iris. Tatsächlich war ihr das eigentlich gleichgültig.

An der Straße angelangt, ließ Sal seine Last auf die Trage gleiten. Während die Helfer Otis in den Ambulanzwagen schoben, nahmen zwei andere Männer sich Sals an. Einer war Herb True, der Feuerwehrkommandant, der, wie es schien, Sal ebenfalls in die Ambulanz befördern wollte. Der andere versuchte, Sal eine Maske auf das Gesicht zu drücken. Aber Sal winkte ab und schleppte sich mit schweren Schritten durch den Rauch und die Scheinwerferbalken. Schließlich zuckte Herb die Schultern, und gab dem Fahrer der Ambulanz ein Zeichen. Eine Frau stieg zu Otis in den Wagen und schloß die Tür, worauf die Ambulanz mit blinkenden Lichtern davonfuhr.

Iris beobachtete alles vom Fenster aus. Sals Gesicht war geschwärzt, von seinem Rücken und den Schultern stieg Rauch auf. Er stand am Straßenrand, bemühte sich, auf den Beinen zu bleiben und sah dann über die Straße zu seinem Haus hinüber, wo seine Frau und seine Tochter ihn am Fenster beobachteten. Iris zog die Vorhänge zu.

Eine Stunde später rollten die letzten drei Feuerwehrleute ihren Schlauch auf. In der Einfahrt der Royals blieb nur die kleine Pumpe zurück, vorsichtshalber, falls das Feuer noch einmal ausbrechen sollte. Aber der Boden war vom letzten Regen so vollgesogen, daß nach der Wasserkanonade der Löschfahrzeuge – und da von dem Gebäude, mit Ausnahme der vier Betonsteine, die das Fundament gebildet hatten, sowieso nichts übriggeblieben war –, keine Gefahr mehr ausging. Einige Männer waren hauptsächlich deshalb dageblieben, weil sie warten wollten, bis Jerry nach Hause kam.

Das tat er schließlich um zwei Uhr. Durch die zerbrochene Scheibe wehte der Fahrtwind, sein Hals brannte von der Halskrause, die man ihm angelegt hatte, und er überlegte fieberhaft, wie er sich an Noel rächen könnte. Fünfzehn Meter vom Ort der Katastrophe entfernt trat er auf die Bremse.

Sein Haus war verschwunden.

Als er mit offenem Mund und aufgerissenen Augen durch die Windschutzscheibe hinausstarrte, überkam ihn eine Welle der Benommenheit. Was gestern noch sein Zuhause gewesen war – ein Bett, ein Fernseher, ein Videorecorder und ein Fernsehsessel –, war nur noch ein schwarzer Schutthaufen auf einem steinigen, mit Schrott übersäten Grundstück.

»O Mann«, hauchte er.

Die Scheinwerfer des Löschfahrzeugs strahlten seine Badewanne, das Waschbecken und die Toilette an, die weiß schimmernd dicht nebeneinander in der Asche lagen. Sein Herd und seine Tiefkühltruhe. Wertlose Überlebende wie die Hühner, die benommen und heimatlos auf der Straße herumirrten; der blaue Gospelbus; der alte Gefrierschrank auf der kleinen Anhöhe.

»O Mann«, sagte er noch einmal.

Er steuerte den Truck zu seiner Einfahrt, schaltete auf Parken und ließ den Motor laufen. Zögernd stieg er aus und setzte den Fuß auf die Straße. Der Gefrierschrank oben im jungen Gras leuchtete im Scheinwerferlicht des Feuerwehrwagens, als stünde er auf einer Bühne.

»Jerry?« Das war Herb True, der ihn ablenken wollte.

»Wo ist mein Haus?« wollte Jerry wissen.

Herbs Stimme klang ungewöhnlich düster. »Wir haben ihn rausgeholt«, sagte er und schüttelte betrübt den Kopf.

Das Blut in Jerrys Armen gefror zu Eis; sein Gesicht brannte.

»Sie haben ihn ins Downeast gebracht. Sal Erickson hat ihn herausgeschleppt. Otis war im Bad eingeschlossen, und Sal hat sich den Weg durch den Spiegelschrank freigetreten. Wahrscheinlich hielt er ihn für ein Fenster. Er hat das Ding durch die Wand getreten, aber dann ist er auf halbem Weg steckengeblieben. Er hat ziemlich üble Brandwunden.«

Jerry ging immer noch auf der Zufahrt zu seinem Haus hin und her, sechs Meter Kies, die nirgendwohin führten. Er blickte wieder zu seiner Tiefkühltruhe hinüber. »Was werde ich jetzt machen?« jammerte er. »Der Strom ist ja sicher weg.«

»Wenn du willst«, meinte Herb, »können wir ja rausholen, was du da eingefroren hast. Im Superette ist sicher Platz, falls es Noel nichts ausmacht.«

Jerry starrte die Tiefkühltruhe einen Augenblick lang ausdruckslos an, dann wanderte sein Blick zu Herb.

»Jerry, können Sie irgendwo unterkommen?« Die Stimme kam aus dem Feuerwehrwagen. Alston Bouchard.

Jerry regierte überhaupt nicht darauf, sondern drehte sich um und ging die Zufahrt wieder hinunter.

Jerry, alles in Ordnung mit dir?« rief Herb. Jerry gab keine Antwort. Er stieg in seinen Truck und fuhr los, ehe seine Tür ganz geschlossen war.

»Downeast Memorial!« rief Herb ihm nach. »Notaufnahme.«

Sal saß auf seinem Bett, spielte eine B-Tonleiter auf und ab und ließ sie schließlich in einem *Misterioso* ausklingen. Sein Atem ging schwer, und seine Lungen rasselten bei jedem Atemzug. Er spielte, weil er nicht schlafen konnte. Nach Hause gehen konnte er auch nicht, konnte nicht mit Noel reden, konnte nichts trinken… weil er nicht imstande war, seine eigenen Gedanken zu ergründen. Also spielte er weiter, dankbar dafür, daß keine Nachbarn da waren, die sich gestört gefühlt hätten. Sein Gesicht war rot angeschwollen und ausgetrocknet, und er schloß die Augen, weil sie so brannten. Selbst nachdem er geduscht und seine Kleider zum Fenster hinausgeworfen hatte, roch er noch bei jedem Atemzug den Rauch. Aber er spielte weiter, in der Hoffnung, er könne sich erinnern.

Er dachte an Avery Bingstream, den Schuldirektor, mit seinem Arm im Gips. Man hatte ihm gesagt, er habe den Direktor von der Bühne geworfen und ihm den Arm gebrochen. An nichts von alldem erinnerte er sich, nicht einmal andeutungsweise. In nüchternem Zustand hätte er dem Mann nie etwas getan. Bingstream war ein anständiger Mensch, aufrichtig und sanftmütig. Aber im Wodkanebel war er auf Avery Bingstream losgegangen, ohne erkennbaren Anlaß und ohne Skrupel.

In jener Nacht hatte jemand Eliot Wicker niedergeschlagen und lebend begraben. Und jetzt hatte Bouchard ihm gesagt, daß er und Wicker ein oder zwei Stunden dieser Nacht zusammengewesen seien. Aber wo versteckte sich die Nacht denn? Irgendwo tief in seinem narkotisierten Bewußtsein, wie hinter Mauern verborgen, in einem Gedächtnis, das ihm jede Unterstützung versagte.

Er legte die Posaune aufs Bett, lehnte sich zum Telefon hinüber, rief die Auskunft von Rhode Island an und ließ sich die Telefonnummer seiner Eltern geben. Nachdem er gewählt hatte, legte er sich, während es klingelte, auf den Rücken.

»Ich bin's, Sal«, sagte er, als sein Vater sich meldete.

Zuerst kam keine Antwort.

»Dein Sohn, Salvatore, ich bin in Maine.«

Wieder eine Pause. »Wie geht's dir?« fragte sein Vater, aber es klang nicht so, als ob er es wirklich wissen wollte.

»Ich war Lehrer an einer Schule. Acht Jahre lang. Was machst du? Schon in Pension?«

»Ich habe bloß geschlafen. Es ist sehr spät.«

»Schnitzt du immer noch Lockenten?«

Sal wartete, hörte, wie der Mann am anderen Ende sich räusperte. »Gelegentlich.«

Ich habe heute nacht einem Mann das Leben gerettet, was hältst du davon?

»Wie geht's Mom?«

Keine Antwort.

»Ich möchte mit Mom reden.«

»Ich hab' sie in ein Heim gebracht.«

In ein Heim. »Ich möchte mit ihr über Anthony reden – über den Tag, an dem er ertrunken ist.«

Wieder Stille.

»Das hat jetzt keinen Sinn.«

»Doch, hat es schon. Ich möchte etwas klarstellen.«

»Das ist vergangen und vorbei ...«

»*Wirklich?*« Er lachte dabei. »Vielleicht *für dich.*«

»Was vergangen ist, können wir nicht ändern.«

»Ich hab' ihm nicht gesagt, daß er aufs Eis hinausgehen soll, weißt du. Glaubst du, daß ich das getan habe? Glaubst du, ich habe ihn hineingestoßen?«

»Warum rufst du nicht ein anderes Mal an, wenn du dich besser fühlst ...«

»Nein, nein, du sollst mir sagen, was du glaubst – denkst du, daß ich das damals getan habe? Mein Gedächtnis ist nämlich futsch, und ich werde mich nie mehr besser fühlen als gerade jetzt. Heute nacht habe ich einem Menschen das Leben gerettet, Dad – was sagst du jetzt? Ich bin heute ein gottverdammter Held.«

In der Leitung klickte es, dann war sie stumm.

In seinem billigen Pensionszimmer legte Sal den Arm schützend vors Gesicht, hielt den Hörer immer noch in der Hand. Vor seinem inneren Auge entstand ein Bild von dem alten Haus und seiner Mutter, sie lehnte an der hinteren Tür und sah hinaus; die gerafften rotkarierten Vorhänge, die von der Sonne überflutete kleine Veranda vor dem Haus mit Einkaufstüten voller Äpfel ... und niemand sagte etwas. Er streckte den Arm aus, legte den Hörer auf die Gabel zurück und lachte kurz, verbittert auf. *Vergangen und vorbei.* In einer Aufwallung warf er sich über das Bett, riß dabei den Nachttisch und das Telefon um, sprang auf, und dann schoß seine Faust auf die Wand zu, auf den gerahmten Druck mit dem Viermaster im Sturm.

Dunkelheit lag über der Stadt, eine gleichmäßige, feierliche Stille. Oben im Dorf war nur in der Feuerwehrstation Licht, eine Garagentür stand offen, und man konnte den leeren Stellplatz dahinter sehen. Zwei Wagen warteten draußen darauf, daß der Pumpenwagen zurückkam. Dreißig Meter entfernt stand das Superette geschlossen und finster da.

Selbst Jerrys Truck bog fast lautlos in die Einfahrt ein. Die Scheinwerfer waren ausgeschaltet, ebenso der Motor, und die Reifen erzeugten nur ein leicht summendes Geräusch. Er bremste behutsam und öffnete dann leise die Tür. Oben auf der Straße fuhr der Feuerwehrwagen vorbei; Jerry sah die Scheinwerferbalken von links nach rechts über die Baumwipfel flattern.

Dieses raffinierte Miststück – sie hatte die beiden Killer auf ihn angesetzt und dann das Feuer gelegt. Jeder Idiot konnte sich das zusammenreimen. Hat ihn nach Bangor gelockt, um ihn umbringen zu lassen, und ihm dann das Haus niedergebrannt, um seinen Erpresserbrief zu vernichten. Raffiniertes Miststück, höchste Zeit, daß dir einmal jemand klarmacht, daß andere auch nicht völlig blöd sind. Er stieg aus und ging lautlos in seinen weichen neuen Schuhen die Auffahrt hinauf. Zwar hatte er ihre neuen Schlüssel nicht, aber eine abgesperrte Tür oder eine Alarmanlage würden ihn jetzt ganz bestimmt nicht aufhalten können. Er griff nach dem Türknopf …

Zu seiner Überraschung öffnete sich die Tür mit leisem Klicken. Raffiniertes Miststück, jetzt hatte sie also seinen Brief verbrannt. Aber nicht raffiniert genug – sie hatte vergessen, ihre eigene Tür abzusperren. »Bildest du dir wirklich ein, daß ich zu blöd bin, dir auf die Schliche zu kommen?« murmelte er.

Der dunkle Schatten, der plötzlich vor ihm auftauchte, war gerade im Begriff, seine Frage zu beantworten, als eine Stimme hinter ihm schrie: »Jerry!«

Verblüfft fuhr er herum, und ein Schuß peitschte. Jerry sprang zur Seite. Ein zweiter Schuß krachte ...

»Das reicht jetzt!« schrie ein Mann. Er stand neben der Tür, den Rücken gegen die Wand gepreßt. »Das reicht jetzt!« wiederholte er.

In der Garage flammte die Beleuchtung auf, flutete durch die offene Tür. Der Mann an der Wand war Alston Bouchard. *»Nicht auf mich schießen!«* sagte er.

»Alston, sind Sie das?« Noels Stimme kam von drinnen.

»Ja, ich bin's.«

»Er wollte einbrechen.«

»Ich weiß.«

Jerry preßte sich halb sitzend an die linke Garagentür, sein Herz schlug heftig. Er hob vorsichtig die Hand, griff sich an die rechte Wange und tastete nach Blut. Er hatte *gehört*, wie die Kugel an seinem Ohr vorbeigezischt war.

»Jerry, alles klar bei Ihnen?« fragte Bouchard.

»Jerry?« sagte Noel und trat aus der Tür. »Jerry Royal?«

Jerry hob den Arm, wobei er spürte, daß sein neuer Jerseypullover am Ellbogen zerrissen war. »Alles klar«, flüsterte er.

»Sie hat Sie bei einem Einbruchsversuch erwischt«, erklärte ihm Bouchard. »Und sie hat das Recht, ihr Eigentum zu schützen.«

»Jerry, was hast du dir eigentlich gedacht?« fragte Noel an der Tür, den Revolver in der Hand. »Ich hätte dich erschießen können.«

Bouchard blickte auf ihn hinunter und wartete ebenfalls auf Antwort.

Jerry stemmte sich halb in die Höhe, ihm war vor Schwäche fast übel. Oh, dieses Weib hatte ihn ganz schön reingelegt.

»Falls du es nicht weißt«, krächzte er, »ich hab' gerade mein Haus verloren. Ist es nicht mehr üblich, daß Nachbarn sich gegenseitig helfen?« Er setzte sich jetzt auf, und in dem schwachen Licht aus dem Fenster konnte man die rote Linie um seinen Hals und das eingetrocknete Blut an seinem Rollkragen und an der Schulterpartie seines Pullovers sehen. Ein weiterer Blutfleck hatte sich über die Kniepartie seines rechten Hosenbeins ausgebreitet.

»Jerry, was bedeutet dieser Striemen an Ihrem Hals?« fragte Bouchard.

Jerry sah jetzt, wie weit er von der Tür entfernt war; in seinem Schrecken hatte er einen Satz von fast drei Metern gemacht. »Hab' mich beim Rasieren geschnitten«, antwortete er, rappelte sich hoch und lehnte sich dann haltsuchend an die Hauswand.

Er war noch recht wackelig auf den Beinen. »Diese verdammten Teufelsschuhe!« Das war jetzt das zweitemal in dieser Nacht, daß die Reef Runners ihm das Leben gerettet hatten, stellte er verblüfft fest. Er wischte sich über den Hosenboden, drehte sich zu seinem Truck um und entdeckte das Einschußloch in der Tür. Die Schultern sackten ihm herunter.

»Jerry, du mußt wirklich vorsichtiger sein«, sagte Noel. »Du kannst nicht einfach anderer Leute Türen aufmachen.«

Jerry ging zu seinem Wagen, strich mit dem Finger über das Einschußloch und blickte zu seiner Schrotflinte hoch, die über dem zerbrochenen Heckfenster hing. Kurz überlegte er, ob er sie herunterholen und einen Schuß auf ihren Volvo abgeben sollte. Er hätte es getan, wenn Bouchard nicht dagewesen wäre.

»Haben Sie irgendwo ein Dach über dem Kopf?« fragte ihn der Constable.

»Jaaa.« Jerry schaffte es selbst mit seiner Krächzstimme, das Wort in die Länge zu ziehen. »Wär' nicht das erstemal, daß ich in diesem Ding schlafe.« Er steig in seinen Truck, knallte die Tür zu, schob den Ellbogen durchs offene Fenster und sagte dann: »Alston, wo kommen Sie denn eigentlich her?«

»Ich war mit der Feuerwehr bei Ihrem Haus«, antwortete Bouchard.

»Dort, wo *früher einmal* mein Haus war«, verbesserte ihn Jerry und richtete den Blick auf einen Punkt zwischen Bouchard und Noel.

»Ich bin Ihnen nachgefahren, um zu fragen, ob Sie irgendwo unterkommen können ...«

»Yeah, na ja.« Jerry ließ den Pickup an, jagte den Motor hoch und trat dann noch kräftiger aufs Gas, weil ihm der Lärm gefiel. »Ein nagelneuer Truck«, sagte er angewidert.

»Jerry, es tut mir leid!« rief Noel. »Ich rufe gleich morgen früh meine Versicherungsgesellschaft an.«

Er trat aufs Gas und jagte den Truck geradewegs auf sie zu – bremste dann, daß die Reifen quietschten, hieb den Rückwärtsgang hinein und schoß nach hinten in das Tulpenbeet, das ihr Schwimmbecken umgab.

Bouchard ging auf ihn zu. »Jerry, Sie sollten sich jetzt beruhigen.«

Mit einem weiteren finsteren Blick auf Noel stieg Jerry erneut so heftig auf das Gaspedal, daß große

Brocken Erde und plattgedrückte Blumen in das gechlorte Wasser flogen. Als seine Reifen auf Asphalt trafen, gab es ein grelles Kreischen – dann schoß er den Hügel hinauf und war gleich darauf verschwunden.

Während das Motorengeräusch in der Ferne verebbte, seufzte Noel tief. »Gott sei Dank, daß Sie hier waren, Alston. Ich bin so zitterig, ich hätte ihn töten können.« Sie blickte auf die Waffe herab, die sie in der Hand hielt, als ob ihr dieser Gedanke soeben erst in den Sinn gekommen wäre. »O nein – kann ich da Ärger bekommen?«

»Nee«, antwortete er, »Sie haben das Recht, Ihr Anwesen zu schützen.«

»Er hat versucht einzubrechen.«

»Das habe ich gesehen. Aber … seltsam …«

»Was?«

»Also, warum haben Sie eigentlich Ihren Einbrecheralarm abgeschaltet?«

»Ich habe ihn nicht *abgeschaltet*«, erklärte sie ihm. »Ich weiß nur nicht, wie man ihn programmiert – Herrgott, dazu müßte man Ingenieur sein.«

Bouchard sagte daraufhin nichts. Wie er so mit den Händen in den Taschen vergraben dastand, ganz in Schwarz gekleidet, war es schwer, ihn überhaupt zu erkennen.

»Alston, wo ist Ihr Wagen?« fragte Noel.

»Drüben beim Feuerwehrhaus. Aber da ist noch etwas, worüber ich mir den Kopf zerbreche … Warum waren Sie …« Er deutete zur Garage hinüber, aber das konnte sie nicht sehen.

»Wie bitte?«

»Warum waren Sie im Dunkeln unten?«

Sie verschränkte die Arme vor der Brust, hielt die 22er aber immer noch in der Hand. »Alston ...«

»Ich will ja nicht ...« Er rieb die Hände aneinander und schob sie dann wieder in die Taschen. »Es ist nur so, daß es spät ist, und in Ihrem ganzen Haus ist das Licht ausgeschaltet ...«

»Seit ein paar Tagen habe ich einen äußerst leichten Schlaf«, sagte sie. »Ich hörte, wie der Truck hereinfuhr, und da bin ich heruntergekommen.«

Die Schlüssel in Bouchards Tasche klirrten, und sie dachte, daß er jetzt fertig wäre. »Sie hielten sich die ganze Nacht zu Hause auf, ja?«

»Alston ...«

»Sie haben die Brandmeldung entgegengenommen ...?«

»Das stimmt. Sal Erickson hat von seinem Haus aus angerufen, ich habe den Anruf am Feuertelefon entgegengenommen und dann die Sirene eingeschaltet. Sind Sie mit Ihrem Verhör jetzt fertig?«

Einige Augenblicke herrschte Schweigen, und sie dachte schon, er würde ihr keine Antwort geben. Dann sah sie das Mondlicht in seinen Brillengläsern blitzen. »Ja«, sagte er knapp, drehte sich um und ging den Hügel hinauf.

Zehn

Jerry Royal saß mit seinem neuen, blutbefleckten Jerseypullover, seiner kittfarbenen Hose und seinen blauen Glücksschuhen bekleidet auf seiner Gefriertruhe und sah zu, wie die Frau in den brandgeschwärzten Überresten seiner Garage herumwühlte. Sie trug ein blaues Sweatshirt ohne Rangabzeichen oder Plakette und eine Hose, die eindeutig zu einer Uniform gehörte: schwarz mit schwarzen Seidenbiesen. Ein Schäferhund, den sie an der Leine hielt, schnüffelte in der Asche herum. So ging das jetzt schon seit fast zwei Stunden – Jerry auf seiner Gefriertruhe, die Frau und der Hund in den Überresten der Garage. Sie war grobknochig und sehr gründlich. Jerry gefiel, wie ihr Hintern ihre Hose ausfüllte.

»Etwas gefunden?« rief er zu ihr hinüber, wie er das jetzt schon einige Male getan hatte. Aber die Frau stand nach vorn gebeugt da, redete mit ihrem Hund und hörte nichts. Ein Stück weiter unten, hinter der Hausruine, kam jetzt Sal die Einfahrt herauf. Jerry hielt sich die Hand über die Augen, weil die grelle Sonne ihn blendete; er sah, daß sein Schwager einen Karton in der Hand trug.

»Ich habe dir was zum Anziehen mitgebracht«, sagte Sal, als er näherkam.

Jerry deutete auf ein Sammelsurium von Kartons und Tüten, die rings um die Kühltruhe verteilt waren. »Die Leute bringen mir schon den ganzen Vormittag Sachen. Alles mögliche. Zwei Kisten Cola, Toaster,

Lampe, UKW-Radio – wo ich doch keinen Strom habe. Herrgott, Kekse hab' ich so viele, daß ich nicht mehr weiß, wohin damit.«

Sal zuckte die Schultern: »Die Leute sind eben hilfsbereit.«

Jerry spreizte die Hände und hob beide Arme. »Wie wär's denn, wenn einer mir ein neues Haus bringen würde? Kekse, daß ich nicht lache.« Er nahm Sal den Karton mit Kleidung ab und hielt ihn mit beiden Händen, wie um das Gewicht abzuschätzen. »Riecht ein bißchen vermodert«, sagte er und ließ den Karton neben die anderen fallen.

Sal warf einen Blick auf Jerrys mit Blut verkrusteten Rollkragenpullover. »Die waren in meiner Garage«, sagte er. Seine rechte Hand schmerzte noch von den Hieben gegen die Wand, mit denen er sich den Weg aus dem brennenden Haus freigeschlagen hatte. Gesicht und Arme waren vom Feuer gerötet, und seine Augen brannten immer noch.

»Wieso bewahrst du sie in der Garage auf?« wollte Jerry wissen. »Du hast doch dort drüben auch einen Dachboden.«

»Iris mag den Dachboden nicht.«

Jerry schniefte. »Sie mag den Dachboden nicht ...«

»Wie geht's deinem Dad?« erkundigte sich Sal.

»Der ideale Lagerraum, aber sie mag den Dachboden nicht. Also wird deine Kleidung muffig. So sind die Frauen eben.«

»Was ist denn mit deinem Hals passiert?« fragte ihn Sal.

»Nichts«, antwortete Jerry, »ich hab' mich geschnitten.« Dann drehte er sich ruckartig zu der Brandermittlerin herum. »Mich können Sie jedenfalls aus Ihrer

Liste streichen!« rief er. »Ich war fünfzig Meilen entfernt, oben in Bangor, mit einem Dutzend Zeugen, falls Sie auf irgendwelche Gedanken kommen sollten.« Er nickte triumphierend – das galt Sal –, und fügte hinzu: »Die Frau ist von der Brandbehörde.«

Die Frau drehte sich nicht zu ihm um. »Ich suche im Augenblick nicht nach Verdächtigem, Mr. Royal, nur nach der Brandquelle und der möglichen Brandursache. Kaiser scheint zu glauben, daß Beschleuniger im Spiel waren. Es war jedenfalls eindeutig ein heißes Feuer.«

Jerry sah wieder Sal an. »Braucht man eine Uniform, um das rauszukriegen?«

Sal betrachtete immer noch kopfschüttelnd Jerrys Hals.

»Sie hat dir wahrscheinlich gesagt, was letzte Nacht los war«, fuhr Jerry fort.

»Wer?«

»Wer wohl?« fragte Jerry zurück. »Noel. Ich klopfe bei ihr an, um sie zu fragen, ob ich ihre Kühltruhe benutzen kann, und sie schießt auf mich. Knallt mir ein Loch in meinen Truck. Wäre Alston nicht aufgetaucht, wäre ich jetzt ein toter Mann.«

Die Brandinspektorin stocherte immer noch im Brandschutt herum. »Mr. Royal, haben Sie hier draußen an irgendwelchen Motoren gearbeitet?« wollte sie wissen.

»Kettensägen, Snowmobile, alles mögliche, ich repariere das Zeug.«

»Haben Sie Benzin oder ein anderes Lösungsmittel verwendet …?«

Jerry gab keine Antwort.

Sie stand auf, drehte sich um und sah zu ihm hinauf.

»Benzin für die Reinigung – in nicht verschlossenen Behältern?«

»Nee.«

Sie zeigte ihm eine geschwärzte Kaffeedose. »So etwas?«

»Sie können nicht beweisen, daß die mir gehört.«

»Das ist kein Verbrechen«, sagte sie. »Ganz bestimmt nicht sonderlich klug, aber nicht verboten. Außerdem brennt dieses Zeug nicht von allein. Man braucht auch etwas, womit man es anzündet. Hatten Sie eine elektrische Beleuchtung über Ihrer Werkbank, eine Wärmelampe oder dergleichen?«

»Was?«

»Sie haben hier drinnen doch Hühner gehalten, so wie es aussieht – Küken ausgebrütet?«

»Zum Brüten hatte ich draußen eine Kiste.«

»Und Sie haben die Wärmelampe dazu benutzt, um sie warm zu halten ...?«

Jerry blickte auf.

»Das wäre nicht das erste Feuer, das so angefangen hätte, Mr. Royal. Haben Sie vielleicht einen Hund?«

»Ich hatte mal einen, aber jetzt nicht mehr.«

»Die gehen auf die Küken los, stoßen die Lampe um, vielleicht auch die Büchse mit Benzin. Aber ebensogut hätte es natürlich auch alles mögliche andere sein können. Ein Waschbär, eine Katze ...«

Jerry beugte sich ungläubig vor. »Sie wollen sagen, daß mir irgendein Tier die Bude niedergebrannt hat?«

»Es hätte natürlich auch eines von den Hühnern sein können.«

»O yeah«, meinte Jerry und rutschte von seiner Kühltruhe. »Und was für ein Huhn das war.« Sal warf ihm einen verblüfften Blick zu.

»Die Leute lassen sich immer wieder überraschen«, erklärte die Ermittlerin. »Deshalb sagen wir: ›Benzin nur in geschlossenen Behältern aufbewahren.‹« Sie steckte ihren Notizblock in die Hemdtasche über ihrer linken Brust. Einfach so. Dann zupfte sie an der Leine, und der Hund folgte ihr aus dem Trümmerfeld nach draußen.

»Also, vielen Dank, Mrs. Smoky der Bär«, murmelte Jerry und ging auf den blauen Gospelbus auf der kleinen Anhöhe rechts von ihm zu.

Sal sah die Brandinspektorin in ihr Auto steigen und wegfahren. Als er sich dann wieder zu Jerry umdrehte, flog gerade ein grüner Sitz aus dem Gospelbus und landete auf zwei ähnlichen Sitzen, inmitten eines Sammelsuriums von Maschinenteilen und bis an den Rand gefüllten Abfalltüten.

Sal ging auf den Bus zu, stieg die zwei Stufen hinauf und sah hinein. Jerry stand mit einem Schraubenschlüssel in der Hand über einen der vier noch im Bus verbliebenen Sitze gebeugt da und war damit beschäftigt, ihn abzuschrauben.

»Ich wollte dich was fragen«, sagte Sal.

»Ja, ich höre.«

»Blaubeerblütennacht ...«

Jerry hörte zu arbeiten auf und wandte den Kopf zur Seite. »Ja, was ist damit?«

»Ich versuche mich zu erinnern ... Zum Beispiel würde ich gern wissen, ob ich dich in der Blaubeerblütennacht gesehen habe.«

Jerry richtete sich auf. »Vielleicht, vielleicht auch nicht. Vielleicht sagst du es mir.«

Sal schüttelte den Kopf und fragte sich, ob die Reaktion nur auf Jerrys übliche Verschlossenheit zurückzuführen war. »Ich kann mich nicht erinnern«, entgegnete er. Jerry hatte in den letzten zwölf Stunden so vieles durchgemacht, daß er beschloß, ihn nicht weiter zu bedrängen. »Was ist mit Alston Bouchard?« fragte er.

»Was soll mit ihm sein?«

»Was hältst du von ihm? Spielt er ein ehrliches Spiel?« Jerry ließ den Schraubenschlüssel in seiner Hand kreisen. »Auf drei Dinge kannst du dich im Leben verlassen: Alles, was schiefgehen kann, geht schief; eine Frau ist das Schlimmste, was einem Mann passieren kann; und auf Alston Bouchard kann man sich immer verlassen.«

Sal schmunzelte, obwohl die Äußerung über Bouchard ein unbehagliches Gefühl in ihm auslöste. »Ich hab' nur so gefragt«, meinte er.

»Der Anstand in Person«, fuhr Jerry fort und bückte sich wieder über seine Arbeit, »und jetzt frage ich dich, was hat es ihm gebracht? Dem Mann gehört nichts außer einem fünfzehn Jahre alten Japsenauto, und das hätte man schon an dem Tag verschrotten sollen, als es vom Dampfer gerollt ist, und ein Stück Land, nicht größer als der halbzerfallene Trailer, der darauf parkt.«

»Ich denke, er hat viel mehr Land«, sagte Sal. »Was ist mit den Hügeln dahinter?«

»Die gehören ihm nicht«, erklärte Jerry. »Früher mal. Seine Familie hatte mal einen Besitz von an die tausend Acres, wenigstens bis Alstons Mutter dann gestorben ist.«

»Und was ist dann passiert?« wollte Sal wissen.

»Er hat's verloren. Ich weiß nicht wie. Das ist jetzt zehn oder fünfzehn Jahre her. Eliot Wicker hat es übernommen.«

Sal zog den Fuß von der zweiten Stufe zurück. »Wicker hat es was …?«

»Na ja, theoretisch gesehen, hat er es gekauft. Aber er hat es billig bekommen, zum Teil zur Begleichung der Begräbniskosten und zum Teil dafür, daß er die rückständigen Steuern der alten Dame bezahlt hat. Hey, damals haben alle ihr Blaubeerland entweder an die großen Farmer oder an die Bauunternehmer verloren, kannst dir's aussuchen. Wicker ließ das alte Haus abreißen und hat das Land dann in irgendeiner New Yorker Zeitschrift zum Verkauf angeboten, für eine halbe Million Dollar. Die hat natürlich keiner dafür bezahlt, der einigermaßen bei Verstand ist. Aber er hat's nicht hergegeben und hat es jedes Jahr an Alston zurückverpachtet, für die Beeren. Damit hat er seine Inserate in New York finanziert. Und Alston hat er mehr abgenommen, als die Beeren wert waren.«

Sal dachte an die Akten, die er in Wickers Haus durchgesehen hatte, und fragte sich, wieso ihm die Transaktion entgangen war. »Hieß seine Mutter auch Bouchard?«

Jerry schüttelte den Kopf. »Blackstone. Die alte Dame hat wieder geheiratet, nachdem Alstons Vater gestorben war. Irgend so 'nen Indianer aus Kanada, der Blackstone hieß. Er hat auch bloß zwei Jahre gelebt. An Krebs gestorben, hieß es, aber die meisten Leute denken, daß der Indianer sich zu Tode gesoffen hat.«

Sal nickte.

»Da gibt's 'ne Menge Geschichten.« Jerry wandte sich wieder seiner Arbeit zu. »'ne Menge Geschichten.«

»Ich hab' mir nur gedacht, ich frage mal«, meinte Sal und wandte sich zum Gehen.

»Ja, kann ja nie schaden, wenn man fragt«, antwortete Jerry.

Das fahrbare Kriminallabor, ein Wohnwagen der Marke Silver Bullet, war die beste Werbung, die das Superette je gehabt hatte. Seit der Wagen auf dem Parkplatz abgestellt war, brauchte sich der Supermarkt nicht über mangelnden Zuspruch zu beklagen; es wimmelte dort den ganzen Tag von neugierigen Dorfbewohnern, die eine Tasse Kaffee an der Theke tranken oder sich ein Eis kauften oder anhielten, um Benzin zu kaufen, das sie gar nicht brauchten, und dabei die Männer in blauen Laborkitteln beobachteten, wie sie Tüten und Schachteln in den Wohnwagen trugen.

Anscheinend gab es keinen, der sich nicht irgendeine Theorie über das geheimnisvolle Geschehen zurechtgelegt hatte. Als Shepherd jetzt Noel oben in der Wohnung zum zweitenmal befragte, waren die Gäste an der Theke voll und ganz damit beschäftigt, ihr eigenes Urteil wieder einmal zu revidieren.

Der im Flüsterton entstandene Konsens, zumindest derjenigen, die Bobby Swift gekannt hatten, war, daß Bobby einen Schwindlertrick abgezogen hatte, wie er nur einmal in einer Million Fällen gelang, sich im Augenblick irgendwo gemütlich sonnte und darauf wartete, daß Noel nachkam.

»Das sind doch Hirngespinste«, sagte der Mann mit den Pommes frites. »Nur ein klassisches Tarnmanöver. Sie vergiftet ihn, um die Versicherung zu kassieren, und der Leichenbestatter merkt es beim Einbalsamieren. Er versucht die Frau zu erpressen, sie bringt ihn um und verscharrt dann die Leiche ihres Mannes irgendwo in den Blaubeerfeldern, um das Beweisstück los zu sein.«

»Also wirklich, ich muß schon sagen«, schimpfte Bonnie, während sie mit Hamburgern und Schinken hantierte. »Hat denn hier keiner etwas Besseres zu tun?«

»Ich sage, es hängt mit dem Make-up zusammen«, meinte Herb, ihr Ehemann.

Überall an der Theke drehten sich die Köpfe herum. Herb stopfte nach Vanille duftenden Tabak in seine Pfeife und erklärte: »Ich glaube, Bobby ist zurückgekommen, um sich für das Make-up zu rächen, das Wicker ihm verpaßt hat.« Die anderen nickten zustimmend.

»Gar nicht komisch«, sagte Bonnie.

»Ich hör' auch niemanden lachen«, erwiderte Herb.

Shepherd war auf seinen Verhörstil stolz. Er übte nie Druck aus, drohte nie und beschuldigte niemanden. Seiner Ansicht nach machte er sich die Leute, die er verhörte, zu Freunden, selbst diejenigen, die ein Geständnis ablegten. Tatsächlich waren die meisten seiner Verdächtigen zu guter Letzt im Verlaufe der Ermittlungen so mit den Nerven fertig, daß sie direkt erleichtert waren, ihm am Ende ein Geständnis ablegen zu dürfen. Was ihm natürlich gefiel. Die psychologische Seite einer solchen Entwicklung machte ihm Spaß.

Nachdem er es sich auf Noels Couch bequem gemacht hatte, begann er ein lockeres Gespräch über das Wetter, die Moskitos und die Touristen, als wäre das Ganze ein rein privater Besuch: »Sobald es einmal April geworden ist, kommen sie von überall – Japan, Frankreich, Australien – und jetzt sogar von den Cayman-Inseln. Wissen Sie, bis dieses Flugticket aufgetaucht ist, wußte ich nicht einmal, wo die Cayman-Inseln liegen.«

Eingerollt wie eine Katze saß Noel auf der anderen Seite der Couch, das grüne Baumwollkleid fest über die Beine gezogen, und wartete ab.

»Soviel ich höre«, fuhr er fort, »kann man nirgends auf der Welt so gut tauchen wie auf Grand Cayman.«

Noel entrollte sich langsam auf der Couch und stand auf. Sie streckte sich. »Mögen Sie Gnawi?« fragte sie, ging zu der Regalwand und schaltete die Stereoanlage ein.

»Hm?«

»Der Gnawastamm aus Marrakesch.« Sie drückte ein paar Knöpfe, worauf Trommelklänge den Raum wie eine Eruption erfüllten, düster, feucht und hypnotisch. Noel drehte die Bässe auf und bewegte die Hüften im Takt. Sie kam zur Couch zurück, blieb dort, sich immer noch im Takt wiegend, stehen und sah auf Shepherd hinab, während der Gesang einsetzte.

»Detective, wir wissen beide, daß man bei Eliot Wickers Leiche Taucherflaschen gefunden hat. Und Sie sind offensichtlich der Ansicht, daß dieses Flugticket nach Grand Cayman Island in diesem Zusammenhang von Bedeutung ist. Tun Sie mir bitte den Gefallen und behandeln Sie mich nicht wie ein kleines Kind.«

Er lächelte. »Ich will versuchen, etwas geradliniger zu sein. War Bobby Sporttaucher?«

Sie beugte sich vor, um wieder Platz zu nehmen, wobei der Ausschnitt ihres Kleids flüchtig den Blick auf ihre Brüste freigab. »Bobby und Sporttaucher?« Sie nahm im Schneidersitz Platz und zog sich ein limonengrünes Kissen zwischen die Beine. »Vielleicht bevor ich ihn kennengelernt habe. Es gab wohl kaum eine Sportart, die er nicht betrieben hat. Fallschirmspringen, Motorradrennen ... Als wir heirateten, habe ich ihn dazu gebracht, daß er damit aufhörte.« Ein Nachsicht heischendes Lächeln huschte über ihr Gesicht. »Ich wollte ihn nicht verlieren.«

Und dann sah er die Tränen in ihren Augen – *immer die Augen beobachten,* und die waren jetzt gerade feucht geworden. Er schaltete auf die weiche Welle, lehnte sich zurück. »Sie haben mir nie erzählt, wie Sie beide sich kennenlernten.«

Noel spielte mit einer Haarsträhne. »Ich hatte nicht gedacht, daß das Licht in den Mordfall Eliot Wicker bringen würde.«

Er zuckte die Schultern. »Wahrscheinlich nicht. Ich bin nur neugierig.«

»Nun, ich bin vorzeitig vom College abgegangen«, sagte sie, »und habe dann in Boston als Model gearbeitet. Seine Ultralight-Firma hatte einen Vertrag mit meiner Agentur geschlossen.«

»Hm?« Durch den lauten Gesang und das rhythmische Trommeln war sie nicht immer gut zu verstehen.

»Ultralights«, erklärte sie. »Einpersonenflugzeuge. Man sieht sie jetzt nicht mehr so viel.«

»Sie sagten, Sie hätten als Model gearbeitet?«

»Man hat mich in Truro auf den Dünen fotografiert, in einem schwarzen Ledereinteiler und einem apfelgrünen Sturzhelm, bei dem man nur meine Augen sah. Das war Bobbys Idee. Ich denke, er hatte es auf den SM-Markt abgesehen.« Sie warf Shepherd einen durchdringenden Blick zu.

Er tat so, als hätte er nichts bemerkt. »Also hat er die Anzeigen entworfen und die Dinger geflogen – ich kann mir vorstellen, daß er vielleicht auch mitgeholfen hat, sie zusammenzuschrauben.«

»Das hätte mich bei Bobby nicht gewundert. Aber das weiß ich nicht. Um seine Geschäfte habe ich mich nie gekümmert.«

Shepherd nickte nachdenklich und wollte gerade antworten, als ein lautes Klopfen das Trommeln übertönte.

Noel sah zur Tür hinüber, aber noch ehe sie aufstehen konnte, öffnete sie sich, und Sergeant Murdoch sah herein.

Shepherd erhob sich und stellte seinen Computer auf den Tisch. Als er zur Tür ging, warf er einen Blick auf ihre Stereoanlage und wünschte sich, die Musik wäre leiser oder eine ganz andere.

»Interessant hier?« fragte der Sergeant und sah sich im Zimmer um.

Shepherd schob ihn ins Treppenhaus und zog die Tür hinter sich zu. Das Trommeln schien die Türfüllung in Schwingungen zu versetzen.

»Das klingt ja so, als würden Sie da drinnen ein bedeutsames Gespräch führen«, sagte Murdoch.

»Gibt's was Neues?«

»Nicht viel«, antwortete Murdoch mit undurchdringlicher Miene.

Shepherd wartete.

»Zwei Millionen Mäuse.«

Shepherd sah den Sergeant fragend an, worauf dieser aus der Innentasche seines Blazers eine Brille herauszog und sie sich bedächtig auf die Nase setzt. Dann holte er ein Blatt Papier aus derselben Tasche und faltete es sorgfältig auseinander. Es war ein Faxausdruck.

»Robert Swift«, las Murdoch, »drei Millionen Geschäftsdarlehen von der River City Savings and Loan Bank, Fall River, Massachusetts, 3. Januar 1988. Meldet Konkurs an, nachdem er den Zahlungsverpflichtungen aus seinem Darlehen nicht nachgekommen ist. Wird 1990 vor Gericht gestellt und des Steuerbetrugs und der Urkundenfälschung für schuldig befunden. Drei Jahre auf Bewährung und hundertzwanzig Stunden Sozialdienst.«

»Tatsächlich? Und das Geld?«

Murdoch warf ihm einen Blick über den Rand seiner Brille zu und fuhr dann fort: »Charles J. Mariotta, der Kreditsachbearbeiter der Bank, wurde wegen derselben Anklagepunkte verurteilt – Urkundenfälschung und Steuerbetrug. Aber, und jetzt hören Sie gut zu, zu vierzehn Jahren Gefängnis.« Murdoch nahm die Brille ab. »Mariotta sitzt seine Strafe ab, und zwei Millionen sind verschwunden.«

Shepherd lehnte sich an die Wand und spürte, wie die Trommeln im Takt mit seinem Herzschlag dröhnten.

»Zwei Millionen Mäuse«, wiederholte Murdoch, als gratuliere er sich selbst.

Shepherd ballte die Faust und flüsterte: »Wir haben ihn.«

Murdoch schob die Brille wieder in seine Innentasche. »Ich habe mir Boston und Providence vorgeknöpft. Und in Providence bin ich fündig geworden.«

Shepherd nahm ihm das Fax weg, warf einen kurzen Blick darauf und sagte dann sehr leise: »Ich werde es ihr nicht sagen. Ich stelle ihr jetzt noch ein paar Fragen, fahre dann ins Amt zurück und leite auf Grand Cayman eine Suche nach Bobby Swift ein – oder Dale Newman, falls das sein Deckname ist. Er wird nichts davon merken, bis es für ihn zu spät ist.«

Murdoch hatte bereits angefangen, den Kopf zu schütteln. »Keinen Furz werden Sie von denen erfahren. Keiner schafft das. Boggs hat es sogar mit Interpol versucht, aber die haben abgelehnt. Der Fall sei nicht *weit genug fortgeschritten.*« Murdoch machte den Eindruck, als wäre er darüber beinahe glücklich.

»Wie fortgeschritten wollen die es denn? Wir haben genug, um ihn unter Anklage zu stellen und ihn hierherzuholen. Allein die Tatsache, daß er am Leben ist, reicht aus, um ihn wegen Versicherungsbetrug dranzukriegen. Absolut unanfechtbar.«

Murdoch schüttelte immer noch den Kopf. »Wir brauchen es von ihr. Sie ist eine Komplizin. Muß eine sein.«

Shepherd sah die Herausforderung in Murdochs Augen. »Was ist, wenn Dale Newman gar nicht Bobby Swifts Deckname ist, sondern wenn sich in Wirklichkeit ein dritter Komplize dahinter versteckt? Er hat sein Flugticket nicht benutzt, weil Swift ihn in derselben Nacht beiseite geschafft hat, in der er den Leichenbestatter erledigte. Ich sage, wir probieren es noch einmal bei den Leuten in Grand Cayman und machen Bobby Swift ausfindig. Bei ihm ist der Fall eindeutig klar. Und dort ist auch das Geld.«

Murdoch zuckte die Schultern und drückte damit aus, daß er das für aussichtslos hielt. »Das ist nicht unser Land, unsere Regeln gelten dort nicht.« Er deutete mit einer Kopfbewegung auf die Tür, hinter der das Trommeln lauter wurde. »Gehen wir wieder hinein und knöpfen sie uns zu zweit vor. Wir sagen ihr, was wir in der Hand haben. Ich verspreche ihr dreißig Jahre in Thomaston, dann ist sie in einer Minute weich.«

Shepherd schüttelte den Kopf und griff nach der

Türklinke, als wolle er Murdoch den Weg versperren. »Dazu ist sie viel zu clever.«

»Du liebe Güte«, schnaubte Murdoch, »ich will Ihnen ja nicht zu nahe treten, aber nach allem, was ich höre, haben Sie bis jetzt bei cleveren Frauen nicht viel Glück gehabt.«

Shepherd nickte ihm nachsichtig zu. »Ich sag' Ihnen Bescheid, wenn ich Sie brauche«, meinte er.

»Es aus den Weibern rauszuvögeln ist ja gegen die Vorschrift.«

Shepherd sah ihn an, reagierte aber nicht.

Murdoch kicherte halblaut. »Ich gehe runter, einen Bissen essen.« Er stieg langsam und geradezu anmaßend selbstsicher die Treppe hinunter, blieb dann aber nach ein paar Schritten stehen, ganz wie Shepherd es erwartet hatte. »Werden Sie mir mit ihr bloß nicht zu vertraut«, sagte er. »Ich hätte wirklich keine Lust, dann die Ermittlungen zu übernehmen.«

Noel stand am Fenster, als Shepherd wieder eintrat. Er schloß die Tür, ging geradewegs auf die Stereoanlage zu und drehte die Lautstärke herunter.

»Gute Nachrichten?« sagte sie, vermittelte dabei aber den Eindruck, als würde sie irgend etwas unten auf der Straße beunruhigen.

Shepherd ging zur Couch zurück, nahm den Computer vom Tisch und stellte ihn sich wieder auf den Schoß. Er faltete die Hände über der Tastatur und sah zu ihr hinüber.

»Sehen Sie, Noel«, sagte er, »das ist das Verrückte an den Caymans – ihre albernen Gesetze, das Bankgeheimnis. Sechshundert Banken auf diesen paar Inselchen. Zweitausendvierhundert Gesellschaften und

Trusts und obligatorisch drei Jahre Gefängnis für jeden, der irgendwelche Informationen über einen Anleger preisgibt.«

»Ein Steuerparadies für die herrschende Klasse«, sagte Noel und setzte sich neben ihn. »Man sollte meinen, unsere Behörden würden endlich mal schlauer werden.«

»Es gibt Ausnahmen – zum Beispiel Rauschgiftfälle. In diesem Punkt haben unsere Regierung und die ihre Reziprozität verabredet, und das heißt, daß sie uns unterstützen würden. In Fällen von Mord ebenfalls.«

»Dies hier ist ein Mordfall«, sagte sie ungerührt. »Rufen Sie sie an.«

Shepherd sah sie an. Er lehnte sich auf der Couch zurück, verschränkte die Arme und sah sie unverwandt an. »Noel, wir haben Bobbys zwei Millionen Dollar gefunden.«

Ihre Augen verengten sich. »Was?«

Er lachte ungezwungen. »Aber Noel, jetzt fangen Sie an, *mich* wie ein kleines Kind zu behandeln.«

Sie richtete sich gerade auf. *»Was für zwei Millionen Dollar?«*

»Noel, Sie müssen zugeben ...«

»Gar nichts muß ich!« Sie war mit einer einzigen fließenden Bewegung aufgesprungen, stand jetzt vor ihm und funkelte ihn wild an. »Sie kommen in mein Haus und mein Geschäft, demütigen mich vor der ganzen Ortschaft, und jetzt sagen Sie mir, mein Mann hätte zwei Millionen Dollar vor mir versteckt – dabei bleiben Sie selbstgefällig und großspurig sitzen, um meine Reaktion zu beobachten ...«

»Noel, mir macht das genausowenig Spaß ...«

»Wollen Sie eine Reaktion von mir? Die können Sie

haben!« Sie griff nach einer Kristallvase mit Blumen, die auf dem Couchtisch stand, und warf sie dicht an seinem Kopf vorbei durchs Fenster.

Als das Fenster im Obergeschoß herausflog, war Sal gerade dabei, seinen Tank zu füllen, während er darauf wartete, daß die Detectives das Gebäude verließen. Die Scherben der Fensterscheibe, grünes Wasser und rote Tulpen regneten an der Fassade herunter. Percy, der Fingerabdruckspezialist, der gerade mit einem Karton zu dem Laborwagen unterwegs war, duckte sich unter dem plötzlichen Bombardement und rannte dann ins Geschäft zurück. Sekunden später kam Noel zur Tür herausgeschossen, lief geradewegs auf die Zapfsäulen zu und nagelte Sal förmlich mit einem mysteriösen Blick fest. Eine große rote Lederhandtasche hing über ihrer Schulter. Hinter ihr flog die Tür auf, und Shepherd kam heraus – ganz klar, daß der Detective die Ursache ihrer Wut war.

»Frag mich, ob ich mit dir eine Spritztour machen möchte«, forderte sie Sal auf, als sie neben ihm an der Zapfsäule stand. Aus ihrer Tasche ragte der Hals einer Flasche heraus – Stoli-Wodka.

Shepherd kam näher, und Sal stützte sich mit einer Hand an der Zapfsäule ab, eine Art Barrikade, um den Detective nicht zu dicht an sie heranzulassen.

»Noel, nur noch fünf Minuten, und wir sind fertig«, sagte der Detective.

Jetzt kam Murdoch ebenfalls zur Tür heraus, er kaute an einem Hot dog und schlenderte mit fröhlich zufriedenem Gesichtsausdruck auf sie zu. »Alles unter Kontrolle, Detective?« fragte er.

Noel sah Sal mit zusammengekniffenen Augen an,

als wolle sie ihm ein Stichwort geben. Aber der konzentrierte sich ganz auf das Sichtfenster der Zapfsäule, hielt bei fünf Dollar die Pumpe an und verstaute den Füllstutzen in seiner Halterung. Er schraubte den Tankdeckel zu und spürte Noels Blick immer noch auf sich ruhen. Erst jetzt drehte er sich um und sah sie an.

»Würdest du mich bitte hier wegbringen«, sagte sie zu ihm. Das war eine Aufforderung, keine Bitte.

»Steig auf«, sagte er und klappte den Deckel einer Satteltasche hoch; sie stopfte ihre Handtasche hinein.

»Mr. Erickson«, fragte Shepherd, »wo geht die Reise heute hin?«

Sal zog seine Lederjacke aus und reichte sie Noel.

»Hey«, sagte Murdoch und gewährte Sal dabei einen Blick auf die unappetitliche Pampfe aus Hot dog und Brötchen in seinem Mund, »man hat Sie etwas gefragt.«

Noel schob die Arme in die schwere Jacke und sagte zu Sal: »Die Beamten glauben, daß Bobby und Eliot Wicker den Tod Bobbys inszeniert haben. Anschließend hat Bobby Eliot ermordet ...«

»Niemand hat das gesagt«, korrigierte sie Shepherd.

»Ist es denn nicht so abgelaufen?« fragte Murdoch ungeniert.

»... und jetzt soll Bobby angeblich auf den Cayman-Inseln leben, mit zwei Millionen Dollar ...«

»Inzwischen könnten es mit den Zinsen auch zehn sein«, meinte Murdoch.

Shepherd hob die Hand. »Langsam«, forderte er den Sergeant auf und drehte sich dann wieder zu Noel herum. »Ich bitte um Entschuldigung, falls ich Ihnen zu nahe getreten bin ...«

Murdoch lachte prustend.

»... aber wir haben in diesem Fall keine derartigen Schlußfolgerungen gezogen. Wir gehen lediglich Hinweisen nach und stellen sachdienliche Fragen, ebenso wie Sie es tun würden, wenn Sie an unserer Stelle wären.«

Alston Bouchard kam gerade angefahren, direkt auf die Zapfsäulen zu, und zog kurz ihre Aufmerksamkeit auf sich. Sein schwarzer Labrador saß auf dem Beifahrersitz.

»Wenn Sie hier tanken wollen«, sagte Shepherd, zu ihm gewandt, »würde ich vorschlagen, daß Sie es woanders versuchen.«

Sal sah zu Bouchard hinüber, stellte Augenkontakt her, schwang dann das rechte Bein über den Sattel der Harley und drehte den Zündschlüssel. »Fahren wir«, sagte er zu Noel.

Murdoch schob sich von der Seite heran und baute sich drohend neben ihm auf. »Wir sagen Ihnen Bescheid, wenn die Dame soweit ist, Sie Klugscheißer.«

»Noel, es ist wirklich nur zu Ihrem Besten, wenn Sie die Ermittlungen unterstützen«, sagte Shepherd. »Fünf Minuten, nicht länger.« Er hob die rechte Hand mit fünf ausgestreckten Fingern und warf ihr einen beinahe flehenden Blick zu.

Sie ignorierte ihn, zog den Reißverschluß der Lederjacke zu, schwang dann ohne Rücksicht auf ihren kurzen Rock ein langes, nacktes Bein über den Beifahrersitz der Harley und machte es sich hinter Sal bequem. Sal drückte den Anlasserknopf, und der Motor erwachte grummelnd zum Leben.

»Mr. Erickson!« rief Shepherd, »Sie haben uns nicht gesagt, wo Sie hinfahren.«

Sal vergewisserte sich, daß Noel richtig saß, legte

den ersten Gang ein, gab Gas und brauste vom Platz. Noel preßte sich von hinten an ihn, die Arme fest um seine Brust geschlungen.

Als das Geräusch des Motorrads sich in dem strahlendhellen Nachmittag verlor, drehte Murdoch sich zu Shepherd um und sagte: »Also wirklich, ich mag diesen Spaghettifresser nicht.«

»Tatsächlich?« erwiderte Shepherd.

Hinter ihnen räusperte sich Alston Bouchard. »Sie suchen doch Bobby Swift, wenn ich mich nicht täusche.«

Shepherd zog, ohne auf ihn zu achten, einen Filzschreiber aus der Tasche und malte einen großen Kreis auf das Sichtfenster der Zapfsäule, an der Sal sich mit der Hand abgestützt hatte. »Sorgen Sie dafür, daß niemand das hier berührt«, sagte er zu Murdoch und ging dann ins Superette zurück. Gleich darauf kam Detective Percy mit einem schwarzen Aktenkoffer in der Hand mit Shepherd wieder heraus, klappte den Koffer auf und entnahm ihm einen Plastikbehälter von der Größe einer Gewürzdose. Er öffnete die Dose und schüttete bedächtig pulverisierte Eisenfeilspäne auf ein Blatt Papier. Als er dann das Papier an das Fenster der Zapfsäule hielt und das feine Pulver vorsichtig über das Glas blies, öffnete Bouchard seine Wagentür und stieg aus; er zog dabei seine Schirmmütze gegen die Sonne vor die Augen.

»Dieser Sarg, in dem man Bobby Swift begraben hat«, sagte er. »Ich kann mir vorstellen, wenn Bobby noch am Leben wäre, wenn jemand ihn ausgegraben hätte, dann wäre dieser Sarg noch in ziemlich gutem Zustand. Innen, meine ich.«

Ihn immer noch völlig ignorierend, sah Shepherd zu, wie Percy mit einem kleinen Magnetstab über das Sichtfenster fuhr und damit Eisenpulver abhob, bis schließlich auf dem Glas vier Finger und ein Daumen zu sehen waren. »Hübsch«, sagte Percy.

Shepherd beugte sich vor, holte ein Spurenetikett aus dem schwarzen Koffer und reichte es Murdoch. »Zeichnen Sie das für ihn ab«, sagte er und drehte sich um. »Ich geh' wieder hinein.«

»Detective Shepherd, ich spreche mit Ihnen«, sagte Bouchard.

Shepherd wandte den Kopf, ohne stehenzubleiben. »Sie behindern meine Ermittlungen, Mr. Bouchard …«

»Das ist meine Ortschaft!« erregte sich Bouchard und deutete mit dem Finger auf den Asphalt unter seinen Füßen. *»Meine Ortschaft ist das!«* Seine dröhnende Stimme veranlaßte Shepherd, stehenzubleiben, als wäre er gegen eine Mauer gerannt. Er drehte sich wieder um. Vielleicht spürte er auch die entschlossene Überzeugung des Constable, die beinahe körperlich zu greifen war. Das hier *war* seine Ortschaft. Und er war ihr Beschützer. Shepherd begriff in diesem Augenblick, daß daran – sofern er den Constable nicht verhaftete – nichts etwas ändern konnte.

Die zwei Männer standen etwa drei Meter voneinander entfernt und musterten sich finster. Der Fingerabdruckspezialist hörte auf zu schreiben. Murdoch trat neben Shepherd und wischte sich mit dem Taschentuch den Mund. Zwei oder drei Kunden kamen neugierig aus dem Laden.

Als Bouchard auf den Detective zuging, sprach er so leise, daß sonst niemand es hören konnte. »Sie scheinen der Meinung zu sein, daß Bobby Swift noch lebt, nicht wahr?«

Shepherd antwortete ihm darauf ebenso leise: »Der Ansicht scheinen Sie nicht zu sein.«

»Ich glaube, wenn er noch leben würde, wäre es hier wesentlich ruhiger«, sagte Bouchard.

Shepherd nickte und tat so, als überlegte er. »Das ist eine interessante Theorie, Constable. Mit Ausnahme einer Kleinigkeit: Bobby Swifts Sarg ist innen so gut wie neu.« Er warf Bouchard einen langen Blick zu und fuhr dann fort: »Ich weiß nur – müßte ich eingeschlossen in einem Sarg um meinen letzten Atemzug kämpfen, würde ich einigen Schaden anrichten.« Damit wandte er sich wieder dem Laden zu. »Einen schönen Tag noch«, sagte er zum Abschied.

KARAMEL-POPCORN! Davey nahm die Tüte mit ins Wohnzimmer und ließ sich auf ihren Knautschsack vor dem Fernseher nieder. Auf der Mattscheibe lief irgendein Samstagsnachmittagsfilm über ein Wesen, das wie eine riesige Eidechse aussah und Fußgänger in Tokio fraß, obwohl man nie richtig sah, wie es sie fraß – nur einen Schatten, der sich über den Aufzufressenden legte, und anschließend hörte man ihn schreien. Sonst gab es lediglich Kegeln, Golf und eine Gartensendung, also sah sie sich den Monsterfilm an, knabberte Popcorn aus der Tüte und versuchte sich von dem Wunsch abzulenken, ihren Daddy bei sich zu haben. Als sie hörte, wie die Gittertür in der Küche aufging, sprang sie vom Knautschsack hoch und rannte in die Küche, weil sie dachte, daß er es sei.

Aber es war nur ihr Onkel, der da in der Tür stand. Onkel Jerry – obwohl sie ihn nie so genannt hatte.

Eigentlich hatte sie sogar überhaupt noch nie mit ihm gesprochen. Ohne zu überlegen, schloß sie die Moskitotür auf und wünschte sich dann, sie hätte es nicht getan.

»Du lieber Gott, ein erwachsenes Mädchen habe ich nicht erwartet«, sagte Jerry, und seine blauen Augen wanderten zu ihren roten Sneakers hinunter und dann wieder hinauf. »Wie groß du geworden bist!«

»Meine Mutter hilft gerade, ein Baby zur Welt zu bringen«, sagte sie und blieb unter der Tür stehen. Davey wußte, daß sie eigentlich hätte sagen sollen, daß ihre Mutter oben wäre und ein kleines Schläfchen machte. Aber sie dachte, es sei zu offensichtlich, daß das Auto ihrer Mutter nicht da war.

»Wie auch immer«, sagte Jerry und senkte die Stimme, als hätte er vor, ihr ein Geheimnis anzuvertrauen, »ich wette, du erkennst mich nicht einmal.« Er beugte sich zu ihr hinunter, sein Atem roch scharf wie verfaulte Zwiebeln. An seinem Pullover fiel ein brauner Blutfleck auf.

»Doch, ich kenne dich schon«, sagte sie.

»So? Du kennst deinen Onkel Jerry? Hey, wir lassen ja die Moskitos herein.« Sie trat zur Seite, als er sich durch die Gittertür zwängte, die dann hinter ihm zufiel. Er sah sich in dem Zimmer um.

»Der gleiche Tisch«, sagte er und ging durch die Küche. »Die gleichen Stühle und Schränke.« Er öffnete einen, bewegte die Tür hin und her. »Quietscht nur anders.« An seinem Hosenboden klebte etwas, das so aussah, als habe er sich auf eine fette Spinne oder Kaugummi oder vielleicht auch Teer gesetzt.

Er ging aus der Küche hinaus aufs Wohnzimmer zu, blieb an der Treppe stehen und sah zum Fenster hinaus, wobei er sich duckte, um einem schweren hängenden Blumentopf auszuweichen. »Hast du gestern nacht das Feuer gesehen?« fragte er.

Davey nickte. Sie bemerkte, daß seine blauen Reef Runners etwas angekohlt waren. Ob sie ihm wohl sagen sollte, daß es ihr leid tat, daß sein Haus abgebrannt war?

»Mhm«, machte er, legte die Hand auf das Treppengeländer und begann die Treppe hinaufzusteigen; die Treppenstufen ächzten unter seinem Gewicht. »Alles so wie früher.« Seine Art zu reden erinnerte sie an Mr. Walker, den Hausmeister in der Schule, und Mr. Philbrook, einen der älteren Busfahrer. Es klang freundlich, irgendwie ländlich. Aber daß er so die Treppe hinaufging, gefiel ihr eigentlich nicht. Sie folgte ein paar Stufen hinter ihm.

»Meine Mutter kommt bald wieder nach Hause«, sagte sie, bemüht, es nicht zu ungastlich klingen zu lassen.

»Und mein altes Schlafzimmer gibt's auch noch«, meinte er. »Das hast wahrscheinlich jetzt du gekriegt.«

Im Obergeschoß lagen breite Fichtendielen, die ziemlich abgetreten waren, mit kniehohen Einbauschränken an der gegenüberliegenden Wand. Das Schlafzimmer ihrer Eltern lag links von der Treppe, das ihre rechts. Als Davey ihm jetzt nach oben folgte, konnte sie sehen, wie Jerry in ihres hineinsah.

»Da ist es«, sagte er. »Dort drüben, mein Bett, unter dem Fenster.«

Davey blieb stehen. »Ich dachte, das war einmal das Zimmer meiner Mutter.«

»Es hat uns beiden gehört. Als wir noch Kinder waren, haben wir zusammen geschlafen – sogar im selben Bett, aber dem hat Mutter ein Ende gemacht, als es anfing, interessant zu werden.« Er drehte sich zu ihr herum und grinste anzüglich.

»Kannst du dich an deine Mutter erinnern?« fragte Davey, um das Thema zu wechseln.

Jerry trat wieder in den Flur und blickte zur Decke hoch auf die rechteckige Falltür mit dem schwarzen Eisengriff. »Freilich. Ich war fünfzehn, als sie ums Leben kam. Fast hätte ich in der Nacht selbst ins Gras gebissen. Mein Bein ist seitdem versaut.«

»Meine Mutter hat gesagt, sie war böse.«

Jerry schüttelte den Kopf. »Böse?« Er schnaubte wie ein Pferd. »Diese Frau hatte keinen einzigen bösen Knochen im Leib. *Böse?* Ich kann gar nicht glauben, daß deine Mutter so etwas gesagt hat. Du liebe Güte, für die alte Dame war das Mädchen ihr ein und alles. Die ganze Zeit hat sie ihr neue Kleider gekauft und Bücher zum Lesen. Für mich blieb nur der Alte übrig. Bei Mutter ist einem nie was passiert, und wenn man noch so was Dummes angestellt hatte. Nie ein lautes Wort, nie hat sie einen geschlagen oder einen auch nur böse angesehen. Böse? Ich würde eher sagen, *deine* Mutter spinnt sich da was zusammen.« Er blickte wieder zu der Falltür hinauf, und dabei schob sich sein aufgeschürfter Hals mit der roten Linie aus dem Rollkragen. »Ich kann das einfach nicht glauben. Böse!« Er sah zu Davey hinunter und deutete mit einem kurzen Kopfnicken auf die Falltür. »Warst du schon mal dort oben?«

Davey zuckte die Schultern.

»Was, du warst nie da oben?«

Ein schwarzer Griff an der Decke. Mehr war der Dachboden nie für sie gewesen, ein Griff und ein strenges Verbot. Aber jetzt, wie er so redete, schien Davey der Gedanke, dort hinaufzusteigen, plötzlich reizvoll.

»Hey. Und wie ist's mit deiner Mutter oder deinem Dad? Steigen die je hinauf?«

»Meine Mutter hat gesagt, daß das ziemlich gefährlich ist.«

»Also wirklich, was reden die dir denn für einen Scheiß ein?« Er griff nach oben und zog an dem Griff. Eine Staubwolke senkte sich herunter, wie ein kleiner Schneesturm, und eine graue hölzerne Leiter kam aus dem Dunkeln und schob sich scharrend und quietschend aus der Unterseite der Falltür. Jerry zog an der Leiter, worauf ein zweites Leiterstück aus ihr herausglitt, bis das ganze Ding bis zum Boden herunterreichte, eine steile, schmale Treppe. Er setzte seinen blauen Schuh auf die unterste Sprosse und drückte sie tiefer, worauf die ganze Leiter einschnappte und sich geraderichtete.

»Wirklich, du bist nie oben gewesen?«

Durch die Staubwolke in der Öffnung konnte Davey nur Dunkelheit sehen.

Jerry griff nach dem Geländer, als wolle er hinaufsteigen, drehte sich dann aber zu ihr herum. »Was hat sie dir denn gesagt, warum du da nicht hinaufsollst?«

Davey hob die Schultern. »Daß ich dann herunterfallen würde…«

Er grinste, und seine Augen funkelten dabei. »*Das* hat sie gesagt?« Er hatte etwas Spaßiges an sich, das Davey irgendwie gefiel. »Also dann…«, er legte die Hand auf ihren Rücken »dann steht dir jetzt etwas Hübsches bevor.«

Davey zögerte.

Er sah sie dümmlich an, wie ein Clown, der versucht, traurig zu schauen.

»Denk doch nach. Wenn's gefährlich wäre, würde ich nicht selbst hinaufgehen, und ich bin gute zweihundert Pfund schwerer als du.« Er stupste sie an. »Komm schon. Schließlich geb' ich ja auf dich acht.«

Davey wußte, daß er sie mit einer Hand zum Dachboden hätte hochschubsen können, wenn ihm das eingefallen wäre. Aber seine Hand fühlte sich sanft an wie eine Feder. Und seine Schuhe gefielen ihr wirklich. Sie dachte einen Augenblick an ihr Kleid und daß sie eigentlich nicht vor einem Mann eine Leiter hinaufsteigen sollte. Aber er war ja ihr Onkel.

»Los geht's, ich geb' dir einen kleinen Schubs«, sagte er, nahm sie unter den Armen und stellte sie auf die zweite Sprosse. Seine Hände waren so groß, daß seine Fingerspitzen sich über ihrer Brust berührten. »Nichts, wovor man Angst haben müßte. Du liebe Güte, in ein paar Jahren wirst du noch oft genug mit deinen Boyfriends da hinaufsteigen.«

An der Bemerkung war etwas, was sie irgendwie ein wenig beunruhigte. Vielleicht, weil seine Stimme dabei leiser geworden war.

»Geh voraus. Ich komme hinter dir her.« Sie machte einen weiteren Schritt, bis ihr Kopf auf derselben Höhe wie die Falltür war. Das erste, was ihr auffiel, war der Geruch: staubig und nach Holz, wie in einem alten Schrank.

»Hast du schon einen Boyfriend?« Wieder diese Stimme. Davey spürte, wie die Leiter unter ihr etwas heruntersackte, als er darauf trat, und hielt sich erschreckt am Geländer fest. »Wahrscheinlich noch zu jung dafür.« Er machte einen weiteren Schritt, und die

Leiter ächzte. »Nicht du, ich meine die Jungs. Mädchen entwickeln sich früher, sie reden nur nicht ständig davon, wie Jungs das tun.«

Jetzt konnte sie hinten am Bein seinen warmen Atem spüren. »Alle Mädchen haben solche Gedanken. Nichts, wofür man sich zu schämen brauchte.«

Sie mochte es nicht, wenn er so nahe bei ihr war, mochte nicht, daß er über solche Dinge redete, mochte die Dunkelheit über sich nicht und ihn nicht unter sich …

»Ich will wieder runter«, stieß sie hervor.

»Ach was«, sagte er. »Knips das Licht an. Die Schnur da bei deinem Kopf. Nur weiter, ich bin hinter dir.«

Davey griff nach oben, spürte die heiße Luft über ihrem Kopf und ertastete dann eine winzige Perle am Ende der Schnur. Sie tanzte von ihr weg, und als die Schnur wieder zurückschwang, prallte sie von ihrem Handgelenk ab. Schließlich erwischte sie die Perle und zog daran. Die Glühbirne über ihr flammte auf und beleuchtete die rötlichen Deckenbalken, den rötlichen Kamin und die Dunkelheit dahinter. Daveys Gesicht war jetzt in Bodenhöhe, und sie sah in die Dachkammer hinein, konnte sehen, was dort verwahrt war: eine grüne Wäschespinne, die auf der Seite lag – sie sah tatsächlich wie ein riesiges Spinnennetz aus –, ein brauner Küchenstuhl, eine dunkle Kommode, eine dunkle Baßgeige, die an der Wand lehnte, ein weißes Hochzeitskleid auf einer Kleiderpuppe, eine schmutzige Matratze daneben …

»Geh weiter, steig hinauf«, sagte er.

Plötzlich hatte sie das Gefühl, der Dachboden sei schrecklich gefährlich – er jagte ihr Angst ein –, ein Ort, an dem vielleicht Gespenster hausten. Davey zuckte zurück, aber Jerry packte sie von unten und schob sie mit Nachdruck voran. »So geht's besser«, sagte er leise. »Ich halte dich.«

»Ich will hinunter«, sagte sie energisch und ließ ihr ganzes Gewicht auf seine Hand sinken, bereit, sich wenn nötig fallen zu lassen. Wäre sie jetzt nicht auf der Leiter gestanden, wäre sie weggerannt.

»Ganz ruhig, Kleine«, sagte er. »Wenn du nicht hinaufwillst, ist das auch in Ordnung.«

Er beugte sich zurück und ließ ihr gerade genug Platz, um sich an ihm vorbeizuzwängen. Auf wackligen Beinen kletterte sie die Leiter hinunter, die Sprossen dabei kaum mit den Füßen berührend.

Als sie unten angelangt war, wischte sie sich die Augen.

Jerry sah sich nach ihr um. »Ich geh' bloß auf eine Sekunde hinauf«, sagte er. »Aber eines noch ...«

Sie blickte zu ihm auf.

»Schwörst du, daß du es niemandem verrätst?« Er hing jetzt wie ein Orang Utan über ihr.

Sie nickte, kaum wahrnehmbar.

»Ich verstecke hier oben etwas, wovon nur du wissen sollst. Schwörst du mir, daß das unser Geheimnis bleibt?«

Er griff in seine Hüfttasche, zog einen weißen Umschlag heraus und zeigte ihn ihr.

»Schwörst du, daß du es niemandem verrätst?« fragte er erneut.

Wieder nickte sie.

»Nur, falls mir je irgend etwas zustößt – das heißt, wenn ich verschwinde oder wenn man mich tot auffindet, dann sagst du deiner Mutter, daß das hier oben liegt. Es gibt einen bösen Menschen, der mir etwas antun will. Und das ist mein Schutz.«

Er schaute sie so an, daß es Davey kalt über den Rücken lief.

»Aber wenn du auch nur einem Menschen davon erzählst, *bevor* ich tot bin, dann wird jemand kommen und dir etwas ganz Schlimmes antun, und deiner Mutter auch. Und jedem anderen auch, der es weiß.«

Davey starrte ihn mit vor Angst geweiteten Augen an.

»Schwörst du, daß du es niemandem verrätst?«

Sie gab einen erschrockenen, zustimmenden Laut von sich.

»Du mußt es sagen.«

»Ich schwöre.«

Noels Beine, die vom Fahrtwind gerötet waren, preßten sich an Sals Schenkel, die Arme hatte sie um seine Brust geschlungen. Er drehte den Kopf halb herum und schrie in den Wind: »Was sind das für zwei Millionen Dollar? Wovon reden sie?«

»Fahr einfach zu!« schrie sie zurück. »Die sind verrückt!« Er gab Gas, und sie jagten eine lange Anhöhe hinauf.

»Warum glauben sie, daß Bob am Leben ist?«

»Fahr zu!«

Auf ihrem Weg zur Küste brausten sie durch stille Ortschaften, in denen sich bereits Autos mit Nummernschildern aus allen Staaten drängten: die erste Touristenwelle, Rentner, die am Leben der Menschen an dieser malerischen Küste teilhaben wollten.

Und hier kamen Sal und Noel – er unrasiert in

schwarzen Jeans und T-Shirt; sie in schwarzem Leder über einem kurzen Baumwollrock: Beide klebrig vom Salzwind und der nach Frühling duftenden Luft, rasten sie den Highway entlang mit keinem anderen Ziel als dem, ihren Verfolgern zu entkommen. Sal sah die Ausfahrt nach Blue Hill und bog ab; Noel legte sich mit ihm in die Kurve. Es war eine aggressive Fahrt, mit Vollgas die Blaubeerhügel hinauf und hinunter. Hier und da tauchte in der Ferne das Meer auf, glatt und silbern, von einzelnen Inselketten unterbrochen. Sal war wütend, weil er nicht wußte, wie es weitergehen sollte. Aber er war froh, sie hinter sich zu haben, ihre Arme um sich zu spüren.

Als sie jetzt eine längere Gefällstrecke hinunterrasten, schrie er: »Haben die Beamten etwas von Bouchard gesagt?«

»Was denn?«

»Irgend etwas!«

»Ich will nicht darüber reden!« rief sie, und ihre Hände krochen an seiner Brust empor. »Laß uns irgendwo eine Insel suchen – wir gehen nie dorthin zurück!«

»Und über mich? Haben sie über mich etwas gesagt?« schrie er seitlich in den Wind.

»Vergiß es einfach!«

»Noel, ich muß es wissen!«

Er drehte den Gasgriff noch mehr, und die Tachometernadel sprang höher. Sie fegten durch den Wind. »Meine Bremse ist letzte Nacht ausgefallen!« brüllte er nach hinten. »Ich denke, daß sich jemand am Bremsflüssigkeitsbehälter zu schaffen gemacht hat!«

»Hast du Verfolgungswahn?«

Er drehte noch mehr auf, um zu sehen, wie sie darauf reagierte.

Sie preßte den Mund an sein Ohr. »Sind sie jetzt in Ordnung?«

»Yeah!«

»Gut. Dann fahr schneller!«

Über die nächste Hügelkuppe schoß die Harley mit fast hundertachtzig. Plötzlich tauchte vor ihnen ein weißer Saab auf – und auf der Gegenspur näherte sich ihnen ein Truck. Sal bremste nicht. Er lehnte sich nach links, schoß auf die Gegenspur, überholte den Saab im Bruchteil einer Sekunde und riß die Maschine in dem Augenblick wieder auf die rechte Seite, als der Truck in einer Staubwolke und mit plärrender Hupe an ihnen vorbeischoß.

Mit zusammengebissenen Zähnen und vorgeschobenem Kinn starrte Sal auf die Straße. *Ich denke, daß jemand mir das anhängen will.* Aber er sprach den Gedanken nicht aus.

»Was war denn gestern nacht mit Jerry Royal los?« brüllte er.

»Der hat doch nicht alle!« brüllte sie zurück. »Er wollte in meine Garage einbrechen, und da habe ich auf ihn geschossen.«

»Ich werd' ganz bestimmt das nächste Mal klopfen, wenn ich rüberkomme!«

Sie donnerten den Hügel hinunter. Am Ende der Gefällstrecke nahm er das Gas etwas zurück und legte sich in eine lange Linkskurve, dann ging es wieder einen Hügel hinauf. Ihre warmen Lippen liebkosten sein Ohr, und ihre Stimme säuselte. »Laß uns das teuerste Hotel an der Küste suchen«, sagte sie, und ihr Atem machte ihm warm. »Wir tun so, als ob das unsere letzte Nacht auf Erden wäre. Wir tun Dinge, die noch nie einer getan hat.«

Die Harley kippte nach links, nach rechts, fegte durch den Sand auf der Straße. Er richtete sich auf, nahm das Gas etwas zurück.

»Wir werden wie Tiere sein«, hauchte sie. »Kannibalen … Wir verschlingen einander.« Ihre Lippen schlossen sich um sein Ohr. Er fühlte, wie ihre Zunge hineinglitt.

»Wir füttern einander mit Gift. Wir fressen Orchideen, bis wir purpurrot pissen.«

Jetzt glitten ihre Finger an seinen Gürtel. Seine Hose war bereits zum Zerreißen gespannt. Sie öffnete die Gürtelschnalle, zog den Reißverschluß herunter, und dann glitten ihre Finger vorn in seine Jeans, packten ihn beinahe brutal.

Er gab wieder Gas, während sie sich an ihm zu schaffen machte …, und die ganze Zeit plagte ihn das, was Bouchard letzte Nacht zu ihm gesagt hatte, plagte ihn so, daß er es einfach nicht mehr verdrängen konnte: *»Diese Frau ist für Sie eine Gefahr.«*

Iris bog in ihre Einfahrt, stieg aus dem Wagen und beugte sich zu Davey hinunter, um ihr einen Kuß zu geben. »Trudy hat jetzt ein Brüderchen«, sagte sie. »Was machst du hier draußen, Honey?«

Davey zuckte die Schultern. Was machte sie nur für ein Gesicht …?

Hinter ihnen ging die Moskitotür auf – Iris drehte sich um und fuhr erschreckt zurück.

Jerry hob beschwichtigend beide Hände. »Keine Angst, ich hab' nichts gestohlen, falls du das gedacht hast.«

Es dauerte einen Augenblick, bis Iris einen Ton herausbrachte. »Was macht er denn hier?« fragte sie Davey.

»Es ist ja nicht so, daß du von einem Hund redest, weißt du«, sagte Jerry. »Ich bin rübergekommen, um mir etwas Wasser zu holen.« Dabei sah er Davey an, die den Blick abwandte.

Iris hielt Davey an der Schulter fest, die sich ihr zu entwinden versuchte. Gerne hätte sie ihrer Mutter klargemacht, daß sie ihr weh tat, aber Iris achtete nicht darauf.

»Und dann wollte ich noch sagen«, fuhr Jerry fort, »daß ich jetzt trocken bin, wie der Alte auch. Und deshalb habe ich mir gedacht, wir könnten es wieder halten wie in einer Familie. Ich weiß nicht, was du vorhast – mit dem Haus und so. Wir sind nicht versichert.«

Iris funkelte ihn an.

»Also, ich muß schon sagen! Tut mir leid, wenn wir dir lästigfallen müssen, wo Vater und ich doch beinahe beide verbrannt wären – und wo wir alles verloren haben.«

»Laßt euch hier drüben nicht blicken«, sagte sie zu ihm mit einer Stimme, die tief aus ihrer Brust kam. Beinahe zitterte sie dabei.

Jerry nickte. »Also, ich muß schon sagen – was für eine liebevolle Tochter du doch bist. Du gibst ein richtig schönes Beispiel.« Er musterte Iris mit einem langen, angewiderten Blick, während er an ihr vorbeiging. Unten an der Ausfahrt angelangt, drehte er sich noch einmal um. »Und dann noch etwas – was Momma angeht, muß sich in deinem Gedächtnis irgendwas verdreht haben. Sie hat dich total verhätschelt, und deshalb hält es heute kein Mann bei dir aus.«

Sie saßen da und sahen zu dem hohen Mosaikfenster hinaus, die einzigen Gäste in einem gemütlichen Speisesaal mit Crème-fraîche-weißen Wänden und drei antiken Eichentischen. Der Mond hing bleich und länglich wie ein angehaltenes Pendel über dem Meer. Die schmeichelnden Töne eines Beethovenquartetts erfüllten den Raum, und dazwischen hörte man gedämpft, wie die Wellen sich brachen; durchs Fenster sah man Gischt über kantige Felsen sprühen – Crème d'atlantique. Hinter den Flammen eines nach allen Seiten offenen Kamins konnte Sal in einem angrenzenden Raum ein weiteres Paar erkennen. Sie sahen aus wie Rechtsanwälte oder Ärzte, gut gekleidet, saßen dicht beieinander, in ein intimes Gespräch vertieft, und wirkten unendlich sicher.

Auch Sal im T-Shirt und Noel in Baumwollrock und Bluse saßen dicht beieinander, ihre nackten Arme berührten sich, sie sprachen kein Wort. Eingehüllt in die wohlige Wärme des offenen Feuers, strichen sie Schokoladenbutter auf warmes Baguette und schlürften geräucherte Austern aus den Schalen. Noel trank einen Sechzig-Dollar-Merlot, Sal Selterswasser mit einem Zitronenschnitz. Er hatte mit seiner Visakarte dreihundert Dollar für ein Eckzimmer oben springen lassen, das sie noch nicht einmal gesehen hatten. Unsicher schaute er Noel an.

Was für zwei Millionen Dollar?

Noel leckte sich Schokoladenbutter vom Daumen und beobachtete ihn verstohlen; sie glaubte, seine Gedanken lesen zu können. Aber er dachte bereits an etwas anderes.

»Du ißt Schokolade«, sagte er.

Anstelle einer Antwort steckte sie den feuchten Daumen in das kleine Steingutgefäß und holte ihn mit seidiger Schokolade gekrönt wieder heraus. Immer noch den Blick fest auf ihn gerichtet, führte sie den Daumen zum Mund und leckte die Schokolade langsam ab. »Das ist nicht alles, was ich heute nacht essen möchte«, sagte sie.

Dann kam ihr Kellner, ein beleibter Mann mit schütterem Haar und in einer weißen Smokingjacke. Er brachte ihnen ihr zweites Horsd'œuvre, eine Kaninchenpastete, und dazu einen Wodka Martini für Sal, ohne Eis.

»Das habe ich bestellt, während du auf der Toilette warst«, teilte Noel ihm mit und berührte unter dem Tischtuch sein Bein. »Bei dem, was ich dort oben von dir erwarte, wirst du es brauchen.«

»Darf ich Ihnen noch Baguette bringen?« fragte der Kellner. Die Art, wie er Baguette aussprach, verriet seine europäische Herkunft.

Während die Finger von Noels linker Hand am Bund von Sals Jeans entlangstrichen, schob sie dem Kellner mit der anderen den Brotkorb hin, worauf dieser ihr dankte und sich entfernen wollte.

»Augenblick«, sagte Sal. Der Kellner blieb stehen. Ohne den Blick von Noel zu wenden, griff Sal nach seinem Martini und hielt ihn dem Mann hin. »Ich habe Davey versprochen, daß ich morgen mit ihr fischen gehe«, sagte er, als der Kellner das Glas genommen hatte und damit weggegangen war.

»Fischen«, sagte Noel trocken. »Mir wird schon ganz heiß, wenn ich nur daran denke.«

Er lächelte ein wenig abwesend, Noel kniff die Augen zusammen und fragte ungeduldig. »Sal, wo bist du?«

Er sah sie an. »In der Nacht, in der Eliot Wicker ermordet wurde …«

Sie schüttelte langsam den Kopf.

»Noel, ich muß es wissen. Ich bin ihm in jener Nacht begegnet – in deiner Wohnung – oder nicht?«

Aus ihrem Schweigen schloß er, daß es stimmte.

»Ich muß es wissen.«

Das Spiegelbild der Kerzenflamme in ihren Augen verschwamm plötzlich. Als sie sprach, klang ihre Stimme beinahe ängstlich. *»Du darfst es nicht wissen«*, sagte sie, und in jenem Augenblick wurde ihm bewußt, daß Noel wirklich Angst hatte. Um ihn.

Seine eigene Angst verstärkte sich, suchte nach einem Ventil. Er atmete tief durch. »Sag es mir«, flüsterte er dann.

Sie warf einen Blick auf die Tür zu ihrer Rechten, sah durch die Flammen zu dem Paar im Raum nebenan hinüber und wandte sich dann wieder ihm zu. »Du warst total hinüber«, sagte sie. »Richtig verrückt.«

Er nickte.

»In dem Zustand konnte ich dich nicht nach Hause lassen. Ich habe alles versucht, daß du wieder nüchtern wirst.«

»Und Wicker?«

Sie sagte nichts.

»Sag es mir.«

»Ich weiß es nicht. Er kam einfach reingeplatzt. Ich dachte, er sei meinetwegen da – er hat bei der Begräbnisfeier ein paarmal versucht, mich anzumachen, aber …«

»Was?«

»Sein Gesichtsausdruck, als er dich sah…« Noel senkte den Blick.

Sal packte sie am Handgelenk. »Was für ein Gesichtsausdruck?«

Noel schüttelte den Kopf. »Du hast etwas zu ihm gesagt – ich hab' das nicht gehört oder nicht richtig verstanden, aber so, wie du ihn angesehen hast, muß es wichtig gewesen sein. Und dann bist du weggegangen. Eliot blieb noch etwas und redete belangloses Zeug. Er hat dir nachgesehen, als du die Straße runtergegangen bist. Und dann verschwand auch er.«

»Und das war alles?«

Sie nahm einen Schluck aus ihrem Glas.

»Wann bin ich weggegangen?«

»Sal, frag mich jetzt nichts mehr.«

»In welche Richtung bin ich gegangen?«

Sie drehte sich halb um und blickte ins Feuer.

Er schob seinen Stuhl näher an ihren heran. »Letzten Sommer«, sagte er, »habe ich bei euch im Laden gearbeitet und war viel mit Bobby zusammen. Wir tranken beide ziemlich viel. Ist Wicker da manchmal rübergekommen?«

»Jeden Tag«, sagte sie, »er hat an der Theke seinen Kaffee getrunken.«

»Abends, nach Ladenschluß, meine ich.«

»Was nach Ladenschluß war, weiß ich nicht. Du und Bobby, ihr wart ja auch nicht immer da. Warum siehst du mich so an? Sal, würdest du bitte etwas trinken und aufhören…«

»Was die Leute von Bobby sagen – daß er seinen Tod vorgetäuscht hat…«

»Ich weiß es nicht!« Sie versuchte, sich seinem festen Griff zu entwinden, aber er ließ nicht los. Das Paar im

Nebenzimmer sah herüber. Sal gab sie verwirrt frei. Fast eine Minute verstrich, in der sie beide stumm dasaßen.

»Ich glaube, du solltest mich nach Hause bringen«, sagte sie.

Jetzt sah er sie an. Ihre Blicke begegneten sich.

»Noel, wenn du mit dieser Sache zu tun hättest«, bohrte er, »würdest du es mir sagen?«

Sie schaute ihm offen in die Augen. »Wenn ich damit zu tun hätte«, erwiderte sie, »würde ich es dir nicht sagen.«

Er starrte sie an, musterte sie …

»Aber ich habe nichts damit zu tun«, sagte sie. Dann beugte sie sich zu ihm hinüber, öffnete den Mund und preßte ihn sanft auf den seinen. Er atmete ihre Schokolade, ihre geräucherten Austern, ihren Merlot ein, schmolz unter dem Ansturm ihrer berauschenden Zunge. Er wollte sie verschlingen, wollte seinem wie rasend arbeitenden Gehirn Einhalt gebieten, wollte die Zeit anhalten, wünschte sich nichts sehnlicher als das totale Vergessen mit ihr. Und ahnte dabei, daß dieses totale Vergessen nicht weit entfernt war.

Die Vorhänge waren geschlossen, die Türen versperrt, und Davey war endlich eingeschlafen. Iris saß auf der obersten Treppe und starrte auf die Fußabdrücke im Staub, Fußabdrücke, die in diese Richtung und in jene führten, wie bei einem rituellen Tanz. Nur daß ihr dabei keine Musik in den Sinn kam, keine Gedanken, die sich zu einer Erkenntnis verbanden. Nur die unbestimmte bleischwere Vorstellung, daß ihre Mutter sie beobachtete … sie immer noch beobachtete.

»Warum hast du ihn hereingelassen?« hatte sie Davey

angeschrien. (Und sie schrie Davey sonst nie an.) Sie hatte Davey nicht einmal eine Chance gelassen, es ihr zu erklären. *»Deshalb haben wir Regeln!«* Sie hatte eine Schranktür zugeknallt, die wieder aufsprang, und ein Glas Honig klatschte auf die Theke.

»Er wollte bloß etwas Wasser«, hatte Davey kleinlaut erklärt.

»Du sollst niemals, *niemals* ...«

Davey war mit tränenüberströmtem Gesicht die Treppe hinaufgestürmt. Iris ging ein paarmal auf und ab, schlug noch einmal gegen die Schranktür, wartete, bis ihre Erregung sich gelegt hatte, und holte schließlich eine Mülltüte für die Glasscherben und den Honig. Ihr war klar, daß sie überreagiert hatte. Aber sie mußte sicherstellen, daß Davey verstand. Was verstand? Die Regeln. Die Regeln der Eiskönigin. Wie man mit einer Familie von Alkoholikern umgeht. Erstens: Sie hatte ihren Ehemann verstoßen. Zweitens: Sie hatte eiskalt und ohne Tränen zugesehen, wie ihr Vater beinahe verbrannt wäre. Drittens: Sie hatte ihrem Bruder die Tür gewiesen, als er Wasser brauchte. Und das alles völlig gelassen. Daß sie Davey angeschrien hatte, war der abschließende Höhepunkt gewesen.

Iris kratzte den Honig und die Glasscherben mit einer Kuchenspachtel von der Theke, ließ alles in den Müllbeutel fallen, band ihn zu und stellte ihn neben die Tür. Dann schrubbte sie die Theke mit warmem Wasser, schrubbte das Holz und wischte alles sauber. Das hatte sie beruhigt, und sie war schon bereit gewesen, hinaufzugehen und sich bei Davey zu entschuldigen ... da hatte sie auf dem Treppenabsatz die Fußabdrücke entdeckt.

Monsterabdrücke, plattfüßige Spuren, die sich im

Kreis bewegten, wie die Füße eines großen tolpatschigen, ziegenköpfigen Geschöpfs, und dazwischen kleinere Spuren von Turnschuhen, offenbar auf Zehenspitzen verursacht. Ein Frösteln überlief Iris, sie spürte, daß sie eine Gänsehaut bekam. Dann packte es sie wie ein Krampf, zwanghaft schüttelte sie den Kopf, eine wortlose, sinnlose Weigerung. Zuerst erleichterte es sie, das Kopfschütteln, aber als sie dann aufhören wollte, stellte sie fest, daß es nicht ging. Ein Laut entrang sich ihren Lippen, wie das Weinen eines Kindes. Sie kämpfte dagegen an, erschreckt von der Vorstellung, die Kontrolle über sich zu verlieren, drängte den Impuls zurück – und kroch statt dessen zwischen den Spuren umher, verwischte sie dabei mit den Händen (Engelsschwingen, Engelsschwingen), bezwang sich, zwang ihr Bewußtsein zu völliger Leere, bezwang sich, wischte alles sauber.

Als sie in ihr Zimmer kamen, knisterte im Kamin das Feuer. Das Bett präsentierte sich als eine Antiquität mit einem grünen Seidenhimmel und grüner Seidenbettwäsche. Auf jedem der beiden Kopfkissen lag eine herzförmige Praline in rotem Stanniol. Das Fenster stand einen Spalt offen, man konnte das Meer rauschen hören und die Brandung, die sich in langen, trägen Intervallen an den Felsen brach. Sal saß mit gesenktem Kopf am Fußende des Bettes und lauschte dem Knistern der Flammen und dem Wellenschlag. Hinter ihm kroch Noel wie eine Katze auf der Matratze herum, kam zu ihm, zog sich schließlich an seinen Schultern in die Höhe, und drückte ihm die Knie ins Kreuz. Er konnte ihren Atem hören, konnte hören, wie die Flammen die Birkenscheite verzehrten. Sie fuhr ihm mit den

Fingern am Hals entlang, zerzauste ihm das Haar. Ihre Daumen preßten die weiche Stelle hinten an seinem Schädelansatz, und dann bewegten sich ihre Hände warm an seinen Schultern, wanderten über seinen Bizeps herunter, krochen unter die Ärmel seines T-Shirts, und ihre Finger suchten die dunkle Feuchte unter seinen Armen. Sie preßte das Gesicht an seinen Rücken, stöhnte ein wenig, als ihre Hände an seiner Brust zu seinem Bauch hinunterwanderten und dann unter seinem Hemd wieder in die Höhe kletterten.

Zärtlich küßte sie seinen Hals, bäumte sich dann auf, preßte ihren heißen Körper an seinen Rücken und berührte ihn mit den Lippen dicht unter dem Ohr. Er war heute nicht zum Rasieren gekommen und überlegte, wie seine Bartstoppeln sich wohl an ihrer Wange anfühlen mußten (so wie Bobbys Gesicht sich angefühlt hatte?).

»Herrgott, kannst du nicht aufhören zu denken?« fragte sie und rollte sich von ihm weg.

Er atmete tief ein und wieder aus, blickte auf sie hinab. Jetzt lag sie auf der Seite, den Rücken ihm, das Gesicht dem Kissen zugewandt. Er legte sich hinter sie, schlang die Arme um sie. Ihr Atem ging langsam und gleichmäßig. Mit den Fingerspitzen strich er über ihre Haut, vom Ohr bis hinunter zum Hals, bis sie eine Gänsehaut bekam. Er glitt mit dem Finger leicht über ihre Lippen und zeichnete mit dem Daumen ihr Kinn nach, atmete den Duft ein, der von ihrer Haut ausging. Ihre Brust hob und senkte sich sanft, als er sie liebkoste. Und dann zog er ihr das Hemd auf die Schultern herunter, bis ihre Arme gefangen waren. Ihr Atem ging schneller. Seine Hand wanderte an ihre Brust, spürte die Hitze unter dem Stoff; mit dem Daumen drückte er den obersten Knopf durchs Knopfloch, griff mit der anderen Hand an ihre Schenkel, fuhr dann unter ihren Rock. Er packte ihren Slip mit einer Hand und zog ihn bis zu den Knien herunter. Sie begann sich herumzudrehen, aber er hielt sie fest, während er sich über ihr hochstemmte. Grob zwängte er das Knie zwischen ihre Beine, und als er seinen Gürtel aufschnallte, schnippte das Leder gegen ihre Schenkel; er hörte, wie sie den Atem anhielt.

»Ist es schwer, der Versuchung zu widerstehen, Noel?« hauchte er ihr ins Ohr.

»Was?« sagte sie, ohne sich zu bewegen.

»Diese Pralinen da. Vor dir.«

Ein paar Sekunden lang bewegten sich beide nicht. »Was wirfst du mir vor?« fragte sie.

Er hielt sie fest und flüsterte: »Ich hab' das nicht getan.«

Sie reagierte nicht gleich. »Okay«, antwortete sie dann, ohne ihn anzusehen.

Jetzt lehnte er sich über sie, blickte wie gebannt auf ihr vollkommenes Ohr, ihr vollkommenes Kinn, ihren zarten weißen Hals – und verspürte plötzlich den Wunsch, sie am Hals zu packen.

Er ließ sich zurückfallen. Atmete. Lauschte auf ihren Atem. Lauschte auf das Meer, das jetzt eher wie eine Maschine und nicht mehr wie der Rhythmus von Wellen klang.

»Was hast du denn bloß?« fragte sie, und ihre Stimme klang leicht gereizt. »Ich habe dir doch gesagt, daß ich dir glaube.«

Er setzte sich auf, stieß sich vom Bett ab. »Ich gehe«, erklärte er und nahm seine Jacke vom Stuhl. »Ich gehe mit meiner Tochter fischen.«

Sie kicherte.

»Soll ich dich mitnehmen?«

»Geh«, antwortete sie. »Geh fischen.«

Er nahm seine Schlüssel von der Kommode und ging zur Tür hinaus.

Jerry Royal saß an seinem Sperrholztisch, den Kopf ans Fenster gelehnt, ein winziger Fernseher warf bläuliches Licht auf sein Gesicht. Halb wach, halb schlafend hörte er nicht, wie das Motorrad seine Einfahrt heraufrollte. Aber in dem Augenblick, in dem sich die Bustür mit einem Quietschen öffnete, war er auf den Füßen. »Komm nur rein«, sagte er, als er Sal erkannt hatte, »setz dich hin. Mein Kopf ist eingeschlafen.«

Im Bus war es heiß. Die Elektrizitätsgesellschaft hatte am Ende der Zufahrt einen provisorischen Mast aufgestellt, von dem aus Jerry sich mit einem langen Verlängerungskabel mit Strom versorgen konnte. Außer dem Fernseher und der Tischlampe hatte er einen Heizlüfter installiert, der auf den Tisch gerichtet war.

Jerry rieb sich heftig den Hinterkopf, versuchte das taube Gefühl loszuwerden.

»Scheißbus«, sagte er. »Dreißig Jahre alt, auf dem Höhepunkt des Lebens, und da wohnt man in einem beschissenen Gospelbus.«

Er setzte sich wieder an den Tisch. Die Sperrholzplatte ruhte auf zwei Sägeböcken zwischen den beiden einander gegenüber angeordneten Bussitzen. In dem schmalen Mittelgang neben dem Tisch stand eine Kühlbox aus Styropor. Der Boden war mit leeren Coca-Cola-Dosen übersät. Sal trat vorsichtig über die Büchsen hinweg und entdeckte den Lauf von Jerrys Schrotflinte, die hinten am Sitz lehnte.

»Hübsch warm hier drinnen«, sagte Sal.

»Ja, wie am Strand«, antwortete Jerry und drehte bedächtig den Kopf hin und her. »Sie hat dich wohl angerufen?«

»Wer?« Sal stand immer noch.

Jerry musterte Sals Gesicht. Dann deutete er mit einer Kopfbewegung zur Straße hinüber. »Ich hab' gedacht, meine Schwester hat dich angerufen, um dir zu sagen, daß ich sie heute besucht habe.«

»Nee.«

»Hm«, machte Jerry. »Also, es stimmt. Wirklich großartig – da verliert man sein Haus und alles, was man auf der Welt besitzt, und kann nicht einmal zu seinem eigen Fleisch und Blut gehen, um sich helfen zu lassen.«

Sal nahm ihm gegenüber auf der Vorderkante des Sitzes Platz. Er rieb mit der Handfläche über das Sperrholz, wobei ein paar Salzkörner hängenblieben. »Ich hab' über das Feuer bei dir nachgedacht«, fing er an.

»Das Schlimmste, was mir je passiert ist.«

»Ich meine, nachher ... Warum du letzte Nacht nicht zu Iris hinübergegangen bist statt zu Noel Swift.«

Jerry zuckte die Schultern. »Hätte, würde, könnte! Hey – dann habe ich mich eben in einer Frau getäuscht. War nicht das erstemal und wird auch ganz bestimmt nicht das letztemal sein. Keine Sorge, ich weiß schon, wo ich nicht erwünscht bin. Weißt du was, ich werde mir 'ne Liste machen.«

Sal sah ihn ein paar Augenblicke lang an und stand dann auf.

»Du siehst schlimmer aus als ich«, sagte Jerry. Er griff in die Kühlbox, holte eine Dose Cola heraus und ließ sie aufschnappen. »Probier doch mal dieses Zeug – Koffein. Das hält dich wach.« Er schlug sich mit der flachen Hand an den Hinterkopf. »Nicht daß es mir viel genützt hätte. Tausend beschissene Nadeln – mein Kopf fühlt sich an wie eingeschlafen.«

Als Sal aus dem Bus stieg, schlug er sich immer noch an den Hinterkopf.

Elf

Am Sonntag morgen zeigte sich der Himmel weißgrau verhangen, es war Regen vorhergesagt. Trotzdem herrschte im Superette wesentlich mehr Betrieb als sonst. Als Noel am Mittag mit ihrer roten Handtasche in der Hand hereinkam, stand Bonnie True an der Registrierkasse und verkaufte an zwei Fischer Bier und bratfertiges Hackfleisch, während Chad hinter der Fleischtheke weitere Hackfleischbuletten vorbereitete, und Erica für die Söhne der Fischer Eisbecher herrichtete.

Bonnie stellte fest, daß Noel zur Vordertür hereinkam und nicht die Treppe herunter. Na klar, alle im Laden hatten sowieso gesehen, daß sie mit einem Taxi gekommen war (und am Vortag auf dem Rücksitz von Sals Harley weggefahren war). »Wie geht's?« rief Bonnie ihr zu, aber Noel ging hinter die Theke und die Treppe hinauf, ohne zu antworten. Bonnie gab den Fischern ihr Wechselgeld und sperrte dann die Registrierkasse ab. »Chad, kümmere du dich um die Kasse«, sagte sie, öffnete die Tür und ging nach oben; dort fand sie Noel auf dem Boden sitzend vor. »Ich habe mich schon die ganze Zeit gefragt, wann es Sie erwischt«, sagte Bonnie.

Im Wohnzimmer auf der Rattancouch schüttete Noel ihr Herz aus. Sal wäre Bobbys bester Freund gewesen, seit ihrer frühesten Jugend, erklärte sie. »Als Bobby starb, war er wirklich großartig, um alles hat er sich gekümmert. Und nachher hat er immer wieder angerufen und ist rübergekommen und hat nachgesehen, ob bei mir alles in Ordnung ist. Und dann, letzte Nacht …« Sie schüttelte den Kopf, konnte einfach nicht weiterreden.

»Lassen Sie sich Zeit«, riet Bonnie.

Noel atmete tief ein und ließ dann alles heraus: »Nachdem die Detectives hier waren …«

»Ich weiß …«

»… mit all den Fragen. Da hatte sich in mir …«

»*… alles aufgestaut.* Mein Gott, das wäre jedem so gegangen!«

»Ich mußte hier einfach weg. Und dann war er hier. ›Laß uns eine kleine Spritztour machen‹, hat er gesagt, und am Ende landeten wir dann auf Deer Isle. Im Urchin Inn.«

Bonnie nickte wissend. »Mhm.«

»Ich weiß, ich hätte mißtrauisch werden sollen. Aber ich war eben so …«

»*Verzweifelt.* Man *weiß* das bloß in der Verfassung nicht.«

»Beim Abendessen hat er zu trinken angefangen, und dann, nachher …« Noel hielt abrupt inne und starrte auf ihre Fingerspitzen. Ihre Augen waren feucht geworden. »Ich komme mir so blöd vor.«

Bonnie streichelte ihre Hand. »Oh, ich habe das von Anfang an kommen sehen«, sagte sie, »so wie er hier immer wieder aufgetaucht ist. Wie der Fuchs vorm Hühnerstall.«

Sal holte die Angeln und das Bootsnetz aus der Garage und lehnte sie an die Autotür. Rings um die Reifen seines Wagens blühte Löwenzahn. Er blickte über die Straße, wo Jerry Royal in seiner alten Gefriertruhe ein

Feuer angefacht hatte und mit einer umgebogenen Vorhangstange dicken grauen Rauch aufwirbelte. Die inzwischen tief am Himmel hängenden grauen Wolken schienen verhindern zu wollen, daß der Rauch in die Höhe stieg.

»Fertig, Daddy?« fragte Davey.

»Hmm?«

»Zum Fischen.« Davey öffnete eine Plastiktüte mit Seetang und Würmern, die Sal mitgebracht hatte. Moskitos schwärmten ihr um den Kopf. Sal holte aus einer Tasche seiner Fischerweste eine kleine Flasche mit Mückenspray. »Halt still«, sagte er, besprühte sich die Hand und rieb ihr das Zeug dann hinter die Ohren.

»Das stinkt ekelhaft«, sagte sie.

»Am Fluß unten sind sie noch blutgieriger.«

Die Küchentür ging auf, und Iris kam mit einem schweren, mit Isolierband zugeklebten Karton heraus. Sie trug ein Flanellhemd und alte Jeans. Ohne Sal dabei anzusehen, stellte sie die Schachtel in die Garage.

»Wir sind in ein oder zwei Stunden wieder zurück«, ließ er sie wissen. »Falls du dann mit mir reden willst.«

Iris ging ins Haus zurück und warf ihm dabei einen Blick zu, der nicht unfreundlich war, aber irgendwie gleichgültig, als ob sie ihn gar nicht gehört hätte. Sal sah ihr kurz nach und nahm dann die Angeln vom Wagen. »Fertig«, sagte er, worauf Davey ihm quer über die Straße voranging und in den Weg einbog, der am Grundstück der Royals vorbeiführte.

»Was taust du denn da drüben auf?« rief Sal zu Jerry hinüber. Der stand vom Rauch eingehüllt da und hob jetzt den Kopf ein wenig, wie zum Gruß.

»Ich höre, dein Onkel ist gestern rübergekommen«, wandte sich Sal an Davey. Sie schaute weiter auf den

Weg und erwähnte weder Jerrys geheimen Brief noch die beunruhigende Tatsache, daß Iris die ganze Nacht aufgeblieben war und sämtliche Böden im Haus geputzt und gebohnert hatte.

Am Ende des Feldes teilte sich der Weg; links führte er geradewegs zu den Wasserfällen, wo es früher einmal eine Picknickfläche mit Barbecuegrill, Mülltonne und eine Tafel mit einer Erklärung der Gezeitenphänomene und der Indianerlegende gegeben hatte. Sal und Davey gingen nach rechts durch ein kleines Fichtenwäldchen und dann über ein felsiges Ufer zum Fischweiher hinunter.

Ihr Timing war perfekt. Es war Flut, und der Weiher zeigte sich breit, dunkel und tief, die Fälle hatten vor ein paar Stunden gewendet. Im September würde das Wasser voll laichender Atlantiklachse sein, die Wasserfläche würde dann aussehen wie ein Teppich aus roten Lachsrücken. Um diese Jahreszeit war der Teich eine Futterstelle für Streifenbarsche, die flußaufwärts jagten, wenn die Flut hereinkam.

Sal trat auf seinen Fischfelsen, einen breiten Granitblock, der ein Stück über den Weiher hing. Er zog seine Weste aus, faltete sie zu einem Sitzkissen für Davey zusammen und legte sie auf den Felsblock. Unmittelbar rechts von ihnen bildete der Weiher eine kleine Bucht, in der sich aller möglicher Unrat angesammelt hatte – Plastikflaschen und Tüten, Styroporbrocken und anderes Treibgut –, alles, was die letzten Fluten stromaufwärts getragen und nicht wieder weggespült hatten. Immer wenn Sal zum Fischen hierherkam, brachte er ein paar Mülltüten mit, sammelte das Zeug ein und nahm es zum Wegwerfen mit nach Hause. (Iris bezeichnete den Unrat im Scherz gewöhnlich als »Plastikfische«, da er die echten Fische, die er fing, nie behielt.) Heute hatte er keine Tüten mitgenommen.

Als Davey sich auf dem Felsen hingesetzt hatte, nahm Sal ihre Leine und machte sich daran, einen fetten, zwanzig Zentimeter langen Wurm als Köder auf den Haken zu stecken. Davey wandte sich ab, als der Wurm sich ringelte. »Stillhalten, Schätzchen, sonst bleib' ich am Haken hängen«, forderte Sal sie auf. Als er fertig war, warf er die Leine aus und wischte sich die Finger am Stein ab. Der zu einer Brezel geformte Wurm schwang weit über das Wasser hinaus und wurde gleich darauf von dem rotweißen Schwimmer über ihm hin und her geschaukelt.

»Armer Wurm«, sagte Davey.

Sal griff nach ihrer Angel und sagte: »Sieh zu, wie ich werfe.«

»Nein, ich will«, erwiderte Davey, hielt die Angel mit beiden Händen und holte damit aus.

»Du kannst es doch gar nicht.«

»Doch, Shannons Vater hat es mir letzten Sommer gezeigt. Weißt du nicht mehr?«

Er hatte es offensichtlich vergessen. »Paß nur wegen der Bäume hinter uns auf.«

Davey schwang die Angel mit beiden Händen, und der Schwimmer klatschte etwa eineinhalb Meter von ihr entfernt ins Wasser und sandte weite, konzentrische Wellen aus.

»Willst du es noch mal versuchen?« fragte Sal, aber Davey wandte sich von ihm ab und sah zu, wie ihr Schwimmer langsam zu den Flaschen auf der rechten Seite hinübertrieb.

Sal ließ ein wenig Leine abrollen, band in etwa zwei Fuß Distanz ein Bleigewicht an die Leine und warf es aus. Er wußte, wo die überfluteten Steine lagen, unter denen sich die besonders schlauen Fische versteckten – ganz besonders ein Stein, der vielleicht zehn Meter von ihm entfernt war. Er schätzte die Entfernung ab und warf dann seitlich, ganz locker. Das kleine Bleigewicht berührte etwa drei Meter stromaufwärts von der Teichmitte die Wasserfläche und sandte schmale Ringe zu der mit Gras bewachsenen Sandbank am jenseitigen Ufer hinüber. Die Fliege blieb eine Sekunde lang an der Oberfläche und sank dann, worauf Sals Leine zu treiben begann. Er straffte sie mit dem Vorderglied seines Zeigefingers.

Daveys Schwimmer war inzwischen nach rechts abgetrieben, zwischen die Flaschen und Tüten und Styrostücke hinein. »Wenn du deine Leine dort läßt, Honey, fängst du vielleicht einen Plastikbarsch, aber sonst nichts.«

Davey warf ihm einen mißmutigen Blick zu und wandte sich dann wieder ihrem Schwimmer zu, sichtlich mit seiner Position zufrieden (das war das Unabhängigkeitsstreben, das sie von Iris geerbt hatte – er liebte es an Davey). »Vielleicht kann ich diese Tube mit Haarklitsch für dich fangen«, sagte sie, als ihr Schwimmer an eine im Wasser treibende blaugelbe Tube stieß. »Dann kannst du dich rausputzen und Mommy Blumen bringen und ihr noch einmal einen Antrag machen.« Sie begann Leine einzuholen und versuchte, die Tube zu erwischen.

Sal zwang sich zu einem sanften Lächeln. »Ich glaube nicht, daß Haargel dafür ausreicht, Schätzchen.«

Plötzlich fuhr sie zusammen. »Daddy, ich hab' einen!«

Er sah hin.

Sie hob die Angelrute an, so daß die Spitze sich nach vorn durchbog, aber die Leine lief nicht über die Rolle. Ihr Schwimmer hing ein paar Zentimeter über den Dosen und Flaschen in der Luft, und der Haken hatte sich verfangen. »Plastikbarsch!« rief sie und zerrte mit erregt aufgerissenen Augen an ihrer Rute, während der Unrat in der von ihr erzeugten Turbulenz hin und her schwankte.

Dann zuckte seine eigene Schnur, und er ruckte mit dem Arm, um den Haken festzusetzen. »Warte mal kurz, Davey, ich hab' einen«, sagte er, »einen echten Barsch.«

Das Ziehen und Zerren unter Wasser fühlte sich gut an. Das waren ganz bestimmt sechs, vielleicht sogar sieben Pfund. Er ließ den Fisch in Richtung Fluß ziehen und lauschte dem Sirren, als die Leine über die Rolle lief. Dann sah er, daß Davey ihre Leine immer noch gespannt hatte.

»Nicht mit Gewalt, Schätzchen. Ich helf' dir gleich.«

Davey sah ihn mit vor Schreck geweiteten Augen an.

»Das Geräusch kommt bloß von meiner Rollenbremse«, erklärte er, »damit meine Leine nicht reißt.«

Aber sie starrte ihn immer noch an, und ihre Augen füllten sich mit Tränen.

»Davey, was ist denn?«

Er sah an ihrer Leine entlang, vorbei am Schwimmer zu dem Unrat im Wasser, wo ihr Haken ein Stück Tweed gefangen hatte – einen Jackettärmel …

… eine grüne Hand …

… eine tätowierte Rose …

Bobby.

»Mein ganzes Leben lang«, sagte Sal zu dem Detective. Dann führte er die Flasche wieder zum Mund. »Seit ich dreizehn oder vierzehn war. Das weiß ich nicht mehr genau. Wir waren zusammen auf der High-School.«

Drunten staksten zwei Taucher wie Kraniche inmitten all des Unrats im Wasser herum. Hinter ihnen drängten sich Reporter und Kameraleute, vom gelben Tatortband der Polizei und den beiden State Troopers, die Sals Anruf entgegengenommen hatten, außer Sichtweite gehalten. Der Gerichtsarzt war unterwegs.

Detective Shepherd lehnte sich an einen Baum neben dem Weg und machte sich Notizen auf einem Block. Sal stand mit dem Rücken zum Fluß breitbeinig da. Hinter sich, auf der anderen Seite des Teichs, konnte er den Fluß gurgeln hören. Dort lag Bobbys Leiche jetzt mit dem Gesicht nach oben neben Daveys Angelrute wie eine groteske Trophäe, immer noch mit dem Angelhaken im Jackettärmel. Murdoch ging langsam am Ufer entlang und machte Videoaufnahmen des Schauplatzes.

»Dann würden Sie sich als engen Freund bezeichnen?« fragte Shepherd mit leiser Stimme, damit die Reporter nichts hören konnten.

»Ich war sein *bester* Freund«, erwiderte Sal. »Sie sind meinetwegen hierhergezogen.« Er führte die Flasche wieder zum Mund und trank langsam, damit der Wodka möglichst lange reichte. Aber soviel er auch bereits getrunken hatte, er brachte es immer noch nicht fertig, die Leiche anzusehen. Bobbys Arme waren in seinen Jackenärmeln aufgedunsen wie Knackwürste, aber am schlimmsten war das Gesicht: grün wie die Fichten über ihm, die Wangen aufgeschwemmt, als ob sie gleich platzen würden. Die Lippen, die sich teilweise bereits aufgelöst hatten, waren wie zum Pfeifen gespitzt, ein grotesker und zugleich grausiger Anblick.

»Sind Sie absolut sicher, daß er das ist?«

Sal schnaufte hörbar.

Unten am Wasser sagte Murdoch: »Beantworten Sie einfach die Frage, Sie harter Bursche. Ja oder nein.«

Sal antwortete, ohne sich umzudrehen: »Es ist Bobby Swift. Das ist der Anzug, den er anhatte, als er begraben wurde, das ist seine Tätowierung. Was brauchen Sie denn sonst noch – ein Namensschild?«

Murdoch schlenderte langsam das Ufer herauf und blieb dicht vor Sal stehen. »Tatsächlich haben wir sogar ein Namensschild«, sagte er. »Wollen Sie es sehen?« Er hielt Sal eine vom Wasser aufgequollene Brieftasche unter die Nase. Als er sie aufklappte, konnte man durch ein beschlagenes Zelluloidfenster eine weiße Karte erkennen. »Aber da steht nicht Bobby Swift.«

»Da steht, daß er Dale Newman heißt«, sagte Shepherd.

Der Name schlug in Sals Gehirn Kapriolen. Er drehte sich zum Fluß herum, blickte auf die Leiche und schwankte ein wenig.

»Netter Freund, der nicht mal den richtigen Namen weiß«, sagte Murdoch und grinste Sal dabei herausfordernd an.

Sal revanchierte sich mit einem Blick, der besagte, daß er jederzeit bereit wäre, hier zu verschwinden.

»Wo geht's denn zu der Badeanstalt?« rief eine Stimme. Dr. Franklin Cafferty, der stellvertretende Gerichtsarzt des Bezirks, kam jetzt hinter den Männern mit einer schwarzen Tasche in der Hand das Ufer herunter.

»Dort unten!« rief Murdoch ihm zu, und Cafferty hastete an ihnen vorbei zu der Leiche. Der Arzt war ein korpulenter Mann mit dicken Brillengläsern und einer weißen Igelfrisur. »Was haben wir denn da«, rief er, »das Monster aus der schwarzen Lagune?«

Er streifte sich Latexhandschuhe über und kniete dann neben der Leiche auf dem Felsen nieder. »Aufgedunsen wie ein Luftballon«, sagte er, ohne leiser zu werden.

»Die Tochter dieses Gentleman hat ihn vor etwa einer Stunde herausgezogen«, erklärte Murdoch und sah dabei kurz zu Sal hinüber.

Shepherd fügte hinzu: »Wir glauben, daß er letzte Woche im örtlichen Friedhof begraben wurde.«

»Ah, die verschwundene Leiche, davon hab' ich gehört.« Cafferty hob das grüne Gesicht hoch, als wolle er daran schnuppern. Aus den Nasenlöchern rann braunes Wasser. »Was haben die denn als Köder benutzt?« sagte er dann, ohne damit jemand Bestimmten anzusprechen.

Shepherd wandte sich ab. »Doktor, ich würde gern Ihre Meinung hören, wie lange er schon tot ist. Läßt sich das irgendwie abschätzen?«

Cafferty schüttelte den Kopf. »Nicht, solange wir ihn nicht im Labor haben. Meiner Meinung nach hat diese Leiche allerdings nicht länger als vierundzwanzig Stunden im Fluß gelegen – wenn überhaupt so lange.«

Murdoch verschränkte die Arme und warf Shepherd einen zufriedenen Blick zu. »Ein dritter Komplize – ich hab's Ihnen ja gesagt. Die müssen zu dritt gewesen sein.«

Sal fing plötzlich wie benommen zu schwanken an und stieß dabei gegen den Sergeant.

»Trinken Sie noch einen Schluck!« rief Murdoch und trat einen Schritt zurück.

»Sauerei!« tönte Cafferty. »Oh, das ist ja eine ganz krumme Tour.«

»Doktor, die da droben können Sie hören.«

Cafferty drehte Bobbys aufgedunsenes Gesicht zu den Männern herum. »Sehen Sie, die haben ihn hübsch gemacht. Aber das ist auch alles.«

Shepherd trat zwei Schritte näher. »Was meinen Sie damit?«

»Haben die Herren je etwas von Einbalsamieren gehört?« Cafferty legte den Kopf zur Seite und sah die Detectives mit zusammengekniffenen Augen durch seine Zweistärkengläser an. »Dieser Mann hat noch sein eigenes Blut in den Adern.«

Oben auf dem Weg wandte Sal sich erneut ab. Er spürte einen Regentropfen auf seinem Arm, und dann zwei weitere Tropfen. Aber was hatte das schon zu bedeuten. Und auch die Bedeutung dessen, was der Arzt gesagt hatte, blieb außer Reichweite.

Murdoch ging zu dem Arzt hinunter. »Das war die ganze Zeit meine Theorie«, sagte er. »Der Kerl spielt tot, die begraben ihn mit ein paar Sauerstoffflaschen, der Leichenbestatter kommt nachts zurück und gräbt ihn aus und – plötzlich liegt der Leichenbestatter bestattet in der Erde. Das perfekte Verbrechen, stimmt's? Aber dann, gerade als der vertrauensvolle Ehemann im Begriff ist, aus dem Lande zu verschwinden und ein neues Leben anzufangen …« Murdoch wandte sich an Shepherd. »Gift. Ich wette mit Ihnen um einen Zehner, daß sie ihm irgend etwas in den Kaffee geschüttet hat.«

»Dann haben Sie verloren!« trompetete Cafferty spöttisch. »Denken Sie doch nach, Mann! Die Lippen.

Die Lippen!« Er steckte den Finger bis zum Knöchel in das Loch in Bobbys Mund und zog ihn dann mit einem übelkeiterregenden Schnalzen wieder heraus. »Hä? Wie lange glauben Sie denn, daß Mister Kußmund so herumgelaufen ist? Glauben Sie, daß er das Gift mit dem Strohhalm getrunken hat?«

Der Arzt schob eines der Augenlider der Leiche in die Höhe. »Da, schauen Sie«, er lehnte sich zurück, damit Murdoch es auch sehen konnte. »Rotauge, geplatzte Blutgefäße – ein Zustand, der beim Erdrosseln oder beim Ersticken auftritt, aber keinerlei Blutungen im Halsbereich.« Er sah wieder die beiden Detectives an. »Ich würde meinen, das sieht nach einem hübschen kleinen Versicherungsschwindel aus, der schiefgelaufen ist.«

»Wollen Sie sagen, daß er in seinem Sarg gestorben ist?« fragte Shepherd.

»Aber selbstverständlich. Interessiert Sie meine professionelle Einschätzung? Ich würde sagen, diesen armen Teufel hat man mächtig reingelegt.«

»Ich werde ihn besser einwickeln und mitnehmen«, meinte Cafferty. »Ich will nicht, daß er naß wird.«

Dann deutete er auf die Taucher, die immer noch im Teich herumstocherten, und wandte sich an Murdoch: »Ich weiß nicht, was Sie da drinnen finden wollen. Bestimmt keine Waffe. Er war bereits tot. Die haben die Leiche bloß hier reingekippt, um sie loszuwerden.«

Shepherd starrte ein paar Sekunden in den Regen und drehte sich dann zu der Wiese hinüber. Sein Gesicht verdüsterte sich. »Verdammte Scheiße«, sagte er leise.

Murdoch sah ihn an.

Sal stand etwas schwankend auf dem Fußweg. Trotz

des vielen Wodkas – fast ein ganzer Liter in weniger als zwei Stunden – zitterte er am ganzen Körper. Er machte kehrt und ging auf die Wiese zu.

Murdoch rief ihm nach: »Hey, Spaghettifresser, wo soll's denn hingehen?«

Sal ging einfach weiter.

Iris stand im Regen am Straßenrand und hatte vergessen, weshalb sie da war. Davey war oben in ihrem Schlafzimmer. Sal war zum Laden unterwegs. Iris trug ein Flanellhemd. Ihr Handrücken war weiß bespritzt. Der Regen konnte der weißen Farbe nichts anhaben. Sie wußte nicht, wie lange sie schon so dastand – ein paar Sekunden, eine Minute oder eine Stunde? Wenn sie zum Dorf hinüberschaute, konnte sie Sal nicht mehr sehen. Der Regen rann ihr über das Gesicht. Das Hemd war bereits völlig durchnäßt.

Es war das Haus, ihr eigenes hohles Haus – das war der Grund, weshalb sie hier draußen stand. Sie hatte es in dem Augenblick verspürt, als sie Sal hatte vorbeistapfen sehen – dieses unbestimmte, völlig lächerliche (und doch hartnäckige) Gefühl, daß das Haus – gleichzeitig – ihre Mutter war und sie beobachtete. Unbestimmte Angst überkam sie, daß sie durch irgend etwas aus ihrer vertrauten Welt, in der der gesunde Menschenverstand regierte, herausgerissen worden war, unwiderruflich und ohne Pardon. Ja, alles war auf eine völlig verschwommene Art unbestimmt – nur ihre Lähmung nicht. Wie sie so dastand, für jeden Wagen, der vorbeifuhr, deutlich sichtbar, fühlte sie sich wie ein Reh, das im Scheinwerferlicht verharrte.

Sie konnte sich nicht erinnern, weshalb sie herausgekommen war oder was sie vorher getan hatte. Gearbeitet? Studiert? Das Abendessen zubereitet? Die Farbe an ihrem Handrücken legte die Vermutung nahe, daß sie etwas angestrichen hatte – aber was? Es war, als ob ihr Verstand einfach die Arbeit eingestellt hätte. Der Regen rann ihr über die Nase. In ihrer Brust machte sich ein beengendes Gefühl breit.

Sie dachte an Davey dort oben in ihrem Zimmer, wie sie die Seiten in einem Buch umblätterte, das sie schon Dutzendmal gelesen hatte. Der Druck in ihr schwoll an. Iris schluckte, schluckte dann noch einmal. Sie weigerte sich, das Haus zur Kenntnis zu nehmen, wie es so hohl, kalt und unerbittlich dastand, und blickte statt dessen auf das Regenwasser, das sich im Straßengraben sammelte und zum Dorf hinunterfloß.

Und dann wurde ihr plötzlich bewußt, daß da ein Wagen vor ihr stand, ein silbergrauer Wagen, dessen Motor im Leerlauf lief. Sie konnte die untere Hälfte des Wagens in der oberen Hälfte ihres Sichtkreises sehen, wollte aber nicht aufblicken. Die Person am Steuer beobachtete sie.

»Mrs. Erickson?«

Eine Frauenstimme.

Iris zuckte zusammen. In ihrer Vorstellung drehte sie sich um und ging ruhig in ihr Haus zurück. In der Realität blieb sie wie angewurzelt stehen. Sie konnte ihr Bewußtsein nicht einmal dazu bringen, sich zu bewegen.

»Mrs. Erickson, ist Ihnen nicht gut?«

Iris hörte, wie sich die Wagentür öffnete, hörte Schritte näher kommen …

»Mrs. Erickson?«

… plötzlich die Hände, zuerst an ihrem Arm, dann

an ihrem Rücken. »Mrs. Erickson, ist Ihnen nicht gut?« Warme, trockene Hände.

Iris sah die Frau an. Ein Schauder überlief sie ...

»Ich bin Helen Swan«, sagte die Frau.

Ein heftiges Zittern durchlief Iris. Ein leiser, ängstlicher Laut kam über ihre Lippen.

»Ist alles in Ordnung?«

Iris schloß die Augen. Die Hand an ihrem Rücken, die Stimme der Frau, das alles fühlte sich so beruhigend an. »Nein«, wisperte sie. Du lieber Gott, ihre eigene Stimme – was für eine Erleichterung, sie zu hören. Gänsehaut überlief sie, und plötzlich wurde ihr bewußt, wie kalt ihr war. Jetzt sprach sie wieder. »Ich kann nicht in mein eigenes Haus.«

»Haben Sie sich ausgesperrt?«

Iris schüttelte den Kopf. Beinahe hätte sie über sich selbst gelacht, aber jetzt weinte sie. »Ich kann einfach nicht hineingehen.«

»Ist schon in Ordnung«, sagte die ältere Frau und hielt sie ein wenig fester. »Sind Sie allein?«

Iris atmete tief durch. »Davey ist drinnen. Meine Tochter.«

Der Arm der Frau legte sich um ihre Schulter, drehte sie ganz sanft herum. »Ist das Davey, dort am Fenster?«

Iris blickte auf, sah Daveys Gesicht hinter dem Glas. Die Erleichterung war überwältigend. Und dann wußte sie plötzlich auch, wer die Frau war, erkannte sie. Es überkam sie wie eine Flutwelle – Helen Swan, die Vorsitzende des Schulausschusses, die sie bei einer Lüge ertappt und Sal gefeuert hatte. Helen Swan, jetzt erinnerte sie sich, eine pensionierte Psychologin oder Psychiatrieärztin aus New Jersey, die nach dem Tod ihres Mannes nach Maine gezogen war. Und sie, die durch nichts zu erschütternde Iris, klammerte sich dankbar an diese Frau, im Garten vor ihrem eigenen Haus, während Davey und das Haus und weiß Gott wie viele andere Leute zusahen. Und hatte dabei ein so gutes Gefühl.

»Ich war dabei, die Decke zu streichen«, sagte Iris zu ihr. »Ich glaube, ich habe heute mein ganzes Haus gestrichen.« Sie lachte verblüfft, schloß die Augen, und die Tränen vermischten sich mit den Regentropfen. Mit dem Arm wischte sie sich über die Stirn, und dann flossen ihre Tränen ungehemmt.

»Ist schon gut«, sagte Helen. »Gehen wir hinein, damit Sie etwas Trockenes anziehen können.« Helen hatte eine unglaublich beruhigende Stimme; Iris griff nach ihrem Arm, und dann gingen die beiden Frauen auf das Haus zu.

Die fast leere Wodkaflasche stand mitten auf dem Dach von Murdochs schwarzem Mercury, genau dort, wo auch eine Polizeilampe hätte sein können.

Murdoch fegte die Flasche herunter, sie zerschellte auf der Straße. Er ging auf Shepherds Cherokee zu und sah zum Fenster hinein.

Shepherd saß hinter dem Steuer und hielt sich das Telefon ans Ohr. »Dieser Mistkerl«, sagte der Detective und ließ das Telefon in seine Halterung einschnappen. »Er weiß es.«

»Natürlich weiß er es«, sagte Murdoch, dessen Blazer schon völlig durchnäßt war. »Er bumst sie, also weiß er natürlich Bescheid.«

»Nicht er«, sagte Shepherd. »Ich meine Bouchard, den Constable.«

»So? Was weiß er denn?«

Shepherd schaltete das Telefon ab. »Das mit Bobby Swifts Sarg. Warum er innen nicht zerfetzt war.«

»Weil die ihm eins über die Birne gaben, ehe er begraben wurde.«

»Nein. Diese Taucherflaschen waren leer. Er war dort drinnen und hat geatmet, bis ihm die Luft ausgegangen ist.«

Murdoch überlegte einen Augenblick und sagte dann: »Ich würde sagen, es ist Zeit, daß wir dieser netten Dame ein paar Fragen stellen.«

»Nee«, Shepherd ließ den Motor an. »Ich glaube, es ist Zeit, sie zu verhören.«

Sal kam unmittelbar vor den Detectives am Superette an. Er war so betrunken, daß er kaum gehen konnte, geschweige denn schnell laufen. In seinem Kopf schwirrte alles durcheinander: Bobby lebend begraben; sein grünes Gesicht mit dem zum Pfeifen gespitzten Mund; Dale Newman; Eliot Wicker. Sal zog die Tür auf und trat ein. Jerry saß an der Theke und aß Bohnen und Würstchen. Er drehte sich auf seinem Barhocker einmal um seine eigene Achse und sah Sal hinterher, der nach hinten ging. »Sie weiß es«, sagte er.

Von der Registrierkasse ließ Bonnie sich vernehmen: »*Sie* sind der letzte, den sie jetzt sehen will.«

Sal ignorierte beide und ging auf die Tür hinter der Fleischtheke zu.

»Chad ...«

Chad folgte ihm. »Mr. Erickson, Sie dürfen da nicht hinein.« Sal stieß die Schwingtür auf, wankte durch den Mittelgang zwischen den Kartonwänden, vorbei am Schreibtisch, dann um einen weiteren Kartonstapel herum bis …

Da war Noel.

Sal lehnte sich an einen Stützträger, um das Gleichgewicht nicht zu verlieren, während er versuchte, seine Augen auf sie zu konzentrieren und den Blick zu deuten, mit dem sie ihn ansah – mit diesem trägen, wissenden Lächeln. Er löste sich von dem Träger und stand schwankend mit gespreizten Beinen da.

»Ich hab' das nicht getan«, sagte er. Die Worte kamen langsam und bedächtig heraus.

Sie lehnte in einem einfachen grünen Kleid in der offenen Tür; hinter ihrem Kopf kletterten die verwirrend zebragestreiften Treppenstufen nach oben. »Warum sagst du mir das immer wieder?« fragte sie.

Er trat einen Schritt auf sie zu. »Weil es einer von uns beiden gewesen sein muß. Du oder ich.«

Sie stand da, ohne zu antworten.

Hinter ihm kamen die Stimmen und die Schritte schnell näher.

Noel zog die Tür hinter sich zu und lehnte sich dann daran. Dieser Blick …

Bonnie und Chad erschienen als erste. Sie fegten um die Wand aus Kartons herum. »Hier ist er!« rief Bonnie. Die Detectives schoben sich an ihnen vorbei.

Shepherd legte eine Hand an die Hüfte, wollte Ruhe in das ganze Chaos bringen. »Tut mir einen Gefallen, Leute, geht wieder an eure Arbeit.«

Weder Bonnie noch Chad bewegten sich von der Stelle. Shepherd trat einen Schritt auf Noel zu, ohne Sal zu beachten. »Machen Sie eine kleine Spritztour mit mir?« fragte er.

Sie lächelte verächtlich. »Verhaften Sie mich?«

»Nein, ich verhafte Sie nicht. Ich möchte mich nur irgendwo ungestört mit Ihnen unterhalten.«

Murdoch kam auf Sal zu. »Sie hören wohl schlecht, Spaghettifresser? Sie sollen hier verschwinden.«

Sal drehte sich langsam zu dem Sergeant um, der sich vergnügt grinsend näher heranschob. »Was ist, haben Sie mir etwa was Schlaues zu sagen?« fragte Murdoch. »Gehen Sie, suchen Sie sich eine Flasche und kriechen Sie wieder in Ihr Loch.«

Ihre Blicke begegneten sich.

Murdoch baute sich mit offenem Mund vor ihm auf, plusterte sich auf, verschränkte die mächtigen Arme vor der Brust und grinste abfällig. »Richtige Busenfreunde«, sagte er. »Oh, ich versteh' schon, warum Sie hier rübergerannt sind – o ja, man sieht ja, daß Sie richtig fertig sind ...«

Sal sprang ihn an, rammte dem Sergeant die Schulter in den dicken Bauch und schob ihn zur Tür. Murdoch schien das überhaupt nichts auszumachen; er grinste weiter und ließ eine Serie kurzer Schläge auf Sals Nieren prasseln; aber der Winkel stimmte nicht, und deshalb blieben die Schläge ohne Wirkung. Also warf er sich mit seinem ganzen Gewicht auf Sals Rücken, schlang ihm die Arme um die Brust und zog ihn mit einem Grunzen in die Höhe. Sal verlor den Boden unter den Füßen, und die Männer stolperten im Kreis herum. Kartons kippten neben ihnen.

Shepherd kam ihm von rechts zu Hilfe. »Seine Beine!« bellte Murdoch. Die beiden Männer packten Sal und zerrten ihn an der Wand von Kartons entlang, wobei eine Lawine von Schachteln mit Toilettenpapier auf sie niederging. Jetzt stieß Sal mit dem Ellbogen zu und löste sich aus dem Griff: ein perfekter Befreiungsschlag wie beim Football. Noch aus der fließenden Bewegung heraus traf er Murdoch am Hals dicht unter dem Ohr mit einem mächtigen Schwinger. Der Dicke taumelte ein paar Schritte zurück und sackte dann schwer über einem Karton zusammen. Sal fuhr herum, um sich Shepherd zu stellen …

Aber er hatte Alston Bouchard nicht gesehen, der inzwischen im Superette aufgetaucht war und dessen Faust ihn jetzt seitlich am Kinn traf. Sals Fußballen und Zehen schienen sich unter ihm selbständig zu machen und sich im Kreis zu drehen, während er um sein Gleichgewicht kämpfte. Er drehte sich instinktiv herum und riß beide Arme hoch. Bouchards zweiter Schlag schoß unter seinen erhobenen Fäusten durch und krachte wie ein Felsblock gegen seine Brust. Sal taumelte nach hinten gegen den Stützpfeiler, blieb dort hängen und kämpfte dagegen an, das Bewußtsein zu verlieren. K.O., wenn auch ohne zu Boden gegangen zu sein.

Sofort warf sich Shepherd auf ihn und drückte ihn gegen den Pfeiler, während er Handschellen herauszog. Bouchard war ebenfalls da und stützte Sal unter den Armen, während Shepherd eine Handschelle um Sals Handgelenk schnappen ließ.

»Er leistet jetzt keinen Widerstand mehr, Detective«, sagte Bouchard.

»So, tatsächlich?« Shepherd zog das Handgelenk mit der Handschelle hinter Sals Rücken und griff nach Sals anderem Arm.

»Ich meine, ich kann ihn jetzt ebensogut mitnehmen«, fuhr Bouchard fort, »dann ist er Ihnen aus dem Weg.«

Shepherd musterte den Constable nachdenklich und wünschte, er wäre jetzt mit ihm allein, um Genaueres darüber zu erfahren, was Bouchard hinsichtlich des Sargs wußte.

»Er muß jetzt bloß seinen Rausch ausschlafen.«

Shepherd wollte Noel so schnell wie möglich hier herausholen, ehe Murdoch wieder zu sich kam – und Sal wollte er ihm ganz sicherlich auch nicht überlassen.

»Sie haben das, was Sie hier suchten«, beharrte Bouchard.

Der Sergeant versuchte sich bereits an dem Schreibtischsessel in die Höhe zu ziehen, wenn auch noch völlig benommen. Shepherd drehte sich wieder zu Bouchard herum und löste die Handschelle von Sals Handgelenk. »Ehe ich es mir anders überlege«, sagte er und deutete mit einer Kopfbewegung auf die vordere Tür.

Als Bouchard Sal wegführte, stemmte Murdoch sich vollends hoch, hielt sich aber am Schreibtisch fest, um nicht wieder umzufallen. »Was ist los? Wo geht er hin ...?«

Shepherd tat das mit einer Handbewegung ab. »Er ist es nicht wert, lassen Sie ihn gehen.«

Es war genauso, als würde man einem Bullterrier befehlen von seinem Opfer zu lassen. »Das soll wohl ein Witz sein, Sie lassen ihn frei ...?«

»Alles okay bei Ihnen?« fragte Shepherd.

»Natürlich bin ich okay!« Murdoch trat vor, bückte sich nach den Handschellen, verpaßte sie beim erstenmal und kippte zurück. »Diese verdammten Kreislauftropfen.«

Shepherd nickte Noel zu, worauf beide in Richtung Flur gingen. »Verschnaufen Sie ein wenig, Sarge«, empfahl der Detective. »Trinken Sie eine Tasse Kaffee oder so etwas. Wir treffen uns dann später.«

Noels Verhör fand im August Tea House statt, einem chinesischen Restaurant in Ellsworth. Shepherd hatte sich für das Restaurant entschieden, weil es nur wenig besucht war und weil er wußte, daß Murdoch nie auf die Idee kommen würde, ihn dort aufzuspüren. Sie saßen im hinteren Teil des Speisesaals in einer Ecknische. Shepherd hatte dem Oberkellner fünf Dollar Trinkgeld gegeben und ihn gebeten, die Tische in ihrer Nähe freizuhalten. Er bestellte für sie beide Vorspeisen, während Noel sich entschuldigte, um die Toilette aufzusuchen. Als sie zurückkam, hatte Shepherd seinen Notebook-Computer vor sich auf dem Tisch aufgeklappt. Er schenkte ihr eine Tasse grünen Tee ein und schob ihn ihr hin. Sie ignorierte ihn.

»Okay«, sagte er, »fangen wir mit Bobbys Geschäft an.«

»Bobbys Geschäft?«

Shepherd schlug ein paar Tasten an und sah auf den Bildschirm. »Nach Bobbys Entlassung aus der Marine gründete er außerhalb von Providence eine Fallschirmspringerschule. 1988 hat er die Firma an eine Gruppe ehemaliger Schüler verkauft und fing dann an, Ultralight-Flugzeuge herzustellen und zu fliegen.« Shepherd blickte vom Computer auf. »Bobby liebte das Risiko.«

»Eine ganze Menge Leute haben Interesse am Fliegen, Detective.«

»Aber ein Geschäftsdarlehen in Höhe von drei Millionen – das erfordert Mut. Ganz besonders, wenn man sich das Darlehen mit unrechtmäßigen Mitteln erschleichen muß.«

Noel starrte ihn mit unbewegter Miene an. »Ich habe Ihnen doch gesagt, Bobby ähnelte sehr seinem Vater.«

»Und das heißt ...?«

»Das heißt, wenn es ums Geschäft geht, sind Frauen nicht gefragt.«

»Sie machen auf mich aber einen sehr modernen Eindruck.« Sein Blick schien sie durchbohren zu wollen.

»Bobby hat die Welt jeden Tag aufs neue herausgefordert«, sagte sie, »und anscheinend gewann er meistens. Das war alles, was ich wissen mußte. Ich hatte mein eigenes Leben.«

Shepherd strich sich mit dem Zeigefinger über den Schnurrbart. Er suchte nach Symptomen – trockener Mund, Unruhe, gerötetes Gesicht, häufige Blicke auf die Uhr –, entdeckte aber keine. Ohne den Blick von ihr zu wenden, zitierte er aus dem Gedächtnis: »Charles J. Mariotta, der Kreditsachbearbeiter der Bank, der Bobbys Darlehen genehmigt hat – Mariotta ist zu vierzehn Jahren Gefängnis verurteilt worden. Bobby, der gegen ihn aussagte, bekam Sozialdienst und Bewährung. Ganz zu schweigen von über zwei Millionen Dollar, die nie zurückbezahlt wurden.«

»Und ich habe Ihnen gesagt, daß ich von dem Geld nichts weiß.« Sie nippte an ihrem Wasser. Shepherd beobachtete, wie sie schluckte. Offensichtlich fing er an, Druck auszuüben.

»Ich kann mir nicht vorstellen, daß Mariotta damit sonderlich zufrieden war. Bobby bekommt einen Klaps, Charlie vierzehn Jahre.«

Ihre Augen verengten sich.

»Wissen Sie, wann Charles Mariotta aus dem Gefängnis entlassen wird?«

»Sie haben gesagt, daß er zu vierzehn Jahren verurteilt wurde.«

»Nächsten Monat, nach sieben Jahren. Es wäre doch naheliegend, daß er mit Bobby über das verschwundene Geld sprechen möchte. Und als Toter läßt es sich gut verschwinden.« Er faltete die Hände auf dem Tisch, als die Bedienung mit ihren Frühlingsrollen kam, sie vor sie hinstellte und schnell wieder ging.

»Ich habe mir das folgendermaßen gedacht«, fuhr Shepherd fort. »Charlie Mariotta hat Bobby Swift ein Drei-Millionen-Bankdarlehen zur Gründung eines Geschäfts gegeben. Als Gegenleistung für das Darlehen, das von vornherein nicht ganz hasenrein war, hat Bobby Charlie versprochen, ihm einen Anteil an den Gewinnen der Firma zukommen zu lassen – was ganz eindeutig nicht korrekt ist. So viel ist unbestreitbar.«

»Sagen Sie.«

»Und ein Geschworenenkollegium und ein Richter auch.«

Sie weigerte sich, zuzustimmen, selbst in diesem Punkt. Aber Shepherd fuhr fort, ohne auf eine Zustimmung zu warten: »Bobby bekommt also ein Darlehen, er gründet seine Firma, wir schreiben die achtziger Jahre, das Geld vermehrt sich, und Bobby wird reich. An dem Punkt erscheinen Sie auf der Bildfläche. Sie lernen diesen risikofreudigen jungen Millionär kennen, verlieben sich, heiraten. Dann bricht die Konjunktur zusammen. Das Geschäft scheitert. Sie haben eine Idee, eine raffinierte Idee.«

Noel seufzte.

»Sie, Plural – Sie und Bobby. Zuerst versteckt er zwei Millionen Mäuse auf einem Auslandskonto, zum Beispiel auf den Cayman-Inseln, wo man es nicht aufspüren kann.«

»Ich muß sagen, die Story wird mit der Zeit interessanter«, erklärte Noel und nahm sich eine Frühlingsrolle.

»Es ist ein Gemeinschaftskonto oder ein Treuhandkonto – vielleicht auch eine Firma – mit zwei Partnern, Bobby Swift und Dale Newman. Sie sehen doch – *New Man*? Ich mag es, wenn man mir Tips gibt. Jedenfalls ist die Idee folgende: Sie und Bobby ziehen in irgendein kleines Hinterwäldlerkaff in Maine, machen dort mit dem örtlichen Leichenbestatter einen Deal …«

»Zu fettig«, sagte Noel und schob die Frühlingsrolle weg.

»… und eines schönen Tages im Juni erscheint ein Mann namens Dale Newman in einem Geschäft für Taucherausstattungen in Belfast und holt sich dort zwei Taucherflaschen und zwei Flaschen mit Sauerstoff. Ein Jahr später stirbt Bobby Swift. Es gibt eine Begräbnisfeier, und er wird begraben. Am nächsten Tag, man höre und staune, trifft Mr. Dale Newman auf den Cayman-Inseln ein und beginnt dort ein Leben wie Gott in Frankreich. So zumindest lautete der Plan. Bobbys Plan.«

Noel lehnte sich ein wenig in der Nische zurück. Ihre Augen funkelten im Kerzenschein, machten sich über ihn lustig.

Shepherd sah sich verstohlen im Speisesaal um, beugte sich dann vor und musterte sie durchdringend. »Sie haben ihn sterben lassen, Noel. Sie und Wicker sollten ihn ausgraben, und Sie haben ihn dort unten in seinem Sarg ersticken lassen.«

Jetzt lehnte Noel sich vor, und diesmal bohrten sich ihre Augen in die seinen. »Detective, ist Ihnen bewußt, daß Sie mich hier beschuldigen, *nichts* getan zu haben?«

Wieder störte sie die Bedienung, als sie den nächsten Gang brachte: drei abgedeckte Schüsseln aus Edelstahl, die sie auf dem linken Arm balancierte. Sie stellte die Schüsseln nacheinander vor sie hin und nahm die Deckel ab, um ihnen den Inhalt zu zeigen. Shepherd bedankte sich, und sie verschwand wieder.

Der Blick, mit dem Noel Shepherd über den Tisch hinweg ansah, wirkte beinahe mitleidig. »Bitte fahren Sie fort, Detective. Ich sterbe förmlich vor Neugierde, weshalb ich Eliot Wicker Taucherflaschen umgehängt und ihn dann lebend mit einer Pistole in der Hand in Bobbys Grab verscharrt habe. Oder warum ich ein Heizkissen auf einen Baum geworfen habe ...«

»Damit es so aussieht, als ob Bobby es getan hätte.«

Sie nickte bedächtig und meinte dann sarkastisch. »Ja, das hätte Bobby getan. Und dann habe ich weitere Hinweise ausgestreut – ein Flugticket in Alston Bouchards Briefkasten gelegt, und die Leiche meines Mannes eine Viertelmeile von zu Hause entfernt in den Fluß gekippt. Detective, ist Ihnen einmal in den Sinn gekommen, daß vielleicht jemand versuchen könnte, mich schuldig erscheinen zu lassen?«

Die Kerze auf ihrem Tisch flackerte.

Shepherd schüttelte den Kopf. »Ich will ganz ehrlich sein«, sagte er. »So oft ich darüber nachdenke, und wie ich es auch drehe und wende, ich kann mir kein einziges Szenario vorstellen, in dem Sie nicht in die Sache verwickelt sind.«

Ihre Augen huschten an ihm vorbei, ein kurzes Flackern der Erleichterung war in ihnen zu sehen. Er drehte sich um.

»Detective«, sagte der Mann hinter ihm und streckte eine Hand aus.

»Kennen Sie meinen Anwalt?« fragte Noel. »Hal Jones – das ist Detective Shepherd.«

»Wir sind uns schon begegnet«, sagte Shepherd.

»Er hat meine Scheidung betreut«, fügte sie hinzu, schnappte sich die Handtasche vom Sitz und schob sich aus der Nische.

Shepherd erhob sich verlegen. Sein Verstand arbeitete fieberhaft und suchte nach Klarheit: *Scheidung?*

»Wie geht's denn, Detective?« fragte der Anwalt mit der Andeutung eines überlegenen Lächelns.

»Wie geht es Ihnen?« erwiderte Shepherd, bemüht, sich nicht anmerken zu lassen, daß ihn die plötzliche Wendung aus dem Konzept gebracht hatte.

Noel setzte sich in Richtung der Tür in Bewegung.

Shepherd griff sich sein Jackett vom Haken. »Augenblick, ich bringe Sie nach Hause.«

Sie ging weiter.

»Das mache ich«, sagte der Anwalt. Jones war ein kräftig gebauter Mann Anfang der Vierzig mit dichtem braunem Haar, einer Stahlbrille und einem buschigen Schnurrbart. Er trug einen grauen Anzug, der mindestens zweimal soviel gekostet hatte wie das beste Stück in Shepherds Garderobe. »Hören Sie«, sagte er einigermaßen freundlich, »wie wär's, wenn wir in Zukunft darauf achten würden, daß ich zugegen bin, wenn Sie vorhaben, meine Mandantin zu befragen?«

Shepherd kam sich plötzlich irgendwie heruntergekommen und schäbig vor. Er strich glättend über seinen Jackettärmel.

»Wirklich ein seltsamer Fall«, fuhr der Anwalt fort und lachte. »Noel hat mich auf dem laufenden gehalten: der vorgetäuschte Tod, das verschwundene Geld – und jetzt die Leiche ihres Mannes. Entschieden seltsam.« Er nahm eine Stoffserviette vom Tisch, reichte sie Shepherd und deutete dabei mit einer Kopfbewegung auf einen Teefleck an seinem Jackett. »Ich sage Ihnen das, um Ihnen eine Gefälligkeit zu erweisen, Detective. Vielleicht spart es Ihnen Zeit. Sie war wirklich im Begriff, sich von ihrem Mann scheiden zu lassen.«

Shepherd rubbelte mit der Serviette an seinem Jackett herum. »Das ist sehr liebenswürdig von Ihnen«, entgegnete er nicht ganz aufrichtig.

»Und sie war entschlossen, nicht mit leeren Händen wegzugehen. Das Geschäft, der Immobilienbesitz, künftige Gewinne aus dem Supermarkt, alles mögliche – ihre Ersparnisse und Investitionen –, die Hälfte wäre an sie gegangen. Ich habe eine Liste mit ihren Vermögenswerten. Wenn Noel Swift etwas von zwei Millionen Dollar gewußt hätte, glauben Sie mir, dann wären die auch auf dieser Liste gewesen.«

Shepherd warf die Serviette auf den Tisch und sah dann zur Tür.

»Wenn jemand ein Motiv hatte, einen Todesfall vorzutäuschen und zu verschwinden, dann war das Bobby Swift – und zwar um dafür zu sorgen, daß Noel das Geld nicht in die Hände bekam.«

Shepherd nickte. Damit hatte er nicht gerechnet.

Als der Detective nach Hause zurückkehrte, erwarteten ihn zwei Telefonnachrichten mit der Aufforderung, Murdoch auf dem Revier anzurufen. »Ich warte dort«, sagte der Sergeant, und seine Stimme klang ungehalten. Shepherd rief ihn an, ehe er sich das Jackett auszog.

»Der Anwalt unserer Lady hat mich vor einer Weile

angerufen«, sagte Murdoch. »Waren Sie mit ihr heute abend verabredet?«

In Shepherds Ohren summte es.

»Haben Sie sie nach Hause gebracht und gebumst, oder was?«

»Ich habe sie verhört. Es war Essenszeit, also sind wir in ein Restaurant gegangen. Sie wissen, wie ich arbeite.«

»Genau, und ich sitze mir hier inzwischen den Hintern schwielig und warte auf Sie.«

»Es gibt eine neue Wendung, Sarge. Bobby Swift hatte Anlaß, das Geld vor ihr zu verstecken. Sie war im Begriff, sich von ihm scheiden zu lassen.«

»Das weiß ich«, meinte Murdoch. »Der Anwalt und ich haben uns lange unterhalten. Um Ihre Neugierde zu befriedigen, will ich Ihnen noch etwas sagen. Sie wird übermorgen einen kleinen Urlaub antreten. Eine zweiwöchige Kreuzfahrt, die in Tampa anfängt.«

»Scheiße.«

»Denken Sie, sie will abhauen?«

Shepherd seufzte, zog sich seinen Computer heran und klappte ihn auf. »Wir werden das überprüfen.«

»Ist bereits geschehen. Delta bestätigt ein Rundflugticket von Bangor nach Tampa und wieder zurück. Sie hat bei Tampa Bay Cruise Lines eine zehntägige Kreuzfahrt gebucht.«

»Das könnte eine Verbindung nach Grand Cayman ermöglichen.«

»Aber Sie glauben doch nicht, daß sie so etwas tun würde?« fragte Murdoch.

Shepherd wartete und tippte dann DELTA und TAMPA BAY ein.

»Nun, ich habe es überprüfen lassen«, fuhr der Sergeant fort. »Das Schiff fährt dort nicht hin, und niemand unter dem Namen Noel Swift oder Noel Sonstwie fliegt in den nächsten zwei Wochen mit Cayman Airways.«

»Und was ist mit Dale Newman?«

Murdoch lachte glucksend. »Herr Jesus, ob Sie es nun glauben oder nicht, daran habe ich auch gedacht.«

»Und?«

»Und gar nichts. Kein Dale Newman, kein Newman Dale. Ich muß jetzt nur wissen, ob Sie irgend etwas in der Hand haben, womit man sie hier festhalten kann – und das ausreicht, um die Staatsanwaltschaft zu überzeugen.«

»Habe ich nicht«, erklärte Shepherd.

»Das dachte ich mir«, antwortete Murdoch. »Und wenn das so ist, dann schreiben Sie hübsch auf, was Sie bisher ermittelt haben, und legen es mir morgen auf den Schreibtisch.«

»Augenblick ...« Shepherd sah von seinem Computer auf. »Was soll das heißen? Sie werden doch nicht selbst diesen Fall übernehmen ...?«

»Läßt sich nicht vermeiden.«

»Sarge, ich bin fast durch. Hören Sie, was diesen dritten Komplizen angeht, haben Sie recht. Eindeutig. Vielleicht ist sie es, vielleicht auch nicht. Wir müssen mit den Caymans Verbindung aufnehmen und uns die Namen auf diesem Konto ansehen. Das ist eindeutig ein Mordfall, die Banker müssen die Vertraulichkeitsklausel aufheben.«

»Das werde ich in Erwägung ziehen«, erwiderte Murdoch. Shepherd konnte das bösartige Lächeln um seine Mundwinkel förmlich sehen, und in dem Augenblick wurde ihm bewußt ...

Murdoch hatte das von Anfang an geplant, hatte immer vorgehabt, den Fall in der letzten Runde zu übernehmen, einen Fall mit starkem Medieninteresse. So etwas konnte ihm möglicherweise kurz vor der Pensionierung noch eine Beförderung eintragen, etwas, womit sich seine zweite Pension aufbessern ließe.

»Sie werden doch nicht selbst diesen Fall übernehmen«, wiederholte Shepherd.

»Tut mir leid, das ist nicht meine Entscheidung«, erwiderte Murdoch. »Boggs will es so. Sie haben den Lieutenant in Verlegenheit gebracht. Die Medien sitzen ihm im Genick. Und er möchte Sie aus dem Verkehr ziehen.«

Murdoch legte den Hörer auf und stemmte sich in seinem Sessel nach hinten, wobei der lästige Stützverband an seinem Hals die Bewegung unnatürlich steif erscheinen ließ. Er nahm die Fernbedienung von seinem Schreibtisch, zielte damit auf den Videorecorder, der auf einem niedrigen Rolltischchen vor seinem Schreibtisch stand, und drückte den Knopf mit der Aufschrift SLOW. Auf dem Bildschirm flackerte eine Szene: ein schwarzes Sportsakko, das an einer Wand hing. Langsam wanderte die Kamera über den dunklen Stoff zu einem schwarzen Sweatshirt mit Kapuze und dann an dem Sweatshirt vorbei nach oben, bis Eliot Wickers hölzerner Kleiderrechen sichtbar wurde. Ein einfaches schwarzes Brett an einer weiß verputzten Wand. Wanderte weiter nach oben zu einem leeren Holzzapfen … und dann zu der Mütze, schwarz auf der weißen Wand. PAUSE. Das Bild der Mütze erstarrte.

Murdoch beugte sich vor, griff über seinen Schreibtisch hinweg an den Einstellknopf des Fernsehers und steigerte die Helligkeit, bis das Schwarz zu Braun verblaßte und ein Tweedmuster erkennbar wurde. Er schob das Foto von Bobby Swift und Sal Erickson unter die Schreibtischlampe und führte suchend ein Vergrößerungsglas darüber, bis ihn schließlich ein Gesicht unter einer Mütze ansah.

Sal schlug die Augen auf und versuchte erneut, den Arm zu heben, aber er hing fest. Als er ihn freizuschütteln versuchte, hörte er ein Klirren – und dann drückte etwas gegen sein Handgelenk, etwas Kaltes. Er griff mit der freien Hand danach und stellte fest, daß er an dem eisernen Bettgestell angehängt war …

Mit einer Handschelle.

»Hey – *Hey!* «

Vor der Tür ging ein Licht an und erhellte schwach den Raum. Schritte näherten sich, dann flammte ein weiteres Licht auf, wesentlich heller, und eine Gestalt erschien in der Tür. Alston Bouchard. Neben ihm stand ein großer schwarzer Hund.

»Was zum Teufel soll das?« fragte Sal.

»Sie müssen nüchtern werden«, antwortete die dunkle Gestalt mit tiefer Stimme.

Ein pochender Schmerz zuckte durch Sals Unterkiefer, durch seinen ganzen Kopf. Ein wirres Kaleidoskop von Bildern tauchte vor ihm auf, keines davon klar. (Die grüne Hand … der Teich … Noel vor der Zebratreppe …)

»Schlafen Sie wieder. Das ist das beste.«

»Wo ist sie? Ich muß mit ihr reden.«

»Zu Hause, nehme ich an, um diese Zeit.«

Sals Handschelle klirrte erneut. Er setzte sich auf

und zog daran. »Was soll das? Nehmen Sie mir dieses Ding ab!«

Der Hund fing zu bellen an, im Stakkato. »Katahdin, Ruhe!« rief Bouchard, worauf der Hund mit einem Winseln antwortete. Sal zog die Handschelle am Bettgestell in die Höhe, bis es nicht weiterging, rollte sich vom Bett und setzte beide Füße auf den Boden.

Bouchard schloß die Tür, zog sich einen Stuhl davor und setzte sich. Der schwarze Hund preßte sich an sein Knie und winselte nervös. »Sie müssen nüchtern werden«, wiederholte er. »Auf dem Boden steht ein Eimer für Sie. Treten Sie nicht hinein.«

»Ich werde dieses gottverdammte Bett in Stücke schlagen!«

»Das könnten Sie versuchen«, erwiderte Bouchard ohne erkennbare Gefühlsregung. »Warum nicht.«

Sal richtete sich auf, riß Matratze und Decke vom Bett und hob dabei das Bettgestell ein Stück an.

»Sie sollten ein wenig schlafen«, sagte Bouchard wieder. »Das wäre das beste für Sie.«

Mit einer ruckartigen Armbewegung riß Sal das Bettgestell in die Höhe, dann krachte es wieder herunter.

»Ich wäre Ihnen dankbar, wenn Sie nicht alles demolieren würden«, erklärte ihm Bouchard.

Sal stand trotzig und verschwitzt da. Die Fenster waren geschlossen, die Luft stickig. Seine Augen fixierten Bouchard. »Ich habe die Mütze«, sagte er. »Meine Mütze, die Sie bei Wicker deponiert haben.«

Bouchard beugte sich vor und warf die Decke über die Matratze. »Ich habe Ihre Mütze in Wickers Haus gesehen«, sagte er. »Aber ich hab' sie da nicht hingetan. Sie auch nicht. Vielleicht weiß ich, wer es getan hat.«

Sal beobachtete ihn mißtrauisch.

»Schlafen Sie ein wenig«, forderte Bouchard ihn erneut auf. »Wir unterhalten uns dann morgen früh.« Er knipste die Lampe auf der Kommode aus. Sal stand noch eine Minute in der Dunkelheit, ließ sich dann auf das Bettgestell sinken und kauerte sich auf die Matratze. Er atmete schwer. »Sie können mich hier nicht festhalten«, sagte er.

»Das muß ich aber«, erwiderte Bouchard.

Jerry spähte durch das Garagenfenster, während er den Klingelknopf drückte. Kurz darauf wurde es im Treppenhaus hell, dann kam Noel herunter. Sie trug ein dunkles Sweatshirt, das ihr über die Schenkel reichte. Jerry ging zur Eingangstür hinüber und preßte sein Gesicht ans Fenster. Er richtete den Lichtkegel einer Taschenlampe auf Noel und, als sie näher kam, auf ihre Beine. Sie öffnete die Tür und ließ ihn herein. Er warf vorher einen prüfenden Blick auf ihre Hände, vergewisserte sich, daß sie leer waren.

»Mächtiger Betrieb«, sagte er, »unten am Wasserfall.«

Sie schloß die Tür hinter ihm. »Geh aus dem Licht«, sagte sie und ging um die Autos herum nach hinten, wo es dunkler war. Er folgte ihr vorsichtig, ließ die ganze Zeit den Lichtkegel seiner Lampe an ihr auf und ab wandern, aufgeputscht von dem vielen Koffein, das er in den letzten vierzig Stunden konsumiert hatte. Obwohl er seine Glücksschuhe trug, hielt er es für klüger, Noel scharf zu beobachten.

»Jetzt haben sie also Bobby im Fluß gefunden«, sagte er. »Bullen, Reporter, Detectives, der ganze Verein.« Er nickte langsam, wartete auf eine Reaktion. Aber die kam nicht. Ihre Augen blickten gelassen, ja sie musterten ihn sogar mit einer Art amüsiertem Interesse, als hätte er etwas an sich, das sie faszinierte.

»Jerry, du mußt mir glauben, daß ich mit diesem Feuer nichts zu tun hatte.«

Er studierte sie einen Augenblick lang argwöhnisch. Dann verdrehte er die Augen. »O ja, wirklich! Dann ist das aber ein mächtig großer Zufall, wenn du mich fragst.«

»Pst!«

»Du lockst mich nach Bangor, wo man mir fast den Kopf abschneidet«, flüsterte er heiser, »und dann brennt mein Haus nieder. Und gleich darauf jagst du eine Kugel in meinen neuen Truck, die eigentlich für mich bestimmt ist. Ja, wirklich, mächtig großer Zufall.«

»Ich wußte doch nicht, daß du das warst, ich dachte, es wäre ein Einbrecher.«

Jerry verzog den Mund. »Typisch Frau. Ich leg' einen Zahn zu mit diesem Flugticket, und du legst fünfundzwanzig zu, brennst mein Haus nieder und versuchst mich umbringen zu lassen.« Er funkelte sie mit vom Koffein aufgeputschten Augen an. »Ich weiß Bescheid, Noel. Ganz genau.«

»Jerry, was ich sage, ist die Wahrheit.«

»Ja, freilich.«

»Ich gebe ja zu, daß ich einen Freund von mir gebeten habe, mit dir über diesen Brief zu reden, den du geschrieben hast ...«

»Reden, ja, o ja.«

Sie schob sich näher an ihn heran. »Aber ich schwör's dir, von diesem Feuer weiß ich nichts.«

»Ja, freilich.«

»Ich hab' doch den Anruf entgegengenommen, daß

es brennt, wie könnte ich da den Brand gelegt haben?« Der Blick, mit dem sie ihn ansah, verwirrte ihn – sanft, als würden ihre Augen ihn streicheln.

Jerry lehnte sich an den Volvo, seine Augen wanderten zu ihren Hüften. »Also, jedenfalls haben sie jetzt die Leiche.«

Sie tastete nach seinem Arm, berührte seinen Ärmel. »Ist das alles?«

Jerry musterte sie. »Ich muß schon sagen, Noel, einen sehr besorgten Eindruck machst du mir nicht.«

Wieder streifte ihn dieser Blick. »Sollte ich das denn sein?«

Er legte den Kopf zur Seite. »Also, einen Gehirnspezialisten brauchen die bestimmt nicht, um rauszukriegen, daß Bobby lebend begraben worden ist. Zunächst einmal.«

»Mhm.«

»Na gut«, sagte er und nickte. Es war ein tolles Gefühl, das Heft in der Hand zu haben. Aber in Wahrheit schwächte sich dieses Gefühl von Augenblick zu Augenblick ab. Jetzt, wo Noel ihn mit diesem halben Lächeln ansah, hatte er sogar den Eindruck, er selbst wäre ein Stück Wild, an das der Jäger sich heranpirschte.

»Jerry, ich möchte, daß du das begreifst«, sagte sie. »Ich habe meinen Mann nicht getötet. Eliot Wicker hat Bobby umgebracht. Und jetzt ist Eliot Wicker tot.« Ihre Stimme war sehr leise geworden – selbst wenn jemand bei ihnen in der Garage gewesen wäre, hätte er sie möglicherweise nicht verstanden. »Und wir beide wissen, wer Wicker getötet hat.«

Jerrys Kinn bebte, er setzte zum Lachen an. Gleichzeitig spürte er, wie sich in seinem Magen etwas verkrampfte.

»Jerry, aus deinem Brief kann man deutlich schließen, daß du Bobbys Leiche ausgegraben hast, um Eliot Wicker zu erpressen …«

»Falsch, falsch …«

»Und dann hast du Wicker ermordet.«

»Falsch!«

»Das liegt ganz klar auf der Hand. Jeder, der diesen Brief liest, würde ganz genau wissen, was du getan hast.«

Jerrys Absatz tappte nervös auf dem Betonboden. Er blickte zur Tür und sah dann wieder Noel an, erstaunt darüber, wie klein sie war und wie gefährlich.

»Zunächst einmal«, sagte er, »habe ich Bobby deshalb ausgegraben, um seinen dämlichen Arsch zu retten. Als mir nämlich klargeworden war, daß du und Wicker vorhattet, ihn einfach dort unten verfaulen zu lassen. Und dann, okay, *dann* habe ich mir gedacht – weil ich sowieso zu spät dran war und weil er bereits tot war und ich Bescheid wußte – … Also habe ich mir gedacht – warum eigentlich nicht? Ich habe seine Leiche weggeschafft und sie sicher verwahrt.«

»Und dann hast du Wicker ermordet.«

»Nein.« Er riß die Augen unnatürlich weit auf, wie um dem Nachdruck zu verschaffen, was er sagte. »Ich bin hierhergekommen, um mit euch beiden einen Handel abzuschließen, aber dann hast du Sal Erickson heraufgeholt – und gleich darauf erscheint Wicker, um dich zu besuchen, und fünf Minuten später geht er wieder und schimpft den ganzen Weg bis zum Friedhof vor sich hin und fängt dort zu graben an und wird noch wütender, als er sieht, daß die Leiche verschwunden ist. Also gehe ich zu ihm, um meinen Deal mit ihm zu machen. Aber Wicker, dieser blöde

Scheißkerl, holt seine Kanone heraus – und deshalb sage ich, alles Notwehr. Keine Frage.«

»Jerry, du hast ihn lebend begraben.«

»Yeah, schön. Aber nicht absichtlich. Er hat einen Schlag mit einer Sauerstoffflasche auf den Kopf abgekriegt. Und dann hat er keinen Mucks mehr getan. Für mich hat er tot ausgesehen. Und dabei habe ich ihn bloß betäubt. Jedenfalls hat er seine gerechte Strafe bekommen, ohne jeden Richter.«

Noel seufzte. »Jerry, du hast zu mir gesagt, du wüßtest nichts über Eliots Tod und auch nicht, wer Bobbys Leiche weggeschafft hat. Du hast mich angelogen.«

»Oh! Wirklich! Ich bitte vielmals um Entschuldigung, Mrs. George Washington!«

Noel lächelte gelassen. »Jerry, du weißt, wir müssen ehrlich zueinander sein, jetzt, wo wir gemeinsam in dieser Sache drinstecken.«. Sie trat näher zu ihm heran, und da war wieder dieses *Glitzern* in ihren Augen. »Wir stecken doch gemeinsam da drin, oder etwa nicht, Jerry?«

Er wiegte skeptisch den Kopf, aber seine Zehen in seinen Glücksschuhen verkrampften sich.

Noels Augen wanderten zu seiner Brust. »Ich wollte mich wirklich mit dir in Bangor treffen, Jerry. Wirklich. Aber wie hätte ich das machen sollen? Du weißt doch, wie man mich beobachtet.«

Verwirrt verschränkte er die Arme vor der Brust und sah sie an, wie ein Hund vielleicht einen Grashüpfer ansieht – verspielt, mißtrauisch.

»Jerry, es ist mir ernst. Du hast dieses *Besondere* an dir – etwas Derbes, Physisches … Weißt du, wie das auf eine Frau wirkt? Ich fühle mich animalisch zu dir hingezogen, und das ist – überwältigend.«

Er fühlte, wie seine Hose sich zu spannen begann.

Sie sah ihn mit hungrigen Augen an und legte die Hand auf seine Brust. Dann, als hätte irgend etwas sie aus ihrer Phantasievorstellung gerissen, wandte sie sich abrupt ab. »Herrgott, ich muß verrückt sein«, sagte sie. »Das geht doch hier nicht.«

»Nein, aber oben«, sagte er. »Du hast dort oben eine Hintertür. Herrgott, drei Türen hast du. Jetzt komm bloß nicht … äh, komm mir bloß nicht …«

Sie drehte sich wieder zu ihm herum, brachte ihn zum Schweigen. »Zuallererst, Jerry, muß ich wissen, daß du mir vertraust.«

Er prustete, so als wäre ihre Bemerkung lächerlich. Aber es war ihm deutlich anzusehen, daß er trotzdem wie gebannt von ihr war.

»Jerry, du hast alles in der Hand«, murmelte sie.

Er schnaubte bitter. »Das dachte ich auch mal.«

»Das ist mein Ernst. Du hast das eine, was uns beide retten könnte. Und das eine, was uns vernichten kann.«

Jerry lauschte; ihr Angebot beschäftigte ihn. »Wir könnten jetzt hinaufgehen«, sagte er. »Zwei Uhr früh, wer wird es schon erfahren?«

Ihre Augen bohrten sich in seine. »Die Sauerstoffflaschen, Jerry.«

»Yeah … Was ist damit …?«

»Wenn man die zwei anderen Sauerstoffflaschen findet«, sagte sie, »sind wir beide aus der Sache raus.«

Er nickte heftig, und die Augen traten ihm dabei fast aus dem Kopf. »O ja, Ma'am. Ich geb' denen die Mordwaffe. Wirklich, das kann ich mir gut vorstellen.«

Sie starrte ihn weiter an. »Jerry, man kann keine Verbindung zwischen dir und diesen Sauerstoffflaschen herstellen. Wisch sie einfach ab.«

Er verschränkte die Arme vor der Brust und tippte mit dem Absatz auf den Boden. »Das mußt du mir schon erklären – ich meine, wie uns diese Sauerstoffflaschen retten sollten.«

Sie seufzte, sichtlich verärgert. »Ich sehe schon, mit uns klappt das nicht.«

»Ich habe doch bloß was gefragt.« Sein Absatz tippte jetzt in schnellerem Rhythmus auf dem Boden.

Jetzt wich sie seinem Blick aus.

»Also schön, und was ist mit dieser anderen Sache, der, die uns vernichten könnte?«

Ihre Worte kamen kalt wie polierter Stahl. »Dein Brief.«

Er feixte spöttisch und war sich wieder seiner Macht bewußt.

»Jerry du mußt mir vertrauen.«

»O ja, Ma'am. Dir vertrauen?«

»Genau so, wie ich dir vertrauen muß.«

Er riß ungläubig die Augen auf. »Warum zum Teufel mußt du mir vertrauen?«

»Du sagst, daß es nur einen Brief gibt. Woher weiß ich denn, daß es nicht zwei sind? Oder drei?«

Jerry preßte die Lippen aufeinander. »Ich bin doch nicht blöd, Noel. Ich will genausowenig wie du, daß dieser Brief gefunden wird. Es gibt nur einen Brief, und den habe ich an einem Ort versteckt, wo du ihn nie finden wirst.«

»Jerry, selbst *ein* Brief ist nicht sehr schlau.«

»O nein. Nur dieser Brief hält dich davon ab, mich umzubringen.«

Ihre Augen bohrten sich wie Nadeln in ihn. »Nein,

Jerry, der hält mich lediglich davon ab, mit dir zu vögeln.«

Seine Knie wurden weich. Er lehnte sich an den Volvo und sah sie mit zusammengekniffenen Augen an, als würde er in die Sonne blicken. Dann stieß er sich von dem Wagen ab und ging um sie herum zur Tür.

Mitten in der Nacht wurde Sal aus dem Schlaf gerissen.

»*Verdammte Scheiße!* Bobby, alles in Ordnung bei dir?«

Bouchard ließ das Licht ausgeschaltet. »Alles klar«, antwortete er.

»O Mann, ist das kalt! Welcher Idiot ist denn auf die Idee gekommen?«

Bouchard griff nach unten und spürte Sals Arm, verkrampft, zitternd; dann tastete er nach der Decke, fand den nassen, zusammengeknüllten Haufen und warf die Decke Sal über den Rücken.

»Danke, Mann.«

»Mhm.«

»Bobby, dir fehlt auch wirklich nichts?«

»Mhm.«

Zwanzig Minuten später ließ Sal sich wieder vernehmen. »Anthony, Zeit, nach Hause zu gehen.«

»Mhm.«

»Komm, Bruder.«

»Mhm.«

Zwölf

Um sieben Uhr morgens, als Jerry den Verkaufsraum betrat, war die Theke verlassen, und Noel stand allein dahinter. Jerry trug ein kurzärmeliges Madrashemd, alte Khakihosen, die einmal Sal gehört hatten, und seine Glücksschuhe.

»Wie wär's zunächst einmal mit einer Tasse Nescafé«, sagte er zu Noel, »und dann, würde ich sagen, ein paar Pfannkuchen, ein halbes Pfund Speck, eine Blaubeertasche und drei Spiegeleier, aber so, daß das Gelbe noch läuft.«

Er schraubte den Deckel von dem großen Mayonnaiseglas neben der Registrierkasse, dem mit dem Schild: SPENDEN FÜR OTIS UND JERRY ROYAL, und kippte das Geld auf die Theke: Achtzig Cent waren zu dem Fünf-Dollar-Schein hinzugekommen, die er als Köder hineingelegt hatte. »Vielen Dank allen edlen Spendern«, sagte er, steckte den Fünfer ein, ließ die Münzen wieder in das Glas klimpern und schraubte den Deckel zu. Er schwang ein Bein über den Barhocker und fing an, auf die Theke zu trommeln. Dabei sah er Noel zu, wie sie seine Eier aufschlug.

»Ich schätze, du bist heute Gesprächsthema Nummer eins in der Ortschaft«, sagte er. Seine Eier brutzelten.

»So etwas spricht sich schnell herum«, erwiderte Noel. Aber wenn man einmal von allem provinziellen Gehabe absah, wunderte doch selbst sie sich darüber, wie die Leute heute das Superette mieden. Die Stammkunden waren natürlich alle zur üblichen Zeit erschienen – zum Tanken, oder um die Zeitung zu holen oder Milch oder einen Laib Brot –, aber niemand hatte sich zum Kaffeetrinken an die Theke gesetzt. Sogar Bonnie hatte sich krankgemeldet. Ein paar Kunden hatten ihr gegenüber erwähnt, sie hätten gehört, Herb und Bonnie würden sich um das Geschäft kümmern, während Noel ihre Kreuzfahrt machte; ein paar Leute hatten Noel sogar in netter Weise empfohlen, länger zu bleiben. Und genau das war ihr Plan.

Sie stellte Jerry eine Tasse mit heißem Wasser und eine Dose Nescafé hin, legte den Löffel daneben und sah dann zu, wie er sechs Teelöffel des braunen Pulvers in die Tasse rührte. »Ich mache gerade eine Koffeindiät«, erklärte er. »Sturzbesoffen, sturzbesoffen.« Als er dann den Zucker hineintat, fügte er, ohne aufzublicken, hinzu: »Ich hab' das erledigt, dachte, du solltest das wissen.«

»Das mit dem Brief?« fragte sie.

Er nahm einen Schluck Kaffee und schüttelte den Kopf. »Sauerstoffflaschen.«

Sie blinzelte einmal, ganz langsam, wie eine Eule.

»Ich hab' mir gedacht, wo du doch morgen auf Kreuzfahrt gehst«, sagte er mit einem Schulterzucken.

»Was hast du dir gedacht?«

Er schwang sich von seinem Hocker und nahm sich einen Kugelschreiber von der Registrierkasse. »Also, ich tue Dinge, und du gehst heute abend deiner – deiner animalischen Anziehung, oder wie das heißt, nach, und ich laß mir diesmal kein Ding auf den Schädel verpassen.« Er unterstrich das Wort SPENDEN auf dem Mayonnaiseglas und kratzte dabei mit dem Kugelschreiber hin und her. »Paß nur auf meine Eier auf«, sagte er. »Wenn sie zu trocken sind, mag ich sie nicht.«

»Jerry«, sagte sie. »Der Brief.«

»Ich weiß, der Brief für die ganz große Vögeltour. Aber ich würde vorschlagen, okay … für die Sauerstoffflaschen vielleicht 'ne Art Vorschau …«

Der verweisende und zugleich herausfordernde Blick, mit dem sie ihn ansah, jagte ihm einen Schauer über den Rücken.

»Wo sind sie?« fragte sie.

»Wirklich, du solltest auf meine Eier aufpassen.«

»Jerry, wo hast du die Flaschen hingetan?«

Unter das Wort SPENDEN schrieb er BITTE HELFT IHM, aber die Krümmung des Glases ließ ein kindliches Gekritzel daraus werden. Er blickte zu ihr auf, und das viele Koffein leuchtete aus seinen Augen.

»Wirst schon sehen.«

Im Hinterhof von Belly Button, da waren sie, wie sich später herausstellte. Belly und seine Frau, beides fromme Katholiken – Jerry hatte ihnen eine Überraschung hingelegt: eine Flasche, die auf einen umgekippten Eimer gestützt wie eine giftgrüne Erektion zwischen den Beinen ihres Keramikjesus herausragte. Die andere hatte die Jungfrau Maria bekommen.

Die Stimme im Telefonhörer klang britisch und hatte dazu den Stakkatotonfall der Karibik. »Wie ich schon Ihrem Vorgesetzten erklärt habe, Detective, haben wir hier auf den Caymans keine Steuern; und deshalb gibt es auch keinen Steuerbetrug.« Der Typ hob am Satzende seine Stimme an, was Shepherd besonders widerwärtig fand.

»Und ich erkläre Ihnen«, erwiderte er, »daß es hier nicht um Steuerbetrug geht, sondern um Mordermittlungen in einem fortgeschrittenen Stadium.« Er saß auf dem Schreibtisch der Einsatzleiterin im Revier und wartete auf eine Antwort, aber es kam nur Schweigen. Um halb acht Uhr morgens, eine halbe Stunde vor Dienstbeginn, war außer ihm nur Stacy Myotte da, die Einsatzleiterin, die am Schreibtisch saß und ihm jetzt die Hüfttasche zuknöpfte.

»Wir haben eine Leiche«, fuhr er fort. »Wir wissen, daß das Opfer die Absicht hatte, unter falschem Namen, als Dale Newman, auf Ihre Insel zu übersiedeln, und daß ungefähr zwei Millionen Dollar, die unserer Regierung gehören, auf eine Ihrer Banken eingezahlt wurden.«

»Ich verstehe«, sagte der Beamte. Shepherd rutschte vom Schreibtisch und ging auf die Wand zu, bis Stacy das Telefon packte, um zu verhindern, daß Shepherd es vom Schreibtisch herunterriß. Shepherd blieb stehen und kam zurück.

»Wir wissen außerdem, daß das Geld aller Wahrscheinlichkeit nach auf einem Gemeinschaftskonto liegt, möglicherweise auch auf einem Treuhandkonto unter dem Namen Robert Swift, Dale Newman und einem dritten Namen – und dieser dritte Name ist der Anlaß für diese Anfrage. Wir wollen die Identität dieser dritten Person bestätigen, die zugleich Hauptverdächtige ist.«

»Verstehe«, sagte der Beamte auf Grand Cayman, was Shepherd als einen Hoffnungsschimmer wertete – bis der Mann fortfuhr: »Wenn sich Ihre Ermittlungen, wie Sie sagen, in einem fortgeschrittenen Stadium befinden, Detective, werden Sie doch sicherlich auch die Identität ihres Hauptverdächtigen kennen.«

Shepherd fing an, im Kreis zu gehen. Stacy zerrte ihn zurück.

Als er aufblickte, sah er Sergeant Murdoch durch die Eingangstür hereinkommen. Eine dicke weiße Halsstütze, die Murdochs Kinn hochhielt, machte es erforderlich, daß der korpulente Mann den ganzen Oberkörper herumdrehen mußte, um Shepherd zu entdecken, und als er das getan hatte, kam er schnell näher.

»Hören Sie, wir wollen doch nur einen Namen von Ihnen. Ich bitte Sie doch nur um ganz einfache Amtshilfe.«

»Was macht er?« fragte Murdoch die Einsatzleiterin, aber dann klingelte eine andere Leitung, ehe sie Antwort geben konnte. Sie ging zu einem Schreibtisch an der gegenüberliegenden Wand, um das Gespräch anzunehmen. Murdoch machte eine Hundertachtzig-Grad-Drehung, um ihr nachblicken zu können.

Shepherd hielt die Hand vor die Sprechmuschel. »Ich bin noch nicht im Dienst, Sarge.«

»Haben Sie ein Geständnis?« fragte der Beamte am anderen Ende der Leitung. »Oder vielleicht die Aussage eines Komplizen?«

»Ich habe Ihnen doch gesagt«, erklärte Shepherd, »daß die beiden Komplizen tot sind. Sie wurden ermordet. Deshalb brauche ich den dritten Namen.«

Der Insulaner räusperte sich. »Verstehe.« Während Shepherd auf die bürokratische Abfuhr wartete, sah er, daß Stacy den Sergeant an das andere Telefon winkte.

»Sobald Sie Anklage gegen Ihren Verdächtigen erhoben haben«, sagte der Beamte auf Grand Cayman, »hoffe ich zuversichtlich, daß wir den Namen für Sie verifizieren können. So – gibt es dann sonst noch etwas, womit wir Ihnen heute morgen behilflich sein könnten?«

»Ja, allerdings«, sagte Shepherd. »Sie könnten Ihre gottverdammten Vorschriften ändern.« Er knallte den Hörer hin, als gerade Lieutenant Boggs durch die Außentür hereinkam.

Boggs, ein hochgewachsener weißhaariger Mann, trug seinen grauen Anzug. Das bedeutete, daß heute entweder Fernsehkameras aufkreuzen würden oder daß er wieder einmal einen Vortrag im Rotary Club halten mußte. Als er Shepherd entdeckte, kam er geradewegs auf ihn zu und sagte: »Die Medien haben sich für heute morgen angesagt, Detective. Ich möchte den Reportern mitteilen können, daß wir Fortschritte machen.«

Am anderen Schreibtisch legte Murdoch den Hörer auf und kam quer durch den Raum auf sie zu, schnitt dem Lieutenant den Weg ab. »Ich werde Sie auf den neuesten Stand bringen«, sagte der Sergeant und gestikulierte in Richtung von Boggs Büro.

Shepherd ließ ihn nicht weiterreden. »Lieutenant, ich möchte gern von Ihnen wissen, weshalb ich den Gravity-Fall abgeben soll.«

Boggs musterte Shepherd überrascht. »Detective, wollen Sie sagen, daß Sie den Fall abgeben möchten?«

Shepherd drehte sich verwirrt zu Murdoch herum, der sofort reagierte: »Lieutenant, ich wollte Ihnen das heute morgen erklären… gestern abend habe ich beschlossen, selbst die Leitung dieses Falles zu übernehmen. Nach meiner begründeten Ansicht hat Detective Shepherd einige schwere Ermittlungsfehler begangen.«

»Das ist ausgemachter Blödsinn«, sagte Shepherd.

Boggs räusperte sich, warf Shepherd einen verweisenden Blick zu und sah dann zu Boden. Schließlich wandte er sich an Murdoch: »Sergeant, ich habe keine Ahnung, was hier gespielt wird, aber in ein paar Stunden werde ich in den Mittagsnachrichten erscheinen. Ich habe vor, bekanntzugeben, daß unsere Ermittlungen Fortschritte machen, daß wir Beweismaterial überprüfen, Verhöre führen und daß eine Verhaftung unmittelbar bevorsteht.«

Er sah Murdoch finster an und deutete dann mit einer Kopfbewegung in den Korridor. »Kommen Sie in mein Büro«, sagte er und setzte sich in Bewegung.

Als er außer Hörweite war, reichte der Sergeant Shepherd einen Zettel.

»Das haben Sie Ihre Sauerstoffflaschen«, »Zwei Flaschen sind in irgendeinem Hinterhof aufgetaucht.«

»Augenblick ... Zwei, sagen Sie? Uns fehlt doch nur eine.«

»Genau das sollen Sie herausfinden«, erklärte ihm Murdoch. »Bringen Sie die Dinger nach Augusta und sagen Sie Ihrem Freund dort, er soll sie sich ansehen.«

»Sarge, können Sie da nicht jemand anderen schikken? Die Frau wird nur noch einen Tag hier sein.«

Murdoch vollführte eine Hundertachtzig-Grad-Drehung zum Korridor, um Boggs nachzusehen. Dann wandte er sich wieder Shepherd zu: »Genau deshalb möchte ich ja, daß Sie nach Augusta fahren.«

Als Sal erwachte, erfüllte ihn grenzenlose Verzweiflung. Die Handschelle war verschwunden; er fand sich neben der Matratze auf dem Boden ausgestreckt und hatte das Gefühl, seine sämtlichen Nervenenden würden freiliegen. Ganz besonders sein Gesicht schmerzte von einem Ohr zum anderen. Jeder Atemzug brannte in seiner Brust. Die Sonne schien hell auf die Vorhänge, und es war bereits viel zu warm im Raum …

… und Bobby war tot. Sal war sich jetzt ganz sicher. Außerdem stand fest, daß seine Trennung von Iris und Davey Wirklichkeit war. Tränen brannten in seinen Augen. Er fühlte sich zutiefst verzweifelt und allein.

Bilder zuckten durch sein Bewußtsein (die grüne Hand hob sich mehrere Male aus dem Unrat im Fluß), und die ganze Zeit tönten irgendwo schrille Akkorde. Alkoholentzug, er kannte die Symptome gut, das ständige Zittern. Ihm war, als pumpte ihm jemand die ganze Zeit Amphetamine in seine Venen, pumpte so, als müßte er einen ganzen Marathonlauf im Spurttempo absolvieren. Das Ärgerliche war, daß er überhaupt nicht den Wunsch verspürte, auch nur aufzustehen, daß er nicht den geringsten Anlaß sah, einen weiteren Atemzug zu machen.

Er blickte zu Bouchard auf, der an der Tür in seinem Stuhl lümmelte und schlief. Die dicke Brille war ihm halb die Nase heruntergerutscht, ein Taschenbuch hing offen in seiner Hand. Auf der Kommode neben ihm brannte noch Licht. Ein schwarzhaariges Mädchen, vielleicht achtzehn Jahre alt, mit rundlichem, hübschem Gesicht und dunkelbraunen, blitzenden Augen lächelte aus einem gerahmten Foto.

»Ich weiß, was Eliot Wicker Ihnen angetan hat«, sagte Sal. Seine Stimme klang rauh.

Bouchard regte sich und klappte sein Buch zu. Er schob sich die Brille zurecht, stemmte sich in aufrechte Haltung.

»Ich weiß, was Eliot Wicker Ihnen angetan hat«, wiederholte Sal.

Bouchard räusperte sich. »Er hat mir gar nichts angetan«, sagte er ruhig. »Eliot Wicker hat nur getan, was ihm immer wichtig war. Daß ich das Land meiner Familie verloren habe, war nicht seine Schuld. Ich hätte auch noch alles andere verloren. Das war nur eine Frage der Zeit.«

Sal starrte ihn ein paar Sekunden lang an, sah dann wieder zu dem Bild des Mädchens auf der Kommode hinüber und begriff, daß es Bouchards Tochter war. »Was zum Teufel sind Sie eigentlich«, sagte er, »Geheimpolizist der Anonymen Alkoholiker?«

»Das ist bei mir jetzt vierzehn Jahre her.«

Sal setzte sich schnell auf. Ein Schwindelgefühl überkam ihn. »Ich muß gehen«, murmelte er.

Bouchard stützte die Hände auf die Knie und schickte sich an, aufzustehen. »Nach meiner Ansicht sind Sie noch nicht soweit.«

»Tatsächlich?« Sal musterte ihn und erkannte, daß der Constable ebenso fest entschlossen war wie er. »Sparen Sie sich den Atem, ich kenne das Programm, und es taugt nicht für mich – okay? Stufe Zwei: *An eine Macht glauben, die größer ist, als wir selbst*. Sehen Sie, für mich funktioniert das nicht. Ich glaube nicht an höhere Mächte. Ich hatte ein Problem mit dem Alkohol, also habe ich zu trinken aufgehört. Das ist Logik, nicht Zauberei.«

Die Augen der beiden Männer bohrten sich ineinander.

»Ich vergleiche es immer mit Gänsen«, sagte Bouchard.

Sal kratzte seine Bartstoppeln. »Gänse ...?«

»Stellen Sie sich eine Schar Gänse in der Luft vor«, sagte Bouchard. »Wenn eine abgeschossen wird oder krank ist und herunterfällt, dann folgen ihr zwei andere und bleiben bei ihr, bis sie stirbt oder wieder gesund wird. Sie wissen nicht, warum sie das tun. Sie tun es einfach. Das hält die Schar zusammen, sage ich.«

In Sals Kopf dröhnte es. Er beugte sich auf der Matratze nach vorn. Bouchards bedächtige Redeweise steigerte sein Unbehagen.

»Mit den Menschen ist das genauso, habe ich festgestellt«, fuhr Bouchard fort. »Ich war mal in der gleichen Lage wie Sie, ganz genau sogar. Und dann kam schließlich der Tag, an dem ich den Lauf meiner Schrotflinte absägte und den Hügel dort hinaufging. Als ich oben war, hörte ich, wie ein Truck raufkam. Sehen Sie, da ist eigentlich nie einer raufgefahren, bloß im August die Beerenpflücker. Und damals war Oktober. Wie sich dann rausstellte, war es Barlow, der Bienenzüchter, von dem ich meine Waben bezog. Er hat mich gefragt, worauf ich Jagd mache. Ich habe ihm gesagt, Kanadagänse. Und er hat gesagt, das fände er äußerst seltsam, wo ich doch meinen Hund unten angekettet hätte mit genügend Fressen und Wasser, um ihn eine Woche am Leben zu erhalten. Er hat mir die Flinte weggenommen und mich zu einem Treffen mitgenommen, und dann ist er drei Monate lang jeden Abend mit mir da hingegangen. Irgendwann einmal, viel später, hat er gesagt, er wüßte eigentlich gar nicht, weshalb er damals rübergekommen wäre; er sei einfach aufgewacht und hätte beschlossen, ein wenig in der Gegend herumzufahren.«

Sal atmete tief durch. »Haben Sie schon einmal den Begriff ›unfreiwilliges Publikum‹ gehört?«

Bouchard beugte sich in seinem Stuhl vor und fixierte Sal durch seine dicken Brillengläser. »Mag ja sein, daß Sie hier nicht wegkönnen und mir zuhören müssen, Mister. Und mag ja auch sein, daß Sie das alles für ein Märchen halten. Aber wenn Sie wirklich Hilfe brauchen, würde ich Ihnen raten, daß Sie die Augen ganz weit aufreißen, weil dann nämlich jemand für Sie da sein wird, und zwar ganz bestimmt. Sie müssen bloß klug genug sein, um zu wissen, wer der Betreffende ist – und wer nicht.« Bouchard stand auf und ließ sein Buch auf den Boden fallen. Und dann, als wäre ihm sein Ausbruch selbst peinlich, öffnete er die Tür. »Ich geh' uns was zu essen machen«, sagte er.

Murdoch stieg die Treppe der Pension so leise hinauf, wie das seine hundertvierzig Kilogramm erlaubten; die alten Eichendielen waren ihm wohlgesonnen, weil sie kaum ein Ächzen von sich gaben. Sein Körpergewicht, sein Alter und der steife Hals machten Murdoch nicht gerade gelenkig, aber das störte ihn augenblicklich kaum. Dafür hatte er den Überraschungseffekt auf seiner Seite. Außerdem hatte er seine Combat Commander dabei, eine besonders überzeugende 45er Automatik, für die er bis jetzt im Fichtenstaat Maine noch keinen Anlaß zum Einsatz gefunden hatte. Er klopfte nicht, machte sich nicht einmal die Mühe, an der Tür zu lauschen, sondern drehte einfach den Türknopf, trat ein und ließ den Lauf seiner 45er von einer Wand zur anderen und wieder zurück wandern.

In dem Augenblick trillerte sein Handy. Er griff nach hinten, schloß die Tür hinter sich, nahm das Telefon vom Gürtel und klappte es auf. »Ja?« meldete er sich.

»Ich bin in Augusta, mit den Flaschen«, teilte Shepherd ihm mit. »Die Leute hier sind heute morgen mit der Leiche Bobby Swifts fertig geworden und bestätigen, daß er erstickt ist – vermutlich im Sarg, weil man in seinen Lungen weder Erde noch Wasser fand. Sie glauben, daß man ihn wahrscheinlich in einem Kühlraum gelagert hat, bis er dann in den Fluß gekippt wurde.«

»Okay, das ist gut«, sagte Murdoch, schob die Hand in die Tasche von Sals Sportsakko und tastete am Futter entlang.

Während Shepherd redete, stand sein Freund Phil Harwood am Ende eines langen Tisches und untersuchte im Lichtkegel einer hellen Lampe eine der Sauerstoffflaschen. Zwei Reihen Einkaufstüten und Kartons unterschiedlicher Größe, alle mit Anhängern versehen, lagen verstreut um ihn herum auf dem Boden, alles Beweismaterial aus anderen Fällen.

»Mir kommt das immer noch seltsam vor, und es stört mich«, fuhr Shepherd fort, »daß man im Sarg keinerlei Spuren eines verzweifelten Überlebenskampfes gefunden hat – daß er einfach aufgegeben und sich schlafen gelegt hat.«

»Na ja, dann müssen Sie eben weitermachen«, sagte Murdoch, und das war jetzt schon das zweitemal, daß er von Murdoch diesen für ihn ungewöhnlich höflichen Ton hörte; oder zu gönnerhaft, wenn man bedachte, daß Noel doch im Begriff war, abzuhauen.

»Sarge, hat sich irgend etwas ergeben, das ich wissen sollte?« erkundigte sich Shepherd.

»Was zum Beispiel?«

»Das weiß ich nicht. Ich habe das Gefühl, daß wir aneinander vorbeiarbeiten.«

»So, das Gefühl haben Sie also, hm?« antwortete Murdoch, während er zwei Finger in Sals Turnschuhe schob und darin herumtastete.

»Sarge, wir müssen uns verständigen, wenn wir

sie daran hindern wollen, in dieses Flugzeug zu steigen.«

»Zweifellos.«

»Noch etwas«, sagte Shepherd. »Die Sauerstoffflaschen, die ich gerade hierhergebracht habe – im Labor hat man Spuren an einer davon gefunden, die wahrscheinlich mit den Spuren an Wickers Haar übereinstimmen, dort, wo ihn der Schlag getroffen hat. Die Farbe ist genau die gleiche.«

»Irgendwelche Fingerabdrücke auf der Flasche?« fragte Murdoch.

»Nur von dem Mann, der die Flaschen in seinem Garten gefunden hat. Sie waren abgewischt worden, ehe er sie berührt hat.«

»Aha.«

»Sarge, ich werde auf dem Rückweg in Belfast Station machen und mir den Laden ansehen, wo Swift die Flaschen kaufte. Er hat dort nur für zwei unterschrieben, aber jetzt haben wir drei. Ich denke, das könnte vielleicht der Ansatzpunkt sein, der uns weiterbringt.«

»Das sehe ich auch so. Sagen Sie mir Bescheid, was Sie herausbekommen.«

Viel zu selbstsicher.

»Wo sind Sie?« fragte Shepherd.

»In meinem Wagen, unterwegs zum Mittagessen bei Pat's«, antwortete Murdoch.

In dem Augenblick stieß der Chemiker einen langgezogenen Pfiff aus. Shepherd blickte auf und sah, wie Harwood den Kopf schüttelte. Er zeigte Shepherd sichtlich befriedigt ein Skalpell, an dessen Spitze ein Stückchen grüne Farbe hing. »Bleiben Sie dran, Sarge«, sagte Shepherd und legte die Hand über die Muschel.

»Blau«, sagte der Chemiker. »Unter der grünen Farbe. Die Flasche ist blau. Jemand hat sie grün überstrichen.«

»Also blau – und was hat das zu bedeuten?«

»Das ist kein Sauerstoff. Sauerstoff ist grün.«

»Und was ist blau?«

Sein Freund lächelte. »Stickoxidul.«

»Stickoxi…?«

»Lachgas.«

Shepherd starrte Harwood an. Dann nahm er die Hand von der Muschel. »Sarge, ich rufe Sie aus Belfast an.«

»Yeah – gibt's noch was?«

»Ich werde dieser Sache jedenfalls nachgehen«, antwortete Shepherd und legte den Hörer auf.

Sie saßen am Küchentisch, zwei Teller mit Maissuppe vor sich. Obwohl Sal alles andere als hungrig war, versuchte er, sich das nicht anmerken zu lassen. In seinem Teller schwamm ein Maiskorn in der Brühe herum, als wäre es ein lebendiges Wesen. Das Linoleummuster der Tischplatte wirbelte schwindelerregend unter seinen aufgestützten Armen. Schließlich legte er den Löffel weg und stand auf. »Ich muß gehen«, sagte er.

Bouchard schob seinen Stuhl ein paar Zentimeter zurück, gerade so weit, um Sal den Weg zur Tür zu versperren. »Sie sollten zuerst wieder zu Kräften kommen, das ist jedenfalls meine Meinung.«

»Sie haben ein Recht auf Ihre Meinung«, erwiderte Sal und versuchte, sich an ihm vorbeizuschieben.

Bouchard stand auf und versperrte ihm den Weg.

Sal packte ihn am Hemd. »Das geht Sie nichts an!« knurrte er. Der Hund sprang auf und begann zu bellen.

Bouchard, der vielleicht drei Zentimeter kleiner als

Sal, aber wesentlich breiter war, packte Sal an beiden Armen und riß ihn herum, wobei er einen Stuhl umwarf.

»Sie müssen der Realität ins Auge sehen!« rief er. »Ihr Zuhause hat es Sie schon gekostet, und Ihre Karriere …«

Sal warf sich nach links, aber der Constable packte ihn wieder und drängte ihn unsanft in die Ecke.

»Ihre Frau«, sagte er.

Sal schloß die Augen.

»Ihr kleines Mädchen …«

»Yeah!« Sal rammte Bouchard den Ellbogen in die Brust, doch schon im nächsten Augenblick hatte der ihm den Arm nach hinten gedreht und ihn gegen den Küchenschrank gedrückt.

»Sehen Sie, ich verstehe einfach nicht«, sagte Bouchard an seinem Ohr, »warum jemand all das einfach aufgibt.«

Der Hund bellte. »Hinlegen!« befahl ihm Bouchard.

Er hielt Sal noch eine Zeitlang fest und lockerte dann seinen Griff. »Wissen Sie denn nicht«, sagte er, »daß da jemand versucht, Ihnen einen Mord anzuhängen? Einen Mord, mit dem Sie nichts zu tun haben.«

Sal lehnte sich an den Küchenschrank. »Und Sie wissen nicht, was ich getan habe«, sagte er mit leiser Stimme. »Sie wissen gar nichts über mich.«

»Betrunken haben Sie sich«, antwortete Bouchard. *»Sie haben sich betrunken.* Das haben Sie getan.«

Gepeinigt von seinen Erinnerungen schloß Sal die Augen.

»Noel Swift hat ihren Mann ermordet, soweit ich mir das zusammenreimen kann. Bobby hat gedacht, daß Eliot Wicker und seine Frau ihn wieder ausgraben –

aber sie haben ihn einfach liegenlassen. Ihn getötet für einen Haufen Geld auf irgendeinem Auslandskonto. Und dann, als die Sache schiefgelaufen war, hat sie angefangen, Sie zum Sündenbock aufzubauen.«

Sal schüttelte den Kopf. »Noel würde das nicht tun«, sagte er. »Das würde sie Bobby nie antun. Und mir auch nicht.«

»Haben Sie denn ...«

»Was?« unterbrach ihn Sal und sah Bouchard an.

»... mitgeholfen, ihn zu töten?«

»Bobby war mein bester Freund.«

»Bester Freund hin oder her, das sagt gar nichts.« Bouchard griff in die Hüfttasche und zog ein Stück grünliniertes Papier heraus, wie man es in Geschäftsbüchern verwendet.

»Sehen Sie, jemand, dem Bobby etwas bedeutet hat, trug dazu bei, daß er starb.« Als er das Papier auseinanderfaltete, konnte Sal einen kurzen Blick darauf werfen. Dann fuhr der Hund plötzlich auf die Tür los und bellte – zweimal kurz hintereinander, es klang wie Gewehrschüsse.

»Aus!« rief Bouchard. Er lehnte sich zurück und sah zu dem niedrigen Klappfenster hinaus. Ein schwarzer Wagen kroch über den Kies, und er faltete das Papier zusammen und steckte es wieder ein. »Gehen Sie nach hinten und schließen Sie die Tür«, forderte er Sal auf und bückte sich, um den Stuhl aufzuheben.

»Was ist das für ein Papier?« fragte Sal.

Draußen fiel eine Autotür ins Schloß. Bouchard ging zum Tisch, nahm einen der Suppenteller und den dazugehörigen Löffel, öffnete eine Schranktür und stellte Teller und Löffel hinein. Ein Mann im braun und orange karierten Blazer ging am Fenster vorbei. Bouchard warf Sal einen so zwingenden Blick zu, daß Sal rückwärts in den Flur hineintaumelte, als ob ihn jemand gestoßen hätte.

Der Hund bellte wieder. Diesmal sagte Bouchard nichts.

Sal schloß die Schlafzimmertür in dem Augenblick, in dem er Murdoch in der Küche sagen hörte: »Macht es Ihnen was aus, wenn ich reinkomme? Hätte ich auch nicht gedacht.« Die Windfangtür knallte zu.

Shepherd fuhr in nördlicher Richtung nach Belfast zu der Firma, wo jemand vor zwölf Monaten die beiden Sauerstoffflaschen gekauft hatte. Nachdem er dem Mann hinter der Theke erklärt hatte, was er suchte, sagte der ihm jedoch, daß die Flasche mit Stickoxidul unmöglich von ihm stammen könne.

»Der Kongreß hat das Zeug als Halluzinogen eingestuft«, erklärte der Mann, eine gnomenhafte Gestalt mit grauem Bart und hellblauen Augen, die ständig zwinkerten. »Herrgott, man braucht schon eine Sonderlizenz, um das Scheißzeug bloß zu transportieren.«

»Sie meinen, selbst wenn ich für einen Zahnarzt arbeiten würde, könnte ich hier nicht einfach eine Flasche Stickoxidul kaufen?«

Der Gnom schüttelte den Kopf. Er holte ein dickes Ringbuch aus einem Fach hinter sich und klatschte es auf die Theke. »Wir liefern an Ärzte und Zahnärzte im ganzen Küstenbereich. Aber was dann passiert, wenn wir einmal geliefert haben – wer weiß das schon? Jeder könnte so eine Flasche weggeschleppt haben. Manche inhalieren das Scheißzeug, einfach zum Spaß. Deshalb braucht man ja eine Lizenz.«

Shepherd nickte. Die Fakten sprachen für sich:

Bobby Swift hatte zwei Sauerstoffflaschen gekauft, um sie bei sich im Sarg zu verstauen. Vor dem Begräbnis hatte Wicker eine der beiden Flaschen gegen getarntes Stickoxidul ausgetauscht – und die Sauerstoffflasche unter seinem Bett versteckt. Deshalb mußte entweder Wicker oder Bobbys anderer Komplize die Unterschrift für das Stickoxidul geleistet haben. Jemand, der Zugang zu einem Zahnarzt oder einem Arzt hatte.

»Könnte ein Bestattungsunternehmer legal Stickoxidul erwerben?« fragte Shepherd.

»Wozu denn in aller Welt?« fragte der Gnom. »Yeah, das würde wirklich ein lustiges Begräbnis geben.« Er drohte an seinem Lachen zu ersticken.

Shepherd klappte das Buch auf und ließ den Blick an den Unterschriften auf der ersten Seite herunterwandern. Er suchte nicht nach Dale Newman, weil Newman ja ein Deckname für Bobby Swift war, und Swift derjenige, für den man das Stickoxidul gebraucht hatte. Auch Wickers Unterschrift würde er ganz bestimmt nicht finden. Alles, was er bis jetzt über die Akteure in Erfahrung gebracht hatte, deutete darauf hin, daß Wicker seine Beteiligung ganz sicherlich auf das vorgetäuschte Begräbnis beschränkt hatte. Nein, wer auch immer das Lachgas besorgt hatte, mußte dieselbe Person sein, die am Ende sowohl Bobby als auch Wicker ausgetrickst hatte – jemand, der Bobbys Vertrauen besaß –, der dritte Komplize.

Und für ihn war das am ehesten immer noch Noel, trotz ihrer Scheidungspläne. Die Scheidung konnte natürlich auch ein raffinierter Trick sein – das hatte Shepherd von dem Augenblick an geargwöhnt, als er davon gehört hatte. Wenn sie andererseits wirklich beabsichtigt hatte, sich von Bobby scheiden zu lassen, fiel der Verdacht beinahe automatisch auf den Menschen, dem Bobby nach Noel am meisten vertraut hatte: Sal Erickson. Nur daß der Mann überhaupt nicht der Typ für so etwas war; er schien ihm für ein solches Täuschungsmanöver einfach nicht abgebrüht genug. Noel hingegen paßte perfekt in die Rolle.

Ohne auf den Hund zu achten, ging der Sergeant mit schweren Schritten an Bouchard vorbei, bis er mitten in der Küche stand. »Ich vergeude nicht gern meine Zeit«, sagte er. Mit seiner Halsstütze konnte er den Kopf nicht bewegen, also drehte er sich mit dem ganzen Körper halb herum und ging dann nach links, um in den Flur zu sehen. »Mein Kollege, Detective Shepherd, befindet sich im Augenblick in Belfast bei einer Firma, die sich Mid-Maine Supply nennt. Warum? Weil Mid Maine Supply Sauerstoff verkauft – und im letzten Frühjahr hat ein Mister Dale Newman, dessen Flugticket sich in Ihrem Briefkasten fand und dessen Leiche wir gestern aus dem Fluß gefischt haben, dafür eine Unterschrift geleistet – Sind Sie je selbst im Gefängnis gewesen, Constable?«

Bouchard lehnte sich mit vor der Brust verschränkten Armen an das Spülbecken. Sein Hund drückte sich an sein Bein.

»Ich frage das, weil wir jetzt eine dritte Sauerstoffflasche haben und weil ich mich, ehrlich gesagt, des Gefühls nicht erwehren kann, daß Sie wissen, warum das so ist.«

Bouchard sah ihn unbewegt an.

Murdoch drehte sich erneut herum und warf wieder einen Blick in den Flur und auf die verschlossene Tür am Flurende. »Es macht Ihnen doch nichts aus, wenn ich mich bei Ihnen ein wenig umsehe«, sagte er.

»Ich glaube nicht, daß das korrekt wäre«, antwortete Bouchard. »Nicht ohne Durchsuchungsbefehl.«

Murdoch ging halb in die Knie, um mit Bouchard auf gleicher Höhe zu sein. »Ich sehe einem Menschen gern in die Augen, wenn ich ihn etwas frage. Meinen Sie das mit dem Durchsuchungsbefehl ernst?«

»Sie wollen mich etwas fragen«, sagte Bouchard. »Ich schlage vor, tun Sie das.«

Murdoch schmunzelte. »Oh, ich habe eine Menge Fragen. Zuerst einmal habe ich versucht, diesen Gentleman mit dem dunklen Teint ausfindig zu machen, mit dem Sie gestern durchgebrannt sind – den Herrn, den ich gerade verhaften wollte –, und jetzt scheint niemand zu wissen, wo er sich aufhält. Er hat letzte Nacht nicht in seinem Zimmer geschlafen. Sein Wagen und sein Motorrad stehen in seinem Garten, aber seine Frau und seine Tochter schwören, daß sie ihn seit gestern nicht mehr gesehen haben.« Murdoch trat an den Tisch und schnüffelte. »Sie wissen vermutlich, daß die junge Witwe, mit der er sich angefreundet hat, morgen eine Reise nach Tampa antreten will, um von dort aus eine kleine Kreuzfahrt zu machen?«

Bouchard musterte Murdoch. Bluffte der Mann?

Der Sergeant zuckte die Schultern, so gut das mit dem Verband möglich war. »Was ist, denken Sie, daß der Typ vielleicht die Absicht haben könnte, sie zu begleiten? Es ist Ihnen natürlich klar, daß Ihnen das eine Anzeige wegen Beihilfe eintragen könnte, nicht wahr?«

Bouchard kraulte seinen Hund hinter dem Ohr.

»Sie haben die Wahl, Schlaumeier. Sie können hier mit mir reden, oder wir machen eine kleine Spazierfahrt.«

Bouchard blieb ein, zwei Sekunden reglos stehen, trat dann an die Tür und stieß sie auf. Er spürte Zug an seinem Hals.

»Ist das ein Versuch, mir etwas zu sagen, oder wollen Sie bloß die Insekten reinlassen?« fragte Murdoch.

»Wir machen eine Spazierfahrt, Sergeant Murdoch«, erwiderte Bouchard. »So habe ich Sie doch verstanden. Irgendwelche Antworten habe ich nicht für Sie.«

Murdoch schmunzelte.

Die Tür blieb offen.

»O ihr Landeier«, sagte der Sergeant und blieb neben Bouchard stehen. »Leben hier hinter dem Mond und halten sich für die großen Macker!« Er schüttelte verächtlich den Kopf und trat auf die Veranda hinaus. Dann stieg er die Treppe hinunter, ging zu seinem Wagen, blieb aber an jedem Fenster des Trailers stehen und sah hinein. Als er sich dann bückte, um seine Hinterpartie auf den Sitz zu bugsieren, warf er Bouchard einen Blick zu und sagte: »Ich werde Ihre Karriere im Auge behalten, Constable.«

Bouchard wartete, bis Murdochs Wagen die Straße erreicht hatte, und ging dann wieder hinein. Er sperrte die Küchentür ab, lief durch den Flur, packte den Türknopf und stieß die Tür auf. Eine leichte Brise wehte durch das offene Fenster.

Detective Shepherd saß an einem kleinen runden Tisch im Vorraum von Mid-Maine Supply und klappte das nächste Ringbuch auf. Seit zwei Stunden saß er jetzt hier und hatte sich die Eintragungen von mehr als achtzehn Monaten angesehen, gelegentlich einen Namen in seinen Computer eingegeben und verglichen – ja, was eigentlich? Namen, die nur einmal auftauchten? Unterschriften, die ihm wie Fälschungen vorkamen?

»Schon was gefunden?« fragte der Gnom, wie er das alle Viertelstunde getan hatte.

»Wir kommen der Sache näher«, antwortete Shepherd so, wie er das jedesmal getan hatte. Als das Telefon klingelte und der Mann hinter seine Theke gehen mußte, um abzuheben, war er erleichtert.

»Er ist hier, aber er sucht nicht nach Sauerstoff«, hörte Shepherd den Mann sagen.

»Ist das für mich?«

»Stickoxidul«, antwortete der Mann. »Lachgas.«

Shepherd stand auf, streckte die Hand nach dem Hörer aus und versuchte, den Mann daran zu hindern, noch mehr zu sagen.

»Bis jetzt kein Erfolg, aber die Eiscremekunden hat er noch nicht durchgesehen.«

»Was für Eiscremekunden?« fragte Shepherd. Offenbar hatte der Anrufer dieselbe Frage gestellt, weil der Gnom sie für beide beantwortete.

»Schlagsahne«, sagte er. »Die verwenden Stickoxidul als Treibgas für Schlagsahnespender – das hinterläßt keinen Geschmack.«

»Geben Sie mir das Telefon«, verlangte Shepherd.

»Warten Sie, er möchte selbst mit Ihnen sprechen.« Der Mann reichte ihm den Hörer und sagte: »Es ist Sergeant Murdoch.«

Shepherd hielt sich den Hörer ans Ohr. »Yeah, Sarge, ich wollte gerade anrufen.« Shepherd erwartete irgendeine bösartige Witzelei, bekam aber nur den Wählton zu hören. Verwundert schüttelte er den Kopf. Das paßte gar nicht zu Murdoch … War wirklich er am Apparat gewesen?

Er reichte dem Gnom den Hörer zurück, und der sagte: »Ich sag's Ihnen gleich, bei Eiscreme werden Sie sich schwerer tun, weil die Fahrer das Zeug hier ohne weiteres abholen können.«

Shepherd sah ihn mit gerunzelter Stirn an. »Wollen Sie damit etwa sagen, daß ein Zahnarzt Stickoxidul nur mit Genehmigung befördern darf, ein Eiscremefahrer so etwas aber nicht braucht?«

»Dafür kann doch ich nichts«, entgegnete der Gnom. »Dieser Scheißkongreß ist schuld dran.«

Unter dem Münzfernsprecher im Eingangsbereich der Schule lag das Telefonbuch mit dem aufgeschlagenen Branchenteil – EISCREMEHERSTELLER. Charlie Walker, der Hausmeister, klappte das Buch zu und schob es in das Regal. »Macht nichts. Ich räum's schon auf«, brummte er und sah finster durch die Glastür hinaus, wo die Harley bereits mit lautem Dröhnen vom Parkplatz schoß. »Alter Säufer.«

Sal fuhr auf der Cooper Road, einer sich windenden Forststraße, die die Gleise der Main Central Railroad vier Meilen hinter Gravity kreuzte, in Richtung Ellsworth. Als er die Kreuzung erreichte, wuchtete er die Harley auf die Geleise und fuhr in westlicher Richtung weiter. Er wußte, daß Murdoch nach ihm suchte, und hielt es für das beste, sich so lange nicht blicken zu lassen, bis er begriffen hatte, was hier im Gange war. Er fuhr zwischen den Schienen, holperte zuerst langsam über die Schwellen und rutschte immer wieder seitlich ab, wenn der Kies besonders tief war. Aber je mehr er darüber nachdachte, welche Folgerungen die Sache mit dem Lachgas nahelegte, um so schneller fuhr er; wobei er die ganze Zeit den Rückspiegel im Auge behielt, da er Angst hatte, ein von hinten herannahender Zug könne ihn überraschen. Aber seine Angst, von hinten von einem mit Baumstämmen beladenen Güterzug erfaßt zu werden, war nicht annähernd so groß wie die Angst, die er bei dem Gedanken empfand, daß Noel am nächsten Morgen in ein Flugzeug steigen würde.

In dem leeren Laden öffnete sich die Tür hinter der Fleischtheke, Noel kam mit zwei oben zusammengebundenen Mülltüten in der Hand heraus. Sie trug ein ausgewaschenes grünes T-Shirt mit der Aufschrift RETTET DEN WALD – BRINGT EINEN HOLZFÄLLER UM; das grüne Tuch, das sie sich um den Kopf gebunden hatte, war an der Stirn von ihrem Schweiß dunkel gefärbt. Als sie sich umdrehte, sah sie Detective Shepherd an der Theke stehen. Sie ignorierte ihn.

Shepherd hob beide Hände, als wolle er vor ihr kapitulieren. »Keine Fragen, ich verspreche es«, sagte er.

Sie setzte die Müllbeutel ab, richtete sich auf, wischte sich mit dem Unterarm übers Gesicht und sah ihn lächelnd an.

»Ich glaube, wenn man einen Fehler gemacht hat, sollte man sich entschuldigen«, meinte er ein wenig zerknirscht.

Sie kam hinter der Theke hervor und wusch sich die Hände im Spülbecken. »Ich kann mir nur schwer vorstellen, daß Sie hergekommen sind, um sich zu entschuldigen.«

Er setzte sich auf einen Hocker an der Theke. »Na ja, Sie haben recht. Tatsächlich habe ich schon immer eine Schwäche für einen guten Schokoladeneisbecher.

›Hausgemachte Eiscreme‹ steht auf der Tafel. Machen Sie sie selbst?«

»Wir kaufen sie hier am Ort.«

»Oh, wo denn?«

Sie drehte sich um und sah ihn an.

»Ich kann nichts dafür. Das liegt mir im Blut.«

Ihr Gesichtsausdruck wurde leicht zynisch. »Welchen Geschmack?« Sie nahm den Portionierlöffel heraus.

»Vanille, Schokolade, Mokka, was Sie dahaben«, erwiderte er, »solange Sie nur viel Schlagsahne drauftun.«

Sie beugte sich tief über die Gefriertruhe. Als sie sich wieder aufrichtete, lagen zwei Kugeln Pistazieneis in der Schale.

»Packen Sie schon für Ihre Kreuzfahrt, oder ist das nur der Frühjahrsputz?« fragte er. »Wenn man sich Ihren Müllbehälter draußen ansieht, könnte man glauben, Sie wollten ausziehen.«

Noel hob den Deckel von einem Behälter und löffelte langsam heiße Schokoladensoße auf das Eis. »Ich kaufe mein Eis bei Windswept Farms. Auf der Insel drüben. Nüsse?«

»Nein, vielen Dank, bloß Schlagsahne.«

Noel holte einen etwa zwanzig Zentimeter hohen Behälter aus Edelstahl aus dem Kühlschrank. Auf dem Behälter war kein Etikett und auch kein Aufdruck zu sehen. Sie schüttelte die Dose, hielt sie mit der Tülle nach unten über den Eisbecher und drückte eine dicke Sahnewolke auf das Pistazieneis.

»Nur zu«, sagte er.

»Das würde Ihnen so gefallen.«

Er schmunzelte. »Wirklich erstaunlich, wie aus einer

so kleinen Dose so viel Schlagsahne kommen kann. Wie machen die das?«

Sie stellte ihm den Eisbecher hin. »Da müssen Sie Stan fragen, den Eiscrememann.«

»Stan den Eiscrememann.« Shepherd rührte die Schlagsahne ins Eis. »Ist Stan ein Freund von Ihnen?«

»Oh, ganz bestimmt. Stan sagt mir, wie das Wetter wird, und ich stimme ihm zu. Natürlich besteht zwischen uns keine so harmonische Beziehung wie zwischen Ihnen und mir. Aber wenn Sie ihn einmal zum Abendessen einladen und ihn mit Ihren ermittlerischen Fähigkeiten verblüffen, wird er Ihnen ganz sicher sagen, wie es funktioniert, daß Schlagsahne aus einer Dose kommt.«

Shepherd zeigte ein reuiges Lächeln. »Noel, wenn ich das mit der Scheidung gewußt hätte, wären die Dinge anders gelaufen.« Er nahm einen Löffel Eiscreme, kostete und schluckte. »Weil wir schon beim Thema sind: Wissen Sie, ob Bobby irgend jemandem gesagt hat, daß Sie vorhatten, ihn zu verlassen?«

Sie sah ihn scharf an.

»Na ja, die Leute sind da ganz verschieden. Ein Mann und eine Frau trennen sich – das belastet die Beteiligten emotional. Eine Menge Leute haben da einen Freund oder jemanden, der ihnen nahesteht und dem sie sich anvertrauen können.« Wieder rührte er in seinem Eisbecher. »Die Sache ist die, ich habe niemanden gefunden, der das von Ihnen und Bobby wußte. Mit Ausnahme Ihres Anwalts.«

Es sah so aus, als würde sie Shepherd zulächeln. »Wem haben Sie sich denn anvertraut, Detective?«

Sein Löffel hielt inne.

»In einer solchen Bude wie dieser hier hört man alles

mögliche«, fuhr sie fort. »Und so wie ich das mitbekommen habe, hat sie ihren Doktor gemacht und Sie mit der Eigentumswohnung sitzengelassen. Das klingt mir nach einer sehr intelligenten und unabhängigen Frau.«

Er pflichtete ihr mit einem kurzen Kopfnicken bei. »Eine faire Einschätzung.«

Noel wandte ihm den Rücken zu und fuhr mit dem Lappen über den Fleischerblock. »Ich erwähne das nur deshalb, weil Mr. Jones, mein Anwalt, der Ansicht ist, es könnte vielleicht Ihre Aggressivität mir gegenüber erklären.«

»So, denkt er das, hm?« Shepherd legte seinen Löffel hin und wischte sich mit einer Serviette den Mund. »Hören Sie, ehe ich gehe … Sie haben nicht zufällig die Telefonnummer von Windswept Farms, oder?«

»Hier ist sie«, antwortete sie und deutete mit einer Kopfbewegung auf das Klemmbrett neben dem Wandtelefon hinter ihr.

»Darf ich?« fragte er.

»Bitte.« Sie verschränkte die Arme und lehnte sich an die Eiscremetruhe, um ihm zuzusehen.

Er trug seinen Eisbecher hinter die Theke und wählte. Der Mann, der sich am anderen Ende meldete, stellte sich als Fuzzy O'Coin vor. Sobald Shepherd sich zu erkennen gegeben hatte, seufzte der Mann ungeduldig. »Wir kaufen unser Stickoxidul bei Ellsworth Oxy-Acetylene, ich habe das gerade Ihrem Sergeant Murdoch erklärt …«

Shepherd sah zu Noel hinüber. »War Murdoch hier?« fragte er. Sie schüttelte den Kopf. »Hat er angerufen?« Wieder ein Nein.

»… tut mir leid, aber hat Stanley etwas verbrochen?«

»Mr. O'Coin, Ich möchte lediglich wissen, ob Stanley derjenige ist, der die Unterschrift für Stickoxidul-Lieferungen leistet.« Shepherd ließ Noel nicht aus den Augen.

»Was für Lieferungen? Wenn wir welches brauchen, und das ist nicht oft der Fall, holt Stanley das Zeug ab; meist wenn er gleichzeitig Kunden beliefert.«

»Wie macht er das?«

»Wie macht er was? Er holt die vollen Flaschen ab und gibt die leeren zurück und unterschreibt in einem Buch. Das ist nicht sehr kompliziert, Detective.«

»Einfach so?«

»Wir mußten uns natürlich eine Lizenz von der Gesundheitsbehörde besorgen und beschwören, daß wir Eiscremefabrikant sind und das Stickoxidul nie für Vergnügungszwecke einsetzen. Um Himmels willen, wenn man sich vorstellt, daß Leute damit doch nur *ihren Spaß haben wollen*.«

Während Fuzzy sich noch weiter erregte, warf Shepherd Noel einen Blick zu. Seine Seite des Gesprächs schien ihr Vergnügen zu bereiten.

»Mr. O'Coin, hat Stanley im vergangenen Jahr diese Lizenz verloren? Ich meine das im buchstäblichen Sinn, hat er sie als verschwunden gemeldet, so daß Sie eine neue beantragen mußten?«

Eine Weile war auf der anderen Seite gar nichts zu hören, Dann sagte Fuzzy: »Sie haben also *tatsächlich* vom Streben nach Glück gehört? Das ist eines unserer verfassungsmäßigen Grundrechte, wie Sie wissen.«

Shepherd lächelte. »Das werte ich jetzt als ein Ja. Wann hat er sie verloren, erinnern Sie sich?«

»Vor einem Jahr, glaube ich. Mein Gott, das Verbrechen des Jahrhunderts. Irgendwo gibt es jemanden, der gesetzwidrig lacht.«

»Mr. O'Coin?«

»*Was?*«

»Ich wünsche Ihnen einen schönen Tag.«

Sal fand die Firma in Ellsworth in einer Nebenstraße, die sich durch eine Gewerbezone mit niedrigen Flachdachgebäuden schlängelte; alle sahen so aus, als wären sie in einer Woche gebaut worden. Von zwei verkümmernden Birken in Blumentöpfen gesäumt, führte die orangerote Eingangstür in einen kleinen Vorraum mit zwei orangeroten Plastiksesseln und einer pedantisch auf einem Beistelltischchen angeordneten Sammlung von Fachzeitschriften. Hinter einer hohen orangeroten Theke hörte eine junge Empfangsdame mit hochaufgetürmtem blondem Haar zu tippen auf und fragte: »Kann ich Ihnen behilflich sein?«

Sal zog die Karte heraus und schob sie über die Theke. »Sergeant Murdoch«, sagte er und musterte sie finster. »Staatspolizei.«

Hinter ihr öffnete sich eine Tür, und ein Mann Mitte Vierzig in einem blauen Anzug kam heraus. Er hatte schütteres braunes Haar, einen spärlichen rötlichen Bart und trug eine metallgeränderte Brille. »Was ist denn jetzt schon wieder?« jammerte er. »Der andere war – wann war das? – Samstag nachmittag da.« Rotbart sah seine Mitarbeiterin an, worauf diese eifrig bestätigte: »Samstag nachmittag.«

»Welcher andere?« fragte Sal.

»Keine Ahnung. Von der Sitte, so wie der ausgesehen hat. Genauso schmuddelig wie Sie. Schwarzer Bart, Brillengläser wie eine Colaflasche.«

Bouchard.

Sal spürte, wie sein Magen sich zusammenkrampfte. »Was hat er denn gesucht?«

»Fragen Sie ihn doch. Er hat sich das Stickoxidul-Buch etwa zehn Minuten lang angesehen und ist dann wieder abgehauen.«

»Yeah, und was ist das für ein Buch?«

Anstelle einer Antwort warf der Mann ein offenes Ringbuch vor Sal auf die Theke. Die Seiten waren grün liniert.

»Wollen Sie sich setzen?« fragte die Frau mit der Haarpracht. Aber Sal war bereits wieder draußen.

Auf der Fahrt nach Ellsworth setzte Shepherd das Blaulicht aufs Dach. Er wollte noch vor Geschäftsschluß bei der Firma sein – und vor Murdoch, weil er das Gefühl hatte, daß die Dinge jetzt Gestalt annahmen. Zum Beispiel, daß Stan, der Eiscrememann, im letzten Frühjahr einmal kurz seinen Lieferwagen allein gelassen und daß ihm dabei jemand seine Stickoxidul-Lizenz geklaut hatte. Shepherd vermutete, daß Murdoch bereits zu demselben Schluß gelangt war. Als er die Stadtgrenze von Ellsworth passierte, kam die Stimme des Sergeant über Sprechfunk herein.

»Bestätigen Sie«, quäkte Murdoch. »Bestätigen.«

Shepherd ließ das Mikro in seiner Halterung.

»Hören Sie mir zu. Wir haben gerade wieder einen Anruf vom Anwalt der Lady bekommen. Die wollen uns jetzt anzeigen, wegen Belästigung. Hören Sie mir zu? Jetzt sind Sie nämlich nicht nur diesen Fall los, Sie Klugscheißer, sondern werden sich künftig Ihren Arsch am Schreibtischsessel wund reiben. Haben Sie das gehört, Mister Detective? Ihre Schicht ist um.«

Shepherd schnappte sich das Mikrophon und drückte den Sprechknopf. »Ich beschwere mich bei der Gewerkschaft, Sarge, das sage ich Ihnen gleich.«

»*Scheiß auf Ihre Gewerkschaft!* Was haben Sie jetzt wieder vor?«

»Ich bin in Ellsworth«, sagte Shepherd. »Ich werde in einer Minute dort sein.«

»Wo sein?«

»Bei der Acetylenfirma.«

»Welcher Acetylenfirma?«

Shepherd sah sein Funkgerät an.

»Welche Acetylenfirma?« bellte Murdoch.

Shepherd schaltete ihn ab.

Eine knappe Minute später hatte er das Gebäude erreicht, es war zwanzig vor fünf. Als er seine Dienstmarke zeigte, verdrehte Rotbart die Augen. »Du großer Gott, könnt ihr Leute euch eigentlich nicht abstimmen?«

»Wie bitte?«

»Ist doch wahr – da kommt einer am Samstag angetanzt, und heute gleich zwei hintereinander. Kein Wunder, daß keiner mehr die gottverdammten Steuern bezahlen kann.« Er schob Shepherd das Ringbuch hin. »Machen Sie ein bißchen fix, wir schließen in einer Viertelstunde.« Damit verschwand er im Lager.

Shepherd sah die junge Frau am Empfang an. Sie lächelte.

»Er hat da jemanden erwähnt …?«

Sie beschrieb zuerst Alston Bouchard, was Shepherd nicht überraschte.

»Wer war heute hier?« fragte er, als er das Buch aufklappte.

»Geheimagent«, sagte die Frau. »Er ist erst vor ein paar Minuten weggefahren. Auf einer Harley.«

Shepherd blickte von dem Buch auf und sah sie an. »Was wollte er?«

»Das Buch sehen.«

»Diese Detectives ...« Shepherd schüttelte den Kopf. »Haben die Ihnen ihre Plaketten gezeigt?«

Sie runzelte verlegen die Stirn. »Wenn jemand sagt, daß er Detective ist, dann stellt man keine Fragen, denke ich.«

Er nickte. »Und was ist, wenn jemand eine Flasche Stickoxidul abholen will? Prüfen Sie dann, ob er eine Lizenz hat?«

Sie beugte sich vor. »Immer. Bis ich ihn genauer kenne.«

Er fing wieder zu blättern an. »Lassen Sie die Leute im Buch unterschreiben?«

Sie nickte. »Jedesmal.«

Er blätterte zum Mai des vergangenen Jahres zurück, dem Kaufdatum der Sauerstoffflaschen. Von dort aus blätterte er wieder nach vorn. »Wie steht's mit dem Fahrer von Windswept Farms?«

»Das wäre Stan. Er ist riesig nett.«

»Erinnern Sie sich daran, ob jemals ein anderer von dieser Firma hergekommen ist? Vielleicht im letzten Sommer ...?«

Wieder beugte sie sich etwas vor. »Ich habe erst im Januar angefangen.«

Shepherd hielt am 25. Juni inne, blätterte eine Seite zurück zum 23. Juni. Die fehlende Seite war an der Perforation herausgerissen worden.

Shepherd klappte das Buch zu und ging um die Theke herum; ein triumphierendes Gefühl stieg in ihm auf. Es war ein Gefühl, das er genoß: Fakten, die sich aufeinander zubewegten, Lücken, die sich schlossen.

Er bedankte sich eilig bei der jungen Frau, riß die Tür auf, ging zu seinem Cherokee, setzte sich hinter das Steuer und schaltete seinen Computer ein. *Suche*, wies er das Gerät an: *Bouchard.*

Sal quälte die Harley den steinigen Feldweg hinauf; die tiefstehende Sonne brannte ihm auf den Rücken. Nachdem er Bouchards Wohnanhänger leer und den Subaru davor abgestellt vorgefunden hatte, beschloß er, es oben am Hügel zu versuchen. Während er sich damit abmühte, die Maschine auf dem mit unzähligen großen Steinbrocken übersäten Feldweg, der den Blaubeerhügel hinaufführte, auf Kurs zu halten, sah er ein Stück abseits vom Weg bei einem kleinen Birkengehölz einen blauen Pickup. Als er näher kam, entdeckte er Bouchard auf der anderen Seite des Pickup. Der Constable trug einen grauen Overall, ein bis zum Hals zugeknöpftes Kordhemd und hohe Gummistiefel.

Sal fuhr dicht an den Pickup heran und schaltete den Motor ab. Bouchard arbeitete weiter an vier übereinander angeordneten, auf einem Holzgestell befestigten weißen Kisten, ohne sich umzudrehen. Dunkle Schatten umkreisten die Kisten wie eine Sturmwolke. Sal konnte das leise, sonore Summen von Bienen hören.

»Keine Sorge«, sagte Bouchard, »die tun Ihnen nichts.«

Sal konnte ein paar Bienen den Arm des Constable hochkrabbeln sehen.

»Ich würde an Ihrer Stelle das Motorrad hinter den Pickup schieben«, sagte Bouchard, hob den Deckel von einem Bienenhaus und schüttelte sich die Bienen von der Hand. »Legen Sie es ins Gras.«

»Sie haben die Quittung von dieser Acetylenfirma mitgenommen«, sagte Sal. »Ich möchte wissen, warum Sie das getan haben.«

Bouchard setzte sorgfältig den Deckel wieder auf das Bienenhaus, streifte dann die Handschuhe ab, warf sie durch das offene Fenster in den Pickup und machte sich auf den Weg den Hügel hinauf. Er schüttelte noch ein paar Bienen von seinem Arm.

Sal blieb stehen und sah ihm nach. Jetzt bemerkte er zum erstenmal Bouchards Hund, der vielleicht fünfzehn Meter vor ihm auf der Straße saß. Zuerst hatte er das schwarze Tier vor der abgebrannten Vegetation zur Linken gar nicht gesehen. Aber jetzt stand der Hund auf, wedelte mit dem Schwanz und freute sich, daß sein Herrchen kam.

»Ich will eine Antwort haben«, forderte Sal.

Bouchard ging weiter.

Der Computer!

Die Erkenntnis traf Shepherd eine Minute zu spät, als die Angestellten bereits aus dem Gebäude strömten. Der Detective entdeckte die junge Frau vom Empfangspult und öffnete seine Wagentür. »Entschuldigen Sie«, sagte er.

Sie sah zu ihm herüber und lächelte.

»Was da in dem Quittungsbuch steht – geben Sie das in den Computer ein?«

Sie überlegte und nickte dann. »Mhm.«

»Auch den Namen der Person, die unterschrieben hat?«

»Ich hab's doch gewußt!« sagte jemand – es war Rotbart –, der zur Tür herauskam. »Tut mir leid! Mein Junge hat heute ein Footballspiel. Kommen Sie morgen früh wieder.« Er sperrte die Tür hinter sich ab.

»Es dauert nur eine Minute«, sagte Shepherd. »Ich brauche einen Namen aus Ihrem Computer. Eine Minute.«

»Es macht mir nichts aus, bei ihm zu bleiben«, erbot sich die junge Frau. »Ich kann dann ja absperren.«

Ehe Rotbart antworten konnte, zog ein schwarzer Mercury, der soeben mit blinkendem Blaulicht von der Straße in die Parkplatzeinfahrt eingebogen war, ihre Aufmerksamkeit auf sich.

»Jetzt haben wir's«, sagte Rotbart und warf der Blonden seine Schlüssel hin. »Nicht vergessen«, sagte er dann zu Shepherd. »Wir haben die Polizeiarbeit unterstützt.«

Murdoch lenkte seinen Wagen zum Eingang des Gebäudes und wuchtete sich dann wie ein Roboter heraus. Er gesellte sich zu Shepherd und der Angestellten und verkündete: »Ich übernehme das jetzt. Worum geht's?«

Shepherd ging in den Vorraum voraus und um die Theke herum, ohne Murdoch zu antworten, ging geradewegs auf den Empfangstisch zu und schaltete dort den Computer ein. Er beugte sich über den Bildschirm und las das Menü, das dort erschien. »Vierundzwanzigster Juni, letztes Jahr …« sagte er zu der blonden Angestellten, die neben ihm stand.

»Die dritte Sauerstoffflasche«, unterbrach ihn Murdoch. »Haben Sie einen Namen?«

Shepherd blickte fragend zu ihm auf.

»Lassen Sie mich raten«, fuhr Murdoch fort. Die Stimme des Sergeant hatte einen überheblichen Tonfall angenommen, der Shepherd reizte.

Er griff hinter den Bildschirm und schaltete ihn ab. »Wir suchen hier keinen Sauerstoff«, sagte er.

Murdoch grinste anzüglich. »Was auch immer«, erwiderte er. »Ihr Kumpel im Kriminallabor hat vor einer Weile angerufen. Die Abdrücke auf diesem zweiten Champagnerglas aus dem Haus des Leichenbestatters passen.«

»Tatsächlich?« sagte Shepherd und musterte dabei den Sergeant, dem es offenbar große Genugtuung bereitete, sein Wissen für sich zu behalten.

Murdoch verschränkte die Arme. »Wollen Sie an diesem Fall für mich mitarbeiten?«

Shepherd funkelte ihn an.

Murdoch grinste selbstgefällig: »Ich muß wissen, daß wir kompatibel sind. Und das heißt, Schluß mit dem Gewerkschaftsscheiß. Entschuldigen Sie bitte«, fügte er hinzu und sah zu der jungen Frau hinüber.

Shepherd mußte an sich halten, um Murdoch nicht in sein schweinchenrosa feixendes Gesicht zu schlagen, schaltete den Bildschirm aber wieder ein.

Die Angestellte schlug ein paar Tasten an.

»Vierundzwanzigster Juni«, sagte sie. »Wollen Sie den Namen?«

»Den Namen kenne ich bereits«, antwortete Murdoch, vollführte eine Hundertachtzig-Grad-Drehung und ging auf die Tür zu. »Wenn Sie bei der Festnahme mitmachen wollen«, sagte er zu Shepherd, »schlage ich vor, daß Sie mir folgen.«

Vom höchsten Punkt des Blaubeerhügels aus betrachtet dehnte sich das Meer glatt und silbern bis zum östlichen Horizont; die dunklen Inselchen schwebten wie Wolken darauf, und im Westen ragte eine einsame weiße Kirchturmspitze aus all dem Grün heraus. Unmittelbar hinter der Hügelkuppe, wo der Feldweg endete, war der Boden bis hin zu einer niedrigen Steinmauer, die das Feld von dem Wald am Nordhang abgrenzte, schwarzgebrannt.

Als die beiden Männer an die Steinmauer kamen, stieg Bouchard darüber und schob die Hand in eine Overalltasche. Sal blieb gespannt auf der anderen Seite der Mauer stehen und fragte sich, ob er jetzt eine Waffe zu sehen bekommen würde. Aber Bouchard zog die grünlinierte Quittung heraus. »Sehen Sie, das hat die Sache leichtgemacht«, sagte der Constable.

Sal folgte ihm über die Mauer, nahm das Blatt von Bouchard entgegen und faltete es auseinander. Die Seite trug vier separate Quittungen, vier Unterschriften. Eine sprang ihm entgegen: *Salvatore W. Erickson.*

»Ist das Ihre Schrift?«

Sal starrte das Blatt an.

»Vor einem Jahr haben Sie einem Angestellten von Ellsworth Oxy-Acetylene Ihre Eiscremehersteller-Lizenz gezeigt und gegen Unterschrift eine kleine Flasche Stickoxidul übernommen. Diese Quittung beweist das.«

Das Papier zitterte in Sals Hand. »Was für eine Lizenz?« fragte er.

»Damals haben Sie viel getrunken, höchstwahrscheinlich. Letzten Juni?«

Salvatore W. Erickson. Er starrte das Blatt mit seiner Unterschrift an, aber es ergab einfach keinen Sinn.

»Ich glaube, Noel hat Sie in die Stadt geschickt und Sie beauftragt, die Flasche dort für sie abzuholen. Hat Sie beauftragt, die Lizenz zu zeigen und die Unterschrift für die Flasche zu leisten. Sie waren betrunken.«

Sal schüttelte den Kopf. Er spürte, daß er am ganzen Körper zitterte und sah zu den Bäumen hinüber, bereit, jeden Augenblick loszurennen.

»Sie wußte, daß Sie sich nicht daran erinnern würden.«

Auf der anderen Seite der Mauer hob der schwarze Labrador den Kopf und schnüffelte beunruhigt. Plötzlich zuckten die Ohren des Hundes nach oben; er drehte sich um und starrte zu dem Kiesweg hinüber, der vielleicht fünfzehn Meter von ihnen entfernt nach unten führte. Bouchard sah ebenfalls dorthin und sagte dann mit einer für ihn ganz ungewöhnlichen Eindringlichkeit: »Gehen Sie in den Wald.«

»Was?«

»Gehen Sie gleich.« Bouchard tippte auf das Blatt mit den Quittungen. »Das ist noch nicht alles.«

Sal starrte ihn verständnislos an.

»Sie hatte einen Ersatzplan für den Fall, daß etwas schiefging. Und so wie ich es sehe, läuft dieser Ersatzplan auf Sie hinaus.«

Der Hund machte drei Schritte auf den Kiesweg zu und blieb dann stehen. Ein Bellen wie eine Explosion ließ Sal erstarren, dann schoß der Hund in einer Staubwolke davon. Motorengeräusch war zu hören, es kam auf der anderen Seite den Hügel herauf.

»Die kommen mich holen«, sagte Bouchard. »Daß Sie hier sind, wissen sie bestimmt nicht. Und jetzt gehen Sie in den Wald. Dort gibt es einen Weg. Der führt zum Haus meiner Schwester, sagen Sie ihr, daß ich Sie geschickt habe.«

»Augenblick!« wehrte Sal ab.

Bouchard zog ihn auf eine alte Eiche mit mächtigen Ästen zu, an deren Stamm sich die Mauer links und rechts anschloß. *»Sie müssen sich verstecken!«* Man konnte den Motor summen hören wie einen Insektenschwarm. »Sie ist viel raffinierter als Sie. Und sie hat das schon seit einer Ewigkeit geplant.«

Sal weigerte sich immer noch.

»Entweder das – oder Sie haben es getan. Sie und Bobby und Wicker zusammen. Und dann sind *Sie* es, der die beiden reingelegt und Noel als die Schuldige aufgebaut hat. So hat sie es arrangiert – daß es so aussieht, meine ich.«

Sal starrte ihn an.

»Wo waren Sie in der Nacht von Bobbys Begräbnis?«

»Das weiß ich nicht!«

Bouchard packte ihn, schob ihn gewaltsam weiter und sagte ganz dicht an seinem Gesicht: *»Das ist auch völlig gleichgültig.* Sie sind lediglich dann nicht schuldig, wenn Sie auf dem Friedhof waren und ihn ausgegraben haben. Waren Sie irgendwo anders – dann sind Sie der Mörder.«

Sal stand wie versteinert da, unfähig, das in sich aufzunehmen, was Bouchard gerade gesagt hatte. Das Motorengeräusch wurde lauter.

»Halten Sie sich von ihr fern«, warnte Bouchard mit leiser Stimme. »Sie wird Sie töten. Und Sie wird es als Notwehr hinstellen und frei davonkommen.« Er nahm Sal das Papier aus der Hand und stopfte es ihm in die Hemdtasche. Dann drückte er Sal einen Schlüsselbund in die Hand.

»Vergessen Sie nie, die Frau ist nicht vollkommen.«

»Was?«

Bouchard zog den Reißverschluß an seiner Hose auf und kletterte über die Steinmauer. Sal hörte, wie er gegen die Eiche pißte. Plötzlich wurde das Motorengeräusch lauter, Reifen mahlten durch den Kies. Sals Herz pumpte einen weiteren Adrenalinstoß in seine Adern. Dann wurden Autotüren geöffnet und wieder zugeknallt. Sal starrte den Schlüsselbund in seiner Hand an. Die erste Stimme, die er hörte, ließ ihn unwillkürlich zusammenzucken.

»Vernichten Sie schon wieder Beweismaterial, Mister?«

Hinter dem Baum spannte Sal jeden Muskel in seinem Körper an und versuchte, nicht zu atmen.

»Ich mußte mal pinkeln«, antwortete Bouchard und wandte sich von dem Baum ab.

Eine andere Stimme, die sich näherte, sagte: »Haben Sie jemanden, der sich um Ihren Hund kümmern kann, Mr. Bouchard?«

»Meine Schwester wohnt drüben auf dem nächsten Hügel.«

»Ersparen Sie sich die Mühe«, sagte Murdoch. »Sagen Sie uns, wo wir den Spaghettifresser finden.«

»Salvatore Erickson«, erklärte Shepherd. »Sie wissen, wen wir meinen.«

Sal hatte das Gefühl, als würde sein Magen sich selbständig machen und zu schweben beginnen.

»Und geben Sie uns das Beweismaterial, das Sie beiseite geschafft haben. Haftvereitelung – darauf steht Gefängnis, wissen Sie.«

»Ich glaube nicht, daß ich irgendwelches Beweismaterial habe.«

»Mr. Bouchard, Sie schützen einen Verdächtigen in einer Strafsache.«

»Sie sind hinter dem Falschen her«, sagte Bouchard. »Jemand will die ganze Sache Erickson anhängen.«

»Wir haben ein Dutzend Leute, die ausgesagt haben,

daß Ihr Kumpel in der Nacht, in der Eliot Wicker ermordet wurde, sinnlos betrunken war. Ein halbes Dutzend, die ihn in der Nacht, bevor Mr. Swift *verschieden* ist, gesehen haben.«

»Die Fakten liegen klar auf der Hand«, erklärte Shepherd. »Bobby Swift wollte verschwinden. Er brauchte den Leichenbestatter, um sich begraben zu lassen, und er brauchte jemanden, dem er vertrauen konnte und der ihn wieder ausgraben würde – seinen besten Freund.«

»Und dann bringt der beste Freund beide um die Ecke.« Murdoch lachte. Es klang wie ein Hustenanfall.

»Noel hat das Beweismaterial gegen ihn fabriziert«, sagte Bouchard. »Und sie reist morgen ab.«

»Wir kennen Mrs. Swifts Reisepläne, Mr. Bouchard. Die Verfassung gibt ihr das Recht, Urlaub zu nehmen.«

»Sie wird nicht zurückkommen«, erklärte Bouchard, »und Sie werden dann einen Unschuldigen in Gewahrsam haben.«

»Tut mir leid, Constable, die Tatsachen sprechen gegen Ihre Theorie. Wir haben ein Videoband, auf dem Ericksons Mütze in Eliot Wickers Haus zu sehen ist; außerdem fanden wir seine Fingerabdrücke auf einem Champagnerglas und einer Flasche, die dort standen. Er und Wicker hatten vor, sich Bobby Swifts Geld, das auf den Cayman-Inseln deponiert wurde, zu teilen, wenigstens dachte Mr. Wicker das.«

Wieder Bouchards Stimme: »Ich kenne diese Leute, Detective. Sal Erickson ist ein anständiger Mensch. Er war Bobby Swifts Freund.«

Murdoch feixte. »Ich habe noch nie erlebt, daß jemand von seinem Feind reingelegt wurde. Da nennt man es dann nicht ›reinlegen‹.«

Sal spürte die Gänsehaut an seinen Armen. Er preßte sich gegen den Baumstamm.

»Warum, glauben Sie, würde er denn seine Fingerabdrücke im Haus des Opfers hinterlassen?« fragte Bouchard. »Oder die Quittung mit seinem eigenen Namen unterschreiben?«

Als Murdoch antwortete, war die Befriedigung in seiner Stimme nicht zu überhören: »Da bringt einer seinen besten Freund um und bumst dann die Witwe ... Ich weiß nicht, vielleicht fühlt er sich ein wenig schuldig und will bestraft werden. Aber ich will Ihnen was sagen: Detective Shepherd ist unser Oberpsychologe. Warum machen Sie nicht eine kleine Spazierfahrt mit ihm? Dann können Sie ja Ihre Theorien mit ihm besprechen, während er Ihnen Ihre Rechte vorliest. Oder Sie sparen sich den Ärger und übergeben uns den Spaghettifresser.«

Bouchard blieb stumm.

»Eigentlich ist mir das ja ganz recht«, fuhr Murdoch fort. »Ich hatte ja gehofft, daß Sie sich sperren. Detective, unternehmen Sie eine kleine Spazierfahrt mit unserem Freund hier und machen Sie ihn mit den Räumlichkeiten im Bezirksgefängnis vertraut. Ich fahre inzwischen in die Ortschaft und unterhalte mich dort mit ein paar Leuten.«

Schritte entfernten sich auf dem harten Boden, und Sal hörte noch, wie Murdoch sagte: »Legen Sie ihm die Zwicker an, Detective. Wir tun das ja schließlich nicht zum Spaß.« Die Schritte verstummten, und das Klirren von Handschellen war zu hören – und Shepherds Versuch, es Bouchard leichter zu machen.

»Eines muß ich ja zu Ihren Gunsten sagen, Mr. Bouchard, ich habe wirklich hohen Respekt hinsichtlich Ihrer Loyalität.«

»Ich versuche, meinen Job ordentlich zu tun«, antwortete Bouchard. »Sie dagegen sind, wie es scheint, nur an einem schnellen Ergebnis interessiert.«

»Ganz und gar nicht. Wir lassen uns ausschließlich von dem Beweismaterial leiten.«

»Sie wissen, daß er nicht schuldig ist.«

»Ich glaube, wir können ihm die Tat beweisen.«

»Sie wissen, daß er sie nicht begangen hat.«

»Dann können wir immerhin beweisen, daß er zumindest mitschuldig ist!« brauste Shepherd auf. »So oder so.«

Die Schritte setzten sich wieder in Bewegung, und dann knallte eine Wagentür zu. Eine zweite Tür schloß sich, dann noch eine. Die Motoren sprangen wieder an, wurden lauter, und dann fuhren die beiden Fahrzeuge über den felsigen Boden und den Kiesweg davon, bis ihre Geräusche in der Ferne verhallten. Sal blieb reglos hinter dem Baum stehen. Er zitterte am ganzen Leib, und in seinem Kopf schwirrten wirre Gedanken, während über ihm ein paar Schwalben laut zwitschernd hin und her schossen.

Dreizehn

Sal wartete die Dämmerung ab, ehe er sich von dem Hügel herunterwagte. Da er wußte, daß Murdoch und weitere Polizeibeamte die Gegend nach ihm absuchen würden, nahm er Bouchards Sonnenbrille mit den Korrekturgläsern vom Armaturenbrett des Subaru, drückte die Gläser mit dem Daumen aus der Fassung und setzte sich das Gestell auf. Dann zog er sich eine von Bouchards Mützen in die Stirn und fuhr mit dem Wagen zur Küste. Er hatte keine Ahnung, wo er eigentlich hinwollte. Die Treibstoffuhr zeigte an, daß der Tank zu einem Viertel gefüllt war. Er hatte weniger als achtzig Dollar in der Tasche, und obgleich sowohl seine Visakarte als auch die für den Geldautomaten in seiner Brieftasche steckten, stand für ihn zweifelsfrei fest, daß die Polizei die Konten inzwischen überwachte. Er würde vermutlich nicht weit kommen.

Sein sehnlichster Wunsch war, wieder in seinem warmen Wohnzimmer auf der Couch zu sitzen, mit Iris auf der einen und Davey auf der anderen Seite. Die Polizei war bestimmt dort aufgetaucht, dachte er und fragte sich, was sie Iris wohl gesagt hatten, fragte sich, was Iris glaubte und was Davey von ihm hielt.

Er spürte das Papier in seiner Hemdtasche, zog es heraus und schaltete die Innenbeleuchtung ein. *Salvatore W. Erickson.* MENGE EINS, STICKOXIDUL ERHALTEN VON … keine Fälschung, sondern seine echte Unterschrift. Dem Datum nach zu schließen, hatte er die Unterschrift für die Flasche vor beinahe einem Jahr geleistet, zu Beginn des Sommers, gleich nach Schuljahrsschluß. Er hatte damals viel getrunken; er und Bobby waren Stammgäste im Stadion und in mehreren Bars gewesen. Wenn er an jene Monate zurückdachte, gab es erhebliche Lücken in seinem Gedächtnis; vor allem erinnerte er sich nicht an einen Plan, der mit Bobby und Wicker zu tun gehabt hätte.

An den Tag, an dem Bobby gestorben war, erinnerte er sich teilweise: Er war zum Laden gejoggt, Wicker war an ihm vorbeigerast ... und bei der Beerdigung war ihm seltsam vorgekommen, daß Bobby eine Armbanduhr trug ... da gab es Hinweise, jetzt, wo er die Zusammenhänge ahnte. Und dann der Empfang bei Noel – als er wieder zu trinken angefangen hatte. Er erinnerte sich, wie Noel von hinten an ihn herangetreten war, mit dem Glas in der Hand ... sie hatte Handschuhe getragen ...

Das Champagnerglas ...!

Er bog etwa eine Meile außerhalb der Ortschaft am Postamt von Oyster Cove von der Straße ab.

Sie hatte das Glas in Wickers Haus gebracht. Und zur gleichen Zeit hatte sie auch seine Mütze dort an den Kleiderrechen gehängt. Sal verspürte eine schreckliche Leere in seiner Brust. Und gleichzeitig verlangte es ihn danach, sie zu sehen, ihr das alles ins Gesicht zu sagen. Aber er konnte nicht einfach zu ihr fahren, nicht wenn Bouchard recht hatte ...

... und Bouchard hatte recht, dem konnte Sal sich nicht länger verschließen.

Er wendete auf dem Parkplatz, fuhr wieder in Richtung Gravity, vermied aber die Hauptstraße und benutzte einen Feldweg, der sich meilenweit durch brachliegende Blaubeerfelder und ein paar Waldstücke schlängelte. Am Ende würde der Weg in die River Road einmünden, keine dreißig Meter von Sals Haus entfernt.

Halten Sie sich fern von ihr.

Er würde nach Hause fahren. Würde Iris und Davey sehen, Iris seine Unschuld beteuern, Davey einen Gutenachtkuß geben und dann... einfach spontan handeln, sich vielleicht von Iris etwas Geld borgen und versuchen, nach New Brunswick zu gelangen. Aber vielleicht würde er auch die Polizei anrufen, sich stellen und sein weiteres Schicksal den Gerichten überlassen.

Das ist noch nicht alles. Sie hat das schon seit einer Ewigkeit geplant.

Er überlegte, ob er zu ihr zu gehen sollte – wenn es ihm gelang, an der Polizei vorbeizukommen. Es gab zwei Wege ins Haus: durch den Laden oder durch die Garage. Er würde warten bis kurz vor der Morgendämmerung, bis er sicher sein konnte, daß sie schlief, würde sich Zugang zur Garage verschaffen, sich dann die Treppe hinaufschleichen und sie in ihrem Schlafzimmer schnappen. Sie dort zu einem Geständnis zwingen.

Sie wird Sie töten. Und sie wird es als Notwehr hinstellen können und frei davonkommen. Fall abgeschlossen.

In seinem Rückspiegel blitzten Scheinwerfer auf. Sein Herz stockte, er trat aufs Gas, und der Subaru schoß klappernd über die holprige Straße, sein Verfolger dicht hinter ihm. Dort wo die Blaubeerfelder endeten, stieg der Weg etwas an, führte in den Wald und bog dann nach links. Er nahm die Kurve und konnte die Scheinwerfer einen Augenblick lang abhängen, als die Straße aber wieder gerade wurde, erstrahlte der Wald in seinem Rückspiegel erneut in hellem Grün. Er fuhr schneller, obwohl er wußte, daß er seinen Verfolger auf der schlechten, kurvenreichen Straße unmöglich abschütteln konnte. Als er jetzt in den Rückspiegel sah, schossen die Scheinwerferbündel über eine Bodenerhebung und schienen ihn festnageln zu wollen.

Der Wald vor ihm kam zu schnell heran, um etwas zu unternehmen. Sal trat auf die Bremse, und der Wagen kam schwankend zum Stehen, die Räder rechts halb auf dem erhöhten Straßenrand, der Kühlergrill nicht einmal einen halben Meter vom Stamm einer dicken Birke entfernt. Plötzlich wurde es im Inneren des Subaru hell. Grelle Lichter in seinem Rückspiegel blendeten ihn. Er lehnte sich zum Beifahrersitz hinüber und griff nach der Türklinke, bereit, wegzurennen.

Das näher kommende Fahrzeug verlangsamte seine Fahrt, war jetzt neben ihm. Die Hand am Türgriff, tat Sal so, als würde er im Handschuhfach etwas suchen. Mit einer Handbewegung bedeutete er den Leuten im Wagen, sie sollten weiterfahren, so wie er sich vorstellte, daß Bouchard das vielleicht tun würde, achtete aber darauf, das Gesicht mit dem Arm zu verdecken. Er hörte, wie der Motor laut aufheulte, dann schoß der Wagen um ihn herum – ein Jeep voll junger Leute. Reifen quietschten, als sie in die River Road einbogen. Sal sah dem Flackern der Rücklichter zwischen den Bäumen nach, bis sie verschwunden waren.

Er drehte den Zündschlüssel, und der Subaru sprang an. Langsam rollte er auf das Stoppschild zu und blickte nach rechts und links, aber auf der Straße war weit und breit niemand zu sehen. Er erwog, den

Subaru stehenzulassen und zu Fuß durch den Wald zu seinem Haus zu gehen – sich durch die Küchentür hineinzuschleichen. Aber es würde nur Minuten dauern, bis man Bouchards Wagen entdeckte – und dann wäre allen klar, wohin Sal gegangen war. Nein, er mußte den Wagen irgendwo loswerden – auf eine Weise, die ihm zusätzliche Zeit verschaffen konnte. Er bog in die Straße ein und fuhr langsam an seinem Haus vorbei. Iris' Wagen und der seine parkten nebeneinander; im Wohnzimmer brannte Licht; durch das große vordere Fenster konnte er die Treppe und die Hängepflanze sehen, als wäre die ganze Welt noch in bester Ordnung. Aber keine Spur von Iris oder Davey; keinerlei Lebenszeichen. Vielleicht waren sie in einen Plan eingeweiht, den die Polizei entworfen hatte, um ihn zu fangen?

Vom Dorf her kamen jetzt Scheinwerferbalken, tasteten nach ihm. Ein Fahrzeug fuhr langsam im Schein der Straßenbeleuchtung an ihm vorbei. Sal sah das Scheinwerfergestell auf dem Dach, sah zwei Köpfe in dem Streifenwagen. State Troopers – er hoffte, daß sie Bouchards Wagen nicht erkennen würden, schob sich die Mütze zurecht, legte beide Hände aufs Steuer und fuhr weiter, ohne sein Tempo zu verändern.

An der Village Road bog er nach links, fuhr über die Brücke und blieb den kurzen Abhang hinauf im zweiten Gang, bis schließlich das Superette auftauchte. Er sah zwei Wagen auf dem Parkplatz und einen Pickup Truck an der Zapfsäule. Obwohl er gegen die Versuchung ankämpfte, zu den Fenstern hineinzusehen, warf er trotzdem einen Blick hinüber. Ein Mann an der Registrierkasse, das war alles, was er entdeckte. Etwa dreißig Meter weiter vergewisserte er sich im Rückspiegel, daß ihm niemand folgte, schaltete dann die

Scheinwerfer ab und fuhr auf den Parkplatz vor dem Feuerwehrhaus.

Ein paar Fahrzeuge parkten dort. Die Garagentore standen offen, so daß man die zwei Pumpenwagen sehen konnte – es war der Abend, an dem das monatliche Treffen der Freiwilligen Feuerwehr stattfand. Sal fuhr dicht neben einen Lieferwagen heran, schlüpfte aus der Tür und verschwand hinter dem Bretterbau.

Im Schutz der Bäume arbeitete er sich zur Brücke zurück, rannte quer über Herb und Bonnie Trues Hinterhof und bog dann ein Stück in den Wald ab, um nicht in den Lichtschein des Superette zu geraten, der über die Straße reichte. An eine alte Fichte gepreßt, konnte er der Versuchung nicht widerstehen, noch einmal hinüberzusehen, aber keine Spur von Noel, bloß ein Mann an der Zapfsäule und ein paar Schatten hinter den Fenstern. Er schickte sich an, zum nächsten Baum zu huschen, und da entdeckte er sie. Oben am Fenster ihres Wohnzimmers. Er trat hinter dem Baum hervor und beobachtete, wie sie hinter der Scheibe stand – fast hatte er den Eindruck, als wüßte sie, daß er da draußen wäre. Als würde sie auf ihn warten. Dann bewegte sich ihr Arm nach oben, und die Jalousie glitt herunter.

Plötzlich schossen Scheinwerferstrahlen über seinen Kopf hinweg, und ein Automotor heulte auf. Sal ließ sich auf den Boden fallen. Die schwarze Limousine brauste Noels Einfahrt hinauf und schoß quer über den Parkplatz. Gleich darauf raste ein weiterer Wagen mit aufgeblendeten Scheinwerfern von der River Road herauf. Sal stemmte sich halb in die Höhe; eines der beiden Fahrzeuge war Shepherds Cherokee. Beide Wagen fuhren mit blinkendem Blaulicht auf das Feuerwehrhaus zu. Gleichzeitig ging die Tür des Superette auf, und drei Männer rannten schräg über die Straße auf die Polizeiwagen zu; es schienen keine Polizisten zu sein. Jetzt konnte man aus einem Polizeifunkgerät eine krächzende Stimme hören, und Sal wußte, daß es nicht mehr lange dauern würde, bis sie in seine Richtung kamen.

Im Schutz der Bäume arbeitete er sich zu dem hohen Flußufer hinüber, wo er nur eine Sekunde lang stehenblieb. Die Strömung war ziemlich laut – ein gutes Zeichen, denn das bedeutete, daß der Fluß schnell floß – Ebbe –, und daß es deshalb kein Problem sein sollte, den Teich zu überqueren. Aber er hörte nicht nur das Rauschen des Flusses, sondern jetzt auch die lauter gewordenen Stimmen der Männer am Feuerwehrhaus; sie hatten sich also in Bewegung gesetzt.

Er vergewisserte sich, daß keine weiteren Wagen kamen, und rannte dann am Flußufer entlang geradewegs auf die Brücke zu, suchte dort hinter dem niedrigen Betonsockel Deckung. Als er die Straße hinaufsah, entdeckte er vor den Lichtern des Feuerwehrhauses Gestalten, die zum Fluß herunterkamen, die Lichtkegel von Taschenlampen vor sich auf dem Asphalt. Dicht an den Boden gepreßt, kroch er um den Sockel herum und wollte gerade über die Brücke rennen, als von der River Road ein Scheinwerferpaar herüberschwang. Sal zog sich wieder hinter den Betonsockel zurück und ging auf die Knie.

Links von ihm kamen die Stimmen näher, rechts rollte der Wagen gefährlich langsam heran. Sal lag flach auf dem Kies, im rechten Winkel zur Straße. Du mußt weiteratmen, redete er sich zu, aufmerksam bleiben. Er dachte an Iris und Davey, sprach sich Mut zu und arbeitete sich dann etwas nach rechts, bis er den Uferrand erreicht hatte – ein steiler Abgrund, fünf Meter tief, und unten Beton und Felsen. Er sah hinunter, dachte, wenn er weit genug springen würde, könnte er es vielleicht bis zum Wasser schaffen, aber das war dort nicht einmal einen Meter tief. An der Brücke entlangblickend sah er, wie das helle Licht am gegenüberliegenden Ufer entlangwanderte, über das Grün tanzte und dann sogar den Fluß überflutete. Jetzt hörte er die Reifen über den Stahlrost summen, hörte den Wagen näher kommen. Zu seiner Linken waren die Männer, die sich vom Feuerwehrhaus näherten, beinahe über ihm. Er preßte das Gesicht in den Sand, hielt den Atem an. Der Scheinwerferkegel berührte seinen linken Fuß, verweilte dort einen Augenblick und wanderte dann im Gras weiter, während der Wagen vorüberfuhr und seine Scheinwerfer die den Abhang herunterkommenden Männer blendeten. Sal hielt es nicht mehr auf dem Boden. Während der Suchtrupp von den Scheinwerfern geblendet wurde, sprang er auf und rannte über die Brücke auf die andere Seite, wo er wieder hinter dem Pfeiler in Deckung ging. Ohne an seine Sicherheit zu denken, ließ er sich in die Dunkelheit hineinfallen, rutschte auf Händen und Stiefelsohlen den steilen Abhang hinunter. Er landete schmerzhaft, stieß mit dem rechten Fuß an ein junges Bäumchen und hatte Mühe, nicht hinzufallen.

Obwohl es so dunkel war, daß er kaum sah, wo er hintrat, und obwohl sein Fuß höllisch schmerzte, hetzte er weiter, hetzte am Fluß entlang, der zu seiner Rechten rauschte, kletterte über Beton und Felsbrocken, achtete jetzt immer weniger auf seine Sicherheit. Hinter ihm hatten die Männer mittlerweile die

Brücke erreicht, und ihre Stiefel dröhnten auf dem Gitterrost, während die Lichtkegel ihrer Taschenlampen unten herumgeisterten. Sal duckte sich hinter einen Felsbrocken und blickte auf die kreuz und quer um ihn zuckenden Lichtbündel. Dann zogen sie weiter. Er stand auf und setzte den Weg zum Fluß hinunter fort.

Inzwischen hatten seine Augen sich an die mondlose Nacht gewöhnt; der Fluß zu seiner Rechten zeichnete sich jetzt deutlicher ab, ein schwaches Glitzern unter dem allmählich dunkler werdenden Himmel. In der Finsternis vor ihm sangen die Frösche ihr Lied. Sal blieb auf dem Weg, als das Ufer sich jetzt senkte, und beschleunigte sein Tempo. Je näher er dem Teich kam, desto mehr wuchs seine Unruhe, viel mehr als das die unmittelbare Gefahr, in der er sich befand, eigentlich rechtfertigte. Er blieb stehen. Es war eine finstere Vorahnung, unheilverheißend und wahrnehmbar nur mit seinem sechsten Sinn.

Wie erstarrt stand er am Rand des Teichs – der jetzt zum Sumpf geworden war. Die ganze Bucht lag reglos vor ihm, ihr seichtes Wasser glänzte wie poliertes Aluminium, lediglich von den schwarzen Umrissen freiliegender Felsen und Grashügel unterbrochen – seinen Trittsteinen. Sal hatte den Sumpf oft genug überquert, er kannte den Weg genau: Neun oder zehn Schritte bis zur anderen Seite, seinem Fischfelsen …

Plötzlich hörte er ein Scharren. Fuhr herum. Köpfe duckten sich hinter Büschen, Schatten tanzten. *Sünden kommen zurück.* Er schloß die Augen, konzentrierte sich ganz auf sein Gehör, versuchte außer dem Rauschen des Wassers und den Rufen der Baumfrösche andere Geräusche auszumachen. Wispern … das Rascheln von Blättern ... Geräusche, sagte er sich, die wie die Visionen lediglich Nebenprodukte seiner vergifteten Phantasie waren. Er atmete tief durch.

Dann öffnete er die Augen und achtete nur noch auf seinen Weg. Die Frösche quakten ohne Unterlaß, seine Anwesenheit störte sie nicht. Er blickte nach vorn und vergegenwärtigte sich, wie es weiterging: drei versetzt angeordnete Felsen und dann ein breiter Grashügel; drei schnelle Sätze – Felsen, Grashügel, Felsen –, ein kurzer Hopser auf einen höheren Grashügel; dann der abschließende Sprung zu seinem Fischfelsen ...

Bobbys Hand, die aus dem Sumpf emporgriff.

Sal verdrängte das Bild. Iris und Davey, dachte er, Iris und Davey – er hatte ihre Gesichter vor sich, als er sich am Ufer hinunterließ und die ersten zwei Felsen mit zwei Sätzen erreichte. Die Arme ausgebreitet, um das Gleichgewicht zu halten, verdrängte er alles andere aus seinen Gedanken, konzentrierte sich ganz auf den nächsten Felsen – ein flacher Felsbrocken, einen halben Meter breit und einen knappen Meter von ihm entfernt. Wieder atmete er tief durch. *Iris und Davey.* Er machte einen Satz nach vorn, landete mit dem linken Fuß, zog den rechten nach, hielt die Balance. Der nächste Tritt war einen halben Meter rechts von ihm, ein hoher, breiter Grashügel – er schwankte, faßte jedoch festen Fuß. Balance. In der Vergangenheit hatte er Iris gegenüber häufig sein Gleichgewichtsgefühl als Beweis dafür angeführt, daß er kein Alkoholiker wäre. Ich bin immer auf den Beinen geblieben, hatte er dann zu ihr gesagt. Und es hatte immer gestimmt – er konnte im Stehen schlafen. Jetzt schaltete er sein Bewußtsein ab, wurde zum Automaten. Die nächsten drei Steine lagen dicht beieinander – rechts, links, rechts. Und so setzte er seine Schritte – rechts, links, rechts –, bis er auf einem glatten, etwas gewölbten Felsbrocken stand und nur noch zwei Stationen vor sich hatte.

Er konzentrierte sich auf den Sprung, stellte ihn sich bildhaft vor – zuerst die zwei Grashügel, die einen guten Meter entfernt aus dem Nebel herausragten –, und dann ein schneller Sprung auf seinen Fischfelsen. Plötzlich überkam ihn Angst.

Stille.

Das Lied der Frösche war verstummt, plötzlich wurde es ihm bewußt.

Es war, als würde der Sumpf selbst den Atem anhalten, während der Fluß auf der anderen Seite der Sandbank sein bösartiges Wispern fortsetzte. Sal hörte nicht hin, wollte nicht hinhören. Er sah zu seinem Fischfelsen hinüber und zu den Fichten darüber, oben auf dem felsigen Ufer. Jetzt waren überall Schatten, Schatten, die sich hinter Schatten kauerten, Schatten, die an den Bäumen entlangglitten … Sal senkte den Blick, konzentrierte sich ausschließlich auf die Distanz zu den Grashügeln und nicht darüber hinaus. Er wußte, was dort war: Sein Fischfelsen, und sonst nichts.

Er würde den Sprung wagen und dann noch einen zweiten, würde sich von nichts aufhalten lassen, sich nicht umsehen. Er würde durch den Wald hinaufrennen, aufs Feld, bis er sein Haus sehen konnte. Und dann wollte er über die Straße rennen und durch die Küchentür ins Haus eilen. Um bei Iris und Davey zu sein …

Jetzt! Er machte einen Satz auf den nächsten Grashügel zu und landete auf dem linken Fuß, mit dem er sich wieder abstoßen wollte. Aber der Hügel gab nach. Mit ausgestreckten Armen begann Sal zu fallen, streckte die Hände nach dem Felsen aus …

Waren da Arme unter ihm … Arme, die aus dem Nebel nach ihm griffen …?

Er klatschte in das höchstens zehn Zentimeter tiefe Wasser, zerfetzte sein Spiegelbild, rappelte sich aus dem Schlamm wieder hoch und rannte über den Felsen, über eine nach oben führende Felskante, bahnte sich durch die dicken, abgestorbenen Fichtenzweige einen Weg aufs Feld hinaus, wo er Lichter auf der anderen Straßenseite sehen konnte, sein Haus …

Ein Licht schoß auf ihn zu …

Er warf sich auf den Boden, machte sich ganz flach.

Wie der Lichtkegel eines Leuchtturms tastete der Suchscheinwerfer über die Grasspitzen, während der Streifenwagen an der Straße entlangkroch. Sal blieb keuchend liegen, lauschte, wie der Wagen sich entfernte. Dann stemmte er sich auf Hände und Knie hoch …

Das klickende Geräusch eines gespannten Flintenhahns ließ sein Herz stocken.

Aber was er als nächstes hörte, war eine Stimme, kein Schuß.

Jerry Royal trat lässig zwischen den Fichten hervor, die Schrotflinte unter dem Arm, eine Zigarette im Mund.

»Jaah, so läuft das, da ist man gerade noch der singende Lehrer im Ort, und ehe man sich's versieht, wird man gesucht – zweiundachtzig Kilo, weiße Hautfarbe, männlich.« An Jerrys Gürtel hing ein Dreierpack Bierdosen.

»Pst!« macht Sal. »Die suchen mich.«

»Was du nicht sagst! Alle zwei Minuten schleichen

sie an deinem Haus vorbei. Ich hab' sie im Polizeifunk. Die sind richtig scharf auf dich, Mann. Warum denn?«

»Weil sie meinen, daß ich Bobby getötet habe.«

Jerry starrte Sal durch die Finsternis an.

»Und Eliot Wicker auch.«

»Mann!« Das war so etwas wie ein Freudenschrei. Aber als Jerry den Blick Sals sah, machte er eine Art Husten daraus, wie um seine Kehle freizubekommen, und spuckte dann ins Gras. »Nein, das ist wirklich schlimm«, sagte er. Jerry war schon glücklich, wenn er sah, daß ein anderer Ärger hatte. Aber noch glücklicher machte es ihn, wenn dieser Ärger auf etwas zurückzuführen war, was er selbst getan hatte. Er schnippte seine Zigarette in die Luft, drehte sich um und wandte sich dem Wald zu. »Komm, ich hab' ein gutes Versteck«, sagte er und führte Sal zu einer kleinen Lichtung, wo ein alter Truck bis zu den Radnaben im Boden versunken dastand. Von der Ladefläche aus konnte man auf ein Feld plattgedrückter Bierdosen und im Boden steckender Flaschen sehen.

»Ich bin aufgeblieben und habe Wache gehalten«, erklärte Jerry, während er sich auf die Ladefläche des Truck stemmte. »Ich schätze, das ist Weltrekord für Nichtschlafen – jetzt schon drei Tage und Nächte. Also die meinen, daß du Bobby umgebracht hast? Ich werd' verrückt.« Jerry gab sich unnatürlich lebhaft, deutete neben sich und lud Sal ein, Platz zu nehmen. »Das ist ein gutes Versteck, weil einen hier oben keiner findet. Aber du selbst siehst die Straße und alles, was drum rum ist, falls jemand auf dumme Gedanken kommt.« Er fischte sich eine Zigarette aus der Hemdtasche und ließ sein Plastikfeuerzeug schnippen. Die Flamme zitterte, als er an der Zigarette zog. »Willst du eine? Oder eine Cola?«

Sal schüttelte den Kopf.

»Ich bin oft hierhergekommen, wenn ich über etwas nachdenken wollte«, fuhr Jerry fort.

Für Jerry gab es ohne Zweifel eine ganze Menge, worüber er nachdenken mußte. Wenn Noel es nämlich tatsächlich so arrangiert hatte, daß Sal Erickson für die Verbrechen bezahlen mußte, die er und Noel begangen hatten, dann war Jerry tatsächlich ein freier Mann, dem niemand etwas anhaben konnte, ganz wie Noel das versprochen hatte. Nur …

war da die eine Sache, die sie beide vernichten konnte …

»Das ist der reinste Alptraum«, sagte Sal.

»Hey, wem sagst du das.«

Immer wieder dieser Scheißbrief. Wie oft hatte Jerry heute den Gedanken schon hin und her gewälzt, und wie viele schlaflose Nächte schon …? Noel hatte recht: man mußte wirklich kein Genie sein, um sich zusammenzureimen, daß die Person, die den Brief geschrieben hatte, dieselbe Person war, die Wicker getötet hatte. Schlußfolgerung: der Brief konnte auf dem Dachboden bleiben, wo er möglicherweise liegen würde, bis er starb – und zwar eines natürlichen Todes (solange Verlaß darauf war, daß das kleine Mädchen nicht neugierig wurde … und darauf war kein Verlaß). Andererseits konnte er den Brief vernichten und es dann mit Noel treiben – und hoffen, daß sie ihn anschließend nicht umbrachte. Was gar nicht so unwahrscheinlich war.

»Die haben meine Fingerabdrücke in Wickers Haus gefunden«, sagte Sal. »Auch meine Mütze war dort.«

Sex. Mit Sex kam immer Chaos in die Dinge. Selbst während Sal jetzt redete, hatte Jerry die ganze Zeit das Bild Noels vor sich, nackt in ihrer Badewanne, mit

Brustwarzen, die wie zwei rosafarbene Schnuller aus dem Wasser ragten. »So, Fingerabdrücke«, sagte Jerry, dem der Rauch seiner Zigarette ins Auge geraten war. »Gegen Fingerabdrücke läßt sich schwer argumentieren.«

»Aber ich habe doch Wicker gar nicht so gut gekannt«, meinte Sal. »Ich hab' ihn nie besucht, kein einziges Mal. Und bis zu dem Tag, an dem Bobby gestorben ist, hab' ich nicht einmal mit ihm geredet.«

Andererseits konnte er natürlich auch lügen. Das war sowieso die Lösung, der Jerry immer den Vorzug gab. Er konnte Noel sagen, daß er den Brief vernichtet hatte, auch wenn das gar nicht stimmte... Nein, das wäre noch riskanter. Dann bestand nämlich nicht nur die Gefahr, daß eines Tages jemand den Brief fand, sondern Noel könnte auch noch auf die Idee kommen, ihn zu töten, da sie nichts mehr zu verlieren hatte.

»Dann solltest du dich vielleicht stellen«, sagte Jerry. »Ein Geständnis unterschreiben. Man wird dann nicht so hart angepackt.«

»Ich werde doch nicht etwas gestehen, was ich gar nicht getan habe.«

Oder er konnte den Brief vernichten – aber Noel nichts davon sagen... Nein, das war sogar noch schlimmer. Dann würde es nicht nur keinen Sex mit ihr geben, sie würde nicht mal dafür büßen müssen, wenn sie ihn tötete.

»Ich hätte Bobby so etwas nie antun können«, sagte Sal. »Er war mein bester Freund.«

Jerry zog bedächtig – die Zigarette glühte – *ich verspüre eine animalische Anziehungskraft, die von dir ausgeht, die mich überwältigt.* Immer wieder hörte er diese Worte: *animalische Anziehung.* In seinem Kopf verband sich damit die Vorstellung, daß sie mit einem Korsett aus Leopardenhaut und einer Catwoman-Maske durch den Mittelgang seines Gospelbusses kroch... Angewidert schnippte Jerry seine Zigarette zwischen die Bierdosen.

»Der Kampf der Geschlechter«, sagte er. »Ich sag's dir, bloß einmal im Leben möchte ich eine Frau finden, der ich vertrauen kann.«

Die Worte verhallten zwischen den Fichten, aber in Sal klang etwas nach und traf ihn dann mit voller Wucht...

Dein Leben anvertrauen.

Bobby hatte dasselbe am Fluß gesagt – in der Nacht, bevor er seinen Tod vorgetäuscht hatte. Das war es, was Bobby ihm hatte sagen wollen – nicht, daß Noel die Absicht hatte, sich von ihm scheiden zu lassen, sondern daß sie im Begriff war, ihn lebend zu begraben. Und daß er anfing, Zweifel zu bekommen.

»Alles klar bei dir?« fragte Jerry. »Hey!« Er stieß Sal in die Seite. »Herrgott, jetzt krieg mir bloß keinen Rappel.«

Sal starrte ihn nur an. Es war wie bei einem perfekten Billardstoß. Eine Kugel nach der anderen klackte in das richtige Loch.

Er erinnerte sich an das, was Bouchard zu ihm gesagt hatte:

Sie ist nicht vollkommen.

»Jerry«, sagte Sal.

»Ja, ich bin noch da.«

Ohne den starren Blick von ihm zu wenden, fragte Sal: »Wie ist denn deiner Meinung nach dieses Feuer ausgebrochen?«

Sal sah zu, wie Jerry eine Zigarette aus seinem Päckchen herauszog und sie heftig auf der Ladefläche des Truck zurechtklopfte. »Von was für einem Feuer reden wir denn?«

»Ich meine, als dein Haus Feuer fing, in der Nacht, in der du in Bangor warst – wie meinst du denn, daß es dazu gekommen ist?«

Jerry steckte sich die Zigarette in den Mund und wühlte das Feuerzeug aus der Tasche. »Du hast ja gehört, was die Lady gesagt hat – jemand hat meine Hühner erschreckt.«

»Denkst du das auch?«

Jerry zündete die Zigarette an und ließ die Flamme dann stehen, damit sie sich gegenseitig ins Gesicht sehen konnten.

»Was ich denke? Ich will da gar nicht erst auf irgendwelche Ideen kommen, das denke ich.«

Sal rutschte von dem Truck herunter und ging ein paar Schritte auf das Feld zu, starrte zwischen den Bäumen zu den Lichtern in seinem Haus hinüber. Als er sich wieder umdrehte, stand Jerry mit der Schrotflinte unter dem Arm da, den Lauf auf Sals Bauch gerichtet.

Sal sah ihn nur an, war sich plötzlich seiner selbst viel zu sicher, um sich bedroht zu fühlen.

»Was hast du vor, Jerry?« fragte er mit einem warnenden Unterton.

Jerrys Zigarette glühte auf. Die Schrotflinte bewegte sich nicht.

»Hast du vor, mich zu erschießen?«

Jerry blies den Rauch aus der Nase, so daß er ihm um den Kopf zog. »Ich schätze, ich werde abwarten, wie sich dieses Gespräch entwickelt.«

»Ich brauche deinen Truck«, erklärte ihm Sal.

»So?«

»Bloß auf eine Stunde.«

Laut durch die Nase schniefend, hielt Jerry die Schrotflinte nach wie vor auf Sal gerichtet. »Dieser Truck, weißt du – das ist das einzige, was ich noch habe, was mir noch etwas bedeutet. Der Truck und dieses Gewehr.«

»Eine Stunde.«

»Klar, das sagst du jetzt. Woher weiß ich aber, ob du nicht ...« Jerry hielt inne, starrte in die Finsternis und sog dann wie in Trance an seiner Zigarette. Er legte die Schrotflinte geräuschvoll auf die Ladefläche und stieg herunter, stapfte zwischen den Bierdosen herum. Dann wandte er sich wieder Sal zu. »Ach, was soll's«, sagte er, griff in die Tasche und zog eine Hasenpfote heraus, an der ein einzelner Schlüssel hing.

Der plötzliche Gesinnungswandel hätte Sal unter anderen Umständen möglicherweise wachsam gemacht. Aber nicht jetzt, wo die Nebel sich lösten und alles klarere Konturen anzunehmen begann.

Jerry ließ den Schlüssel in der Hand baumeln und sagte: »Mein Wagen steht dort drüben. Am besten gibst du mir deine Schlüssel, für den Fall, du weißt schon, daß irgendwie was passiert.«

Während Sal in die Tasche griff, spähte Jerry durch die Äste zu den Lichtern auf der anderen Straßenseite hinüber. »Geh vorsichtig damit um«, sagte er, während der Tausch vollzogen wurde. »Ich hab' ihn noch kaum eingefahren.«

Zwei State Troopers, Lemieux und Rolley, die auf der Suche nach Sal Streife fuhren, wurden zu dem Gospelbus geschickt, aber Murdoch und Shepherd, die beide den Aufruf über Funk gehört hatten, trafen vor ihnen ein.

Jerry hatte die Polizei von Mrs. Abrahams Haus aus angerufen und gemeldet, sein Truck mit zwei geladenen 38ern im Handschuhfach sei soeben gestohlen worden. Er hielt das für einen perfekten und brillanten Schachzug, um Sals Schicksal zu besiegeln und sich bei Noel einzuschmeicheln. Die Detectives befragten Jerry nur nach Baujahr und Typ und verschwanden dann wieder.

Die Fahndungsmeldung wurde über Funk im ganzen Staat verbreitet, aber mit wenigen Ausnahmen beeindruckte das niemanden sonderlich. In Bangor fuhr ein Trooper an der Einfahrt zur Staatsstraße 95 auf den Parkplatz einer Fernfahrerraststätte und beobachtete den vorüberziehenden Verkehr. Eine Beschreibung von Sal und dem Truck Jerrys wurde per Fax an die Grenzübergänge nach Kanada durchgegeben. Die Streifenbeamten auf den Fernstraßen nach Süden alarmierte man in gleicher Weise. Der diensthabende Beamte der Bezirkssheriffs legte ein paar Extrarunden durch Gravity ein. Auf lange Sicht zählte ein gestohlener Truck in Gravity auch nicht mehr als ein gestohlenes Fahrzeug irgendwo sonst, selbst wenn der Verdächtige bewaffnet war und in Zusammenhang mit einer Mordermittlung polizeilich gesucht wurde.

Was Murdoch und Shepherd anging, glaubten beide nicht, daß Sal Erickson die Absicht hatte, weit zu fahren. Sie instruierten Lemieux und Rolley, teilten sich dann die Ortschaft in drei Sektoren auf und fuhren in drei verschiedenen Fahrzeugen Feldwege, Waldstraßen und Feuerwehrwege ab, richteten ihre Scheinwerfer auf der Suche nach Jerry Royals Truck hinter jede Garage, Scheune und Hummerhütte.

Sergeant Murdoch, – ein Jahr vor der zweiten Pensionierung –, war wild entschlossen, den Mann persönlich festzunehmen. Seine Animosität, die er Sal gegenüber ohnehin empfand, trug dazu ebenso bei wie das Bestreben, sich für das zu rächen, was mit seinem Hals passiert war. Er war wirklich scharf auf diesen Mann. Freilich nicht so sehr, daß er in den Friedhof gefahren wäre, den er einmal auf der Fahrt aus der Ortschaft und dann bei der Rückkehr ein zweites Mal passiert hatte. Wäre er durch die Eisentore gefahren und der Zufahrt bis in die Nordostecke gefolgt, hätte er Jerry Royals neuen Chevy Truck dort am Wald neben Bobby Swifts Grab vorgefunden.

Und wenn er den Truck gesehen hätte, dann wäre ihm vielleicht auch der Zigarettenrauch aufgefallen, der aus dem Fenster herauskräuselte. Ein sorgfältiger Ermittler hätte sich vielleicht auch über die Schnur Gedanken gemacht, die aus demselben Fenster heraushing und zum Benzintank führte. Vielleicht hätte er dann auch bemerkt, daß die Schnur in der Fahrerkabine auf einem Stapel Zeitungen und Lumpen unter dem Aschenbecher lag, oder er hätte die glimmende Zigarette gesehen, die auf dem Rand des Aschenbechers balancierte. Ganz sicherlich aber hätte er die Benzindämpfe gerochen. Wäre er dann der Überlegung gefolgt, daß eine unbewachte Zigarette in fünf bis sieben Minuten so weit herunterbrennen kann, daß sie das Gleichgewicht verliert und anschließend in die mit Benzin durchtränkten Lumpen fällt, hätte der schlaue Ermittler den Schluß ziehen müssen, daß der Mann, der dieses Ablenkungsmanöver inszeniert hatte, acht bis fünfzehn Minuten weit entfernt sein würde, bis das Feuer sich an der Schnur nach unten gefressen hatte und der Benzintank explodierte.

Minute für Minute schleppte sich dahin, eine ganze Stunde lang. Iris lag im Dunkeln, körperlich erschöpft und emotional ausgepumpt, aber nicht müde genug, um schlafen zu können. Trotz der stickigen Wärme im Obergeschoß hatte sie wegen der ständig vorüberfahrenden Streifenwagen die Fenster geschlossen. Aber das nützte wenig.

Um Mitternacht, als wieder ein Wagen mit krächzendem Funksprechgerät vor dem Haus anhielt, kam Davey in Iris' Schlafzimmer. »Haben sie Daddy gefunden?« Iris hob stumm die Decke an, und Davey kroch zu ihr ins Bett. »Schlaf nur, Liebes«, sagte ihre Mutter. »Das mit Daddy wird schon gut ausgehen.«

Fünf Minuten später war Davey wieder eingeschlafen und atmete tief und gleichmäßig. Draußen stieg der Mond, der im letzten Viertel stand, gerade am Himmel hoch, während unten am Fluß die Frösche ihr hypnotisches Lied quakten. In jeder anderen Nacht hätten der Mond, Daveys Atemzüge und das Konzert der Frösche Iris in den Schlaf geholfen. Heute gingen sie ihr zusätzlich auf die Nerven, steigerten noch die drückende Trägheit, die sie nicht loslassen wollte.

Um sich abzulenken, dachte sie an Helen Swan. Sie sah Helen Swan vor sich, wie sie lächelte. Es war ein ganz besonderes Lächeln, mit dem Helen sie angesehen hatte, jenes letzte Mal, als sie miteinander gesprochen hatten. Sie hatte damit auf Iris' Behauptung reagiert, es mache ihr nichts aus, daß Sal weggegangen wäre – oder daß das Haus ihres Vaters niedergebrannt war. Iris hatte Helen erklärt, sie sei einfach keine sehr emotionale Person. Und bei dieser Feststellung hatte Helen gelächelt. Helen schien auch über Dinge Bescheid zu wissen, die Iris ihr gar nicht sagte.

Iris drehte sich im Bett herum, legte sich den Arm übers Ohr und versuchte, sich mit praktischen Dingen zu befassen: Ob sie einen Makler nehmen oder das Haus selbst anbieten sollte, ob sie Daveys Schlafzimmer neu tapezieren und ob sie die Decke über dem Treppenabsatz im Obergeschoß streichen sollte. Es mußte etwas getan werden, ihr war einfach danach zumute.

Denn schließlich und endlich war das Haus der Grund – und nicht die Hitze oder die vorüberfahrenden Streifenwagen oder die Frösche oder der Mond oder Daveys Atemzüge. Seit dem Feuer, seit Jerry im Haus gewesen war – im Haus ihrer Mutter …

Iris setzte sich im Bett auf. Es mußte etwas getan werden.

Die Kartons waren gepackt. Die Türen abgesperrt. Ihr Vater lag im Downeast Memorial auf der Station für schwere Verbrennungen. Sal wurde wegen Mord gesucht. Die Frösche quakten. Der Mond ging auf. Davey atmete ein und aus, ein und aus …

Iris griff nach ihrer Brille und setzte sie auf, nahm die Taschenlampe aus dem Nachttisch, schlüpfte unter der Decke heraus und schlich aus dem Zimmer. Ging über den auf Hochglanz polierten Flur, wollte hinuntergehen und eine Tasse Tee trinken – und da wußte sie es plötzlich: nicht etwa die Dunkelheit, sondern …

über ihr

… der Dachboden.

Plötzlich drängte sich dieser staubige Raum in ihr

Bewußtsein, plötzlich wurde ihr klar, daß irgendwie – daß irgendwie ihre Mutter dort oben war, drohend über dem Haus schwebte, hohl und herzlos, immer und ewig beobachtend.

Sie ließ den Lichtkegel der Taschenlampe langsam an der Wand nach oben wandern, über die weiße Decke …

Lächerlich!

Sie wußte, was Helen sagen würde, so beruhigend in ihrer bedrückenden Rationalität: »Glauben Sie wirklich, daß Sie da oben auf dem Dachboden Ihre Mutter finden?«

Iris stand da, in ihrem eigenen Schweigen gefangen, und hörte, wie draußen wieder ein Wagen vorbeirollte.

Hinaufsteigen?

Die Furcht ergriff sie so übermächtig, daß sie sich kaum zu bewegen wagte. Sie starrte auf die Falltür in der Decke, den schwarzen Griff.

»Es ist nur ein Raum«, hätte Helen gesagt und gelächelt. »Was fürchten Sie denn, daß Sie dort finden könnten?«

Ohne eigentlich zu wissen, warum, ging Iris leise zur Schlafzimmertür, zog sie zu, drehte lautlos, um Davey nicht zu wecken, den Sperrknopf. Dann trat sie wieder in den Flur und richtete die Taschenlampe erneut nach oben. Die Falltür war nur einen halben Meter über ihrem Kopf. Sie war nie groß genug gewesen, aber jetzt hatte sie keine Mühe, sie zu erreichen, griff einfach nach oben, widerstand dem Drang, die Finger wieder von dem kalten schwarzen Griff zu lösen. *Wie viele Jahre noch …?* hätte Helen gesagt. *Wie lange wollen Sie dieses Gefühl noch mit sich herumtragen …?* Iris schlang die Finger um den Griff und zog daran, ganz leicht, nur so stark, daß sie spüren konnte, wie die Falltür sich bewegte. Sie wußte ganz genau, wie man die Leiter auseinanderklappen mußte.

Wenn man die Straße nahm, war das Dorf eine Meile vom Friedhof entfernt, aber nur halb so weit, wenn man fliegen konnte. So wie Sal die Straße entlangrannte, hätte er ebensogut fliegen können. Nachdem er Jerrys Zigarette brennend im Aschenbecher des Truck zurückgelassen hatte, rannte er, was das Zeug hielt, den Hügel hinunter, flog förmlich durch das Eisentor hinaus und erreichte die asphaltierte Straße. Um diese Zeit, kurz nach Mitternacht, würden die einzigen Fahrzeuge, denen er vermutlich begegnete, die Streifenwagen der Polizei sein, die nach ihm suchten. Also achtete er auf Scheinwerfer vor und hinter sich, während er weiterrannte, bereit, sich sofort in Deckung zu werfen. Am Ende der Townhouse Road hetzte er in die River Road. Er erreichte das Dorf in nicht einmal fünf Minuten.

Als er sich der einsamen Straßenlaterne an der Ecke der Village Road näherte, entdeckte er Autoscheinwerfer und ging sofort zwischen den Fichten in Deckung. Die Scheinwerfer kamen langsam die Straße von seinem Haus herauf. Er war überzeugt, daß die Polizei auch den Supermarkt beobachtete, und der befand sich direkt hügelaufwärts von seinem augenblicklichen Standpunkt – jenseits des Flusses und hinter sechzig Meter Wald. Also nichts wie weiter! Keuchend und zielbewußt bahnte er sich seinen Weg zwischen den Bäumen und versuchte, mit vorgehaltenen Armen sein Gesicht vor den Ästen zu schützen. Er wußte, daß der Fluß bei Ebbe höchstens einen Meter tief war, auch wenn er bestimmt zehn Meter breit und das Wasser eiskalt war. Ohne lange zu überlegen – ohne auch nur Hose und Stiefel auszuziehen –, kletterte er das Ufer hinunter und trat ins Wasser. Es war wesentlich kälter, als er angenommen hatte, so eisig, daß es brannte, während er sich durch die Strömung arbeitete, die noch zunahm, als das Wasser tiefer wurde und ihm bis zu den Hüften stieg.

Am anderen Ufer angelangt, arbeitete Sal sich sofort den Hügel hinauf, wobei das Rauschen des fließenden Wassers hinter ihm kaum ausreichte, um die Geräusche, die *er* machte, während er sich durch das Dickicht arbeitete, zu übertönen. Als die Steigung schließlich in einer kleinen Gruppe von Zwergkiefern und wilden Blaubeerbüschen auslief, konnte Sal die Lichter in Noels oberem Stockwerk sehen. Vier Fenster waren beleuchtet – Wohnzimmer, Schlafzimmer und Küche. Er arbeitete sich ein Stück weiter nach rechts und vergrößerte damit den Abstand zu dem Gebäude. Als dann die Sträucher schließlich dem Rasen wichen und er sich auf dem hinteren Teil ihres Grundstücks befand, kauerte er sich erschöpft im Schatten nieder.

Sal sah ein paar Augenblicke zu ihrem Küchenfenster hinauf, entdeckte dort aber keine Bewegung. Im ersten Stock – im Laden und Lagerraum – gab es weder hinten noch an den Seiten Fenster. Die Garage im Erdgeschoß war leer, und in der Einfahrt war auch nichts zu sehen. Der hintere Teil des Grundstücks war rechteckig und ziemlich weitläufig; vier uralte Apfelbäume standen dort, waren aber nur oben, wo die Zweige sich in den Himmel reckten, deutlicher zu erkennen. Sal widerstand der Versuchung, weiterzugehen, blieb fünfzehn Meter hinter dem Schwimmbecken stehen und wartete in der chlorgeschwängerten Luft. Erst als er die eisige Kälte spürte, die von seiner nassen Hose hochkroch, begann er zu begreifen, daß es mehr als nur ein Fehler gewesen war, hierherzukommen.

Jerry schnarchte tief, wobei seine Schrotflinte auf die Tür gerichtet blieb. Gelegentlich wachte er kurz auf und lauschte. Sobald er sich dann vergewissert hatte, daß er nur einen Skunk oder einen Waschbären gehört hatte, der draußen im Abfall herumwühlte, legte er die Schrotflinte wieder auf den Tisch und wandte seine Aufmerksamkeit dem Fernseher zu. Er hatte das Gerät leise geschaltet, um die Schüsse in der Ferne hören zu können, die für ihn das Signal wären, daß er und Noel es geschafft hatten und außer Gefahr waren.

Auf der Mattscheibe lief eine halbstündige Werbeshow, in der eine vollbusige Frau die kahle Stelle eines Mannes mit Sprühfarbe schwärzte, während die Zuschauer applaudierten. »Oh, ist ja großartig!« murmelte Jerry. Das war noch schlimmer als Freistilringen – wie die Leute diesen Blödsinn bloß glauben konnten. Er trank seine restliche Cola und warf die Dose dann über die Schulter nach hinten in den Bus.

Jerry war jetzt über den Schlaf hinaus, war in einen völlig anderen Bewußtseinszustand übergegangen. Nicht daß er den Schlaf gebraucht hätte. Er hatte sich selbst davon überzeugt, daß es in der Bibel eine Geschichte gab, wonach Jesus vierzig Tage und vierzig Nächte ohne Schlaf ausgekommen war, um damit irgend etwas zu beweisen. Was auch immer das gewesen war – bei ihm hatte es etwas mit einer Frau zu tun.

Animalische Anziehung.

Jerry hatte Visionen von Noel, und in seinem Bauch

rumorte es, als ob da ein kleiner Motor liefe. Er wußte nicht, was Endorphine eigentlich waren, aber die seinen waren in dieser Nacht jedenfalls am Überkochen. Hastig griff er in die Kühlbox, um sich die nächste Dose Cola herauszuholen, ließ den Deckel knacken und schüttete das Zeug in sich hinein, bis seine Augen wäßrig wurden.

Dann schloß er die Augen, lauschte erneut, ob er Schüsse hören könne, und dachte zum hundertstenmal über die letzte Nacht nach. Schließlich hätte es ja so laufen können: Er geht hinüber, ganz hinten, wo es dunkel ist, und drückt ihre Klingel, und dann steht er da und wartet, frisch rasiert und gewaschen. Sie kommt die Treppe herunter in die Garage. In der Finsternis kann er sie kaum erkennen – bis sie ins Mondlicht tritt, und dann sieht er, daß sie dieses ärmellose weiße Unterhemd trägt und sonst nichts. Roter Eichhörnchenpelz zwischen ihren Beinen. Sie kommt langsam auf die Tür zu, sieht ihn mit diesem Animalische-Anziehungskraft-Blick an und greift nach dem Türknopf ... aber dann zögert sie ... blickt zu ihm auf, spielt mit ihm, stellt ihn auf die Probe. Beide wissen sie, was sie will.

Und so gibt er es ihr – er hebt den Brief ans Fenster. Sie sieht hin. Mit der anderen Hand knipst er sein Feuerzeug an, zieht es dann aber zurück und läßt die Flamme nicht über den Brief lecken, revanchiert sich, spielt das gleiche Spiel mit ihr.

Wie sich ihre Lippen öffnen ...

Und dann tut er es, hält die Spitze der Flamme an das Papier. Ihre grünen Augen funkeln, als das Feuer höher klettert und über seine Schriftzüge züngelt. Ihre Brustwarzen schwellen an, dunkle, aufreizende Knöpfe unter ihrem T-Shirt. Und dann erscheint dieses schiefe, kleine, halbe Lächeln. Die Flamme klettert um Jerrys Finger, aber die Hitze macht ihm nichts aus, weil es sie heiß macht, weil sie jetzt die Arme vor sich überkreuzt und dieses T-Shirt langsam nach oben zieht; es verhängt sich an ihren Brustwarzen, und ihre kleinen Titten wippen, als sie endlich frei sind. Einfach so. Jetzt, völlig nackt, in das orangerote Licht der sterbenden Flamme gebadet, greift sie nach dem Schloß. Er hört ein *Klick* …

… versucht die Tür zu öffnen.

Warte – da …

… eine Pistole! Ihr Arm schwingt zurück, stößt die Waffe durch das Glas, zielt damit auf sein Gesicht …

Er springt hoch – stößt sich das Knie am Tisch an.

Scheißbrief!

Jerry leerte seine Cola aus, knallte die Dose auf den Tisch, stemmte sich hoch und ging den Mittelgang nach vorn. Das kam davon, wenn man so viel trank, man mußte wirklich jede Minute pissen.

In dem heißen Zederngeruch überkam Iris die erste Aufwallung von Schwäche. Sie zog sich zur nächsten Sprosse hoch, schob sich in die Finsternis hinauf, tastete instinktiv mit der rechten Hand nach der Schnur, bis sie die Metallperle berührte. Vorsichtig befühlte sie das winzige glockenförmige Ding, wand sich die Schnur einmal um den Fingerknöchel, zog daran, hoffte, das Licht würde nicht angehen – aber es funktionierte.

Klick!

Braun. Rotbraune, gelbbraune ausgetrocknete Dachsparren, die sich über ihr kreuzten, ein braunes Dach über einem sechzig Zentimeter hohen Kniestock. Ein brauner Kamin in der Mitte mit einem senkrechten Sprung, der sich an den alten Ziegeln entlangschlängelte. Links von Iris lag ein Holzstuhl auf den Bodenbrettern – glänzend braun –, der Küchenstuhl ihrer Mutter. Unter den Schindeln Jerrys Baßgeige. Iris spürte ein Zittern in den Beinen, aber sie hielt mit den Armen das Gleichgewicht und spähte nach links. Eine umgekippte Wäschespinne – das sagte ihr nichts. Aber die Zederntruhe … sie erinnerte sich an den Wollmantel in der Truhe, burgunderfarben, mit einem grauen Pelzkragen – er hatte ihrer Großmutter gehört. Und der cremefarbene Hut, den sie immer aufgesetzt hatte, als sie vier Jahre alt war, und fünf, und sechs, und mit ihrer Mutter Verkleiden gespielt hatte …

(Nein, sie war zehn und trug ihre Pfadfinderuniform. Ihr Bruder war siebzehn, ein nach Ziegenstall riechender Bauernjunge mit Bartstoppeln am Kinn … und ihre Mutter …)

Iris' Herz schlug wie wild.

Sie atmete tief. Wandte den Kopf nach rechts und sah die großen Fußabdrücke, die geradeaus durch den Staub liefen. Krampfhaft hielt sie sich am Rahmen der Falltür fest, um nicht hinunterzufallen.

Die Matratze dort auf dem Boden – gestreift und fleckig. Ein kleiner Laut entrang sich Iris' Brust, wie das Weinen eines Kindes.

Aber da war noch etwas. Über dem Kopfende der Matratze. Die Schneiderpuppe aus Drahtgeflecht. Hohl. Mit einem weißen Hochzeitskleid darüber. Dem Hochzeitskleid ihrer Mutter.

Vierzehn

Jerry stand auf dem Trittbrett seines Busses, versuchte in das kleine Bachbett zu pissen, das er im Verlauf der letzten drei Tage und Nächte geschaffen hatte, verfehlte aber sein Ziel und traf einen Karton mit Tellern. Mit einem Ständer zielte es sich immer schlecht.

So viel stand fest. Es war schon so, wie der alte Mann es auszudrücken pflegte: Alles Blut strömte vom Gehirn in den Schwanz – das Ding würde eines Tages noch sein Tod sein. Ja, der Alte hatte recht gehabt. Solange Noel ihn mit diesem Bockmist von wegen animalischer Anziehung auf Trab hielt, war er zu keinem klaren Gedanken fähig.

Als kein Tropfen mehr kam, fand er – wo er das Ding schon in der Hand hatte –, daß er auch gleich erledigen könnte, was zu erledigen war, und sich einen klaren Kopf verschaffen. Denn selbst wenn er und Noel damit durchkamen, und Sal Erickson bei einer Schießerei mit den Bullen krepierte, so daß jeder auf der ganzen Welt dann dachte, ihm sei nur recht geschehen…

…mußte Jerry diesen Brief trotzdem behalten, ganz gleich, wie viele Blicke voll animalischer Anziehungskraft Noel ihm auch zuwarf. Und wenn er sich jede Viertelstunde einen runterwichsen mußte, um am Leben zu bleiben, dann würde er das verflucht noch mal tun, und das würde er sich von keinem ausreden lassen.

»Du hast's erfaßt«, sagte er, bereits in Bewegung.

Er lehnte den Kopf an den Spiegel, blickte in die Dunkelheit auf und ließ seinen Phantasievorstellungen ihren Lauf, als in der Ferne ein lautes Krachen zu hören war, das ein paar Sekunden vom Himmel widerhallte.

Nicht die Salve von Schüssen, die er erwartet hatte, dachte Jerry bei sich. Aber in dem Augenblick sah er ein Licht, das er nicht hätte sehen sollen …

Er starrte über die Straße zu dem alten Haus der Familie hinüber, zu dem eigenartigen schwachen Leuchten ganz oben am Giebel. Allerdings war sich Jerry nicht sicher, ob das nicht auch wieder einer der Tricks war, mit denen Noel seine Phantasie auf Trab hielt. Also stieg er aus dem Bus, immer noch masturbierend, und ging zu seiner Einfahrt hinunter, bis …

Das Giebelfenster …

Noel! dachte er. *Sie hatte den Brief gefunden!*

Er machte halt und rannte zum Bus zurück, stopfte sein Ding in einen Hosenlatz, der viel zu eng war und eine Million Zähne zu haben schien. Das Blut raste durch seine Venen zurück, ließ sein Gehirn anschwellen, bis er schließlich genau wußte, was er tun mußte, um diesem Geschnatter in seinen Ohren ein für allemal ein Ende zu machen.

Iris kniete neben dem Hochzeitskleid und ließ ihren Tränen freien Lauf. Die Tränen flossen weich wie ein läuternder Sommerregen, der alles Unreine wegspült. In einer Hinsicht war es faszinierend, was ihr Verstand aus ihren Erinnerungen gemacht hatte. Sie war voll des Staunens darüber, wie er sie beschützt, Vorhänge vor die Realität ihrer Jugend gezogen, den Ereignissen die

Maske von Traumbildern aufgesetzt hatte. Die hohle Kleiderpuppe war ihre Mutter geworden, formlos und herzlos, ein Schemen, das alles so finster und so stumm betrachtete, stets ohne ein Wort. Ja, Iris verstand genug von Psychologie, um fasziniert zu sein …

Aber auf eine andere Weise konnte sie nur ansatzweise ergründen, was ihr Bruder verursacht hatte. Die Jahre der Scham, einer Scham, die auf nichts konzentriert war, sich aber wie ein roter Faden durch ihr Leben zog und alles durchdrang – Grund ihrer Isoliertheit. Und sie war dabei selbst so etwas wie die Kleiderpuppe geworden, stumm, finster, hohl. Selbst die Erinnerung an ihre Mutter hatte ihr Bruder ihr geraubt.

Wie oft? Einmal? Zweimal? Wahrscheinlich war es zu einer Art Routinevorgang geworden. Nach der Schule, wenn ihr Vater unten an der Küste war, um Muscheln zu sammeln, oder draußen an seinem Truck herumbastelte, oder mit seiner Flasche und seiner Gospelmusik unten saß.

Hinauf …

Hinauf war das Wort, das Jerry gebraucht hatte. *Gehen wir hinauf? Zeit, hinaufzugehen.* Weinkrämpfe schüttelten Iris. Sie ließ die Tränen fließen.

Und dachte an Davey. Dann wurde ihr klar, daß sie so alt wie Davey gewesen sein mußte, als es angefangen hatte. Sie dachte an Sal und versuchte sich vorzustellen, wie völlig anders ihr Leben hätte verlaufen können. Sie dachte an ihren Vater, und wie seine Alkoholsucht – und sein eigener Schmerz – ihn davon abgehalten hatten, sie zu schützen. Sie dachte an den Mut, den er aufgebracht haben mußte, um schließlich nüchtern zu werden, dachte an seine verzweifelten, naiven Versuche, sie zurückzugewinnen, und wie er nie aufgehört hatte, es zu versuchen. Das Herz zog sich ihr zusammen, als ihr bewußt wurde, wie sie sich gegen all diese Versuche gesperrt hatte. Die Tränen brannten. Und taten doch so gut.

Sie wischte sich die Augen und griff nach oben, um die Seide zu berühren. In flüchtigen Bildern malte sie sich ihre Mutter aus: lachend, im fahrenden Bus, Milch über ihre Cornflakes gießend …

Dies –

ist eine Kleiderpuppe.

Dies –

ist das Hochzeitskleid meiner Mutter.

Dies …

Hinter sich hörte sie den Boden ächzen. Sie dachte, es sei Davey und wischte sich die Augen, ehe sie sich umdrehte.

»Mommy?«

Es war Davey. Jetzt zwängte sie sich durch die Luke, setzte prüfend den Fuß auf den Boden und kam dann unsicher tapsend in ihrem Kattunnachthemd auf sie zu. Iris starrte ihre Tochter an, die barfuß über die losen, mit Staub bedeckten Fichtenbretter auf sie zukam.

»Ich dachte, hier oben ist es gefährlich.«

Als Davey sah, daß ihre Mutter geweint hatte, lief sie geradewegs zu ihr und schlang die Arme um sie, legte ihre warme Wange an ihren Hals. Unerklärlicherweise verspürte Iris eine plötzliche Aufwallung von Freude und hätte fast laut aufgelacht. Aber aus Angst, sie könnte hysterisch werden, hielt sie sich zurück, atmete in tiefen Zügen die warme, nach Zedern duftende Luft ein.

»Ich erinnere mich gerade an so viele Dinge, Liebes«, sagte sie.

»Schlimme Dinge?«

»Mhm. Und auch ein paar sehr schöne.«

Iris streckte die Hand aus und wischte Staub von dem seidenen Ärmel. »Das war das Hochzeitskleid deiner Oma«, erklärte sie. Weder Iris noch Davey achteten auf die Luke, sonst hätten sie vielleicht bemerkt, daß unten jemand das Licht angemacht hatte.

»Vielleicht wird es eines Tages deines sein.« (So wie ihre Mutter das einmal zu ihr gesagt hatte.)

Iris hob wieder den Ärmel an, und da lugte zwischen dem Brustkorb aus Drahtgeflecht ein Umschlag hervor. Davey entdeckte ihn und streckte die Hand aus.

Schwörst du, daß du es niemandem verrätst?

»Was ist, Liebes?« Iris zog den Umschlag heraus.

– NUR ÖFFNEN, WENN GERALD CHRISTIAN ROYAL VERSCHWINDET ODER TOT AUFGEFUNDEN WIRD.

Neugierig drehte Iris den Umschlag um, schob den Daumen unter die Klappe und riß ihn auf…

Aber dieser Ausdruck in Daveys Gesicht…

»Liebes, was ist denn?«

Davey starrte angsterfüllt an ihrer Mutter vorbei. Iris drehte sich um – ihr Herz setzte einen Schlag aus.

Jerry spähte über den Lukenrand.

Vor Kälte fröstelnd, kauerte Sal am Waldrand. Er lauschte auf den Wagen, der die Straße heraufkroch, sah Noels Gebäude im Lichtschein, zuerst von links, dann von rechts angestrahlt. Er starrte hinüber, wartete, lauschte.

Als dann schließlich die Explosion hallte, auch wenn sie weit weg war, spannten sich Sals Muskeln. In der Nähe fing ein Hund zu bellen an, verstummte dann aber wieder, und alles wurde erneut trügerisch still und finster. Der tief am Himmel hängende Mond wiegte sich sanft im Schwimmbecken, Chlorgeruch hing in der Luft.

Alle Vorsicht in den Wind schlagend, stand Sal auf und ging auf den Pool zu. Plötzlich schoß ein Mann hinter der rechten Ecke des Gebäudes hervor. Sal blieb stehen und duckte sich, bereit, wieder zum Wald zurückzurennen, aber der Mann hatte ihn offenbar nicht gesehen, rannte jetzt die Einfahrt hinauf und redete dabei erregt in ein Handy. Sal blieb reglos stehen, hörte, wie der Motor eines Wagens ansprang und der Wagen dann davonraste. Im gleichen Augenblick heulte oben im Feuerwehrhaus die Sirene auf.

Im Schutz des Sirenenlärms ging Sal langsam um das Schwimmbecken herum, zog sich sein T-Shirt über den Kopf und wickelte es sich um die Faust. Vor der Garagentür blieb er stehen und versuchte, durchs Fenster zu spähen. Alles, was er zu sehen bekam, war sein eigenes schwarzes Abbild vor dem Wasser, dessen leichte Wellen den Mond in kleine Stücke zerfetzten, während die Zweige der Apfelbäume hinter ihm nach dem Himmel tasteten.

Er stieß seine von dem Hemdenstoff geschützte Faust durch das Glas, und die Scheibe zerschellte klirrend wie hundert Glöckchen auf dem Betonboden. Aber Sal war sicher, daß das Heulen der Sirene das Klirren übertönt hatte. Er griff mit der linken Hand hinein, um aufzumachen, und stellte fest, daß die Tür gar nicht versperrt gewesen war. Ohne darüber lange nachzudenken, zog er die Tür auf, schüttelte das Hemd von seiner Hand, ließ es auf den Boden fallen und trat dann in die Dunkelheit hinein. Er streckte die Hände aus, ertastete mit der Linken ihren Wagen und machte zwei Schritte nach rechts, bis er erkennen konnte, daß die halbe Trennwand, hinter der die Treppe ins Obergeschoß führte, näherkam – er spürte, wie der Luftdruck sich veränderte. Seine rechte Hand bestätigte seine Vermutung. Falls sich jemand hier in einem Winkel versteckt hielt, hoffte er, daß seine Sinne scharf genug waren, ihn zu bemerken.

Als er das Ende der Trennwand erreichte, schob er sich herum und blickte nach oben, wo es noch dunkler war. Wieder konnte er spüren, wie die Luft sich veränderte, und hörte gleichzeitig ein cool gespieltes Saxophon, dessen Töne wie Wasser die Treppe herunterflossen. Plötzlich hatte er keinen Funken Hoffnung mehr, daß Bouchard sich in bezug auf Noel geirrt haben könnte. Sie war im Haus, wartete auf ihn, zog ihn zu sich hin. Und ihm wurde klar, daß er durch sein Ablenkungsmanöver zwar die Bullen weggelockt, zugleich aber auch ihr einen Dienst erwiesen hatte. Ohne Zeugen und in Anbetracht des eingeschlagenen Fensters war es ihr möglich, ihn auszuschalten, ohne daß irgend jemand hätte behaupten können, es wäre ein Hinterhalt gelegt worden.

Er wußte, daß die Treppe vor ihm zu einem Treppenabsatz führte und dann nach rechts bog. So leise wie das seine mit Wasser vollgesogenen Stiefel und Jeans erlaubten, stieg er die Stufen hinauf, wobei die Hose an seinen Schenkeln scheuerte und das nasse Leder bei jedem Schritt verräterisch quietschte. Sich mit der rechten Hand am Geländer festhaltend, tastete er mit der Linken nach der Wand an der Biegung. Aber seine Hand fand nichts, und er hatte das Gefühl, daß die rechte Wand verschwunden war. Und dann stieß seine Fußspitze an einen schrägen Treppenansatz. Er schlug mit der Hand in die Finsternis und hielt sich rechts.

Von hier aus konnte er das schwache Licht über der obersten Treppenstufe wahrnehmen. Die Jazztöne klangen jetzt klarer – Coltrane und Miles –, wie beim letztenmal, als er diese Treppe heraufgestiegen war. Nach drei Stufen konnte er erkennen, wo das Licht herkam, es war ein dünner Strich, der unter der Tür zum Lagerraum heraussickerte. Er behielt den Lichtstreifen im Auge, zählte seine Schritte, während er höherstieg, und dachte, wenn die Tür plötzlich aufginge, würde er wissen, wie viele Stufen es noch waren. Gleichzeitig war ihm klar, daß seine Chance, schnell zu flüchten, um so geringer war, je näher er der Tür kam.

Er wußte, daß sie ihn erwartete, deshalb die unversperrte Tür, und deshalb die Musik. Bestimmt war die Tür zum Lagerraum ebenfalls unversperrt – und bestimmt hatte sie eine Waffe.

Sehr leise trat er auf den Treppenabsatz und blieb vor der Tür stehen, lauschte der Trompete, die jetzt mit gedämpften Tönen eingesetzt hatte, und überlegte, welche Möglichkeiten sich ihm boten: die Tür aufzustoßen, und dann jene düsteren Gänge aus Kartons vor sich zu sehen. Dort würde sie auf ihn warten – irgendwo zwischen den Kartons. Links von ihm führte eine weitere Treppe acht oder zehn Stufen hoch zu einem breiten Treppenabsatz an der Südostecke des Gebäudes, wo die Treppe im rechten Winkel zur hinteren Tür ihrer Wohnung hinaufführte.

Sal streckte die Hand aus und berührte die Tür des Lagerraums. Sie ließ sich lautlos öffnen – gleich darauf stand er ungeschützt da und sah die langen, düsteren Gänge zwischen den Kartons. Über ihrem Schreibtisch war an der Decke ein weicher Lichtfleck zu sehen. Miles spielte eine traurige Tonfolge. *So What* hieß das Stück.

Dies war der Platz, wo sie ihn hinlocken wollte.

Was er jedoch wollte, war oben.

Er tastete nach dem Geländer, fand es, rannte jetzt die Treppe hinauf, versuchte gar nicht erst, leise zu sein, erreichte den ersten Absatz, hetzte weiter, bis er fast oben war, griff nach dem Türknopf, drehte daran, und als der sich nicht bewegen ließ, warf er sich mit der nackten Schulter gegen die Tür. Er prallte ab und warf sich erneut dagegeben. Von links hörte er ihre Schritte und probierte es noch einmal. Ein lautes *Krack*…, aber die Tür gab nicht nach. Und noch mal – jetzt krachte es lauter, härter, aber nach dem Aufprall wurde er zurückgeworfen, taumelte und suchte am Geländer Halt.

Dann nahm er gleichzeitig zwei Dinge wahr, ohne sie sofort miteinander in Verbindung zu bringen. Seine linke Schulter brannte von dem Aufprall, und etwa in der Türmitte schimmerte Licht durch ein winziges Loch. Er griff sich an die Schulter, ertastete dort die aufgeplatzte Haut – und in dem Augenblick war ein weiteres *Krack* zu hören, und jetzt schimmerte ein zweites Loch in der Tür, etwas unterhalb von dem ersten. Sie schoß auf ihn!

Das Vernünftigste wäre jetzt gewesen, sich fallen und die Treppe hinunterrollen zu lassen. Aber in seiner Wut drehte er sich nur um und warf sich erneut gegen die Tür, diesmal mit der rechten Schulter. Wieder ein *Krack!* Ein weiteres Loch, Holzsplitter stachen ihn in die Stirn. Er wich einige Schritte zurück, stieß einen langen Schmerzensschrei aus und trat, diesmal mit dem Fuß, mit solcher Wucht gegen das Holz, daß das Schloß herausgerissen wurde und die Tür nach innen flog.

Als er in die Küche stolperte, wurde er zuerst vom Licht geblendet, aber dann erkannte er schnell Noel: Sie lag vor ihm auf dem Boden, an die Beine eines umgekippten Sessels gelehnt, die Arme zwischen ihren Beinen ausgestreckt, und zielte mit einer schwarzen Pistole auf ihn.

»O Gott«, sagte sie, »ich wußte nicht, daß du das bist.« Die Waffe ließ sie nicht sinken. Sie war mit grellroten Jeans und einem schwarzen Top bekleidet. »Man hat mich gewarnt – daß du gefährlich bist.«

Er starrte sie an. Da er kein Hemd trug, konnte er spüren, wie ihm das Blut warm an der Seite herunterrann, an den Rippen entlang, aber er nahm es kaum wahr. Wie gebannt beobachtete er ihr Gesicht – und wie ihr Finger sich um den Abzug spannte.

»Du hast gerade meine Tür aufgebrochen. Wie hätte ich denn sonst reagieren sollen?«

Er trat einen Schritt auf sie zu. Die Waffe wanderte nach oben, zielte jetzt auf seine Brust, und er blieb stehen. »Ich muß mich ja schützen, weißt du«, sagte sie, stützte sich dabei auf den umgekippten Stuhl und richtete sich langsam auf, die ganze Zeit auf ihn zielend.

Er schüttelte den Kopf, als wolle er zeigen, daß er keine Angst vor ihr hatte. »Du wirst mich nicht erschießen, Noel.« Ein weiterer Schritt auf sie zu, sie trat einen zurück, immer noch die Waffe auf ihn richtend. »So ist das zu direkt. Das ist nicht dein Stil. Durch die Tür, das paßt besser zu dir.« Sie wich zurück, um den Herd herum, in den Flur, er langsam hinterher. »Dein Stil ist es eher, jemanden in einer Kiste unter der Erde verrecken zu lassen. Deinem Opfer in die Augen zu sehen, dazu hast du nicht den Mumm.«

Der Ausdruck von selbstsicherer Überlegenheit in ihren Zügen ließ ihn erkennen, daß es ein Fehler gewesen war, sie herauszufordern. Jetzt wich sie nicht mehr vor ihm zurück. Sie lächelte. Er blieb stehen und spürte, wie sich sein Blut am Hüftbund seiner Jeans sammelte.

»Nicht daß es etwas zu bedeuten hätte«, begann Noel, »aber ich glaube nicht, daß die Leute ein zu hartes Urteil über dich fällen werden. Zwei Leben für zwei Millionen Dollar? Ich denke, das versteht jeder – die Leute werden sagen, du hast gewußt, was ein Leben wert ist.«

Ihre Augen richteten sich auf seine Brust. Der Lauf der Pistole hob sich ein wenig. Ihr Finger spannte sich.

»Du hättest den Fluß besser kennen müssen«, sagte er.

Noel zögerte, nur einen Augenblick, sah ihm dann wieder in die Augen.

»Das Wasser, das den Fluß hochströmt«, erklärte Sal, bemüht, sich keine Angst anmerken zu lassen, obwohl er wußte, daß er sich nur Sekunden einhandeln konnte. Er trat einen weiteren Schritt auf sie zu. Obwohl ihr Ausdruck unverändert blieb, wich sie zurück.

»Ich spreche von Dingen, die jemand vielleicht in den Fluß werfen könnte, in der Meinung, daß sie zum Meer hinuntergespült werden.«

Noels Mund verzog sich spöttisch, ein herausforderndes, schiefes Grinsen.

»Ich glaube nicht, daß du abdrücken möchtest«, sagte er. »Du weißt, daß du einen Fehler gemacht hast.«

Sie streifte das Bücherregal an der linken Wand.

»So ist es nun mal – wenn man nicht den richtigen Moment abwartet, dann haben Dinge, die man in den Fluß wirft, nicht genug Zeit, es bis hinunter zum Meer zu schaffen. Dann kommen sie zurück.«

Er machte einen weiteren Schritt auf das Bücherregal zu – dort mußte das sein, weshalb er hierhergekommen war.

»Ich kann bloß nicht begreifen, warum du Jerrys Haus angezündet hast... O ja, ich weiß, daß du es getan hast, Noel.«

Ihre Pistole ruckte hoch, und sie feuerte. Er sah den Blitz, spürte die Schockwelle wie einen Schlag im Gesicht, aber die Kugel verfehlte ihn, prallte irgendwo ab. Mit einem Dröhnen in den Ohren schob Sal sich unbeirrt weiter vor, versuchte sich nicht anmerken zu lassen, daß seine Beine zitterten. Als er am Bücherschrank war, wandte er den Blick von ihr und ließ ihn an den Buchrücken entlangwandern.

»Siehst du, ich erinnere mich an das Buch. Allerdings hast du nicht gesagt, daß sich die Mixtur auch für das Niederbrennen von Häusern eignet.« Er griff in das Bücherregal, warf die Bücher eines nach dem anderen auf den Boden und suchte nach dem richtigen.

Immer noch mit der Waffe auf ihn zielend, griff Noel hinter sich und zog die Tür zu ihrer Zebratreppe auf. »Ich weiß wirklich nicht, von was für einem Buch du da redest«, sagte sie. Und was sie jetzt tat, hätte Sal warnen müssen: Sie schob sich nach rückwärts durch die Türöffnung ins Treppenhaus hinein – nur ihr Arm, ihr Arm und die Hand, die die Waffe hielt, waren noch zu sehen.

Er blickte auf, zu spät.

Ihr Finger am Abzug spannte sich kaum wahrnehmbar…

Sich quer durch den Flur werfend, schmetterte er ihr die Tür gegen den Arm. Der Schuß krachte über seinem Rücken, und sie schrie und feuerte wieder. Ohne auf den Schmerz in seiner Schulter zu achten, packte Sal mit der linken Hand die Waffe, während er mit dem Knie die Tür aufstemmte. Noel riß sich mit einem Ruck los, und ein brennender Schmerz schoß durch seine Schulter, als ob jemand ihm den Arm abgerissen hätte. Er warf sich nach vorn, bekam ihre Beine zu fassen, und dann fielen sie beide, schlitterten sich überschlagend eine zebragestreifte Treppenstufe nach der anderen hinunter, jeder bemüht, die Waffe in die Hand zu bekommen. Als sie unten gegen die Tür krachten, warf Sal sich über Noel, preßte ihr den rechten Arm über die Kehle und packte mit der linken Hand erneut die Waffe. Dann verdrehte er Noel das Handgelenk, bis sich die Mündung gegen ihr eigenes Kinn preßte.

»Nur zu!« flüsterte er. »Drück ab! Wir könnten einander doch gegenseitig ins Jenseits schicken. Du mich und ich dich. Yeah, laß es uns tun.«

Ihre grünen Augen bohrten sich in seine, ihre freie Hand krallte nach seinem Gesicht. Er drehte den Kopf weg, und ihr Knie fuhr in die Höhe, krachte gegen seinen Rücken. Er spürte es kaum.

»Sag es mir!« keuchte er. Die Pistole glitt herunter an

ihren Hals, aber ihre Augen starrten ihn an, ohne zu flackern, ohne zu kapitulieren.

»Sag mir, was du getan hast!«

Über ihnen donnerten plötzlich Schritte durch den Flur, kamen die Treppe herunter. Dann eine Stimme:

»Runter!«

Sal drehte sich halb herum, sah den Hünen an der Treppenbiegung, geduckt stand er da, mit beiden Händen eine Pistole auf ihn richtend – Murdoch.

»Die Beine! Die Beine zur Seite!«

»Sag es ihm, Noel!«

»Die Beine zur Seite!«

»Gestehe, was du getan hast!«

Sie funkelte Sal böse an und lächelte dann, hörte auf, um sich zu treten, lächelte unentwegt ... Sal sprang auf und hechtete zur Tür ...

ein Schuß peitschte,

... drehte den Türknopf und rannte los, bahnte sich seinen Weg zwischen den Kartonreihen, stolperte, hetzte durch schwarze Finsternis, stolperte über Vorsprünge von Paletten, prallte gegen Regale. Als er durch die Schwingtür in grelles, blitzendes blaues Licht hinausschoß, hörte er einen weiteren Schuß. Er rannte auf die versperrte Tür zu – prallte ab und drehte sich um –, griff sich einen Kaugummispender und schmetterte ihn gegen das Fenster, so daß die Scheibe in einem Regen von Glassplittern nach draußen platzte. Mit einem mächtigen Satz sprang er durch den leeren Fensterrahmen und rannte in die Finsternis.

»Wirklich schlau«, sagte Jerry und zog sich in die Dachkammer hinauf.

Iris begriff seinen Gesichtsausdruck nicht, begriff

nicht, weshalb er die Schrotflinte bei sich hatte oder was er hier wollte. Sie vermutete, daß er sich betrunken hatte, an der Jagd auf Sal beteiligt und darauf erpicht war, bei den Leuten Eindruck zu schinden. Allerdings wirkte er seltsam aufgeputscht, fast verängstigt – und das machte ihn gefährlich. Sie hielt den Umschlag fest und legte die andere Hand auf Daveys Schulter.

»Jerry«, sagte sie (das war das erstemal, daß sie als Erwachsene seinen Namen ausgesprochen hatte), »ich habe mich hier oben an einiges erinnert.«

Plötzlich hob er den Arm und spannte seine Schrotflinte, ein lautes, brutales Klacken. »Bleib, wo du bist!« forderte er sie auf. Sein Gesicht wirkte blutleer, seine Augen gehetzt. »Sie soll ihn mir bringen«, sagte er und streckte die Hand aus.

Ehe Iris begriff, wovon er redete, nahm Davey ihr den Umschlag aus der Hand.

»Davey, nicht ...« Iris packte Daveys Arm.

»Keine Angst, ich tu' ihr nichts. Sie soll mir bloß den Umschlag bringen.«

Iris' Augen glühten. »Du auch?«

»Ich – was auch?«

»Ob du dich auch erinnerst?« Ihre Stimme klirrte wie Stahl. *»Was du mir hier oben angetan hast.«*

Er schien zu überlegen. »Na und? Wenn Jungs heranwachsen, ist das doch ganz normal. Und mehr war es ja schließlich nicht.«

»Nein! Nein, Jerry. Du warst siebzehn. Ich war zehn. Du warst mein großer Bruder.«

»Hey!« Er fuchtelte mit der Schrotflinte herum, richtete sie auf Daveys nackte Füße.

Iris ging auf ihn zu. *»Weg mit ...«*

Er schwang die Flinte zu Iris herum, und sie blieb stehen. Seine Augen funkelten.

»Jerry, was tust du?«

»Niemand ist daran schuld«, fuhr er sie mit zusammengebissenen Zähnen an. »Sie soll mir bloß den Brief bringen, dann gehe ich wieder. Ich tu' euch schon nichts.«

»Jerry, ich weiß nicht, was in diesem Umschlag ist, und es ist mir auch gleichgültig.«

»Yeah, das ist schon besser.« Sein Blick huschte gehetzt umher, wanderte von Iris zu Davey. Dann ruckte die Flinte tiefer und zeigte auf die Matratze. »Okay, runter, auf die Matratze.«

Davey sah zitternd zu ihrer Mutter auf.

»Alle beide!« Er fuchtelte mit der Waffe. »Aber dalli! Aufs Bett!«

Iris verspürte einen eisigen Schauder. »Liebes, klettere hinunter«, sagte sie zu Davey.

Jerry trat vor die Luke und zielte auf Iris. »Ich bring' deine Mutter um! Alle beide bring' ich euch um, ich sitz' sowieso schon in der Scheiße.«

»Nein, das wirst du nicht!«

»Hinlegen!« Er stampfte mit dem Fuß auf ein lockeres Brett.

Davey zitterte, stand mit geweiteten Augen da und gab keinen Laut von sich. Iris drückte sie an sich, konnte aber selbst ihr Zittern nicht unterdrücken. »Jerry, was ist mit dir los?«

»Nichts. Die Schweine haben mich reingelegt. Und jetzt runter, auf den Bauch!« Wieder zielte die Flinte auf ihre Füße.

»Jerry, was machst du da?«

Er hob die Waffe wieder, richtete sie auf Iris' Brust,

und dabei nahm sein Gesicht einen Ausdruck an, an den sie sich voll Schrecken erinnerte – eine plötzliche Leere, ein Sichlösen von der Realität. In dem Augenblick wußte sie, daß er sie beide töten würde.

»Jerry«, sagte sie, kniete auf der Matratze nieder und nahm Davey den Umschlag weg. »Bitte, laß Davey gehen. Was auch immer…«

»Legt euch beide auf den Bauch. Macht kein solches Theater. Keinem wird was passieren.«

Davey drückte Iris' Hand. Sie wußten, daß er log.

»Legt euch endlich hin und seid still, damit ich einen Augenblick überlegen kann. Mit dem Gesicht nach unten.«

Iris schlang den Arm um Davey. »Ist schon gut, Liebes«, flüsterte sie, unfähig, ihr eigenes Zittern zu unterdrücken. Dann legten sich beide nebeneinander auf die staubige, muffig riechende Matratze. Iris drückte Davey an sich.

»Und ich will eure Gesichter nicht sehen.«

Seine Schritte näherten sich leise, während er weiterredete. Iris zog Daveys Kopf unter den ihren. »Ringel dich ein«, flüsterte sie, und Davey tat es.

»Wie gesagt, niemand hat schuld daran…« Seine rußbedeckten blauen Reef Runners blieben neben ihrem Gesicht stehen.

Iris' Stimme bebte. »Jerry, du machst uns angst.«

»Macht einfach die Augen zu, ich nehme jetzt den Brief, und dann verschwinde ich hier, und was war, soll vergessen sein. Macht einfach die Augen zu.«

Sie spürte, wie der Flintenlauf ihren Rücken berührte, als er ihr den Umschlag wegriß. Dann hob sich der Lauf wieder und sie hörte, wie er einen Schritt zurücktrat. Das Schnippen eines Feuerzeugs… und

Stille. Sie drehte den Kopf so weit herum, daß sie sehen konnte, wie die Flamme an dem Umschlag hochkletterte. Die Schrotflinte, die er unter den Arm geklemmt hielt, zielte auf ihre Beine. Sie erwog, sich auf die Waffe zu stürzen. Es war ihre einzige Hoffnung.

»Siehst du, das ist dein Problem«, sagte Jerry und drehte den Umschlag, so daß die Flamme jetzt an der anderen Seite hochkletterte. »Du kannst einfach nicht tun, was man dir sagt. Es ist deine eigene Schuld, wo du so verdammt neugierig ...«

Ein Ächzen von Holz schreckte sie auf. Jerry ließ den Umschlag fallen, fuhr zu der Luke herum – ein Kopf und eine Schulter schoben sich herauf ...

»Keine Bewegung, Drecksack!«

Beide Männer feuerten gleichzeitig, und Davey schrie auf. An der Luke spritzte es rot, als der große Schädel nach hinten gerissen wurde und aus der Lukenöffnung verschwand. Dann krachte unten etwas schwer auf den Boden.

Iris zog Davey unter sich und hielt sie noch fester an sich gepreßt, dachte verstört, daß sie vielleicht beide aufhören würden zu zittern, wenn sie nur fest genug drückte.

Verwirrt drehte Jerry sich wieder zu ihnen herum, sackte in die Knie, taumelte ein wenig und preßte sich die Hand an den Leib. Der Lauf seiner Schrotflinte scharrte über den Bretterboden. Dann sah er wieder zu der Luke hinüber, wo weiße, blutbespritzte Fragmente von Murdochs Nackenstütze wie blutige Hühnerfedern verstreut waren.

»Oh, großartig!« stieß er gequält hervor. »Ich nehme an, das ist wohl meine Schuld.«

Er nahm die Hand vom Bauch, sah einen sich ausweitenden dunklen Fleck, dann klatschte ein dicker Tropfen Blut auf seinen Glücksschuh. »Yeah, großartig!« sagte er. »Scheiße! Bauchschuß.«

Ein metallisches *Plop* warnte ihn – sein Kopf fuhr herum, er wollte sehen, woher das Geräusch kam. In der Meinung, es sei Noel, blickte er zu Boden, versuchte den brennenden Brief auszutreten, aber er war zu schwerfällig und langsam, die letzte Ecke des Umschlags kräuselte sich bereits, wurde schwarz. Zu seiner Überraschung war die Stimme, die dann von oben an der Giebelwand kam, die eines Mannes.

»Jerry, was zum Teufel machst du da?«

Er spähte mit zusammengekniffenen Augen zum Giebel.

»Daddy?« rief Davey.

Jerry stand jetzt wieder fest auf beiden Beinen. »Tatsächlich, *du* bist's.«

»Daddy?«

»Und ich hab' schon gedacht, du hast ins Gras gebissen«, sagte Jerry.

Sal stand hoch an der Giebelseite des Hauses auf der drittletzten Leitersprosse einer langen Leiter und stützte sich mit einer Hand auf den schmalen Holzrahmen des Dachfensters. Sein linker Arm baumelte halb lahm von der verwundeten Schulter.

»Iris, Davey – alles in Ordnung?«

»Daddy?«

»Ist schon gut, Schätzchen«, beruhigte sie Sal. »Jerry, laß sie runtersteigen, damit wir reden können.«

Durch das Fliegengitter des Dachfensters konnte Sal links vom Kamin die Umrisse von Jerry sehen, wie er über seine Schrotflinte gebeugt dastand. Ein kleiner Rauchfaden war alles, was von dem Papier zu seinen

Füßen übriggeblieben war. Links von Jerry lagen Iris und Davey eng aneinandergekuschelt auf der Matratze.

»Iris – alles in Ordnung?«

»Ja.«

»Jerry, was machst du da? Was hast du da verbrannt?«

Jerry blickte auf, um zu sehen, wo die Stimme herkam, aber der Kamin warf einen schwarzen Schatten über die hintere Wandpartie mit dem Dachfenster. Er stieß einen schmerzerfüllten Grunzlaut aus, wippte auf den Absätzen nach hinten und hob dabei die Schrotflinte.

»Runter damit, Jerry!« forderte Sal ihn auf. »Ich habe eine Pistole.«

»Was soll das – stehst du auf einer Leiter? Ich kann dich nicht einmal sehen.« Jerry klemmte sich den Kolben seiner Flinte unter den Arm.

»Ich erschieß' dich!« rief Sal.

»Ich hab' schon 'ne ganz schöne Ladung abbekommen und spür' kaum noch was ... ich blute wie eine Sau.« Jerry schwankte nach vorn und spannte die Waffe.

»Laß sie laufen, Jerry!«

»Hast du meinen Truck da draußen? Ich werd' einen fahrbaren Untersatz brauchen, Mann.«

»Laß sie laufen!«

Jerry schloß die Augen. »Mann«, sagte er, »mir wird ganz schwarz.« Obwohl er schwankte, ruckte seine Flinte nach oben, bis sie ziemlich genau auf den Punkt zielte, wo Sal durchs Fenster sah. »Hey, was sagt man jetzt dazu! Ich glaub', ich werd' wirklich ohnmächtig ...«

Langsamer als beabsichtigt zog Jerry den Abzug

durch und feuerte. Der Schuß krachte mit betäubendem Dröhnen, und der Rückstoß schleuderte ihn zu Boden.

Durch das Fliegengitter sah Sal das Mündungsfeuer, gleichzeitig flog die obere Hälfte des Fensterrahmens davon, und Sal fiel rückwärts von der Leiter. Sein rechter Fuß verfing sich zwischen den Sprossen, und er krachte gegen die Leiter und blieb am Rist hängen. Mit der rechten Hand bekam er den Leiterholm zu fassen, und dann eine Sprosse. Kleingeld aus seiner Hosentasche klimperte ihm über Brust und Kinn. Er hörte, wie Davey nach ihm rief. Mit der rechten Hand an die Sprosse geklammert, stieß er sich mit dem Fuß von der Leiter ab, bis seine Zehenspitzen wieder Halt fanden und er sich aufrichten konnte. Mühsam kletterte er wieder nach oben. An der Stelle, wo die Schrotladung den Fensterrahmen zerfetzt hatte, hing das Fliegengitter heraus, so daß Sal jetzt die Hand hineinschieben und sich innen an der Wand festhalten konnte.

Unten in der Dachkammer wuchtete Jerry sich gerade mit Hilfe der Schrotflinte in die Höhe, wobei er sie wie eine Krücke benutzte.

Sals Stimme hallte aus der Finsternis zu ihm herunter. »Sag mir, was du da verbrannt hast, Jerry! Was war das für ein Papier?«

Jerry rutschte in seinem Blut aus und wäre beinahe wieder zu Boden gegangen. Sein Jerseypullover hing schwer und feucht an ihm.

»Du hast über sie Bescheid gewußt, nicht wahr, Jerry? Du hast gewußt, was sie getan hat.«

Jerry legte die Finger um den Schaft seiner Waffe.

»Gib Antwort, Jerry. Das Papier, das du verbrannt hast... Du hast sie mit irgend etwas erpreßt.«

Mit einem wilden Grunzen hob Jerry die Schrotflinte.

»Laß das!« schrie Sal.

»Reg dich nicht auf«, antwortete Jerry, »das ist nur zu meinem eigenen Schutz.« Er schwankte jetzt schon beträchtlich; der Kolben seiner Flinte war mit Blut verschmiert. Unsicher machte er einen Schritt nach rechts.

»Ich glaube, sie hat dich auch mit irgend etwas in der Hand, Jerry. Deshalb hast du sie nicht angezeigt, nachdem sie dein Haus niedergebrannt hatte. Deshalb bist du jetzt hier oben.«

»Warte mal!« sagte Jerry. »Ich kann dich nicht hören.« Er machte einen weiteren Schritt, bis Sal begriff, was er vorhatte – er versuchte, hinter den Kamin zu kommen.

»Mach keinen Blödsinn, Jerry!«

Sal blickte durch das Fliegengitter, sah einen plötzlichen, lautlosen Blitz – dann war der Raum stockdunkel. Sofort wurde ihm klar, daß Jerry die Glühbirne zerschlagen hatte. Sich nach links beugend versuchte er, um den Kamin herumzusehen, und als seine Augen sich der Dunkelheit angepaßt hatten, erkannte er in dem Licht, das von unten durch die Luke leuchtete, silhouettenhaft seitlich des Kamins einen Ellbogen …

»Daddy, duck dich!«

Der Ellbogen ruckte; Jerry hatte repetiert, und die Schrotflinte war wieder gespannt.

»Jerry, sei vorsichtig!«

»Stimmt genau«, erwiderte Jerry. »Hast du wirklich eine Kanone dort oben? Dann laß es doch krachen.« Er schlurfte langsam hinter dem Kamin hervor und stand jetzt im Licht, das durch die Luke heraufleuchtete.

Schwankend spreizte er die Beine und hob den rechten Arm. »Nur zu, Mann, ich laß dir den ersten Schuß.«

»Jerry, hör zu, sie hat einen Fehler gemacht ...«

»Okay«, sagte Jerry. Dann hob er, wie bei einer Zielübung, unter großer Anstrengung die Schrotflinte, preßte das Kinn gegen den Kolben und versuchte, die Waffe ruhig zu halten, während er zielte. »Du solltest jetzt schießen«, sagte er. »Ich hab' schließlich nicht die ganze Nacht Zeit.«

»Sie hat einen schweren Fehler gemacht, Jerry.«

Während Jerrys Flintenlauf zitterte, nahm sein Ziel langsam Gestalt an: ein kleines Stück metallischer Himmel, in dem sich silhouettenhaft Sals Kopf und Schultern abzeichneten.

»Daddy, duck dich!«

Jerry kicherte schwach. »Mehr oder weniger wie ein Waschbär auf dem Baum.« Sein Finger krümmte sich um den Abzug. »In Anbetracht der Situation – ein Mann, der hier unten zu Tode verblutet – werden wir das wohl als Notwehr ...«

Jerry sah es zu spät, es flog auf ihn zu ...

... ein Gespenst in einem weißen Hochzeitskleid, kopflos, hohl ...

... schwer genug.

Die Wucht des Aufpralls warf ihn um, und dann saß er da in dem Licht, das aus der Falltür nach oben strahlte. Sein Kopf prallte von dem hölzernen Rahmen ab, sein Hintern rutschte die Leitersprossen entlang, kippte ihn mitten in der Luft herum, so daß die Mündung der Schrotflinte auf den Boden traf, als er unten landete. Die Waffe ging los, der Kolben bohrte sich mit aller Wucht in seinen stürzenden Körper, daß die Rippen an seiner rechten Seite wie Zunder knackten.

Neben ihm, inmitten einer Blutlache, mit weit aufgerissenen, glasigen Augen wie ein erlegter Rehbock, lag Sergeant Murdoch in seinem karierten Blazer, tödlich verwundet.

Trotz seiner Wunden rappelte Jerry sich mit funkelnden Augen hoch, die Schrotflinte in der Hand. Ob er nun versuchte, dem Gespenst zu entkommen, oder nur darauf erpicht war, Sal zu erledigen – jedenfalls griff er zum Treppengeländer und setzte an, hinunterzurennen. Aber an der obersten Treppenstufe rutschte sein Glücksschuh über den polierten Boden, und sein Oberkörper überholte plötzlich seine Beine. Jerrys Füße trommelten die Treppenstufen hinunter, versuchten mit seinem Rumpf Schritt zu halten, schneller und schneller. Aber das nützte wenig. Er sah, wie ihm der Vorhang unten an der Treppe entgegenflog wie ein weiteres Gespenst und streckte die Flinte aus, um ihn abzuwehren. Der Lauf zerschlug das Fenster, sein Kopf stieß gegen den Blumenkasten, noch mehr Glas splitterte, und dann fing der weiße Vorhang ihn gnädig auf. Sein Körper und seine Flinte hingen zu dem zerschlagenen Fenster hinaus; er glich einem Junikäfer, der sich im Netz einer Spinne gefangen hat …

Im gleichen Augenblick richtete sich ein grelles Scheinwerferpaar auf ihn, dem sofort ein Suchscheinwerfer folgte. Wenig später kam ein zweiter Wagen mit blinkendem Blaulicht angerast, Wagentüren flogen auf, jemand schrie: *»Die Waffe fallen lassen! Die Waffe fallen lassen!«*

Aber Jerry, der im Vorhang gefangen war, konnte der Aufforderung nicht nachkommen. Um alles noch schlimmer zu machen, rutschten seine Schuhe nach hinten, während seine Schrotflinte ihn nach vorn zog. Die Vorhangstange bog sich durch, das Nylongewebe dehnte sich …

»Fallen lassen!«

Der blutgetränkte Jerseypullover rutschte langsam hoch, sein blutverschmierter Oberkörper hing über dem zersplitterten Glas im unteren Rahmen. Das Schlimmste war, daß ihm die Kraft fehlte, Widerstand zu leisten.

»Fallen lassen, oder ich schieße!«

Ihm fehlte die Kraft, auch nur Einspruch zu erheben. Er sah, wie eine Gestalt mit einem Gewehr um das Haus herumrannte, er spürte, wie sich spitzes Glas in seinen Bauch bohrte …

Dann peitschten hinter ihm zwei Schüsse. Es fühlte sich an wie ein Finger, der ihm auf den Rücken tippte – *tap, tap* –, gefolgt von dem seltsamen Gefühl, daß die Luft aus ihm herausströmte. Er schaffte es, den Kopf so weit zur Seite zu drehen, daß er sehen konnte, wie Murdoch rot und glänzend oben an der Treppe lag, mit einer starren Todesfratze, die 45er in der Hand drohend nach unten gerichtet. Als Jerry genauer hinsah, flammte die Mündung auf, und eine weitere Kugel bohrte sich in seine Schulter. Dann riß die Vorhangstange sich los, der Vorhang zerfetzte, und es trieb ihn noch tiefer in die langen Glassplitter hinein.

Wie ein nasser Teppich hing er über dem Fenstersims. Da lag er jetzt, starrte auf das Gebüsch hinunter, das seine Schrotflinte verschluckt hatte, und stellte sich vor, die dunkle Flüssigkeit, die am Vorhang hinunterrann, wäre Coca-Cola …

»Keine Bewegung!« hörte er in der immer weiter zurückweichenden Ferne. *»Bewegen Sie sich ja nicht!«*

Jerry brachte noch ein leichtes Zucken seiner Handgelenke zuwege, eine letzte Trotzgeste. Dann war es vorbei.

Fünfzehn

Während Sergeant Murdoch und Jerry Royal eilig ins Downeast Memorial gebracht wurden, wo man für beide Totenscheine ausstellte, während die Beamten der Spurensicherung nach Gravity fuhren, um auf dem Dachboden, dem Flur und dem Wohnzimmer der Ericksons Videoaufnahmen zu machen und Blutproben zu entnehmen, telefonierte Iris mit Helen Swan.

Vier Minuten später war Helen im Morgenrock zur Stelle, um Iris und Davey in ihr Haus zu holen. Als sie an der hinteren Tür klopfte, saßen Iris und Davey mit Detective Shepherd am Küchentisch. Davey trank ein Glas Orangensaft, und die Troopers Lemieux und Rolley standen am Spülbecken und sahen zu. Es war halb zwei Uhr morgens. Shepherd bat Helen, noch eine Minute draußen im Wagen zu warten, bis sie fertig wären.

Iris hatte dem Detective gesagt, daß Jerry den Umschlag verbrannt hätte und daß sie nicht wüßte, was darin gewesen sei. Davey schilderte, wann und wie Jerry den Brief auf dem Dachboden versteckt hatte, wußte aber ebenfalls nichts, was den Inhalt betraf – nur daß Jerry ihr gegenüber erklärt hatte, dieser Brief sei sehr wichtig und würde sein Überleben garantieren. Beide berichteten, daß Jerry den Sergeant in der Speicherluke erschossen habe, daß Sal am Dachfenster aufgetaucht wäre und was er dann zu Jerry gesagt hatte. Shepherd nahm das ganze Gespräch auf Tonband auf und bat sie im Verlauf der Aufnahme mehrmals, an offensichtlich willkürlich gewählten Stellen, Sals exakte Formulierung zu wiederholen.

Als Iris sich daran erinnerte, daß Sal zu Jerry gesagt hatte, daß er eine Waffe habe, wechselten Rolley und Lemieux einen Blick, der keinem entging, am allerwenigsten Davey.

»Warten Sie draußen auf mich«, forderte Shepherd die Troopers an dieser Stelle auf. Als sie den Raum verlassen hatten, sagte er zu Iris: »Aber Sie sagen, er hätte die Waffe nicht abgefeuert?« Das bestätigte sie. Er fragte sie dreimal auf unterschiedliche Weise, wohin Sal ihrer Ansicht nach gegangen sein könnte, aber darauf hatten sie beide keine Antwort. »›Sie hat einen Fehler gemacht, sie hat einen schweren Fehler gemacht‹, sind Sie sicher, daß das seine Worte waren?« fragte Shepherd. Iris nickte. Davey senkte den Blick und starrte auf die Tischplatte. Sie hatte Angst, sie könnte der Polizei, ohne das zu wollen, schon zuviel gesagt und damit geholfen haben, ihren Vater zu belasten.

Shepherd schaltete das Tonbandgerät ab, lächelte Iris mitfühlend zu und tätschelte Davey am Knie. »Fahren Sie jetzt ruhig mit Ihrer Freundin und versuchen Sie, etwas zu schlafen«, riet er. »Wir sollten hier in ein paar Stunden fertig sein.«

Als er sie zu Helens Wagen begleitete, sah er Trooper Lemieux im Streifenwagen sitzen. Die Tür stand offen, Lemieux hatte die Füße auf den Rasen gestellt, hielt seine Dienstwaffe in der Hand und kontrollierte das Magazin. Rolley stand neben ihm.

Shepherd ließ Iris stehen und ging zu den beiden Polizisten hinüber. »Tun Sie das nicht«, sagte er leise.

Lemieux schob das Magazin in die Waffe, stand auf und verwahrte sie im Halfter. »Meinen Sie, wir sollten die Hunde anfordern?« fragte er.

Shepherd sah ihn an, wartete jedoch mit der Antwort, bis Helen weggefahren war. »Keine Hunde, keine Pistolen«, entschied er.

»Sie hat gesagt, er sei bewaffnet, Detective.«

Shepherd schaute die beiden Trooper scharf an. »Hören Sie«, sagte er, »wir jagen hier keinen Copkiller. Der Mann, der Sergeant Murdoch erschossen hat, ist zur Leichenhalle unterwegs. Und der Mann, den wir suchen, ist Verdächtiger in einer völlig anderen Straftat. Sie müssen die beiden Fälle auseinanderhalten.«

Lemieux rutschte nervös an der Wagentür entlang und warf Rolley einen verstohlenen Blick zu.

»Ich möchte, daß Sie beide getrennt vorgehen. Halten Sie sich an die Straßen und bleiben Sie in Ihren Fahrzeugen. Rolley, Sie nehmen Murdochs Wagen. Beobachten Sie den Supermarkt, fahren Sie von Zeit zu Zeit dort die Auffahrt hinunter und sehen Sie auch hinter dem Haus nach. Wenn Sie etwas Verdächtiges sehen, melden Sie es mir über Funk.«

»Sie werden telefonieren«, wandte er sich dann an Lemieux. Er griff in seine Jackettasche und zog eine Brieftasche heraus. »Das habe ich unter der Leiter hinter dem Haus gefunden, neben etwas Kleingeld und ziemlich viel Blut.« Er klappte Sals Brieftasche auf und drückte seitlich dagegen, um an die Karten unter dem Führerschein zu kommen, überflog sie, zog eine Karte heraus und reichte sie Lemieux. »Blue Cross Krankenversicherung. Geben Sie seine Nummer und seine Beschreibung an alle Notaufnahmen im Umkreis von zwei

Stunden Fahrzeit durch.« Dann zog er eine Visakarte heraus. »Er wird Geld brauchen. Möglicherweise meldet er seine Kreditkarte als gestohlen und versucht, sich telegraphisch Geld überweisen zu lassen. Wir müssen ihm zuvorkommen.« Die nächste Karte war vom Amerikanischen Automobilclub. »Er könnte versuchen, vom Automobilclub Geld zu erhalten, möglicherweise auch einen Leihwagen. Rufen Sie dort an.« Er blätterte die Karten bis zur letzten durch, hielt dann inne, nahm eine heraus und sah genauer hin.

»Was ist das?« fragte Lemieux. »Noch ein Führerschein?«

Shepherd hielt die Karte ins Licht. »Aus Rhode Island«, murmelte er. Die Karte trug Sals Foto, aber der Name neben dem Bild …

Shepherd blickte auf.

Dale Newman.

»Also schön, fangen wir an«, sagte er und steckte den Führerschein mit den anderen Karten wieder in die Brieftasche. »Sie bleiben unter allen Umständen in Ihren Fahrzeugen, ist das klar?« Dabei sah er Lemieux an.

»Ja, Sir.«

»Ich glaube nicht, daß er hierher zurückkommen wird, er weiß ja schließlich, daß wir ihn suchen. Wichtig ist, daß er unter keinen Umständen an Noel Swift herankommt. Sie reist morgen ab, und er könnte noch einmal zu ihrem Haus fahren und versuchen, sie daran zu hindern.«

»Und wenn er's versucht?« wollte Lemieux wissen.

Der Detective nickte. »Dann werden wir ihn wohl mit allen Mitteln daran hindern müssen, denke ich.«

Shepherd wartete, bis die State Troopers weggefahren waren. Dann ging er zu seinem Cherokee, überprüfte das Magazin seiner eigenen Dienstwaffe, lud durch und schob die Waffe wieder ins Halfter zurück. Es war inzwischen kalt geworden, deshalb schlüpfte er in seine Jacke, zog den Reißverschluß zu und ging dann hinter das Haus, wo er auf den Leitersprossen frisches Blut und ein Stück davon entfernt eine Blutlache im Gras gesehen hatte.

Er leuchtete mit seiner Taschenlampe herum und sah einen weiteren Tropfen, vielleicht eineinhalb Meter entfernt – und dann noch einen, alle auf einer Linie, die zur Straße führte. Aus dieser Richtung war er gekommen, überlegte Shepherd. Sal würde in die andere Richtung weggelaufen sein, wahrscheinlich um den Garten herum und in den Wald dahinter.

Der Detective kehrte zur Leiter zurück und ging dann zum Garten. In drei Meter Entfernung entdeckte er, ganz wie er das vermutet hatte, einen roten Tropfen auf einem Grashalm. Er blickte zur Leiter hinüber und zog eine Verbindungslinie zwischen den Blutstropfen: Sie zeigte zur Garage. Den nächsten Blutstropfen fand er erst nach zehn Metern, aber er führte ihn hinter die Garage. Shepherd ging auf der anderen Seite um sie herum und entdeckte an der vorderen Ecke eingetrocknetes Blut in der Größe eines Ahornblatts. Bestimmt hatte Sal dort gewartet, während die Polizei mit Jerry beschäftigt war. In Anbetracht des Betriebs, der anschließend an der Vorderseite des Hauses geherrscht hatte, nahm er an, daß Sal nach links hin geflohen war, darauf bedacht, die Garage zwischen sich und dem Haus zu haben. Er richtete den Lichtkegel seiner Taschenlampe in ein Fichtengehölz und entdeckte die rote Spur an den feinen Nadeln in etwa eineinhalb Meter Höhe; daraus schloß er, daß Sal an der linken Schulter, der Brust oder dem Rücken blutete.

Vorsichtig bahnte er sich seinen Weg zwischen den Bäumen; es war, wie wenn man im November einen waidwund geschossenen Hirsch verfolgte, dachte er; und eigentlich wäre er nicht erstaunt gewesen, wenn er Sal benommen und keuchend im Dickicht liegend vorgefunden hätte. Aber dann sah er an einem Zweig rechts von sich einen roten Schmierfleck, blieb stehen und trat einen Schritt zurück. Sal hatte sich hier um neunzig Grad gedreht, auf die Straße zu. Shepherd folgte der neuen Spur etwa fünf Meter weit durch die jungen Fichten und stand dann im dichten jungen Gras, das den Abflußgraben neben der Straße säumte. Auf der anderen Seite des Grabens war ein weiterer Blutstropfen zu erkennen.

Shepherd stieg über den Graben hinweg auf die Asphaltfläche und schabte mit der Fußspitze eine Linie in den Staub, die auf den letzten Blutstropfen zeigte. Er stellte sich vor, daß Sal hier über die Straße gerannt war, und blickte auf das dunkle Feld hinaus, verwundert darüber, daß Sal so nahe bei seinem Haus seine Deckung verlassen hatte – sofern er nicht ein ganz bestimmtes Ziel im Auge gehabt hatte.

Von der Straße aus ließ er den Lichtkegel langsam über die Sträucher und Blaubeerbüsche auf der anderen Seite wandern, von rechts nach links und wieder zurück, und entdeckte auf einem Pfad einen tiefen Eindruck im Boden: jemand mußte da vor kurzer Zeit kräftig aufgetreten sein. Er folgte dem Pfad etwa fünfzehn Meter bis zu einer Stelle, wo er abrupt nach rechts abbog. Als Shepherd sich in diese Richtung wandte, wußte er, was Sals Ziel gewesen war: Er sah ein Licht, es kam aus der offenen Tür von Jerry Royals Bus.

Nichts Gutes ahnend, schaltete Shepherd seine Taschenlampe aus und schob sich leise durch die Büsche, bis er das mit allem möglichen Kram übersäte Grundstück der Royals erreicht hatte. Er arbeitete sich hinter den verbrannten Überresten des Hauses näher heran, knöpfte dann sein Halfter auf und legte die Hand an den kalten Kolben seiner Waffe. Er blieb stehen und lauschte. Abgesehen von den Fröschen, die unten am Fluß im Chor quakten, war die Nacht erstaunlich ruhig geworden.

Er zog die Pistole und ging weiter. Als er sich dem Bus näherte, konnte er sehen, daß die Fenster schwarz übermalt waren. Leise schlich er sich hinten heran, bückte sich, schaltete die Taschenlampe wieder ein und suchte nach einem Paar Füße hinter dem Bus. Als er keine sah, schaltete er das Licht aus, richtete sich wieder auf, zielte mit seiner Pistole auf die offene Tür und ging weiter. In fünf Meter Entfernung blieb er stehen.

»Sal Erickson?« rief er und legte die Taschenlampe auf den Boden. »Sal, warum kommen Sie nicht heraus? Ich bin bewaffnet, und mir wäre es lieber, wenn ich nicht da hineinsteigen müßte, um Sie zu holen.«

Er versuchte zu lauschen, aber die Frösche quakten zu laut. Auf der untersten Stufe entdeckte er einen Tropfen Blut, es war noch feucht. Als sich seine Hand um den stählernen Haltegriff schloß, rechnete er damit, daß ihn gleich ein Schuß treffen würde und dachte kurz daran – wie so oft in letzter Zeit –, wie schlecht Polizisten bezahlt wurden.

»Sal, ich weiß, daß Sie verletzt sind. Sagen Sie mir, ob Sie dort drinnen sind. Ich möchte Ihnen helfen.«

Er trat auf die erste Stufe, lehnte sich zur Seite, so daß Kopf und Körper außerhalb der Tür blieben, und hob seine Waffe.

»Mr. Erickson?«

Sein Verdacht wuchs, daß er ein Selbstgespräch führte, und das ärgerte und erleichterte ihn zugleich. Trotzdem mußte er es genau wissen. Tief durchatmend zählte er bis drei, schob dann Kopf und Waffe durch die Tür, spähte in den Bus und zog den Kopf wieder zurück. In Gedanken listete er auf, was er gesehen hatte: Tisch und Sitze auf der linken Seite, etwa in der Mitte; Styroporkühlbox rechts; Coladosen überall im Mittelgang verstreut. Die einzige Stelle, wo man sich verstecken konnte, war die hinter dem Tisch. Er beugte sich erneut in den Bus, stützte seinen Arm mit der Pistole am Haltegriff ab und zielte dicht über den Sitz. »Wenn Sie sich da vorn versteckt halten, Sal, dann heben Sie jetzt die Hände. Ich werde nicht schießen.«

Im gleichen Augenblick entdeckte Shepherd voll Dankbarkeit den Spiegel in der hinteren Ecke, ein runder Weitwinkelspiegel, der ihm bestätigte, daß tatsächlich niemand hier war. Er fuhr herum, für den Fall, daß Sal ihn von hinten angeschlichen hatte – und bemerkte dabei den umgekippten Karton auf dem Boden und die ringsherum verstreuten Kleidungsstücke. Hastig stieg er von der Treppe, hob die Taschenlampe auf und richtete sie auf den Karton. Der Deckel war mit Blut verschmiert, auch am Boden war Blut. Wenn Sal jetzt ein frisches Hemd trug, würde es zumindest eine Zeitlang keine Blutspuren mehr geben, denen er folgen konnte.

»Scheiße!« sagte der Detective.

Frierend und geschwächt saß Sal auf dem Hochufer über dem Sumpf. Er war dicht hinter dem Grundstück der Royals durchs Unterholz gebrochen, hatte sich ohne Taschenlampe und unter einem dichten Dach aus Ästen und Zweigen, die das Mondlicht nicht durchließen, mühsam einen Weg gebahnt. Sein verletzter Arm hing schlaff unter dem Flanellhemd und bekam immer wieder Stöße ab. Jetzt, im offenen Mondlicht über dem Fluß, immer noch in den nassen Jeans und Stiefeln, nützte ihm das Hemd auch nicht viel. Er zitterte vor Kälte, hatte schlimme Schmerzen und war deshalb kaum fähig, einen klaren Gedanken zu fassen.

Sie würde herunterkommen, das wußte er. Sie würde herunterkommen müssen – wenn sie nicht schon da war und auf ihn wartete. Aber bei dem unablässigen Konzert der Frösche in der Tiefe war es unmöglich, Schritte zu hören. Der Fluß unten lag in dichtem Nebel, und deshalb konnte er das Ufer nicht sehen – ja, er wußte nicht einmal, wie hoch oben er selbst saß. Vorsichtig schob er sich nach vorn, bis er spürte, wie die Schwerkraft an ihm zerrte. Er starrte in die Tiefe, auf den weichen Boden, wußte, daß er in Wirklichkeit keine Wahl hatte, fragte sich, ob er den Sturz überleben würde, fragte sich, weshalb er überhaupt hierhergekommen war. Warum legte er sich nicht einfach ins Gras zurück, schloß die Augen und ließ der Bewußtlosigkeit freie Bahn?

Doch dann hatte er plötzlich keine Wahl mehr. Seine Stiefelabsätze verloren den Halt, er kam ins Rutschen, versuchte verzweifelt, sich festzuhalten, bekam ein Grasbüschel zu fassen und wußte zugleich, daß alles vergeblich war. Er stürzte hinunter, fiel drei Meter tief, ehe seine Beine das steile Ufer trafen, wo er weitere sechs Meter über hartes Gestein rumpelte. Mit den Stiefeln und seiner einen Hand versuchte er, die Rutschpartie zu verlangsamen, wurde statt dessen aber auf seine verletzte Seite herumgeworfen, ehe er wieder durch die Luft flog. Unten prallte er zweimal nacheinander mit einem dumpfen Laut auf, zuerst mit den Absätzen, und dann mit dem Rücken.

Wie er so im Schutz des Nebels dalag, wußte Sal, daß er eigentlich aufstehen und sich Deckung suchen sollte. Aber er blieb benommen eine Weile liegen, spürte immer noch das Nachklingen des Aufpralls in seinen Knochen. Nachdem eine Minute verstrichen war, rollte er sich auf die rechte Seite und starrte in die Richtung, wo er den Weg vermutete, aber da war nur dichtes, undurchdringliches Grau. Alles, was durch die Nacht an sein Ohr drang, war der Chor der Frösche. Es überraschte ihn, daß sein Sturz sie nicht zum Schweigen gebracht hatte. Vor Schwäche zitternd, richtete er sich auf die Knie auf – und hob den Kopf aus dem Nebel. Plötzlich erkannte er, daß er völlig ungeschützt und ohne Deckung dastand. Sein Herz stockte. Die flache Dunstschicht war nicht einmal einen Meter hoch und lag im Mondlicht wie eine weiße Decke da; die Bäume schienen aus ihr herauszuwachsen. Sal sah den Weg hinunter, versuchte zu erkennen, ob sich dort etwas bewegte. Aber selbst im Mondlicht verschwamm der Weg nach zehn, fünfzehn Metern in einem undurchdringlichen Schleier.

Er rappelte sich hoch und blickte in Richtung des Fischteichs über die Nebeldecke. Da er sogar unmittelbar vor sich den Boden nicht sehen konnte, setzte er seine Schritte vorsichtig, bis sein Fuß eine feste Fläche ertastete – es war sein Fischfels. Er kauerte sich im

Nebel nieder, fand mit der Hand den Rand des Felsens, setzte sich und ließ die Beine über den Rand hängen. Seine Stiefel trafen auf weichen Grund und sanken im Schlamm ein. In diesem Augenblick verstummten die Frösche – eine plötzliche, auffällige Stille. Er hielt sich so ruhig, wie ihm das möglich war, versuchte sogar das fröstelnde Zittern zu unterdrücken, was ihm in Anbetracht des eiskalten Wassers, das in seinen Stiefeln emporquoll, nicht gelang. Draußen, jenseits der Sandbank, lag der Fluß still da, hatte aufgehört, zum Meer zu fließen, räkelte sich, flüsterte an den Ufern – wartete auf die Flut.

Da der Wasserspiegel des Teichs niedriger war als das Flußufer, stand Sal bis zum Hals im Nebel, und das vermittelte ihm ein Gefühl größerer Sicherheit. Er zog den Kopf ein, war damit unsichtbar – aber jetzt konnte auch er nichts mehr sehen. Sich vorbeugend streckte er die Hand ins Wasser und stellte fest, daß es etwas fünfzehn Zentimeter tief war.

Um an den angeschwemmten Unrat zu gelangen, mußte er sich nach rechts wenden. Als er versuchte, den linken Fuß aus dem Schlamm zu ziehen, wollte ihn der Sumpf nicht loslassen. Mit nur einem gesunden Arm war es schwierig, seine Füße aus dem saugenden Griff des Morasts zu befreien. Er überlegte kurz, hielt sich dann mit der rechten Hand am Fischfelsen fest, zog das linke Bein nach vorn und setzte es in den Schlamm, dann ließ er sich auf das rechte Knie nieder.

Auf diese Weise arbeitete er sich um den Felsen herum, bis sein Knie schließlich an einen schwimmenden Gegenstand stieß. Er streckte die Hand aus und spürte eine Kunststoffoberfläche, einen hohlen Griff. Er wußte, daß das, was er da in der Hand hielt, ein leerer

Milchbehälter war, legte den Behälter neben sich ins Gras und tastete dann erneut um sich herum, bis er eine Plastiktüte fand, in der vielleicht einmal ein Sandwich eingewickelt gewesen war. Er legte die Tüte daneben und verfuhr auf diese Weise auch mit dem restlichen Abfall, wobei er jedes Stück identifizierte: ein eingedellter Ball; eine rechteckige Plastikflasche, in der vielleicht einmal Motoröl gewesen war; eine Puppe, der ein Bein fehlte; ein Eiswürfelbehälter aus Plastik; ein Gummihandschuh, dessen Finger zusammengeklebt waren... Er faltete den Handschuh, stopfte ihn sich in die Tasche und suchte dann weiter: eine kleine Plastikflasche mit kegelförmigem Deckel – vielleicht ein Senfspender; ein Schwimmer, an dem noch ein Stück Leine hing; eine kurze Kette mit Weihnachtskerzen; eine flache Platte aus Styropor, die vielleicht einmal als Deckel einer Kühlbox gedient hatte. Sal ließ die Hand über die Wasserfläche gleiten, konnte aber nichts mehr finden, bis er schließlich unter das überhängende Ufer griff. Dort fand er die leere Tube, und plötzlich stieg ein Gefühl wohliger Wärme in ihm auf. Er stopfte die Tube in die andere Hosentasche, kroch dann aufs Ufer hinauf und ließ den restlichen Unrat möglichst leise wieder ins Wasser gleiten.

Es war die Tube mit Haargel, über die Davey Witze gerissen hatte, als sie fischen gewesen waren. Der Haarklitsch – das war seine einzige Chance, wenn er jemanden davon überzeugen wollte, daß dies nicht bloß eine aus der letzten Not geborene Phantasievorstellung war. Gerade wollte er sich wieder aufrichten, als er das Geräusch vor sich hörte – ein leichtes Knacken. Er erstarrte, drehte den Kopf leicht nach links – und hörte es wieder. Sein Blick wanderte über den

Nebel hinaus zum Fluß, wo keine Bäume mehr standen. Er wußte, daß es dort eine Stelle gab, wo das feste Ufer in eine grasbedeckte Sandbank überging, die in einem weiten Bogen den äußeren Rand des Teichs bildete und den Fluß auf der anderen Seite abgrenzte. Dort keckerte ein Eichhörnchen – eine nervöse Warnung.

Vorsichtig stieg er über den Felsen und arbeitete sich langsam und lautlos am Uferrand entlang, vorbei an der letzten Zwergerle, bis er spürte, wie der Boden unter seinen Füßen weicher wurde. Wo die Sandbank nach links abbog, flußabwärts, wurde der Sand sogar noch weicher und feuchter; er bildete eine grasbedeckte Mulde, durch die die Flut bei der Wende hereinströmte. Als Sal spürte, wie seine Stiefel sich erneut mit Wasser füllten, drehte er sich um und stieg wieder auf die Sandbank hinauf, wo das Gras dichter und der Sand fester waren. Dort ließ er sich auf die Knie sinken, so daß der Nebel ihn einhüllte, und wartete.

Strategisch schien ihm das eine günstige Stelle, jenseits des Teichs mit Ausblick auf beide Zugänge – vorausgesetzt, jemand näherte sich mit einer Taschenlampe. Er wußte, daß Noel von links kommen würde, von dort, wo er die Geräusche gehört hatte. Die Polizei, falls sie überhaupt auftauchte, würde auf dem Weg rechts herunterkommen.

Sal hatte keine Ahnung, wie spät es war – zwei Uhr, drei, vier? –, und auch nicht, ob seine Position tatsächlich so vorteilhaft war, wie er zunächst angenommen hatte. Jetzt fiel ihm ein, daß er sich hier auf der Sandbank mit dem einzigen Beweismittel, das möglicherweise Noel belasten könnte, selbst in eine Falle begeben hatte. Der Fluß hinter ihm war sechs Meter breit und der sich anschließende Wald dicht und unfreundlich – immer von der Annahme ausgehend, daß seine Kräfte überhaupt für eine Flucht ausreichen würden, was er bezweifelte. Sein ganzer Körper wurde jetzt von Schüttelfrost und Schmerz gepeinigt. Aber das Schlimmste war die Müdigkeit.

Er zog die Tube Haargel aus der Tasche und überlegte, ob er sie im Sand neben sich vergraben solle. Aber er durfte jetzt die Stille mit keinem Laut stören und verspürte außerdem das dringende Bedürfnis, sich zu wärmen; so schloß er die Hand fest um die Tube, zog die Knie an die Brust, und legte sich seitlich hin, um wenigstens die eigene Körperwärme zu speichern. Ab und zu starrte er in den kalten, blinden Nebel und lauschte angespannt, um sich auch nicht das leiseste Rascheln entgehen zu lassen.

Aber die Nacht war schrecklich still geworden. Die Nacht, der Teich, der Fluß. Der einzige Laut, den er hörte, war das leichte Platschen eines Baumfroschs, der vor ihm in den Teich sprang. Doch dauerte es nicht lange, bis ein Frosch am gegenüberliegenden Ufer ein kurzes, mutiges Quaken ertönen ließ. Augenblicke später quakte es rechts von ihm zurück. Eine unverlangte Antwort von links folgte; dann eine zweite, dritte, vierte. Und plötzlich hallte der ganze Sumpf vom Paarungskonzert wider.

Der Chorus umgab Sal, wurde gleichsam ein angenehmes Rettungsfloß, auf dem er willig aus seiner Müdigkeit und seinem Schmerz davontrieb. Der Verlust jeglichen Gefühls, der Wärmeverlust, der Blutverlust – die Ansammlung von Verlusten nahm ihm schließlich das Bewußtsein.

Ein Wispern gab es ihm zurück. Zuerst nahm er überhaupt nichts wahr, dann einen plötzlichen, wütenden Kälteschauer – aber was ihn weckte, war das Wispern. Das Wispern von Wasser. Er begriff, daß das, was er da hörte, die Wende der Fälle war, Wasser im Griff der Gezeiten, das sich den Weg flußaufwärts über die Felsen bahnte – und dann erinnerte er sich daran, wo er sich befand. Und weshalb. Er schlug die Augen auf und sah sich von undurchdringlichem Grau umgeben, mit schwarzen Streifen von Sumpfgras vor dem Gesicht. Er war eingeschlafen, wußte nicht, wie lange er geschlafen hatte; jetzt war er hellwach, kalt, steif und fröstelnd. Die Fälle wisperten. Das unnatürliche Geschehen setzte sich fort. Wasser strömte bergauf und überspülte den dunklen Wald mit Meeresleben. Das Geräusch war so beruhigend, daß er wieder anfing, einzudösen. Aber etwas anderes …

Ihm wurde bewußt, daß ihn etwas anderes geweckt hatte. Die Frösche waren verstummt.

Sie war da.

Er hielt den Atem an, hob lautlos den Kopf, besorgt, ein Kleidungsstück könne rascheln, ein Gelenk knacken. Und da sah er sie. Auf der anderen Seite des Teichs schien ein Lichtpunkt in der Luft zu schweben, senkte sich dann auf den Teich hinab, erzeugte einen verschmierten Reflex. Sie bückte sich, suchte in dem Treibgut herum …

Das Haargel. Plötzlich wurde ihm bewußt, daß er die leere Tube immer noch in der Hand hielt.

Er wußte, daß sie nicht ohne ihre Pistole hierhergekommen war. Er wußte auch, daß er ihr keine andere

Wahl gelassen hatte, als die Waffe einzusetzen – es sei denn, er konnte die Tube verstecken.

Er blickte durch den Nebel hinauf zum Himmel, der einen halben Ton heller als der Sumpf war, gerade soviel, um Gegenständen schattenhafte Konturen zu verleihen. Aber dort, wo er lag, ungefähr zwölf Meter vom Teich entfernt, konnte er nicht deutlicher zu erkennen sein als irgendein anderer Teil des Ufers – falls sie der Sandbank überhaupt Aufmerksamkeit schenkte, sagte er sich. So langsam wie möglich hob er seinen Oberkörper so weit an, daß sein rechter Arm frei wurde. Dann ließ er seine Hand heruntersinken, bis das flache Endstück der Tube den Sand berührte, und zog damit langsam eine kurze Furche.

Plötzlich hörte er unmittelbar vor seinem Gesicht die Andeutung eines Geräusches – ein winziger Schatten, der aus dem Gras sprang – ein Laubfrosch –, und dann sein Klatschen im Teich.

Das Licht streifte im Nebel herum, nicht größer als ein schwaches, suchendes Auge. Es schwebte über dem Wasser …

Einen Augenblick lang blieb alles reglos, verharrte in der Schwebe. Sal starrte hinüber und überlegte, ob seine Augen das Licht reflektierten, erwartete den Mündungsblitz, den Knall des Schusses. Als er das Warten nicht länger ertrug, richtete er sich auf die Knie auf.

»Ich hab' das, was du suchst«, sagte er, und seine Stimme durchschnitt den Nebel.

Einen Augenblick lang blieb ihr Licht unbewegt. Dann wanderte es höher, und er hörte das schmatzende Geräusch, als sie ein Bein aus dem Schlamm zog. Er wußte, daß sie jetzt mit ihrer Pistole auf ihn zielte.

»Ich hab' es vergraben«, sagte er.

Sie zog den anderen Fuß hoch, erzeugte ein weiches, platschendes Geräusch, als sie einen Schritt machte. »Ich weiß wirklich nicht, wovon du redest. Was vergraben?«

Allmählich konnte er im Nebel den Umriß ihres Kopfes und ihrer Schultern ausmachen, dann ihren Oberkörper und ihre Hüften. Er bewegte die Hand, häufte Sand über die Tube, während er redete. »Es steht alles in deinem Buch«, sagte er. »Haargel und Schwimmbadreiniger. So wurde Jerry Royals Haus niedergebrannt.«

»Jerrys Haus?«

Sie machte einen weiteren Schritt, und ihre Umrisse wurden plötzlich deutlicher, ihr Lichtstrahl heller. »Ich habe keine Ahnung, was das mit mir zu tun hat.«

»Jerry hat gewußt, was du getan hast, Noel. Er hat einen Brief geschrieben, um sich zu schützen, und dann hat er versucht, dich zu erpressen. Deshalb hast du sein Haus niedergebrannt, um den Brief zu vernichten.«

»Du hast wirklich Wahnvorstellungen«, sagte sie. »Das ist es ja, was die Leute über dich sagen – weißt du, daß du einen Nervenzusammenbruch hattest?« Ihr Fuß machte ein schmatzendes Geräusch.

»Am Anfang ergab es keinen Sinn, ich meine, daß er dich nicht bei der Polizei angezeigt hat, aber dann ist es mir klargeworden – warum. Weil nämlich Jerry derjenige war, der Eliot Wicker getötet hat.«

Noel seufzte. »Sal, du weißt ganz genau, daß du Wicker ermordet hast, ebenso wie Bobby von dir hereingelegt wurde. Und wie du mich getäuscht hast, um mich in die Falle zu locken.«

Jetzt konnte er erkennen, daß sie ein dunkles Sweatshirt mit einer Kapuze trug und daß ihre Beine darunter nackt waren. Und daß sie tatsächlich ihre Pistole bei sich hatte. Sie zielte damit auf ihn.

»Psychologisch gesehen ist es nicht schwer zu begreifen. Du hast mit mir geschlafen. Du hast deinen besten Freund und deine Frau verraten, und jetzt brauchst du jemanden, dem du die Schuld dafür anhängen kannst. Der arme, unschuldige Salvatore, ein Opfer der bösen Verführerin.«

Sie kam einen weiteren Schritt auf ihn zu. Der Lichtkegel ihrer Taschenlampe blendete ihn.

»Also, ich vermute, was auch immer du vergraben hast«, sagte sie …

… und in dem Augenblick wurde Sal sein tödlicher Fehler bewußt …

»… ich hatte vor, dasselbe zu tun.«

Sie zögerte, als wolle sie ihm Gelegenheit zu einer Antwort geben, aber er starrte bloß in das Licht, erschöpft, ohne Ausweg, eine Zielscheibe. Nur schwach überkam ihn eine Gefühlsregung, als er erkannte, daß er gleich sterben würde. Er schloß die Augen, beschwor ein Bild von Iris herauf … Davey …

Ohne eine Spur von Bedauern sagte sie ausdruckslos: »Niemand ist unschuldig, Sal. Nein, auch du bist kein Opfer.«

Ein Scheinwerferstrahl blitzte über den Sumpf.

»Noel, keine Bewegung!«

Links von Sal, an der Stelle, wo der Lichtkegel herkam, konnte er zwischen den halb vom Nebel verhüllten Bäumen die Umrisse eines Mannes erkennen.

»Lassen Sie Ihre Waffe ins Wasser fallen, Noel!«

Es war Shepherd. Er stand am Fuß der Sandbank, keine zehn Meter entfernt. Das vom Nebel verzerrte Licht seiner starken Taschenlampe hüllte Noels Gesicht in einen gespenstischen rötlichen Schein. Sie hob die Hand mit der eigenen Taschenlampe schützend vor die Augen, aber ihre Pistole blieb unverwandt auf Sal gerichtet.

»Es tut mir leid, Detective, ich muß mich vor ihm schützen. Falls Sie es noch nicht gehört haben – er ist in meine Wohnung eingedrungen und hat versucht, mich zu töten. Er ist Schuld an Bobbys Tod. Ich bin hierhergekommen, weil ich wußte, daß ich ihn hier finden würde.«

»Sie sind hierhergekommen, um etwas aus dem Wasser zu holen«, erwiderte Shepherd. »Ich habe Sie beobachtet.«

Bis zu den Knien im Teich stehend, höhnte Noel: »Wie schlau Sie doch sind. Aber wenn Sie Ihre Lampe wegnehmen und sie auf ihn richten, statt mich zu blenden, werden Sie sehen, daß auch er eine Waffe in der Hand hält.«

Shepherd ging darauf nicht ein. Seine Lampe – und sein Blick – waren weiterhin auf sie gerichtet. »Noel«, sagte er, und seine Stimme wurde leiser, »ich weiß, daß Sie mich hier nicht sehen können, aber ich habe eine Neun-Millimeter-Pistole mit vierzehn Schuß im Magazin in der Hand, mit der ich auf Sie ziele. Und Sie machen mich jetzt langsam nervös. Lassen Sie Ihre Waffe fallen!«

Sie lächelte verächtlich. »Bringt man Ihnen auf der Polizeischule bei, so zu reden, oder haben Sie das im Kino aufgeschnappt?«

»Fallen lassen.«

»Er hat meinen Mann ermordet«, sagte sie, »und er hat Eliot Wicker ermordet. Also hat er nichts zu verlieren, wenn er uns beide tötet.«

»Mr. Erickson, haben Sie diese Männer getötet?«

»Oh … na gut, fragen Sie ihn ruhig, Sie Arschloch.«

»Noel …«

»Ich habe eine Menge Dinge getan, die ich nicht mehr ungeschehen machen kann«, sagte Sal. »Ich bin ein Säufer. Ich habe meine Familie zerstört. Aber ich habe noch nie jemanden getötet.«

»Sal, ich habe Ihre Brieftasche gefunden«, sagte Shepherd.

Einen Augenblick lang war die einzige Antwort darauf das Rauschen des Teichs, dessen Wasserspiegel höherstieg.

»Okay«, antwortete Sal schließlich.

»Ich habe sie bei mir.«

»Ich will ja nicht undankbar erscheinen, Detective – aber im Augenblick brauche ich meine Brieftasche wirklich nicht.«

»Sal, Sie müssen das mit Ihrem Führerschein erklären«, sagte Shepherd.

Jetzt schaltete Noel sich ein, die Waffe immer noch auf Sal gerichtet. »Sie befragen ihn«, sagte sie, »aber Sie blenden mich immer noch mit Ihrer Taschenlampe. Ich finde das höchst lästig.«

»Es ist ein Rhode-Island-Führerschein mit Ihrem Foto darauf, Sal.«

Noel ließ nicht locker. »Wollen Sie einfach dastehen und zuschauen, wie er mich kaltblütig ermordet?«

»Seien Sie ruhig.«

»Schauen Sie ihn doch an. Er hat eine Waffe!«

»Noel, ich werde Sie nicht aus den Augen lassen. Sal, ich möchte, daß Sie mir den Namen auf Ihrem Führerschein erklären.«

»Welchen Namen?«

Eine Pause. »Dale Newman.«

»Mistkerl!« sagte Noel.

»Noel!«

Sie bildeten ein Dreieck, von dem nur zwei Schenkel von Lichtbalken gekennzeichnet waren – Noel, die ihre Lampe und ihre Waffe auf Sal gerichtet hatte, und Shepherd, der auf Noel zielte.

»Er hat meinen Mann ermordet!« brauste sie auf. »Ich habe das Recht, mich zu schützen!«

»Wenn Sie irgend etwas anderes tun, als diese Waffe fallen zu lassen«, erwiderte er, »erschieße ich Sie.«

»Tatsächlich? Das kann ich mir kaum vorstellen«, erwiderte sie.

Shepherd hielt seine Pistole unverwandt auf ihre Brust gerichtet. »Sal, wir besitzen mehr als genug Material für eine Anklage. Sie sollten mir jetzt einen Grund liefern, Sie nicht zu verhaften.«

Sal grub die Finger in den Sand.

»Er hat eine Waffe!«

»Sal – keine Bewegung!«

Sal zog die Tube heraus und warf. Sie traf Shepherd am Bein, und er sprang zurück. »Herrgott, ich habe gesagt, keine Bewegung!«

»Haargel«, erklärte Sal. »Sie hat Jerry Royals Haus damit niedergebrannt. Er hat sie erpreßt.«

»Mit Haargel …?«

»Man mischt es mit Schwimmbadreiniger, um damit ein Feuer zu entzünden. Wie man das macht, steht in einem Buch, das sie in ihrer Wohnung hatte. Ich habe die leere Tube gestern hier gesehen, als ich mit meiner Tochter fischen war.«

»Wir haben Videoaufzeichnungen des ganzen Teichs«, sagte Shepherd. »Wenn die Tube im Wasser lag, werden wir sie sehen.«

Noel funkelte Sal über den Lauf ihrer Waffe hinweg an. »Und Sie werden die Tube zur Analyse ins Labor schicken und meine Fingerabdrücke darauf finden. Na und? Natürlich sind meine Fingerabdrücke darauf. Ich verkaufe diese Sorte Haargel in meinem Geschäft.«

»Das glaube ich nicht«, sagte Sal. »Um Fingerabdrücke zu hinterlassen, bist du viel zu raffiniert.«

Er beugte sich vor, griff mit der rechten Hand in seine Hosentasche.

Als Shepherd die Bewegung aus den Augenwinkeln sah, schwenkte er die Pistole. »Sagen Sie mir doch einfach, was los ist!«

»Passen Sie lieber auf die Dame auf.«

»Noel!«

Sal zog mit einem Ruck den Handschuh aus der Tasche. Shepherd hielt den Atem an, ließ aber Noel nicht aus den Augen.

»Das ist ein Gummihandschuh«, sagte Sal. »Und ich habe keine Waffe.«

»Okay, das reicht«, erklärte Shepherd. »Mir wäre jetzt lieber, wenn Sie sich ruhig verhalten würden.«

Noel seufzte. Ihr rechtes Bein bewegte sich im Wasser. »Detective, wenn ich mich einverstanden …«

»Noel, kommen Sie bloß nicht auf die Idee, sich zu mir herumzudrehen, sonst schieße ich.«

»Die Finger sind zusammengeklebt«, sagte Sal, »als ob der Gummi geschmolzen wäre.«

»Genug!« herrschte Shepherd ihn an. »Kein Wort mehr!«

Sal hörte, wie der Detective einen Fuß in den Teich setzte und sah den Lichtkegel an Noels Seite entlangwandern. »Okay, ich stelle mich jetzt so hin, daß ich Sie beide sehen kann. Noel, wie ich Sie kenne, könnten Sie jetzt vielleicht denken, daß Sie nur aus dieser Geschichte herauskommen, wenn Sie zuerst mich und anschließend ihn erschießen.«

»Tut mir leid, aber da sind Sie wieder mal wie üblich auf dem völlig falschen Gleis«, spottete sie. »Er ist derjenige, der aus dieser Sache rauskommen muß, und im Augenblick zielt seine Waffe genau auf Ihren Kopf.«

Shepherd setzte den anderen Fuß ins Wasser. »Ganz ruhig, Noel. Sie sollten jetzt Ihre Waffe fallen lassen.«

»Ich kann's einfach nicht glauben«, sagte sie. »Eine Tube Haargel und ein beschissener Gummihandschuh ... Hören Sie – ich habe für halb acht einen Flug gebucht!«

Shepherds Waffe blieb unverwandt auf sie gerichtet; seine Stimme klang fast besänftigend. »Es ist jetzt wichtig, daß wir alle die Ruhe bewahren. Es gibt nichts, was wir hier und jetzt lösen müßten. Dafür gibt es Anwälte. Und jetzt lassen Sie Ihre Waffe sinken, Noel, hübsch langsam.«

Ihre Pistole blieb auf Sal gerichtet.

Als Shepherd sich ihr näherte, leuchteten ihre Augen im Lichtkegel der Taschenlampe. »So ist's richtig – wenn wir ganz ruhig bleiben, kommen wir alle hier raus, ohne daß jemand verletzt wird«, redete er weiter.

Sal wußte, daß das nicht stimmte. Zwar gab es drei Möglichkeiten, wie das hier enden konnte, aber keine davon war ruhig. Und nur bei einer konnte er lebend davonkommen. Er schluckte.

»Detective Shepherd«, sagte er.

»Nicht jetzt …«

»Ist es möglich, von der Innenseite eines Gummihandschuhs Fingerabdrücke zu nehmen?«

Shepherd blieb stehen, die Pistole auf Noel gerichtet.

»Nicht bewegen, Noel …«

Ihre grünen Augen, die der Lichtkegel seitlich erfaßte, verengten sich.

»Noel, bitte«, sagte er ruhig. »Lassen Sie die Waffe fallen.«

Ein paar Augenblicke lang konnte man nichts als Atemzüge hören.

»Noel, in ein paar Sekunden könnte es hier sehr blutig zugehen.«

Ihr Mund verzog sich zu einem schiefen, hochmütigen Lächeln. »Ist das Ihr Ernst?« fragte sie und drehte sich zu ihm herum.

Die Schüsse peitschten und wurden vom Echo zurückgeworfen – drei Schüsse, schnell hintereinander, aus Shepherds Pistole.

Sal ließ sich zu Boden fallen.

Noel plumpste in den Teich, als ob etwas sie an den Beinen hinabgezogen hätte. Sie krümmte sich, fast sah es so aus, als wolle sie ebenfalls schießen, aber anscheinend bekam sie den Arm nicht hoch. Während sie nach vorn sackte, schaffte sie es, ein Knie hochzuziehen. Im Wasser trieb als kleiner Lichtpunkt ihre Lampe davon.

Sal rappelte sich auf, seine Beine zitterten.

Shepherd trat einen Schritt auf sie zu, die Pistole auf Noels Kopf gerichtet, während der Lichtkegel seiner

Taschenlampe das trübe Wasser nach ihrer rechten Hand absuchte – nach ihrer Waffe.

»Lassen Sie die Waffe los, Noel! Warten Sie – ich helfen Ihnen ...«

Das Gesicht halb im Wasser, drehte Noel benommen den Kopf; ihre Augen schauten dunkel und glasig zu Sal hinüber.

Er trat im Schlamm auf sie zu.

»Sie bleiben, wo Sie sind«, wies Shepherd ihn an, aber Sal hörte nicht auf ihn. Er machte einen weiteren Schritt, und Noel starrte ihn an, während der Teich an ihrem Kinn leckte. Ihr Kopf fiel nach vorn. Dann, nach einem flachen Atemzug, glitt sie ganz hinunter.

Sal arbeitete sich weiter mit schmatzenden Schritten durch den Schlamm auf sie zu. Shepherd kam näher, versuchte, ihn aufzuhalten. »Zurück ...«

Sal kniete sich hin, schob seinen rechten Arm unter die Schultern Noels und versuchte, sie hochzuziehen. Sie fühlte sich zuerst schwerer an, als er das erwartet hatte, und dann plötzlich gewichtslos ...

»Aufpassen!«

Ihr Kopf flog aus dem Wasser, sie japste nach Luft, ihre Augen blitzten – dann tauchte ihr Ellbogen auf, eine Hand, die Pistole ...

Sal erstarrte.

Der Schuß detonierte unmittelbar neben Sals Ohr, es klang wie ein Donnerschlag. Der dichte Nebel und die Bäume ringsum verschluckten das Echo, und Sal sah starr vor Entsetzen zu, wie Noel schwer aus seinen Armen glitt, von ihm wegzutauchen schien, bis die Wasserfläche sich über ihr schloß.

Fast eine Minute lang lag völlige Stille über dem Sumpf. Keiner der beiden Männer bewegte sich.

Dann richtete Sal sich auf.

Shepherd seufzte tief. »Jetzt können Sie ihr nicht mehr helfen«, sagte er.

Zitternd vor Kälte trat Sal einen Schritt tiefer in den Teich hinein. Shepherd platschte auf ihn zu und packte ihn am Hemd. »Hören Sie ...«, sein rechter Arm legte sich um Sals Taille, um zu verhindern, daß er fiel. »Sie hat es selbst getan.« Er richtete seine Taschenlampe auf die in der Mitte des Teichs treibende Leiche. »Sie hat es selbst getan«, sagte Shepherd noch einmal.

»Ich weiß, ich weiß.«

Sal starrte in den düsteren Nebel. Von dem Punkt aus, an dem er stand, hätte man die schemenhafte Gestalt im Teich, reglos wie einer der Felsen oder der Grashügel um sie herum, für alles mögliche halten können – einen weiteren Felsbrocken, einen weggeworfenen Plastiksack, die Schwimmatratze eines Kindes. Aber es war Noel Swift, die da im Wasser trieb, Bobbys Noel ... Das letzte, was von ihrem bereits abkühlenden Körper zu sehen war, bevor er hinuntersank, waren ihre Pobacken und ihre Schenkel.

Sechzehn

Die Morgenzeitung brachte ein Bild von Jerry Royal, wie er aus dem Fenster des Erickson-Hauses hing. Und die Schlagzeile lautete »Blutbad in Gravity – Verdächtiger auf freiem Fuß«, obwohl der Schreiber in dem Artikel darunter keine Beziehung zwischen dem Tod von Jerry Royal und Sergeant Murdoch und der Verfolgung von Sal Erickson hergestellt hatte. Als die Zeitungen ausgeliefert wurden, befand sich Sal in der Notaufnahme des Downeast Memorial Hospital, wo die Diagnose auf leichte Unterkühlung, gefährlichen Blutverlust und Schulterfraktur lautete.

Um sieben Uhr morgens stand Lieutenant Boggs vor den Fernsehkameras und beklagte Sergeant Murdochs frühen Tod. Er malte von ihm das Bild eines Helden, schilderte den Fernsehzuschauern, wie es Murdoch, bereits tödlich verletzt, gelungen war, den Mann, der auf ihn geschossen und mehrere Polizeibeamte mit der Waffe bedroht hatte, zu erschießen. Boggs berichtete weiter, daß ein zweiter Verdächtiger sich jetzt in Polizeigewahrsam befände, äußerte sich allerdings nicht dazu, was Sal zur Last gelegt wurde.

Die Reporter, die begierig darauf waren, Hintergrundmaterial über Sal Erickson und seine Familie zu bekommen und das Haus zu fotografieren, in dem Murdoch und Jerry Royal erschossen worden waren, wurden vom Ort des Geschehens bis zum frühen Morgen ferngehalten, bis die Spurensicherung ihre Arbeit im Haus erledigt hatte. Als anschließend einige Handwerker und eine Reinigungsfirma auf den Plan traten, gab es dort nichts mehr zu sehen, was für die Medien interessant gewesen wäre, und auch niemanden, den man hätte interviewen können.

Trotz – oder vielleicht gerade wegen – der schrecklichen Ereignisse legte sich eisiges Schweigen über die ganze Ortschaft. Selbst die Stammgäste, die sich vor dem geschlossenen Superette versammelt hatten, um über die letzten Nachrichten zu diskutieren, weigerten sich hartnäckig, mit den Reportern zu sprechen. Um Viertel nach sieben, als alle verschwanden, um ihren täglichen Geschäften nachzugehen, gaben die Leute von Presse und Fernsehen auf und kehrten nach Bangor zurück, wo sie dann auf den Polizeibericht warteten.

Nicht, daß das Schicksal der Opfer die Dorfbewohner kaltgelassen hätte; sie waren einfach erleichtert darüber, daß die Qual ein Ende gefunden hatte. Sie sehnten sich nach dem Gravity, das sie kannten – warm und träge im Sommer, wenn man das Heu und die Beeren einbrachte und den Rasen mähte, wenn es dämliche Touristen und Hummeressen gab; nach ihrer Parade zum 4. Juli, ihrer Blaubeerkönigin und ihren Ochsenrennen.

Für Iris war die folgende Zeit in mehrfacher Hinsicht die traurigste und zugleich auch die befreiendste ihres Lebens, und deshalb ging sie sparsam mit ihren Emotionen um. Um halb acht Uhr morgens rief sie, nachdem sie die ganze Nacht wach geblieben und mit Helen geredet hatte, die Klinik an und teilte mit, sie wolle einen Monat Urlaub nehmen (trotz der Proteste der beiden Ärzte, die ihr insgesamt vierundzwanzig Wochen Freizeit schuldeten). Um acht telefonierte sie mit der Universität und sagte ihr Sommersemester ab. Das erstemal, soweit sie sich erinnern konnte, gab es für sie keine Termine, die sie einhalten mußte. Sie überließ Davey der Obhut von Helen Swan, ging zu ihrem Wagen und begann die lange Reise, die dazu beitragen sollte, ihr Leben wieder lebenswert zu machen.

Sie fing damit an, indem sie einen Bestattungsunternehmer in Ellsworth aufsuchte. In den langen Stunden vor der Morgendämmerung hatte Helen bei zwei Kannen Tee Iris erklärt, daß sie eines Tages lernen würde, ihrem Bruder zu vergeben. Als Iris mit dem Bestattungsunternehmer alle Einzelheiten für Jerrys Begräbnis festgelegt hatte, glaubte auch sie, daß das eines Tages möglich wäre.

Anschließend fuhr sie ins Krankenhaus, um ihren Vater zu besuchen. Sie brachte ihm aus der Cafeteria eine Dose Gemüsesaft und einen Strohhalm mit und hielt seine Hand, als sie ihm von Jerry erzählte, sagte ihm aber nicht alles. Nachdem die Schwester das Mittagessen gebracht hatte, fütterte sie ihn wie ein kleines Kind; später bürstete sie ihm mit einer weichen Babybürste das Haar und blieb dann noch eine Weile, als er schon eingeschlafen war.

Ehe sie das Krankenhaus verließ, erkundigte sie sich am Empfang nach Sal. Sie hatte das eigentlich nicht vorgehabt – aber weil es für sie immerhin im Bereich des Möglichen lag, hatte sie eine Tulpe mitgebracht, von Davey in Helens Garten gepflückt, und dazu eine »Gute Besserung«-Karte, die Davey gemalt hatte. Die Empfangsschwester erklärte Iris, Sal sei soeben operiert worden und dürfe, da er sich immer noch in polizeilichem Gewahrsam befände, keine Besucher empfangen.

Sie ging trotzdem hinauf und sah zu dem Fenster hinein, hinter dem Sal schlief. Er sah alt aus – das war Iris' erster Gedanke –, ob das nun an dem Gipsverband an seiner Schulter, seiner bleichen Gesichtsfarbe, seinen Bartstoppeln oder dem Gewichtsverlust lag. Ein uniformierter Polizist, der auf einem Stuhl neben seinem Bett saß, blickte von seiner Zeitschrift auf. Iris hielt die Blume und die Karte ans Fenster. Der Cop legte seine Zeitschrift auf die Heizung und kam an die Tür, um beides entgegenzunehmen.

Es vergingen weitere vierundzwanzig Stunden, bis Sal die Augen aufschlug. Die Tulpe war das erste, was er sah. Auf der Karte neben der roten Plastikvase stand »Daddy, ich hab' dich lieb«. Er wollte nach der Karte greifen, stellte aber fest, daß sein Arm eingegipst war und an einem Gestell hing.

»Das tut wahrscheinlich noch ziemlich weh«, sagte eine Stimme.

Sal hob den Kopf und sah Alston Bouchard am Fußende seines Bettes sitzen. Der Constable zog zwei Röhrchen mit Tabletten aus der Hemdtasche. »Ich habe Schmerzstiller für zehn Tage für Sie besorgt«, sagte er. »Und Tetrazyklin, das schützt vor Infektionen.«

Sal räusperte sich und war dann wieder ganz bei Bewußtsein. Seine Schulter schmerzte höllisch, Rücken und Rippen taten bei jedem Atemzug weh. Selbst sein Kinn, wo Bouchard ihm den Kinnhaken verpaßt hatte, schmerzte noch.

»Ich dachte, Sie wären im Gefängnis«, krächzte Sal.

Nach dem langen Schlaf konnte er nur mühsam artikulieren.

»Die haben mich gehen lassen«, erklärte ihm Bouchard. »Detective Shepherd war vor einer Weile hier. Er hat gesagt, daß seine Leute das Buch gefunden haben, das Sie suchten. Es war in ihrem Müllcontainer, zusammen mit einer Menge anderer Dinge, die sie weggeworfen hat. Shepherd ist inzwischen auch klar, daß sie es war, die den Führerschein und die Kreditkarten in Ihre Brieftasche steckte.«

Sal legte den Kopf aufs Kissen zurück. Langsam sickerte die Erinnerung zurück, und die bereitete ihm wesentlich mehr Schmerzen als sein Körper.

»Und außerdem« – Bouchard lehnte sich in seinem Stuhl vor – »hat er gesagt, daß ich Ihnen das hier zeigen soll.« Er zog ein Polaroidfoto aus der Tasche und stand auf. »Man hat die Koffer von Mrs. Swift durchsucht und so. Und natürlich haben sie dort ihr Ticket nach Tampa und zurück gefunden.«

Er legte das Foto in Sals Hand, die Nahaufnahme eines grünen Flugtickets.

»Das da haben sie dann im Futter gefunden.«

Sals Augen verengten sich. »Swissair?«

»Von Miami nach Zürich«, sagte Bouchard. »Das Geld war in die Schweiz überwiesen worden.«

Sals Augen brannten, er schloß sie, das Foto immer noch in den Fingern.

»Sehen Sie den Namen auf dem Ticket?«

Sal öffnete die Augen wieder. Bouchards Blick begegnete ihm. Er brauchte das Ticket gar nicht anzuschauen.

»Schwarze Haartönung hat man auch gefunden. Sie hätte heute in diesem Flugzeug gesessen.«

Sal blieb stumm, und Bouchard nahm das Foto wieder an sich.

»Ich habe Ihnen was zum Anziehen mitgebracht. Die Ärzte wollen Sie noch einmal durchchecken, und dann dürfen Sie raus.«

Erschöpft schloß Sal die Augen.

Bouchards Autoradio funktionierte nicht, und so war es eine ruhige Fahrt zurück in die Ortschaft. Sal trug Kordhosen und ein dunkles Baumwollhemd, das Bouchard für ihn mitgebracht hatte; der linke Ärmel war an der Schulter abgeschnitten, um Platz für seinen Gips zu lassen. Sal hatte sich im Krankenhaus noch rasiert und Kartoffelpüree und Apfelmus gegessen, seine erste richtige Mahlzeit seit Tagen.

Sie fuhren über die von Frostaufbrüchen holprige Straße. Sal klappte seine Sonnenblende gegen die Nachmittagssonne herunter und öffnete die Seitenscheibe, ließ sich die warme, nach Flieder duftende Luft ins Gesicht wehen.

»Windig«, sagte Bouchard, das einzige Wort, das seit dem Verlassen des Krankenhauses über seine Lippen gekommen war.

Sal gab keine Antwort. Sie fuhren weiter und erreichten schließlich Gravity.

»Ihr Motorrad steht oben bei mir«, teilte ihm Bouchard mit. »Aber mit dem Arm ...«

»Ich hole meinen Wagen«, nickte Sal.

»Ich setze Sie bei ...« Bouchard machte nur eine Handbewegung. *Ihrem Haus* waren die Worte, die er nicht aussprach.

Die nächsten drei Meilen fuhren sie stumm weiter. Als sie das Superette erreichten, wirkte das Gebäude verlassen, vom gelben Band der Polizeiabsperrung umgeben. Sal starrte geradeaus, als sie vorbeifuhren. Als sie über die Brücke zum Stoppschild rollten, trat Bouchard auf die Bremse und schickte sich an, einzubiegen.

»Ich steige hier aus«, erklärte ihm Sal.

Bouchard fuhr an den Rand, und Sal öffnete mühsam die Tür. Er stieg aus, griff dann mit seinem gesunden Arm auf den Rücksitz und nahm den Plastikbeutel mit seinen Kleidern, die man im Krankenhaus gewaschen hatte. Als er schon halb im Gehen war, hielt er inne. »Hören Sie ...«

»Ja?«

»Ich hab' mir gedacht, wenn Sie das nächste Mal eine dieser Zusammenkünfte besuchen ...«

Bouchard nickte, und seine Hände rieben über das Lenkrad. »Ich wollte gerade sagen, wenn Sie mal fischen gehen und Gesellschaft haben wollen ...« Eine ruckartige Bewegung seiner Hand.

Sal nickte, schloß die Tür und sah zum offenen Fenster hinein.

Bouchard hob die Hände vom Lenkrad. »Jedenfalls, was diese Zusammenkünfte betrifft, wir werden die nächsten drei Monate jeden Abend hingehen, Sie und ich ...« Er ballte die Faust und schlug damit zweimal aufs Steuer.

Sal warf ihm einen langen Blick zu. Dann lächelte er schwach. »Ich werd' mir's überlegen«, sagte er. »Auch das mit der Macht, die größer ist als wir selbst.«

Bouchard nickte wieder. Dann fuhr er weg.

Sal sah die Straße hinunter auf sein Haus und setzte sich dann in Bewegung. Es war ein strahlendheller

Nachmittag, windig und warm. Er konnte das Geräusch eines Rasenmähers hören und Singvögel in den Bäumen. Am Osthimmel flog laut schnatternd ein Rudel kanadischer Gänse in V-Formation die Küste entlang mit dem Wind nach Norden. An jedem anderen Tag wie diesem würde er nach dem Abendessen seinen eigenen Rasen mähen, oder in den Garten hinausgehen, oder mit Davey Ball spielen, oder mit seiner Angelrute und seinem Netz zum Fischteich hinunterwandern. Jetzt, wo er so nahe bei seinem Zuhause war, wurde ihm das Herz schwer, weil er wußte, daß jene Tage vorüber waren. Der Wind blies von hinten und trieb ihn die Straße hinunter. Aber er ließ sich Zeit, humpelte ein wenig. Nein, er hatte keine Eile.

Vielleicht würde er nach Ellsworth fahren und sich eine Zeitung kaufen, dachte er, sich nach einem Job umsehen, vielleicht Häuser anstreichen. Oder er würde an der Universität fragen, wie es mit Nachhilfestunden stand. Dann sah er Mrs. Abraham auf ihrer Sonnenterrasse stehen und zu ihm herüberblicken. Sal wußte, daß sie im nächsten Augenblick am Telefon hängen würde.

Als er sich seinem Haus näherte, fielen ihm als erstes das neue Fenster vorn und die neuen Schindeln um das Fenster herum auf. Seine Schulter schmerzte.

Dann entdeckte er sie beide, Iris und Davey, hinter dem Haus im Garten. Er war froh, daß sie ihm den Rücken zuwandten. Es sah so aus, als würde Iris mit dem Vertikutiergerät arbeiten, offensichtlich kämpfte sie mit der Maschine, die sie mit sich zu zerren schien. Er konnte den Motor stottern hören. Davey kauerte hinter ihr im Garten – beim Unkrautjäten? Die Reihe der Erbsenpflanzen reichte bereits über Daveys Knöchel. Das Spinatbeet sah saftig und grün aus. Eine Anwandlung von Stolz mischte sich in seine Traurigkeit. Sie kamen ohne ihn klar.

Sal erreichte das Grundstück, ohne daß sie ihn bemerkten. Er ging quer über die Rasenfläche vor dem Haus, das ihn vor den beiden verdeckte, zu seinem Wagen, warf einen Blick durchs Fenster und sah die Kartons mit seinen Sachen auf dem Rücksitz. Gerne wäre er jetzt in den Garten gegangen, um ihnen zu sagen, daß er frei war, daß keinerlei Verdacht mehr gegen ihn bestand. Aber vermutlich wußten sie das bereits. Er würde warten, bis er wieder ganz gesund war, bis er Kleidung trug, die besser paßte, und man ihm den Gips abgenommen hatte. Wenn er wieder festen Boden unter den Füßen hatte, sich stärker fühlte und Davey in die Augen sehen konnte, ohne sich zu schämen, würde er zurückkommen. Wenn es ihm möglich wäre, ihnen beiden in die Augen zu sehen – obwohl er sich im Augenblick kaum vorstellen konnte, daß es je dazu kommen würde. Er öffnete die Wagentür, rutschte hinters Steuer, griff in den Aschenbecher und holte seinen Ersatzschlüssel heraus. In dem Augenblick hörte er, wie der Motor des Vertikutierers verstummte. Hastig steckte er den Schlüssel ins Zündschloß, saß dann aber einen Augenblick da und lauschte, während Iris immer wieder an der Anlasserschnur riß und der Vertikutierer lediglich hustete und spuckte. Er hörte die Stimme Daveys – wie süß sie klang – und Iris' Stimme, geduldig und beruhigend.

Sal atmete tief durch, stieg aus dem Wagen, ging über die Einfahrt und blieb dann zögernd zwischen der Garage und dem Haus stehen, wo er sie sehen konnte: Davey zwischen den Erbsen kniend und Iris über das Gerät gebeugt. »Es muß der Choke sein«, sagte Iris und drehte an irgend etwas. Sal bückte sich unter der Wäscheleine durch, während sie erneut zog. Diesmal sprang der Motor an, und Iris drehte am Choke, bis er gleichmäßig lief. Dann packte sie den Handgriff, und der Vertikutierer fing zu singen an, die Zinken krallten sich in den Rasen, Erdklumpen und Moosfetzen spritzen.

Ja, sie würden ohne ihn zurandekommen. Er wandte sich um, wollte verschwinden, ehe man ihn entdeckte.

Aber dann drehte Davey sich so plötzlich um, als ob sie seine Anwesenheit gefühlt hätte. Zuerst starrte sie ungläubig zu ihm hinüber, dann sprang sie auf, kam durch den Garten gerannt und flog in seine Arme. Iris sah hoch – sah Davey, die ihre langen Arme und Beine um ihren Vater geschlungen hatte und sich an ihn preßte, als wolle sie ihn nie wieder gehen lassen. Sal hielt sie mit seinem gesunden Arm fest, und sein Gesicht rötete sich.

Iris drehte den Gasgriff zurück, nahm die Brille ab und wischte sich mit dem Armrücken über das schmutzige Gesicht. Dann brachte sie den Motor mit dem Fuß zum Stillstand und kam mit langen, zielbewußten Schritten auf ihn zu.

Sal musterte sie unsicher, wußte nicht, was er sagen sollte. Aber er räusperte sich und fing trotzdem an. »Die haben mich...« Die Worte blieben ihm in der Kehle stecken. Immer noch Davey an sich drückend, schloß er die Augen, atmete tief durch und schüttelte den Kopf. Er brachte kein Wort heraus.

»Paß auf Daddys Schulter auf, Liebes«, sagte Iris, schon dicht bei ihm.

Ein Windstoß zerzauste ihr Haar. Sal konnte sehen,

wo die Sonne ihr Gesicht gebräunt hatte. Und dann ertrug er es nicht mehr, sie anzuschauen.

»Davey, ich muß dich jetzt runterlassen«, flüsterte er.

Aber Davey hielt ihn nur noch fester; ihre kräftigen Beine preßten sich um seine Hüften.

»Schätzchen, ich muß gehen ...«

»Nein ...«

Iris' Stimme schien vom Wind davongetragen zu werden. Sal sah sie wieder an. War das, was sie sagte, für Davey bestimmt? Sie schaute Sal in die Augen. Ihm wurde schwindlig, und er begann unter Daveys Gewicht leicht zu schwanken.

»Schätzchen, ich muß jetzt gehen«, sagte er zu Davey, aber Iris' Blick ließ ihn nicht los – als würde sie geradewegs durch ihn hindurchsehen. Sie war ihm jetzt zum Berühren nahe, und dann sagte sie laut und deutlich: »Sal, ich möchte nicht, daß du gehst.« Einfach so. So klar, daß ein Irrtum ausgeschlossen war. Und Sal verlor das Gleichgewicht, die Beine versagten ihm den Dienst, er taumelte rückwärts und landete weich in einem Radieschenbeet. Davey lachte. Immer noch die Arme um seinen Hals geschlungen, stemmte sie die Beine in die Erde, um zu verhindern, daß er ganz auf den Rücken fiel – und lachte ihn an, lachte ihn die ganze Zeit an.

Dann kniete Iris neben ihnen, schob einen Arm unter den Sals, und den anderen schlang sie um Davey. Alle drei hielten sie einander fest, und der Wind wehte Iris' Haar liebkosend über Sals Gesicht, und ihr Mund war dicht an seinem Ohr. »Du hast recht gehabt«, sagte sie zu ihm. »Ich habe dich gesucht, Sal. Und ich habe genau das bekommen, was ich gesucht habe.«

»Nein«, hauchte er. »Nein!« Iris drehte den Kopf

etwas zur Seite, bis ihre Augen und die seinen sich trafen. »Ich habe *dich* gesucht«, sagte er. »Und ich habe es nicht einmal gewußt.«

Sie hielten sich aneinander fest. Und dann wiegten sie sich alle drei in der späten Nachmittagssonne hin und her – wie ein blühender Busch im Wind.

Danksagung

Ich möchte all jenen danken, die dieses Buch in seinen jeweiligen Phasen gelesen oder sich dazu angeboten haben, die mir wertvolle Vorschläge lieferten – und mir Mut gaben:

Ron Bourassa
Rich Connor
Chris Fahy
Nancy Gish
Joel Gotler
Rick Hautala
Kyle Jones
Glenna Kimball
Jesse Kimball
Stephen King
Tabitha King
Sue Locsin
Bo Marks
Art Mayers
Allison Mullen
Alan Philbrook
Nessa Reifsnyder
Peter Reifsnyder
Justin Smith
Laurie Stone

Dank auch für Recherchen und vieles andere:

Ladd Alcott
Walter Chapin
David Crook
Meredith DeLoca
Roy Gallant
Dan Guerin
Brent Harrell
Bill Harwood
Al Hendsbee
Joe Jackson
Phil Jones
Ronald Kaufmann
Sarah Kimball
Peter u. Paula Layton
Bob MacMahon
Dorothy Morang
Howie Nielsen
Andy Pratt
Henry Ryan

Und ganz besonders danke ich:

Jennifer Hershey, meiner Lektorin
Howard Morhaim, meinem Agenten
– und, möge Gott dich segnen, Lou Aronica.

DIANA

»Ein leiser, poetischer Roman.«

Süddeutsche Zeitung

Nora Okja Keller
Die Trostfrau
Roman
62/0011

Erst nach dem Tod ihrer Mutter entdeckt Beccah, welch furchtbares Geheimnis diese Frau ein Leben lang in sich trug: Akiko war eine der koreanischen Trostfrauen, die die japanischen Besatzer während des Zweiten Weltkrieges in sogenannten Vergnügungslagern internierten.

DIANA-TASCHENBÜCHER

Zeit zum Lesen ...

DIANA

»... bunt, episch und unterhaltsam.«

Neue Zürcher Zeitung

E. Annie Proulx
Das grüne Akkordeon
Roman
62/0001

Nach dem preisgekrönten Welterfolg *Schiffsmeldungen* legt E. Annie Proulx ein weiteres Meisterwerk vor: die wundersame Biographie eines Akkordeons – ein Roman voller Musik und Leidenschaft.

DIANA-TASCHENBÜCHER

Zeit zum Lesen ...